Les fondamentaux du lycée

Maths

ENSEIGNEMENT COMMUN + SPÉCIALITÉ

1re SÉRIES TECHNO

Sous la direction de
Nathalie Teulié
Lycée Alfred Kastler, Talence

Céline Bourrigaud-Meunier
Lycée de Borda, Dax

Christophe Jolibert
Lycée Albert Claveille, Périgueux

Christine Lanot
Lycée Jacques Monod, Lescar

Pascal Lefebvre
Lycée Albert Claveille, Périgueux

Olivier Pinçon
Lycée Alfred Kastler, Talence

Céline Pivan
Lycée Louis de Foix, Bayonne

Frédéric Thomas
Lycée Alfred Kastler, Talence

hachette
TECHNIQUE

Sommaire

ENSEIGNEMENT COMMUN

ENSEIGNEMENT DE SPÉCIALITÉ

Les pictos de ce manuel

Calculatrice — Tableur — Logiciel de géométrie — Python

22 Vidéo

Les exercices-clés de chaque chapitre sont corrigés en vidéo par Médématiques.

hachette-clic.fr/25mfls001

Sommaire

Itinéraires de révision

CHALLENGE EN CLASSE OU À LA MAISON

Se préparer au Bac

- **À retrouver dans chaque chapitre :**
  - + de 1 000 exercices
  - 60 problèmes par compétences
  - 24 itinéraires de révision
  - 93 points méthode et leurs exercices résolus
  - 40 exercices corrigés en vidéo par Médématiques

- **1 plateforme d'entraînement en ligne** avec + de 100 exercices interactifs supplémentaires

à retrouver ici :

hachette-clic.fr/25mflsexossup

Spécial épreuve anticipée de maths de 1re

À l'heure où nous imprimons ce manuel, les modalités de l'épreuve anticipée de 1re ne sont pas encore publiées au Bulletin Officiel.

Retrouvez ici :

hachette-clic.fr/25mflsldr

Un livret de révisions

avec des automatismes et des exercices par compétences pour s'entraîner

- à télécharger
- à imprimer

+

Toutes les **informations** en temps réel !

- Les modalités de l'épreuve
- La publication au BO
- Le sujet 0

Ressources numériques

Comment accéder directement aux ressources numériques ?

3 possibilités

1. **Recopier le mini-lien** dans le navigateur Internet
   hachette-clic.fr/25mfls002

2. **Saisir l'adresse du site collection** dans le navigateur Internet
   Toutes les ressources se trouvent sur ce site :
   hachette-clic.fr/25mfls

3. **Flasher le QR code** avec l'appareil photo d'un smartphone ou d'une tablette

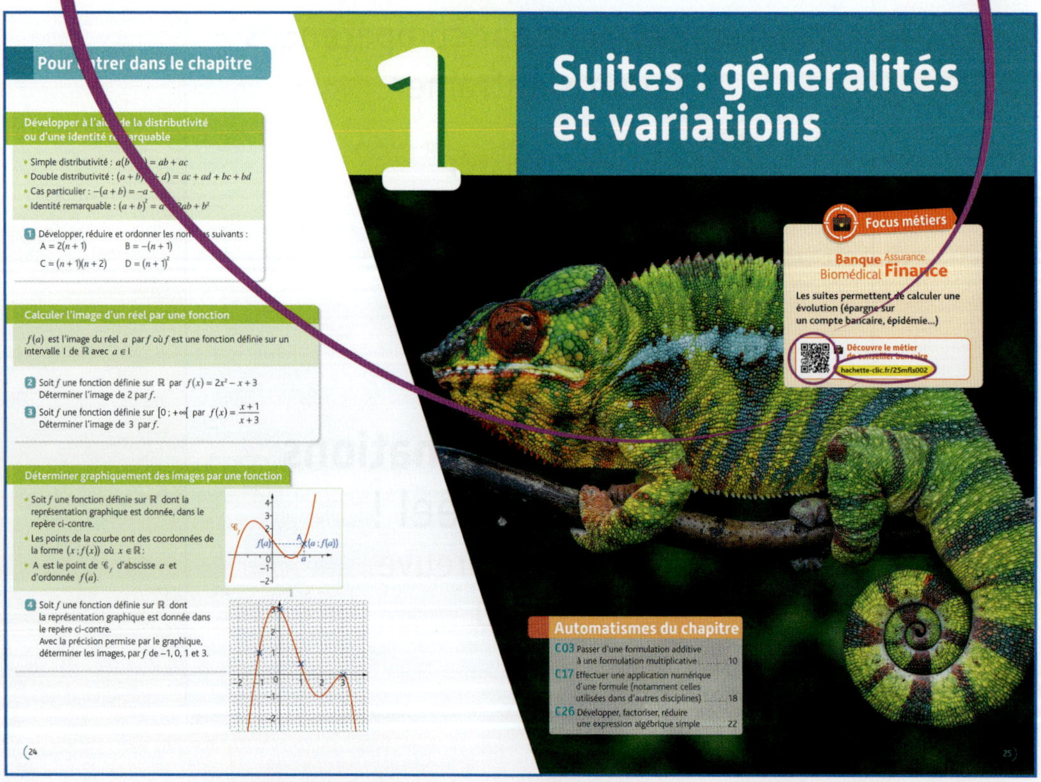

Vous utilisez le manuel numérique ?
Il suffit de cliquer sur les ressources !

+ de 150 ressources numériques disponibles

40 exercices corrigés

en vidéo par Médématiques

Spécial Bac

1 livret de révisions

pour s'entraîner à l'épreuve anticipée de fin de 1re

1 plateforme d'entraînement en ligne

avec + de 100 exercices supplémentaires

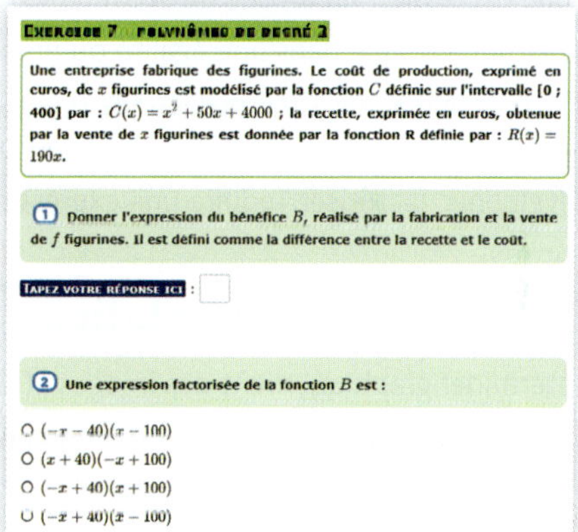

Exercice 7 Polynômes de degré 2

Une entreprise fabrique des figurines. Le coût de production, exprimé en euros, de x figurines est modélisé par la fonction C définie sur l'intervalle [0 ; 400] par : $C(x) = x^2 + 50x + 4000$; la recette, exprimée en euros, obtenue par la vente de x figurines est donnée par la fonction R définie par : $R(x) = 190x$.

1 Donner l'expression du bénéfice B, réalisé par la fabrication et la vente de f figurines. Il est défini comme la différence entre la recette et le coût.

Tapez votre réponse ici :

2 Une expression factorisée de la fonction B est :

○ $(-x-40)(x-100)$
○ $(x+40)(-x+100)$
○ $(-x+40)(x+100)$
○ $(-x+40)(x-100)$

13 QCM interactifs et autocorrigés

pour réviser intégralement chaque chapitre

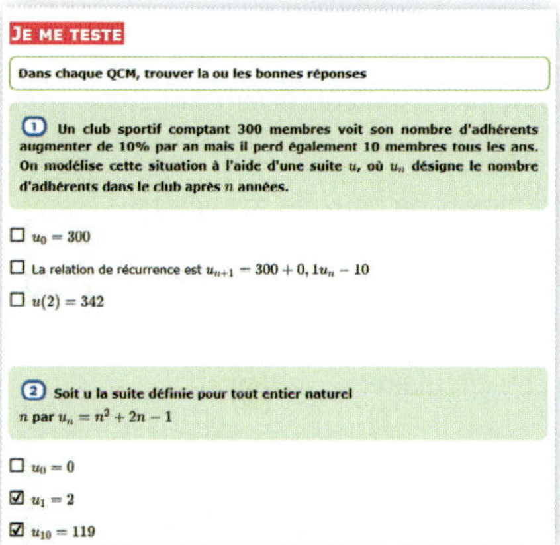

Je me teste

Dans chaque QCM, trouver la ou les bonnes réponses

1 Un club sportif comptant 300 membres voit son nombre d'adhérents augmenter de 10% par an mais il perd également 10 membres tous les ans. On modélise cette situation à l'aide d'une suite u, où u_n désigne le nombre d'adhérents dans le club après n années.

☐ $u_0 = 300$
☐ La relation de récurrence est $u_{n+1} = 300 + 0,1u_n - 10$
☐ $u(2) = 342$

2 Soit u la suite définie pour tout entier naturel n par $u_n = n^2 + 2n - 1$

☐ $u_0 = 0$
☑ $u_1 = 2$
☑ $u_{10} = 119$

13 vidéos métier

pour comprendre l'usage des mathématiques dans le quotidien des métiers

Focus métiers

Automatismes

Se préparer au Bac

A) Proportions et pourcentages

B) Évolutions et variations

C) Calcul numérique et algébrique

D) Fonctions et représentations

E) Représentations graphiques de données chiffrées

A) Proportions et pourcentages

A1. Calculer, appliquer, exprimer une proportion sous différentes formes

On note A une partie d'un ensemble E. Card(E) (respectivement Card(A)) représente le nombre d'éléments de E (respectivement le nombre d'éléments de A).

$p = \dfrac{\text{Card(A)}}{\text{Card(E)}}$ est la **proportion** de A dans E.

Remarque : Une proportion est un nombre compris entre 0 et 1.

Exemple : Dans une classe de 35 élèves, il y a 14 germanistes.

La proportion de germanistes est $p = \dfrac{14}{35}$.

Cette proportion peut s'écrire :
- sous **forme fractionnaire** : $\dfrac{2}{5}$;
- sous **forme décimale** : 0,4 ;
- à l'aide d'un **pourcentage** : 40 %.

Pour calculer une proportion p d'une quantité N, on calcule $p \times$ N.

Exemple : Dans un lycée de 1 700 élèves, les trois quarts des élèves mangent à la cantine.

Le nombre de lycéens mangeant à la cantine est :

$\dfrac{3}{4} \times 1\,700 = 1\,275$.

Pour 1 et 2, déterminer la proportion de A dans E sous les trois formes : *fraction irréductible, décimale, pourcentage*.

1 Card(A) = 70 et Card(E) = 280

2 Card(A) = 40 et Card(E) = 500

Pour 3 à 5, recopier et compléter les deux formes manquantes.

3 $\dfrac{26}{50} = \ldots = \ldots\%$

4 $0{,}48 = \ldots\ \% = \dfrac{\ldots}{\ldots}$

5 $38\% = \dfrac{\ldots}{\ldots} = \ldots$

6 Dans un lycée il y a 1 500 élèves dont 300 sont en série STMG. Déterminer la proportion, en pourcentages, d'élèves en STMG.

7 150 personnes ont répondu à une demande d'emploi. 120 ont été retenues pour passer un entretien. Quelle est la proportion des personnes autorisées à passer un entretien ? La réponse sera donnée sous forme décimale.

Pour 8 à 10, calculer et donner la réponse sous forme décimale.

8 20 % de 230

9 $\dfrac{3}{4}$ de 280

10 0,2 % de 1 250

11 Sur l'emballage d'une plaque de chocolat il est noté 70 % de cacao ». Quelle est la masse de cacao dans une plaque de 250 g ?

12 Pour son anniversaire, Nora voudrait un ordinateur. Cet ordinateur coûte 760 €. Sa famille lui donnera 25 % du prix. À quelle somme correspond la participation de sa famille ?

A2. Calculer, la proportion d'une proportion

On considère une population F.
E est une sous-population de F et A une sous-population de E.

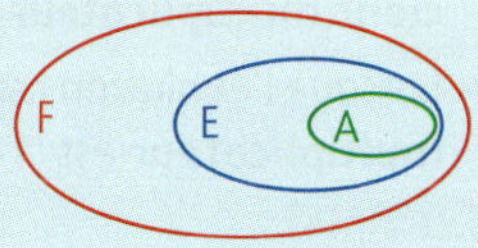

On note $p_{A,E}$ la proportion de A dans E et $p_{E,F}$ la proportion de E dans F.

La proportion de A dans F se note $p_{A,F}$ et on a :

$$p_{A,F} = p_{A,E} \times p_{E,F}$$

Exemple :

Dans un lycée, $\dfrac{1}{3}$ des élèves sont en 1re et parmi eux, $\dfrac{3}{4}$ sont en 1re STMG.

La proportion des élèves de 1re STMG dans l'ensemble du lycée est égale à : $\dfrac{1}{3} \times \dfrac{3}{4} = \dfrac{1}{4}$

13 Calculer $\dfrac{2}{5}$ de $\dfrac{3}{10}$.

14 Calculer $\dfrac{3}{4}$ de 30 %.

15 Calculer 20 % de 60 %.

16 Calculer 40 % de $\dfrac{3}{5}$.

17 Dans un lycée, 20 % des bacheliers sont des bacheliers technologiques, parmi lesquels 60 % ont eu un bac STMG. Déterminer la proportion d'étudiants ayant un bac STMG dans ce lycée.

18 Dans une entreprise, le quart des employés sont des cadres parmi lesquels 20 % sont des femmes. Quelle est la proportion de femmes cadres dans cette entreprise ?

19 Dans une entreprise, la moitié des pièces sont produites par une machine A. Le centième des pièces produites par la machine A sont défectueuses. Déterminer la proportion de pièces défectueuses et produites par la machine A dans cette entreprise.

20 En France, 60 % des voitures sont de marque française, parmi lesquelles le tiers sont de la marque Renuit. Quelle est la proportion de voitures de la marque Renuit en France ?

B) Évolutions et variations

B3. Passer d'une formulation additive à une formulation multiplicative

Pour une **évolution** le **taux** t est souvent donné en **pourcentage**.

- Lorsque l'évolution est une **augmentation**, le **coefficient multiplicateur** est $\mathbf{1+t}$.
- Lorsque l'évolution est une **diminution**, le **coefficient multiplicateur** est $\mathbf{1-t}$.

Exemples :

Augmenter de 5 % revient à multiplier par :

$$\left(1+\frac{5}{100}\right)=1{,}05 .$$

Diminuer de 5 % revient à multiplier par :

$$\left(1-\frac{5}{100}\right)=0{,}95 .$$

21 Recopier et compléter les phases ci-dessous :
a. Augmenter de 5 % c'est multiplier par...
b. Diminuer de 10 % c'est multiplier par...
c. Diminuer de 25 % c'est multiplier par...

22 Recopier et compléter les phases ci-dessous :
a. Diminuer de 15 % c'est multiplier par...
b. Augmenter de 15 % c'est multiplier par...
c. Augmenter de 20 % c'est multiplier par...

23 Recopier et compléter les phases ci-dessous :
a. Multiplier par 1,35 c'est augmenter de... %
b. Multiplier par 0,85 c'est diminuer de... %
c. Multiplier par 1,23 c'est augmenter de... %

24 a. Multiplier par 1,05 c'est une augmentation ou une diminution ? De combien ?
b. Multiplier par 0,75 c'est une augmentation ou une diminution ? De combien ?

Pour 25 à 27, donner le coefficient multiplicateur correspondant.

25 a. Dans un jardin, le nombre de fleurs a diminué de 10 %.
b. Lorsqu'une machine s'use, le nombre de pièces défectueuses fabriquées augmente de 5 %.

26 a. Les résultats au baccalauréat ont diminué de 2 % en 2024.
b. Les taux d'intérêt ont été relevés de 1 %.

27 a. La consommation du papier et du carton dans le monde a augmenté de 20 %.
b. Chaque année un journal perd 8 % de ses lecteurs.

B4. Appliquer un taux d'évolution pour calculer une valeur finale ou initiale

Pour calculer une valeur finale ou initiale :

- On calcule le **coefficient multiplicateur** CM associé au taux d'évolution t : $CM=1+t$.
- On multiplie ou on divise par CM selon la valeur recherchée. $V_F=V_I\times CM$ et $V_I=V_F\div CM$.

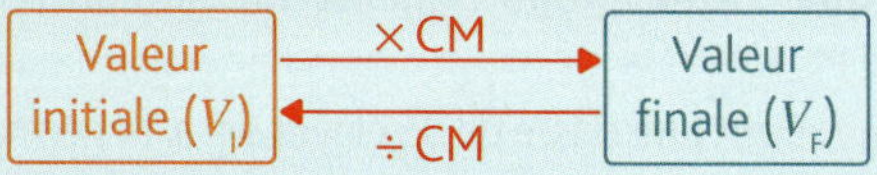

Exemple : Une carte de réduction permet d'obtenir une remise de 10 %.

- $CM=1-\frac{10}{100}=0{,}9$.
- Si un article est affiché à 25 €, alors le prix payé sera de $25\times0{,}9=22{,}50$ €.
- Si un article a coûté 27 € après la remise, alors le prix affiché était de $27\div0{,}9=30$ €.

28 Le prix d'un billet de train est de 76 €. Calculer le prix de ce billet si on applique une remise de 30 %.

29 Le prix d'un billet de train est de 42 € après une remise de 50 %. Calculer le prix initial avant la remise.

30 Après une baisse de 25 %, un article coûte 60 €. Quel était son prix initial ?

31 Sur une facture, on peut lire : « Montant hors taxes (HT) 510 € ». Calculer le montant toutes taxes comprises (TTC) sachant que le taux de TVA est de 20 % du montant HT.

32 Sur une facture, on peut lire : « Montant toutes taxes comprises (TTC) 240 € ». Calculer le montant hors taxes (HT) sachant que le taux de TVA est de 20 % du montant HT.

33 En France, l'inflation a été de 200 % environ entre janvier 1975 et décembre 1985. On suppose que tous les articles suivants ont suivi cette inflation.
a. Un article coûtait 250 F en janvier 1975. Quel était son prix en décembre 1985 ?
b. Un article coûtait 210 F en décembre 1985. Quel était son prix en janvier 1975 ?

34 Entre 2010 et 2025, le niveau moyen de pollution aux particules fines dans une ville a diminué de 20 % grâce à des mesures écologiques. En 2025, ce niveau est de $20\ \mu g/m^3$.
Quel était le niveau moyen de pollution en 2010 ?

35 Un collectionneur a vendu un objet 1 250 € en réalisant un profit de 150 %. Quel était le prix d'achat initial de cet objet ?

B5. Calculer un taux d'évolution, l'exprimer en pourcentage

Valeur initiale (V_I) $\xrightarrow{\times \text{CM}}$ Valeur finale (V_F)

où CM est le coefficient multiplicateur, $\text{CM} = \dfrac{V_F}{V_I}$.

Le taux d'évolution est : $t = \dfrac{V_F - V_I}{V_I} = \text{CM} - 1$.

Exemples :

- Le prix d'un article passe de 20 € à 23 €.

$$t = \frac{23 - 20}{20} = 0{,}15 = 15\ \%$$

Cela représente une hausse de 15 %.

- Le prix d'un article passe de 30 € à 24 €.

$$t = \frac{24 - 30}{30} = -0{,}2 = -20\ \%$$

Cela représente une baisse de 20 %.

Pour 36 à 43, donner le taux d'évolution.

36 $V_I = 50$ et $V_F = 75$.

37 $V_I = 80$ et $V_F = 88$.

38 $V_I = 12$ et $V_F = 9$.

39 $V_I = 36$ et $V_F = 45$.

40 $V_I = 85$ et $V_F = 51$.

41 $V_I = 10$ et $V_F = 0{,}01$.

42 $V_I = 12$ et $V_F = 48$.

43 $V_I = 1$ et $V_F = 0{,}999$.

44 Entre 1960 et 2020, la population mondiale est passée de 3 milliards à 7,8 milliards d'individus.
Calculer le taux d'évolution en pourcentage, durant cette période.

45 Un pain a pour masse 550 g avant cuisson. Après cuisson, sa masse est réduite à 400 g.
Quel est le pourcentage de diminution de masse (arrondir à 1 %) ?

46 Le prix d'une action boursière était de 120 € il y a un an. Aujourd'hui, elle se vend à 210 €.
Calculer le pourcentage d'évolution du prix de vente de cette action.

47 Un groupe automobile est passé de 32 000 véhicules vendus en 2018 à 24 000 véhicules vendus en 2019.
Calculer le taux d'évolution en pourcentage durant cette période.

48 Un randonneur commence sa randonnée avec une réserve d'eau de 2 litres. À l'arrivée, il lui reste 0,4 litre.
Quel est le pourcentage de diminution de sa réserve d'eau au cours de la randonnée ?

49 Lors d'une promotion, le prix de vente d'une voiture est passé de 30 000 € à 25 000 €.
Quel est le pourcentage de baisse appliquée sur le prix de la voiture ?

B6. Interpréter un indice base 100 ; calculer un indice ; calculer le taux d'évolution entre deux valeurs

Interpréter un indice de base 100

On choisit une date de référence à laquelle on associe la valeur 100.
L'indice à la date n est donné par la formule :

$$\text{I}(n) = \frac{\text{valeur à la date } n}{\text{valeur à la date de référence}} \times 100$$

En pratique, on calcule souvent les indices par proportionnalité.

Calculer un indice et le taux d'évolution entre deux valeurs

Il y a un lien direct entre l'indice à la date n et le taux d'évolution en % par rapport à l'année de référence.

$\text{I}(n) \xrightarrow{-100} 100 \times t$

$100 \times t \xrightarrow{+100} \text{I}(n)$

Exemple :

On propose un indice pour suivre l'évolution du SMIC horaire brut en France en prenant pour base 100 l'année 2020 (source INSEE).

Année	2020	2021	2022
Montant SMIC brut en €	10,15	10,48	10,85
Indice	100		

Les indices du SMIC correspondant aux années 2021 et 2022 sont :

$$\text{I}(2021) = \frac{10{,}48}{10{,}15} \times 100 \approx 103{,}25$$

$$\text{I}(2022) = \frac{10{,}85}{10{,}15} \times 100 \approx 106{,}90$$

Le SMIC a donc augmenté de 3,25 % environ entre 2020 et 2021 et de 6,9 % environ entre 2020 à 2022.
Attention ! On ne peut pas lire directement l'évolution entre 2021 et 2022 par simple soustraction.

50 Recopier et compléter le tableau suivant avec les indices manquants.

Valeurs	65	78	104
Indices	100		

51 Recopier et compléter le tableau suivant avec les indices manquants.

Valeurs	209	220	275
Indices		100	

52 Le tableau suivant présente la population des USA en millions d'habitants. Déterminer les indices manquants dans ce tableau (arrondir au dixième).

Année	2000	2010	2020
Population	282,2	309,4	329,5
Indice	100		

Automatismes

Se préparer au Bac

53 En reprenant les données de l'exercice précédent, calculer le taux d'évolution :
a. entre 2000 et 2010.
b. entre 2010 et 2020.

54 En reprenant les données de l'exercice précédent, calculer le taux d'évolution :
a. entre 2018 et 2021.
b. entre 2016 et 2021.

55 On suit le cours mensuel d'une action à l'aide d'un indice qui a été fixé à 100 en janvier 2022. Cette même année, en juin, l'indice était de 80 et il s'élevait à 128 en septembre.
Recopier et compléter la phrase suivante : Le cours de cette action a … de … % entre janvier et juin mais elle a ensuite … de … % entre juin et septembre.

B7 Calculer le taux d'évolution équivalent à plusieurs évolutions successives

Pour calculer le taux d'évolution équivalent à plusieurs évolutions successives :

- on calcule le coefficient multiplicateur de chaque évolution : $CM_i = 1 + t_i$;
- on en déduit le coefficient multiplicateur global CM_g en multipliant tous les coefficients précédents ;
- on détermine le taux d'évolution global t_g : $t_g = CM_g - 1$.

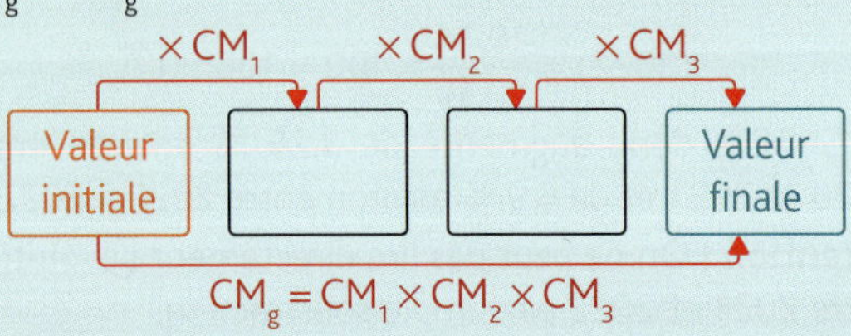

Exemple :
Un magasin prévoit d'augmenter ses prix de 10 % en janvier, puis de les diminuer de 5 % en février.
Quel aura été le taux d'augmentation global durant ces deux mois ?

- Hausse de 10 % : $CM_1 = 1 + \frac{10}{100} = 1,1$.
- Hausse de 5 % : $CM_2 = 1 - \frac{5}{100} = 0,95$.
- $CM_g = CM_1 \times CM_2 = 1,1 \times 0,95 = 1,045$.
- $t_g = CM_g - 1 = 0,045 = \frac{4,5}{100}$.

Les prix auront globalement augmenté de 4,5 % durant ces deux mois.
Attention ! Les taux d'évolution ne s'ajoutent pas.

Pour 56 à 59, donner le taux d'évolution équivalent à la série d'évolution proposée.

56 Une baisse de 20 % suivie d'une baisse de 10 %.

57 Deux hausses successives de 20 %.

58 Une hausse de 40 % suivie d'une baisse de 50 %.

59 Une baisse de 30 %, suivie d'une baisse de 20 % et d'une hausse 50 %.

60 En deux ans, le prix d'un article a augmenté de 50 %. La première année, il a augmenté de 20 %. De quel taux a-t-il augmenté la deuxième année ?

61 Un produit a augmenté de 5 % en 2024, puis de 10 % en 2025.
Quel est le taux d'évolution global du prix du produit sur ces deux années ?

62 Une entreprise a réalisé une augmentation de 10 % de ses ventes au mois de janvier, puis une baisse de 10 % en février. Quel est le taux d'évolution global des ventes sur ces deux mois ?

63 Le nombre de visiteurs d'un site Web a augmenté de 30 % en 2023, puis de 20 % en 2024. Quel est le taux d'évolution global du nombre de visiteurs pendant ces deux années ?

64 Les revenus d'une start-up ont augmenté de 150 % au premier semestre de 2024, puis de 200 % au second semestre. Quel est le taux d'évolution global des revenus de la start-up sur l'ensemble de l'année 2024 ?

65 Un investissement a rapporté 10 % d'intérêt chaque année pendant deux ans. Quel est le taux d'évolution global de l'investissement sur ces deux années ?

B8 Calculer un taux d'évolution réciproque

Pour revenir à la valeur initiale après une évolution de taux t, on applique une nouvelle évolution, appelée évolution réciproque, de taux d'évolution associé t_R, appelé **taux d'évolution réciproque**.

- On calcule le coefficient multiplicateur CM de l'évolution initiale : $CM = 1 + t$.
- Puis on détermine le coefficient multiplicateur de l'évolution réciproque : $CM_R = \frac{1}{CM}$;
- Enfin, on détermine le taux d'évolution réciproque : $t_R = CM_R - 1$.

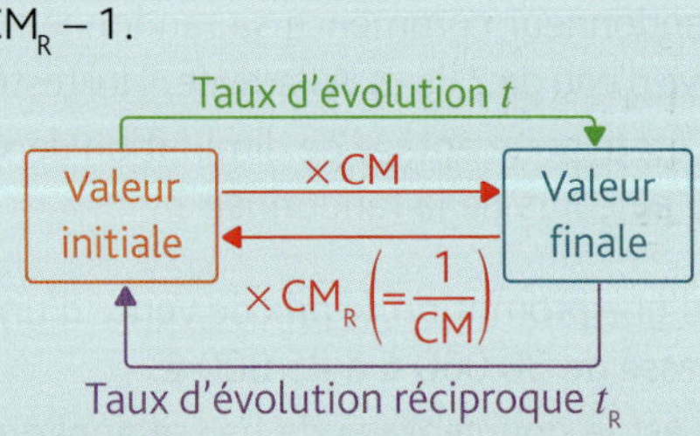

Exemple : Au premier semestre 2020, les prix de l'immobilier avaient baissé de 20 %. Quel taux d'évolution devrait s'appliquer pour revenir aux prix initiaux ?

- $CM = 1 + t = 1 + \left(-\frac{20}{100}\right) = 0{,}8$.
- $CM' = \frac{1}{CM} = \frac{1}{0{,}8} = 1{,}25$.
- $t' = CM' - 1 = 0{,}25 = 25\,\%$.

Pour revenir aux valeurs initiales, les prix devront augmenter de 25 %.

Pour l'ensemble des exercices, on pourra utiliser le tableau ci-dessous :

x	0,2	0,25	0,5	0,7	0,75
$\frac{1}{x}$*	5	4	2	1,43	1,33

x	1,2	1,25	1,5	2,5	
$\frac{1}{x}$*	0,83	0,8	0,67	0,4	

** Les valeurs ont été arrondies à 0,01.*

Pour 66 à 68, donner le taux d'évolution réciproque et l'interpréter.

66 a. Hausse de 25 %
b. Baisse de 75 %

67 a. Baisse de 50 %
b. Hausse de 150 %

68 a. Hausse de 50 %
b. Baisse de 25 %

69 Une paire de sneakers est soldée à 84 € après une remise de 30 %. Quel est le taux d'évolution réciproque, arrondi au %, pour calculer le prix initial ?

70 Un produit soumis à une taxe de 20 % coûte 18 € toutes taxes comprises. Quel est le taux d'évolution réciproque, arrondi au %, à appliquer pour déterminer le prix hors taxes ?

C) Calcul numérique et algébrique

C9. Effectuer des opérations et des comparaisons entre des fractions simples

Comparaison de fractions

Deux fractions ayant le même dénominateur strictement positif sont rangées dans le même ordre que leurs numérateurs.

Exemple : $\frac{2}{3} < \frac{4}{3}$ car $2 < 4$.

Si les dénominateurs ne sont pas égaux, on réduit les fractions au même dénominateur puis on compare.

Exemple : $\frac{7}{3} > \frac{9}{4}$

car $\frac{7}{3} = \frac{7 \times 4}{3 \times 4} = \frac{28}{12}$; $\frac{9}{4} = \frac{9 \times 3}{4 \times 3} = \frac{27}{12}$ et $28 > 27$.

Addition ou soustraction de fractions

On ajoute ou on soustrait les numérateurs de deux fractions ayant le même dénominateur et on garde ce dénominateur commun.

$$\frac{a}{b} + \frac{c}{b} = \frac{a+c}{b} \quad \text{et} \quad \frac{a}{b} - \frac{c}{b} = \frac{a-c}{b} \quad \text{où } b \neq 0.$$

Lorsque les fractions n'ont pas le même dénominateur, on les réduit au même dénominateur, puis on applique la règle précédente.

Exemples : $\frac{1}{3} + \frac{7}{3} = \frac{8}{3}$

$\frac{2}{7} - \frac{3}{4} = \frac{2 \times 4}{7 \times 4} - \frac{3 \times 7}{4 \times 7} = \frac{8}{28} - \frac{21}{28} = -\frac{13}{28}$

Produits de fractions

On multiplie les numérateurs entre eux et les dénominateurs entre eux. Il est inutile de les réduire au même dénominateur.

$\frac{a}{b} \times \frac{c}{d} = \frac{a \times c}{b \times c}$ où $b \neq 0$ et $d \neq 0$

Exemple : $\frac{2}{5} \times \frac{3}{7} = \frac{2 \times 3}{5 \times 7} = \frac{6}{35}$

Quotient de fractions

Pour diviser par un nombre non nul, on multiplie par son inverse.

Exemples : $\frac{5}{3} \div \frac{9}{2} = \frac{5}{3} \times \frac{2}{9} = \frac{10}{27}$

$\frac{2}{9} \div 5 = \frac{2}{9} \times \frac{1}{5} = \frac{2}{45}$

71 Comparer les fractions suivantes :
a. $\frac{1}{3}$ et $\frac{1}{12}$ b. $\frac{7}{3}$ et $\frac{8}{3}$ c. $\frac{5}{6}$ et $\frac{1}{12}$

Pour 72 à 74, recopier et comparer les fractions en utilisant les symboles $<$, $>$ ou $=$.

72 a. $\frac{1}{5} \dots \frac{3}{15}$ b. $\frac{3}{20} \dots \frac{13}{60}$ c. $\frac{12}{75} \dots \frac{6}{25}$

73 a. $\frac{4}{5} \dots \frac{5}{6}$ b. $\frac{19}{40} \dots \frac{20}{50}$ c. $\frac{40}{41} \dots \frac{30}{31}$

74 a. $\frac{1}{5} \dots \frac{-1}{4}$ b. $\frac{-80}{20} \dots -4$ c. $-1 \dots \frac{-5}{6}$

Pour 75 à 77, calculer et écrire sous forme irréductible.

75 a. $\frac{1}{6} + \frac{5}{12}$ b. $\frac{1}{5} \times \frac{1}{7}$ c. $\frac{4}{3} \div \frac{7}{5}$

76 a. $2 + \frac{1}{4} + \frac{1}{12}$ b. $\frac{1}{3} - \frac{7}{12} + \frac{1}{4}$

77 a. $2 - \left(\frac{7}{4} - \frac{1}{7}\right)$ b. $4 \times \frac{5}{3} + \frac{4}{3}$ c. $\frac{1}{5} - \frac{2}{15} \div \frac{7}{3}$

C10 Effectuer des opérations sur les puissances

Pour tout $a \in \mathbb{R}$, on a : $a^1 = a$

et pour tout $n \in \mathbb{N}^*$, $\overbrace{a^n = a \times a \times a \times \ldots \times a}^{n \text{ facteurs}}$.

Pour tout $a \in \mathbb{R}^*$, on a $a^0 = 1$ et $a^{-1} = \dfrac{1}{a}$.

Pour tout $a \in \mathbb{R}^*$, $b \in \mathbb{R}^*$, n et m entiers relatifs non nuls :

$\dfrac{1}{a^n} = a^{-n}$ $\qquad \dfrac{a^n}{a^m} = a^{n-m}$

$a^n \times a^m = a^{n+m}$ $\qquad (a^n)^m = a^{n \times m}$

$(ab)^n = a^n \times b^n$ $\qquad \left(\dfrac{a}{b}\right)^n = \dfrac{a^n}{b^n}$

Exemples : $\dfrac{3^4}{3^5} = 3^{4-5} = 3^{-1} = \dfrac{1}{3}$

$2^3 \times 4^2 = 2^3 \times (2^2)^2 = 2^3 \times 2^4 = 2^{3+4} = 2^7$

78 Simplifier les calculs ci-dessous afin de ne faire apparaître qu'une seule puissance de 5.

a. $5 \times 5 \times 5 \times 5$ b. $5^2 \times 5^3$

79 Simplifier les calculs ci-dessous afin de ne faire apparaître qu'une seule puissance de 10.

a. $10^5 \times 10^4$ b. $10^{-5} \times 10^3$

c. $\dfrac{10^5}{10^4}$ d. $\dfrac{10^{-5}}{10^3}$

80 Simplifier les calculs ci-dessous afin de ne faire apparaître qu'une seule puissance de 10.

a. $50^5 \times \dfrac{10^7}{5^5}$ b. $20^{-5} \times \dfrac{10^8}{2^{-5}}$

81 Simplifier les calculs ci-dessous afin de ne faire apparaître qu'une seule puissance de 7.

a. $\dfrac{7^3}{7^2}$ b. $7^4 \times 7^{-5}$ c. $(7^3)^2$

82 Écrire le nombre suivant sous la forme a^n avec $a \in \mathbb{N}$ et $n \in \mathbb{N}$.

a. $5^6 \times (4^2)^3$ b. $4^3 \times 7^6$

83 Simplifier les calculs ci-dessous afin de ne faire apparaître qu'une seule puissance de 3.

a. $\dfrac{3^5 \times 3^4 \times 3^{-2}}{3^2}$ b. $\dfrac{3^3 \times (3^3)^2}{3^5}$ c. $\dfrac{81}{27}$

84 Écrire $\dfrac{25^3}{(2^3 \times 20)^2}$ sous la forme $2^a \times 5^b$.

Pour 85 à 87, simplifier au maximum (a , b et x sont des réels non nuls).

85 a. $\dfrac{(2^2 \times 3^3)^2 \times 9}{12^2}$ b. $\dfrac{(x^2 \times x^3)^2 \times x}{x^2}$

86 a. $\dfrac{3^2 \times 5^3 \times 25}{75^3}$ b. $a^2 \times \dfrac{b^3}{(ab)^2}$

87 Le résultat ne devra pas comporter de quotient.

a. $\dfrac{(ab)^3 b^{-4}}{(a^3 b)^2}$ b. $\dfrac{a^3 b^5 c^{-3}}{(b^2 c)^3}$

C11. Passer d'une écriture d'un nombre à une autre (décimale, fractionnaire, scientifique)

Un **nombre décimal** peut s'écrire sous une **forme fractionnaire** (la fraction sera irréductible) ou sous la **forme scientifique** : $a \times 10^n$ où a est un nombre réel tel que $a \in [1 ; 10[$ et n un entier relatif.

Exemple :

- Forme décimale : 12,14.
- Forme fractionnaire irréductible : $\dfrac{1214}{100} = \dfrac{607}{50}$.
- Écriture scientifique : $1{,}21 \times 10^3$.

88 Donner une écriture fractionnaire des nombres suivants :

a. 0,5 b. 2,8 c. 2,56

Pour 89 et 90, donner l'écriture fractionnaire irréductible des nombres proposés.

89 a. 3,9 b. 0,061 c. 1,09

90 a. 45,5 b. 0,64 c. 4,6

Pour 91 à 94, donner l'écriture décimale des nombres proposés.

91 a. $\dfrac{2311}{10}$ b. $\dfrac{211}{10000}$ c. $\dfrac{45}{100}$

92 a. $\dfrac{1}{4}$ b. $\dfrac{3}{4}$ c. $\dfrac{19}{4}$

93 a. $\dfrac{4}{5}$ b. $\dfrac{5}{8}$ c. $\dfrac{19}{20}$

94 a. $\dfrac{16 \times 10^9}{8 \times 10^{11}}$ b. $\dfrac{3 \times 10^3}{5 \times 10^2}$

Pour 95 et 96, donner l'écriture scientifique des nombres proposés.

95 a. 52,4 b. 0,48 c. 0,08

96 a. 1235,4 b. 0,026 c. Un million

Pour 97 et 98, faire le calcul et donner l'écriture scientifique du résultat.

97 a. $0{,}5 \times 10^2 \times 6 \times 10^3$ b. $3 \times 10^4 \times 4 \times 10^{-3}$

98 a. $\dfrac{4 \times 10^{-3}}{8 \times 10^2}$ b. $\dfrac{2 \times 10^2}{5 \times 10^4}$

99 Reproduire et complétver le tableau suivant :

Écriture décimale	Écriture fractionnaire irréductible	Écriture scientifique
0,023		
		29×10^{-2}
	$\frac{7}{4}$	

C12. Estimer un ordre de grandeur

L'ordre de grandeur d'une valeur est la puissance de 10 qui s'en rapproche le plus. Il permet notamment de donner une valeur approchée d'une grandeur physique.

Si x est un nombre dont l'écriture scientifique est $x = a \times 10^n$ où $a \in [1\,;10[$ et n entier relatif, l'ordre de grandeur de x est :

- 10^n si $1 \leqslant a < 5$
- 10^{n+1} si $5 \leqslant a < 10$

Exemple :

La distance Terre-Lune est d'environ $384\,400$ km. Comme $384\,400 = 3{,}844 \times 10^5$ et 3,844 est entre 1 et 5, l'ordre de grandeur de cette distance est 10^5 km.

Les ordres de grandeur sont utiles pour estimer rapidement le résultat d'un calcul.

100 Donner un ordre de grandeur des nombres suivants :

a. 3×10^9 b. 6×10^9 c. $2{,}1 \times 10^4$

101 Donner un ordre de grandeur des nombres suivants :

a. 1 352 400 b. 0,028 9 c. 839 526

102 a. Quel est l'ordre de grandeur de la hauteur de la tour Eiffel ?

b. Quel est l'ordre de grandeur de la hauteur du mont Blanc ?

c. Quel est l'ordre de grandeur de la hauteur du mont Everest ?

103 Donner un ordre de grandeur des résultats suivants :

a. 102×99 b. $\frac{1100}{9}$

c. $1{,}1 \times 10^{15} + 5{,}1 \times 10^{-9}$

104 Donner un ordre de grandeur des résultats suivants sous la forme d'une puissance de dix :

a. $\frac{52{,}4 \times 10^3}{2 \times 10^5 \times 2{,}45 \times 10^{12}}$

b. $\frac{301 \times 10^5}{500 \times 10^{-3} \times 5{,}9 \times 10^{-1}}$

105 Donner la bonne réponse en utilisant un ordre de grandeur des nombres mis en jeu.

1. 86 251 + 15 284 = ...

a. 91 805 b. 1 110 805 c. 101 535

1. $237{,}1 \times 0{,}96$ = ...

a. 137,96 b. 227,616 c. 2 207,616

C13. Conversions d'unités

Pour effectuer des conversions d'unités, on utilise généralement des tableaux.

Unités de longueur : unité légale de mesure : le mètre **(m)**

Le tableau de conversion comporte une colonne par unité.

km	hm	dam	m	dm	cm	mm
	3	4	0			
		0,	0	0	1	2

Exemples :

34 dm = 340 m ; 12 mm = 0,0012 dam

Unités d'aire : unité légale de mesure : le mètre carré **(m^2)**

Le tableau de conversion comporte deux colonnes par unité.

km^2		hm^2		dam^2		m^2		dm^2		cm^2		mm^2	
						1	2	0	0	0	0		

Exemple :

12 m^2 = 120 000 cm^2

Unités de capacité : unité légale de mesure : le litre **(L)**

Le tableau de conversion comporte une colonne par unité.

Unités de volume : unité légale de mesure : le mètre cube **(m^3)**

Le tableau de conversion comporte trois colonnes par unité.

Conversions unités de volume/unités de capacité :

1 dm^3 = 1 L ; 1 cm^3 =1 mL

km^3			hm^3			dam^3			m^3			dm^3			cm^3			mm^3		
											kL	hL	daL	L	dL	cL	mL			
														1,	5	4	8			

Exemple :

1 548 cm^3 = 1,548 dm^3 = 1,548 L

Unités de masse : unité légale de mesure : le gramme **(g)**

Le tableau de conversion comporte une colonne par unité.

t	q		kg	hg	dag	g	dg	cg	mg
			0,	0	0	1	5	3	

Exemple :

153 cg = 0,00153 kg

Unités de temps

1 h = 60 min ; 1 min = 60 s ; 1 jour = 24 h

Exemples :

- 32 h = 32×60 = 1 920 min
- 4,5 h = 4 h + 0,5 h = 4h + $0{,}5 \times 60$ min = 4 h 30 min

106 a. Convertir 3 km en mètres.

b. Convertir 1 m^2 en cm^2.

c. Convertir 100 hm^3 en km^3.

Pour 107 à 113, effectuer les conversions suivantes.

107 a. 12 m = ... cm b. 22 hm = ... km

108 a. 2 000 cm^2 =... m^2 b. 500 hm^2 =... km^2

109 a. 50 000 cm^3 =... m^3 b. 10 dm^3 =... cm^3

Se préparer au Bac

110 a. 4 kg = ... hg b. 15 g = ... dg

111 a. 1 547 mg = ... kg b. 125 dg = ... mg

112 a. 4 h = ... min b. 360 min = ... h

113 a. 140 min = ... h ... min
b. 14 h 15 min = ... min

114 Convertir les longueurs suivantes :
a. la hauteur de la tour Eiffel, 300 m, en cm.
b. La taille d'un moustique de 0,5 cm en m.
c. La distance Bordeaux-Paris, 587 km en dm.

115 Convertir les aires suivantes :
a. La superficie d'un terrain de football de 7 000 m^2 en hm^2.
b. La surface d'une pièce de 2 euros, 2 083 mm^2 en m^2.

116 a. Un chat vit en moyenne 15 ans. Convertir en jours.
b. Le record du monde pour un marathon est de 7 796 s. Convertir en heure, minute et seconde.

Pour 117 à 119, effectuer les conversions suivantes.

117 a. 12 cm^3 =... mL b. 2L =... cm^3

118 a. 2000 cm^3 =... L b. 500 mL =...dm^3

119 a. 3,2 t =... kg b. 250 kg =... t

C14. Résoudre une équation ou une inéquation du premier degré, une équation du type : $x^2 = a$

Résoudre une équation du premier degré
Pour isoler l'inconnue d'un côté du symbole « = », on peut ajouter ou soustraire un même nombre aux deux membres de l'équation. On peut également multiplier ou diviser les deux membres de l'équation par un même nombre non nul.
L'équation obtenue ainsi a alors les mêmes solutions que la précédente. On dit qu'elles sont équivalentes.

120 Associer chacune des équations suivantes à sa solution :
a. $2x - 12 = 8$ 1. -10
b. $2x - 12 = 8x$ 2. 10
c. $-2x - 12 = 8$ 3. -2
d. $2x + 12 = 8x$ 4. 2

Pour 121 à 126, donner la solution de chacune des équations.

121 $x - 3 = 8$ **122** $5x = -15$ **123** $\frac{x}{4} = -3$

124 $3x - 5 = 1$ **125** $\frac{x}{3} - 5 = 1$ **126** $\frac{x-5}{3} = 1$

Pour 127 à 133, résoudre chacune des équations.

127 $3x = 2x + 8$ **128** $-4x + 3 = 9$

129 $5(x - 2) = -20$

130 $7x = 3x + 5$ **131** $-5x - 2 = 13$

132 $4(x - 3) = -18$

133 a. $x^2 + x(3 - x) = 5$ b. $(2x - 5)(x - 3) = 2x^2 + 7$

Résoudre une inéquation du premier degré
On applique la même méthode que l'équation en isolant l'inconnue d'un côté du symbole « $<$ », « $>$ ».
Attention ! l'inégalité change de sens si on multiplie ou on divise chaque membre par un même nombre négatif non nul.

134 Associer chacune des inéquations suivantes à sa solution :
a. $6x - 5 \geqslant 7$ 1. $]-\infty ; -2]$
b. $7 - 2x \geqslant 3$ 2. $]-\infty ; 2]$
c. $-4x + 1 \leqslant 9$ 3. $[-2 ; +\infty[$
d. $2x - 12 \geqslant 8x$ 4. $[2 ; +\infty[$

Pour 135 à 139, résoudre chacune des inéquations.

135 $4x \geqslant 8$ **136** $3x \leqslant -9$ **137** $-5x > 20$

138 a. $7x + 8 > 5x - 5$ b. $-5x + 6 \geqslant 2x - 4$
c. $3(x - 5) \geqslant 7x + 1$

139 a. $(x + 3)(x - 5) < x^2 - 4$
b. $x(x + 7) \geqslant (x - 3)(x + 3)$
c. $\frac{5x - 2}{9} > \frac{3 + 4x}{7}$

Résoudre une équation du type $x^2 = a$
L'équation $x^2 = c$ admet :
- 2 solutions si $c > 0$: $x = \sqrt{c}$ ou $x = -\sqrt{c}$
- 1 solution si $c = 0$: $x = 0$
- aucune solution réelle si $c < 0$

140 L'équation $4x^2 = 16$ a pour solutions :
a. 4 et -4 b. 2 et -2 c. 8 et -8
d. $\sqrt{2}$ et $-\sqrt{2}$ e. $\sqrt{8}$ et $-\sqrt{8}$

Pour 141 à 143, résoudre chacune des équations.

141 a. $x^2 = 16$ b. $x^2 = 5$ c. $x^2 = 0$

142 a. $4x^2 = 64$ b. $-5x^2 = -125$ c. $3x^2 - 12 = 15$

143 a. $\frac{x^2}{3} = 12$ b. $5x^2 = -125$ c. $5(x^2 + 3) = 15$

C15. Déterminer le signe d'une expression du premier degré, d'une expression factorisée du second degré

Déterminer le signe d'une expression du premier degré

Une expression du premier degré est une expression de la forme $\boldsymbol{A(x) = mx + p}$ où m est un réel non nul et p un réel. Pour déterminer le signe de $A(x)$, on résout $\boldsymbol{A(x) = 0}$ et on observe le **signe de** $\boldsymbol{m}$.

$$A(x) = 0 \Leftrightarrow mx + p = 0 \Leftrightarrow mx = -p \Leftrightarrow x = -\frac{p}{m}$$

Si $m > 0$

x	$-\infty$	$-\frac{p}{m}$	$+\infty$
Signe de mx + p	$-$	0	$+$

Si $m < 0$

x	$-\infty$	$-\frac{p}{m}$	$+\infty$
Signe de mx + p	$+$	0	$-$

Pour 144 à 147, résoudre les équations.

144 $2x + 2 = 0$

145 $5 + 3x = 0$

146 $-4x + 7 = 0$

147 $5 - x = 0$

Pour 148 à 155, déterminer le signe de $A(x)$ à l'aide d'un tableau de signes.

148 $A(x) = 3x + 2$

149 $A(x) = 5 - 4x$

150 $A(x) = 3 - 7x$

151 $A(x) = x + 2$

152 $A(x) = -5x - 7$

153 $A(x) = -x - \frac{2}{7}$

154 $A(x) = 5 - \frac{2}{3}x$

155 $A(x) = \frac{x}{5} + 1$

Déterminer le signe d'une expression factorisée du second degré

Une expression factorisée du second degré est de la forme $\boldsymbol{A(x) = a(x - x_1)(x - x_2)}$ où a est un réel non nul et x_1 et x_2 sont deux réels, appelés les **racines** de A.

Pour déterminer le signe de $A(x)$, on observe le **signe de** $\boldsymbol{a}$. Supposons que $x_1 \leqslant x_2$.

Si $a > 0$

x	$-\infty$		x_1		x_2		$+\infty$
Signe de $a(x - x_1)(x - x_2)$		$+$	0	$-$	0	$+$	

Si $a < 0$

x	$-\infty$		x_1		x_2		$+\infty$
Signe de $a(x - x_1)(x - x_2)$		$-$	0	$+$	0	$-$	

Pour 156 à 161, déterminer le signe de $A(x)$ à l'aide d'un tableau de signes.

156 $A(x) = 2(x - 4)(x - 1)$

157 $A(x) = 3(x + 2)(x - 5)$

158 $A(x) = -5(x + 3)(x + 2)$

159 $A(x) = \frac{1}{3}(x - 3)(x + 2)$

160 $A(x) = (3x - 6)(x - 2)$

161 $A(x) = (5 - x)(x + 3)$

C16. Isoler une variable dans une égalité ou une inégalité qui en comporte plusieurs

Comme dans la résolution d'une équation ou d'une inéquation, **on isole la grandeur recherchée** en appliquant les mêmes opérations aux deux membres de l'égalité ou de l'inégalité.

Exemple : Vitesse de coupe : V_C

En usinage, la vitesse de coupe est la distance (en mètres) parcourue en une minute par une dent de la fraise. On sait que $V_C = \frac{\pi \times D \times N}{1000}$, où D est le diamètre (en mètres) de la pièce à usiner et N est la vitesse de rotation (tours/min). Pour exprimer N en fonction de V_C et D, on va isoler N en considérant V_C et D comme des constantes.

$$V_C = \frac{\pi \times D \times N}{1000}$$

On multiplie par 1 000 de chaque côté

$$\Leftrightarrow 1000 \times V_C = \pi \times D \times N$$

On divise par $\pi \times D$ de chaque côté

$$\Leftrightarrow \frac{1000 \times V_C}{\pi \times D} = N$$

162 Exprimer, dans chaque cas, a en fonction de b et c.

a. $a - 5b + 4c = 6$

b. $3a + 4b - 5c = 2$

c. $ab + 3c = 4$

d. $\frac{c}{a} + 4b - 5 = 3$

163 La surface latérale S d'un cylindre est donnée par $S = 2\pi \times r \times h$, où r est le rayon de la base et h la hauteur. Exprimer h en fonction de S et r.

164 Le volume V d'un cylindre est donné par $V = \pi \times r^2 \times h$, où r est le rayon de la base et h la hauteur. Exprimer r en fonction de V et h.

165 Un rectangle a pour longueur L et pour largeur l. Son périmètre p s'obtient grâce à $p = 2 \times (L + l)$. Exprimer L à l'aide p et de l.

166 L'aire S d'un trapèze est égale à $S = \frac{(B + b)}{2} \times h$ où B est la longueur de la grande base, b, la longueur de la petite base et h la hauteur.
Exprimer B à l'aide de S, h et b.

Se préparer au Bac

C17. Effectuer une application numérique d'une formule (notamment celles utilisées dans d'autres disciplines)

Chaque variable est remplacée par sa valeur dans la formule. Il peut être nécessaire de convertir des unités.

Exemple : Le volume d'un pavé droit est :
$V = L \times l \times h$. Déterminer le volume du pavé droit tel que $L = 5$ cm, $l = 2$ et $h = 3$ cm.
$V = 5 \times 2 \times 3 = 10 \times 3 = 30$. Son volume est de $30\ \text{cm}^3$.

167 Le volume d'une boule de rayon R est $V = \frac{4}{3}\pi R^3$.
En prenant $\pi \approx 3$, déterminer une valeur approchée du volume de la boule de rayon 5 cm.

168 La surface d'un trapèze est $S = \frac{a+b}{2} \times h$ où a est la mesure de la grande base, b celle de la petite base et h la hauteur. Déterminer la surface du trapèze dont la petite base mesure 4 cm, la grande base 5 cm et la hauteur 3 cm.

169 Le taux d'évolution entre la valeur finale V_F et la valeur initiale V_I est $t = \frac{V_F - V_I}{V_I}$.
Déterminer le taux d'évolution du prix d'un article dont le prix passe de 20 € à 26 €.

170 En économie l'élasticité-prix de la demande est donnée par la formule :

$$e = \frac{\dfrac{\text{variation de la demande}}{\text{demande initiale}}}{\dfrac{\text{variation du prix}}{\text{prix initial}}}$$

Déterminer l'élasticité-prix lorsque la demande d'un article passe de 100 à 80 unités pendant que son prix passe de 5 € à 3 €.

171 La formule permettant de transformer des degrés Celsius (°C) en degrés Fahrenheit (°F) est $F = 1{,}8C + 32$. Déterminer la température d'ébullition de l'eau, en °F sachant que l'eau bout à 100 °C.

C18. Développer, factoriser, réduire une expression algébrique

Développer, c'est transformer un produit en sommes ou différences. Pour tous réels a, b et c :
$a(b+c) = ab + ac$
Cas particulier : $-(b+c) = -b - c$

Réduire, c'est regrouper les termes « semblables »

Factoriser, c'est transformer une somme ou différence en produit.

Exemple :
$(x+1)(x+2) - 5(x+1) = (x+1)(x+2-5) = (x+1)(x-3)$

Distributivité double : Pour tous réels a, b, c et d :

$$(a+b)(c+d) = ac + ad + bc + bd$$

Exemple :
$(2-x)(3+x) = 6 + 2x - 3x - x^2 = -x^2 - x + 6$

Identités remarquables : Pour tous réels a et b :

$$(a+b)^2 = a^2 + 2ab + b^2$$
$$(a-b)^2 = a^2 - 2ab + b^2$$
$$(a-b)(a+b) = a^2 - b^2$$

Exemples
- Pour développer : $(x+2)^2 = x^2 + 4x + 4$
- Pour factoriser : $x^2 - 4 = x^2 - 2^2 = (x-2)(x+2)$

Pour 172 et 173, développer, réduire et ordonner.

172 a. $2(x+5)$ b. $x(3-5x)$
c. $(x-1)(x+2)$

173 a. $(x+1)^2$ b. $(2-x)^2$
c. $5(x+1) - (2x-3)$

Pour 174 à 176, factoriser.

174 a. $2x + 5x$ b. $(x+1) + 5(x+1)$
c. $x^2 - 16$ d. $x^2 - 3x$

175 a. $(2x+1)(x-5) + 2(x-5)$.
b. $x^2 + 6x + 9$

176 a. $(x+1)^2 - (x+1)(2x-3)$
b. $5x(7x-3) - 10x$

177 Associer chaque forme factorisée à sa forme développée :

Forme factorisée	Forme développée
a. $(x-1)(x-2)$	1. $x^2 + 3x + 2$
b. $(x+1)(-x-2)$	2. $x^2 - 3x + 2$
c. $(x+1)(x+2)$	3. $-x^2 - 3x - 2$

Pour 178 et 179, développer, réduire et ordonner.

178 a. $3x(x+2)$ b. $(x+7)(x-8)$
c. $(x-0{,}1)(x-0{,}3)$

179 a. $2(x+3)(x-3)$ b. $(3x-7)(-x-1)$

Pour 180 à 182, factoriser (x et k sont des réels).

180 a. $x^2 + 9x$ b. $x^2 - 81$

181 a. $2(x+4) - (x-2)(x+4)$
b. $25x^2 - 16$

182 a. $4x^2 - k^2$
b. $(3x-1)(2x+3) + 9x^2 - 1$

D) Fonctions et représentations

D19. Déterminer graphiquement des images et des antécédents

Lecture d'images et d'antécédents

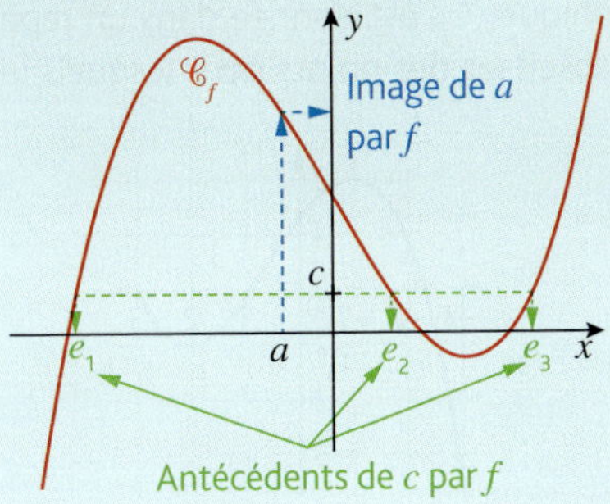

La lecture graphique est souvent approximative, elle est réalisée avec la précision permise par le graphique.

183 a. Quelle est l'image de -2 ?

b. Quel est l'antécédent de 4 ?

c. Quels nombres ont pour image 0 ?

d. De quel nombre -2 et 0 sont-ils les antécédents ?

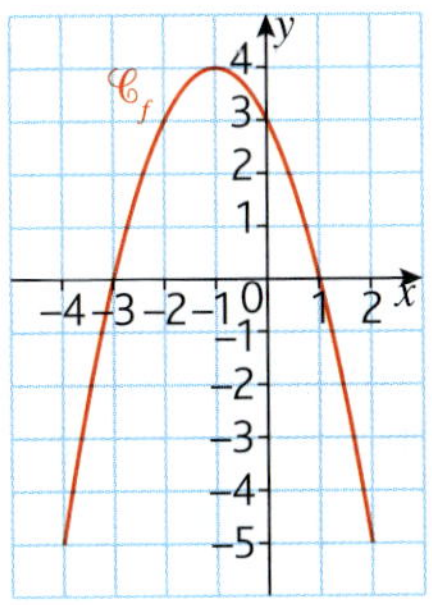

Pour 184 à 186, utiliser la fonction f définie sur $[-2\,;6]$ dont la représentation graphique est donnée ci-contre. On répondra avec la précision permise par le graphique.

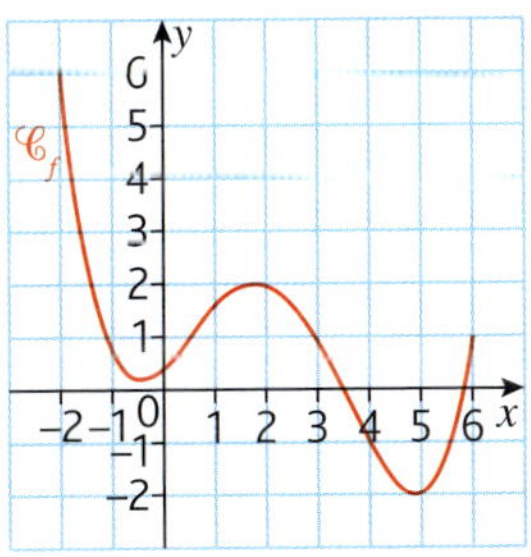

184 Vrai ou faux ?

a. L'image de 5 par f est -2.

b. -1 possède 2 antécédents par f.

c. -1 a pour image 4 par f.

d. 1 est l'image de 6 par f.

e. Tous les nombres de $[1\,;2]$ ont trois antécédents par f.

185 Parmi les propositions suivantes, trouver celle qui n'a pas le même sens que les autres.

a. L'image de 6 par f est 1.

b. $f(6)=1$.

c. 6 a pour antécédent 1 par f.

186 Vrai ou faux ?

a. Pour tout $k\in[-2\,;0]$, k possède exactement deux antécédents par f

b. Pour tout $k\in[0\,;1]$, k possède exactement quatre antécédents par f

c. Pour tout $k\in[2\,;6]$, k possède au moins un antécédent par f.

187 Pour chaque question, réécrire la proposition en utilisant le mot entre parenthèses. f est une fonction définie sur $\mathbb{R}$.

a. 3 est l'image de 5 par f. (antécédent)

b. 2 a pour antécédent 0 par f. (image)

c. 1 et 5 sont les antécédents de -1 par f. (image)

d. $f(6)=2$. (image)

D20. Résoudre graphiquement une équation, une inéquation du type : $f(x)=k$, $f(x)<k$ ...

Une fonction f **définie sur** $[-2\,;6]$ est représentée par la courbe bleue ci-dessous.

Résoudre l'équation $f(x)=1$ et en déduire les solutions de l'inéquation $f(x)<1$.

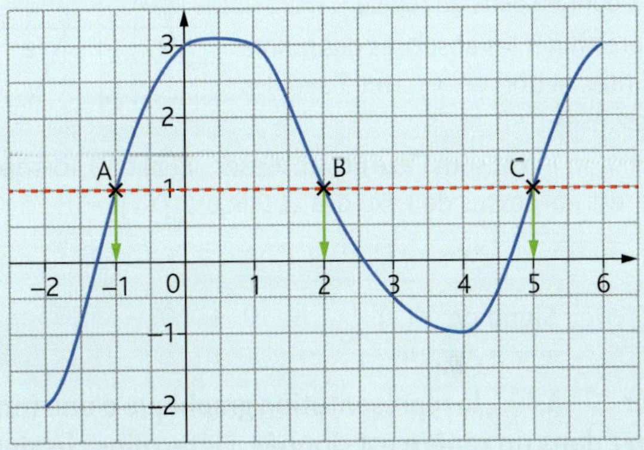

- On trace la droite d'équation $y=1$. Cette droite coupe la courbe aux points A, B et C dont les abscisses sont les solutions cherchées de l'équation $f(x)=1$. On écrit $S=\{-1\,;2\,;5\}$.
- Pour résoudre l'inéquation $f(x)<1$, trace la droite d'équation $y=1$, et on cherche les abscisses des points de la courbe $\mathscr{C}_f$ situés sous la droite d'équation $y=1$. On écrit $S=[-2\,;-1[\,\cup\,]2\,;5[$.

188 Une fonction f définie sur $[-4\,;0]$ est représentée ci-contre :

a. Résoudre graphiquement l'équation $f(x)=-1$.

b. Résoudre graphiquement l'inéquation $f(x)<-1$.

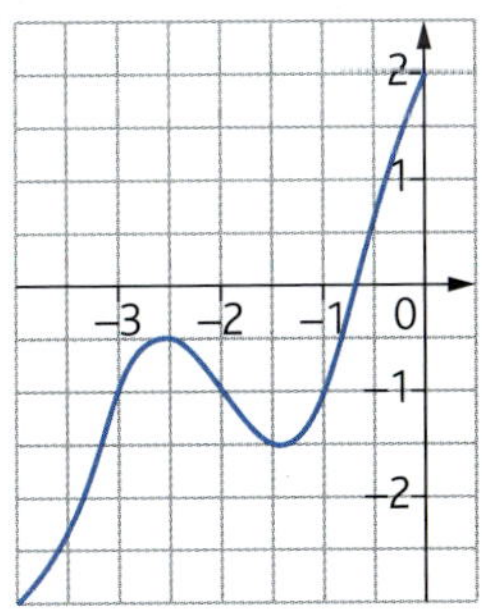

189 Une fonction g définie sur $[-2\,;3{,}5]$ est représentée ci-contre :

a. Résoudre l'inéquation $g(x)>200$.

b. Résoudre l'inéquation $g(x)\leqslant -50$.

c. Résoudre l'équation $g(x)=0$.

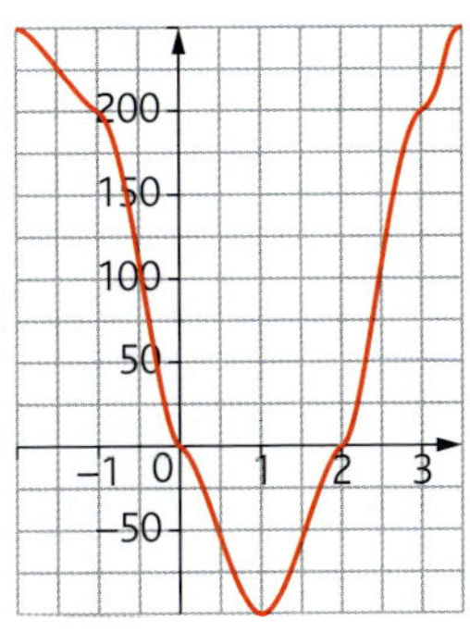

Se préparer au Bac

190 On représente sur $[-\pi\,;3\pi]$ une fonction *f*.

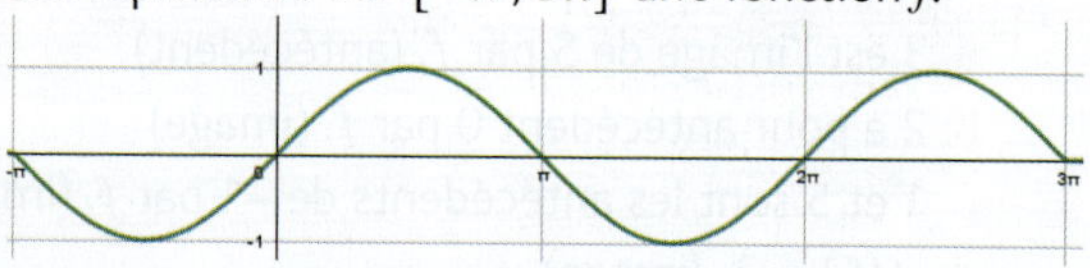

Résoudre l'inéquation $f(x)<0$.

D21. Déterminer graphiquement le signe d'une fonction ou son tableau de variations

Déterminer graphiquement le signe d'une fonction

Soit *f* une fonction définie sur $[-3\,;3]$ dont la représentation graphique, $\mathscr{C}_f$, est donnée dans un repère.

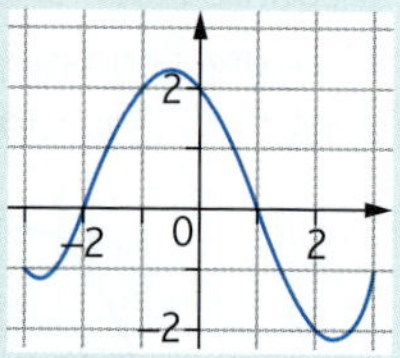

Déterminer les abscisses des points d'intersection de $\mathscr{C}_f$ avec l'axe des abscisses : -2 et 1.

Lorsque $\mathscr{C}_f$ est sous l'axe des abscisses, $f(x)<0$, lorsque $\mathscr{C}_f$ est au-dessus de l'axe des abscisses, $f(x)>0$.

x	-3		-2		1		3
Signe de $f(x)$		$-$	0	$+$	0	$-$	

Pour 191 à 193, la représentation graphique d'une fonction *f* dans un repère est donnée. Déterminer le signe de $f(x)$ avec la précision permise par le graphique.

191 *f* est définie sur $[-4\,;6]$

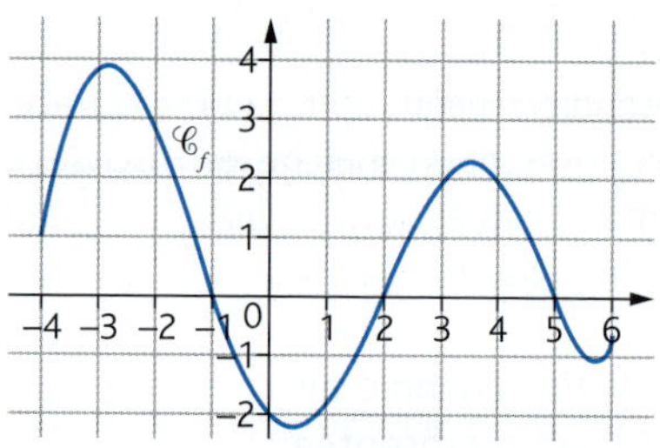

192 *f* est définie sur $[-3\,;4]$

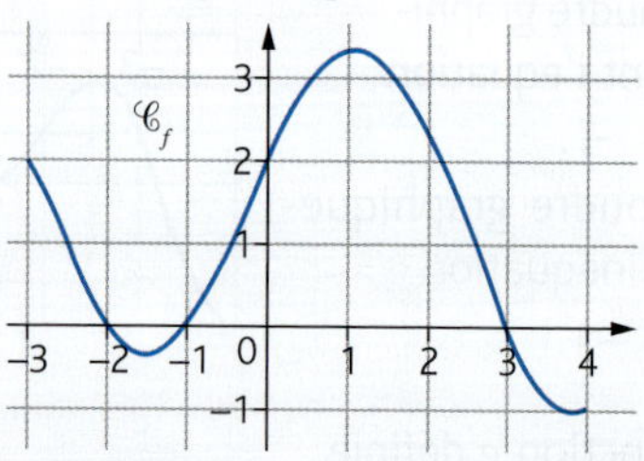

193 *f* est définie sur $[-3\,;5]$

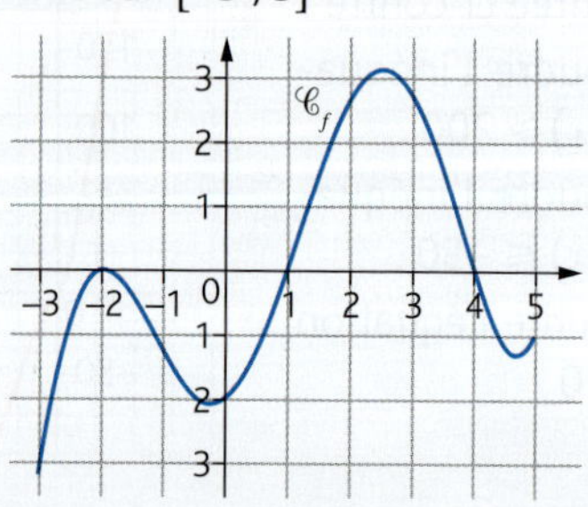

Déterminer graphiquement les variations d'une fonction

Soit *f* une fonction définie sur $[-3\,;3]$ dont la représentation graphique, $\mathscr{C}_f$, est donnée dans un repère. Déterminer les abscisses des points pour lesquels la variation change.

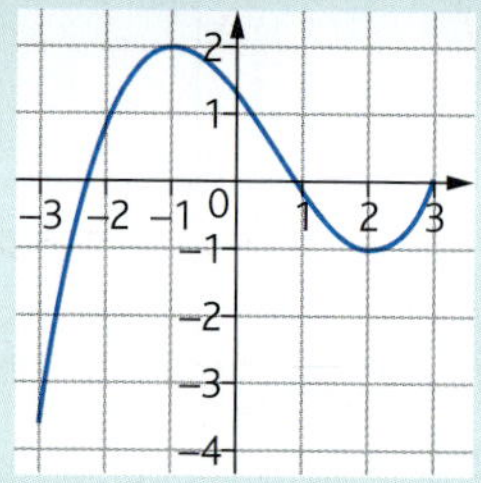

x	-3		-1		2		3
Variations de *f*	$-3{,}5$	↗	2	↘	-1	↗	0

Pour 194 à 196, la représentation graphique d'une fonction *f* dans un repère est donnée. Déterminer les variations de *f* avec la précision permise par le graphique.

194 *f* est définie sur $[-6\,;4]$

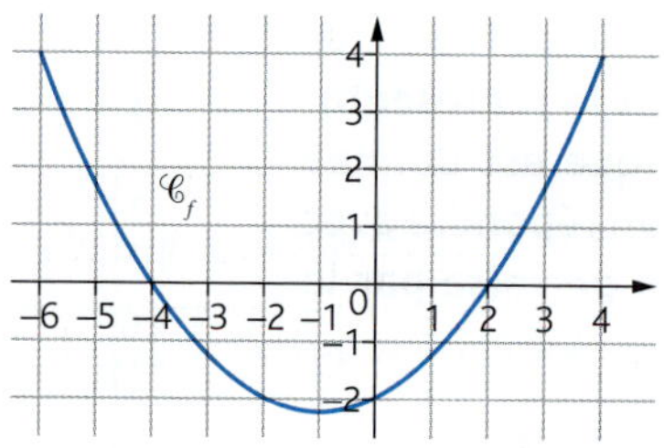

195 *f* est définie sur $[-3\,;5]$.

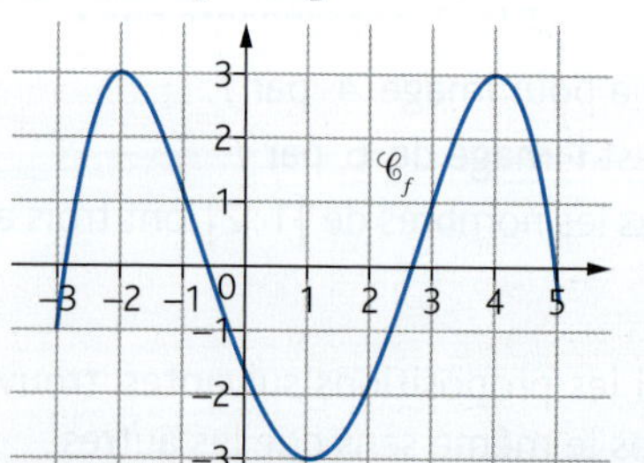

196 *f* est définie sur $[-5\,;6]$

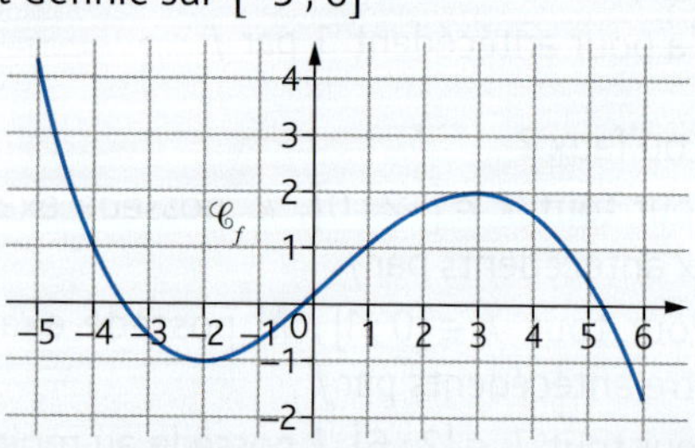

D22. Exploiter une équation de courbe (appartenance d'un point, calcul de coordonnées)

Dans un repère, on note $\mathscr{C}_f$ la courbe représentative d'une fonction f définie sur un intervalle I. $\mathscr{C}_f$ a pour équation $y = f(x)$.

Les points de $\mathscr{C}_f$ ont pour coordonnées $(x\,;f(x))$ pour $x \in \text{I}$.

Exemple : Soit la fonction f définie sur $\mathbb{R}$ par :

$$f(x) = x^2 - 9.$$

Le point $A(-1\,;-8) \in \mathscr{C}_f$

car $f(x_A) = f(-1) = (-1)^2 - 9 = -8 = y_A$.

197 Soient f, la fonction définie sur $\mathbb{R}$ par $f(x) = \frac{1}{3}x + \frac{7}{3}$, et $\mathscr{C}_f$ sa courbe représentative dans un repère.

a. Les points $A(2\,;3)$ et $B\left(-2\,;\frac{4}{3}\right)$ appartiennent-ils à $\mathscr{C}_f$?

b. Déterminer les coordonnées des points d'intersection de $\mathscr{C}_f$ avec les axes du repère.

198 Soit f, la fonction définie sur $[-3\,;5]$ par $f(x) = \frac{3}{x+5}$. Soit $\mathscr{C}_f$ sa courbe représentative dans un repère.

a. Montrer que le point $A(-2\,;1)$ appartient à $\mathscr{C}_f$.

b. Calculer l'ordonnée du point B de $\mathscr{C}_f$ d'abscisse 4.

c. Calculer l'abscisse du point C de $\mathscr{C}_f$ d'ordonnée $\frac{1}{2}$.

D23. Tracer une droite donnée par son équation réduite ou par un point et son coefficient directeur

On se place dans un repère.

L'**équation réduite d'une droite** est :

- $x = k$ où $k \in \mathbb{R}$ si la droite est parallèle à l'axe des ordonnées ;
- $y = mx + p$ où $m \in \mathbb{R}$ et $p \in \mathbb{R}$ si la droite n'est pas parallèle à l'axe des ordonnées. m est le coefficient directeur, p est l'ordonnée à l'origine.

Tracer une droite

- Si la droite n'est pas parallèle à l'axe des ordonnées, on peut déterminer les coordonnées de deux points appartenant à la droite. On pourra s'aider d'un tableau de valeurs :

x	Valeur à choisir	Valeur à choisir
$y = mx + p$	Valeur à calculer	Valeur à calculer

- On peut aussi utiliser l'ordonnée à l'origine et le coefficient directeur. $A(0\,;p)$ est un point de la droite que l'on place. Pour placer un second point : avancer de α unités (où $\alpha > 0$) parallèlement à l'axe des abscisses et se déplacer de $m \times \alpha$ unités parallèlement à l'axe des ordonnées (vers le haut si $m > 0$ et vers le bas si $m < 0$).

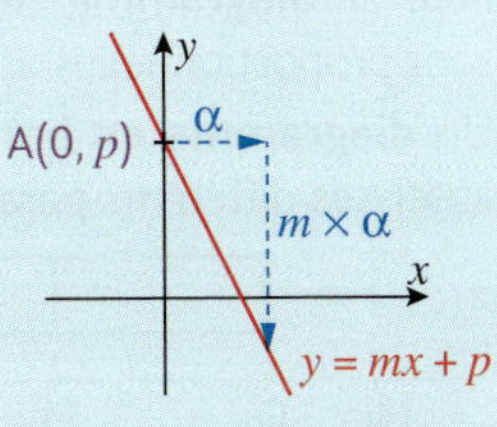

- Lorsque la droite est donnée par son coefficient directeur, on peut réaliser la construction précédente en remplaçant le point $A(0\,;p)$ par celui qui est donné.

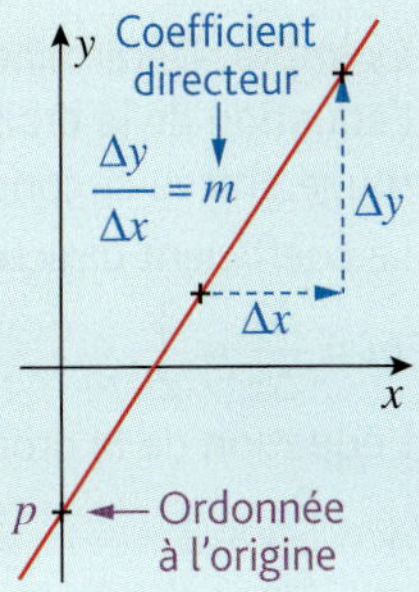

Exemple : Tracer la droite d'équation $y = 2x - 1$.

- L'ordonnée à l'origine est -1 : on place le point A de coordonnées $(0\,;-1)$.
- Le coefficient directeur est 2. Comme $2 > 0$, pour construire un second point, on part de A, **on avance de 1 unité** parallèlement à l'axe des abscisses et **on monte de 2 unités** parallèlement à l'axe des ordonnées. On trace ensuite la droite passant par ces deux points.

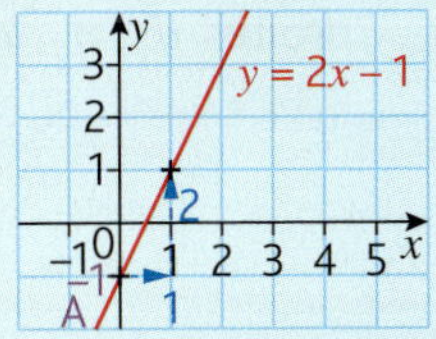

199 Représenter, sur un même graphique, les droites d_1, d_2 et d_3 d'équations respectives : $d_1 : y = x - 3$, $d_2 : x = 2$ et $d_3 : y = -x + 2$.

200 Représenter, sur un même graphique, les droites d_4 et d_5 d'équations respectives : $d_4 : y = 2x - 5$ et $d_5 : y = -1{,}5x + 5$.

201 Représenter sur un graphique la droite d passant par $A(-2\,;4)$ et ayant -1 comme coefficient directeur.

202 Représenter, sur un même graphique, les droites d_1 et d_2. Pour cela, déterminer d'abord 2 points appartenant à chacune des droites à l'aide d'un tableau de valeurs.

a. $d_1 : y = \frac{x}{9} - 3$ b. $d_2 : y = \frac{3x+1}{4}$

203 a. Sur un graphique, tracer la droite d_1 d'équation $y = \frac{x}{3} + 2$.

b. Sur le même graphique, tracer la droite d_2 ayant pour ordonnée à l'origine -2 et comme coefficient directeur 2.

D24. Lire graphiquement l'équation réduite d'une droite

Si la droite est parallèle à l'axe des ordonnées, l'équation réduite est de la forme $x = k$ où k est l'abscisse commune à tous les points de la droite.

Si la droite n'est pas parallèle à l'axe des ordonnées, l'équation réduite est de la forme $y = mx + p$. On lit son ordonnée à l'origine ainsi que son coefficient directeur.

Exemple : Déterminer l'équation de la droite rouge, tracée ci-contre.

Le coefficient directeur est : $m = \dfrac{\Delta y}{\Delta x} = \dfrac{3}{2}$.

L'équation de la droite est : $y = \dfrac{3}{2}x - 2$.

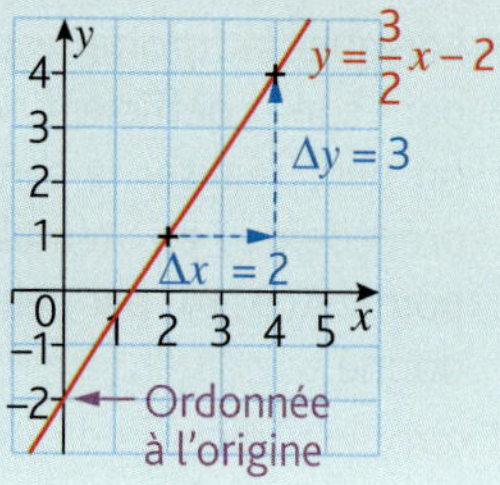

204 Lire sur le graphique les équations réduites des droites d_1, d_2, d_3 et d_4.

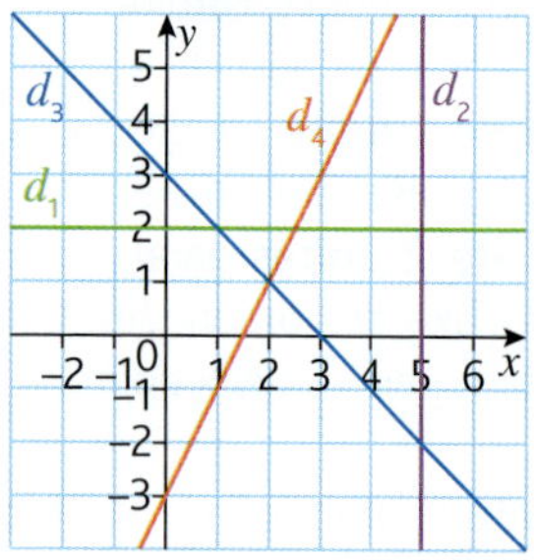

205 Déterminer graphiquement, s'il existe, le coefficient directeur des droites.

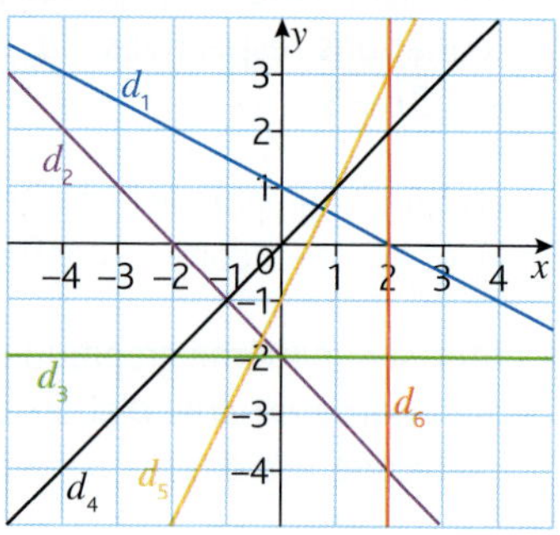

206 Déterminer graphiquement, les équations réduites des droites.

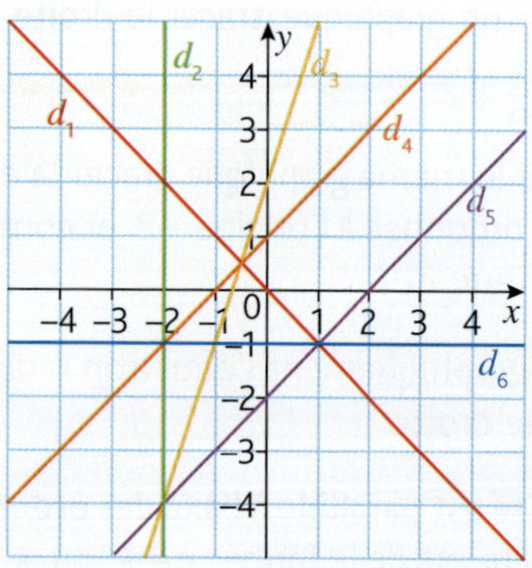

D25. Déterminer l'équation réduite d'une droite à partir des coordonnées de deux de ses points

- On se place dans un repère.

Soient $A(x_A ; y_A)$ et $B(x_B ; y_B)$ deux points distincts.

- Si $x_A = x_B$ la droite (AB) a pour équation $x = x_A$
- Si $x_A \neq x_B$ la droite (AB) a une équation du type $y = mx + p$.

Elle a pour **coefficient directeur** $m = \dfrac{y_B - y_A}{x_B - x_A}$.

On utilise son **ordonnée à l'origine** en utilisant les coordonnées du point A ou du point B.

Exemple : A(2 ; 6) et B(−2 ; 4).

Les abscisses sont différentes donc la droite (AB) a pour coefficient directeur :

$$m = \frac{4-2}{-2-6} = \frac{2}{-8} = -0{,}25$$

Donc (AB) : $y = -0{,}25x + p$.

A appartient à la droite (AB) donc :

$y_A = -0{,}25x_A + p \Leftrightarrow p = 6 + 0{,}25 \times 2 \Leftrightarrow p = 6{,}5$.

L'équation réduite de (AB) est $y = -0{,}25x + 6{,}5$.

Pour 207 à 210, déterminer l'équation réduite de la droite (AB).

207 A(2 ; 0) et B(1 ; 4) donc (AB) : …

208 A(0 ; 1) et B(1 ; 3) donc (AB) : …

209 $A\left(\dfrac{1}{2} ; 2\right)$ et B(0 ; 2) donc (AB) : …

210 $A\left(\dfrac{1}{6} ; -1\right)$ et $B\left(\dfrac{2}{3} ; \dfrac{1}{2}\right)$ donc (AB) : …

E) Représentations graphiques de données chiffrées

E26. Lire un graphique, un histogramme, un diagramme en barre ou circulaire, un diagramme en boîte ou toute autre représentation

- Pour lire une **courbe** ou un **nuage de points**, on doit être attentif sur chacun des axes :
  - aux unités de graduation ;
  - aux grandeurs qui y sont représentées.
- Pour un **diagramme en barres** (ou en bâtons), les longueurs des barres sont proportionnelles aux effectifs de chaque classe.
- Pour un **histogramme**, les aires des rectangles sont proportionnelles aux effectifs de chaque classe.
- Pour un **diagramme circulaire**, les mesures des angles sont proportionnelles aux effectifs de chaque modalité.
- Un **diagramme en boîte** permet de lire sur l'axe des abscisses différents paramètres statistiques.

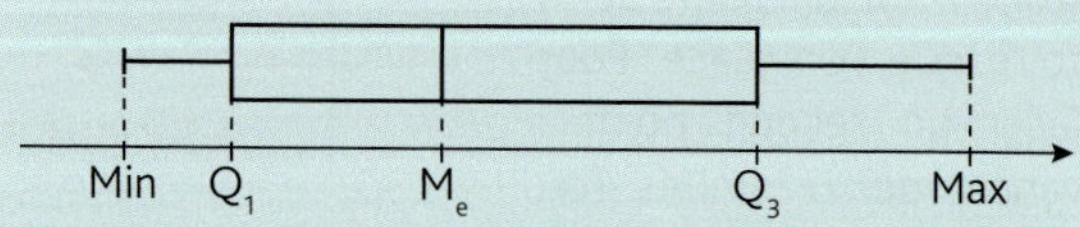

M_e est la **médiane** de la série statistique.

Q_1 = **premier quartile** et Q_3 = **troisième quartile**.

211 Le graphique suivant donne la densité (en %) de propriétaires et le taux de chômage (en %).

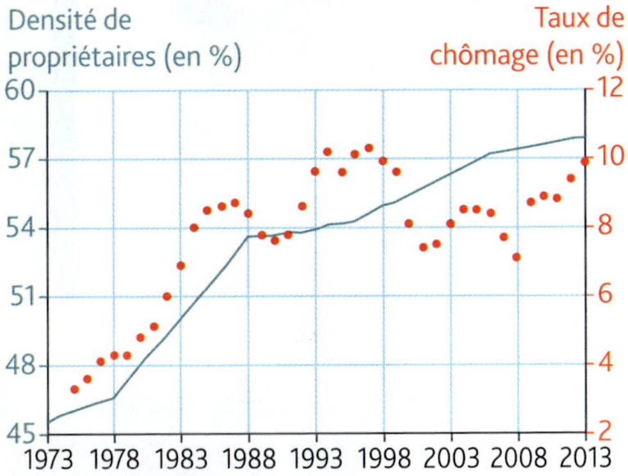

Source : INSEE, enquêtes Logement, enquêtes Emploi, Statistiques locales

a. En 1993, quel était :
- La densité de propriétaires ?
- Le taux de chômage ?

b. Recopier et compléter la phase :

En… la densité de propriétaires était de 50 %, le taux de chômage était alors de… % environ.

212 Voici la répartition du nombre de chômeurs (en milliers) dans une ville, selon leur âge.

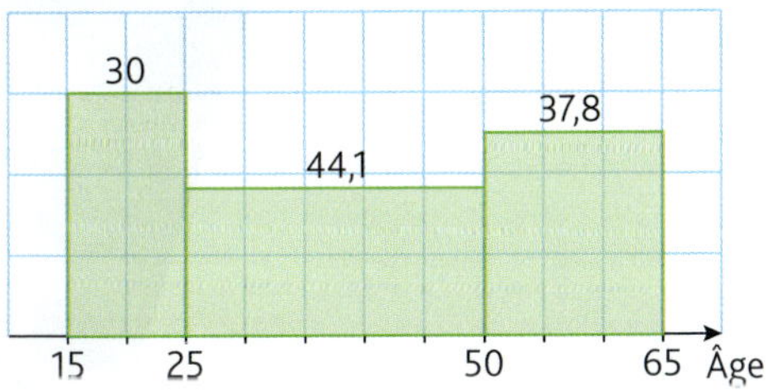

a. Interpréter le nombre 44,1 du graphique.

b. Conjecturer ce que représente un carreau de ce graphique.

213 Le graphique suivant est le résultat d'une étude sur la quantité de sucre (en g) présent dans un verre de 200 ml de soda de différentes marques.

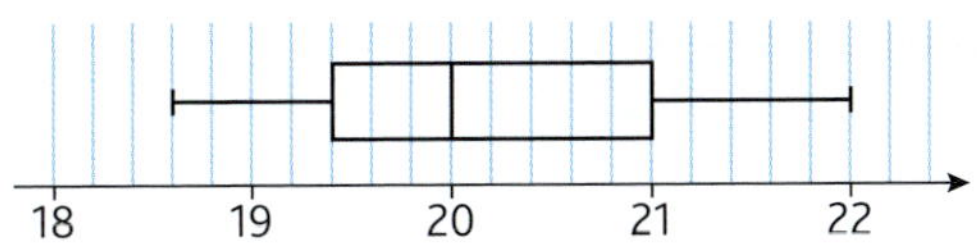

a. Lire la médiane (M_e) et l'interpréter.

b. Lire Q_1 et Q_3.

c. Recopier et compléter : Environ 75 % des sodas ont une quantité de sucre supérieure à… g.

E27. Passer du graphique aux données et vice versa

Passer du graphique aux données

Lorsqu'un graphique est donné (histogramme, diagramme circulaire, nuage de points, etc.), on repère les quantités représentées sur chaque axe afin de mettre en relation les données. On pourra utiliser un tableau de valeurs.

Passer des données au graphique

Lorsque des données sont proposées, on choisit le graphique le mieux adapté et on traduit chaque donnée à l'aide d'un point, d'un rectangle, d'un secteur angulaire, etc.

214 La répartition des distances (en km) domicile/travail des salariés d'une entreprise est donnée par l'histogramme ci-dessous.

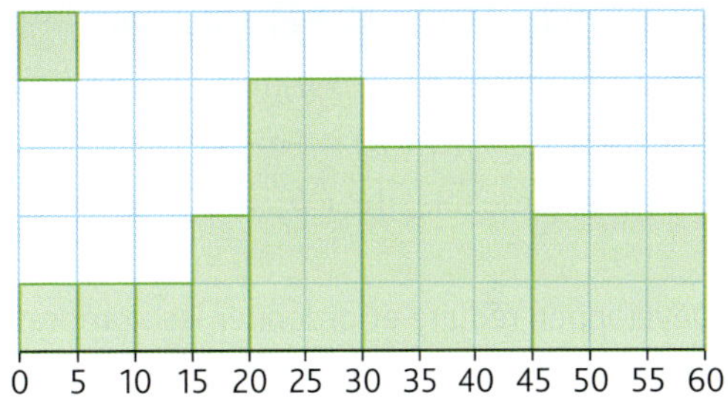

a. À combien de salariés correspondent 1 carreau ?

b. Recopier et compléter les effectifs du tableau ci-contre.

Dist (km)	Eff.
[0 ; 10[	6
[10 ; 15[	
[15 ; 20[	
[20 ; 30[	
[30 ; 45[	
[45 ; 60[	

215 En juillet 2022, une enquête a été réalisée sur les 600 clients d'un hôtel afin d'étudier leur nationalité. Les résultats sont donnés dans le diagramme circulaire ci-dessous :

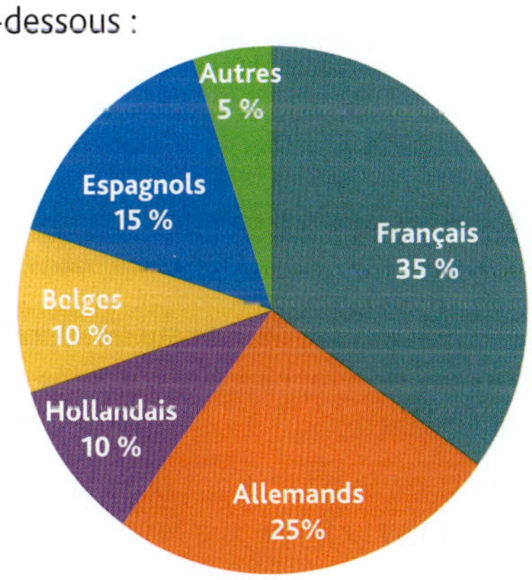

a. À l'aide du graphique, compléter le tableau :

Nationalité	Effectif	Pourcentage
Français		
Allemands		
Hollandais		
Belges		
Espagnols		
Autres		
Total	600	

b. Construire le diagramme en barres correspondant au diagramme circulaire.

Pour entrer dans le chapitre

Développer à l'aide de la distributivité ou d'une identité remarquable

- Simple distributivité : $a(b+c) = ab + ac$
- Double distributivité : $(a+b)(c+d) = ac + ad + bc + bd$
- Cas particulier : $-(a+b) = -a - b$
- Identité remarquable : $(a+b)^2 = a^2 + 2ab + b^2$

1 Développer, réduire et ordonner les nombres suivants :
$A = 2(n+1)$ $\qquad$ $B = -(n+1)$
$C = (n+1)(n+2)$ $\qquad$ $D = (n+1)^2$

Calculer l'image d'un réel par une fonction

$f(a)$ est l'image du réel a par f où f est une fonction définie sur un intervalle I de $\mathbb{R}$ avec $a \in \mathrm{I}$

2 Soit f une fonction définie sur $\mathbb{R}$ par $f(x) = 2x^2 - x + 3$
Déterminer l'image de 2 par f.

3 Soit f une fonction définie sur $[0\,;+\infty[$ par $f(x) = \dfrac{x+1}{x+3}$
Déterminer l'image de 3 par f.

Déterminer graphiquement des images par une fonction

- Soit f une fonction définie sur $\mathbb{R}$ dont la représentation graphique est donnée, dans le repère ci-contre.
- Les points de la courbe ont des coordonnées de la forme $(x\,;f(x))$ où $x \in \mathbb{R}$:
- A est le point de $\mathscr{C}_f$ d'abscisse a et d'ordonnée $f(a)$.

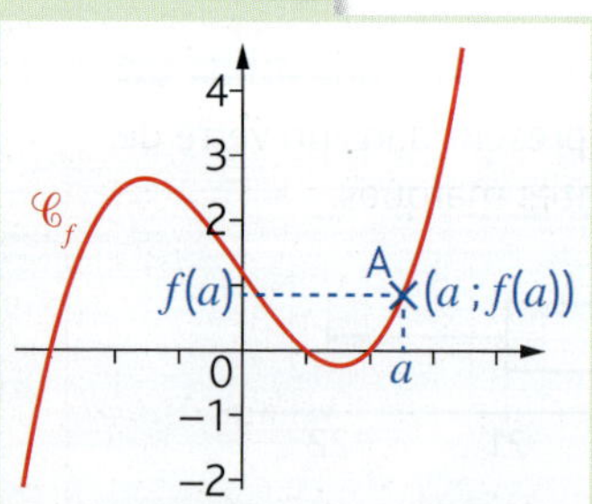

4 Soit f une fonction définie sur $\mathbb{R}$ dont la représentation graphique est donnée dans le repère ci-contre.
Avec la précision permise par le graphique, déterminer les images, par f de −1, 0, 1 et 3.

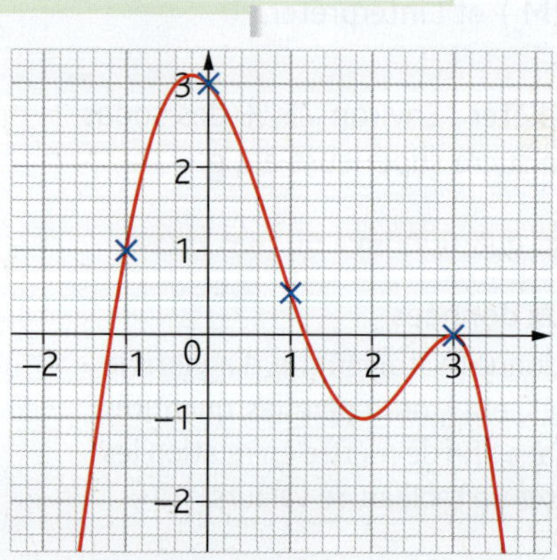

Suites : généralités et variations

Focus métiers

Banque Assurance
Biomédical **Finance**

Les suites permettent de calculer une évolution (épargne sur un compte bancaire, épidémie...)

Découvre le métier de conseiller bancaire
hachette-clic.fr/25mfls002

Automatismes du chapitre

1 Un jeu de pions

ACTIVITÉ

D'après Eduscol 2022 « Introductions des suites arithmétiques et géométriques – Étude de motifs évolutifs [patterns] »

Manipulez !

Objectif Découvrir les suites

Un jeu de plateau consiste à enfermer les pions de son adversaire. L'un des joueurs a des pions bleus, l'autre des pions rouges. Le but du jeu est d'enfermer les pions de l'adversaire de la façon suivante :

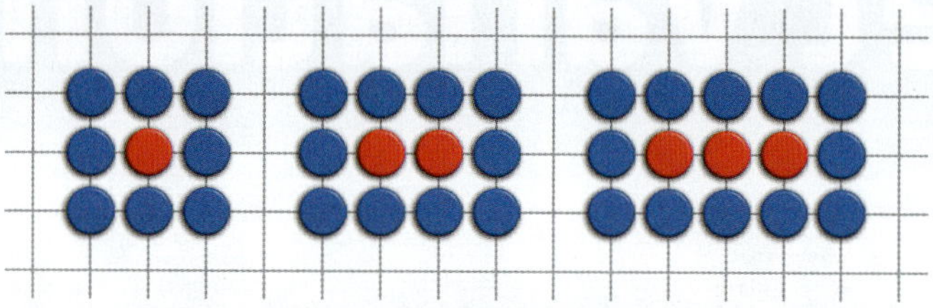

1 a. Combien faut-il de pions bleus pour enfermer un pion rouge ?

b. Combien faut-il de pions bleus pour enfermer 2 pions rouges ?

c. Combien faut-il de pions bleus pour enfermer 3 pions rouges ?

d. Combien faut-il de pions bleus pour enfermer 4 pions rouges ?

2 En mathématiques, ce genre de situation, appelée « suite », se note $u(n)$.
Ici $u(n)$ représente le nombre de pions bleus permettant d'enfermer n pions rouges.
Recopier et compléter : $u(1) = \ldots$; $u(2) = \ldots$; $u(3) = \ldots$; $u(4) = \ldots$

3 Que représente $u(7)$? Calculer $u(7)$.

4 Conjecturer une expression pour $u(n)$, où n est un entier naturel non nul. Utiliser la notation u_n qui se lit « u indice n ».

Cours p. 28

2 Une chenille à Versailles

ACTIVITÉ

Objectif Découvrir une suite définie par une relation de récurrence

Alain est le jardinier en chef du château de Versailles. Sur les 33 hectares du parc, il recense 230 000 pieds de buis (arbuste utilisé pour concevoir les « jardins à la française ») et constate que, chaque année, 20 % d'entre eux dépérissent et meurent. Les buis sont attaqués par la chenille de la pyrale (un papillon venu d'Asie) et un champignon, le *volutella buxi*.

1 a. Combien restera-t-il de pieds de buis sains dans un an ? Dans deux ans ?

b. Soit $u(n)$ le nombre de pieds de buis sains après n années. Déterminer $u(0)$, $u(1)$, $u(2)$, $u(3)$ et $u(4)$.

c. Conjecturer une formule qui permet de déterminer le nombre de buis sains après $n+1$ années connaissant le nombre de buis sains après n années.

2 Afin d'endiguer le phénomène, Alain décide de replanter chaque année 5 000 pieds de buis.

a. Combien y aura-t-il de pieds de buis sains dans un an ? Dans deux ans ?

b. Soit $v(n)$ le nombre de pieds de buis sains, en tenant compte des buis replantés, après n années. Vérifier que $v(3) = 129\,960$ et interpréter ce résultat.

c. Conjecturer une nouvelle formule qui permet de déterminer le nombre de buis sains après $n+1$ années connaissant le nombre de buis sains après n années.

Cours p. 28 et 30

ACTIVITÉ 3

Un post Instagram à succès ? Calculatrice

Objectif Découvrir le sens de variation d'une suite

Dalal a publié une photo sur Instagram. Elle estime que le nombre de nouvelles personnes qui verront son post chaque jour peut être modélisé par une suite u telle que $u(n) = n^2 - n + 3$, avec u représentant le nombre de personnes qui visionnent son post la $n$ième journée.

1 En utilisant la calculatrice, compléter le tableau de valeurs suivant :

n	0	1	2	3	4	5	6
$u(n)$							

2 D'après le tableau de valeurs, le nombre de vues du post va augmenter ou diminuer ?
La suite u semble-t-elle croissante ou décroissante ?

3 Exprimer $u(n+1)$ en fonction de n.

Rappel Identité remarquable :
$(a+b)^2 = a^2 + 2ab + b^2$

4 Exprimer $u(n+1) - u(n)$ en fonction de n.
En déduire le signe de $u(n+1) - u(n)$.

5 Recopier et compléter la phrase ci-dessous :
« Si $u(n+1) \geqslant u(n)$ pour tout n entier naturel, alors la suite u est ... ». Interpréter ce résultat dans le contexte.

Cours p. 32

ACTIVITÉ 4

Combien rapporte un livret A ? Calculatrice

Objectif Modéliser une situation avec des suites et rechercher un seuil

Au moment de votre naissance, vos parents décident de vous ouvrir un livret A. Le jour de votre naissance, vos parents déposent 1 000 € sur ce livret. Chaque année, 150 € sont déposés sur le livret à la date de votre anniversaire. Le livret est rémunéré à 3 % par an.

1 De quelle somme d'argent disposerez-vous lorsque vous aurez 1 an ?

2 De quelle somme d'argent disposerez-vous lorsque vous aurez 2 ans ?

3 Cette situation est modélisée à l'aide d'une suite u, où u_n désigne la somme d'argent disponible sur le livret à votre $n$ième anniversaire. Ainsi $u_0 = 1\,000$.

a. Donner u_1 et u_2.

b. Que représente u_{n+1} ?

4 Expliquer pourquoi $u_{n+1} = 1{,}03u_n + 150$.

5 En utilisant la calculatrice, déterminer l'âge à partir duquel la somme disponible sur votre livret dépassera les 4 000 €.

Cours p. 28

Cours 1 Génération d'une suite numérique

A Qu'est-ce qu'une suite ?

Définitions

- $\mathbb{N}$ est l'ensemble des entiers naturels. $\mathbb{N} = \{0 ; 1 ; 2 ; 3 ; 4 ; ..\}$
- Une suite numérique u, est une fonction définie sur $\mathbb{N}$ et à valeurs dans $\mathbb{R}$ qui, à tout entier naturel n, associe son image $u(n)$.
- Certaines suites sont définies pour des entiers naturels n non nuls (dans $\mathbb{N}^* = \{1 ; 2 ; 3 ; 4 ; ..\}$). De manière générale, une suite peut être définie pour tout entier naturel $n \geqslant k$, où k est un entier naturel quelconque.
- Les images $u(n)$ sont les termes de la suite, on peut noter u_n (« u indice n »).
- Le terme $u(n)$ ou u_n est appelé le terme général de la suite u ou le terme d'indice n ou le terme de rang n.
- La suite u peut aussi être notée (u_n).

EXEMPLES

- La suite des premiers nombres impairs est : $1 ; 3 ; 5 ; 7 ; 9$
  Soit u la suite telle que u_n représente le n ième nombre impair.
  Le terme de rang 1 est le premier terme u_1.
  Ici $u_1 = 1$ et $u_4 = 7$ est le quatrième terme, c'est le terme de rang 4.
- La liste $1 ; 5 ; 25 ; 625 ; 390\,625$ définit les premiers termes de la suite v telle que :
  $v_0 = 1, v_1 = 5, v_2 = 25, v_3 = 625$ et $v_4 = 390\,625$.
  » v_0 est le premier terme, c'est le terme de rang 0.
  » v_3 est le quatrième terme, c'est le terme de rang 3.

Remarque

Les phénomènes modélisés à l'aide des suites sont appelés des **phénomènes discrets**.

B Différents modes de génération d'une suite

Définition 1

Une suite est définie par une formule explicite ou de manière fonctionnelle lorsque $u(n)$ ou u_n s'exprime en fonction de l'entier n.

EXEMPLES

- $u_n = n^2 + 3$
- $u(n) = 3n - 2$

Définition 2

Une suite est définie par récurrence lorsqu'elle est définie par la donnée de son premier terme souvent u_0 ou u_1 (ou ses premiers termes) et une relation qui permet de calculer chaque terme à partir du précédent (ou des précédents). Cette relation est appelée relation de récurrence.

EXEMPLES

$$\begin{cases} u_0 = 2 : \text{premier terme} \\ u_{n+1} = 2u_n + 3 : \text{relation de récurrence} \end{cases}$$

$$\begin{cases} u(1) = 2 : \text{premier terme} \\ u(n+1) = \dfrac{u(n)}{3} + 1 : \text{relation de récurence} \end{cases}$$

1 EXO Déterminer une formule explicite

Déterminer la formule explicite permettant de calculer tous les termes de la suite u dont les trois premiers termes sont affichés dans la page de tableur ci-contre :

	A	B
1	n	u(n)
2	0	=1+A2^3
3	1	=1+A3^3
4	2	=1+A4^3

Méthode

1. On identifie la cellule correspondant à la valeur de n.
2. Puis on identifie la formule permettant de calculer $u(n)$ ou u_n.

Réponse

1. Pour chaque terme, on élève l'indice correspondant à la puissance 3 et on ajoute 1.
2. Ainsi $u(n) = 1 + n^3$ ou $u_n = 1 + n^3$

Exercice 15 p. 41

2 EXO Déterminer une formule par récurrence

On donne les trois premières étapes de création d'un motif géométrique. Déterminer la formule de récurrence de la suite u permettant de compter le nombre de points obtenus à la n ième étape.

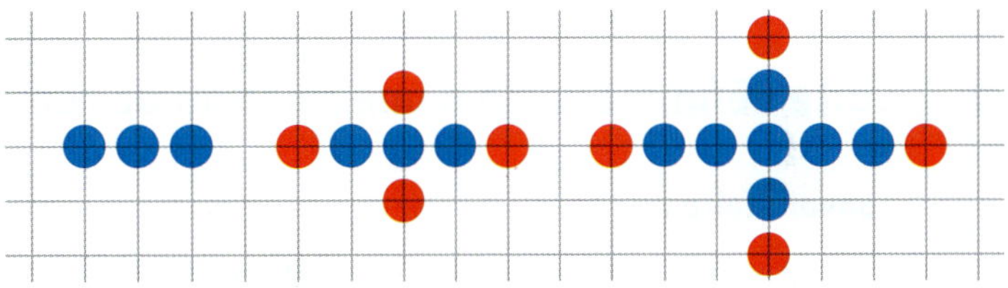

Méthode

1. On identifie le premier terme, celui-ci est souvent le terme d'indice 0 ou d'indice 1.
2. On identifie la formule permettant de passer d'une étape à la suivante.

Réponse

1. À la première étape il y a 3 points donc $u_1 = 3$ ou $u(1) = 3$
2. On constate qu'à chaque étape on ajoute 4 points de plus qu'à l'étape précédente.

Ainsi $u_{n+1} = u_n + 4$ ou $u(n+1) = u(n) + 4$

Exercice 16 p. 41

3 EXO Modéliser une situation à l'aide d'une suite

Une ville de 100 000 habitants voit sa population augmenter de 4 % par an, mais perd 2 000 habitants (déménagement, décès) tous les ans. Modéliser cette situation à l'aide d'une suite.

Méthode

1. On détermine la donnée qui correspond à n et celle qui correspond à u_n.
2. On isole le premier terme en restant vigilant sur son indice.
3. On traduit mathématiquement les données de l'énoncé, par exemple des pourcentages par des coefficients multiplicateurs.
4. On détermine la formule permettant de calculer un terme en fonction du précédent, c'est la formule de récurrence.

Réponse

1. On appelle u la suite telle que u_n représente le nombre d'habitants dans n années.
2. Initialement il y avait 100 000 habitants donc $u_0 = 100\,000$.
3. Chaque année la population augmente de 4 %, c'est-à-dire que, d'une année sur l'autre, le nombre d'habitants est multiplié par 1,04 et 2 000 habitants disparaissent.
4. Donc $u_{n+1} = 1{,}04u_n - 2\,000$

Exercice 22 p. 41

Cours 2 Calcul des termes d'une suite numérique

A Suite définie à l'aide d'une formule explicite (ou d'une relation fonctionnelle)

Savoir-faire

- Soit u une suite définie sur $\mathbb{N}$ à l'aide d'une relation fonctionnelle.
- Pour calculer un des termes de la suite, il suffit de remplacer n par la valeur souhaitée, dans la formule qui correspond à la relation fonctionnelle.
- Ce calcul correspond à la recherche de l'image de la valeur souhaitée par la fonction u.

EXEMPLES

Soit la suite u définie pour tout entier naturel n par $u_n = n^2 + 2n - 3$

- Le premier terme est $u_0 = 0^2 + 2 \times 0 - 3 = -3$
- Le troisième terme est $u_2 = 2^2 + 2 \times 2 - 3 = 5$
- $u_5 = 5^2 + 2 \times 5 - 3 = 32$ est le sixième terme de la suite

Remarque

Dans le cas d'une suite définie à l'aide d'une relation fonctionnelle, il est possible de **calculer directement n'importe quel terme de la suite.**

B Suite définie à l'aide d'une relation de récurrence

Savoir-faire

- Soit u une suite définie par une relation de récurrence et son premier terme (ou ses premiers termes).
- Pour déterminer un terme de rang donné, il est nécessaire de connaître la valeur du terme précédent (ou des termes précédents).
- Le calcul s'effectue de proche en proche.

EXEMPLES

Soit u la suite définie pour tout entier naturel n par la relation de récurrence : $u_{n+1} = 2u_n + 4$ et par son premier terme $u_0 = 1$

Pour obtenir u_2 il faut connaître u_1 :

- $u_1 = 2 \times u_0 + 4 = 2 \times 1 + 4 = 6$
- $u_2 = 2 \times u_1 + 4 = 2 \times 6 + 4 = 16$

Soit v la suite définie pour tout entier naturel non nul, n par $u_{n+1} = u_n^{\ 2}$ et par son premier terme $u_1 = 2$.

- Le quatrième terme est u_4, il est nécessaire de calculer u_3 et u_2 pour l'obtenir.
- $u_2 = u_1^2 = 4$ et $u_3 = u_2^2 = 16$ donc $u_4 = u_3^2 = 256$.

Remarques

- Dans le cas d'une suite définie par récurrence, **il n'est pas possible de calculer un terme sans connaître les termes précédents.**
- La relation de récurrence ne suffit pas, il est nécessaire de **connaître le premier terme pour initier le calcul des autres termes.**

EXO 4 — Calculer un terme de rang donné d'une suite définie par une relation fonctionnelle

Soit u la suite définie pour tout entier naturel n par $u_n = u(n) = \dfrac{n+1}{n+2}$.
Calculer les 4 premiers termes de la suite. Calculer u_{10}.

Méthode

1. La suite est définie pour tout entier naturel n, son premier terme est donc u_0. Pour obtenir les quatre premiers termes, il faut remplacer n par 0,1, 2 et 3 dans la formule explicite qui définit la suite u.
2. Pour calculer un terme de rang ou d'indice donné, il suffit de remplacer n par cette valeur dans la formule explicite qui définit la suite u.

Réponse

1. $u_0 = u(0) = \dfrac{0+1}{0+2} = \dfrac{1}{2}$; $u_1 = u(1) = \dfrac{1+1}{1+2} = \dfrac{2}{3}$;
$u_2 = u(2) = \dfrac{2+1}{2+2} = \dfrac{3}{4}$ et $u_3 = u(3) = \dfrac{3+1}{3+2} = \dfrac{4}{5}$
2. $u_{10} = u(10) = \dfrac{10+1}{10+2} = \dfrac{11}{12}$

Exercices 36 à 38 p. 42

EXO 5 — Calculer un terme de rang donné d'une suite définie par une relation de récurrence

Soit u la suite définie pour tout entier naturel n non nul par la relation de récurrence :
$u_{n+1} = 3 - 2u_n$ et par son premier terme $u_1 = 2$. Calculer le troisième terme de la suite.

Méthode

1. La suite est définie pour tout entier naturel n non nul, son premier terme est donc u_1. Son troisième terme est le terme de rang 3, u_3.
2. Pour calculer un terme de rang donné, il est nécessaire de connaître les valeurs de tous les termes précédents. Il faudra calculer u_2 pour obtenir u_3 puisque u_1 est connu.

Réponse

1. $u_1 = 2$
2. $u_2 = 3 - 2u_1 = 3 - 2 \times 2 = -1$ et
$u_3 = 3 - 2u_2 = 3 - 2 \times (-1) = 5$

Exercices 42 à 46 p. 42

EXO 6 — Calculer un terme de rang donné d'une suite définie par récurrence à l'aide de la calculatrice

Calculatrice

Soit u la suite définie pour tout entier naturel n par la relation de récurrence :
$u_{n+1} = 2 - 5u_n$ et le premier terme $u_0 = 5$. Déterminer u_5 à l'aide de la calculatrice.

Méthode

1. Se placer dans le menu « suite »
2. Choisir le type de suite : ici il s'agit d'une suite « récurrente d'ordre 1 »
3. Enregistrer la formule de récurrence et le premier terme (par défaut le premier terme est le terme d'indice 0)
4. Choisir « Afficher les valeurs »

Réponse

1 2 3

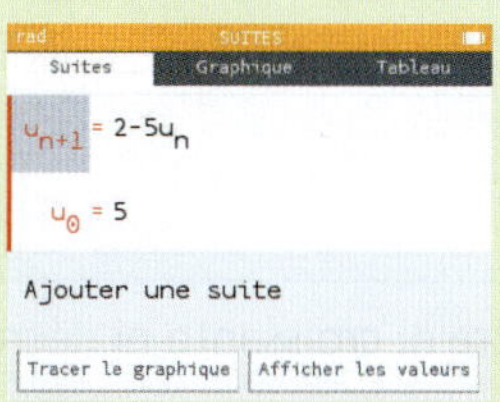

4 $u_5 = -14\,583$

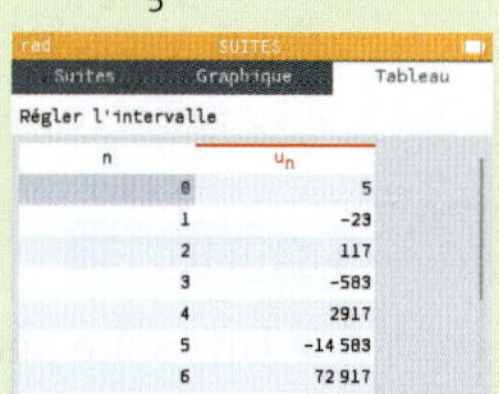

Exercices 57 à 59 p. 43

Cours 3 Représentation graphique des termes d'une suite et sens de variation

A Représentation graphique d'une suite

Définitions

- Dans un repère du plan, la représentation graphique d'une suite est un nuage de points.
- Ce nuage est constitué des points de coordonnées $(n\,;u(n))$ ou $(n\,;u_n)$ avec n entier naturel.

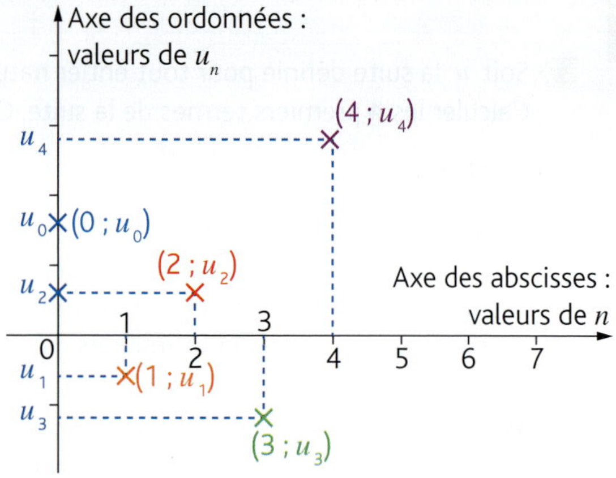

Remarque

Les points ne seront **pas reliés**, car la suite n'est définie que pour des abscisses qui sont des **nombres entiers**.

EXEMPLE

Soit u la suite définie pour tout entier naturel n par la formule de récurrence :
$u_{n+1} = 0{,}5u_n - 1$ et par le premier terme $u_0 = 4$

À l'aide de la calculatrice, on obtient le tableau de valeurs suivant, ce qui permet de tracer le nuage de points représentant la suite u dans le repère ci-contre.

n	0	1	2	3	4	5
u_n	4	1	−0.5	−1.25	−1.625	−1.8125

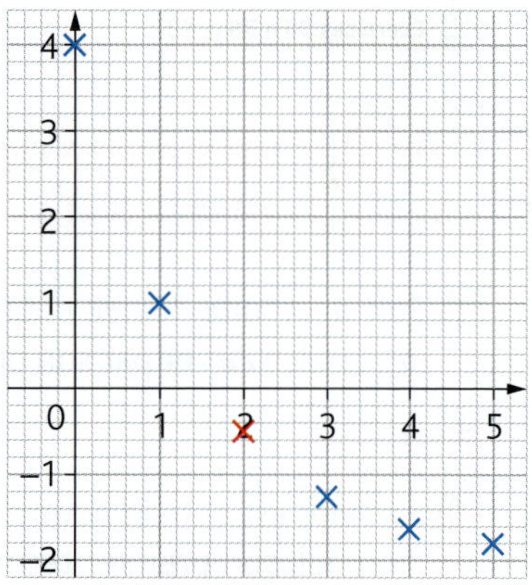

B Sens de variation d'une suite

Définitions

- Une suite u est croissante si pour tout entier naturel n : $u_{n+1} \geqslant u_n$.
- Une suite u est décroissante si pour tout entier naturel n : $u_{n+1} \leqslant u_n$.
- Une suite est monotone si sa variation reste identique pour tout entier naturel n.

EXEMPLE

Soit u la suite définie pour tout entier naturel n par $u_n = 2n + 1$.

- $u_{n+1} = 2(n+1) + 1 = 2n + 2 + 1 = 2n + 3$
- Donc $u_{n+1} - u_n = 2n + 3 - (2n + 1) = 2n + 3 - 2n - 1 = 2$
- Pour tout entier naturel n, $u_{n+1} - u_n > 0 \Leftrightarrow u_{n+1} > u_n$, la suite u est strictement croissante.

Remarques

- Une suite peut être ni croissante ni décroissante.
- Une suite peut être **strictement** croissante (respectivement **strictement** décroissante) lorsque, pour tout entier naturel n : $u_{n+1} > u_n$ (respectivement $u_{n+1} < u_n$).

EXO 7 Déterminer graphiquement les termes d'une suite

Soit u une suite dont la représentation graphique est donnée dans le repère ci-dessous :
Lire, avec la précision permise par le graphique, les valeurs de u_0, u_3 et u_5.

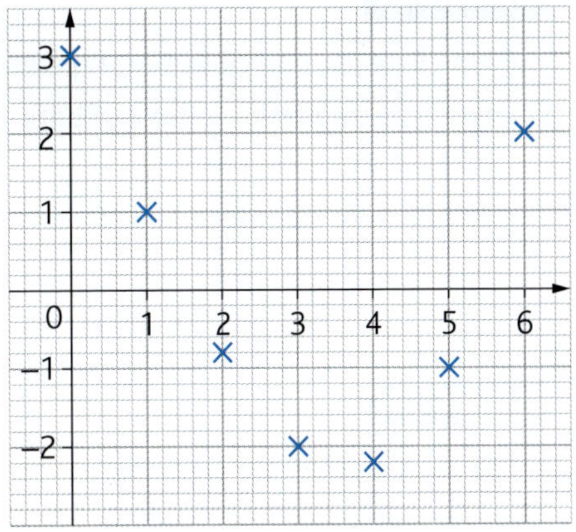

Méthode

① Pour déterminer le terme de rang n de la suite donnée par sa représentation graphique, **on lit l'ordonnée du point d'abscisse n.**

Réponse

① $u_0 = 3$, $u_3 = -2$ et $u_5 = -1$

Exercice 69 p. 44

EXO 8 Réaliser et exploiter la représentation graphique d'une suite pour conjecturer son sens de variation

Construire, dans un repère, le nuage de points associé à la suite u définie, pour tout entier naturel n, par $u_{n+1} = 2u_n - 10$ et $u_0 = 4$.

Méthode

① À l'aide de la calculatrice, ou « à la main », on complète un tableau de valeurs de la suite u.

② Dans un repère, on place les points de coordonnées $(n\,;u_n)$.

③ Pour conjecturer les variations, on observe le nuage de points, si celui-ci « monte vers la droite » la suite sera croissante, s'il « descend vers la droite » la suite sera décroissante.

Réponse

①

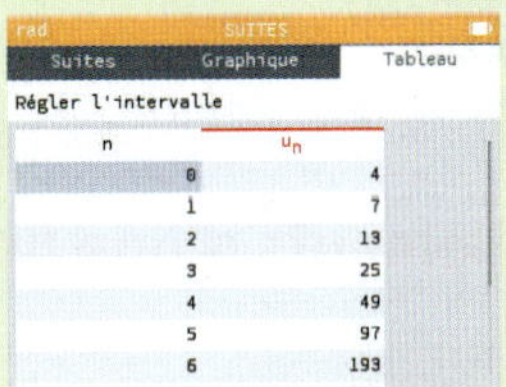

②

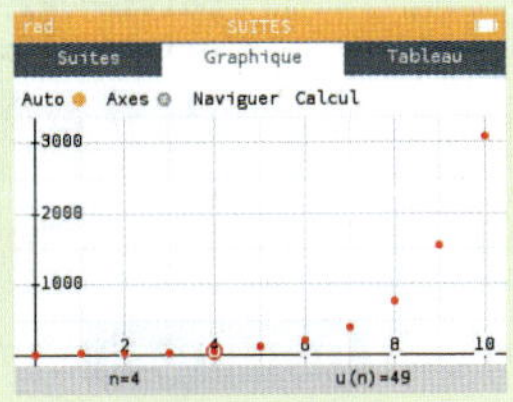

③ La suite u semble être croissante.

Exercices 70 à 73 p. 44

EXO 9 Déterminer le sens de variation d'une suite

Soit u la suite définie par $u_{n+1} = u_n - 2$ et $u_0 = 16$.
Déterminer le sens de variation de u.

Méthode

① On étudie le **signe** de $u_{n+1} - u_n$.

② On interprète ce signe selon la définition du cours :

- Si $u_{n+1} - u_n \geqslant 0$ cela signifie que $u_{n+1} \geqslant u_n$, la suite u sera croissante.
- Si $u_{n+1} - u_n \leqslant 0$ cela signifie que $u_{n+1} \leqslant u_n$, la suite u sera décroissante.

Réponse

① $u_{n+1} - u_n = u_n - 2 - u_n = -2$.

② Comme $-2 < 0$, on obtient :
$u_{n+1} - u_n < 0 \Leftrightarrow u_{n+1} < u_n$
La suite u est donc strictement décroissante.

Exercice 78 et 79 p. 45

Générer les termes d'une suite à l'aide des listes

A Qu'est-ce qu'une liste ?

Définitions

- Une liste est une collection finie et ordonnée d'objets.
- Les listes se notent entre crochets, chaque élément est séparé du suivant à l'aide d'une virgule.
- La liste vide se note avec deux crochets, sans rien à l'intérieur : [ ]

EXEMPLE

```
L=[1,1,2,3,5,8,13]
```

B Créer une liste

Définitions

- Une liste peut être créée par extension : la liste est saisie directement.
- Une liste peut être créée par ajouts successifs. Soit L une liste, pour ajouter l'élément a à la liste L, saisir l'instruction L + [a] ou L.append(a).
- Une liste peut être créée en compréhension, dans ce cas l'instruction de création se trouve directement dans la liste.

EXEMPLES

- Liste créée par **extension** :

```
puissance2=[1,2,4,8,16,32]
```

- **Ajouter successivement** les nombres 64 et 128 à la liste précédente :

```
puissance2.append(64)
puissance2.append(128)
print(puissance2)
[1, 2, 4, 8, 16, 32, 64, 128]
```

- Soit u la suite définie, pour tout entier naturel n, par $u_n = n^2 + 1$.
- La liste des 5 premiers termes de la suite s'obtient grâce à la liste en **compréhension** :

```
Suite_u=[n**2+1 for n in range(5)]
print(Suite_u)
[1, 2, 5, 10, 17]
```

C Manipuler les éléments d'une liste

Définitions

Soit L une liste non vide,

- L[0] est le premier terme de la liste, L[1] le second et ainsi de suite.
- len(L) est un nombre entier qui correspond au nombre d'éléments de la liste L.
- L.remove(a) permet de supprimer la première occurrence de a dans la liste L.
- L.pop(i) permet de supprimer l'élément d'indice i de la liste L.

EXEMPLE

```
puissance2=[1,2,4,8,16,32]
```

L'instruction print(len(puissance2)) permet d'afficher la longueur de la liste puissance2, soit 6.

D Itérer sur les éléments d'une liste

Définition

Itérer sur les éléments d'une liste L, c'est obtenir tous les éléments de la liste, en utilisant l'instruction élément for élément in L.

EXEMPLE

```
L=[3*n+1 for n in range(4)]
```

La liste L contient les 4 premiers termes de la suite u définie pour tout entier naturel n par $u_n = 3n + 1$.
L'instruction print(L) permet d'afficher [1, 4, 7, 10].

EXO 10 Déterminer une liste des termes d'une suite définie par une formule de récurrence

Soit u la suite définie pour tout entier naturel n par $u_{n+1} = 2u_n + 3$ et $u_0 = -5$.

- Créer la fonction liste_u(n) qui renvoie les n premières valeurs de u_n connaissant n.
- Utiliser cette fonction pour afficher la liste des 7 premiers termes de la suite u.

Méthode

1. La variable permettant de calculer les différents termes de la suite doit être initialisée à u_0.
2. On sait combien de termes on doit calculer donc on utilise une boucle for.
3. Les n premiers termes sont les termes u_0 à u_{n-1}, nous utiliserons range(n) qui correspond à la liste des entiers allant de 0 à $n-1$ soit n valeurs.
4. On va utiliser une liste vide, dans laquelle on ajoutera au fur et à mesure les termes de la suite.

Réponse

```
def suite_u(n):
    u = -5     # c'est le premier terme u(0)
    L= []      # c'est la liste dans laquelle on stocke les termes de la suite
    for i in range(n):
        L.append(u)  # on ajoute u(i) à la liste, à chaque "tour" de boucle
        u = 2*u+3    # formule de récurrence de la suite
    return L # une fois les n calculs réalisés, on renvoie la liste des n termes
```

```
>>> suite_u(7)
[-5, -7, -11, -19, -35, -67, -131]
```

Exercice 91 p. 47

EXO 11 Déterminer une liste des termes d'une suite à l'aide d'une liste en compréhension

Pour chaque liste, identifier la formule explicite caractérisant la suite et prévoir le résultat renvoyé par la commande print(nom de la liste).

```
L1 = [2*n**2-3 for n in range(4)]
L2 = [20*0.5**n for n in range(3)]
```

Méthode

for n in range(4) signifie que n va prendre toutes les valeurs de 0 à 3 car range(n) permet d'obtenir tous les entiers de 0 à $n-1$.

Réponse

- L1 permet d'obtenir la liste des 4 premiers termes (u_0 à u_3) de la suite u définie pour tout entier naturel n par $u_n = 2n^2 - 3$. L'affichage sera $[-3, -1, 5, 15]$.
- L2 permet d'obtenir la liste des 3 premiers termes (u_0 à u_2) de la suite u définie pour tout entier naturel n par $u_n = 20 \times 0{,}5^n$. L'affichage sera $[20, 10, 5]$.

Exercice 98 p. 47

L'essentiel

Je retiens

1. Génération d'une suite numérique

Une suite est une **fonction** dont la variable, qui se note n, est un **entier naturel** ($n \in \mathbb{N}$).
Le terme d'indice n se note $u(n)$ ou u_n (se lit « u indice n »).

Relation fonctionnelle (ou formule explicite)

Le terme général u_n est donné en fonction de n

➡ **EXEMPLE :** $u_n = n^2 - 3n + 1$ pour tout entier naturel n

Relation de récurrence

Les termes s'expriment les uns en fonction des autres.

➡ **EXEMPLE :** $u_{n+1} = 2u_n - 1$

2. Calcul des termes d'une suite numérique

Chaque terme est calculé directement en remplaçant n dans la formule par la valeur souhaitée.

➡ **EXEMPLE :** $u_n = n^2 - 3n + 1$

$u_2 = 2^2 - 3 \times 2 + 1 = -1$

Les termes s'expriment les uns en fonction des autres et le calcul se fait de proche en proche grâce au premier terme de la suite qui est donné.

➡ **EXEMPLE :** $u_{n+1} = 2u_n - 3$ et $u_0 = 1$

$u_1 = 2 \times u_0 - 3 = 2 \times 1 - 3 = -1$

3. Représentation graphique des termes d'une suite et sens de variation

Représentation graphique

- Dans un repère, la représentation graphique d'une suite u est donnée par le nuage de points $(n\,;u_n)$.
- Les points ne sont pas reliés car les abscisses (n) ne sont que des nombres entiers.

Sens de variation

- Pour tout n, $u_{n+1} \geqslant u_n$: u est croissante

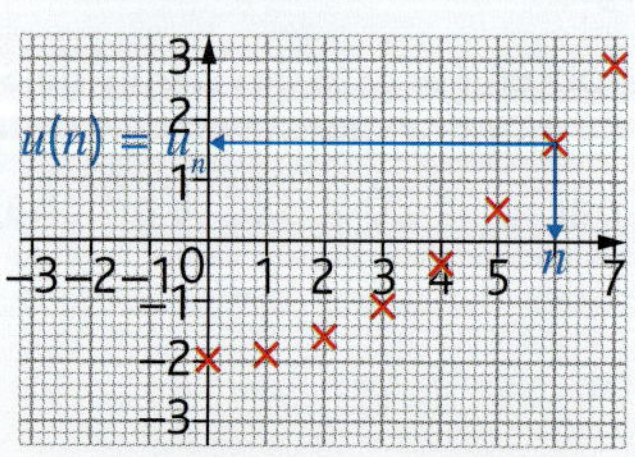

- Pour tout n, $u_{n+1} \leqslant u_n$: u est décroissante

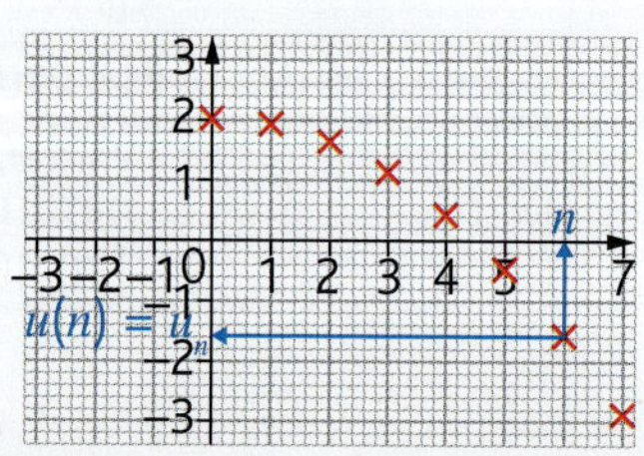

- Pour tout n, $u_{n+1} = u_n$: u est constante

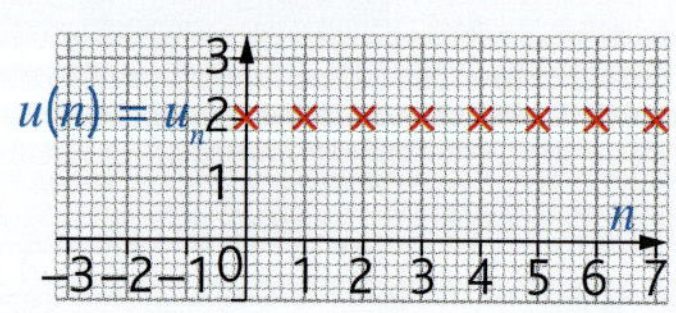

Je me teste

QCM interactif et auto-corrigé
hachette-clic.fr/25mfls003

Je me prépare à une évaluation

Je sais modéliser une situation à l'aide d'une suite

CHALLENGE EN CLASSE OU À LA MAISON

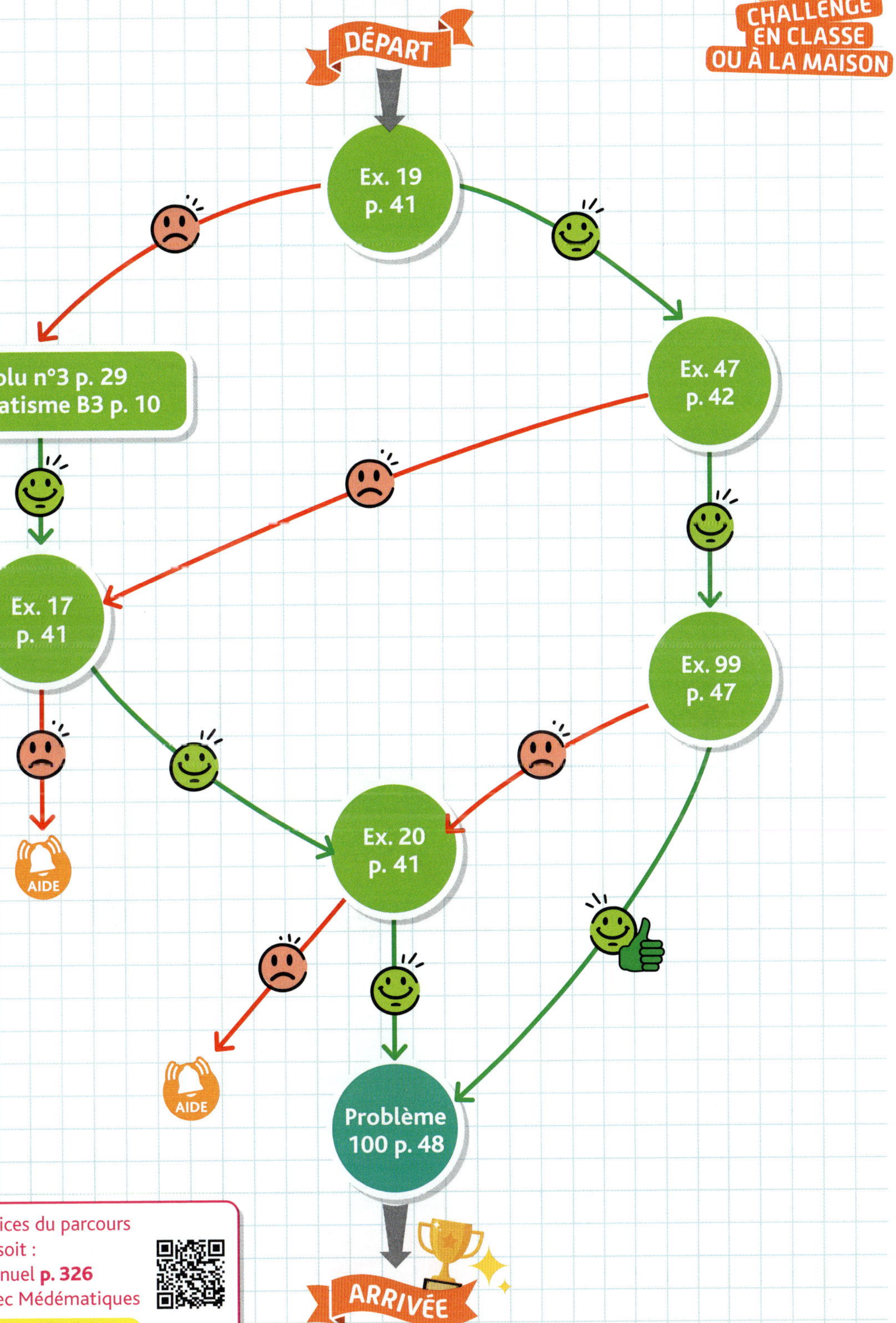

Tous les exercices du parcours sont corrigés soit :
- en fin de manuel **p. 326**
- en **vidéo** avec Médématiques

hachette-clic.fr/25mfls004

L'essentiel

Je me prépare à une évaluation

Je sais calculer un terme de rang donné d'une suite définie par récurrence

CHALLENGE EN CLASSE OU À LA MAISON

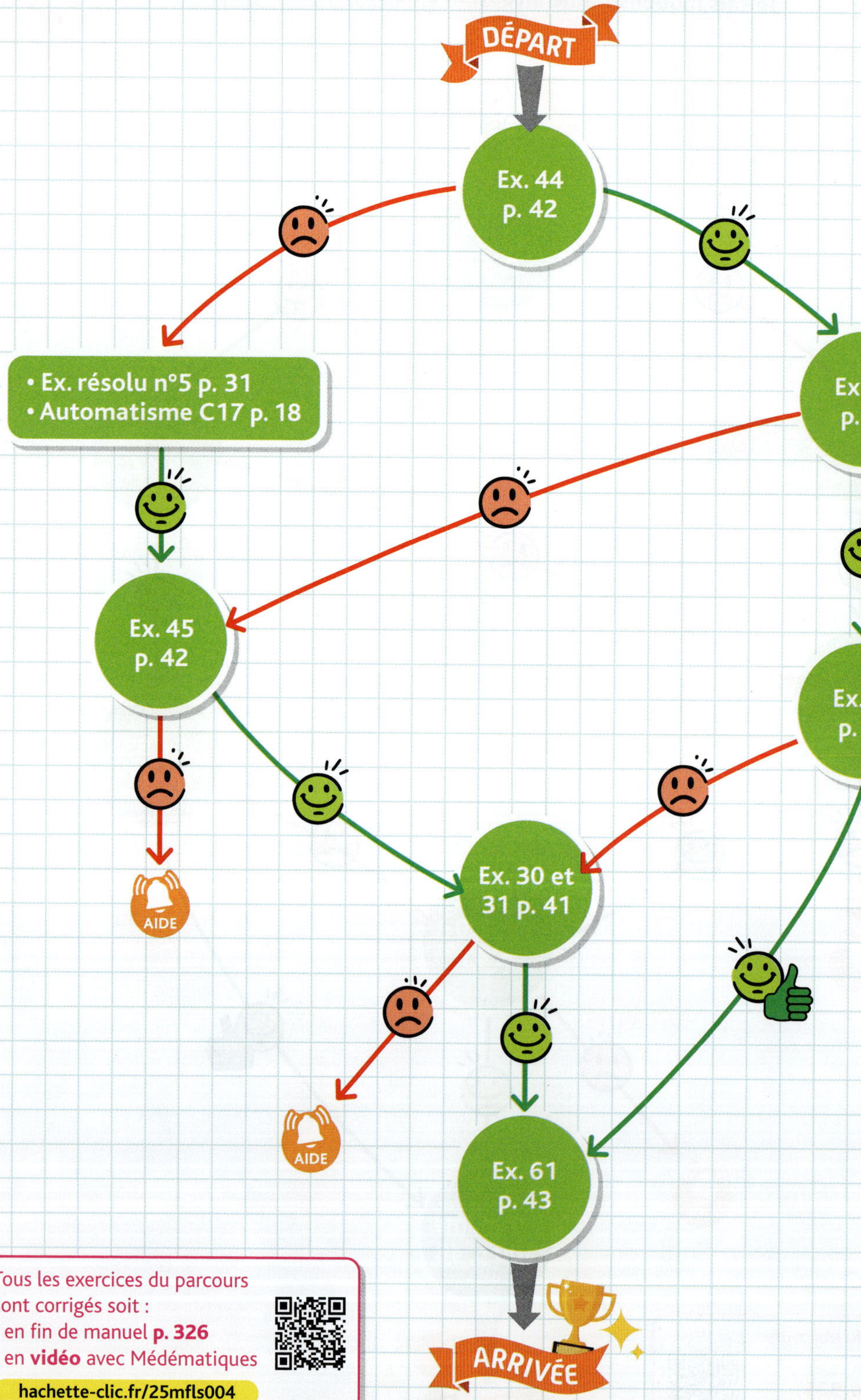

Tous les exercices du parcours sont corrigés soit :
- en fin de manuel **p. 326**
- en **vidéo** avec Médématiques

hachette-clic.fr/25mfls004

Je me prépare à une évaluation

Je sais réaliser et exploiter une représentation graphique

CHALLENGE EN CLASSE OU À LA MAISON

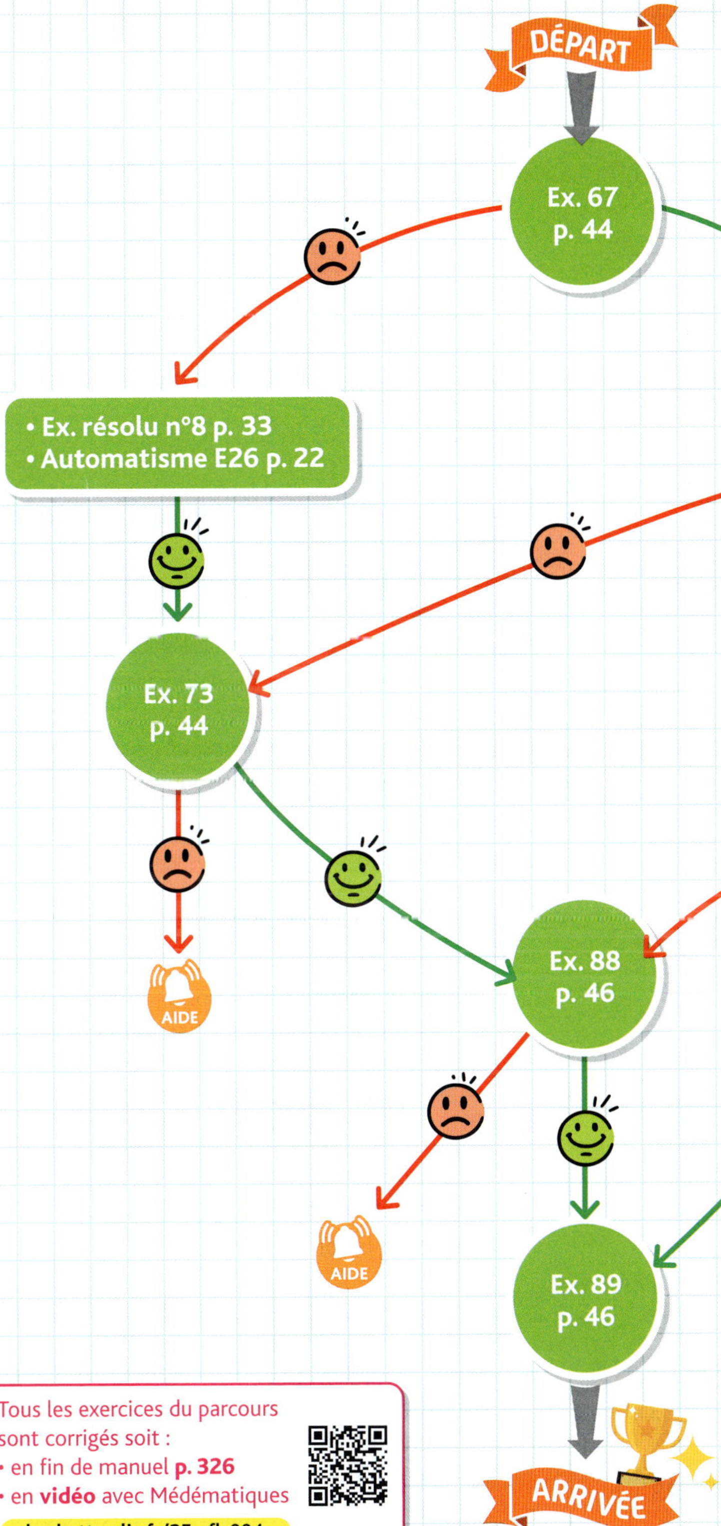

Tous les exercices du parcours sont corrigés soit :
- en fin de manuel **p. 326**
- en **vidéo** avec Médématiques

hachette-clic.fr/25mfls004

Exercices

Les exercices roses sont corrigés :
• en fin de manuel **p. 326** ou • en **vidéo** avec Médématiques hachette-clic.fr/25mfls004

1 Génération d'une suite numérique

Questions flash

1 À quelle évolution est associé le coefficient multiplicateur 1,20 ?

2 Quel est le coefficient multiplicateur associé à une baisse de 5 % ?

Pour 3 et 4, donner le coefficient multiplicateur correspondant :

3 Le nombre d'abonnés augmente de 30 % chaque jour.

4 La température d'une boisson chaude diminue de 10 % chaque minute.

5 Les températures des premiers jours de juillet à Marseille sont, en degrés Celsius : 28 ; 30 ; 27 ; 33 ; 29 ; 31. Ces températures sont modélisées à l'aide d'une suite u.

a. Quelle est la signification de n ?

b. À quelle quantité correspond le nombre u_n ?

Pour une suite, les valeurs sont repérées par des **entiers successifs** 0,1,2,3, 4,…, appelés **indices**.

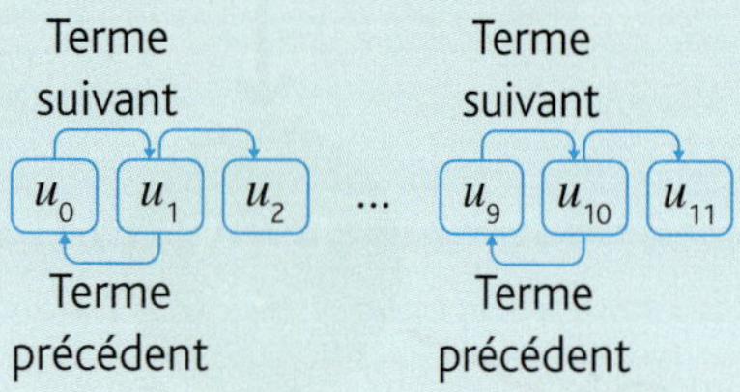

6 3 ; 5 ; 8 ; 13 ; 21 ; 34 sont les premiers termes d'une suite u dont le premier terme est le terme $u_0 = 3$:

a. Que vaut u_1 ? b. Déterminer u_5.

c. À quel terme de la suite correspond 13 ?

7 7 ; 8 ; 11 ; 15 ; 18 ; 23 ; 27 ; 34 sont les premiers termes d'une suite u dont le premier terme est le terme $u(0) = 7$.

a. Que vaut u_1 ? b. Déterminer u_6.

c. À quel terme de la suite correspond 18 ?

8 Le tableau suivant donne le dernier cours de l'action d'une entreprise lors des sept dernières années :

Année	2018	2019	2020	2021	2022	2023	2024
Cotation	5,50	7,80	10,32	13,54	18,23	27,01	31,12

La suite c est définie de telle façon que c_n représente la cotation de l'entreprise l'année $2018 + n$.

a. Que représente c_0 ? b. Que vaut c_2 ?

c. Quel est l'indice du terme de la suite c qui correspond à 27,01.

9 Soit u une suite de premier terme u_0.

a. Comment appelle-t-on le terme suivant u_1 ?

b. Le terme précédent u_{11} ?

10 Soit u définie sur $\mathbb{N}^*$, une suite dont les premiers termes sont :

1 ; 5 ; 21 ; 13 ; 15 ; 28 ; 13 ; 31 ; 54

a. Que vaut u_4 ? u_7 ?

b. Déterminer la valeur de n pour laquelle $u_n = 15$.

11 Le tableau ci-dessous donne des termes d'une suite u :

n	0	1	2	3	4	5	…	99	100
u_n	1,5	0,625	0,375	0,2656	0,2063	0,1693	…	0,0102	0,0101

a. Que vaut u_2 ?

b. Quel est le terme représenté par la valeur 0,2656 ?

c. Quel est le 5ᵉ terme ?

d. Déterminer n lorsque $u_n = 0{,}0101$

Une suite est définie de manière **fonctionnelle** lorsque la formule pour calculer u_n ne dépend que de n.
Une suite est définie par **récurrence** lorsqu'elle est définie par la donnée de son premier terme et une relation qui permet de calculer chaque terme à partir du précédent.

12 Parmi les suites données ci-dessous, identifier celles qui sont définies par récurrence et celles qui sont définies de manière fonctionnelle.

a. $u_n = 2n + 3$

b. $v_1 = 0{,}5$ et $v_{n+1} = v_n - 1$

c. $w_0 = 1$ et $w_{n+1} = 2w_n + n$

d. $t_1 = 2$ et $t_n = (t_{n-1})^2$

13 Soit u une suite définie pour tout entier naturel n. Les termes de la suite s'obtiennent à l'aide de l'algorithme suivant :

```
def suite_u(n):
    return (n+1)/(n+2)
```

a. La suite est-elle définie par récurrence ou de manière fonctionnelle ?

b. Préciser la formule.

14 Soit v une suite définie pour tout entier naturel n. Les termes de la suite s'obtiennent à l'aide de l'algorithme ci-contre.

```
def suite_v(n):
    v=2
    for i in range(n):
        v=v/2+0.5
    return v
```

a. La suite est-elle définie par récurrence ou de manière fonctionnelle ?

b. Préciser la formule et le premier terme.

15 Les premiers termes d'une suite U sont donnés dans le tableur ci-dessous :

B2 | =A2*3+5

	A	B
1	n	Un
2	0	5
3	1	8
4	2	11

a. Donner U_0.

b. Quel est le nombre de termes affichés ?

c. La suite est-elle définie par récurrence ou de manière fonctionnelle ?

d. Préciser la formule.

16 Les premiers termes d'une suite U sont donnés dans le tableur ci-dessous :

B3 | =3*B2+5

	A	B
1	n	Un
2	0	1,5
3	1	9,5
4	2	33,5
5	3	105,5

a. Donner U_0.

b. Quel est le nombre de termes affichés ?

c. La suite est-elle définie par récurrence ou de manière fonctionnelle ?

d. Préciser la formule.

Pour **modéliser** une situation à l'aide d'une suite, on détermine la quantité qui correspondra à la suite, et la signification du « n ».

17 Vidéo Une association sportive de Dordogne comptant 850 membres voit son nombre d'adhérents augmenter de 5 % tandis que 10 personnes quittent l'association tous les ans. Modéliser cette situation à l'aide d'une suite.

18 Le budget, initialement de 75 000 €, alloué à un service administratif diminue de 2 % tous les ans. Modéliser cette situation à l'aide d'une suite.

19 Corrigé Dans un lac, il y a 1000 poissons. Malheureusement, chaque année, 5 % des poissons disparaissent (pêche, décès). Afin de maintenir un nombre suffisant de poissons, la société de pêche introduit chaque année 500 alevins (jeunes poissons).

a. Quel sera le nombre de poissons au bout d'un an ?

b. Modéliser cette situation à l'aide d'une suite.

20 Corrigé La proportion de déchets recyclés parmi les déchets d'emballages ménagers augmente de 4 % tous les ans. Modéliser cette situation à l'aide d'une suite.

21 Le chiffre d'affaires d'une entreprise en difficulté baisse de 1,8 % tous les ans. Modéliser cette situation à l'aide d'une suite.

22 Une ville comporte 250 000 habitants. Chaque année, 10 % des habitants disparaissent (déménagement ou décès) et 3 000 habitants s'installent. Modéliser cette situation à l'aide d'une suite.

2 Calcul des termes d'une suite numérique

Questions flash

23 Soit u la suite définie pour tout entier naturel n par $u_n = 2n + 5$. Que vaut u_0 ?

24 Soit u la suite définie pour tout entier naturel n par $u_n = 4n - 3$. Déterminer u_5.

25 Soit u la suite définie, pour tout entier naturel n, par $u_{n+1} = u_n + 2$ avec $u_0 = 3$. Calculer u_1.

26 Soit u la suite définie, pour tout entier naturel n, par $u_{n+1} = 2u_n + 3$ avec $u_1 = 4$. Calculer u_2.

27 Soit u la suite définie pour tout entier naturel n par $u_n = \frac{1}{2}n + 5$. Que vaut u_2 ?

28 Soit u la suite définie pour tout entier naturel n par $u_n = 2n + \frac{1}{3}$. Déterminer u_1.

29 Soit u la suite définie, pour tout entier naturel n, par $u_{n+1} = u_n + \frac{2}{5}$ avec $u_0 = \frac{1}{3}$. Calculer u_1.

30 Corrigé Soit u la suite définie, pour tout entier naturel n, par $u_{n+1} = 3u_n - 1$ avec $u_1 = \frac{1}{4}$. Calculer u_2.

31 Corrigé Soit u la suite définie, pour tout entier naturel n, par $u_{n+1} = \frac{2}{3}u_n + 1$ avec $u_0 = 0$. Calculer u_2.

Une **suite logique** est une succession de nombres liés, en général, par une logique de calcul.

32 Compléter les suites logiques :

a. 2 ; 5 ; 8 ; 11 ; …

b. 1 ; 2 ; 4 ; 8 ; 16 ; …

33 Compléter les suites logiques :

a. –3 ; 1 ; 5 ; 9 ; 13 ; …

b. 2 ; 8 ; 32 ; 128 ; …

34 Compléter les suites logiques :

a. 1 ; –2 ; 3 ; –4 ; …

b. 1 ; 2 ; 2 ; 3 ; 3 ; 3 ; …

Exercices

Les exercices roses sont corrigés :
• en fin de manuel p. 326 ou • en vidéo avec Médématiques hachette-clic.fr/25mfls004

35 Compléter les suites logiques :

a. 8 ; 10 ; 13 ; 17 ; 22 ; ....

b. La suite de Conway, ou lorsque la logique n'est pas une formule de calcul.
1 ; 11 ; 21 ; 1211 ; 111221 ; 312211 ; ....

> Pour une suite définie de manière **fonctionnelle**, $u_n = u(n)$ se calcule comme l'image d'un nombre par une fonction.

36 Déterminer les 3 premiers termes de la suite définie pour tout entier naturel n par $u_n = n^2 - 5n$.

37 Soit u la suite définie, pour tout entier naturel n, par $u_n = 3n - 1$.

a. Calculer u_5. b. Calculer u_8.

38 Déterminer les 5 premiers termes de la suite définie pour tout entier naturel n par $u_n = 2n + 5$.

39 Dans un parc, les agents municipaux installent un piège à moustiques.
Au vu du nombre de captures, le nombre de moustiques trouvés dans le piège est modélisé par la suite u où u_n représente le nombre de moustiques découverts dans le piège après n jours et $u_n = n^2 - 2n + 20$.

a. Déterminer le nombre de moustiques trouvés dans le piège le 2e jour.

b. Calculer u_5 et interpréter le résultat obtenu.

40 Soit u la suite définie pour tout entier naturel n non nul par $u_n = \frac{1}{n} + \frac{1}{3}$.
Calculer u_4 et u_{10}.

41 Déterminer les 5 premiers termes de la suite u définie pour tout entier naturel n non nul par $u_n = -n^2 + 5n$.

> Pour calculer un terme d'une suite définie par **récurrence**, il est nécessaire de connaître les termes précédents.

42 Déterminer les 3 premiers termes de la suite définie par $u_0 = -10$ et, pour tout entier naturel n, $u_{n+1} = 2u_n - 5$.

43 Corrigé Déterminer les 5 premiers termes de la suite définie par $u_0 = -1$ et, pour tout entier naturel n, $u_{n+1} = -3u_n + 2$.

44 Corrigé Déterminer les 5 premiers termes de la suite définie par $u_0 = -10$ et, pour tout entier naturel n, $u_{n+1} = 2u_n + 3$.

45 Vidéo Soit u la suite définie, pour tout entier naturel n, par $u_{n+1} = 2u_n - 3$ avec $u_0 = 4$

a. Recopier et compléter les calculs suivants :
$u_1 = 2 \times u_0 - 3 = \dots$; $u_2 = 2 \times \dots$

b. Calculer u_3.

46 Soit u la suite définie pour tout entier naturel n par $u_{n+1} = 4u_n + 5$ avec $u_0 = 0$.

a. Recopier et compléter les calculs suivants :
$u_1 = 4 \times u_0 + 5 = \dots$; $u_2 = 4 \times \dots$

b. Calculer u_3.

47 Corrigé Les algues peuvent être meurtrières pour les poissons comme pour les hommes ! Dans un étang qui contient 2 500 kg d'algues, le propriétaire décide d'installer un système de filtration afin d'en diminuer la quantité. Chaque jour la quantité d'algues augmente de 3 %, chaque nuit il actionne la filtration et prélève 150 kg d'algues. La quantité d'algues présente dans l'étang chaque matin est modélisée par la suite u où u_n représente la quantité d'algues, en kg, présente dans l'étang après n jours.

a. Justifier que la suite u peut être modélisée par la relation $u_{n+1} = 1{,}03u_n - 150$.

b. Quelle est la valeur de u_0 ?

c. Déterminer la quantité d'algues encore présente dans l'étang après 2 jours.

d. Calculer u_3 et interpréter le résultat obtenu.

48 Déterminer les 5 premiers termes de la suite définie pour tout entier naturel n non nul par $u_{n+1} = u_n^2 + 3$ avec $u_0 = 2$.

49 Corrigé Déterminer les 5 premiers termes de la suite u définie pour tout entier naturel n non nul par $u_{n+1} = u_n + n$ avec $u_0 = 1$.

50 Déterminer les 4 premiers termes de la suite u définie pour tout entier naturel n non nul par $u_{n+1} = u_n + 2n - 1$ avec $u_1 = 0$.

51 Soit u une suite définie pour tout entier naturel n.
Dans chaque cas, calculer u_2 :

a. $u_n = \frac{1}{n+1}$

b. $u_{n+1} = 2u_n$ et $u_1 = 1$

c. $u_{n+1} = u_n - 3$ et $u_1 = 2$

d. $u_n = (n+1)^2$

52 Répondre par VRAI ou FAUX

Soit (u_n) la suite définie pour tout entier naturel n par $u_n = n^2$.

a. $u_5 = 10$

b. $u_{10} = 100$

c. $u_{n+1} = n^2 + 1$

d. $\frac{u_{n+1}}{u_n} = 1$

53 Emma a commencé une feuille de tableur pour déterminer les termes d'une suite.

	A	B
1	n	Un
2	0	3
3	1	
4	2	

En B3, elle a tapé :
« =7*B2-10 ».

a. Quel sera le résultat de la case B3 ?

b. La suite est-elle définie par récurrence ou de manière fonctionnelle ?

c. Préciser la suite ainsi définie.

54 À l'aide du tableur, on veut déterminer les premiers termes de la suite u définie pour tout entier naturel n par $u_n = 1 - n^2$.

	A	B
1	n	Un
2	0	1
3	1	=
4	2	

Quelle formule peut-on saisir dans la cellule B3 pour qu'en recopiant la cellule vers le bas on puisse automatiser le calcul de u_n ?

55 À l'aide du tableur, on veut déterminer les premiers termes de la suite u définie pour tout entier naturel n par $u_0 = 2$ et, pour tout entier naturel n, $u_{n+1} = 2u_n - 1$.

	A	B
1	n	Un
2	0	2
3	1	=
4	2	

Quelle formule peut-on saisir dans la cellule B3 pour qu'en recopiant la cellule vers le bas on puisse automatiser le calcul de u_n ?

56 Python Soit u la suite définie par $u_0 = 4$ et pour tout entier naturel n, $u_{n+1} = -3u_n + 8$. Recopier et compléter l'algorithme ci-contre afin qu'il renvoie le terme u_7 lorsque l'utilisateur saisit suite(7) dans la ligne de commande.

```
def suite(n):
    u=4
    for i in range(n):
        u=.........
    return u
```

Une calculatrice permet de calculer les termes d'une suite. Les suites définies par **récurrence** s'enregistrent en saisissant une formule du type $u_{n+1} = \dots$ ..., le premier terme (ainsi que son rang) devra être enregistré. Une suite **fonctionnelle** s'enregistre en saisissant une expression avec n.

57 Calculatrice Soit u une suite définie pour tout entier naturel n par $u_{n+1} = -u_n^2 + u_n - 1$ avec $u_0 = -1$. À l'aide de la calculatrice, déterminer u_2 ; u_3 et u_4.

58 Calculatrice Soit u la suite définie pour tout entier naturel n par $u_n = 8n^2 + 2n$. À l'aide la calculatrice, déterminer u_8 ; u_{17} et u_{35} .

59 Calculatrice Soit u la suite définie pour tout entier naturel n par $u_{n+1} = u_n - 1$ avec $u_1 = -1$. À l'aide de la calculatrice, déterminer u_{10} ; u_{20} et u_{30}.

60 Un capital de 5 000 € est placé à un taux de 3 % par an, à intérêts composés (c'est-à-dire que chaque fin d'année les intérêts sont calculés par rapport au capital présent l'année précédente). Une fois les intérêts enregistrés, chaque fin d'année 500 € sont prélevés pour être déposés sur un autre compte.

Soit C_n le capital disponible à la fin de l'année n. Ainsi $C_0 = 5000$.

a. Calculer et interpréter C_1

b. Exprimer C_{n+1} en fonction de C_n.

61 Corrigé Calculatrice Chaque année une revue perd 30% de ses abonnés tandis que 500 nouvelles personnes s'abonnent. En 2024 il y avait 18 200 abonnés.

Le nombre d'abonnés, en centaines d'abonnés, l'année 2024+ n est modélisé par la suite a.

a. Déterminer a_0.

b. Démontrer que $a_{n+1} = 0{,}7a_n + 5$.

c. Déterminer le nombre d'abonnés en 2026.

d. La revue n'est plus rentable dès que le nombre d'abonnés descend au-dessous des 2 000 abonnés. En utilisant la calculatrice, déterminer l'année à partir de laquelle la revue ne sera plus publiée.

62 Soit u la la suite définie par $u_0 = 1, u_1 = 3$ et pour tout entier naturel n : $u_{n+2} = u_{n+1} + 2 \times u_n$.

Calculer u_2 et u_4.

63 Dans le roman *Da Vinci code* écrit par Dan Brown, Robert Langdon et Sophie Neveu doivent trouver le code d'un coffre appartenant à Jacques Saunière. Ce code comporte 10 chiffres, ils savent que ces chiffres sont issus des premiers nombres de la suite de Fibonacci.

La suite de Fibonacci est définie par $F_1 = 1$, $F_2 = 1$ et pour tout entier naturel n non nul, $F_{n+2} = F_{n+1} + F_n$.

a. Calculer F_3 et F_4

b. Quel est le code à dix chiffres que Robert Langdon et Sophie Neveu doivent entrer pour avoir accès au coffre ?

Exercices

Les exercices roses sont corrigés :
• en fin de manuel **ou** • en **vidéo** avec Médématiques
p. 326
hachette-clic.fr/25mfls004

3 Représentation graphique des termes d'une suite et sens de variation

Questions flash

64 Les premiers termes d'une suite sont obtenus à l'aide d'une calculatrice, dont la copie d'écran est ci-contre. Conjecturer le sens de variation de la suite.

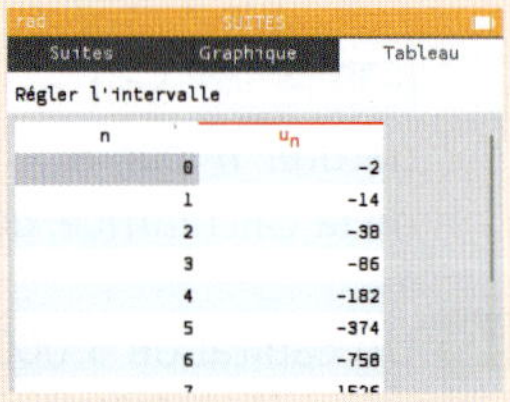

65 La représentation graphique d'une suite u est donnée dans le repère ci-dessous :

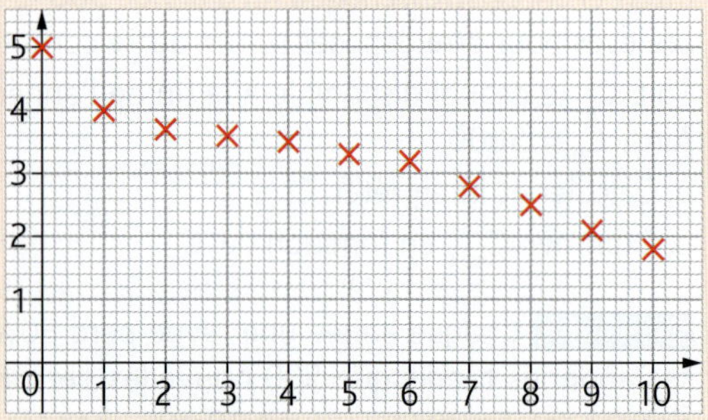

Avec la précision permise par le graphique, répondre aux questions suivantes :

a. Déterminer u_1

b. Déterminer u_{10}

c. Déterminer le plus petit entier n tel que $u_n < 3$

La représentation graphique d'une suite est un **nuage de points** dont les coordonnées sont de la forme $(n\,;u_n)$ ou $(n\,;u(n))$.

66 Soit u une suite définie pour tout entier naturel n, dont on connaît le tableau des premières valeurs :

n	0	1	2	3	4	5	6	7	8
u_n	–2	0	1	2	2,5	3,5	4	4,1	4,2

Tracer la représentation graphique des 9 premiers termes de u dans un repère.

67 Corrigé Soit u la suite définie pour tout entier naturel n par $u_n = n^2 - n - 3$.
Recopier et compléter le tableau suivant puis tracer la représentation graphique de u dans un repère.

n	0	1	2	3	4	5	6	7	8
u_n									

68 Soit u la suite définie pour tout entier naturel n par $u_{n+1} = \dfrac{1}{2}u_n + 5$ et $u_0 = 0$.

Recopier et compléter le tableau suivant (arrondir au centième si besoin) puis tracer la représentation graphique de u dans un repère.

n	0	1	2	3	4	5	6	7	8
u_n									

69 Les premiers termes d'une suite u sont représentés ci-dessous :

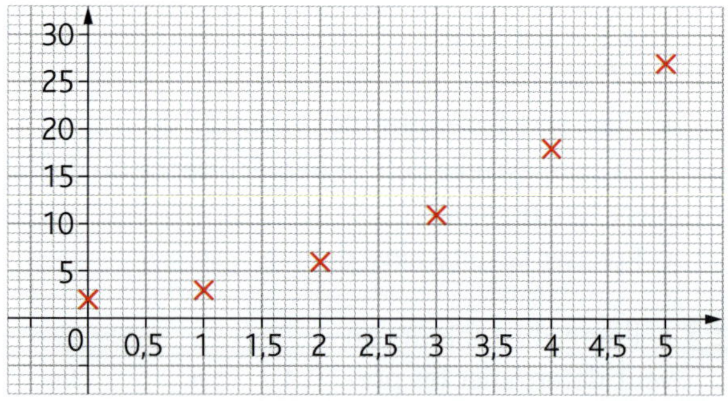

Lire avec la précision permise par le graphique u_0 ; u_1 et u_4.

Une suite peut être **croissante**, **décroissante**, ou ni croissante ni décroissante.

Pour les exercices 70 à 73, en utilisant la calculatrice, tracer la représentation graphique de chaque suite. Puis conjecturer sa variation.

70 Calculatrice a. Pour tout entier naturel $n, u_n = 4n - 5$.
b. Pour tout entier naturel $n, u_n = -n^2 + 5$.

71 Calculatrice a. Pour tout entier naturel $n, u_{n+1} = 2u_n + 5$ avec $u_1 = 1$.
b. Pour tout entier naturel $n, u_{n+1} = -u_n^{\,2}$ avec $u_0 = -1$.

72 Calculatrice a. Pour tout entier naturel $n, u_n = -3n + 7$.
b. Pour tout entier naturel $n, u_n = n^2 - 3$.

73 Vidéo Calculatrice a. Pour tout entier naturel n, $u_{n+1} = 3u_n + 7$ avec $u_0 = -1$.
b. Pour tout entier naturel $n, u_{n+1} = u_n^2 - 3$ avec $u_0 = 0$.

74 La représentation graphique d'une suite u est donnée dans le repère ci-dessous :

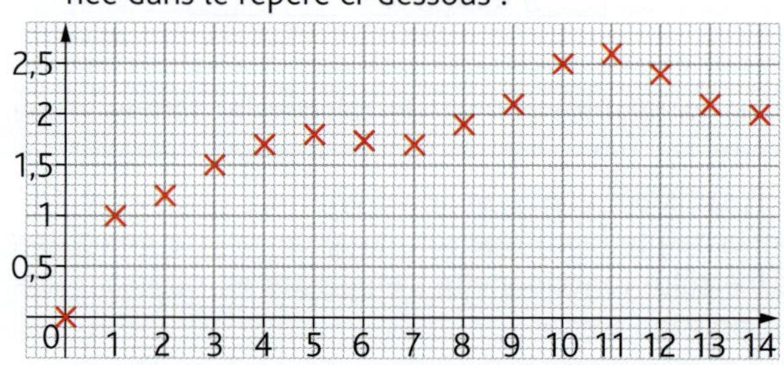

a. La suite u semble-t-elle croissante ? décroissante ?

b. En utilisant la précision permise par le graphique, déterminer u_3, u_5 et u_{14}.

c. Déterminer le plus petit n tel que $u_n > 2$.

75 Corrigé La représentation graphique d'une suite u est donnée dans le repère ci-dessous :

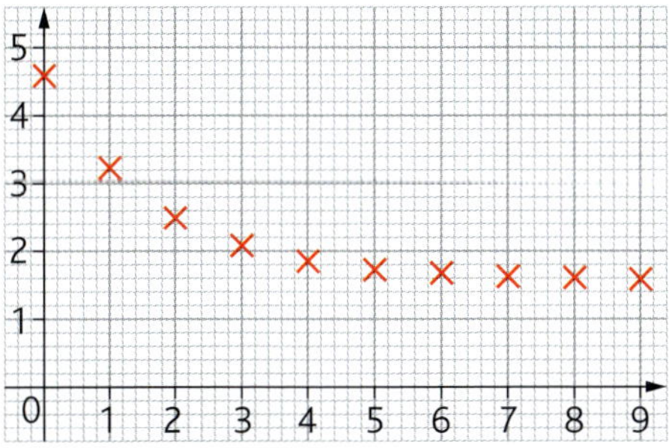

a. Conjecturer graphiquement le sens de variation de u. Par la suite on admet que cette conjecture et vérifiée.

b. En utilisant la précision permise par le graphique, déterminer u_0 et u_8.

c. Déterminer graphiquement le plus petit entier naturel n tel que, pour tout $n \geqslant 2$ on a : $u_n \leqslant 2$.

76 Dans un laboratoire, un chercheur étudie la prolifération des bactéries dans une solution nutritive.

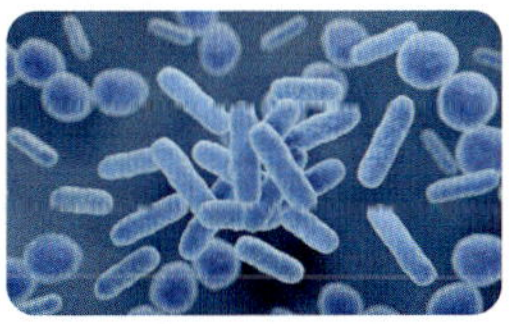

Soit u la suite telle que u_n représente le nombre de milliers de bactéries présentes dans la solution nutritive après n minutes. Le relevé qu'il obtient est donné ci-dessous :

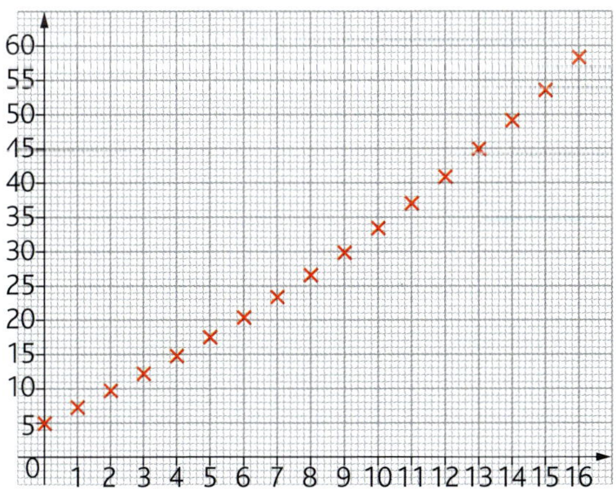

Avec la précision permise par le graphique, répondre aux questions suivantes :

a. Déterminer le nombre de bactéries présentes dans la solution au début de l'expérience.

b. Déterminer u_5 et interpréter le résultat.

c. Le chercheur considère que la solution nutritive est de bonne qualité si le nombre de bactéries décuple en moins d'un quart d'heure. La solution nutritive est-elle de bonne qualité ?

77 Le Crowdfunding permet de participer, avec d'autres épargnants, au financement d'un programme immobilier. Un particulier investi dans un tel projet et la modélisation de ses avoirs est donnée par une suite u telle que u_n représente le capital disponible, en milliers d'euros, après n années. Le relevé sur plusieurs années est donné sur le graphique ci-dessous.

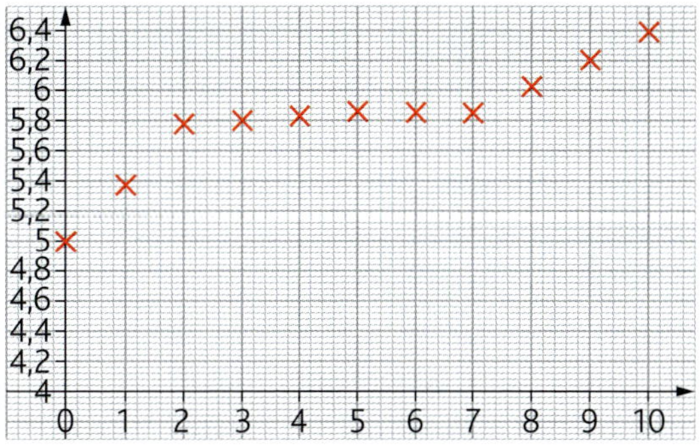

Avec la précision permise par le graphique, répondre aux questions suivantes :

a. Quelle somme a-t-il initialement investie ?

b. Déterminer u_7 et interpréter le résultat.

c. Quel est le capital obtenu après 10 ans de placement ?

d. Déterminer les variations de u et interpréter le résultat.

Pour déterminer **les variations d'une suite**, il suffit d'étudier le **signe de** $u_{n+1} - u_n$. Si le signe est **positif** on en déduit que $u_{n+1} \geqslant u_n$ donc la suite est **croissante**. Si le signe est **négatif** on en déduit que $u_{n+1} \leqslant u_n$ donc la suite est **décroissante**. Si le signe n'est pas constant, la suite n'est ni croissante ni décroissante.

78 Soit u la suite définie pour tout entier naturel n par $u_n = 3n + 5$.

a. Recopier et compléter : $u_{n+1} = 3(\ldots\ldots) + 5 =$

En déduire l'expression de $u_{n+1} - u_n$.

b. Quel est le sens de variation de la suite u ? Justifier.

79 La suite u est définie sur $\mathbb{N}$ par $u_n = u_n + n^2$.
Étudier, pour tout entier naturel n, le signe de $u_{n+1} - u_n$ en déduire la variation de u.

80 Un instagrameur publie des photos et des vidéos sur son compte Instagram qui compte déjà 8 500 abonnés.

Chaque semaine le nombre d'abonnées est modélisé par une suite u telle que u_n représente le nombre de milliers d'abonnés après n semaines. $u_n = n^2 - n + 8{,}5$.

a. Calculer u_{10} et interpréter le résultat.

b. Étudier, pour tout entier naturel n, le signe de $u_{n+1} - u_n$, en déduire la variation de u et interpréter le résultat.

Exercices

Les exercices roses sont corrigés :
• en fin de manuel p. 326 ou • en **vidéo** avec Médématiques hachette-clic.fr/25mfls004

81 Soit u une suite définie pour tout entier naturel n par $u_{n+1} = \frac{u_n}{2} + 1$ et $u_0 = 4$.

a. Tracer la représentation graphique de u dans un repère. Conjecturer la variation de u.

b. On admet que pour tout entier naturel n, $u_n > 2$, calculer $u_{n+1} - u_n$ et en déduire la variation de u.

Lorsqu'une suite u est à termes strictement positifs, on peut comparer, pour tout entier naturel n, $\frac{u_{n+1}}{u_n}$ et 1 pour déterminer les variations de u.

82 Soit u la suite définie pour tout entier naturel n par $u_n = (n+1)(n+2)$.

a. Exprimer u_{n+1} en fonction de n et en déduire la valeur de $\frac{u_{n+1}}{u_n}$.

b. Quel est le sens de variation de la suite u ? Justifier.

83 u est une suite définie pour tout entier naturel n par $u_n = 3 \times 0{,}5^n$.

a. Exprimer u_{n+1} en fonction de n et en déduire la valeur de $\frac{u_{n+1}}{u_n}$.

b. Quel est le sens de variation de la suite u ? Justifier.

84 La table de valeurs des termes d'une suite croissante u est donnée ci-dessous :

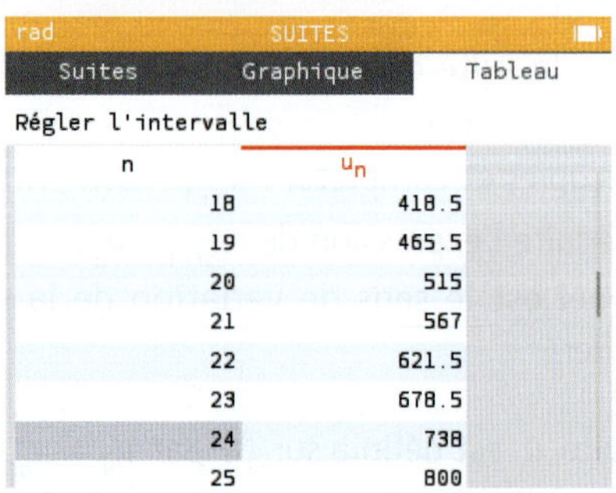

n	u_n
18	418.5
19	465.5
20	515
21	567
22	621.5
23	678.5
24	738
25	800

Déterminer la plus petite valeur de n telle que u_n dépasse 500.

85 Corrigé On considère les suites définies par $u(n) = -3n + 84$ et $v(n) = n^2 + 5$.

Tracer la représentation graphique de u et v dans un même repère. Conjecturer puis déterminer les variations des deux suites.

Déterminer graphiquement le plus petit entier n tel que : $v_n \geqslant u_n$.

86 Calculatrice On considère les suites u et v définies pour tout entier naturel n par :

$u_{n+1} = 1{,}5u_n$ avec $u_0 = 10$ et

$v_{n+1} = 2v_n + 1$ avec $v_0 = 1$

En utilisant la calculatrice, déterminer la plus petite valeur de n telle que $v_n \geqslant u_n$.

87 Calculatrice La suite u est définie sur $\mathbb{N}$ par $u_n = \frac{1}{n+1}$

a. En étudiant le signe de $u_{n+1} - u_n$, déterminer la variation de u.

b. À l'aide de la calculatrice, déterminer la plus petite valeur de n telle que $u_n < 10^{-2}$.

88 Corrigé Une commune dispose de 200 vélos en libre-service. Chaque vélo est loué pour une semaine (du lundi au dimanche). La première semaine, 100 vélos ont été loués.

Le responsable de ce système souhaite étudier l'évolution du nombre de locations de vélos. Pour cela il modélise le nombre de vélos loués chaque semaine par une suite u où, pour tout entier naturel n non nul, u_n représente le nombre de vélos loués la n-ième semaine.

La modélisation proposée est $u_{n+1} = 0{,}95u_n + 23$.

a. Déterminer, avec cette modélisation le nombre de vélos loués la 2e semaine.

b. La représentation graphique de u est :

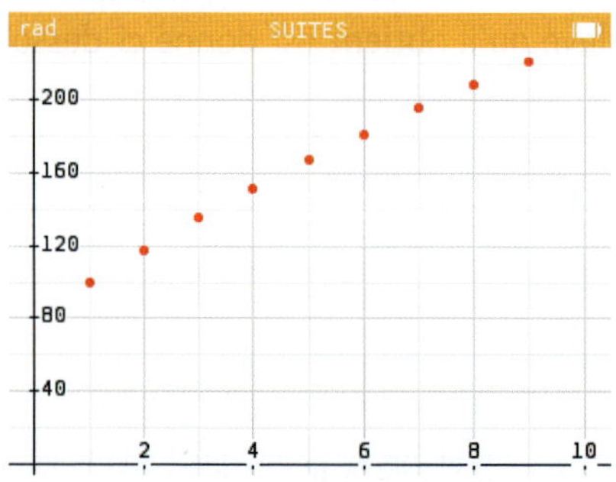

Conjecturer graphiquement les variations de la suite. Dans combien de semaines le nombre de vélos proposés par la commune sera-t-il insuffisant ?

89 Corrigé Dans une ville il existe deux quartiers. Le quartier Nansouty qui compte 2 000 habitants et le quartier des Capucins qui en compte 2 700. Chaque année, 10 % des habitants des Capucins partent et 50 nouveaux habitants arrivent, alors qu'à Nansouty 5 % arrivent et 120 personnes quittent le quartier. La population du quartier Nansouty est modélisée par une suite u et celle du quartier des Capucins est modélisée par une suite v.

a. Exprimer u_{n+1} en fonction de u_n.

b. Exprimer v_{n+1} en fonction de v_n.
c. Tracer la représentation graphique des deux suites. Déterminer, avec la précision permise par le graphique, le nombre d'années nécessaire pour que la population de Nansouty soit plus importante que celle des Capucins ?

Générer les termes d'une suite à l'aide des listes Python

Questions flash

90 La liste des 4 premiers termes d'une suite u définie pour tout entier naturel n est : `suite_u=[2,5,2.3,7.2]`
a. Que vaut u_0 ?
b. Que vaut u_2 ?
c. Que contient la liste L après avoir saisi l'instruction L.append(9.2) ?

91 Donner la liste en extension des 5 premiers termes de la suite v définie pour tout entier naturel n non nul par $v_n = 2 - n^2$.

Générer une liste en extension
Une liste peut être saisie dans la console à l'aide de crochets . L=[1,3,5,7]

92 Que faut-il saisir dans un éditeur Python pour générer en extension la liste des nombres suivants : 5 ; 3 ; 7 ; 8 ; 9 ?

93 Que faut-il saisir dans un éditeur Python pour générer en extension la pluviométrie à Bordeaux de janvier à juin : 75 ; 55 ; 55 ; 73 ; 76 ; 68 ?

Manipuler des éléments d'une liste
Chaque élément d'une liste est repéré par son indice. Le premier élément d'une liste est l'élément d'indice 0.

94 Soit u une suite définie pour tout entier naturel n . Les premiers termes de u sont donnés par la liste L=[1,5,8,9,15,14,7,8,5].
a. Donner L[0], à quel terme de la suite correspond-il ?
b. Quelle instruction permet d'afficher u_5 ? Donner u_5 .
c. Déterminer la valeur de i telle que L[i]=15. À quel terme de la suite correspond cette valeur ?

95 Soit u une suite définie pour tout entier naturel n non nul. Les premiers termes de u sont donnés par la liste L=[5,7,4,12,15,18].
a. Donner L[1], à quel terme de la suite correspond-il ?
b. Quelle instruction permet d'afficher u_5 ? Donner u_5
c. Déterminer la valeur de i telle que L[i]=4. À quel terme de la suite correspond cette valeur ?

Générer une liste par ajouts successifs
L'instruction L.append permet d'ajouter un élément à la fin de la liste L.
L'instruction L+M permet d'ajouter les éléments de la liste M aux éléments de la liste L.

96 Les listes L et M sont données ci-dessous :
L=[2,4,7,8] et M=[1,3,5]
a. Quelle liste est retournée par l'instruction : print(L+M) ?
b. Quelle liste est retournée par les instructions données ci-dessous ?
```
L.append(6)
print(L)
```

97 Les listes R et S sont données ci-dessous :
R=[7,13,5,9,2] et S=[3,12,8,4,18]
a. Quelle liste est retournée par l'instruction print(R+S) ?
b. Quelle liste est retournée par les instructions données ci-dessous ?
```
S.append(9)
print(S)
```

Générer une liste en compréhension : les instructions sont données dans la liste elle-même.

98 Pour chaque question, prévoir le résultat affiché par l'appel de l'instruction print(T) :
a. `T=[n for n in range(1,5)]`
b. `T=[n**2 for n in range(5)]`
c. `T=[2*n-3 for n in  [1,3,7]]`

99 Corrigé Dans un gymnase il y a une fuite aux douches. En attendant les réparations, l'eau va dans un récupérateur d'eau. Le premier jour, il y a 5 litres d'eau dans le récupérateur. Chaque jour, le récupérateur est rempli par 3 litres d'eau provenant de la fuite mais, pour éviter qu'il ne déborde, la moitié de l'eau qu'il contient est vidée pour être réutilisée ailleurs. Recopier et compléter le script ci-dessous afin qu'il permette d'obtenir la liste de la quantité d'eau (en litres) contenue dans le récupérateur au cours des 5 premières journées.
```
u=5
L=[]
for i in range(...):
    L.append(u)
    u=.........
print(L)
```

100 Diminuer le chômage STMG

» Modéliser • Communiquer

Dans une agence de France Travail, au 1er janvier 2024 il y a 480 demandeurs d'emploi. Les statistiques ont permis au directeur d'agence de prévoir que chaque trimestre, 125 personnes viennent s'inscrire et 38 % retrouvent un emploi.
Le nombre de demandeurs d'emploi est modélisé à l'aide d'une suite u telle que u_n représente le nombre de demandeurs d'emploi au début du $n$ième trimestre après le 1er janvier 2024.

a. Calculer u_1.

b. Calculer le nombre de demandeurs d'emploi au début du 2e puis du 3e trimestre 2024.

c. Justifier que la situation précédente peut être modélisée par $u_{n+1} = 0{,}62u_n + 125$.

d. Combien de demandeurs d'emploi peut-on estimer le 1er janvier 2026 ?

e. Le directeur de l'agence souhaite que le nombre de demandeurs d'emploi diminue de 30 % par rapport au premier trimestre 2024. Pourra-t-il atteindre son objectif ? Si oui à quelle date ?

101 4 bébés par seconde ST2S

» Modéliser • Communiquer

La population mondiale était de 8 milliards en 2022. On estime que chaque seconde quatre bébés viennent au monde et deux personnes meurent.

Soit u la suite telle que u_n représente la population mondiale, en milliards d'individus, à l'année $2022+n$.

a. Exprimer u_{n+1} en fonction de u_n.

b. Déterminer, à l'aide de la calculatrice, la population mondiale en 2040.

c. Les Nations Unies prévoient que la population mondiale sera de 10 milliards en 2060. Recopier et compléter l'algorithme ci-dessous afin qu'il renvoie, avec la modélisation proposée, l'année à partir de laquelle la population atteindra les 10 milliards.

```
u = 8
n = 0
while ...... :
    u = u+......
    n = n+1
print(2022+n)
```

102 De la robotique dans l'escalier STI2D

» Chercher • Raisonner

Un robot peut monter un escalier une ou deux marches à la fois.

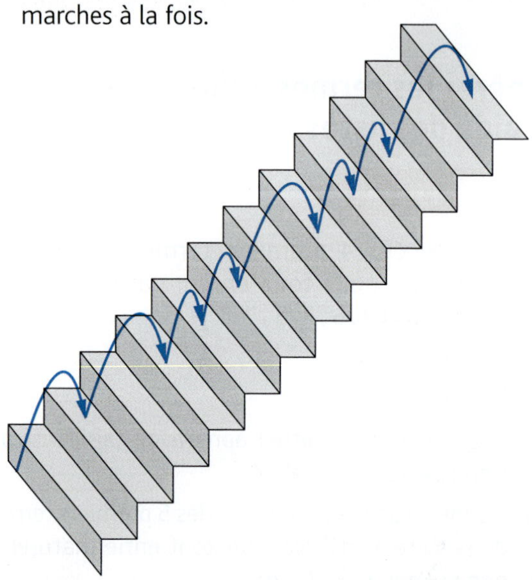

a. De combien de façons différentes peut-il monter un escalier d'une marche ? de deux marches ? de trois marches ? de quatre marches ?

Soit u la suite telle que u_n soit égale au nombre de façons dont le robot peut monter un escalier de n marches.

b. Déterminer une relation liant u_n, u_{n-1} et u_{n-2} pour tout entier naturel n supérieur à 3.

c. Compléter la fiche de tableur ci-dessous :

	A	B
1	Nombre de marches : n	u(n)
2	1	
3	2	
4	3	
5	4	

d. Quelle formule faut-il saisir en B4 pour obtenir, en tirant vers le bas, le nombre de façons de monter un escalier à n marches ?

e. De combien de façons le robot peut-il monter un escalier de 25 marches ?

103 La valeur d'un bien immobilier STMG Calculatrice

» Représenter • Calculer

Un bien immobilier, un peu vétuste, a une valeur de 240 000 €. Chaque année, la valeur de ce bien augmente de 2 % et le propriétaire effectue 2 000 € de travaux. La valeur du bien est modélisée par la suite u où u_n représente la valeur, en euros, du bien après n années.

a. Justifier que la suite u peut être modélisée par la relation $u_{n+1} = 1{,}02u_n - 2000$.

b. Quelle est la valeur de u_0 ?

c. Implanter la suite dans une calculatrice.

d. Quelle est la valeur du bien immobilier après 3 années ?

e. Déterminer u_8 à l'aide de la calculatrice et interpréter le résultat obtenu.

f. Après combien d'années, la valeur du bien dépassera-t-elle 350 000€ ?

104 Le challenge du château de cartes STI2D Tableur

» Chercher • Représenter • Modéliser

Soit u la suite telle que u_n est égale au nombre de cartes nécessaires pour réaliser un château de cartes à n étages. Ainsi $u_1 = 2, u_2 = 7$.

a. Déterminer u_3 et u_4.

b. Justifier la formule : $u_{n+1} = u_n + 3n + 2$

c. Afin de prévoir le nombre de cartes pour un château à n étages, compléter la feuille de tableur ci-contre :

	A	B
1	n	u(n)
2	1	2
3	2	
4	3	

d. Quelle formule faut-il saisir en B3 ?

e. Combien faut-il de cartes pour réaliser un château avec 50 étages ?

f. Un jeu de poker comporte 52 cartes, combien d'étages complets peut-on réaliser avec un tel jeu ? Restera-t-il des cartes ? Si oui combien ?

105 Le crédit idéal STMG Tableur

» Raisonner • Calculer

Une banque peut prêter une somme d'argent à un particulier ou une entreprise à un certain taux annuel. Le capital emprunté peut être remboursé chaque mois par la même mensualité.
Chaque mensualité est constituée par le remboursement d'une partie du capital (amortissement) et des intérêts sur le capital restant dû.
C_n est le capital restant dû le mois n, m la mensualité payée chaque mois, I_n la part d'intérêt dans cette mensualité, A_n la part correspondant à l'amortissement du capital et t le taux mensuel du crédit.

a. Recopier et compléter le tableau d'amortissement du crédit ci-dessous :

n	C_n	I_n	A_n
0	C_0	$t \times C_0$	$m - I_0$
1	$C_0 - A_0$		
$k-1$			
k	$C_k =$	$I_k =$	$A_k =$
$k+1$			

b. Comment obtenir le coût total du crédit ?

c. Rémy souhaite emprunter 250 000 € afin d'acquérir un bien immobilier. La banque lui propose un taux de crédit de 3,55 % par an, qui correspond approximativement à un taux mensuel de 0,291 %. Il souhaite rembourser 1 100 € par mois. À l'aide d'un tableur, déterminer le nombre de mois nécessaires au remboursement du crédit.

d. Préciser la dernière mensualité et le coût réel du crédit.

Pour entrer dans le chapitre

Utiliser un taux d'évolution

Pour une **évolution,** le **taux** t est souvent donné en **pourcentage**.

- Lorsque l'évolution est une **augmentation,** le **coefficient multiplicateur** est $1+t$.
- Lorsque l'évolution est une **diminution,** le **coefficient multiplicateur** est $1-t$.

1 Déterminer le coefficient multiplicateur correspondant à une augmentation de 15 %.

2 Déterminer le coefficient multiplicateur correspondant à une diminution de 7 %.

3 Expliquer pourquoi diminuer une grandeur de 2 % revient à la multiplier par 0,98 .

Déterminer un coefficient directeur

Le **coefficient directeur** d'une droite, non verticale, est donné par :

$$m = \frac{\Delta y}{\Delta x} = \frac{y_B - y_A}{x_B - x_A}$$

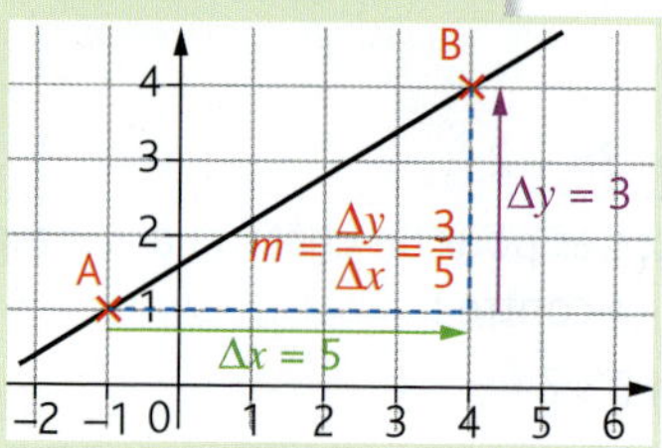

4 Avec la précision permise par le graphique, déterminer le coefficient directeur des droites d_1, d_2 et d_3.

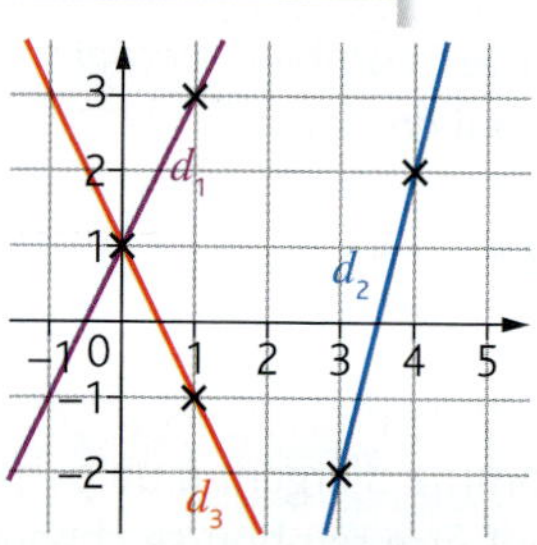

Modéliser une situation à l'aide d'une suite

Pour modéliser une situation à l'aide d'une suite, il faut identifier la **quantité qui évolue**, qui correspond au **terme général** de la suite et préciser ce **que représente** n (année, mois, répétitions...).

Pour chaque exemple, modéliser la situation à l'aide d'une suite.

5 Adama fait du « resell » sur Vinted. Chaque mois il gagne en moyenne 85 € qu'il dépose sur son compte sur lequel il a au départ 256 €.

6 Un patient reçoit 1,8 mg d'un médicament par une injection intraveineuse. Chaque heure, la quantité de médicament présente dans le sang est divisée par 2.

7 En plaçant 1 500 € sur une assurance vie, Maleyna peut espérer un rendement annuel de 2,8 %.

Suites arithmétiques et géométriques

Focus métiers

Assurance **Banque**
Finance Météorologie
Recherche

Grâce aux suites, on peut modéliser de nombreuses situations comme l'évolution des populations, la gestion des stocks ou la prévision des tendances financières.

Découvre le métier de conseiller en gestion de patrimoine
hachette-clic.fr/25mfls005

Automatismes du chapitre

Activités de découverte

ACTIVITÉ 1 Prête pour le marathon ?

Objectif Découvrir les suites arithmétiques

Leïla s'est lancé un défi : le jour de son anniversaire, le 10 août, elle sera capable de courir un marathon ! La distance à parcourir pour réaliser un marathon est de 42,195 km. Le 31 mars, elle est capable de courir 10 km. À partir du 1er avril, elle commence son plan d'entraînement : chaque jour, elle est en mesure de courir 0,7 km de plus que la veille.
Soit d la suite telle que d_n désigne la distance que peut courir Leïla après n jours d'entraînement.

1 **a.** Déterminer les 5 premiers termes de la suite d.
b. Représenter le nuage de points correspondant à ces cinq termes sur un graphique. Comment semble être le nuage de points ?
c. Calculer $d_1 - d_0$, $d_2 - d_1$, $d_3 - d_2$ et $d_4 - d_3$. Que remarquez-vous ?

2 **a.** Exprimer d_{n+1} en fonction de d_n
b. En utilisant la calculatrice, prévoir la date à partir de laquelle Leïla sera en mesure de courir un marathon. Sera-t-elle prête le 10 août pour son anniversaire ?

Cours p. 54

ACTIVITÉ 2 Quand la rumeur se propage Calculatrice

Objectif Découvrir les suites géométriques

Mathis publie une information sur un réseau social qu'il partage avec deux personnes qui n'avaient pas cette information. Chacune de ces personnes partage elle aussi cette information avec deux personnes et ainsi de suite.
Soit u la suite telle que u_n désigne le nombre de personnes qui reçoivent l'information à la $n^{ième}$ étape.
Ainsi $u_1 = 1$, $u_2 = 2$.

1 **a.** Déterminer les quatre termes suivants.
b. Calculer $\frac{u_2}{u_1}$, $\frac{u_3}{u_2}$, $\frac{u_4}{u_3}$, $\frac{u_5}{u_4}$ et $\frac{u_6}{u_5}$.
Que remarquez-vous ?

2 **a.** Exprimer u_{n+1} en fonction de u_n.
b. En utilisant la calculatrice, prévoir le nombre d'étapes nécessaires pour que plus de 1 000 personnes reçoivent l'information en même temps.

Cours p. 56

ACTIVITÉ 3

La meilleure proposition d'embauche

En équipe

Objectif Reconnaître la nature d'une suite

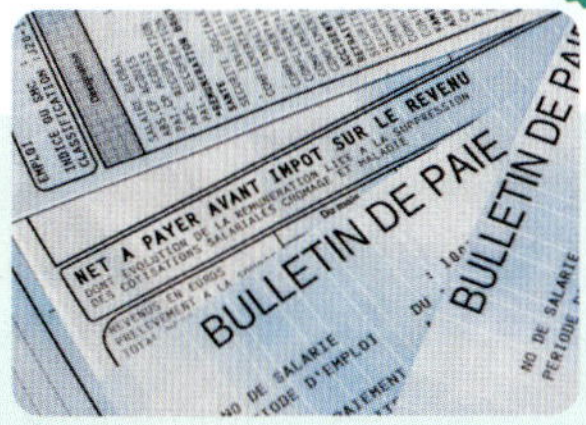

Lors d'un entretien d'embauche, vous recevez trois propositions de rémunération :

- **Proposition 1** : un salaire net à l'embauche de 1 450 € puis une augmentation chaque année de 35 €.
- **Proposition 2** : un salaire net à l'embauche de 1 400 € puis une augmentation annuelle de 3 %.
- **Proposition 3** : un salaire net à l'embauche de 1 420 € puis une augmentation annuelle de 1 % et de 25 €.

1 Pour chaque proposition, déterminer votre salaire net la deuxième année puis la troisième année.

2 Soit u (proposition 1), v (proposition 2) ou w (proposition 3), les suites telles que u_n, v_n et w_n désignent le salaire net après n années passées dans l'entreprise.

a. Exprimer u_{n+1} en fonction de u_n, puis v_{n+1} en fonction de v_n, et enfin w_{n+1} en fonction de w_n.

b. En déduire la nature de chacune des suites u, v et w.

Cours p. 54 et 56

ACTIVITÉ 4

Peut-on nourrir tout le monde ?

Objectif Comparer l'évolution d'une suite arithmétique et géométrique

En 1800 la population anglaise était de 8,3 millions d'habitants. Chaque habitant arrivait à se nourrir. Thomas Malthus émet les hypothèses suivantes :

- chaque année la population augmente de 4 % ;
- chaque année, l'agriculture anglaise permet de nourrir 400 000 personnes de plus que l'année passée.

Thomas Malthus, économiste britannique (1766-1834)

1 Déterminer le nombre d'habitants et le nombre de personnes qui peuvent être nourries, en 1801, en Angleterre puis recopier et compléter le tableau ci-dessous :

Année	Population	Nombre de personnes nourries
1800	8,3 millions	8,3 millions
1801		
1802		

2 **a.** Soit u la suite telle que u_n représente la population, en millions d'habitants, l'année $1800+n$. Ainsi $u_0 = 8{,}3$. Exprimer u_{n+1} en fonction de u_n et en déduire la nature de u.

b. Soit v la suite telle que v_n représente le nombre de personnes, en millions, qui peuvent être nourries en $1800+n$. Ainsi $v_0 = 8{,}3$. Exprimer v_{n+1} en fonction de v_n et en déduire la nature de v.

3 **a.** On représente les suites u et v sur le graphique ci-dessous. Conjecturer les variations des suites u et v.

b. Avec cette modélisation la population anglaise pourra-t-elle toujours se nourrir ?

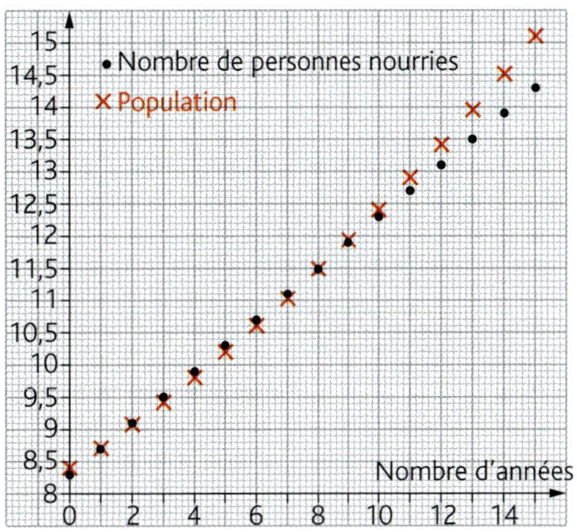

Cours p. 54 et 56

Cours 1 Suites arithmétiques

A Qu'est-ce qu'une suite arithmétique ?

Définitions

- Une suite est une suite arithmétique si, pour passer d'un terme au suivant, on ajoute un même nombre réel, r, qui s'appelle la raison.
- u est arithmétique signifie que pour tout entier naturel n : $u_{n+1} = u_n + r$ où $r \in \mathbb{R}$.

EXEMPLES

Soit u la suite arithmétique de raison 3 et de premier terme $u_0 = 5$, pour tout entier naturel n : $u_{n+1} = u_n + 3$. Les premiers termes de la suite sont :

$u_0 = 5$ → (+ 3) → $u_1 = 8$ → (+ 3) → $u_2 = 11$ → (+ 3) → $u_3 = 14$

Remarque

Une suite arithmétique est définie par la donnée de son premier terme et de sa raison.

Propriété

Une suite u est arithmétique si et seulement si pour tout entier naturel n, $u_{n+1} - u_n$ est un réel indépendant de n. Ce réel est la raison.

B Représentation graphique d'une suite arithmétique

Propriétés

- Si u est une suite arithmétique, le nuage de points $(n\,;u_n)$ est formé de points alignés.
- Réciproquement, si la représentation graphique d'une suite est formée de points alignés, la suite est arithmétique.
- La raison est le coefficient directeur de la droite sur laquelle se situent les points du nuage.

EXEMPLES

Soit u la suite définie par $u_0 = -2$ et pour tout entier naturel n : $u_{n+1} = u_n + 0{,}5$. C'est une suite **arithmétique de raison** 0,5. Sa représentation graphique est :

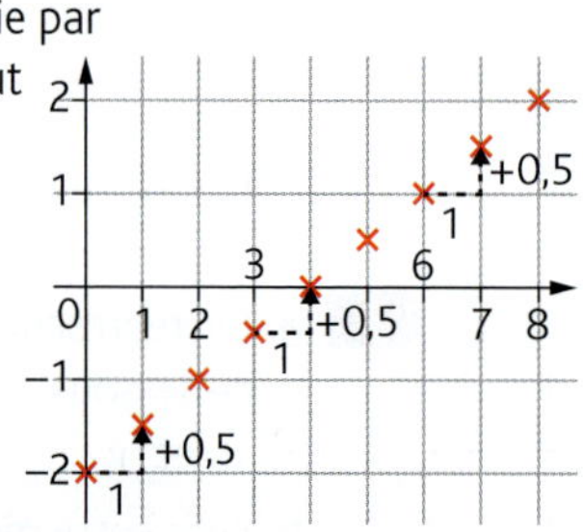

Soit u la suite définie par $u_0 = 3$ et pour tout entier naturel n : $u_{n+1} = u_n - 1$. C'est une suite **arithmétique de raison** -1. Sa représentation graphique est :

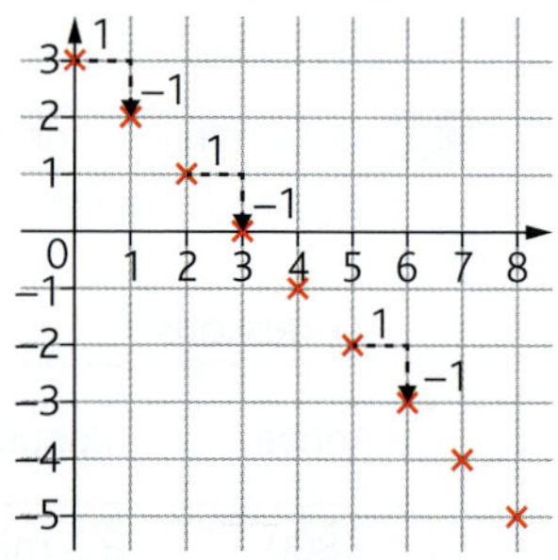

C Variations d'une suite arithmétique

Propriétés

u est une suite arithmétique de raison r, où $r \in \mathbb{R}$.

- Si $r > 0$, alors u est strictement croissante.
- Si $r = 0$, alors u est constante.
- Si $r < 0$, alors u est strictement décroissante.

EXEMPLES

Soit u la suite définie par $u_0 = 0$ et pour tout entier naturel n : $u_{n+1} = u_n + 1{,}5$.
u est une suite arithmétique de raison $r = 1{,}5$.
$r > 0$ donc u est **strictement croissante**.

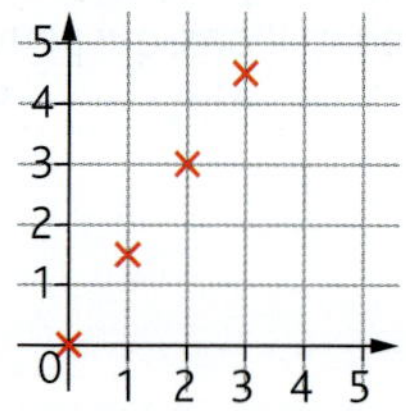

Remarque

Les **variations** d'une suite arithmétique **ne dépendent que de sa raison**.

EXO 1 Déterminer les termes d'une suite arithmétique Calculatrice

Déterminer, à l'aide de la calculatrice, les six premiers termes de la suite arithmétique u de raison 0,3 et de premier terme $u_0 = 0{,}7$.

Méthode

1. Identifier la raison de la suite arithmétique afin d'en déduire l'expression de u_{n+1} en fonction de u_n : il s'agit d'une formule de récurrence.
2. Implanter dans la calculatrice la formule de récurrence de la suite u et indiquer le premier terme ainsi que son rang.

Exercice 6 p. 61

Réponse

1. u est une suite arithmétique de raison $r = 0{,}3$ la formule de récurrence est $u_{n+1} = u_n + 0{,}3$
2.

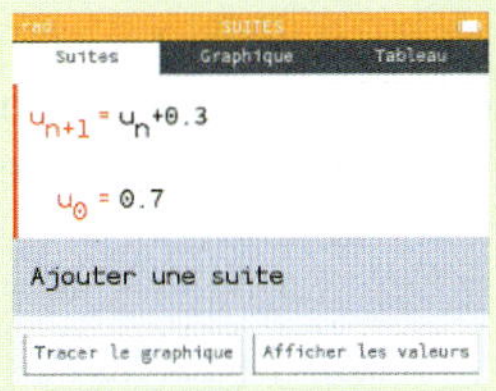

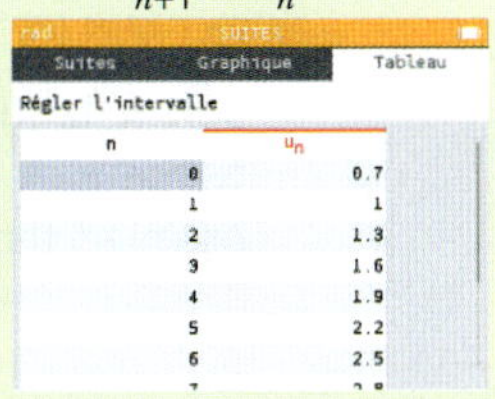

EXO 2 Démontrer qu'une suite est arithmétique

Soient u et v les suites définies pour tout entier naturel n par $u_n = 3 - 4n$ et $v_n = n^2 - 1$.
Ces suites sont-elles arithmétiques ?

Méthode

1. Calculer les trois premiers termes de la suite : u_0, u_1 et u_2.
2. Si $u_1 - u_0 \neq u_2 - u_1$ alors u n'est pas arithmétique.
Si $u_1 - u_0 = u_2 - u_1$ et si, de plus, pour tout entier naturel n, $u_{n+1} - u_n$ est un réel indépendant de n, alors u est arithmétique.

Exercice 17 p. 61

Réponse

1. $u_0 = 3$, $u_1 = -1$ et $u_2 = -5$;
$v_0 = -1$, $v_1 = 0$ et $v_2 = 3$.
2. $u_1 - u_0 = u_2 - u_1 = -4$

$$u_{n+1} - u_n = 3 - 4(n+1) - (3 - 4n)$$
$$= 3 - 4n - 4 - 3 + 4n = -4$$

Donc u est une suite arithmétique de raison -4.

$v_1 - v_0 = 1$ et $v_2 - v_1 = 3$. $v_1 - v_0 \neq v_2 - v_1$ donc v n'est pas arithmétique.

EXO 3 Conjecturer qu'une suite est arithmétique à partir de son graphique

En début d'année, un élève achète un badge qui va lui permettre de prendre des cafés au distributeur du foyer du lycée. Il charge son badge avec 20 €. Sur l'appli de gestion de ses dépenses, il obtient le graphique ci-contre où l'abscisse représente le numéro de la semaine depuis qu'il a rechargé le badge et l'ordonnée la somme disponible sur son badge en fin de semaine. Ses dépenses suivent-elles une évolution arithmétique ?

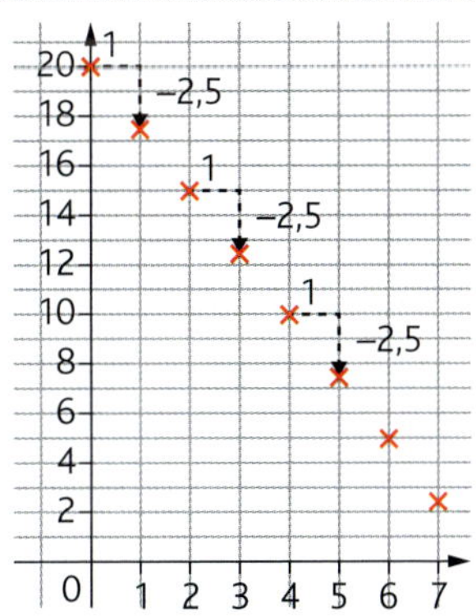

Méthode

1. Si les points sont alignés on peut conjecturer que la suite est arithmétique.
2. Le coefficient directeur de la droite donne la raison de la suite.

Exercice 26 p. 62

Réponse

1. Les points semblent alignés, on peut conjecturer que la suite est arithmétique.
2. Le coefficient directeur est $-2{,}5$ donc la suite u donnant le solde sur le badge en fonction de la semaine depuis que le badge a été chargé est définie par : $u_0 = 20$ et $u_{n+1} = u_n - 2{,}5$.

Cours 2 Suites géométriques

A Qu'est-ce qu'une suite géométrique ?

Définitions

- Une suite est une suite géométrique si, pour passer d'un terme au suivant, on multiplie par un même nombre réel non nul, q, qui s'appelle la raison.
- u est géométrique signifie que pour tout entier naturel n : $u_{n+1} = q \times u_n$ où $q \in \mathbb{R}^*$.

EXEMPLES

Soit u la suite géométrique de raison 0,5 et de premier terme $u_0 = 2$. Pour tout entier naturel n : $u_{n+1} = 0{,}5 \times u_n$. Les premiers termes de la suite sont :

$u_0 = 2 \xrightarrow{\times 0{,}5} u_1 = 1 \xrightarrow{\times 0{,}5} u_2 = 0{,}5 \xrightarrow{\times 0{,}5} u_3 = 0{,}25$

Remarques

- Une suite géométrique est définie par la donnée de son premier terme et de sa raison.
- Les suites géométriques étudiées en séries technologiques seront à termes **strictement positifs**, c'est-à-dire la raison q et le premier terme sont des réels strictement positifs.

Propriété

Une suite u est géométrique si et seulement si, pour tout entier naturel n, $\dfrac{u_{n+1}}{u_n}$ est un réel indépendant de n. Ce réel est la raison.

B Représentation graphique d'une suite géométrique

Propriété

Si u est une suite géométrique, le nuage de points $(n;u_n)$ représente une croissance ou une décroissance dite « exponentielle ».

EXEMPLES

Soit u la suite définie par $u_0 = 8$ et, pour tout entier naturel n, $u_{n+1} = 0{,}25 \times u_n$. C'est une suite **géométrique de raison** 0,25. Sa représentation graphique est :

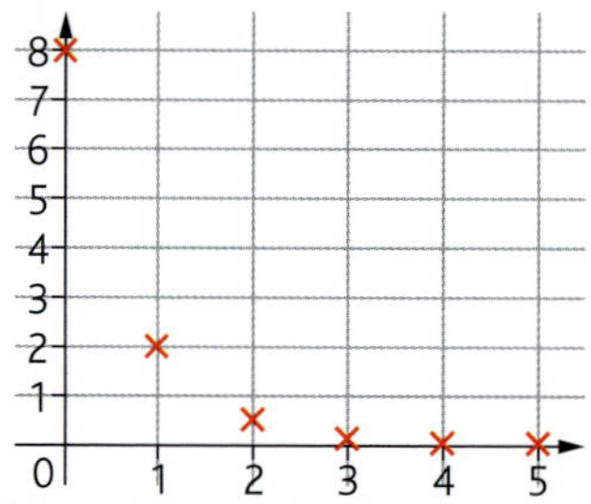

Remarque

Il est compliqué de déduire d'un nuage de points le caractère géométrique d'une suite, seule une tendance est observable.

C Variations d'une suite géométrique

Propriétés

u est une suite géométrique de raison q, où $q > 0$.

- Si $q > 1$, alors u est strictement croissante.
- Si $q = 1$, alors u est constante.
- Si $0 < q < 1$, alors u est strictement décroissante.

EXEMPLES

Soit u la suite définie par $u_0 = 1$ et pour tout entier naturel n : $u_{n+1} = 1{,}5 \times u_n$.
u est une suite géométrique de raison $q = 1{,}5$.
$q > 1$ donc u est **strictement croissante**.

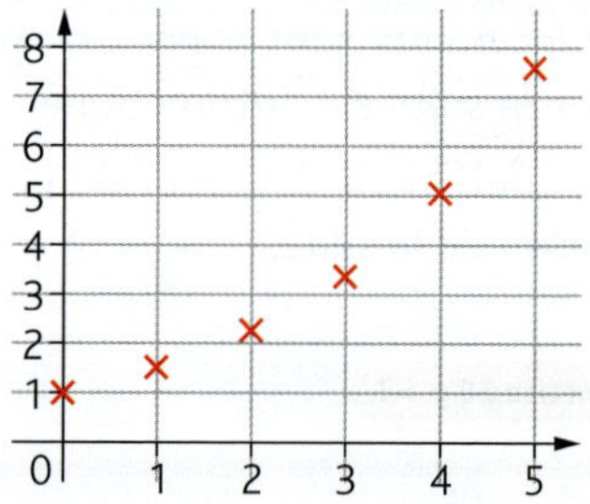

EXO 4 Déterminer les termes d'une suite géométrique Calculatrice

Déterminer, à l'aide de la calculatrice, les six premiers termes de la suite géométrique u de raison $\frac{1}{3}$ et de premier terme $u_0 = 27$.

Méthode

1. Identifier la raison de la suite géométrique afin d'en déduire l'expression de u_{n+1} en fonction de u_n : il s'agit d'une formule de récurrence.
2. Implanter dans la calculatrice la formule de récurrence de la suite u et indiquer le premier terme ainsi que son rang.

Exercice 39 p. 63

Réponse

1. u est une suite géométrique de raison $q = \frac{1}{3}$

la formule de récurrence est $u_{n+1} = \frac{1}{3} \times u_n = \frac{u_n}{3}$

2.

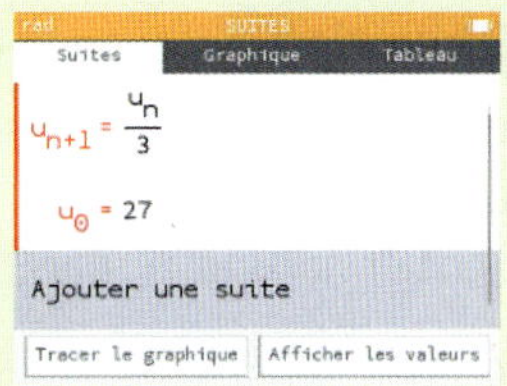

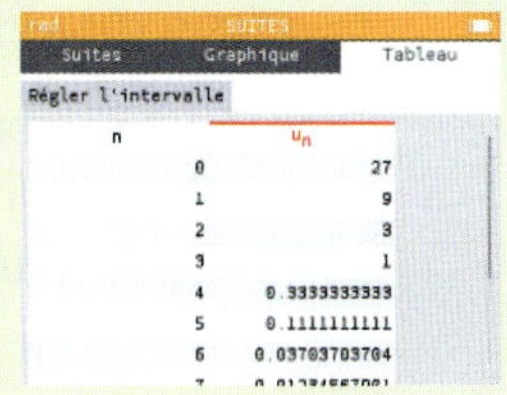

EXO 5 Démontrer qu'une suite est géométrique

Soient u et v les suites définies pour tout entier naturel n par $u_n = 3^n + 1$ et $v_n = 2 \times 5^n$.
Ces suites sont-elles géométriques ?

Méthode

1. Calculer les trois premiers termes de la suite : u_0, u_1 et u_2.
2. Si $\frac{u_1}{u_0} \neq \frac{u_2}{u_1}$ alors u n'est pas géométrique.
   Si $\frac{u_1}{u_0} = \frac{u_2}{u_1}$ et si, de plus, pour tout entier naturel n, $\frac{u_{n+1}}{u_n}$ est un réel indépendant de n alors u est géométrique.

Exercice 55 p. 65

Réponse

1. $u_0 = 2, u_1 = 4$ et $u_2 = 10$;
   $v_0 = 2,\ v_1 = 10$ et $v_2 = 50$.
2. $\frac{u_1}{u_0} = 2$ et $\frac{u_2}{u_1} = \frac{5}{2}$ donc u n'est pas géométrique.
   $\frac{v_2}{v_1} = \frac{v_1}{v_0} = 5$
   $\frac{v_{n+1}}{v_n} = \frac{2 \times 5^{n+1}}{2 \times 5^n} = \frac{5 \times 5^n}{5^n} = 5$ donc v est une suite géométrique de raison 5.

EXO 6 Déterminer le sens de variation d'une suite géométrique à l'aide de sa raison

En 2024 le bénéfice annuel d'une entreprise est de 50 000 €.
À la suite d'une étude, le bénéfice de l'entreprise est modélisé par une suite u telle que u_n représente le bénéfice prévisionnel à l'année $2024 + n$. Ainsi $u_0 = 50\,000$. La modélisation amène à considérer la suite définie pour tout entier naturel n par $u_{n+1} = 0{,}94u_n$.
Comment va évoluer le bénéfice de cette entreprise dans les années à venir ?

Méthode

1. Identifier la nature et les caractéristiques de la suite.
2. Déterminer les variations de la suite en fonction de la raison et interpréter le résultat.

Exercice 73 p. 66

Réponse

1. $u_{n+1} = 0{,}94u_n$ donc la suite u est géométrique de raison 0,94.
2. Comme la raison est $q = 0{,}94$ et $0 < 0{,}94 < 1$ la suite est décroissante donc l'entreprise va voir ses bénéfices diminuer.

L'essentiel

Je retiens

Les suites arithmétiques et géométriques sont des cas particuliers de suites définies par **récurrence.**

1. Suites arithmétiques

Définition

Soit r un nombre réel.
Une suite arithmétique de raison r est définie, pour tout entier naturel n, par :

$$\begin{cases} u_0 \text{ réel donné} \\ u_{n+1} = u_n + r \end{cases}$$

Savoir-faire

Pour démontrer qu'une suite est arithmétique, on démontre que, pour tout entier naturel n, $u_{n+1} - u_n = r$, r étant un nombre réel, indépendant de n.

Représentation graphique

Le nuage de points $(n\,;u_n)$ associé à une suite arithmétique est situé sur une droite de coefficient directeur r.

Variations

La variation d'une suite arithmétique est linéaire et dépend du signe de r.

Si $r > 0$ la suite est strictement croissante

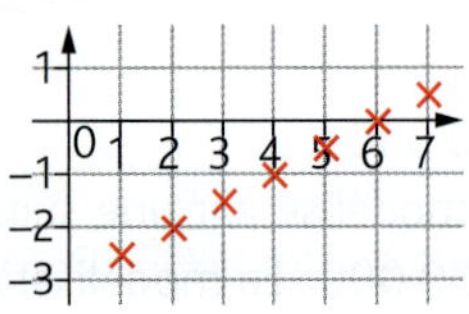

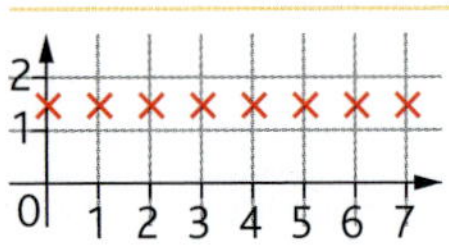

Si $r = 0$ la suite est constante

Si $r < 0$ la suite est strictement décroissante

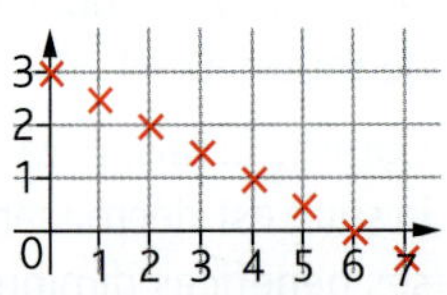

2. Suites géométriques

Définition

Soit q un nombre réel non nul.
Une suite géométrique de raison q est définie, pour tout entier naturel n, par :

$$\begin{cases} u_0 \text{ réel donné} \\ u_{n+1} = u_n \times q \end{cases}$$

En **série technologique**, les suites géométriques étudiées seront à termes strictement positifs, c'est-à-dire $q > 0$ et $u_0 > 0$.

Savoir-faire

Pour démontrer qu'une suite est géométrique, on démontre que, pour tout entier naturel n, $\frac{u_{n+1}}{u_n} = q$, q étant un nombre réel indépendant de n.

Représentation graphique

Le nuage de points $(n\,;u_n)$ associé à une suite géométrique représente une croissance (ou une décroissance) exponentielle.

Variations

Déterminer la variation d'une suite géométrique revient à comparer q et 1.

Si $q > 1$ la suite est strictement croissante

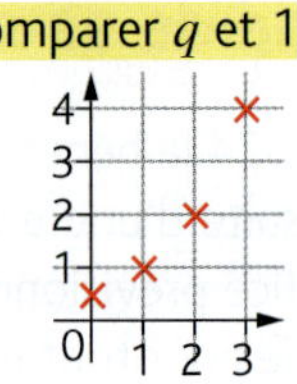

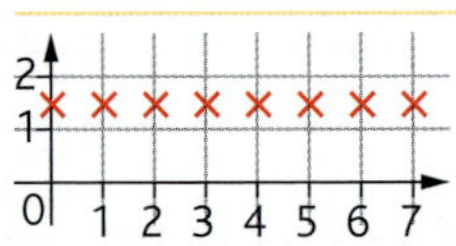

Si $q = 1$ la suite est constante

Si $0 < q < 1$ la suite est strictement décroissante

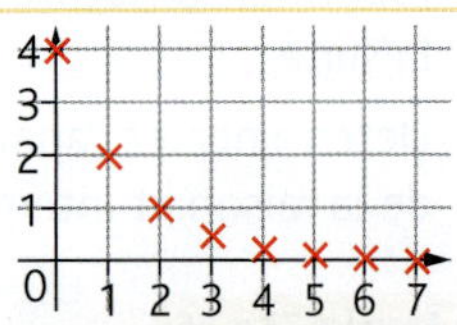

Je me teste

QCM interactif et auto-corrigé
hachette-clic.fr/25mfls006

Je me prépare à une évaluation

Je maîtrise les suites arithmétiques

CHALLENGE EN CLASSE OU À LA MAISON

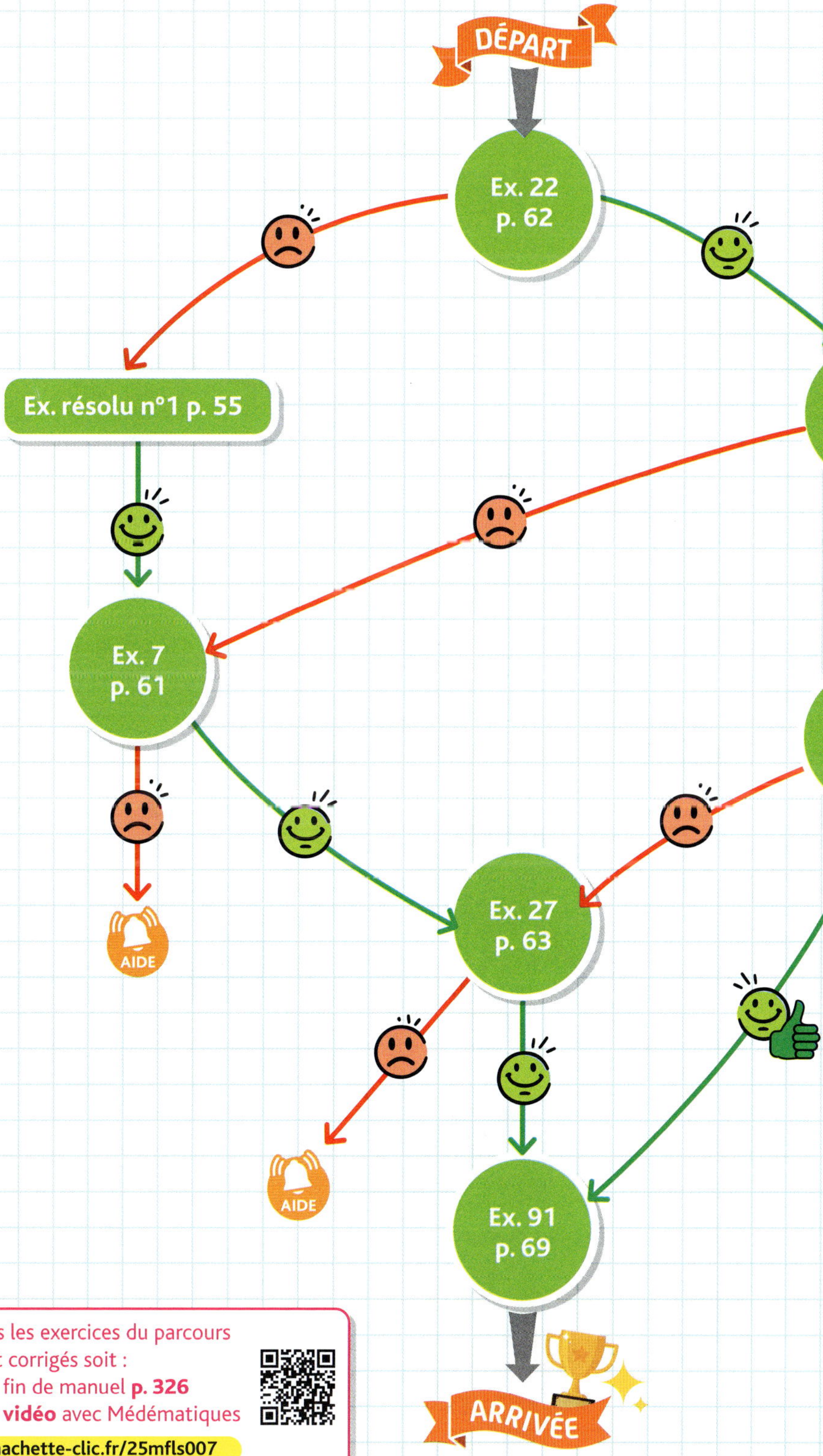

Tous les exercices du parcours sont corrigés soit :
- en fin de manuel **p. 326**
- en **vidéo** avec Médématiques

hachette-clic.fr/25mfls007

Je me prépare à une évaluation

Je maîtrise les suites géométriques

CHALLENGE EN CLASSE OU À LA MAISON

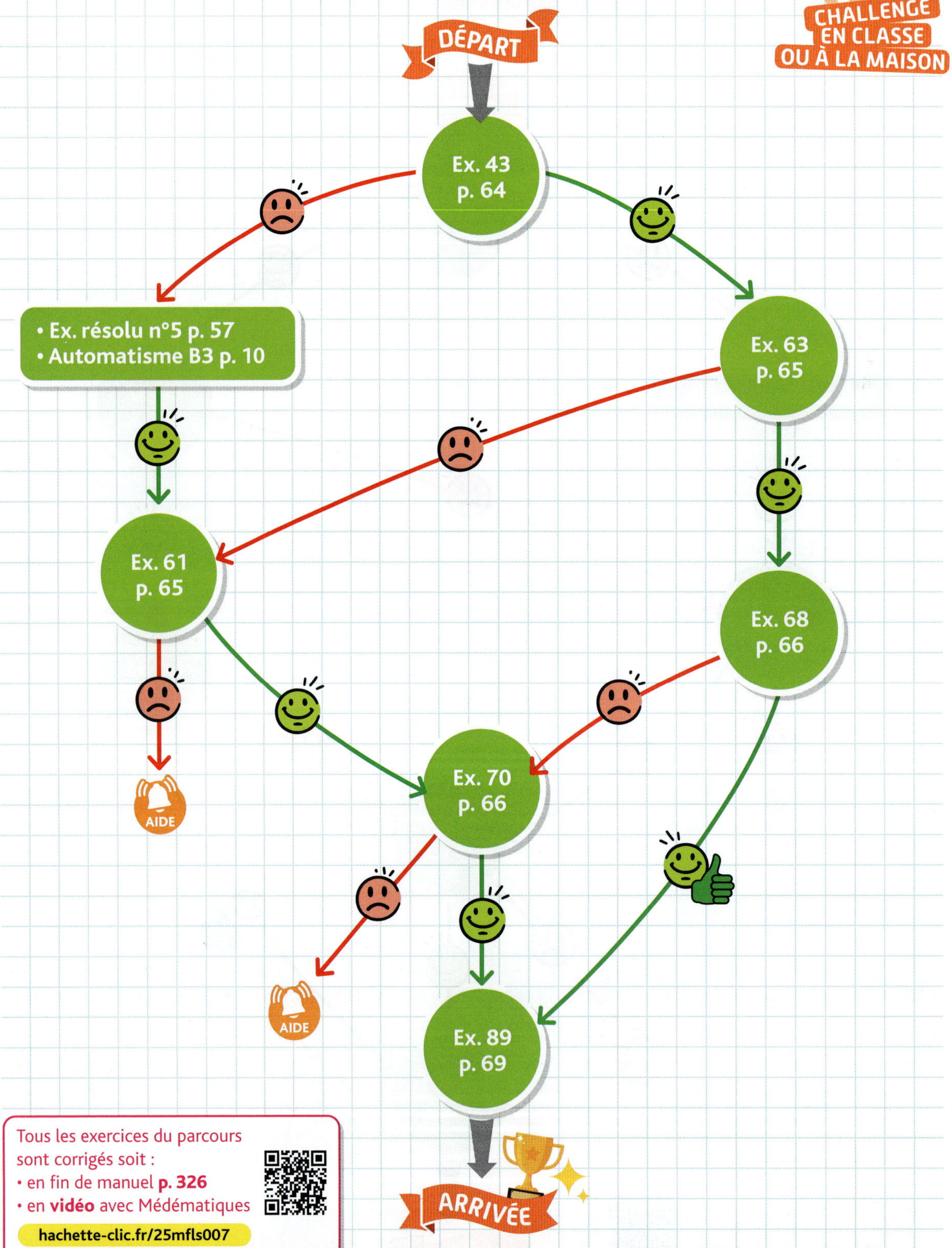

Tous les exercices du parcours sont corrigés soit :
- en fin de manuel **p. 326**
- en **vidéo** avec Médématiques

hachette-clic.fr/25mfls007

Les exercices roses sont corrigés :
• en fin de manuel **ou** • en **vidéo** avec Médématiques
p. 326 hachette-clic.fr/25mfls007

Exercices

1 Suites arithmétiques

Questions flash

1 Calculer les 4 premiers termes d'une suite arithmétique de premier terme $u_0 = 6$ et de raison 2.

2 u est une suite arithmétique de premier terme $u_0 = 2$ et de raison $\frac{1}{3}$. Calculer u_1 et u_2.

3 u est une suite arithmétique de raison 3 où $u_2 = 2$. Calculer u_1 et u_0.

4 Exprimer u_{n+1} en fonction de u_n lorsque u est une suite arithmétique de raison 4.

5 u est une suite arithmétique telle que $u_0 = 3, u_1 = 6$. Calculer u_3.

Une suite arithmétique est une suite pour laquelle on passe d'un terme au suivant en **ajoutant toujours le même nombre** (la raison).

6 a. Calculer les 5 premiers termes d'une suite arithmétique de premier terme $u_0 = 3$ et de raison 6.
b. Donner l'expression de u_{n+1} en fonction de u_n.

7 Vidéo En France, l'espérance de vie des femmes était de 69,2 ans en 1950 et a progressé de manière arithmétique de 1950 à 2017, augmentant de 0,2 an chaque année.
a. Selon les données de l'énoncé, quelle était l'espérance de vie des femmes en 1951 et 1952 ?
b. En 2017, l'espérance de vie des femmes était de 85,4 ans. Quelle était celle de 2016 ?

8 a. Calculer les 5 premiers termes d'une suite arithmétique de premier terme $u_0 = -3$ et de raison -2.
b. Donner l'expression de u_{n+1} en fonction de u_n.

9 a. Calculer les 5 premiers termes d'une suite arithmétique de premier terme $u_0 = \frac{1}{3}$ et de raison $\frac{1}{2}$.
b. Donner l'expression de u_{n+1} en fonction de u_n.

10 u est une suite arithmétique de raison -2 telle que $u_1 = 24$. Calculer u_0 et u_2.

11 En 2023, le nombre de créations d'entreprises en Nouvelle Aquitaine s'élève à 87 000, soit 2 000 de moins qu'en 2022. On suppose que cette évolution va se poursuivre de la même façon.
a. Selon ce modèle, quel nombre de créations d'entreprises peut-on prévoir en 2025 ?
b. Quel était le nombre de créations en 2022 ?

12 À l'aide du tableur, on veut déterminer les premiers termes d'une suite arithmétique u de premier terme $u_0 = 1$ et de raison 5.

	A	B
1	n	u(n)
2	0	1
3	1	=
4	2	

Donner une formule à saisir dans la cellule B3 pour qu'en recopiant la cellule vers le bas on puisse automatiser le calcul de u_n.

13 À l'aide d'un tableur, on automatise le calcul des valeurs d'une suite arithmétique.

	A	B
1	n	u(n)
2	0	-2
3	1	=B2+3
4	2	

En observant la formule saisie en B3, donner la raison et le premier terme de cette suite.

14 Soit u la suite arithmétique de premier terme $u_0 = 5$ et de raison 0,1. Recopier et compléter le script proposé ci-contre pour permettre d'afficher u_n dans la console.

```
def suite(n):
    u=.....
    for i in range(n):
        u=...........
    return u
```

15 Afin de programmer le calcul des termes d'une suite arithmétique, on propose l'algorithme ci-contre.

```
def suite(n):
    u=-0.5
    for i in range(n):
        u=u-3
    return u
```

Identifier le premier terme et la raison de cette suite.

16 u est une suite arithmétique avec $u_0 = -2$ et $u_1 = 3$. Déterminer la raison.

• Pour montrer qu'une suite est arithmétique, il suffit de montrer que, pour tout entier naturel n, $u_{n+1} - u_n$ est **un réel indépendant de n**. Cette constante est la **raison** de la suite arithmétique.
• Pour montrer qu'une suite n'est pas arithmétique, il suffit de **calculer trois termes consécutifs** et montrer que la différence du second et du premier n'est pas égale à la différence du troisième et du second.
Par exemple $u_1 - u_0 \neq u_2 - u_1$.

17 Les premiers termes d'une suite sont 3 ; 7 et 11. Cette suite semble-t-elle arithmétique ? Si oui, donner sa raison.

Exercices

Les exercices roses sont corrigés :
• en fin de manuel **ou** • en **vidéo** avec Médématiques
p. 326 hachette-clic.fr/25mfls007

18 Les listes de nombres proposées sont-elles les premiers termes de suites arithmétiques ? Si oui, donner la raison.

a. $5 ; 8 ; 11 ; 14$

b. $-3 ; -6 ; -9 ; -12$

c. $\frac{1}{2} ; \frac{1}{4} ; \frac{1}{6} ; \frac{1}{8}$

19 En France, le prix du kWh d'électricité a évolué de la manière suivante.

Mois	Février 2023	Août 2023	Février 2024
Prix (en €)	0,2062	0,2276	0,2516

L'évolution de ce prix peut-elle être modélisée par une suite arithmétique ? Si oui, donner la raison.

20 Dans une papillonneraie, un éleveur évalue sa population à 5 000 la première année, 4 250 la deuxième et 3 500 la troisième année. Peut-il modéliser l'évolution du nombre de papillons avec une suite arithmétique ?

21 Les suites u et v définies pour tout entier naturel n sont-elles arithmétiques ? Si oui donner la raison.

a. $u_n = 3n - 1$

b. $v_n = n^2$

22 Corrigé Lalie possède 2 000 € sur son compte au 1er janvier 2025. Chaque mois, la banque prélève 50 € pour rembourser un crédit à la consommation.

On note $u_0 = 2\,000$ et u_n est la somme d'agent disponible sur le compte de Lalie à la fin du n-ième mois.

a. Justifier que la suite u ainsi définie est arithmétique. Préciser sa raison.

b. De quelle somme dispose Lalie fin mars 2025.

23 Un artisan veut recouvrir un toit avec des tuiles. Pour chaque rangée, il utilise trois tuiles de moins qu'à la rangée précédente.

a. Modéliser cette situation à l'aide d'une suite arithmétique.

b. Sur la 1re rangée, on compte 150 tuiles. Combien y a-t-il de tuile sur la 2e puis sur la troisième rangée.

c. Le toit comporte 15 rangées. Quel est le nombre total de tuiles utilisées.

24 Pour chaque situation, reconnaître celles qui peuvent être modélisées par une suite arithmétique. Si c'est le cas, donner la raison et la formule de récurrence.

a. Chaque année, le citronnier de Pierre donne 10 agrumes de plus que l'année précédente. u_n désigne le nombre de citrons obtenus par Pierre après n années.

b. On a relevé les précipitations au cours d'une saison pluvieuse. En moyenne, il est tombé chaque jour 6 mm de pluie par heure. u_n désigne la quantité, en millimètres, de pluie tombée après n heures.

c. Un influenceur voit son nombre de followers augmenter de 10 % chaque mois. u_n désigne le nombre de followers après n mois.

25 Le 1er janvier 2024, Mariam ouvre une concession automobile. Le premier mois, elle vend 4 voitures. Chaque mois, elle vend deux voitures de plus que le mois précédent.

Soit u la suite telle que u_n représente le nombre de voitures vendues le n ième mois. Ainsi $u_1 = 4$.

a. Déterminer u_2 et u_3.

b. Exprimer u_{n+1} en fonction de u_n et déterminer la nature de la suite u, préciser la raison.

c. On considère le script ci-dessous :

```
def total(n):
    u=4
    S=0
    for i in range(n):
        S=S+u
        u=u+2
    return S
```

Dans la console on peut lire :

```
>>> total(5)
40
```

Interpréter le résultat dans le contexte de l'exercice.

Dans un nuage de points représentant une suite, si tous les points sont alignés, la croissance est **linéaire** et la suite est arithmétique.
On détermine la raison en soustrayant les **ordonnées** de deux points consécutifs du nuage. C'est le **coefficient directeur** de la droite sur laquelle sont placés les points du nuage.

26 Avec la précision permise par le graphique, identifier les nuages de points qui peuvent correspondre à des suites arithmétiques et donner leur raison.

a.

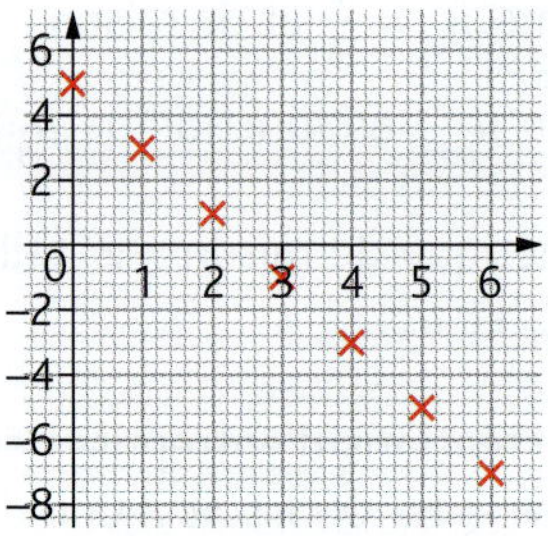

b.

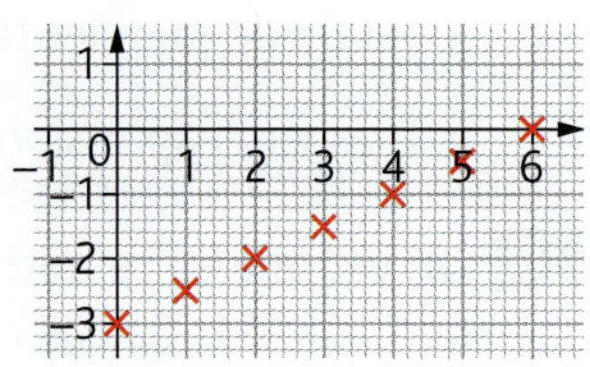

c.

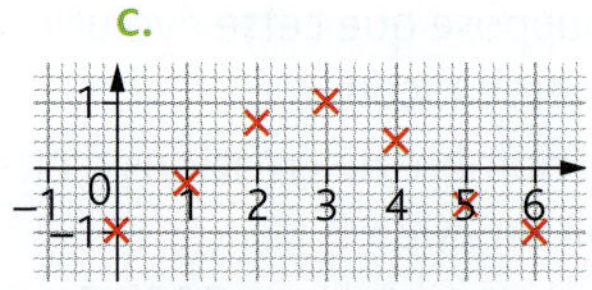

d.

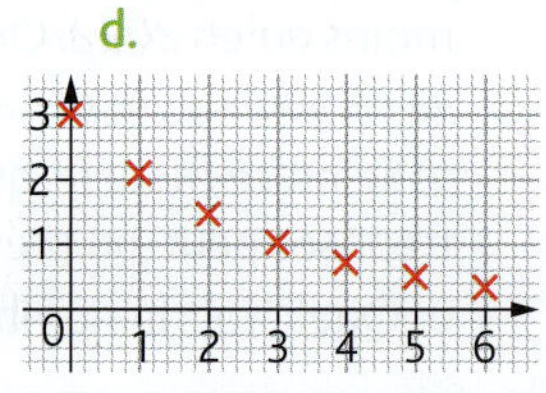

27 Corrigé On donne la représentation graphique d'une suite u.

a. Recopier et compléter le tableau ci-dessous avec la précision permise par le graphique.

n	0	1	2
u_n	………	………	………

Expliquer pourquoi cette suite semble arithmétique.

b. Conjecturer alors sa raison et déterminer u_5.

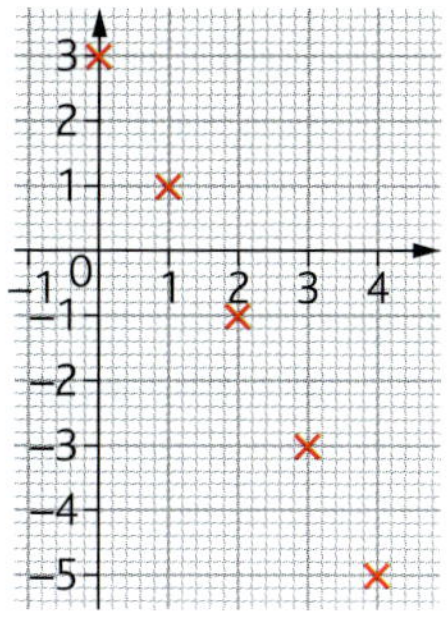

28 On a représenté sur un même graphique deux suites u et v. Expliquer pourquoi ces suites semblent arithmétiques. Préciser leur raison.

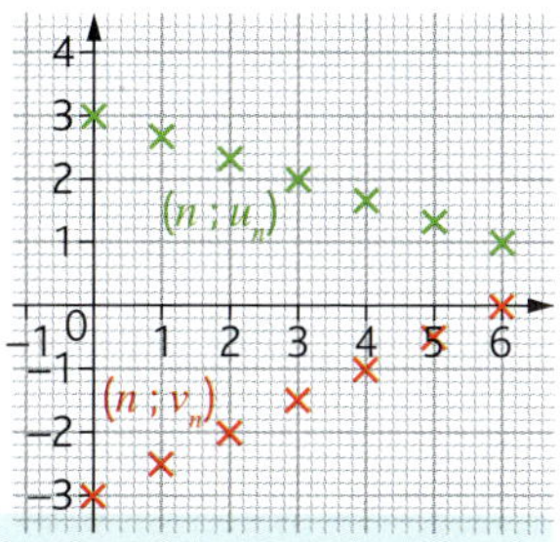

Une suite arithmétique est **croissante** lorsque sa **raison est positive**. Elle est **décroissante** lorsque sa **raison est négative**.

29 u, v et w sont des suites arithmétiques. Déterminer leurs variations.

a. $u_0 = -1$ et $u_{n+1} = u_n - 2$.

b. v est une suite arithmétique de raison $\frac{1}{4}$ et de premier terme $v_1 = 1{,}3$.

c. $w_1 = 2$ et $w_{n+1} = w_n + 0{,}8$.

30 On considère la suite u définie par :

$$u_0 = \frac{5}{3} \text{ et } u_{n+1} = u_n - 2 + \frac{2}{3}.$$

a. Calculer u_1.

b. Montrer que u est arithmétique.

c. Déterminer ses variations.

31 Corrigé Calculatrice On considère les suites u et v définies par :

$u_n = 2n + 6$ et $v_n = 3n + 0{,}4$.

a. Afficher les nuages de points sur l'écran de votre calculatrice. Conjecturer le sens de variation de chaque suite.

b. Vérifier que les deux suites sont arithmétiques et donner leur raison.

c. En déduire l'expression de u_{n+1} en fonction de u_n ainsi que v_{n+1} en fonction de v_n.

d. Démontrer la conjecture effectuée au a.

32 Corrigé D'après l'INSEE, l'espérance de vie était pour les hommes de 59,9 ans en 1946. Soit u la suite telle que u_n corresponde à l'espérance de vie des hommes en $1946 + n$. La modélisation choisie par l'INSEE est $u_{n+1} = u_n + 0{,}25$.

a. Justifier que cette suite est arithmétique.

b. Donner u_0 et sa raison.

c. Déterminer les variations de u et interpréter le résultat obtenu.

2 Suites géométriques

Questions flash

33 Calculer les 3 premiers termes d'une suite géométrique de premier terme $u_0 = 2$ et de raison 3.

34 u est une suite géométrique de premier terme $u_0 = 2$ et de raison $\frac{1}{3}$. Calculer u_1 et u_2.

35 u est une suite géométrique de raison 4 avec $u_1 = 8$. Calculer u_2 et u_0.

36 Donner l'expression de u_{n+1} en fonction de u_n pour une suite u géométrique de raison 2.

37 u est une suite géométrique avec $u_0 = 3$ et $u_1 = 21$. Déterminer sa raison.

38 Soit u la suite géométrique de premier terme $u_0 = 3$ et de raison 0,5. Parmi les scripts proposés ci-dessous, quel est celui qui permet d'afficher u_5 lorsque dans la console on saisit >>> suite(5) ?

a.
```
def suite(n):
    u=3
    for i in range(n):
        u=0.5*u
    return u
```

b.
```
def suite(n):
    u=3
    while n!=5:
        u=1/2*u
    return u
```

c.
```
def suite(n):
    u=3
    for i in range(5):
        u=1/2+u
    return u
```

Une suite est géométrique lorsqu'on passe d'un terme au suivant en **multipliant toujours par un même nombre** (la raison). On ne considérera que des raisons strictement positives.

39 a. Calculer les 3 premiers termes d'une suite géométrique de premier terme $u_0 = 6$ et de raison 3.

b. Donner l'expression de u_{n+1} en fonction de u_n.

40 QCM choisir la bonne réponse.

La ville de Bordeaux compte 262 000 habitants début 2024. On estime que sa population va augmenter de 2 % par an.

Soit u la suite telle que, pour tout entier naturel n, u_n représente la population de Bordeaux en $2024 + n$ ans. Alors pour tout n, on a :

a. $u_{n+1} = u_n + 5\,240$

b. $u_{n+1} = u_n \times 1{,}02$

c. $u_{n+1} = u_n \times 1{,}2$

Exercices

Les exercices roses sont corrigés :
• en fin de manuel **p. 326** ou • en **vidéo** avec Médématiques **hachette-clic.fr/25mfls007**

41 a. Calculer les 3 premiers termes d'une suite géométrique de premier terme $u_0 = 3$ et de raison 2.
b. Donner l'expression de u_{n+1} en fonction de u_n.

42 a. Calculer les 3 premiers termes d'une suite géométrique de premier terme $u_0 = \frac{1}{3}$ et de raison $\frac{1}{2}$.
b. Donner l'expression de u_{n+1} en fonction de u_n.

43 Corrigé Pour monter son entreprise, un entrepreneur dispose d'un capital de départ de 20 000 €. Il suppose que, grâce au développement de son entreprise, cet investissement augmentera de 4 % par an. On appelle C_n le capital disponible à la fin de l'année n. Ainsi $C_0 = 20\,000$.
a. Calculer le capital C_1 acquis à la fin de la première année.
b. Déterminer C_2 puis C_3.

44 u est une suite géométrique de raison 2 avec $u_2 = 280$. Calculer u_1 et u_0.

45 **Les Hippopotames de Pablo Escobar**

À la suite de son décès, en 1993 les hippopotames que le narcotrafiquant colombien avait importés pour son zoo personnel sont livrés à eux-mêmes. Sans prédateurs, ils se multiplient. En 2020 ils étaient 80. On estime que tous les 5 ans leur population double.
a. Quel sera la population des hippopotames en 2025 ? en 2030 ?
b. Soit u la suite tel que u_n désigne le nombre d'hippopotames en $2020 + 5n$. Exprimer u_{n+1} en fonction de u_n et en déduire la nature de la suite u.
c. Calculer u_3 et u_4 et interpréter les résultats obtenus dans le contexte.
d. Un chercheur estime que si rien n'est fait la population des hippopotames dépassera les 5 000 individus en 2050. Que penser de cette affirmation ?

46 Compléter le 4e et le 5e terme de la liste des termes des suites géométriques qui commencent par :
a. 4 ; 12 ; 36 ; ...
b. $\frac{1}{2}$; $\frac{1}{8}$; $\frac{1}{32}$; ...

47 À l'aide du tableur, on veut déterminer les premiers termes d'une suite géométrique u de premier terme $u_0 = 2$ et de raison 3.

	A	B
1	n	u(n)
2	0	2
3	1	=
4	2	

Quelle formule saisir dans la cellule B3 pour qu'en recopiant la cellule vers le bas on puisse automatiser le calcul de u_n ?

48 À l'aide d'un tableur, on a voulu automatiser le calcul des valeurs d'une suite géométrique.

	A	B
1	n	u(n)
2	0	8
3	1	=B2/2
4	2	

En observant la formule saisie en B3, donner la raison, puis le premier terme de cette suite.

49 Soit u la suite géométrique définie par $u_0 = 3$ et de raison 0,1.
Compléter le script proposé ci-dessous pour permettre d'afficher u_n dans la console.

```
def suite(n):
    u=3
    for i in range(n):
        u=........
    return u
```

50 Calculatrice On considère la suite géométrique u de premier terme $u_0 = 5$ et de raison 3.
À l'aide de la calculatrice, déterminer u_5 ; u_{10} et u_{15}.

• Pour montrer qu'une suite est géométrique, il suffit de montrer que, pour tout entier naturel n, $\frac{u_{n+1}}{u_n}$ **est un réel indépendant de n.** Cette constante est la **raison** de la suite géométrique.
• Pour montrer que la suite n'est pas géométrique, il suffit de **calculer trois termes consécutifs** et montrer que le rapport du second et du premier n'est pas égal au rapport du troisième et du second.
Par exemple $\frac{u_1}{u_0} \neq \frac{u_2}{u_1}$.

51 Les premiers termes d'une suite sont 1, 8 et 64. Cette suite peut-elle être géométrique ? Si oui donner la raison.

52 6, 30 et 120 sont-ils les premiers termes d'une géométrique ? Si oui donner la raison.

53 Les listes de nombres ci-dessous sont-elles les premiers termes de suites géométriques ? Si oui, donner la raison.
a. 1024 ; 512 ; 256 ;128
b. 10 ; 1 ; 0,1 ; 0,01

54 Les premiers termes d'une suite sont 80, 20 et 5. Cette suite peut-elle être géométrique ? Si oui, donner sa raison.

55 Les suites u et v définies ci-dessous sont-elles géométriques ?

a. $u_{n+1} = 2u_n$

b. $v_n = 2 \times 3^n$

56 Les suites u et v définies ci-dessous sont-elles géométriques ?

a. $u_n = 3n^2 + 2{,}1$ b. $v_n = \dfrac{1}{3^n}$

57 Montrer que les situations suivantes peuvent être modélisées à l'aide d'une suite géométrique.

a. Chaque année un appartement voit sa valeur augmenter de 5 %.

b. Depuis la mise en place d'un radar, le nombre d'infractions diminue de 10 % par semaine.

58 Les situations suivantes peuvent-elles être modélisées par une suite géométrique ? Si oui, donner leur raison.

a. Une vidéo virale sur Tiktok augmente de 4,8 % de vues par jour.

b. La dune du Pilat est en érosion chronique : le pied de la dune recule en moyenne de 4 m par an.

59 Un joueur lâche une balle de tennis d'une hauteur de 1,60 m. La balle rebondit à chaque fois aux trois quarts de la hauteur précédente.

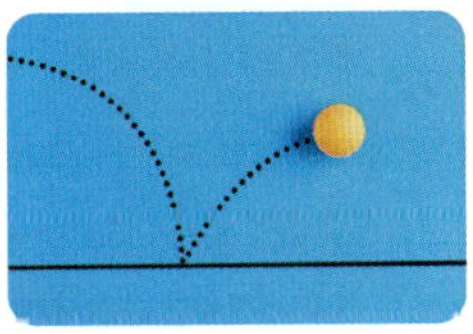

a. Calculer la hauteur du premier rebond.

b. Quelle sera la hauteur du deuxième rebond ?

c. Modéliser cette situation à l'aide d'une suite.

d. Cette suite est-elle géométrique ? Si oui donner sa raison.

60 Pour chaque situation, reconnaître celles qui peuvent être modélisées par une suite géométrique.

a. Le nombre d'abonnés à un compte Instagram augmente de 4 % tous les mois.

b. Les grands-parents de Loane versent 30 € sur son livret A tous les mois.

c. Le budget d'une association étudiante baisse de 1,8 % tous les ans.

61 Vidéo À Reims, la valeur d'un bien immobilier de 200 000 € augmente de 5 % par an.

a. Calculer la valeur de ce bien au bout d'un an.

b. Quelle sera la valeur du bien au bout de 2 ans ?

c. Modéliser cette situation à l'aide d'une suite.

d. Cette suite est-elle géométrique, si oui, donner sa raison.

62 À la naissance d'Amza, ses grands-parents décident d'ouvrir un LIVRET A et y déposent la somme de 1 000 €. Le LIVRET A est un placement à intérêts composés, c'est-à-dire que chaque année le nouveau capital est calculé à partir du capital de l'année précédente, augmenté des intérêts. On suppose que chaque année le taux d'intérêt est de 3 %.

a. Montrer que le capital disponible pour les deux ans d'Amza est de 1 060,90 €.

b. Modéliser cette situation à l'aide d'une suite.

c. Les grands-parents pensent que Amza pourra payer son permis (1 800 €) avec la somme d'argent disponible sur le LIVRET A à ses 18 ans. Est-ce que ce sera effectivement le cas ?

63 Corrigé Au cours de l'année 2025, une entreprise a fabriqué 30 000 véhicules électriques. Dans les années à venir, elle prévoit une augmentation de cette production de 10 % par an. On pose $p_0 = 30\,000$ et on note p_n la quantité produite au cours de l'année $(2025 + n)$

a. Calculer p_1, p_2 et p_3.

b. Exprimer, pour tout entier n, p_{n+1} en fonction de p_n. En déduire la nature de la suite p.

c. Déterminer p_{10}. Donner la signification de ce nombre dans le contexte de l'exercice.

d. Calculer $p_0 + p_1 + p_2 + p_3 + p_4$.

e. Interpréter la valeur trouvée dans le contexte de l'exercice.

Si le nuage de points représentant une suite est sous la forme d'une **exponentielle** (croissante ou décroissante) alors la suite est géométrique.

On détermine la raison en faisant le rapport des **ordonnées** de deux points consécutifs du nuage.

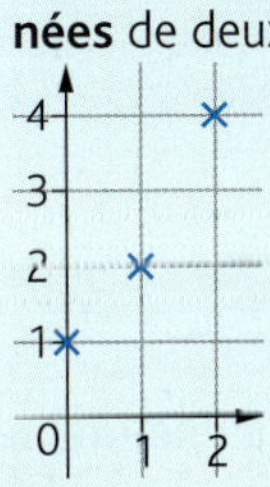

$u_0 = 1$

$u_1 = 2$

$u_2 = 4$

$\dfrac{2}{1} = \dfrac{4}{2} = 2$

La raison est 2.

64 Parmi les représentations graphiques ci-dessous, avec la précision permise par le graphique, déterminer celles qui peuvent représenter le nuage de points d'une suite géométrique. Et, le cas échéant, déterminer leur raison.

a.

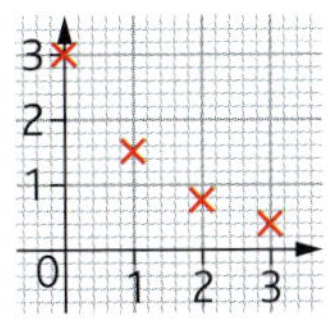

b.

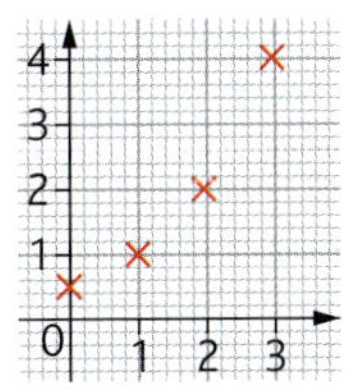

c.

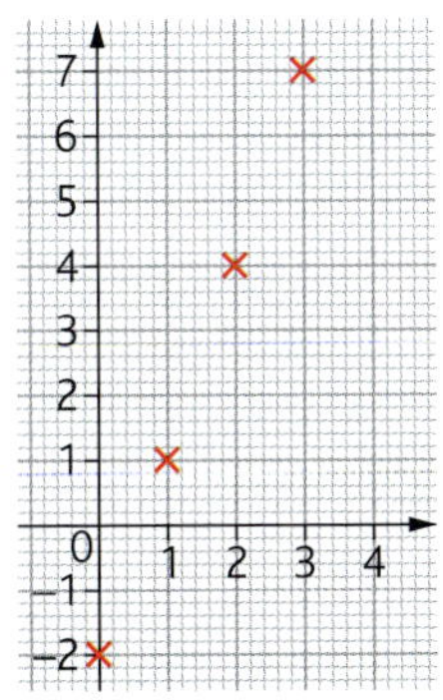

Les exercices roses sont corrigés :
• en fin de manuel p. 326 ou • en vidéo avec Médématiques hachette-clic.fr/25mfls007

65 La représentation graphique d'une suite u est donnée ci-dessous :

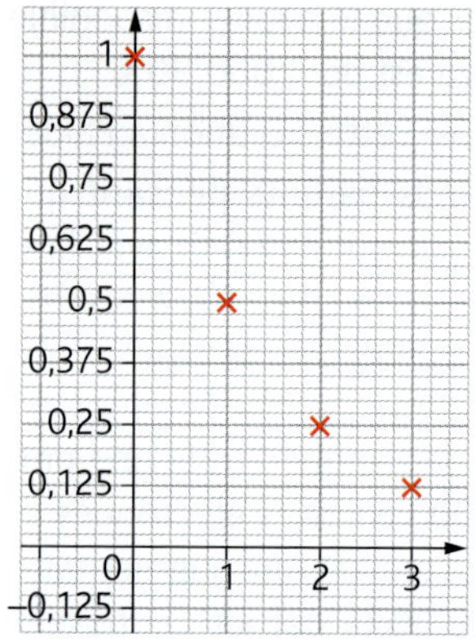

a. Avec la précision permise par le graphique, recopier et compléter le tableau ci-dessous :

n	0	1	2	3
u_n	....	....	....	....

Expliquer pourquoi cette suite semble géométrique.

b. Conjecturer alors sa raison.

66 Deux suites u et v sont représentées ci-dessous. Avec la précision permise par le graphique, conjecturer qu'elles sont géométriques et donner leur raison.

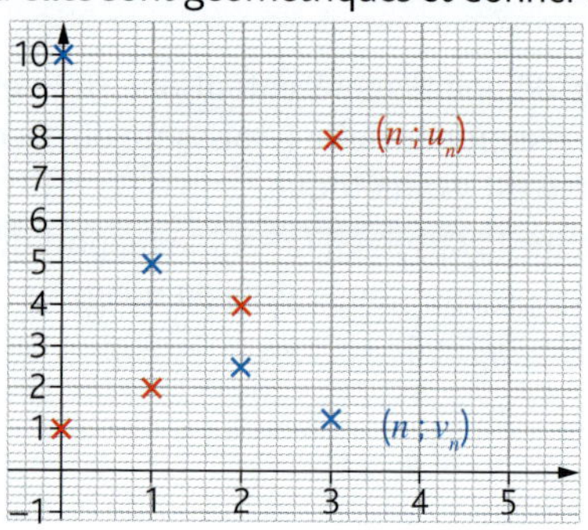

67 Soit u une suite définie, pour tout entier naturel n, par $u_{n+1} = \frac{1}{2}u_n$ et $u_0 = 4$.

Tracer la représentation graphique de u.

On considère une suite géométrique de premier terme strictement positif et de raison strictement positive. Alors la suite est **croissante lorsque sa raison est supérieure à 1** et **décroissante lorsque sa raison est inférieure à 1**.

68 Corrigé Une population de 150 bactéries coliformes (intestinales) est introduite dans une substance nutritive. Après chaque minute, la population augmente de 3,5 %.

Soit la suite u définie, pour tout entier naturel n, où u_n représente le nombre de bactéries vivantes présentes au bout de n minutes.

On a donc $u_0 = 150$.

a. Calculer u_1 et u_2. Arrondir à l'unité.

b. Exprimer u_{n+1} en fonction de u_n.

c. Déterminer le sens de variation de u.

69 Les suites u et v sont définies par :

$u_0 = 12$ et $u_{n+1} = \frac{2u_n}{3}$; $v_0 = 4$ et $v_{n+1} = \frac{v_n}{5}$.

a. Montrer que u et v sont des suites géométriques.

b. Déterminer la variation de chacune des suites.

70 Corrigé **Calculatrice** Les suites u et v sont définies par :
$u_n = 6 \times 2^n$ et $v_n = 3 \times 0{,}4^n$.

a. Afficher le nuage de point sur l'écran de votre calculatrice. Conjecturer le sens de variation de chaque suite.

b. Vérifier que les deux suites sont géométriques, donner leurs raisons et leurs premiers termes.

c. En déduire l'expression de u_{n+1} en fonction de u_n.

d. Démontrer la conjecture effectuée au a.

71 **Calculatrice** Les suites u et v sont définies, pour tout entier naturel n, par $u_{n+1} = 1{,}03u_n$ avec $u_0 = 0{,}1$ et $v_{n+1} = \frac{v_n}{2}$ avec $v_0 = 1\,270$.

a. À l'aide de la calculatrice, donner u_{20} et v_{20} (arrondir au dix-millième près).

b. Recopier et compléter l'algorithme ci-contre afin qu'il renvoie la plus petite valeur de n telle que $u_n \geqslant v_n$.

```
def comparaison():
    n=0
    u=0.1
    v=......
    while u<v :
        n=.......
        u=.......
        v=v/2
    return .......
```

72 La suite u est définie, pour tout entier naturel n par $u_n = \frac{2^n}{7^n}$.

a. Calculer u_0 et u_1.

b. Déterminer la variation de u.

73 u, v et w sont des suites géométriques. Donner leurs variations.

a. $u_0 = 2$ et $u_{n+1} = 0{,}75u_n$.

b. $v_1 = 0{,}3$ et $v_{n+1} = 5u_n$.

c. w est une suite de premier terme 100 et de raison 0,99.

74 Les suites géométriques proposées sont-elles croissantes ou décroissantes ?

a. $u_0 = 0{,}75$ et $u_{n+1} = 2u_n$.

b. v est une suite géométrique de raison 3 et de premier terme $v_1 = 5$.

c. $w_0 = \frac{1}{3}$ et $w_{n+1} = \frac{w_n}{6}$.

3 Suites arithmétiques et géométriques

• Intérêts simples
À chaque fin de période (mois, année...), les intérêts sont calculés uniquement sur la somme (capital) placée au départ.

• Intérêts composés
À la fin de chaque période, les intérêts produits sont ajoutés au capital et produisent des intérêts pendant les périodes suivantes.

75 Associer chaque suite à son expression en fonction de n :

A : suite arithmétique décroissante
B : suite géométrique de raison 5
C : suite géométrique décroissante
D : suite arithmétique de raison 5

① $u_0 = 3$ et $u_{n+1} = 0{,}5u_n$ ② $u_n = 3 + 5n$
③ $u_n = 5^n$ ④ $u_0 = 0{,}5$ et $u_{n+1} = u_n - 5$

76 **Intérêts simples**

On dispose de 25 000 € que l'on place à intérêt simple au taux de 5 % l'an.
On note $C_0 = 25\,000$ € et C_n la somme dont on disposera au bout de n années de placement.

a. Calculer C_1 et C_2.
b. Exprimer C_{n+1} en fonction de C_n.
c. Reconnaître la nature de la suite C.
d. De quelle somme disposera-t-on si l'argent reste placé pendant 5 ans ?

77 **Intérêts composés**

Hilena dispose de 3 000 €. Elle place cette somme, à intérêts composés, au taux annuel de 2,5 % l'an.
On note $C_0 = 3\,000$ et C_n la somme dont Hilena disposera au bout de n années de placement.

a. Calculer C_1 et C_2.
b. Exprimer C_{n+1} en fonction de C_n.
c. Reconnaître la nature de la suite C.
d. Déterminer le capital d'Hilena si elle laisse son argent placé pendant 5 ans.

78 Calculatrice Comparaison de placements

Pierre et Carole disposent chacun de 8 000 €.
Pierre les place à intérêt simple au taux de 3 % par an.
Carole les place à intérêts composés, au taux annuel de 2 % par an.

a. Déterminer, à l'aide de la calculatrice, la période durant laquelle le placement de Pierre est plus avantageux que celui de Carole.
b. Pour chaque placement, déterminer au bout de combien d'années le capital initial aura augmenté de plus de la moitié.

79 Pour chaque situation, déterminer la formule de récurrence et reconnaître la nature des suites modélisées.

a. Afin de se préparer pour un marathon, Théo suit un protocole d'entraînement. Chaque jour, il court 1 km de plus que le jour précédent. u_n désigne le nombre de kilomètres parcourus par Théo après n jours d'entraînement.
b. Avec l'inflation, le coût des matières premières d'un producteur de vêtements augmente de 3,5 % par an. u_n désigne le prix des matières premières textiles après n années.

80 Les premiers termes d'une suite sont donnés dans le tableur ci-dessous.

B3 : =1,5*B2

	A	B	C	D
1	n	u(n)		
2	0	2		
3	1	3		
4	2	4,5		
5	3	6,75		

a. Exprimer u_{n+1} en fonction de u_n.
b. Déterminer, en le justifiant, la nature de la suite u.
c. Déterminer le sens de variation de u.

81 Elya a commencé un tableur pour déterminer les termes d'une suite.
En B3, elle a tapé :
« =7*A2+3 »

C6

	A	B
1	n	Un
2	0	3
3	1	
4	2	

a. Déterminer les valeurs de u_2 et u_3.
b. Déterminer, en le justifiant, la nature de la suite u.
c. Préciser le sens de variation de u.

82 Dans le repère ci-dessous, on a représenté les premiers termes de deux suites u (avec des croix rouges) et v (avec des ronds bleus).

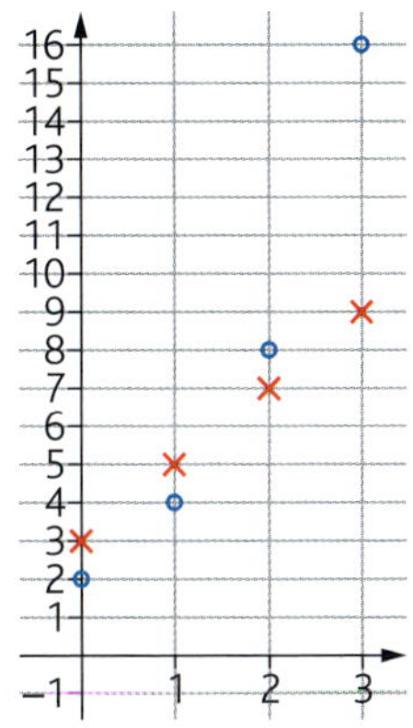

a. L'une des deux suites est arithmétique, l'autre est géométrique. Identifier les suites avec leur nature.
b. Pour chacune des suites, donner la raison et le premier terme (avec la précision permise par le graphique), puis le sens de variation.

Les exercices roses sont corrigés :
• en fin de manuel **ou** • en **vidéo** avec Médématiques
p. 326 **hachette-clic.fr/25mfls007**

83 Associer chacune des situations suivantes à sa représentation graphique :

Situation A : Pour mesure des températures, on peut utiliser comme unité le degré Fahrenheit : T°F = T°C × 1,8 + 32	Situation B : On souhaite convertir des dollars en euros. Au 20/06/22, un dollar vaut 0,95 €.	Situation C Un actif financier augmente de 11 % par an. On souhaite suivre son évolution sur plusieurs années.
Graphique 1 : 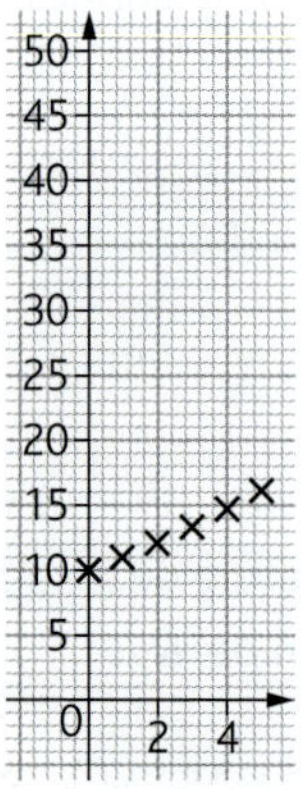	Graphique 2 : 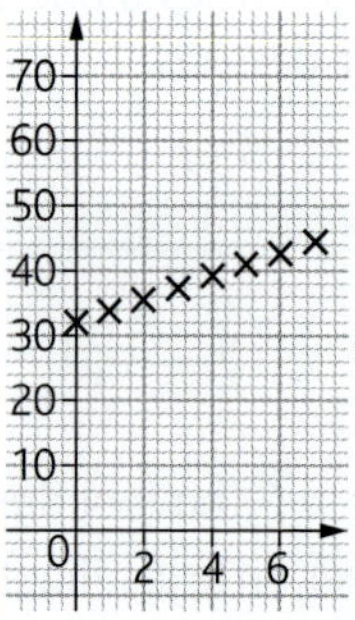	Graphique 3 : 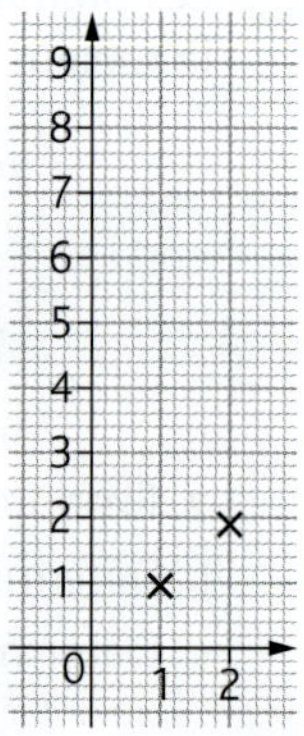

84 Un drone parcourt 4,9 mètres pendant la première seconde, puis la distance parcourue augmente de 2 % toutes les secondes.

a. Modéliser cette situation par une suite.

b. Déterminer la nature de la suite obtenue.

c. Calculer la distance totale parcourue par le drone pendant 3 secondes.

85 Pour les trois algorithmes proposés, identifier ceux qui traduisent des suites arithmétiques ou des suites géométriques. Pour chaque suite, donner la raison, le premier terme, la variation et la relation de récurrence.

a.
```
def suite_u(n):
    u=-5
    for i in range(n):
        u=u+2.5
    return u
```

b.
```
def suite_v(n):
    v=1.5
    for i in range(n):
        v=v*0.7
    return v
```

c.
```
def suite_w(n):
    w=2
    for i in range(n):
        w=w*8/3
    return w
```

86 Calculatrice En 2025, la batterie de votre smartphone affiche une autonomie de 10 heures. Chaque année, l'autonomie de la batterie baisse de 8 %.

Soit u la suite telle que u_n désigne l'autonomie de la batterie (en heure) après n années d'utilisation. Que vaut u_0 ?

a. Déterminer l'autonomie de la batterie en 2026 puis en 2027.

b. Exprimer u_{n+1} en fonction de u_n.

c. Déterminer à l'aide de la calculatrice, l'autonomie de la batterie dans 10 ans.

d. Déterminer, à l'aide de la calculatrice, l'année à partir de laquelle l'autonomie de la batterie sera de moins de 2 h.

87 On s'intéresse à la population d'une ville et on étudie plusieurs modèles d'évolution de cette population. En 2025, la population de la ville était de 15 000 habitants.

1. Modèle 1

On fait l'hypothèse que le nombre d'habitants augmente de 1 000 habitants par an. Pour tout entier naturel n, on note u_n le nombre d'habitants pour l'année $(2025+n)$. On a ainsi $u_0 = 15\,000$.

a. Calculer u_1 et interpréter le résultat.

b. Déterminer la nature et la raison de la suite u.

c. On considère l'algorithme ci-dessous :

```
N=0
U=15000
while U<30000:
    U=U+1000
    N=N+1
```

À la fin de l'exécution de cet algorithme, la variable N est égale à 15.Interpréter cette valeur dans le contexte de l'exercice.

2. Modèle 2

On fait l'hypothèse que le nombre d'habitants augmente de 4,7 % par an. On note v_n le nombre d'habitants pour l'année $(2025+n)$.Ainsi on a $v_0 = 15\,000$.

a. Déterminer la nature et la raison de la suite v.

b. Calculer, selon ce modèle, le nombre d'habitants de la ville en 2030, arrondi à l'unité.

88 Une population de bactéries augmente toutes les deux heures de 44 %.

1. Peut-on affirmer que cette population augmente de 22 % par heure ?

2. Supposons que la population était de 3 milliards de bactéries à midi.

a. Combien la population comptera-t-elle d'individus à 14 h ?

b. Combien la population comptait-elle d'individus à 10h ?

3. Montrer que la population de bactéries peut être modélisée par une suite (p_n) dont on donnera la nature et la raison.

89 Corrigé **Calculatrice** **La légende de Sissa**

Le roi accepte de payer Sissa en grains de riz selon la méthode suivante : sur la première case d'un échiquier, il pose un grain de riz, puis deux grains sur la deuxième case, puis quatre sur la troisième, et ainsi de suite, en doublant à chaque fois le nombre de grains de riz que l'on met jusqu'à la 64e case.

On définit la suite u telle que, pour tout entier naturel n, u_n donne le nombre de grain de riz sur la n-ième case.

a. Donner u_1.

b. Exprimer u_{n+1} en fonction de u_n.

c. Que peut-on en déduire pour la suite u ?

d. À l'aide d'une calculatrice, déterminer le nombre de grains de riz sur la dernière case de l'échiquier.

e. Un grain de riz pèse en moyenne 0,04 g. Calculer la masse totale de riz à déposer sur la dernière case.

90 **Calculatrice** Jasmine dispose de deux contrats d'embauche commençant au 1er janvier 2026. Ces contrats sont valables pour 10 ans.

Pour les deux contrats, le salaire mensuel perçu tout au long de l'année 2026 est de 1 000 €.

Contrat A : le salaire mensuel augmente de 90 € au 1er janvier de chaque année.

– on note u_0 le salaire mensuel perçu tout au long de l'année 2026.

– plus généralement, on note u_n le salaire mensuel perçu tout au long de l'année $(2026+n)$.

Contrat B : le salaire mensuel augmente de 7 % au 1er janvier de chaque année.

– on note v_0 le salaire mensuel perçu tout au long de l'année 2026.

– plus généralement, on note v_n le salaire mensuel perçu tout au long de l'année $(2026+n)$.

a. Exprimer u_{n+1} en fonction de u_n. Quelle est la nature de la suite u ?

b. Exprimer v_{n+1} en fonction de v_n. Quelle est la nature de la suite v ?

c. Déterminer, à l'aide d'une calculatrice, le montant du salaire perçu en 2035, pour chaque contrat.

91 Corrigé **Calculatrice** Maël souhaite souscrire un abonnement à une plateforme de séries à la demande. Pour cela, il compare les offres sur le marché.

En 2024 les tarifs sont :

- *Netflox* : 5,99 € par mois avec une augmentation de 2 centimes tous les ans.
- *Desniy* : 5,89 € par mois avec une augmentation de 5 centimes tous les ans.

a. Montrer que si Maël choisit de s'abonner à Netflox, il dépense, sur l'année 2025, 72,12 € alors qu'avec Desniy il dépense 71,28 €.

b. Modéliser chaque situation à l'aide d'une suite. En donner la nature et les éléments caractéristiques (premier terme et raison).

c. En utilisant la calculatrice, déterminer l'année à partir de laquelle l'abonnement pour Netflox sera plus avantageux.

d. Finalement, Maël ne veut pas choisir, il prendra les deux abonnements. Soit w la suite telle que w_n corresponde à la somme annuelle payée par Maël pour avoir souscrit les deux abonnements, en $2024+n$. Déterminer la nature et les éléments caractéristiques de w.

92 **Calculatrice** L'iode 131 est un produit radioactif utilisé en médecine.

1. On considère un échantillon de 10^6 noyaux d'iode 131. Chaque jour 8,3 % de ces noyaux disparaissent.

On note u_n le nombre de noyaux d'iode 131 encore présents dans l'échantillon après n jours. On a donc $u_0 = 10^6$.

a. Calculer u_1 et u_2.

b. Exprimer u_{n+1} en fonction de u_n.

c. On appelle « demi-vie » d'un composé radioactif, le temps nécessaire pour que la moitié du produit ait disparu. En utilisant votre calculatrice, déterminer la demi-vie de l'iode 131.

2. Le césium 137 est un autre composé radioactif dont on trouve notamment des traces à la suite de l'accident de Tchernobyl.

Chaque année, 2,3 % des noyaux de césium 137 disparaissent. Reprendre et adapter les questions du **1.** pour déterminer la demi-vie du césium 137. On prendra un échantillon de 10^8 noyaux.

93 Paul a acheté un ordinateur de gaming à 1 800 €. Un sinistre a lieu 5 ans plus tard. Son assurance estime que la valeur de son bien diminue de 15 % par an (on parle de vétusté). On définit la suite u telle que, pour tout entier naturel n, u_n donne la valeur estimée de l'ordinateur après n années.

a. Exprimer u_{n+1} en fonction de u_n.

b. Que peut-on en déduire pour la suite u ?

c. Quelle somme l'assurance va-t-elle rembourser à Paul ?

Problèmes

Se préparer au Bac

94 Photos de vacances STMG

» Modéliser • Communiquer

Lise a créé une page sur un réseau social pour partager des photos de voyage. D'après les statistiques de fréquentation des premières semaines, elle considère qu'on peut modéliser l'évolution du nombre de personnes intéressées par ses photos par une augmentation de 8 % chaque semaine. Au moment de la création de la page, le nombre de personnes intéressées était de 150. On note u_n le nombre de personnes intéressées par les photos, selon le modèle considéré par Lise, n semaines après la création de la page. Les premières valeurs, arrondies à l'unité, de la suite u ainsi définie sont données dans le tableau ci-dessous, extrait d'une feuille de calcul.

	A	B	C	D	E	F
1	Rang de la semaine	0	1	2	3	4
2	Nombre de personnes intéressées	150	162	175	189	

a. Calculer la valeur de u_4. Arrondir à l'unité.

b. Quelle formule, destinée à être recopiée vers la droite, peut-on saisir dans la cellule C2 pour obtenir les valeurs de la suite u ? Justifier.

c. Quelle est la nature de la suite u ? Justifier.

d. Ali a démarré en même temps que Lise le partage de photos de ses propres voyages. Pour les premières semaines, il a présenté sur le graphique ci-dessous le nombre v_n de personnes intéressées par ses photos n semaines après la création de la page. On considère que l'évolution du nombre de personnes intéressées se poursuit de la même façon.

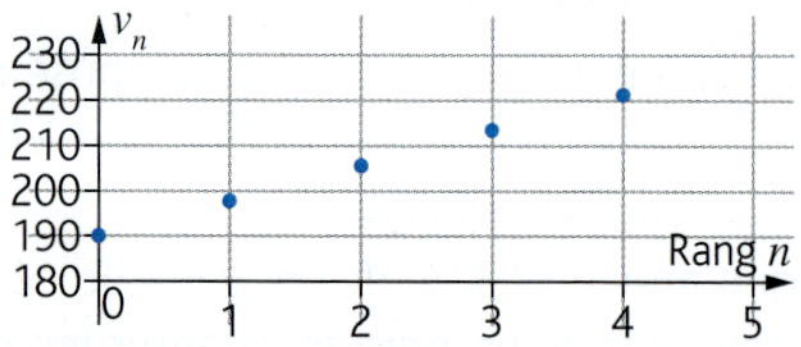

Pourquoi peut-on conjecturer que la suite v est arithmétique ?

e. On admet que v est arithmétique et on donne les deux premiers termes de la suite v dans le tableau ci-dessous :

	A	B	C
1	Rang de la semaine	0	1
2	Nombre de personnes intéressées	190	198

Exprimer v_{n+1} en fonction de v_n. En déduire v_2, v_3 *et* v_4. Quelle formule doit-on saisir dans la cellule C2 pour qu'en étirant vers la droite, on obtienne les termes de la suite v ?

f. Est-il possible qu'à un moment donné, il y ait davantage de personnes intéressées par les photos de Lise que par celles d'Ali ?

95 Une énergie renouvelable de plus en plus puissante STI2D STL

» Calculer • Modéliser • Raisonner

L'évolution de la puissance solaire photovoltaïque dans le monde entre fin 2008 et fin 2018 est résumée dans le graphique ci-dessous :

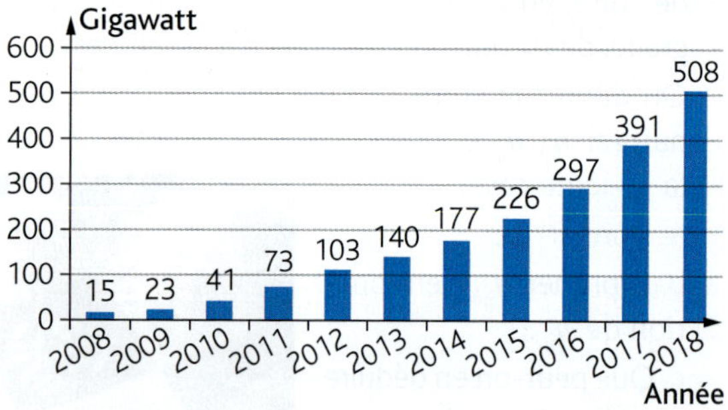

1. Montrer qu'entre fin 2008 et fin 2018, la puissance solaire photovoltaïque a augmenté d'environ 3 287 %.

2. Calculer les taux d'évolution de la puissance solaire, exprimés en pourcentage, entre 2016 et 2017, ainsi qu'entre 2017 et 2018. On arrondira à l'unité.

3. On se propose d'estimer la puissance solaire photovoltaïque dans le monde pour les années suivantes en faisant l'hypothèse que le taux de croissance annuel est resté constant et égal à 30 %. On note P_n la puissance solaire photovoltaïque dans le monde, en gigawatt, à la fin de l'année 2018+n. Ainsi, $P_0 = 508$.

a. Compléter la fonction puissance(n) ci-contre afin qu'elle renvoie P_n lorsque n est choisi par l'utilisateur.

```
def puissance(n):
    P=...
    for i in range(n):
        P=...
    return P
```

b. Un chercheur pense que si le taux de croissance se maintient à 30 %, la production dépassera les 2 400 gigawatts avant fin 2024. Afin de valider ou d'invalider son hypothèse, il utilise la liste suivante :

```
L=[round(puissance(n),2) for n in range(7)]
```

[round(x,n) permet d'arrondir avec n décimales, le nombre x. Ainsi round(2.1235,2) renvoie 2,12.]

Et il obtient :

```
>>> print(L)
[508, 660.4, 858.52, 1116.08, 1450.9, 1886.17, 2452.02]
```

Expliquer ce que contient la liste L. Que peut-on conclure pour l'hypothèse du chercheur ?

96 Une start-up de sacs à dos STMG Calculatrice

» Chercher • Représenter • Communiquer

Une jeune entreprise fabriquant des sacs à dos a vendu 10 000 sacs pendant l'année 2024. Elle anticipe une augmentation de ses ventes de 5 % par an pour les années suivantes. On modélise le nombre de sacs vendus annuellement à l'aide d'une suite u où u_n représente les ventes après n années, soit en $2024+n$. Ainsi $u_0 = 10\,000$.

a. Exprimer u_{n+1} en fonction de u_n et en déduire la nature de la suite u ainsi que sa raison.

b. Utiliser le tableau de la calculatrice pour faire apparaître les différentes valeurs de u_n.
En quelle année, l'entreprise arrivera-t-elle à vendre 20 000 sacs par an ?

97 Comment financer sa voiture STMG Tableur

» Raisonner • Communiquer

Jo veut acheter un véhicule électrique qui coûte 25 000 €. Il ne dispose pas de la somme nécessaire pour payer comptant. Jo verse 150 € à l'achat puis ses mensualités augmentent de 3 % tous les mois.

a. Soit v la suite correspondant aux mensualités versées par Jo. Ainsi v_n représente la mensualité versée le n-ième mois. Exprimer v_{n+1} en fonction de v_n, et en déduire la nature de la suite v ainsi que sa raison et son premier terme.

	A	B	C
1	n	v(n)	Total versé
2	0	150	150
3	1		

b. Afin de calculer la somme totale versée par Jo, on décide de compléter une feuille de tableur.

1. Quelle formule faut-il saisir en B3 pour qu'en étirant la formule vers le bas, on puisse afficher les mensualités versées par Jo ?

2. Quelle formule faut-il saisir en C3 pour qu'en tirant vers le bas on puisse afficher la somme totale versée par Jo au concessionnaire ?

c. Compléter la feuille de calcul. Au bout de combien de mois Jo aura-t-il remboursé sa voiture ?

98 Peut-on baisser sa facture d'énergie grâce au solaire ? STI2D Python Calculatrice

» Modéliser • Raisonner • Communiquer

On trouve sur une documentation donnant les recommandations d'installation de panneaux photovoltaïques :
« En France, 1 m² de panneaux photovoltaïques correctement orientés produit environ 95 kWh/an.
La première année, une installation produit effectivement cette quantité et on estime que la perte de rendement est de 3 % par an. La rentabilité financière est assurée à partir du moment où la quantité totale d'énergie produite depuis le début de l'installation dépasse 20 000 kWh. »

Au 1er janvier 2025, Sandra installe 20 m² de panneaux photovoltaïques sur sa maison. On modélise la quantité d'énergie produite à l'aide d'une suite u où u_n correspond à la quantité d'énergie produite pendant l'année $2025+n$.

a. Déterminer u_0.

b. Exprimer u_{n+1} en fonction de u_n, et en déduire la nature de la suite u ainsi que sa raison

c. Compléter la fonction suite(n) ci-contre afin que cet algorithme permette de calculer u_n.

```
def suite(n):
    u=......
    for i in range(n):
        u=......
    return u
```

d. Déterminer, à l'aide de la calculatrice ou de l'algorithme, la quantité d'énergie produite en 2035.

e. Compléter l'algorithme ci-contre afin qu'il permette d'afficher le nombre d'années à partir duquel l'installation aura perdu la moitié de son rendement.

```
n=0
while suite(n)>......:
    n=n+1
print(...)
```

f. Implanter l'algorithme en Python ci-contre. Quel est le résultat renvoyé ? Interpréter le résultat obtenu dans le contexte de l'exercice.

```
n=0
S=0
while S<20000:
    S=S+suite(n)
    n=n+1
print(n)
```

Pour entrer dans le chapitre

Reconnaître une fonction affine

On appelle fonction « **affine** » toute fonction f définie sur $\mathbb{R}$ par $f(x) = mx + p$ où m et p sont deux réels donnés. La représentation graphique de cette fonction est une droite d dont le **coefficient directeur** (la pente) est m et l'**ordonnée à l'origine** (le point où la droite coupe l'axe des ordonnées) est p.

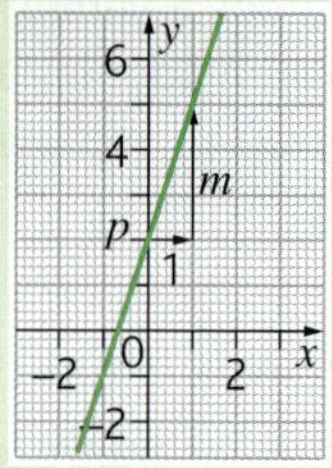

1 Dans un repère, tracer la droite d'équation $y = 2x + 3$.

2 Dans un repère, tracer la droite d'équation $y = -4x + 2$.

3 Déterminer l'équation de la droite dont la représentation graphique est donnée ci-contre.

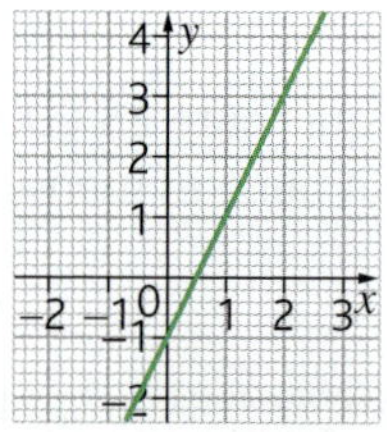

Déterminer par le calcul l'équation d'une droite passant par deux points

Soit $A(x_A ; y_A)$ et $B(x_B ; y_B)$ deux points de la droite Δ d'équation $y = mx + p$.

On a alors $m = \dfrac{y_B - y_A}{x_B - x_A}$ et on trouve la valeur de p en remplaçant y et x par les coordonnées de A ou de B dans l'équation $y = mx + p$.

4 Déterminer l'équation de la droite passant par $A(2 ; 4)$ et $B(0 ; 1)$.

5 Déterminer l'équation de la droite passant par $M(-1 ; 6)$ et $N(0 ; 4)$.

Dresser les tableaux de signes et de variations d'une fonction à partir de sa représentation graphique

Un **tableau de signes** fournit trois informations sur la fonction :

- Les réels, s'ils existent, pour lesquels la fonction s'annule
- Les intervalles, s'ils existent, sur lesquels la fonction est positive
- Les intervalles, s'ils existent, sur lesquels la fonction est négative

Le **tableau de variations** fournit les informations concernant la croissance ou la décroissance de la fonction et la présence d'éventuels maximum et minimum.

6 Dresser le tableau de **signes** et celui de **variations** de la fonction dont la représentation graphique est donnée ci-contre.

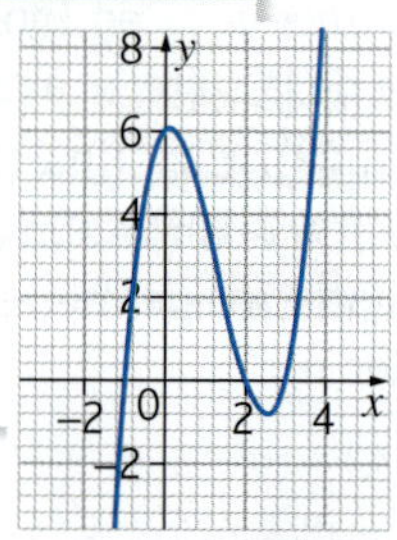

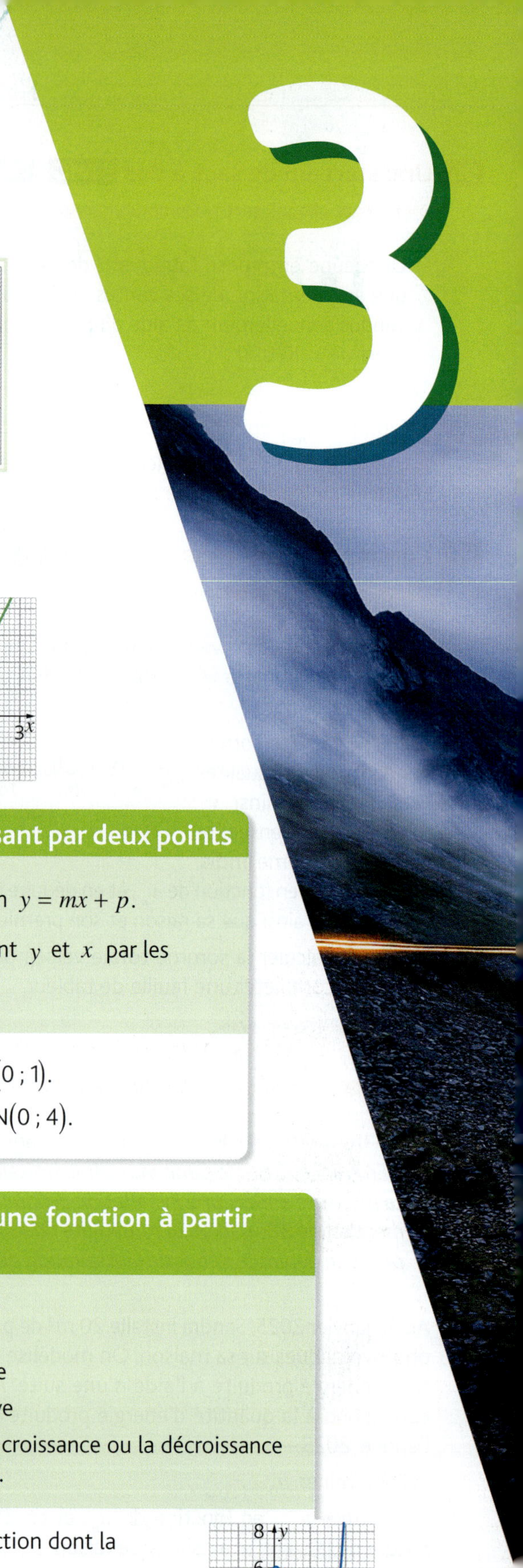

Fonctions : généralités

Focus métiers

Économie **Logistique**
Design **Santé** Ingénierie

Les fonctions servent au calcul des forces en physique, à la programmation d'algorithmes, à l'analyser des coûts, ou aux traitements des maladies.

Découvre le métier de biostatisticien

hachette-clic.fr/25mfls008

Automatismes du chapitre

Activités de découverte

ACTIVITÉ 1 Calculer une aire, c'est carré ! Calculatrice

Objectif Se réapproprier la notion de fonction

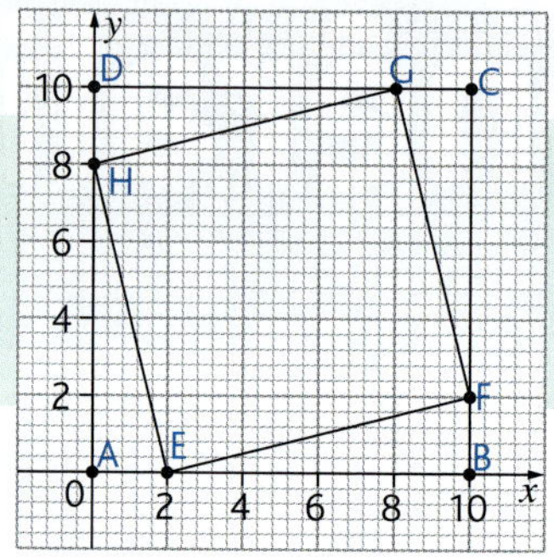

Soit ABCD un carré de côté 10, les points E, F, G et H sont respectivement les points des segments [AB], [BC], [CD] et [DA] tels que AE = BF = CG = DH. On pose AE = x. On admet que EFGH est un carré.

1 Faire la figure pour $x = 4$ et $x = 6$. Calculer l'aire de EFGH dans ces deux cas.

2 Quelles sont les valeurs possibles pour x ?

3 Exprimer l'aire du carré EFGH en fonction de x.

4 On note $f(x) = 2x^2 - 20x + 100$. Calculer $f(4)$ et $f(6)$. Que constate-t-on ?

5 À l'aide de votre calculatrice, tracer la représentation graphique de la fonction f, en déduire le tableau de variations de f sur $[0 ; 10]$.

6 Pour quelle valeur de x l'aire de EFGH est-elle minimale ?

Cours p. 76

ACTIVITÉ 2 Toujours moins de CO_2

Objectif Modéliser et revoir les fonctions affines

En France continentale, de 1990 à 2016, EDF a diminué par trois ses émissions de CO_2, qui sont passées de 24 millions de tonnes (24 Mt) à 7 Mt environ. La tendance à la baisse se poursuit et les émissions s'élevaient à 5,3 millions de tonnes de CO_2 en 2022. Le graphique ci-contre représente la quantité de CO_2 émis en Mt en fonction de l'année (*Source : edf.fr*).

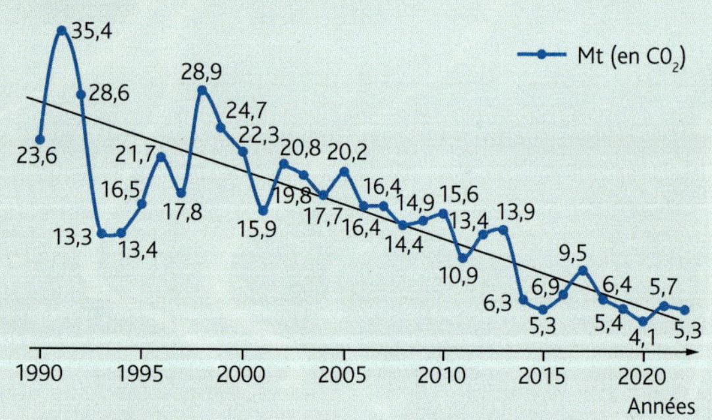

1 Pour approcher l'ensemble des points présents sur le graphique, on a tracé une droite entre le point obtenu pour 1990 et celui obtenu pour 2020. Ces points ont pour coordonnées : (1990 ; 28) et (2020 ; 6). Cette droite est la représentation graphique d'une fonction f. Montrer que l'expression de cette fonction est $f(x) = -\frac{11}{15}x + 1487$.

2 En 2010, les émissions moyennes de CO_2 étaient de 15,6 Mt. Comparer ce résultat à celui obtenu en utilisant le modèle.

3 Selon ce modèle, quelle serait la valeur des émissions en 2025 ?

Cours p. 76

3 ACTIVITÉ Fonctions, tu as la ref ?

Objectif Différencier les fonctions de référence par leur représentation graphique et leurs tableaux de signes et variations

1 À chaque fonction $f, g, h,$ associer son graphique

a. $f(x) = (x+2)(x-5)$ **b.** $g(x) = 2x + 4$ **c.** $h(x) = \frac{1}{x}$

1.

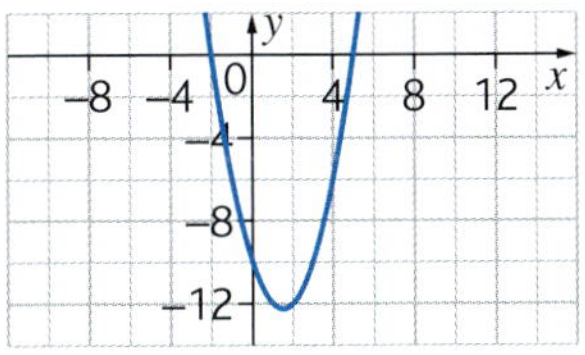

2.

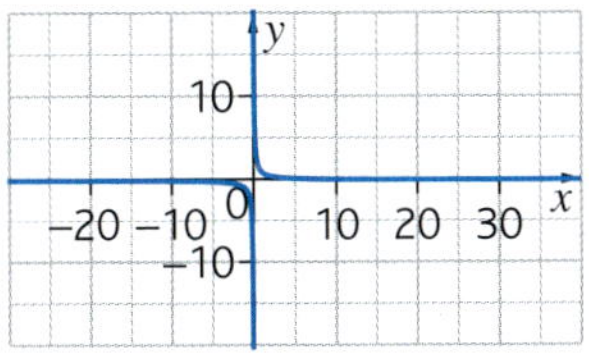

3.

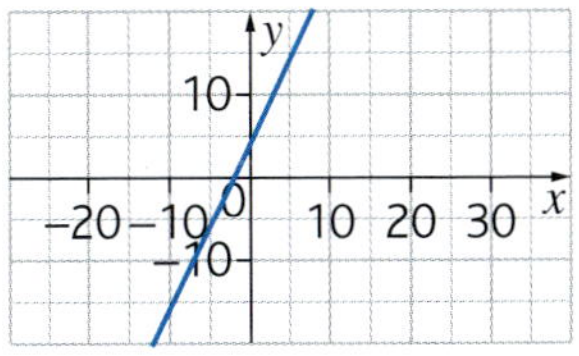

2 Dresser le tableau de signes et le tableau de variations de chaque fonction.

Cours p. 80

4 ACTIVITÉ Une vraie flèche aux 100 mètres

Objectif Calculer un taux de variation

Tom court un 100 mètres en cours d'EPS. On relève sa vitesse dans le graphique ci-dessous :

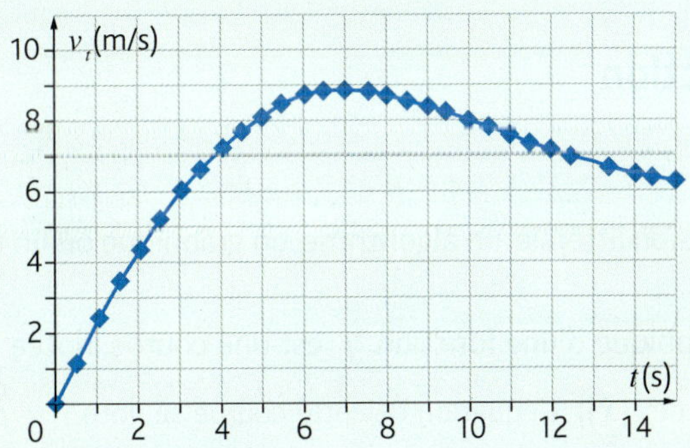

1 Par lecture graphique, répondre aux questions suivantes :

a. Quand la vitesse est-elle maximale ?

b. Pendant combien de secondes, le coureur dépasse-t-il les 7m/s ?

2 On souhaite calculer l'accélération moyenne de Tom à divers moments entre le début de sa course et le moment où il atteint sa vitesse maximale.

L'accélération moyenne a entre deux instants notés t_1 et t_2 se calcule grâce à la formule :

$$a = \frac{v(t_2) - v(t_1)}{t_2 - t_1}$$

On dit que a est le « taux de variation » de la vitesse entre les deux instants t_1 et t_2.

Calculer l'accélération moyenne entre les instants $t=1$ et $t=2$; entre $t=3$ et $t=5$.

Cours p. 80

Cours 1 Modélisation et représentation des fonctions

A À quoi sert une fonction ?

Définition

Une fonction f est un procédé qui associe à tout nombre réel x un unique nombre réel, noté $f(x)$.
On note également : $x \mapsto f(x)$ ou $y = f(x)$.

EXEMPLE

On considère la fonction f qui exprime l'aire d'un rectangle de dimensions 4 et x.
Une expression littérale de f est donc : $f(x) = 4x$.

Définitions

Pour un nombre x appartenant à un intervalle donné, si $f(x) = y$, on dit que :

- y est l'image de x par la fonction f
- x est un antécédent de y par la fonction f

EXEMPLE

Écrire : $f(2) = 5$ signifie que :

- l'image de 2 par la fonction f est 5
- un antécédent de 5 par f est 2

Remarque

Un nombre possède une **unique image** par une fonction.
Cependant, une même image peut posséder **plusieurs antécédents**.

B Modes de représentation d'une fonction

Définitions

- Une fonction peut être donnée par son expression littérale, un algorithme, un graphique ou un tableau de valeurs.
- Dans un repère du plan, la représentation graphique d'une fonction f est une courbe, notée $\mathscr{C}_f$, et constituée de tous les points de coordonnées $(x\,;f(x))$. L'équation de cette courbe se note $y = f(x)$.

EXEMPLE

Soit la fonction f définie par $f(x) = x^2 - 7x$.
On donne un tableau de valeurs de la fonction f :

x	1	2	3	4
$f(x)$	–6	–10	–12	–12

- On représente les données du tableau de valeurs dans un repère tel qu'on trouve **en abscisse les valeurs de x** et **en ordonnée les valeurs de $f(x)$** correspondantes. En reliant les points, on obtient une **courbe**.
- Les images $f(x)$ se lisent sur l'axe des ordonnées (y) donc la courbe représentative de la fonction f définie par $f(x) = x^2 - 7x$ peut se noter $y = x^2 - 7x$.

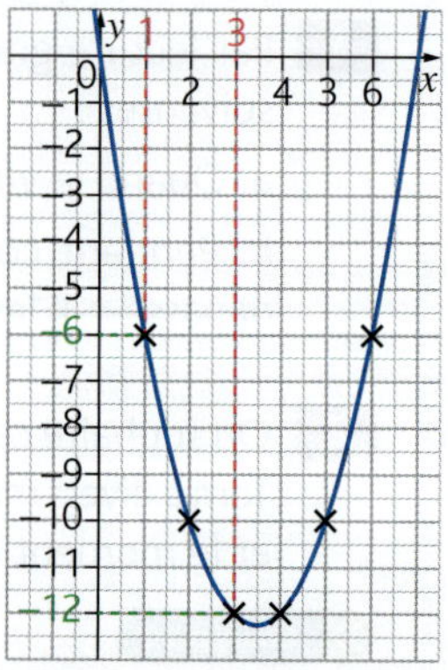

1 EXO Rappel : modéliser la dépendance entre deux grandeurs à l'aide d'une fonction

Pour gagner de l'argent de poche, Léo tond la pelouse d'amis. Il se fait payer 15 € de l'heure mais doit dépenser 3 € de tickets de bus pour faire l'aller-retour chez eux. Modéliser cette situation à l'aide d'une fonction afin de savoir combien Léo peut gagner.

Méthode

1. Déterminer les données qui interviennent dans le calcul : que cherche-t-on et à quoi correspond x ?
2. Trouver la formule permettant d'exprimer ce que l'on cherche en fonction de x.

Réponse

1. x représente le temps que Léo passe à tondre la pelouse en heure. On cherche à savoir combien Léo va être payé en fonction du temps qu'il y passe.
2. Sachant qu'en 1h de travail, Léo est payé 15 €, mais qu'il dépense 3 € pour son trajet, on peut modéliser sa situation avec la fonction : $f(x) = 15x - 3$.

2 EXO Calculer l'image et un ou des antécédents d'un nombre par une fonction

Soit la fonction g définie par $g(x) = x^2 - 4$.

1. Calculer l'image de 6 par la fonction g.
2. Déterminer les antécédents de 0 par la fonction g.

Méthode

1. Pour calculer une image, on remplace x par la valeur donnée dans l'expression de la fonction.
2. Chercher les antécédents de 0 signifie que 0 est une image et que nous devons résoudre l'équation $g(x) = 0$.

Réponse

1. $g(x) = x^2 - 4 \Leftrightarrow g(6) = 6^2 - 4$
$\Leftrightarrow g(6) = 36 - 4 \Leftrightarrow g(6) = 32$
L'image de 6 par la fonction g est 32.
2. On résout ainsi l'équation :
$g(x) = 0 \Leftrightarrow x^2 - 4 = 0 \Leftrightarrow x^2 = 4 \Leftrightarrow x = 2$ ou $x = -2$
Les antécédents de 0 par g sont 2 et −2.

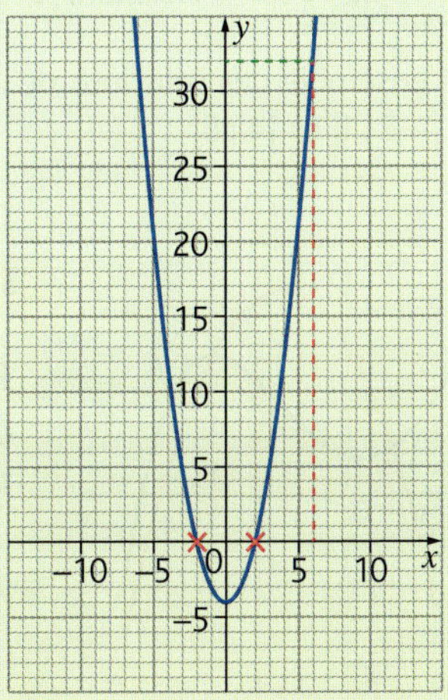

Exercices 13 à 18 p. 84

Cours 2 Résolution graphique d'équations et d'inéquations

» On considère deux fonctions f et g de courbes représentatives respectives $\mathscr{C}_f$ et $\mathscr{C}_g$.

A Résolution graphique d'équations $f(x) = k$ et $f(x) = g(x)$

Savoir-faire

Résoudre graphiquement l'équation $f(x) = k$ revient à trouver toutes les abscisses éventuelles des points de la courbe $\mathscr{C}_f$ ayant pour ordonnée le nombre réel k.

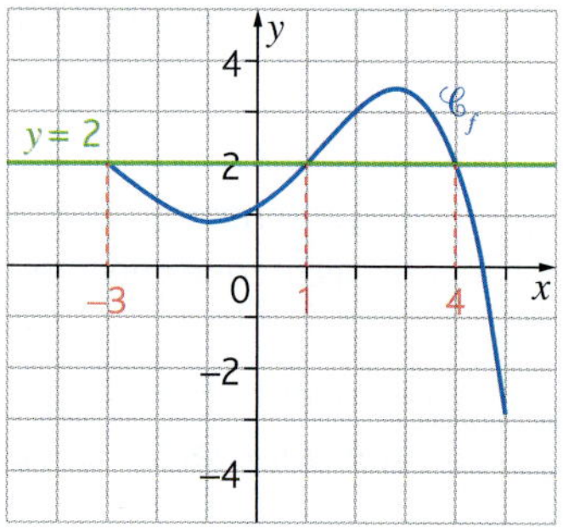

EXEMPLE

L'équation $f(x) = 2$ admet trois solutions sur l'intervalle $[-3\,;5]$: –3, 1 et 4.

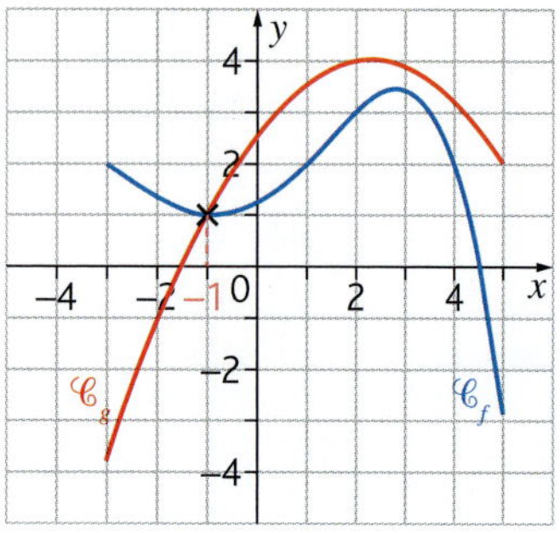

Savoir-faire

Résoudre graphiquement l'équation $f(x) = g(x)$ revient à trouver toutes les abscisses éventuelles des points d'intersection des courbes $\mathscr{C}_f$ et $\mathscr{C}_g$.

EXEMPLE

L'équation $f(x) = g(x)$ admet une solution sur l'intervalle $[-3\,;5]$: –1.

B Résolution graphique d'inéquations $f(x) < k$ et $f(x) < g(x)$

Savoir-faire

Résoudre graphiquement l'inéquation $f(x) < k$ revient à trouver toutes les abscisses éventuelles des points de la courbe $\mathscr{C}_f$ ayant une ordonnée strictement inférieure au nombre réel k.

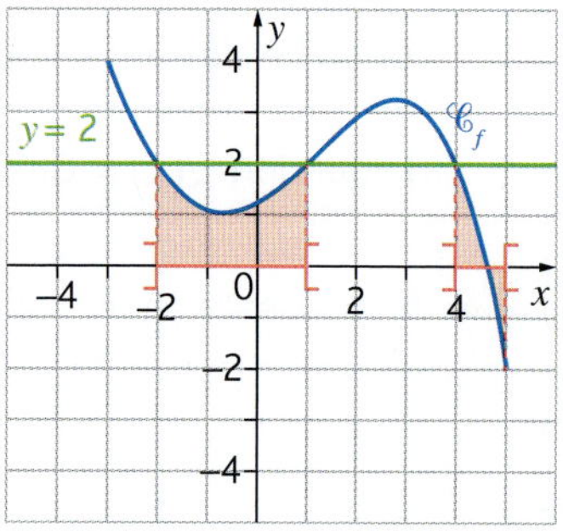

EXEMPLE

L'ensemble des solutions de l'inéquation $f(x) < 2$ est :
$]-2\,;1[\,\cup\,]4\,;5[$

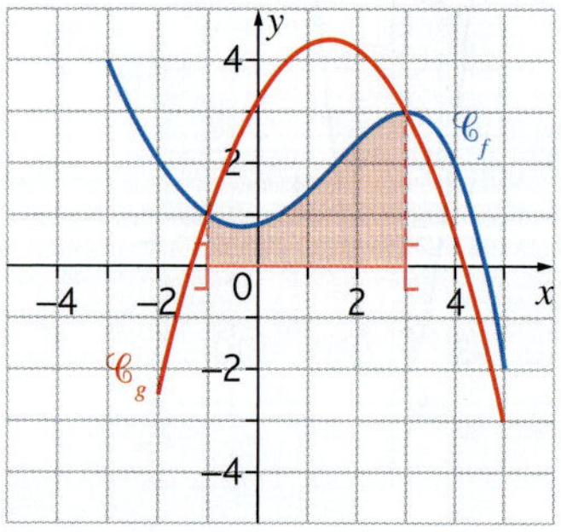

Savoir-faire

Résoudre graphiquement l'inéquation $f(x) < g(x)$ revient à trouver toutes les abscisses éventuelles des points de la courbe $\mathscr{C}_f$ qui se situent strictement en dessous de la courbe $\mathscr{C}_g$.

EXEMPLE

L'ensemble des solutions de l'inéquation $f(x) < g(x)$ est l'intervalle $]-1\,;3[$.

EXO 3 Résoudre graphiquement une équation de type $f(x) = k$

Soit f la fonction définie sur $\mathbb{R}$ dont la représentation graphique est donnée ci-contre.
Résoudre, avec la précision permise par le graphique, les équations suivantes :

a. $f(x) = 0$

b. $f(x) = -2$

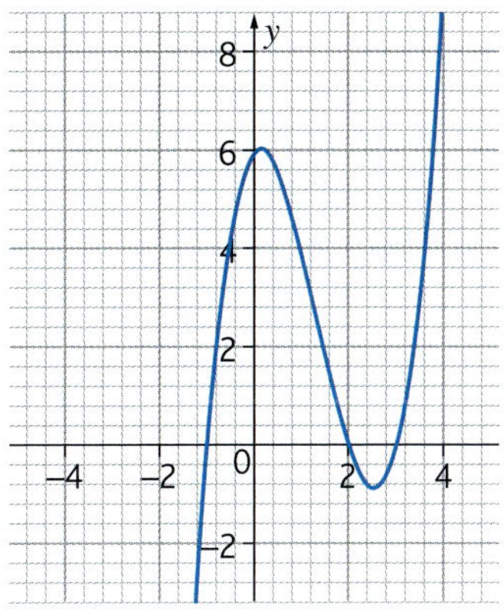

Méthode

1. On trace les droites d'équation $y = 0$ et $y = -2$.
2. On lit les **abscisses** des points d'intersection de ces droites avec la courbe de la fonction.

Réponse

1.

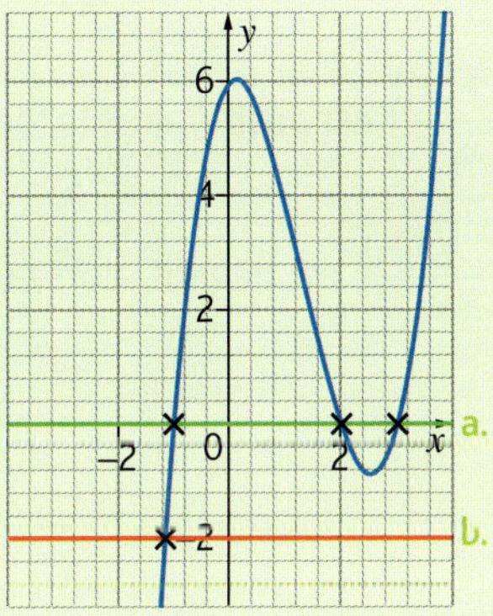

2. a. Il y a 3 solutions : –1 ; 2 et 3.
   b. Il y a 1 solution : environ –1,2.

Exercices 32 à 35 p. 85-86

EXO 4 Résoudre graphiquement une inéquation de type $f(x) \geqslant k$

En utilisant le graphique de l'exercice résolu précédent, résoudre $f(x) \geqslant 0$.

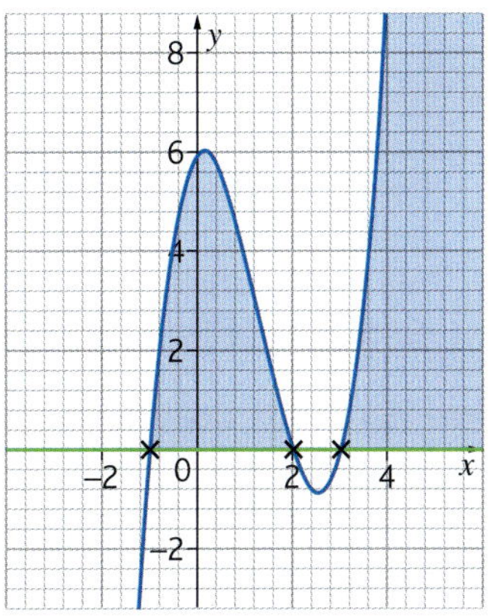

Méthode

1. On trace la droite d'équation $y = 0$.
2. On regarde l'intervalle pour lequel la courbe est située **au-dessus** de cette droite.

Réponse

1. L'intervalle solution est $[-1;\ 2] \cup [3\ ;+\infty[$

Exercices 32 à 35 p. 85-86

Cours 3 Calcul et interprétation du taux de variation

Définition

On considère une fonction f définie sur un intervalle I et deux nombres réels x_1 et x_2 de I tels que $x_1 \neq x_2$.

On appelle taux de variation de f entre x_1 et x_2 le nombre : $\dfrac{f(x_2)-f(x_1)}{x_2-x_1}$.

Ce taux de variation correspond au coefficient directeur de la droite (aussi appelée « sécante ») passant par les points de coordonnées $(x_1\,;f(x_1))$ et $(x_2\,;f(x_2))$. Il permet de savoir comment la fonction varie entre 2 points du graphique.

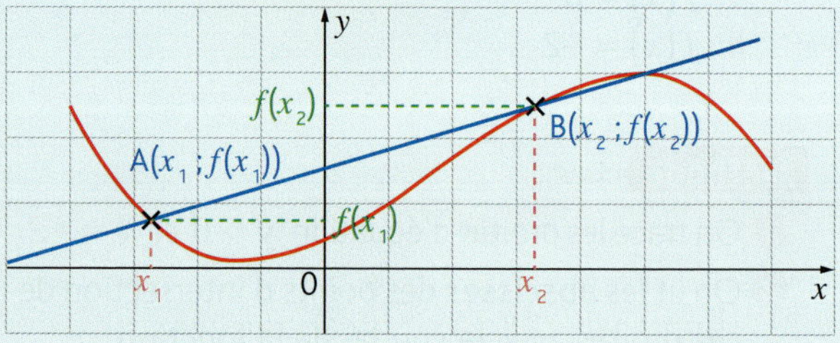

Propriété

On considère une fonction f définie sur un intervalle I.

- Si, pour tous réels distincts x_1 et x_2 de I, le taux de variation $\dfrac{f(x_2)-f(x_1)}{x_2-x_1}$ est positif, alors la fonction f est croissante sur I.
- Si, pour tous réels distincts x_1 et x_2 de I, le taux de variation $\dfrac{f(x_2)-f(x_1)}{x_2-x_1}$ est négatif, alors la fonction f est décroissante sur I.

EXEMPLE

Soit f la fonction définie sur $[0\,;+\infty[$ par $f(x)=3x^2-6$.

a. À l'aide d'une calculatrice, déterminer le sens de variation de la fonction sur $[0\,;+\infty[$.

» La fonction f semble croissante sur $[0\,;+\infty[$.

b. Vérifier que $(x_2-x_1)(x_2+x_1)=x_2^2-x_1^2$.

» $(x_2-x_1)(x_2+x_1)=x_2^2+x_2\times x_1-x_2\times x_1-x_1^2=x_2^2-x_1^2$.

c. Calculer le taux de variation entre x_1 et x_2 et en déduire le sens de variation de la fonction sur $[0\,;+\infty[$.

» $$\frac{f(x_2)-f(x_1)}{x_2-x_1}=\frac{3x_2^2-6-(3x_1^2-6)}{x_2-x_1}$$
$$=\frac{3x_2^2-6-3x_1^2+6}{x_2-x_1}=\frac{3(x_2^2-x_1^2)}{x_2-x_1}=\frac{3(x_2-x_1)(x_2+x_1)}{x_2-x_1}=3(x_2+x_1)$$

Comme x_1 et x_2 sont tous les deux supérieurs ou égaux à 0 alors x_2+x_1 est forcément positif ou nul.

Le taux de variation étant positif pour deux réels distincts de l'intervalle $[0\,;+\infty[$, on en déduit que la fonction f est croissante sur $[0\,;+\infty[$.

5 EXO

Interpréter le taux de variation comme pente de la sécante à la courbe passant par deux points distincts

Soit f la fonction définie sur $\mathbb{R}$ par : $f(x) = 3x^2 + 1$.

a. Déterminer le taux de variation entre 1 et 4.

b. Interpréter géométriquement ce taux de variation.

c. Dresser le tableau de variations de la fonction et en déduire le minimum.

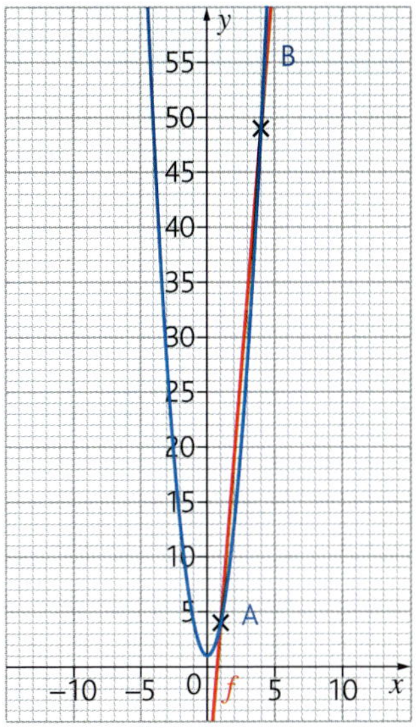

Méthode

1. On remplace les valeurs x_1 et x_2 par les valeurs souhaitées dans la formule du taux de variation pour le calculer.
2. On interprète le résultat obtenu à l'étape précédente.
3. On dresse le tableau de variations en observant les valeurs pour lesquelles la courbe « monte » ou « descend ».

Réponse

1. Si $f(x) = 3x^2 + 1$, alors le taux de variation de f entre 1 et 4 est égal à :

$$\frac{f(4)-f(1)}{4-1} = \frac{3\times 4^2+1-\left(3\times 1^2+1\right)}{3}$$
$$= \frac{49-4}{3} = 15$$

2. Le taux de variation de f entre 1 et 4 est égal à 15 donc la pente de la droite passant par les points de la courbe de f d'abscisses 1 et 4 est égale à 15.

3.

x	$-\infty$	0	$+\infty$
Variations de f	↘	1	↗

$$f(0) = 3\times 0^2 + 1 = 1$$

Le minimum de f est 1 atteint en 0.

Exercice 50 p. 88

6 EXO

Étudier les variations d'une fonction à l'aide d'un taux de variation

Soit f la fonction définie sur $\mathbb{R}$ par : $f(x) = 7x - 4$.
Démontrer que f est strictement croissante sur $\mathbb{R}$.

Méthode

1. On calcule le taux de variation avec des inconnues x_1 et x_2 selon la formule.
2. On interprète le résultat obtenu selon la propriété.

Réponse

1. On considère deux nombres quelconques x_1 et x_2 appartenant à $\mathbb{R}$.
Le taux de variation de f entre x_1 et x_2 est égal à :

$$\frac{f(x_2)-f(x_1)}{x_2-x_1} = \frac{7x_2-4-(7x_1-4)}{x_2-x_1} = \frac{7x_2-7x_1}{x_2-x_1} = \frac{7(x_2-x_1)}{x_2-x_1} = 7$$

2. Or, $7 > 0$ donc $\frac{f(x_2)-f(x_1)}{x_2-x_1} > 0$ et donc f est strictement croissante sur $\mathbb{R}$.

Exercices 44 à 47 p. 87

L'essentiel

Je retiens

1. Modélisation et représentation des fonctions

Dans de nombreux domaines (économie, physique, biologie, etc.) il existe une **relation de dépendance** entre des grandeurs. Cette relation de dépendance peut être modélisée à l'aide d'une **fonction**.

Expression littérale

Lorsque la relation entre les deux grandeurs s'exprime à l'aide d'une formule de calcul :

- on note $y = f(x)$ ou $x \mapsto f(x)$ ou $f : x \mapsto y$
- y est l'image de x par la fonction f
- x est un antécédent de y par la fonction f

Représentation graphique

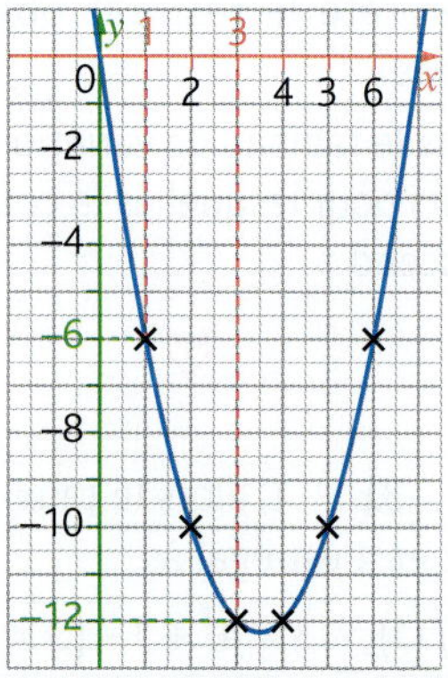

2. Résolution graphique d'équations et d'inéquations

$f(x) = k$

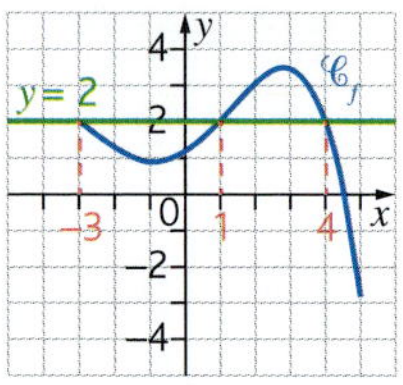

$f(x) = f(x)$

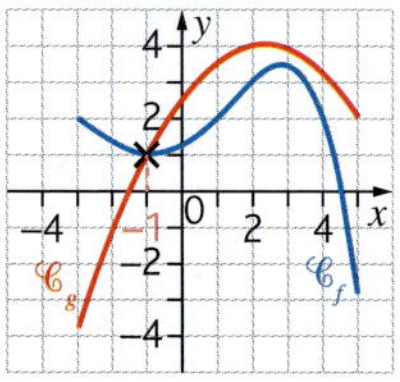

$f(x) < k$

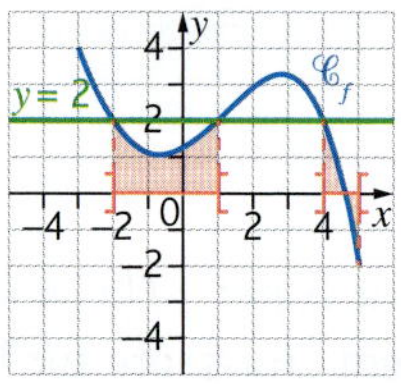

$f(x) < g(x)$

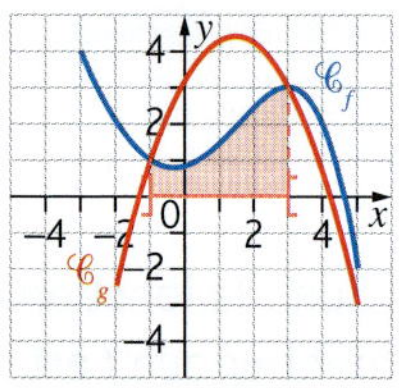

3. Taux de variation

Le taux de variation d'une fonction f entre deux réels x_1 et x_2 est le quotient :

$$\frac{f(x_2) - f(x_1)}{x_2 - x_1}.$$

- Si, le taux de variation est positif, alors la fonction f est croissante sur I.
- Si, le taux de variation est négatif, alors la fonction f est décroissante sur I.

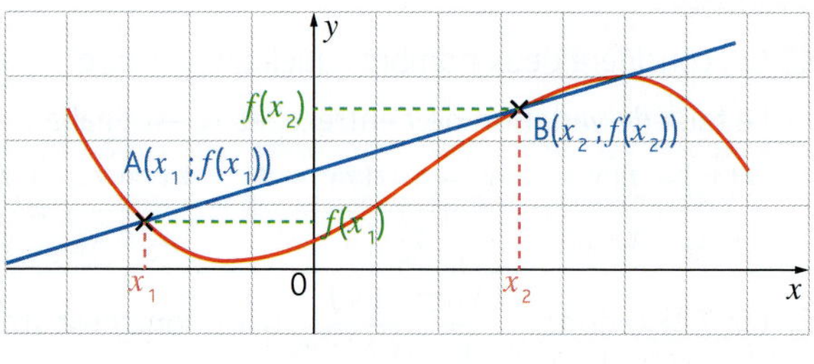

Je me teste

QCM interactif et auto-corrigé
hachette-clic.fr/25mfls009

Je me prépare à une évaluation

Je maîtrise les fonctions, leur représentation graphique et le taux de variation

CHALLENGE EN CLASSE OU À LA MAISON

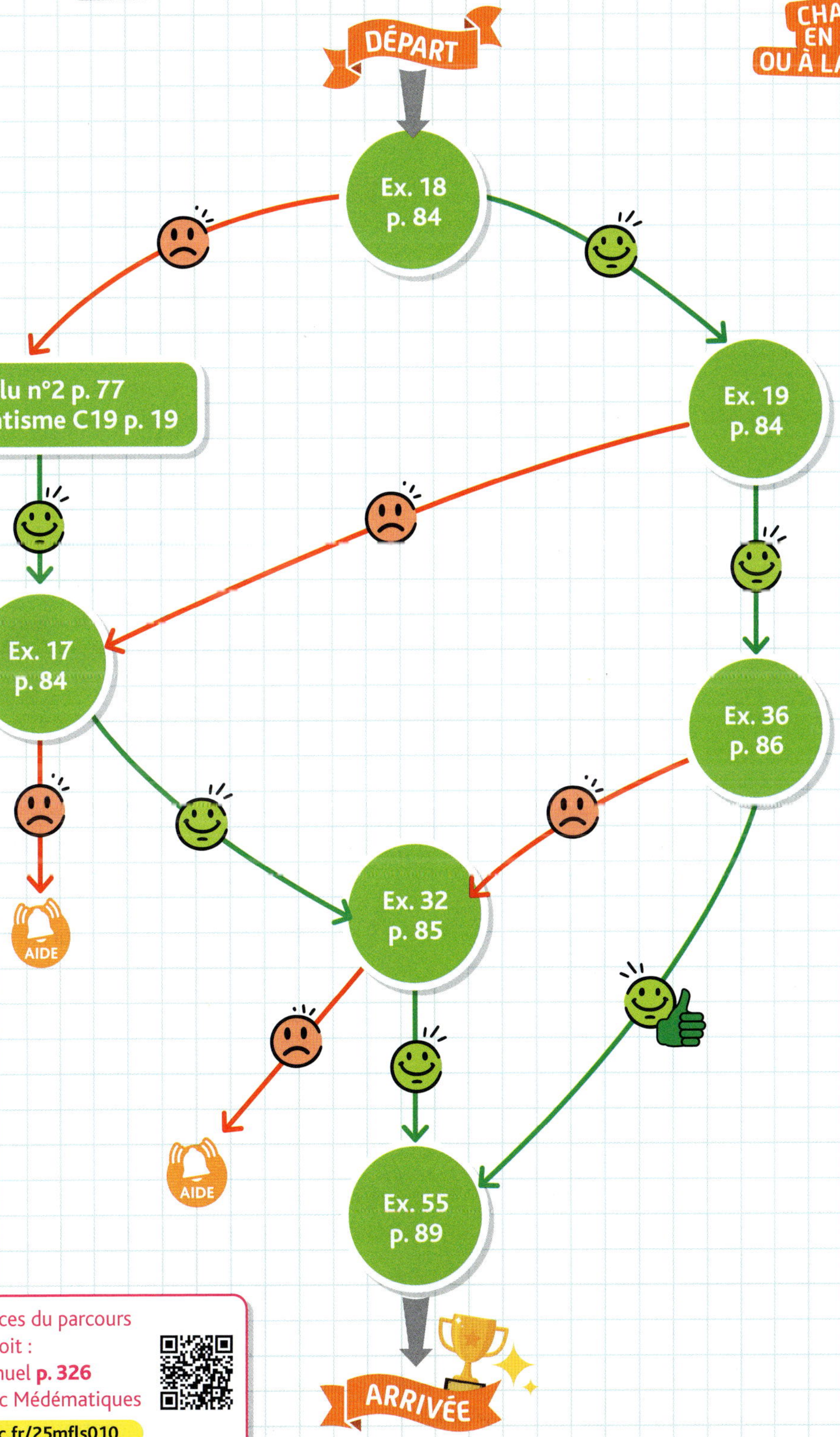

Tous les exercices du parcours sont corrigés soit :
• en fin de manuel **p. 326**
• en **vidéo** avec Médématiques
hachette-clic.fr/25mfls010

Exercices

Les exercices roses sont corrigés :
• en fin de manuel ou • en **vidéo** avec Médématiques
p. 326 hachette-clic.fr/25mfls010

1 Modélisation et représentation des fonctions

Questions flash

Pour les exercices 1 à 8 on utilise la fonction f définie sur $\mathbb{R}$ par $f(x) = 3x - 1$.

1 Quelle est l'image de 0 ?

2 Quelle est l'image de 2 ?

3 Calculer $f(-2)$.

4 Calculer $f(8)$.

5 Quel est l'antécédent de 6 ?

6 Quel est l'antécédent de 10 ?

7 Résoudre $f(x) = 0$.

8 Résoudre $f(x) = -8$.

Pour calculer une image, on remplace x par sa valeur dans l'expression de $f(x)$.
Pour calculer un antécédent, on résout une équation.

9 Résoudre les équations suivantes :
a. $2x + 3 = 0$
b. $4x - 1 = 7$
c. $3x + 7 = -2$

10 Résoudre les équations suivantes :
a. $4x - 1 = 7x + 8$
b. $3x + 7 = -2x - 9$

Si un produit de facteurs est nul, alors au moins l'un des facteurs est nul : si $A \times B = 0$, alors $A = 0$ ou $B = 0$.

11 Résoudre les équations suivantes :
a. $(2x + 3)(x - 3) = 0$
b. $4x(x - 1) = 0$
c. $4x^2 - 7x = 0$

12 Résoudre les équations suivantes :
a. $x^2 = 4$
b. $x^2 = 6$
c. $4x^2 = 16$
d. $x^2 = -5$

13 Soit la fonction f définie sur $\mathbb{R}$ par $f(x) = x - 7$.
a. Calculer l'image de 3 par f.
b. Calculer l'image de 4 par f.
c. Calculer l'image de -2 par f.

14 Soit la fonction f définie sur $\mathbb{R}$ par $f(x) = x^2 + 7$.
a. Calculer l'image de 1 par f.
b. Calculer l'image de 6 par f.
c. Calculer l'image de -2 par f.

15 Soit la fonction f définie sur $\mathbb{R}$ par $f(x) = x - 3$.
a. Calculer l'antécédent de 6 par f.
b. Calculer l'antécédent de 1 par f.
c. Calculer l'antécédent de -3 par f.

16 Soit la fonction f définie sur $\mathbb{R}$ par $f(x) = 2x + 4$.
a. Calculer l'antécédent de 9 par f.
b. Calculer l'antécédent de 4 par f.
c. Calculer l'antécédent de -2 par f.

17 Vidéo Soit la fonction f définie sur $\mathbb{R}$ par $f(x) = 3x - 5$.
a. Calculer l'image de 6 par f.
b. Calculer l'image de –2 par f.
c. Calculer l'antécédent de 4 par f.
d. Calculer l'antécédent de –9 par f.

18 Corrigé Soit la fonction f définie sur $\mathbb{R}$ par $f(x) = x^2$.
a. Calculer l'image de 4 par f.
b. Calculer l'image de –2 par f.
c. Calculer le ou les antécédent(s) de 9 par f.
d. Calculer le ou les antécédent(s) de –3 par f.

19 Corrigé Une étudiante décide de lancer sa propre marque de bijoux. Elle peut fabriquer jusqu'à 50 bracelets par mois. Le coût de production, en euros, est donné par la fonction $C(x) = 0{,}01x^3 - 0{,}2x^2 + 38x + 150$ pour x bracelets fabriqués.

a. Calculer $C(0)$, interpréter dans le contexte.
b. Combien coûte la fabrication de 10 bracelets ?

20 Soit la fonction g définie sur $\mathbb{R}$ par $g(x) = \frac{3}{2}x - 7$.
Déterminer par le calcul, l'image de -2 et l'antécédent de 4 par g.

21 Soit la fonction f définie sur $\mathbb{R}$ par $f(x) = 2x^2 + 4$.
Déterminer par le calcul, l'image de 3 et les antécédents de 6 par f.

22 On considère la fonction $f(t) = 45t^2 - t^3$ qui représente la concentration en microgrammes par millilitres d'un médicament dans le sang après t minutes.
a. Calculer $f(0)$, pourquoi ce résultat était-il prévisible ?
b. Calculer $f(20)$, interpréter ce résultat.
c. Quelle est la concentration du médicament au bout de 30 minutes ?

Une fonction $f(x)$ est représentée graphiquement par une courbe dont les points ont pour coordonnées $(x\,;f(x))$.

23 Soit la fonction f définie sur $\mathbb{R}$ par $f(x)=\dfrac{2x+1}{x^2-1}$ et $\mathscr{C}$ sa courbe représentative dans un repère du plan.
Le point M(–2 ; –1) appartient-il à $\mathscr{C}$? Justifier par un calcul.

24 Soit la fonction f définie sur $\mathbb{R}$ par $f(x)=x^3-7x-4$ et $\mathscr{C}$ sa courbe représentative dans un repère du plan.
Le point N(–1 ; –12) appartient-il à $\mathscr{C}$? Justifier par un calcul.

25 En physique, lorsqu'on réalise un circuit avec deux résistances (R_A et R_B) en parallèles, la résistance équivalente est donnée par la formule $\dfrac{1}{R}=\dfrac{1}{R_A}+\dfrac{1}{R_B}$.
On suppose ici R_A fixée à 3 Ω (Ohms).
a. Si $R_B = 8\,\Omega$, calculer R.
b. Exprimer R en fonction de R_B.
c. On note $f(x)=\dfrac{3x}{3+x}$. Calculer $f(8)$ que constate-t-on ?

26 **Python** Le nombre d'or, aussi appelé « proportion dorée » ou « divine proportion », est une proportion définie initialement en géométrie comme un rapport de longueurs. Il est souvent désigné par la lettre grecque ϕ. Ce nombre est l'unique solution positive de l'équation $\phi^2=\phi+1$.

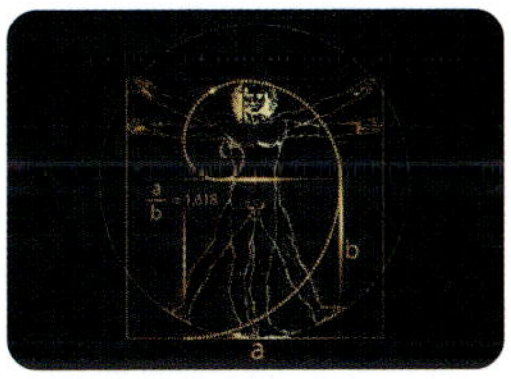

Nous allons en chercher une valeur approchée selon un algorithme de balayage.
a. On considère la fonction f définie par $f(x)=x^2-x-1$ définie sur $[0\,;3]$.
Recopier ce script écrit en Python :

```
def f(x) :
    return x**2-x-1
def balayage(pas) :
    x=1
    k=0
    while f(x)<0 :
    x=x+pas
    k=k+1
    return (k, x-pas, x)
```

b. Tester ce script avec pas=0,1 ; puis pas=0,01 ; puis pas=0,001. Interpréter ces résultats.

2 Résolution graphique d'équations et d'inéquations

Questions flash

Pour les exercices 27 à 30 on utilise le graphique ci-dessous :

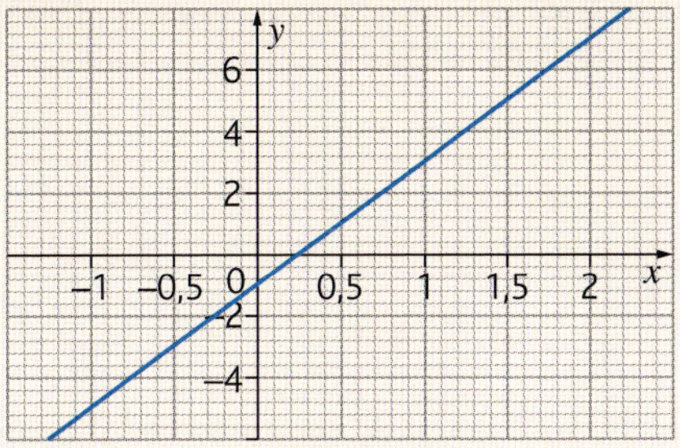

27 Quelle est l'image de 0 ?

28 Quelle est l'image de 2 ?

29 Quel est l'antécédent de 6 ?

30 Quel est l'antécédent de –3 ?

Graphiquement, l'**image** de a par f est **l'ordonnée** du point de la courbe représentative de f d'abscisse a.
Graphiquement, le (ou les) **antécédent(s)** de b par f sont les **abscisses** du ou des points de la courbe représentative de f d'ordonnée b.

31 Soit f la fonction représentée par la courbe ci-contre.
Donner, par lecture graphique :
a. $f(1)$.
b. L'image de 1 et l'image de 0,5.
c. Les antécédents de 4 et de 2.

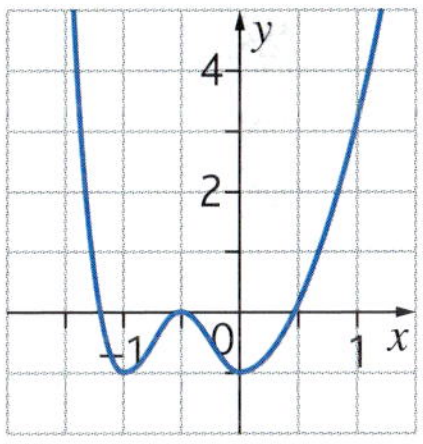

32 Vidéo On considère la fonction f représentée ci-dessous :

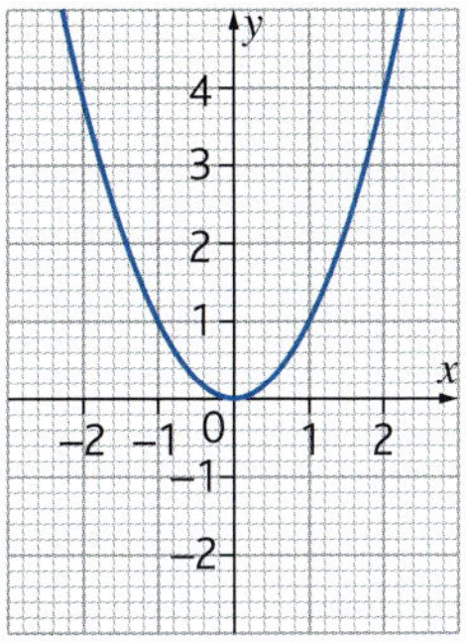

1. Résoudre graphiquement les équations suivantes :
a. $f(x)=-1$ b. $f(x)=2$ c. $f(x)=0$
2. Résoudre graphiquement les inéquations suivantes :
a. $f(x)\leqslant 0$ b. $f(x)\geqslant -2$ c. $f(x)<1$

Exercices

Les exercices roses sont corrigés :
• en fin de manuel **p. 326** ou • en **vidéo** avec Médématiques **hachette-clic.fr/25mfls010**

33 On considère la fonction f définie sur $[-3;3]$ et dont la représentation graphique est donnée ci-dessous :

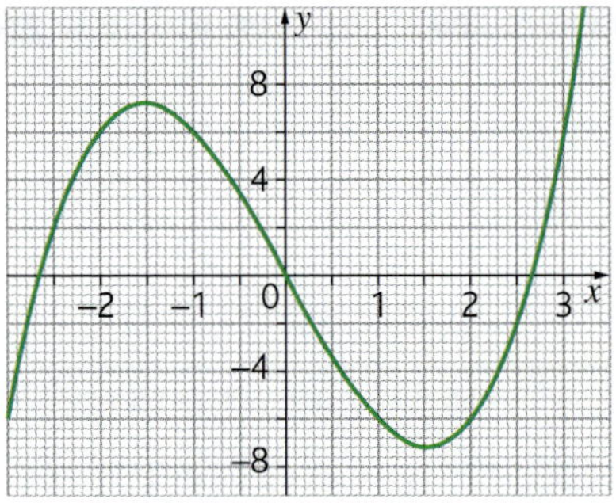

Pour chaque question, répondre en utilisant le graphique :

a. Déterminer les antécédents de -2.

b. Résoudre les équations $f(x)=8$ et $f(x)=-3$.

c. Résoudre les inéquations $f(x)>0$; $f(x)\leqslant 6$ et $f(x)\geqslant -8$.

34 On considère la fonction f définie sur $[-2;2]$ et dont la représentation graphique est donnée ci-dessous :

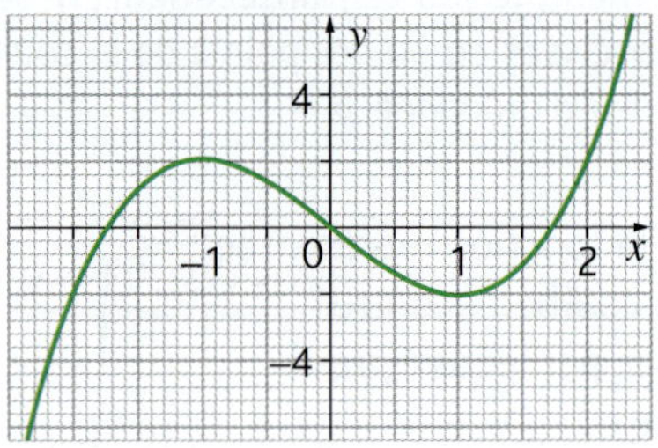

Résoudre graphiquement les équations et inéquations suivantes :

a. $f(x)=4$; $f(x)=2$; $f(x)=0$

b. $f(x)<4$; $f(x)\geqslant 0$; $f(x)<2$

35 On considère la fonction f définie sur $[-3;3]$ et dont la représentation graphique est donnée ci-dessous :

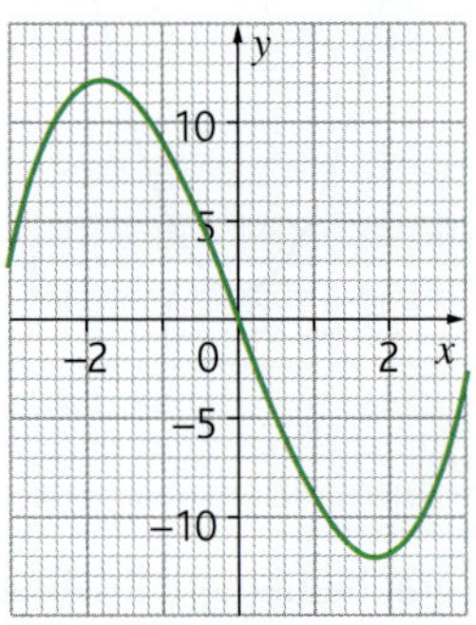

Résoudre graphiquement les équations et inéquations suivantes :

a. $f(x)=10$; $f(x)=5$; $f(x)=-5$

b. $f(x)<-5$; $f(x)\geqslant 0$; $f(x)<10$

36 Corrigé Une entreprise fabrique et vend des coques de téléphone. Le coût de fabrication, en euros, est donné par la fonction $C(x)=x^2+3$ et la recette par $R(x)=4x$ pour x dizaines de coques vendues.
On donne les graphiques ci-dessous :

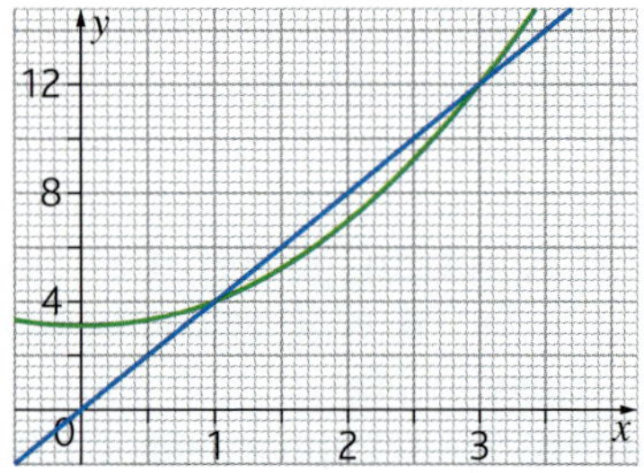

a. Associer à chaque courbe la fonction correspondante.

b. Graphiquement, déterminer le nombre de coques vendues pour que les deux fonctions soient égales.

c. Sachant que le bénéfice est la différence entre la recette et le coût, déterminer le nombre de coques à vendre pour que l'entreprise réalise un bénéfice positif.

37 Calculatrice On considère la fonction g définie sur $\mathrm{I}=[-2;2]$ par $g(x)=x^2$ et la fonction h définie sur I par $h(x)=-x+1$.

a. Représenter ces deux fonctions sur votre calculatrice.

b. Déterminer graphiquement les solutions de l'équation $g(x)=h(x)$ puis en déduire celles de l'équation $g(x)-h(x)=0$.

c. Résoudre graphiquement l'inéquation $g(x)<h(x)$ puis en déduire le signe de $g(x)-h(x)$ sur I.

d. En déduire l'ensemble des solutions de l'inéquation $x^2+x-1<0$.

38 Arthur, âgé de 40 ans, s'entraîne pour le marathon de Paris. Il mesure sa fréquence cardiaque tout au long de l'entraînement et obtient le graphique suivant :

Estimation de la fréquence cardiaque maximale

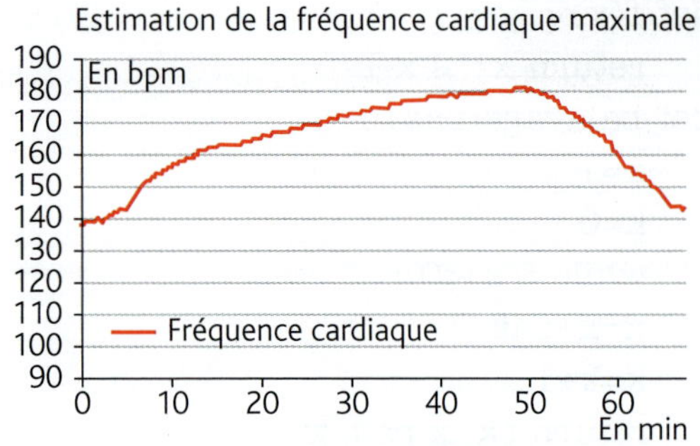

a. Déterminer, en bpm (battements par minute), la fréquence cardiaque maximale d'Arthur. On la notera FCM.

b. On considère que, pour un homme d'âge mûr, la FCM correspond à 220 – son âge. Est-ce cohérent avec le résultat de la question précédente ?

c. En vous servant du résultat de la question b et du tableau ci-dessous, déterminer l'intervalle de temps pendant lequel Arthur est en zone 3, puis en zone 4.

Zones	FCM (en %)
Z1 : échauffement	60 à 65 %
Z2 : zone de confort	65 à 75 %
Z3 : endurance active	75 à 85 %
Z4 : seuil anaérobie	85 à 95 %
Z5 : zone rouge	$> 95\%$

39 Une entreprise imaginaire fixe à chacun de ses employés le mode de rémunération mensuel suivant : un salaire mensuel net fixe de 1 400 € accompagné d'une prime ou d'une pénalité.

Si x est le chiffre d'affaires en milliers d'euros réalisé par un employé dans le mois, sa prime ou pénalité exprimée en milliers d'euros est de $f(x) = 0{,}01(x^2 - 3x)$.
Par exemple, si un employé réalise un chiffre d'affaires mensuel de 1 000 €, alors $x = 1$ et $f(x) = f(1) = -0{,}02$. Dans ce cas, l'employé est pénalisé de 0,02 millier d'euros, c'est-à-dire 20 €. Son salaire net mensuel est alors de $1\,400 - 20 = 1\,380$ €.
De même, si un employé réalise un chiffre d'affaires mensuel de 10 000 €, alors $x = 10$ et $f(x) = f(10) = 0{,}7$. Dans ce cas, l'employé perçoit une prime de 0,7 millier d'euros, c'est-à-dire 700 €. Son salaire net mensuel est alors de $1\,400 + 700 = 2\,100$ €.

1. a. Si l'employé réalise un chiffre d'affaires mensuel de 1 500 €, aura-t-il une prime ou une pénalité ? De quel montant ? Quel sera alors son salaire net mensuel ?

b. Mêmes questions avec un chiffre d'affaires mensuel de 20 000 €.

2. La courbe $\mathscr{C}_f$ ci-dessous représente la fonction f dans un repère du plan :

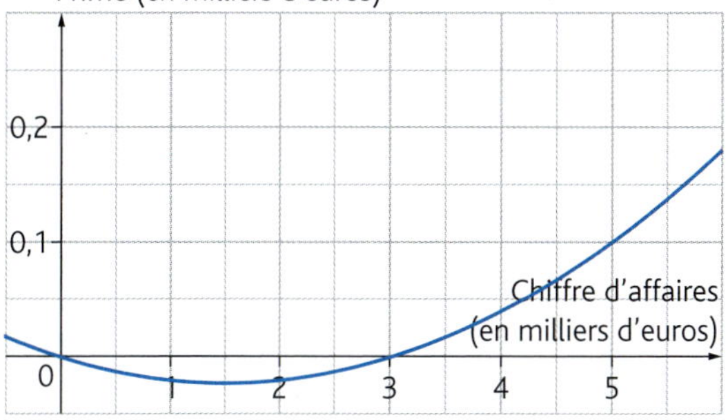

a. Montrer que $f(x) = 0{,}01x(x-3)$.

b. Donner les abscisses des points d'intersection de $\mathscr{C}_f$ avec l'axe des abscisses.

c. À partir du graphique, estimer le chiffre d'affaires mensuel à réaliser afin d'obtenir un salaire net mensuel de 1 480 €.

3 Calcul et interprétation du taux de variation

Questions flash

Dans les exercices 40 à 43, on considère la fonction f définie sur $\mathbb{R}$ par $f(x) = 2x + 5$.

40 Calculer $f(3+h)$.

41 Calculer $f(2) - f(h)$.

42 Calculer $\dfrac{f(4)}{h}$.

43 Calculer $f(-4+h)$.

On appelle taux de variation de f entre x_1 et x_2 le nombre $\dfrac{f(x_2) - f(x_1)}{x_2 - x_1}$.

44 Soit f la fonction définie sur $\mathbb{R}$ par $f(x) = x^2 + 3$.
Calculer le taux de variation de f entre 2 et 7.

45 Soit f la fonction définie sur $\mathbb{R}$ par $f(x) = -2x^2 + 3$.
Calculer le taux de variation de f entre 1 et 6.

46 Soit f la fonction définie sur $\mathbb{R}$ par $f(x) = -x^2 - 1$.
Calculer le taux de variation de f entre -1 et 0.

47 Soit f la fonction définie sur $\mathbb{R}$ par $f(x) = x^2 + \dfrac{1}{3}$.
Calculer le taux de variation de f entre -2 et -1.

48 On considère la fonction f définie sur $[-2;2]$ et dont la représentation graphique est donnée ci-dessous :

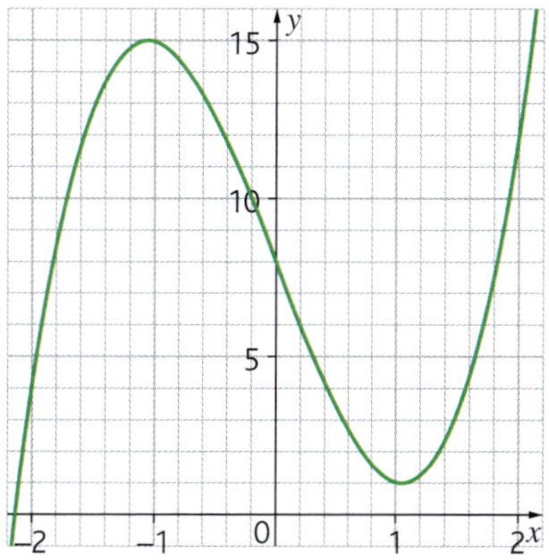

Les exercices roses sont corrigés :
• en fin de manuel ou • en **vidéo** avec Médématiques
p. 326 hachette-clic.fr/25mfls010

Indiquer si les affirmations sont vraies ou fausses. Justifier.

a. L'équation $f(x) = 10$ admet 2 solutions.

b. f est positive sur $[-2;2]$.

c. Le taux de variation de f entre –1 et 1 est positif.

d. Le taux de variation de f entre 1 et 2 est positif.

49 On donne ci-dessous le tableau de variations d'une fonction u qui est définie sur l'intervalle $[-7\,;8]$:

x	–7	–4	3	4	8
$u(x)$	4 ↗	8 ↘	0 ↘	–8 ↗	–6

Indiquer dans chaque cas la bonne réponse :

1. u est croissante sur :
- a. $[-7\,;8]$
- b. $[2\,;8]$
- c. $[-6\,;-4{,}5]$

2. u est négative sur :
- a. $[-7\,;-4]$
- b. $[-4\,;5]$
- c. $[5\,;8]$

3. Le taux de variation de u entre 0 et 1 est :
- a. Positif
- b. Négatif

4. Le taux de variation de u entre –7 et –4 est :
a. Positif b. Négatif c. Constant

50 Soit f la fonction définie sur $I=[-4\,;3]$ par le graphique ci-dessous :

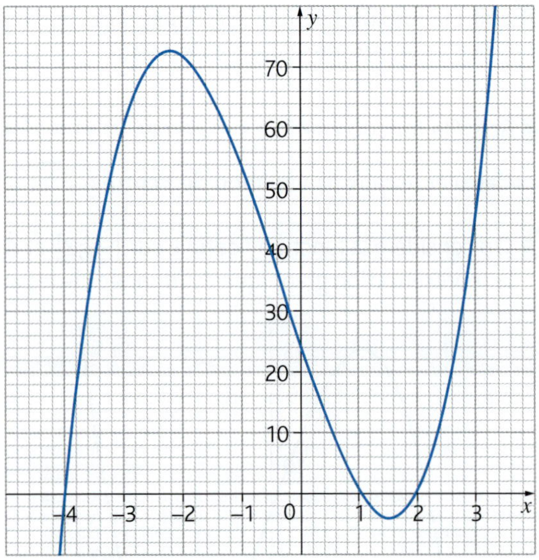

Répondre aux questions suivantes en s'aidant du graphique :

a. Résoudre $f(x) = 0$.

b. Dresser le tableau de signes de f sur I.

c. Dresser le tableau de variations de f sur I.

Si toutes les valeurs de $f(x)$ sont supérieures à la valeur $f(a)$ alors $f(a)$ est le **minimum** de la fonction. Si toutes les valeurs de $f(x)$ sont inférieures à la valeur $f(b)$, alors $f(b)$ est le **maximum** de la fonction.

51 Le plan est muni d'un repère orthonormé. Soit f la fonction définie sur l'intervalle [-2 ; 7] dont on donne la courbe représentative sur la figure ci-dessous :

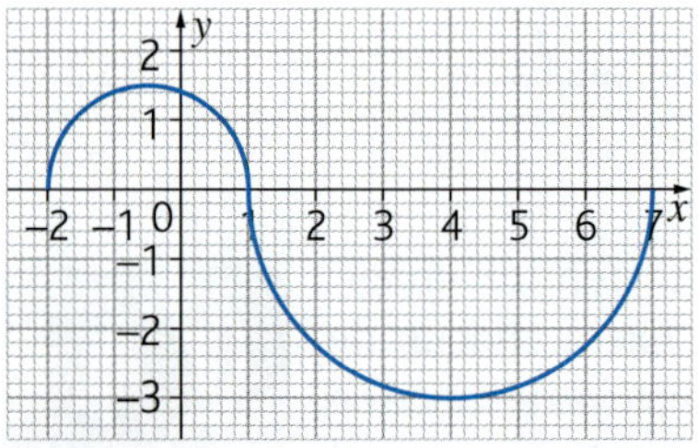

a. Établir le tableau de variations de f sur l'intervalle [–2 ; 7].

b. Quels sont :
– Le minimum de f sur [–2 ; 7].
– Le maximum de f sur [–2 ; 2].

52 Soit f la fonction définie sur $I=[-5;6]$ par $f(x) = 2(x-5)(x+4)(x-1)$.

a. Compléter le tableau de valeurs ci-dessous :

x	–5	–4	–2	0	1	2	3	5	6
$f(x)$									

b. Dans un repère, tracer la représentation graphique de f sur I.

c. En déduire le tableau de signes de f sur I.

d. En déduire le tableau de variations de f sur I.

53 On considère la fonction f dont la représentation graphique est donnée ci-dessous :

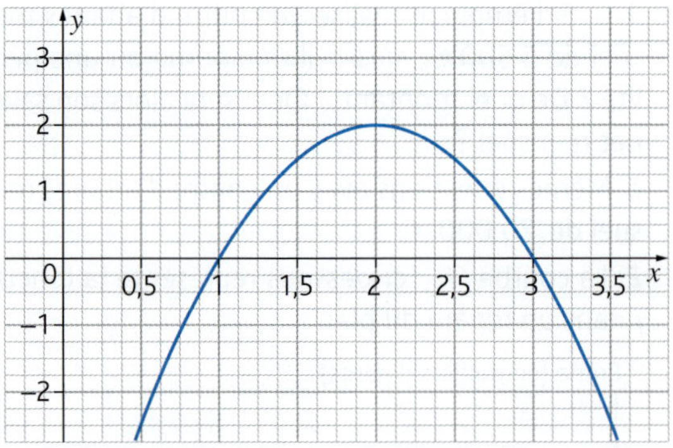

a. Graphiquement déterminer les valeurs de : $f(1)\,;f(1{,}5)\,;f(2)\,;f(2{,}5)\,;f(3)$.

b. Résoudre graphiquement : $f(x) = 0$ et $f(x) = 2$.

c. Déterminer le tableau de signes de f sur $I=[0{,}5\,;3{,}5]$.

d. Résoudre graphiquement l'inéquation : $f(x) \leqslant 1$ sur I.

e. Donner le tableau de variations de f sur I.

f. Pour quelle valeur de I, f admet-elle un maximum ?

54 Madame Dubois a mal à la tête et prend un médicament à 10 h. On observe, grâce à la représentation graphique ci-dessous, la concentration du médicament dans son organisme en fonction du temps écoulé.

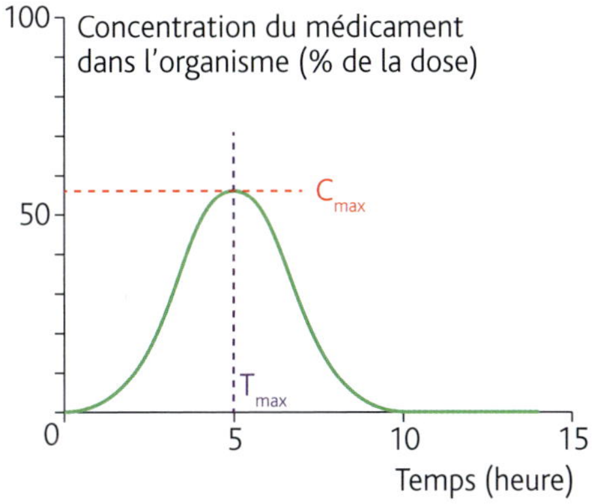

a. À quelle heure le médicament aura-t-il quitté l'organisme de Madame Dubois ?

b. Pendant combien de temps le médicament sera-t-il efficace ?

c. À quelle heure le médicament sera-t-il au maximum de son efficacité dans l'organisme ?

d. Dresser le tableau de variations de cette fonction sur l'intervalle $[0;15]$.

e. À partir du graphique, peut-on estimer le signe du taux de variation de cette fonction entre 2 h et 4 h ? Justifier votre réponse.

55 Corrigé

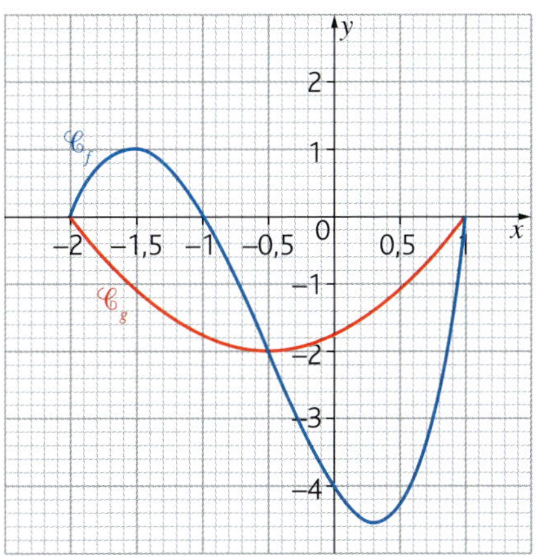

Soient $\mathscr{C}_f$ et $\mathscr{C}_g$ les courbes représentatives des fonctions f et g définies sur l'intervalle $[-2\,;1]$ dans le plan rapporté à un repère.

1. Représenter le tableau de variations de la fonction f.

2. Résoudre graphiquement l'équation : $f(x) = g(x)$.

3. Résoudre graphiquement les inéquations suivantes :

a. $f(x) < 0$ b. $g(x) \geqslant 0$

c. $f(x) < g(x)$ d. $f(x) \leqslant g(x)$

4. Sans les calculer, donner le signe :

– du taux de variation de g entre -1,5 et -1.

– du taux de variation de f entre 0,5 et 1.

56 On donne le tableau de variations d'une fonction f définie sur l'intervalle $[-12\,;20]$:

x	−12	−5	7	20
Variations de $f(x)$	7 ↘	−4 ↗	−1 ↘	−6

Choisir la bonne réponse pour chaque question :

1. On peut dire que :

a. f est positive sur l'intervalle $[-12\,;-5]$.

b. f est positive sur l'intervalle $[7\,;20]$.

c. f est négative sur l'intervalle $[-5\,;20]$.

2. L'équation $f(x) = 2$ possède :

a. Une unique solution.

b. Aucune solution.

c. On ne peut pas répondre.

3. On cherche à comparer $f(-10)$ et $f(-5)$:

a. $f(-10) < f(-5)$.

b. $f(-10) > f(-5)$.

c. On ne peut pas répondre.

4. On cherche à comparer $f(-3)$ et $f(4)$:

a. $f(-3) < f(4)$.

b. $f(-3) > f(4)$.

c. On ne peut pas répondre.

5. On cherche à comparer $f(0)$ et $f(8)$:

a. $f(0) < f(8)$.

b. $f(0) > f(8)$.

c. On ne peut pas répondre.

57 Vidéo **Calculatrice** En 2024, une entreprise compte produire au plus 60 000 téléphones portables pour la France et les vendre 800 € l'unité. On suppose que tous les téléphones produits sont vendus.

Le coût de production, en euros, est modélisé par la fonction C définie sur $[0\,;60\,000]$ par :

$$C(x) = 0{,}01x^2 + 250x + 2\,000\,000$$

où x représente le nombre de téléphones fabriqués et vendus.

a. Calculer $C(6\,000)$. Interpréter le résultat obtenu.

b. Calculer le montant de la recette, en euros, que rapporte la vente de 6 000 téléphones. En déduire le montant du bénéfice, en euros, pour 6 000 téléphones vendus.

Les exercices roses sont corrigés :
• en fin de manuel p. 326 ou • en vidéo avec Médématiques hachette-clic.fr/25mfls010

c. Montrer que, pour tout $x \in [0\,;60\,000]$, le bénéfice, en euros, est défini par :

$$B(x) = -0{,}01x^2 + 550x - 2\,000\,000$$

où x représente le nombre de téléphones fabriqués et vendus.

d. À l'aide de la calculatrice, donner les variations de la fonction B sur $[0\,;60\,000]$.

e. En déduire le nombre de téléphones que l'entreprise doit produire pour réaliser un bénéfice maximal. Donner la valeur de ce bénéfice en euros.

58 Un athlète s'entraîne au lancer de javelot. Au moment du lancer, le lanceur tient le javelot de telle manière que la pointe se trouve à la hauteur du sommet de son crâne. Pendant sa course, on considère que les frottements qui s'exercent sur la pointe du javelot sont négligeables, et que le javelot n'est soumis qu'à son poids. La trajectoire de la pointe du javelot est donc modélisée par une parabole.

Lors du premier essai de l'athlète, la trajectoire de la pointe du javelot est donnée par la fonction f telle que : $f(x) = -0{,}005x^2 + 0{,}27x + 1{,}8$, où x est la distance au sol en mètres parcourue par la pointe du javelot et $f(x)$ l'altitude, en mètres, de la pointe du javelot quand celle-ci se trouve à une distance au sol de x mètres du lanceur. On donne ci-dessous la représentation graphique de f.

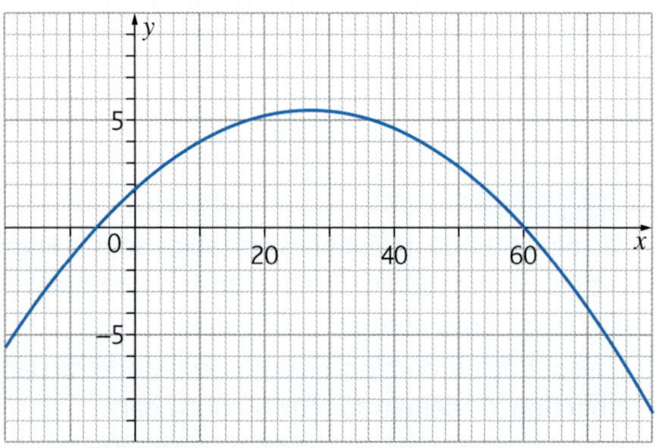

a. Calculer $f(0)$ et vérifier la cohérence à l'aide du graphique Quelle est la taille de l'athlète ?

b. Vérifier que : $f(x) = -0{,}005(x+6)(x-60)$.

c. Quelle est la distance au sol totale parcourue par le javelot (par le calcul puis par lecture graphique) ?

d. D'après le graphique de la fonction f sur l'intervalle $[0\,;60]$, la hauteur maximale atteinte par le javelot dépasse-t-elle 10 m ? Justifier.

59 **Python** Soit g la fonction définie sur $\mathbb{R}$ par : $g(x) = 0{,}5(x+1)(x-3)$.

a. Résoudre l'équation $g(x) = 0$.

On a tracé ci-dessous la représentation graphique de la fonction g.

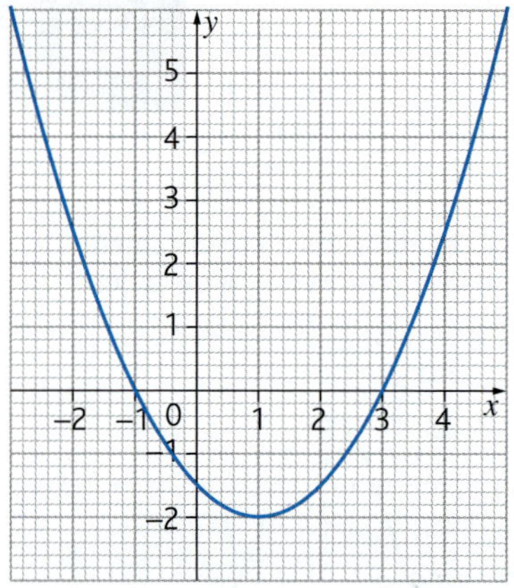

b. Résoudre graphiquement l'équation $g(x) = 2$.

c. On appelle x_1 la solution de l'équation $g(x) = 2$ appartenant à l'intervalle $[-2\,;-1]$ et x_2 la solution appartenant à l'intervalle $[3\,;4]$. On cherche à déterminer un encadrement (balayage) de x_2 d'amplitude 10^{-n}.

Pour cela on a écrit l'algorithme ci-contre en langage Python :

```
def g(x):
    return 0.5*(x+1)*(x-3)

def balayage(n):
    x=3
    pas=10**(-n)
    while g(x)<2:
        x=x+pas
    return (x-pas,x)
```

Que faut-il taper dans la console pour obtenir un encadrement de x_2 d'amplitude 0,001 ? Que retourne alors le script ?

60 Un rider se lance sur une rampe de BMX. On assimile le rider à un point et on note $(x\,;h(x))$ les coordonnées du rider sur la rampe dans le repère ci-dessous :

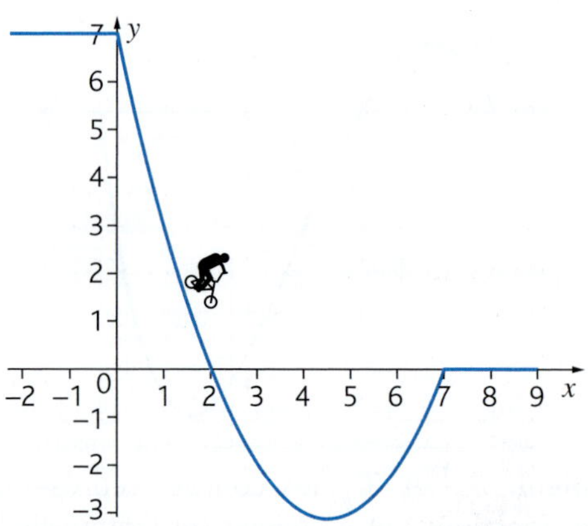

La fonction h est définie sur l'intervalle $[0\,;7]$ par $h(x) = 0{,}5x^2 - 4{,}5x + 7$, où x et $h(x)$ sont exprimés en mètres.

1. Graphiquement, à quelle hauteur le rider se lance-t-il sur la rampe ? Vérifier par le calcul.

2. a. Sans justification, par lecture graphique, donner la valeur de $h(2)$.

b. Calculer $h(7)$.

c. Montrer que : $h(x) = 0{,}5(x-2)(x-7)$ et dresser le tableau de signes de la fonction sur l'intervalle $[0\,;7]$.

3. En déduire l'ensemble des valeurs de x pour lesquelles le rider est en dessous de son point d'arrivée.

61 **Calculatrice** Une entreprise produit des tablettes numériques. Une étude de marché permet d'estimer les ventes pour le mois à venir : entre 1500 et 3000 tablettes.

On s'intéresse au bénéfice de l'entreprise, exprimé en euros, par la fonction f définie par : $f(x) = -2x^2 + 85x - 350$ où x est le nombre de tablettes exprimé en centaines.

a. À l'aide de la calculatrice, conjecturer les variations de la fonction f entre 15 et 30.

b. Calculer le taux de variation entre 21,25 et 30. Votre résultat est-il cohérent avec la question précédente ?

c. Pour combien de tablettes vendues, le bénéfice est-il maximal ? Quel sera alors ce bénéfice ?

62 Une agence de publicité charge un influenceur de faire une publicité pour un produit. L'étude des données prouve que la fréquence $f(t)$ d'abonnés connaissant le produit après t semaines de publicités est donnée par $f(t) = \dfrac{t}{t+3}$ avec t réel positif.

a. Montrer que 50 % des abonnés connaissent le produit au bout de 3 semaines de publicité.

b. Calculer $f(0)$ et donner une interprétation de ce résultat.

c. Montrer que le taux de variation entre a et b est donné par $\dfrac{3}{(b+3)(a+3)}$.

d. En déduire le signe de ce taux de variation puis le sens de variation de la fonction et interpréter le résultat dans le contexte de l'exercice.

63 **Calculatrice** Un site de jeux vidéo sur internet constate que la durée de chargement des jeux vidéo dépend du nombre de joueurs connectés en même temps. Le tableau ci-dessous représente les valeurs recueillies par le site :

Nombre de joueurs connectés	50	105	240	300	400	510	605	800
Durée de chargement du jeu (en centièmes de secondes)	30	40	60	80	120	190	271	590

a. À l'aide de la calculatrice, on obtient le nuage de points correspondant à ces données et on approche ce nuage par la courbe représentative de la fonction f définie par : $f(x) = 0{,}00127x^2 - 0{,}3768x + 62{,}1921$

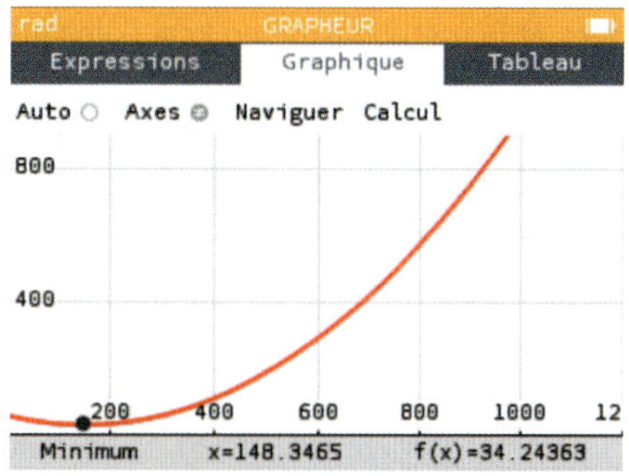

b. Calculer $f(510)$ et comparer aux résultats du tableau, est-ce cohérent ?

c. Calculer le taux de variation entre 400 et 600. Est-ce cohérent avec le graphique ?

d. Graphiquement déterminer pour combien de joueurs connectés simultanément la durée de chargement des jeux est minimale ? Est-ce que ce choix de modèle est pertinent ?

64 Tous les ans, un groupe de lycéens se réunit en haut d'un pont pour réaliser des plongeons et rejoindre l'autre côté de la rive. On étudie le plongeon du vainqueur de ce concours. On appelle x la distance horizontale séparant le vainqueur du bas du pont et $h(x)$ la hauteur du vainqueur par rapport au niveau de la rivière (x et $h(x)$ sont exprimés en mètres). On donne $h(x) = x^2 - 9x + 5$.

a. Compléter le tableau ci-dessous :

x	0	1	2	3	4	5	6	7	8
$h(x)$									

b. Dans un repère, représenter, en vous aidant du tableau ci-dessus, la fonction h.

c. À quelle hauteur le vainqueur commence-t-il son plongeon ?

d. Graphiquement résoudre $h(x) < 0$. Interpréter dans le cadre de l'exercice.

e. Graphiquement, déterminer le minimum de cette fonction. En quelle valeur est-il atteint ?

f. Graphiquement, déterminer combien de mètres le vainqueur doit parcourir sous l'eau.

g. Calculer le taux de variation entre 2 et 4. Le résultat est-il cohérent avec le graphique ?

Problèmes Se préparer au Bac

65 Une fonction pour calculer son métabolisme ST2S

» Modéliser • Représenter • Calculer

Le métabolisme basal d'un organisme correspond aux besoins énergétiques indispensables pour la survie de l'organisme, il dépend du poids, de la taille, de l'âge et du sexe de la personne

Il est donné par la formule ci-dessous pour une femme :

Métabolisme $= 10 \times poids + 6{,}25 \times taille - 5 \times âge - 161$

Le poids est exprimé en kg, la taille en cm, l'âge en années et le métabolisme en kcal (kilocalories).

a. Déterminer l'expression de la fonction $f(x)$ représentant le métabolisme d'une femme mesurant 1,65 m et pesant 50 kg en fonction de son âge appelé x.

b. Compléter le tableau de valeurs ci-dessous (en arrondissant à l'unité) :

Âge en années (x)	20	25	30	35	40	45
Métabolisme en kcal ($f(x)$)						

c. Construire dans un repère la représentation graphique de f à partir du tableau de valeurs.

d. À partir de la question a, calculer le taux de variation de la fonction f entre 20 et 25 ; est-ce cohérent avec le graphique de la question précédente ?

e. À quel âge le métabolisme est-il de 1250 kcal ?

66 1 trait danger, 2 traits sécurité ?

Calculatrice

» Modéliser • Représenter • Calculer

La prévention routière prévoit une campagne d'information à la suite de l'augmentation du nombre de décès sur les routes. Le but est de rappeler l'importance des distances de sécurité. La distance de sécurité dépend de la vitesse à laquelle on conduit. On l'exprime à l'aide de la fonction $f(v) = 0{,}003v^2 + 0{,}2v + 8$ où v est en km/h et f en mètres.

a. Calculer $f(50)$ et interpréter ce résultat.

b. Quelle est la distance de sécurité si la vitesse du véhicule est de 110 km/h ?

c. Représenter graphiquement cette fonction sur $[0\,;130]$.

d. Graphiquement, déterminer la vitesse à ne pas dépasser si on suit une voiture à 70 mètres.

e. Sachant que sur l'autoroute un trait correspond à 38 m et qu'entre deux traits la distance est de 14 m, la phrase de sensibilisation « 1 trait danger, 2 traits sécurité » est-elle pertinente pour une voiture roulant à 130 km/h ?

67 Préparer l'épidémie de grippe

ST2S STL Calculatrice

» Modéliser • Représenter • Calculer

Partie 1 : étude d'une fonction

On considère la fonction définie sur $I = [-3\,;7]$ par $h(t) = -(t+2)^2(t-7)$.

a. Tracer la représentation graphique de cette fonction dans un repère.

b. Déterminer, par le calcul, les solutions de $h(t) = 0$.

c. À l'aide de la calculatrice, déterminer si la fonction admet un maximum sur I ; un minimum sur I.

d. Dresser le tableau de variations de la fonction sur I.

Partie 2 : application

Une épidémie de grippe s'est déclarée dans une ville. Les services municipaux relèvent son évolution en fonction du temps et présentent leurs résultats dans le tableau ci dessous :

Nombre de jours écoulés depuis le début de l'épidémie	0	1	3	4	6
Nombre de cas de grippes	27	51	99	109	63

a. Placer les points sur la figure tracée dans la partie 1.

b. Pourquoi peut-on modéliser la situation avec la fonction de la partie 1 ?

c. En utilisant la fonction de la partie 1 comme modélisation, déterminer par lecture graphique :

– le nombre de personnes atteintes de la grippe au bout de 7 jours ;

– la période durant laquelle le nombre de cas de grippe est supérieur à 90 ;

– au bout de combien de jours il n'y aura plus de malades atteints de la grippe.

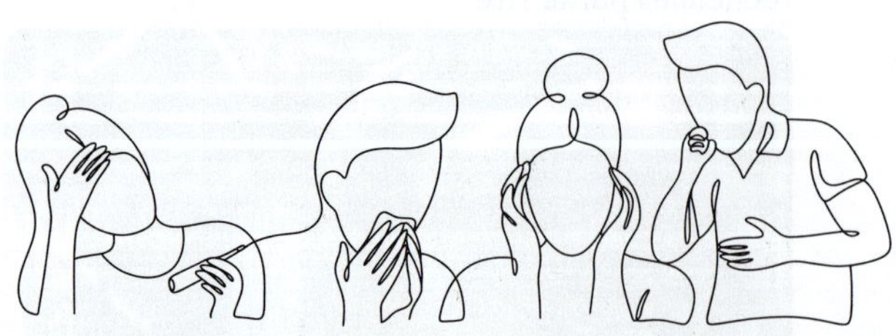

68 Un algo pour optimiser ses impôts STMG Python

» Raisonner • Modéliser

Tous les ans les Français déclarent leurs revenus pour calculer l'impôt sur le revenu. Pour ce calcul, on a besoin de connaître le revenu brut imposable : plus celui-ci est élevé, plus l'impôt sur le revenu est élevé. Il existe deux manières de calculer le revenu brut imposable :

– **l'abattement de 10 %** : il faut retirer 10 % à son revenu total ;
– ou **le principe des frais réels** : il faut retirer les frais de repas, de transport, etc. au revenu total.

Vous souhaitez écrire un programme Python afin de choisir laquelle de ces deux méthodes est la plus avantageuse en fonction de vos revenus.

a. Compléter le script suivant qui permet les deux types de calcul (on considère que « revenu_total » correspond au revenu total initial et « frais » au montant des frais réels) :

```
def brut_si_abattement(revenu_total) :
    return(revenu_total *... )
def brut_si_frais_réels(revenu_total, frais) :
    return(revenu_total-...)
```

b. Tester ce script pour un revenu total initial de 22 000 euros et des frais réels de 4 500 euros, et indiquer quel calcul est le plus avantageux.

c. On désire maintenant compléter le script afin que l'on sache directement quelle méthode de calcul utiliser. Compléter la suite du script :

```
def methode(revenu_total, frais) :
    if brut_si_abattement (revenu_total)< ... :
        return (« mieux vaut calculer avec ... »)
    else :
        return (« mieux vaut calculer avec ... »)
```

d. Tester ces scripts avec un revenu total initial de 22 000 euros et des frais réels de 4 500 euros, et vérifier votre réponse de la question b.

69 Des sneakers de luxe STMG Tableur

» Modéliser • Calculer

Une entreprise fabrique des sneakers de luxe. Pour des raisons matérielles, l'entreprise ne peut pas fabriquer plus de 20 sneakers par mois. On suppose que l'entreprise parvient à vendre toute sa production chaque mois. Pour x sneakers fabriquées et vendues, la recette r totale et le coût c de production sont donnés, en centaine d'euros, par les fonctions r et c définies sur $[0\,;20]$.

E2 =B2-C2

	A	B	C	D	E
1	Quantité	Recette	Coût	Coût unitaire	Bénéfice
2	0	0	8,16	#DIV/0!	-8,16
3	1	8	9,26	9,26	-1,26
4	2	16	11,36	5,68	4,64
5	3	24	14,46	4,82	9,54
6	4	32	18,56	4,64	13,44
7	5	40	23,66	4,73	16,34
8	6	48	29,76	4,96	18,24
9	7	56	36,86	5,27	19,14
10	8	64	44,96	5,62	19,04
11	9	72	54,06	6,01	17,94
12	10	80	64,16	6,42	15,84
13	11	88	75,26	6,84	12,74
14	12	96	87,36	7,28	8,64
15	13	104	100,46	7,73	3,54
16	14	112	114,56	8,18	-2,56
17	15	120	129,66	8,64	-9,66
18	16	128	145,76	9,11	-17,76
19	17	136	162,86	9,58	-26,86
20	18	144	180,96	10,05	-36,96
21	19	152	200,06	10,53	-48,06
22	20	160	220,16	11,01	-60,16

a. Sachant qu'une paire de sneakers est vendue 800 euros, déterminer $r(x)$.

b. On donne $c(x) = 0{,}5x^2 + 0{,}6x + 8{,}16$.

On souhaite construire sur un tableur la feuille de calcul ci-contre. Créer la colonne A, avec les quantités de 0 à 20.

c. Quelles sont les formules qui, entrées en B2 et C2, peuvent être recopiées vers le bas ? Compléter les colonnes B et C en calculant les recettes et le coût pour chaque quantité.

d. Entrer en cellule D2 la formule =C2/A2. Expliquer l'affichage du tableur dans cette cellule.

e. Recopier la formule entrée en D2 vers le bas en colonne D. Que signifie l'expression « coût unitaire » ?

f. Montrer que la fonction B, donnant le bénéfice en centaines d'euros selon la quantité x de sneakers fabriquées et vendues, est définie sur $[0\,;20]$ par $B(x) = -0{,}5x^2 + 7{,}4x - 8{,}16$.

g. Représenter la fonction B sur le tableur. D'après ce graphique, pour quelle valeur de x l'entreprise réalisera-t-elle le bénéfice maximal ? Quel est ce bénéfice ?

h. Vérifier la réponse à la question précédente à l'aide de la feuille de calcul.

i. Que pensez-vous de l'affirmation suivante : « pour que le bénéfice soit maximal, il suffit que le coût unitaire soit le plus bas possible » ?

4

Pour entrer dans le chapitre

Résoudre graphiquement une équation

Soit f une fonction définie sur $\mathbb{R}$, dont la représentation graphique est donnée dans un repère. Les points d'**intersection** de la **courbe représentative** de f et de l'**axe des abscisses** ont des coordonnées de la forme $(\alpha\,;0)$ où α est une solution de **l'équation $f(x) = 0$**.

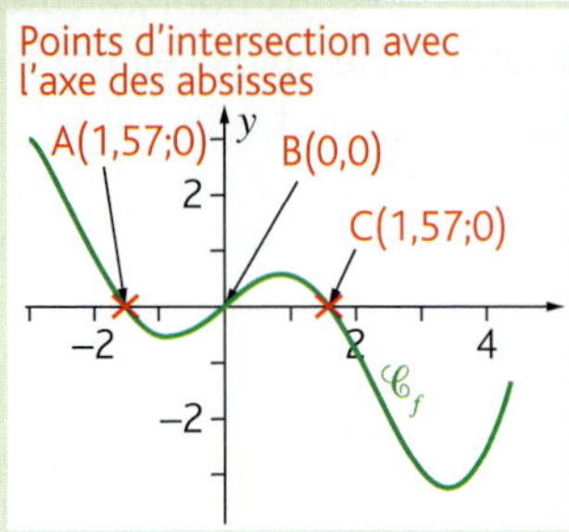

1 Soit f une fonction définie sur $[-3\,;5]$ dont la courbe représentative $\mathscr{C}_f$ est donnée dans un repère. Avec la précision permise par le graphique, déterminer les coordonnées des points d'intersection de $\mathscr{C}_f$ et de l'axe des abscisses, puis en déduire les solutions sur $[-3\,;5]$ de l'équation $f(x) = 0$.

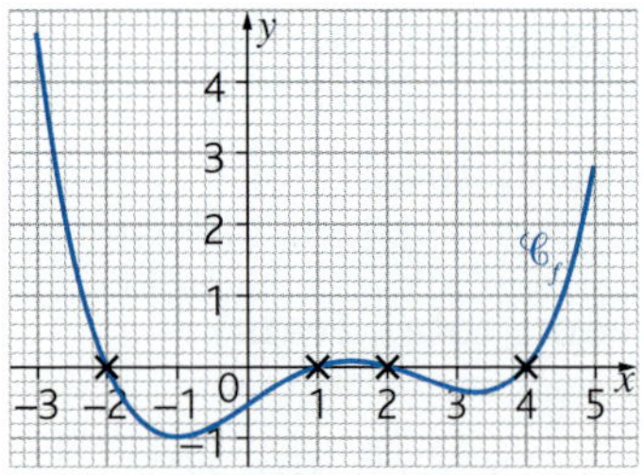

Déterminer le signe d'une fonction affine

Signe de $mx + p$ où m et p sont des réels avec $m \neq 0$

$m > 0$		$m < 0$	
x	$-\infty$ $\quad -\dfrac{p}{m} \quad$ $+\infty$	x	$-\infty$ $\quad -\dfrac{p}{m} \quad$ $+\infty$
Signe de $mx + p$	$-$ 0 $+$	Signe de $mx + p$	$+$ 0 $-$

2 f_1, f_2 et f_3 sont des fonctions définies sur $\mathbb{R}$ par : $f_1(x) = x - 4$, $f_2(x) = -2x + 3$ et $f_3(x) = x + 0{,}5$.

a. Dresser le tableau de signes de $f_1(x)$, $f_2(x)$ puis $f_3(x)$.

b. En déduire le tableau de signes de $-3f_1(x)$.

c. En déduire le tableau de signes de $\dfrac{2}{3}f_3(x)$.

Étudier le signe d'un produit de fonctions affines

Étudier le signe d'un **produit de deux fonctions** revient à construire un tableau conjoint dans lequel intervient le signe des deux fonctions. Le signe de leur produit est déterminé en utilisant la **règle des signes**.

3 g_1 et g_2 sont des fonctions affines définies sur $\mathbb{R}$ par $g_1(x) = x - \dfrac{1}{2}$ et $g_2(x) = x + 3$.

a. Dresser le tableau de signes de $g_1(x) \times g_2(x)$.

b. En déduire le signe de $\dfrac{3}{7} \times g_1(x) \times g_2(x)$.

c. En déduire le signe de $-5 \times g_1(x) \times g_2(x)$.

Fonctions polynômes de degré 2 et 3

Focus métiers

Sécurité Économie Informatique IA Astronomie Ingénierie Santé Environnement

Les fonctions polynômes de degré 2 et 3 permettent de modéliser des trajectoires, d'optimiser des processus industriels et de prévoir des évolutions en économie ou en ingénierie.

Découvre le métier de chef de projet IA
hachette-clic.fr/25mfls011

Automatismes du chapitre

Activités de découverte

ACTIVITÉ 1 Vers le haut ou vers le bas ? Logiciel de géométrie

Objectif Déterminer l'orientation d'une parabole

1 À l'aide d'un logiciel de géométrie dynamique, tracer la représentation graphique des fonctions f_1 et f_2 définies sur $\mathbb{R}$ par $f_1(x) = 2x^2 + x - 1$ et $f_2(x) = -3x^2 - 2x + 5$.
Les représentations graphiques des deux fonctions sont des paraboles, celle de f_1 est dite « orientée vers le haut », celle de f_2 est dite « orientée vers le bas ».

2 Créer trois curseurs, a, b et c prenant leurs valeurs dans $[-5\,;5]$ avec un pas (incrément) de 1.

Créer la fonction f définie sur $\mathbb{R}$ par $f(x) = a(x-b)(x-c)$.

a. Faire varier le curseur a. A-t-il une influence sur l'orientation de la parabole ?

b. Même question en faisant varier le curseur b puis le curseur c.

3 Quelle propriété pouvez-vous conjecturer, liant les différentes valeurs de a, b ou c avec l'orientation de la parabole ?

» Cours p. 98

ACTIVITÉ 2 Un smash pour la médaille Calculatrice

Objectif Factoriser un polynôme de degré 2

Un joueur de volley-ball fait un service smashé. La situation a été modélisée dans le repère d'origine O, ci-dessous.
Le terrain est représenté par le segment [AC] qui fait 18 m. Le filet est, pour les hommes, à une hauteur de 2,43 m. Pour effectuer un service smashé, le joueur se place après la limite du terrain, lance très haut le ballon, effectue une course d'élan puis saute pour le frapper avant d'entrer sur le terrain. Dans la modélisation choisie, le joueur frappe le ballon à une hauteur représentée par le segment [OB], à 1 m derrière la ligne de délimitation du terrain. La fonction f modélise la hauteur $f(x)$, en mètres, du ballon avant qu'il ne retombe au sol en fonction de son abscisse x, en mètres. $f(x) = -0{,}04x^2 + 0{,}31x + 3{,}5$.
Le service est valable si le ballon passe au-dessus du filet et retombe dans la partie adverse du terrain.

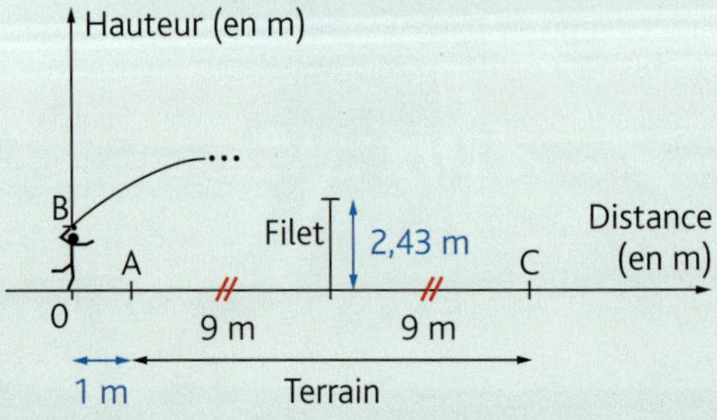

1 Calculer la hauteur OB du ballon au départ de sa trajectoire.

2 Calculer $f(10)$. Interpréter le résultat obtenu dans le cadre de la situation.

3 Tracer la représentation graphique de f sur l'écran de la calculatrice.

a. Résoudre graphiquement $f(x) = 0$ et interpréter le résultat positif dans le cadre de la situation.

b. À l'aide d'un logiciel de calcul formel, on obtient : $f(x) = -0{,}04(x + 6{,}25)(x - 14)$.
Résoudre $f(x) = 0$.

4 Peut-on conjecturer la forme factorisée de f à l'aide d'une simple lecture graphique ?

» Cours p. 100

ACTIVITÉ 3

À table : les polynômes sur des rails

Objectif Déterminer la forme factorisée d'un polynôme de degré 3

Le restaurant Triple Loops est un restaurant dans lequel les plats arrivent à table via un système complexe de rails. Le rail est modélisé sur le graphique ci-dessous où l'axe des abscisses représente la distance entre les tables (avec les tables 1, 2 et 3 représentées par les points T_1, T_2 et T_3) et l'axe des ordonnées représente la hauteur du rail. Les longueurs sont toutes exprimées en mètres.

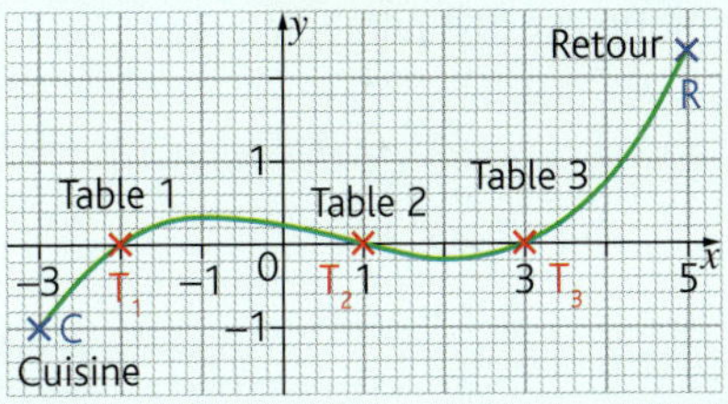

Les plats partent de la cuisine représentée par le point C. Les clients, une fois qu'ils ont fini de manger, les remettent sur les rails pour que les assiettes soient lavées au point de retour modélisé par la lettre R.

1 Avec la précision permise par le graphique, déterminer les coordonnées des trois tables.
En déduire les valeurs de x_1, x_2 et x_3 tels que l'expression de la fonction f modélisant le rail soit $f(x) = a(x - x_1)(x - x_2)(x - x_3)$.

2 Avec la précision permise par le graphique, lire les coordonnées de C. En déduire la valeur de a.

Cours p. 104

Rappel Un point $(x\,;y)$ appartient à la courbe représentative d'une fonction f si ses coordonnées vérifient l'équation $y = f(x)$.

3 Pour que les assiettes arrivent dans de bonnes conditions, il est nécessaire que le point de sortie soit à moins de 2,5 m de hauteur. La modélisation proposée respecte-t-elle cette contrainte sachant que le point de sortie est à 7 m de la première table ?

ACTIVITÉ 4

Le bénéfice des jeux vidéo

Objectif Étudier le signe d'une fonction polynôme de degré 3

Le bénéfice (en centaines d'euros) réalisé par une entreprise pour la production et la vente de x milliers de jeux vidéo est donné par : $B(x) = -0{,}01x^3 + 0{,}845x^2 + 5{,}055x - 9{,}45$.

1 La résolution de l'équation $B(x) = 0$ à l'aide de la calculatrice donne trois solutions, $x_1 = -7$, $x_2 = 1{,}5$ et $x_3 = 90$. En déduire une forme factorisée de $B(x)$

2 Recopier et compléter le tableau de signes suivant :

x	
Signe de $-0{,}01(x-7)(x-1{,}5)$	
Signe de $(x-90)$	
Signe de $B(x)$	

Cours p. 104

Rappel Voir automatisme C15 p. 17 pour le signe d'un polynôme de degré 2.

3 En déduire la quantité de jeux vidéo que doit vendre l'entreprise pour réaliser un bénéfice.

Cours 1 Fonctions polynômes de degré 2

Définition

Les fonctions polynômes de degré 2 sont définies sur $\mathbb{R}$ par les écritures suivantes (où a est un réel non nul et b, c, x_1 et x_2 des réels) :

- $x \mapsto ax^2$
- $x \mapsto ax^2 + b$
- $x \mapsto ax^2 + bx + c$: forme développée, ou $x \mapsto a(x - x_1)(x - x_2)$: forme factorisée

Dans un repère orthogonal, $(O\,;\vec{i},\vec{j})$, leur représentation graphique est une parabole.

A Fonctions polynômes du type $x \mapsto ax^2$

Propriétés

- La fonction $x \mapsto ax^2$ possède l'axe des ordonnées comme axe de symétrie.
- Le sommet de la parabole est l'origine du repère, $S(0\,;0)$.
- L'allure de la parabole dépend du signe de a :
  – si $a > 0$ elle est tournée vers le haut,
  – si $a < 0$ elle est tournée vers le bas.

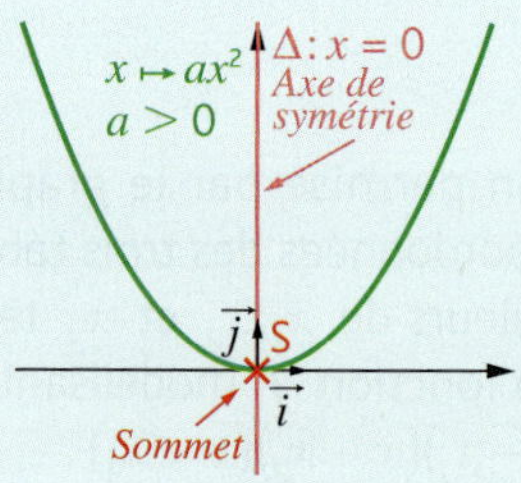

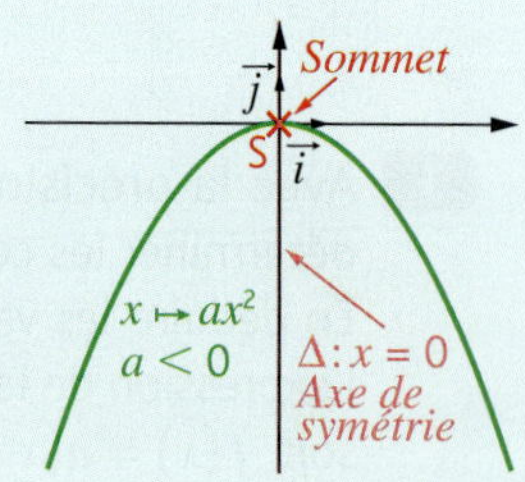

Remarque

La fonction $x \mapsto ax^2$ est un cas particulier de la fonction $x \mapsto ax^2 + b$.

B Fonctions polynômes du type $x \mapsto ax^2 + b$

Propriétés

- La fonction $x \mapsto ax^2 + b$ possède l'axe des ordonnées comme axe de symétrie.
- Le sommet de la parabole est le point de coordonnées $S(0\,;b)$.
- L'allure de la parabole dépend du signe de a :
  – si $a > 0$ elle est tournée vers le haut
  – si $a < 0$ elle est tournée vers le bas.

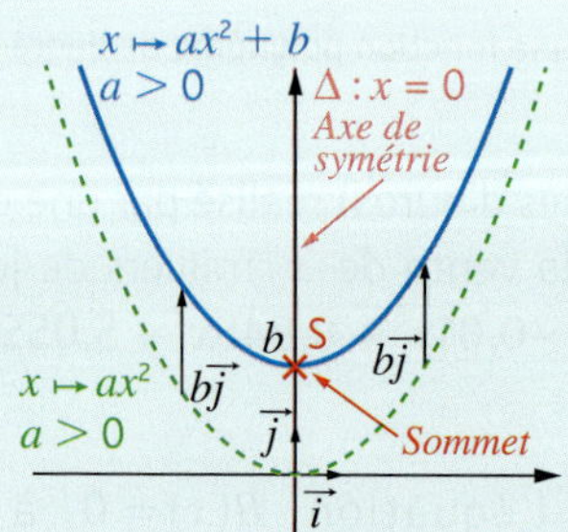

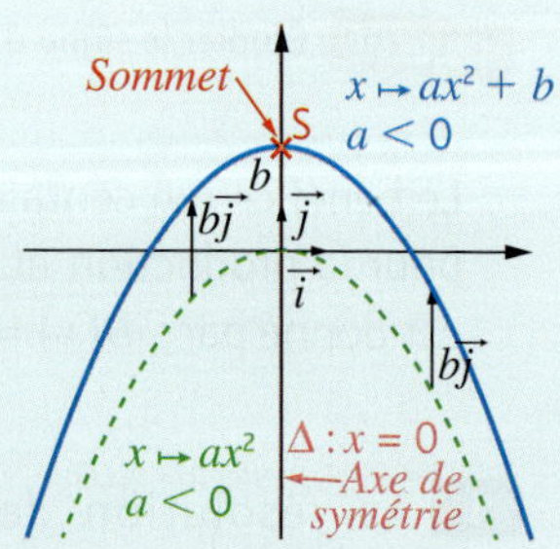

Propriété

La parabole associée à la fonction $x \mapsto ax^2 + b$ s'obtient comme image de la parabole associée à la fonction $x \mapsto ax^2$, par la translation de vecteur $b\vec{j}$.

Propriétés

Soit f la fonction définie sur $\mathbb{R}$ par $f(x) = ax^2 + b$ où a et b sont des réels avec $a \neq 0$.

- Si $a > 0$: f est strictement décroissante sur $]-\infty\,;0]$ et strictement croissante sur $[0\,;+\infty[$.
- Si $a < 0$: f est strictement croissante sur $]-\infty\,;0]$ et strictement décroissante sur $[0\,;+\infty[$.

1 EXO Déterminer l'équation d'une parabole dont l'axe de symétrie est l'axe des ordonnées

Dans un repère orthonormé, les représentations graphiques de trois fonctions, f_1, f_2 et f_3 sont respectivement les paraboles $\mathcal{P}_1, \mathcal{P}_2$ et $\mathcal{P}_3$. Avec la précision permise par le graphique, déterminer les expressions de $f_1(x)$, $f_2(x)$ et $f_3(x)$.

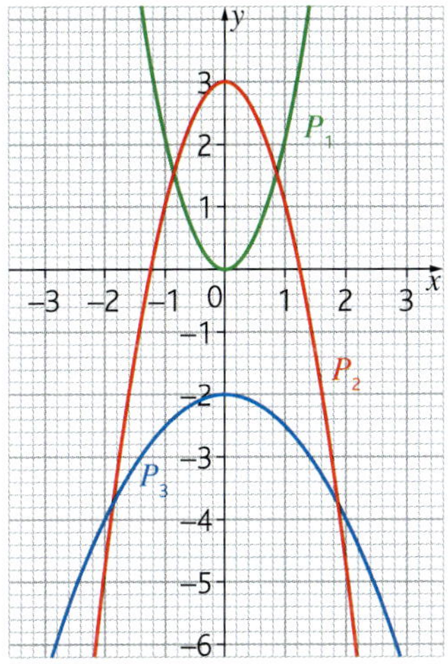

Méthode

Les paraboles ont pour **axe de symétrie l'axe des ordonnées**, donc leurs équations sont de la forme $y = f(x)$ avec $f(x) = ax^2 + b$ où a et b sont des réels avec $a \neq 0$.

1. La valeur de b s'obtient en lisant l'**ordonnée du sommet** de la parabole.
2. La valeur de a s'obtient en utilisant les **coordonnées d'un point** de la parabole.

Réponse

1. Pour $\mathcal{P}_1$ le sommet a pour coordonnées $(0\,;0)$ donc $b_1 = 0$, $f_1(x) = a_1x^2$.
   Pour $\mathcal{P}_2$ le sommet a pour coordonnées $(0\,;3)$ donc $b_2 = 3$, $f_2(x) = a_2x^2 + 3$.
   Pour $\mathcal{P}_3$ le sommet a pour coordonnées $(0\,;-2)$ donc $b_3 = -2$, $f_3(x) = a_3x^2 - 2$.
2. $(1;2)$ appartient à $\mathcal{P}_1$ donc $f_1(1) = 2 \Leftrightarrow a_1 = 2$, d'où $f_1(x) = 2x^2$.
   $(1;1)$ appartient à $\mathcal{P}_2$ donc $f_2(1) = 1 \Leftrightarrow a_2 + 3 = 1 \Leftrightarrow a_2 = -2$, d'où $f_2(x) = -2x^2 + 3$.
   $(2;-4)$ appartient à $\mathcal{P}_3$ donc $f_3(2) = -4 \Leftrightarrow a_3 \times 2^2 - 2 = -4 \Leftrightarrow 4a_3 = -2 \Leftrightarrow a_3 = -\frac{1}{2}$, d'où $f_3(x) = -\frac{1}{2}x^2 - 2$.

Exercices 13 p.110 et 16 p.111

2 EXO Déterminer l'expression et les variations d'une fonction polynôme de degré 2 du type $x \mapsto ax^2 + b$ en connaissant un tableau de valeurs

Le tableau de valeurs d'une fonction f définie sur $\mathbb{R}$ par $f(x) = ax^2 + b$ est donné ci-contre.

a. Déterminer a et b.

b. En déduire les variations de f sur $\mathbb{R}$.

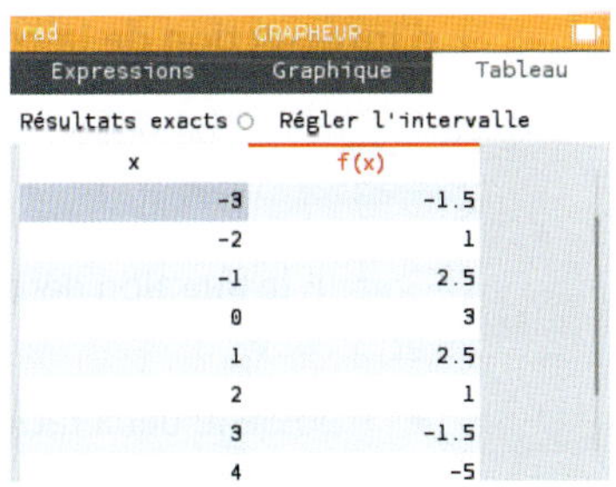

x	f(x)
-3	-1.5
-2	1
-1	2.5
0	3
1	2.5
2	1
3	-1.5
4	-5

Méthode

1. Le sommet de la parabole a pour coordonnées $(0\,;b)$ donc $b = f(0)$.
2. La valeur de a s'obtient en résolvant une équation obtenue en utilisant un nombre non nul et son image.
3. Les variations de $x \mapsto ax^2 + b$ dépendent du signe de a.

Réponses

a.

1. On lit $f(0) = 3$ donc $b = 3$, $f(x) = ax^2 + 3$.
2. On lit $f(1) = 2{,}5$. Comme $f(1) = a \times 1^2 + 3 = a + 3$ alors $a + 3 = 2{,}5 \Leftrightarrow a = -0{,}5$.
   Donc $f(x) = -0{,}5x^2 + 3$.

b.

3. Comme $a = -0{,}5$, f est croissante sur $]-\infty\,;0]$ et décroissante sur $[0\,;+\infty[$.

Exercices 17 et 21 p. 111

C Fonctions polynômes du type $x \mapsto a(x - x_1)(x - x_2)$ ou $x \mapsto ax^2 + bx + c$

Propriétés

- La fonction $f : x \mapsto a(x - x_1)(x - x_2)$ possède la droite d'équation $x = \dfrac{x_1 + x_2}{2}$ comme axe de symétrie.
- Le sommet de la parabole est le point de coordonnées $S\left(\dfrac{x_1 + x_2}{2} ; f\left(\dfrac{x_1 + x_2}{2}\right)\right)$.
- $(x_1 ; 0)$ et $(x_2 ; 0)$ sont les points d'intersection de l'axe des abscisses et de la parabole.
- L'allure de la parabole dépend du signe de a :
  – si $a > 0$ elle est tournée vers le haut,
  – si $a < 0$ elle est tournée vers le bas.

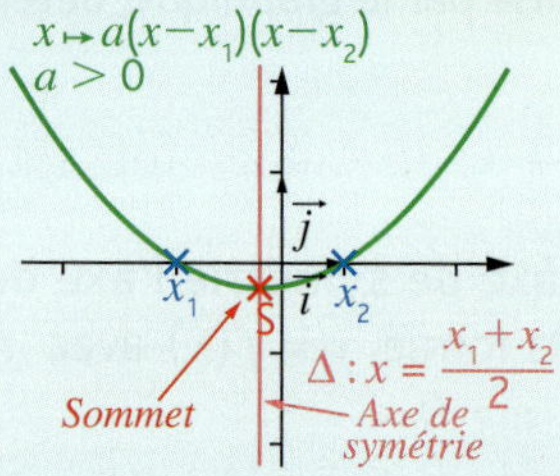

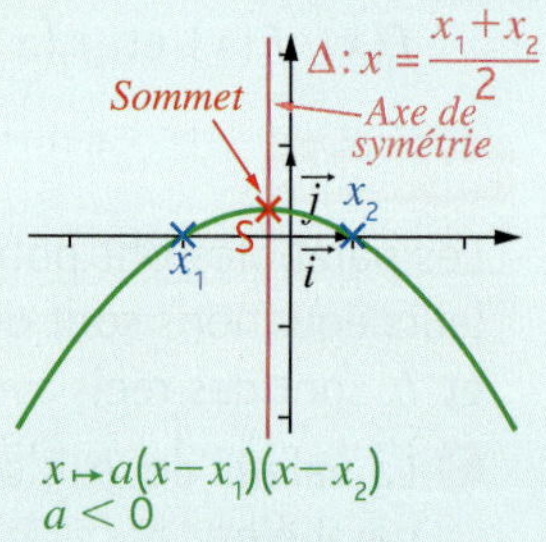

Propriétés

Soit f la fonction définie sur $\mathbb{R}$ par $f(x) = a(x - x_1)(x - x_2)$ où a, x_1 et x_2 sont des réels et $a \neq 0$.

- Si $a > 0$: f est strictement décroissante sur $\left]-\infty ; \dfrac{x_1 + x_2}{2}\right]$ et strictement croissante sur $\left[\dfrac{x_1 + x_2}{2} ; +\infty\right[$.
- Si $a < 0$: f est strictement croissante sur $\left]-\infty ; \dfrac{x_1 + x_2}{2}\right]$ et strictement décroissante sur $\left[\dfrac{x_1 + x_2}{2} ; +\infty\right[$.

D Signe et racines des fonctions polynômes du type $x \mapsto a(x - x_1)(x - x_2)$

Définition

Une racine d'un polynôme de degré 2 est un nombre réel x_1 tel que $f(x_1) = 0$.
C'est une solution (si elle existe) de l'équation $f(x) = 0$.

Remarque

Dans un repère, les **racines** d'un polynôme de degré 2 (si elle(s) existe(nt)) sont les **abscisses** des **points d'intersection de la courbe représentative de** f **avec l'axe des abscisses**.

Propriétés

Soit f la fonction définie sur $\mathbb{R}$ par $f(x) = a(x - x_1)(x - x_2)$ avec a, x_1 et x_2 des réels tels que $a \neq 0$ et $x_1 \leqslant x_2$.

- f possède deux racines x_1 et x_2 si $x_1 \neq x_2$ et une seule racine, x_1, si $x_1 = x_2$, cette racine s'appelle une racine double.
- Le signe de $f(x)$ dépend du signe de a et de la position de x par rapport à x_1 et x_2.

$a > 0$								
x	$-\infty$		x_1		x_2		$+\infty$
Signe de $f(x)$		+	0	−	0	+	

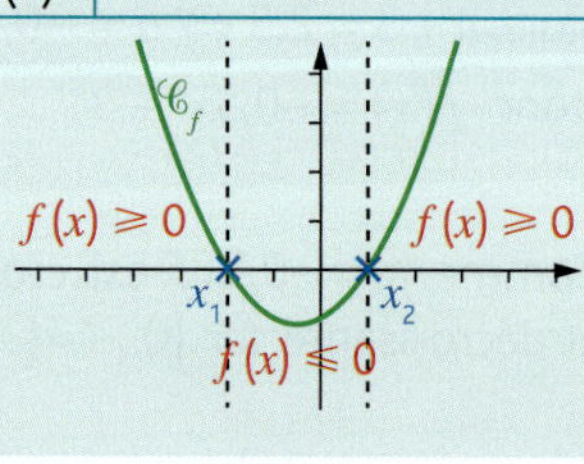

$a < 0$							
x	$-\infty$		x_1		x_2		$+\infty$
Signe de $f(x)$		−	0	+	0	−	

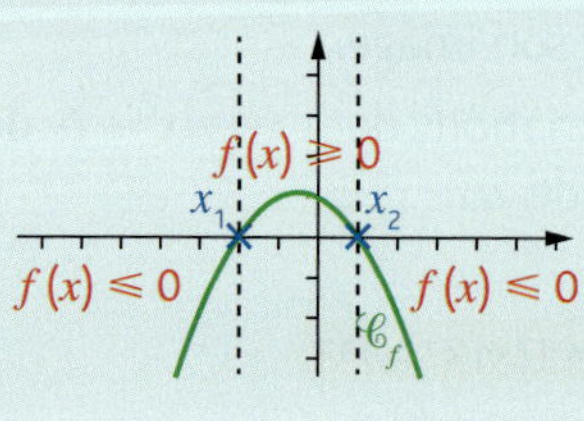

3 EXO Déterminer les éléments caractéristiques de $x \mapsto a(x-x_1)(x-x_2)$

Soit f la fonction définie sur $\mathbb{R}$ par $f(x) = 2(x+4)(x-3)$.
Déterminer l'équation de son axe de symétrie, les coordonnées de son sommet et donner l'allure de sa courbe représentative dans un repère.

Méthode

1. Identifier les valeurs de x_1 et x_2 pour trouver l'**axe de symétrie** qui a pour équation $x = \dfrac{x_1 + x_2}{2}$.
2. Le **sommet** de la parabole a pour abscisse $\dfrac{x_1 + x_2}{2}$, pour déterminer son ordonnée, calculer l'image de $\dfrac{x_1 + x_2}{2}$ par f, c'est-à-dire $f\left(\dfrac{x_1 + x_2}{2}\right)$.
3. Si $a > 0$, la parabole est **orientée** vers le haut, si $a < 0$ elle est orientée vers le bas.
Les points $(x_1 ; 0)$ et $(x_2 ; 0)$ appartiennent à la parabole.

Réponse

1. $f(x) = 2(x+4)(x-3) = 2(x-(-4))(x-3)$
donc $x_1 = -4$ et $x_2 = 3$.
L'axe de symétrie a pour équation $x = \dfrac{-4+3}{2} \Leftrightarrow x = -\dfrac{1}{2}$.
2. Le sommet S a pour abscisse $-\dfrac{1}{2}$ son ordonnée est
$f\left(-\dfrac{1}{2}\right) = 2\left(-\dfrac{1}{2}+4\right)\left(-\dfrac{1}{2}-3\right) = -24{,}5$ donc $S\left(-\dfrac{1}{2} ; -24{,}5\right)$.
3. $a = 2$ donc la parabole est orientée vers le haut. L'allure de sa représentation graphique est représentée ci-contre.

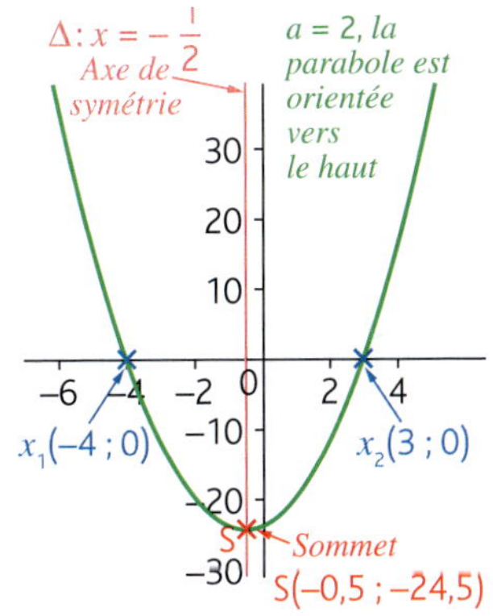

Exercices 5 et 6 p. 110

4 EXO Vérifier qu'une valeur est racine d'un polynôme de degré 2 et en déduire une forme factorisée

Soit f la fonction définie sur $\mathbb{R}$ par $f(x) = 2x^2 - x - 1$.
Démontrer que 1 est une racine de f et en déduire l'écriture de f sous la forme factorisée : $f(x) = a(x-x_1)(x-x_2)$.

Méthode

1. Prouver qu'un réel x_1 est **racine** d'un polynôme f revient à montrer que $\boldsymbol{f(x_1) = 0}$.
2. Supposons que x_1 soit une racine de f, alors f est factorisable par $(x - x_1)$. C'est-à-dire qu'il existe un réel x_2 tel que $f(x) = a(x-x_1)(x-x_2)$ où a est le coefficient de x^2 dans la forme développée de $f(x)$.
La **valeur de $\boldsymbol{f(0)}$**, calculée avec les 2 expressions, permet de déterminer la valeur de x_2.

Réponse

1. $f(1) = 2 \times 1^2 - 1 - 1 = 0$. Donc 1 est bien une racine de f.
2. Pour tout réel x on peut écrire :
$f(x) = a(x-1)(x-x_2)$ où $a = 2$ car 2 est le coefficient de x^2 dans l'expression développée de $f(x)$. Donc $f(x) = 2(x-1)(x-x_2)$
En particulier, $f(0) = 2 \times (-1) \times (-x_2) = 2x_2$. Or, en utilisant l'expression développée de $f(x)$, on trouve $f(0) = -1$ donc $2x_2 = -1 \Leftrightarrow x_2 = -\dfrac{1}{2}$.
Donc $f(x) = 2(x-1)\left(x + \dfrac{1}{2}\right)$.

Exercices 7 p. 110 et 30 p. 112

Cours 2 Fonctions polynômes de degré 3

Définition

Les fonctions polynômes de degré 3 sont définies sur $\mathbb{R}$ par les écritures suivantes (où a est un réel non nul et b, c, d, x_1, x_2 et x_3 des réels) :

- $x \mapsto ax^3$
- $x \mapsto ax^3 + b$
- $x \mapsto ax^3 + bx^2 + cx + d$: forme développée ou $x \mapsto a(x - x_1)(x - x_2)(x - x_3)$: forme factorisée

A Fonctions polynômes du type $x \mapsto ax^3$

Propriétés

- La variation de la fonction $f : x \mapsto ax^3$ dépend du signe de a.
- La courbe représentative de f passe par l'origine du repère.

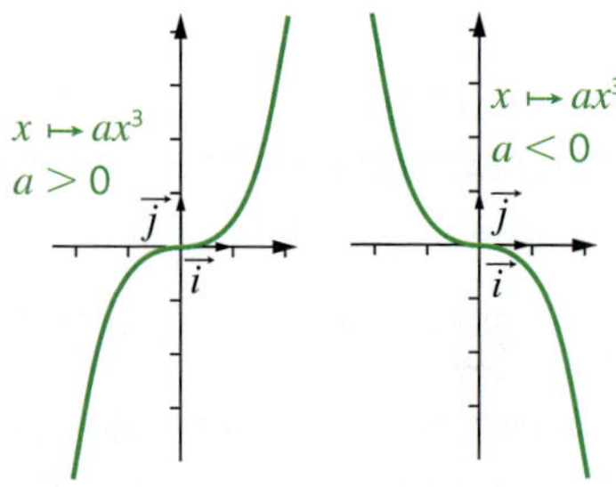

Remarque

La fonction $x \mapsto ax^3$ est un cas particulier de la fonction $x \mapsto ax^3 + b$.

B Fonctions polynômes du type $x \mapsto ax^3 + b$

Propriétés

- La variation de la fonction $f : x \mapsto ax^3 + b$ dépend du signe de a.
- La courbe représentative de f passe par le point de coordonnées $(0 ; b)$.
- La courbe représentative de f ne coupe qu'une seule fois l'axe des abscisses.

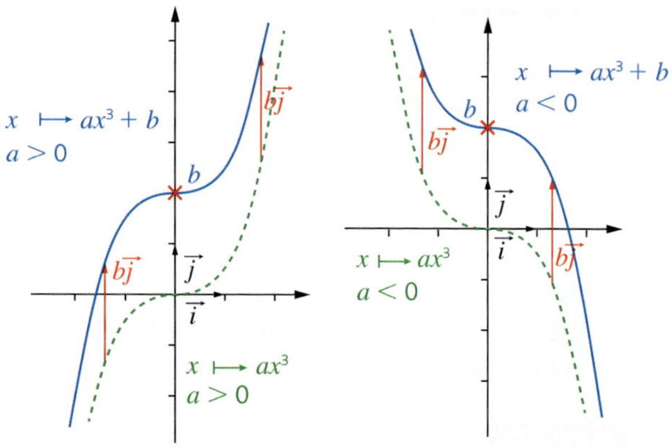

Propriété

La courbe représentative de la fonction $x \mapsto ax^3 + b$ s'obtient comme image de la courbe représentative de la fonction $x \mapsto ax^3$, par la translation de vecteur $b\vec{j}$.

Propriété

Soit f la fonction définie sur $\mathbb{R}$ par $f(x) = ax^3 + b$ où a et b sont des réels avec $a \neq 0$.

- Si $a > 0$: f est strictement croissante sur $\mathbb{R}$.
- Si $a < 0$: f est strictement décroissante sur $\mathbb{R}$.

5 EXO Utiliser les translations pour passer d'une courbe à l'autre **Logiciel de géométrie**

À l'aide d'un logiciel de géométrie dynamique on a tracé la courbe représentative de deux fonctions polynômes de degré 3, les fonctions f et g définies sur $\mathbb{R}$ par $f(x)=3x^3$ et $g(x)=3x^3-2$.

1. Déterminer la translation qui permet de passer de $\mathscr{C}_f$ à $\mathscr{C}_g$.

2. Construire la courbe représentative de la fonction h définie sur $\mathbb{R}$ par $h(x)=3x^3+5$ en utilisant l'outil translation.

3. Déterminer l'expression de la fonction k dont la représentation graphique est obtenue comme image de la courbe $\mathscr{C}_f$ par la translation de vecteur $(0\,;-4)$.

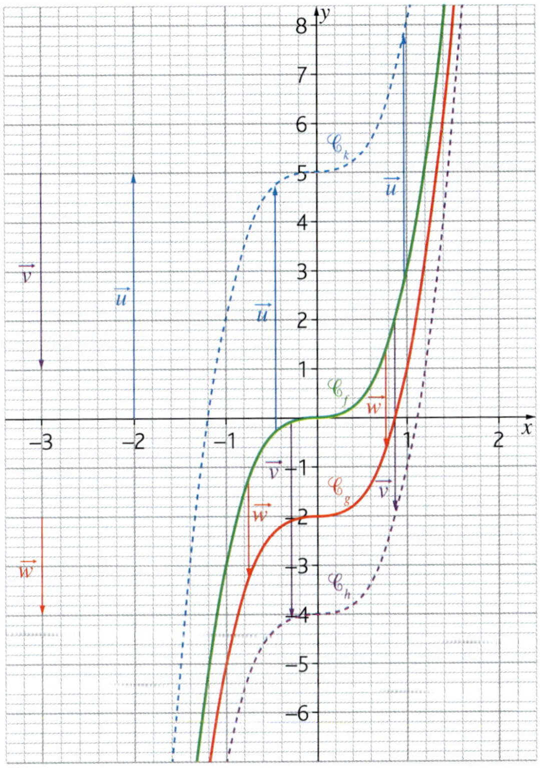

Méthode

Dans un repère $(\mathrm{O}\,;\vec{i},\vec{j})$ la courbe de la fonction $x\mapsto ax^3+b$ se déduit de la courbe de la fonction $x\mapsto ax^3$ par la **translation** de **vecteur** $b\vec{j}$ c'est-à-dire le vecteur de **coordonnées** $(\mathbf{0}\,;\boldsymbol{b})$.

Réponse

1. $g(x)=3x^3-2$ donc $b=-2$. $\mathscr{C}_g$ se déduit de $\mathscr{C}_f$ par la translation de vecteur $\vec{w}(0\,;-2)$.
2. $h(x)=3x^3+5$ donc $b=5$. On crée le vecteur $\vec{u}$ de coordonnées $(0\,;5)$ puis on construit l'image de $\mathscr{C}_f$ par la translation de vecteur $\vec{u}$.
3. La translation de vecteur $\vec{v}(0\,;-4)$ correspond à $b=-4$ donc $k(x)=3x^3-4$.

Exercice 19 p. 111

6 EXO Déterminer l'expression et les variations d'une fonction polynôme de degré 3 du type $x\mapsto ax^3+b$ en connaissant un tableau de valeurs

Le tableau de valeurs d'une fonction f définie sur $\mathbb{R}$ par $f(x)=ax^3+b$ est donné ci-dessous.

a. Déterminer a et b.

b. En déduire les variations de f sur $\mathbb{R}$.

rad GRAPHEUR

Expressions | Graphique | Tableau

Résultats exacts ○ Régler l'intervalle

x	f(x)
-3	72
-2	15
-1	-6
0	-9
1	-12
2	-33
3	-90
4	-201

Méthode

1. La courbe représentative de f passe par le point $(0\,;b)$.
2. La valeur de a s'obtient en résolvant une équation obtenue en utilisant un nombre non nul et son image.
3. Les variations de $x\mapsto ax^3+b$ dépendent du signe de a.

Réponses

a.

1. $f(0)=-9$ donc $b=-9$ d'où $f(x)=ax^3-9$.
2. $f(1)=-12$ et $f(1)=a\times 1^3-9=a-9$ donc $a-9=-12 \Leftrightarrow a=-3$. Donc $f(x)=-3x^3-9$.

b.

3. Comme $a=-3$ donc $a<0$, f est décroissante sur $\mathbb{R}$.

Exercice 70 p. 115 et 78 p. 116

Cours 2 Fonctions polynômes de degré 3

C Signe et racines des fonctions polynômes du type $x \mapsto a(x - x_1)(x - x_2)(x - x_3)$

Définition

Une racine d'un polynôme de degré 3 est un nombre réel x_1 tel que $f(x_1) = 0$.
C'est une solution (si elle existe) de l'équation $f(x) = 0$.

Remarque

Dans un repère, les **racines** d'un polynôme de degré 3 (si elle(s) existe(nt)) sont les **abscisses** des **points d'intersection de la courbe représentative de f avec l'axe des abscisses**.

Propriété

Avec $x_1 \leqslant x_2 \leqslant x_3$.

- Le signe de a modifie l'allure de la représentation graphique.
- La courbe représentative de f coupe 3 fois l'axe des abscisses aux points de coordonnées $(x_1;0)$, $(x_2;0)$ et $(x_3;0)$.

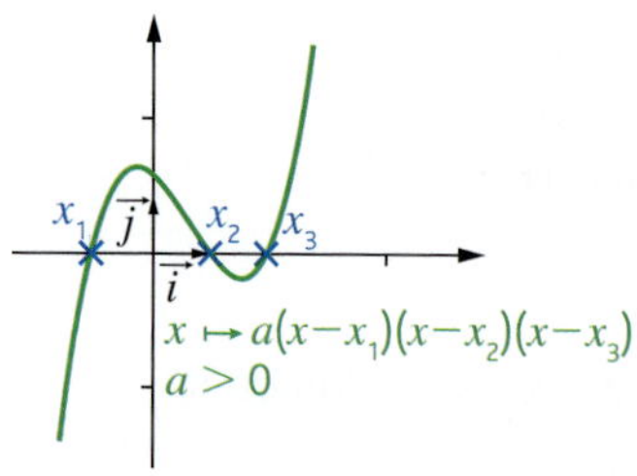

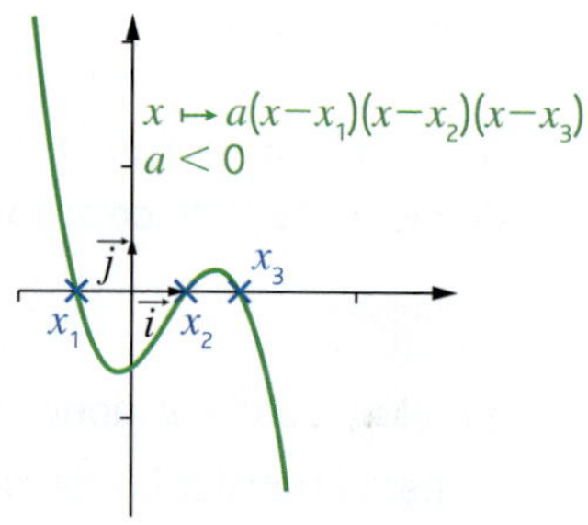

Propriété

Soit f la fonction définie sur $\mathbb{R}$ par $f(x) = x^3$. Pour tout réel positif c, $f(x) = c$ possède une unique solution, appelée racine cubique de c et notée $\sqrt[3]{c}$ ou $c^{\frac{1}{3}}$.

Propriétés

Soit f la fonction définie sur $\mathbb{R}$ par $f(x) = a(x - x_1)(x - x_2)(x - x_3)$ avec $a \neq 0$ et $x_1 \leqslant x_2 \leqslant x_3$.

- f possède trois racines, x_1, x_2 et x_3 si les trois valeurs sont distinctes. Si deux ou trois valeurs sont identiques il n'y aura plus que deux (une racine double et une racine simple) ou une racine (une racine triple).
- Le signe de $f(x)$ s'obtient à l'aide d'un tableau de signes après avoir étudié le signe de $a(x - x_1)(x - x_2)$ et celui de $(x - x_3)$.

EXEMPLE

Déterminer le signe de $f(x) = 3(x + 2)(x - 3)(x - 0,5)$.
Les racines sont -2 ; 3 et $0,5$.
$f(x)$ est le produit du polynôme de degré 2 : $3(x + 2)(x - 3)$ par le réel $(x - 0,5)$.
Les racines de $3(x + 2)(x - 3)$ sont -2 et 3, $a = 2$ donc $a > 0$.

x	$-\infty$		-2		$0,5$		3		$+\infty$
Signe de $3(x+2)(x-3)$		+	0	−		−	0	+	
Signe de $x - 0,5$		−		−	0	+		+	
Signe de $f(x)$		−	0	+	0	−	0	+	

EXO 7 Déterminer l'expression d'une fonction polynôme de degré 3 connaissant sa représentation graphique

Dans un repère orthonormé, les représentations graphiques de trois fonctions polynômes de degré 3, f_1, f_2 et f_3 sont respectivement les courbes $\mathscr{C}_1$, $\mathscr{C}_2$ et $\mathscr{C}_3$. Avec la précision permise par le graphique, déterminer les expressions de $f_1(x)$, $f_2(x)$ et $f_3(x)$.

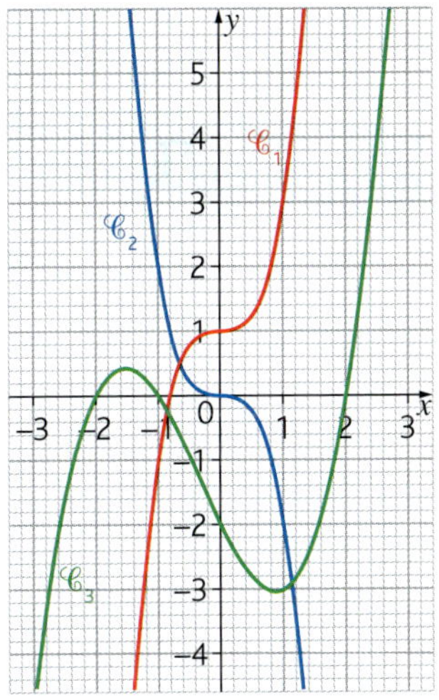

Méthode

1. Regarder où la courbe coupe l'axe des abscisses pour identifier l'**expression générale de la fonction** :
   - $x \mapsto ax^3 + b$: la courbe ne coupe qu'une seule fois l'axe des abscisses et l'**ordonnée à l'origine** donne la valeur de b.
   - $x \mapsto a(x - x_1)(x - x_2)(x - x_3)$: la courbe coupe trois fois l'axe des abscisses aux points de coordonnées $(x_1 ; 0)$, $(x_2 ; 0)$ et $(x_3 ; 0)$.
2. La valeur de a s'obtient en utilisant les **coordonnées d'un point** de la courbe.

Réponse

1. $f_1(x)$ et $f_2(x)$ sont de la forme $ax^3 + b$ car $\mathscr{C}_1$ et $\mathscr{C}_2$ ne coupent qu'une seule fois l'axe des abscisses.
   $(0 ; 1) \in \mathscr{C}_1$ donc $f_1(x) = a_1x^3 + 1$; $(0 ; 0) \in \mathscr{C}_2$ donc $f_2(x) = a_2x^3$.
   $(0 ; -2)$, $(0 ; -1)$ et $(0 ; 2)$ sont des points de $\mathscr{C}_3$ donc $f_3(x) = a_3(x + 2)(x + 1)(x - 2)$.
2. $f_1(1) = 3 \Leftrightarrow a_1 + 1 = 3 \Leftrightarrow a_1 = 2$ d'où $f_1(x) = 2x^3 + 1$
   $f_2(1) = -2 \Leftrightarrow a_2 = -2$, d'où $f_2(x) = -2x^3$
   $f_3(0) = -2 \Leftrightarrow a_3 \times 2 \times 1 \times (-2) = -2 \Leftrightarrow -4a_3 = -2 \Leftrightarrow a_3 = 0{,}5$, d'où $f_3(x) = 0{,}5(x + 2)(x + 1)(x - 2)$

Exercices 69 p. 115 et 72 p. 116

EXO 8 Déterminer le signe d'une fonction polynôme de degré 3

Déterminer le signe de $f(x) = -3(x + 1)(x - 0{,}5)(x + 4)$.

Méthode

1. On sépare la fonction en deux morceaux afin d'étudier d'abord le signe des trois premiers facteurs qui forment une **fonction polynôme de degré 2**. Pour cela, on identifie les **racines** et le **signe de** a, puis on applique la propriété des signes d'une fonction polynôme de degré 2 vue p. 100.
2. On dresse un **tableau de signes** dans lequel apparaît le signe du produit des trois premiers facteurs, le signe du dernier facteur et on complète la ligne du signe de $f(x)$ en utilisant la **règle des signes**. Les **racines** seront placées dans **l'ordre croissant** dans la première ligne du tableau.

Réponse

1. $g(x) = -3(x + 1)(x - 0{,}5)$, les racines sont -1 et $0{,}5$, $a = -3$ qui est négatif.
   Le tableau de signe de $g(x)$ est :

x	$-\infty$		-1		$0{,}5$		$+\infty$
Signe de $g(x)$		$-$	0	+	0	$-$	

2. Les racines de f sont $-1 ; 0{,}5$ et -4

x	$-\infty$		-4		-1		$0{,}5$		$+\infty$
Signe de $g(x) = -3(x + 1)(x - 0{,}5)$		$-$	|	$-$	0	+	0	$-$	
Signe de $(x + 4)$		$-$	0	+	|	+	|	+	
Signe de $f(x)$		+	0	$-$	0	+	0	$-$	

Exercices 84 et 86 p. 117

L'essentiel

Je retiens

a, b sont des réels avec $a \neq 0$. x_1, x_2 et x_3 sont des réels avec $x_1 \leqslant x_1 \leqslant x_3$.

1. Fonctions polynôme de degré 2

$x \mapsto ax^2 + b$

$a > 0$

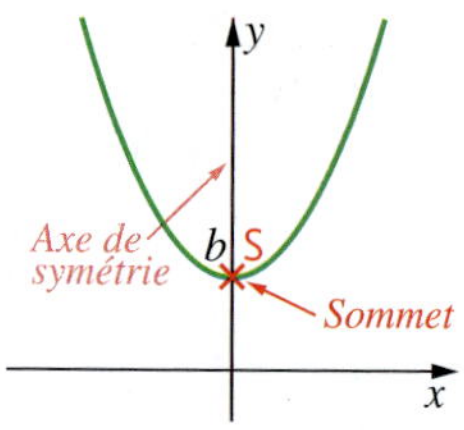

$a < 0$

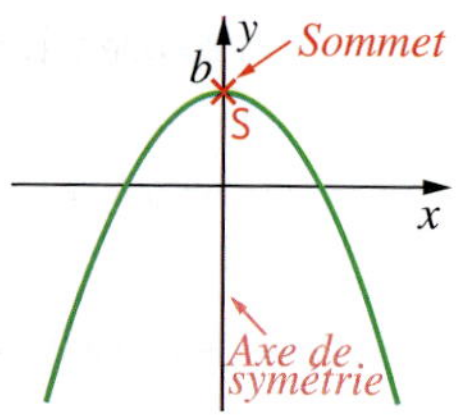

$x \mapsto a(x - x_1)(x - x_2)$ ou $x \mapsto ax^2 + bx + c$

$a > 0$

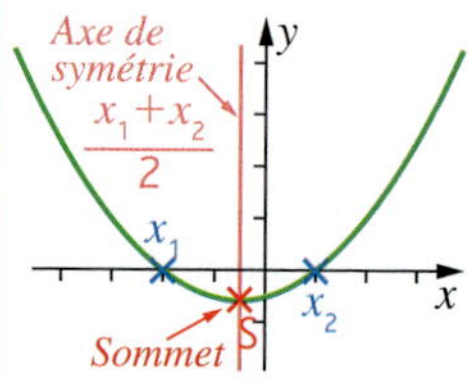

$a < 0$

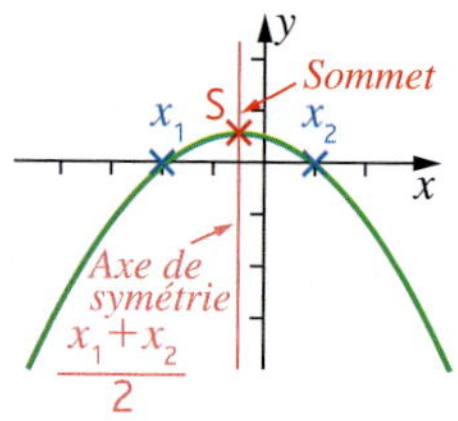

- La représentation d'une fonction polynôme de degré 2 est une parabole.
- x_1 et x_2 sont les racines de la fonction : $P(x_1) = P(x_2) = 0$.
- Tableau de signes

x	$-\infty$		x_1		x_2		$+\infty$
Signe de $P(x)$	Signe de a		0	Signe opposé à a	0	Signe de a	

2. Fonctions polynôme de degré 3

$x \mapsto ax^3 + b$

$a > 0$

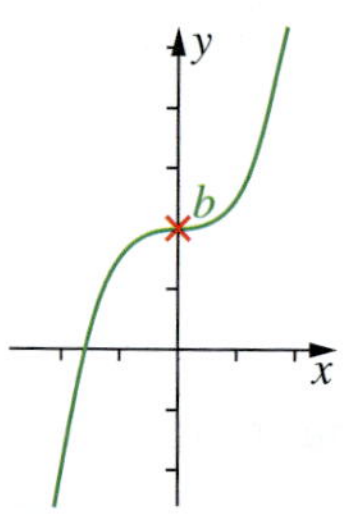

$a < 0$

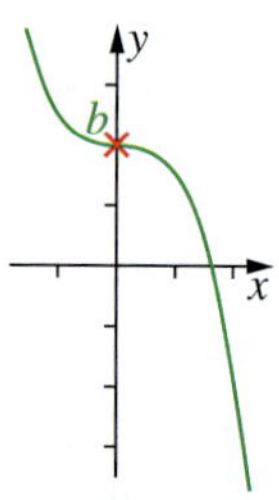

$x \mapsto a(x - x_1)(x - x_2)(x - x_3)$ ou $x \mapsto ax^3 + bx^2 + cx + d$

$a > 0$

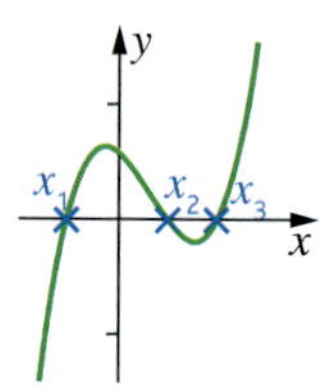

$a < 0$

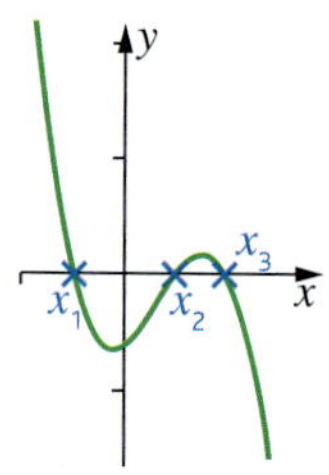

- x_1, x_2 et x_3 sont les racines de la fonction : $P(x_1) = P(x_2) = P(x_3) = 0$
- Tableau de signes

x	$-\infty$	x_1		x_2		x_3		$+\infty$
Signe de $P(x)$	Signe de $-a$	0	Signe de a	0	Signe de $-a$	0	Signe de a	

3. Solutions d'équations

$x^2 = c$ possède :
- deux solutions : $\sqrt{c}$ et $-\sqrt{c}$ lorsque $c > 0$
- 0 comme unique solution lorsque $c = 0$
- Aucune solution réelle lorsque $c < 0$

$x^3 = c$ possède une unique solution appelée racine cubique de c qui se note $\sqrt[3]{c}$ ou $c^{\frac{1}{3}}$.

Je me teste

QCM interactif et auto-corrigé
hachette-clic.fr/25mfls012

Je me prépare à une évaluation

Je maîtrise les fonctions polynômes de degré 2

CHALLENGE EN CLASSE OU À LA MAISON

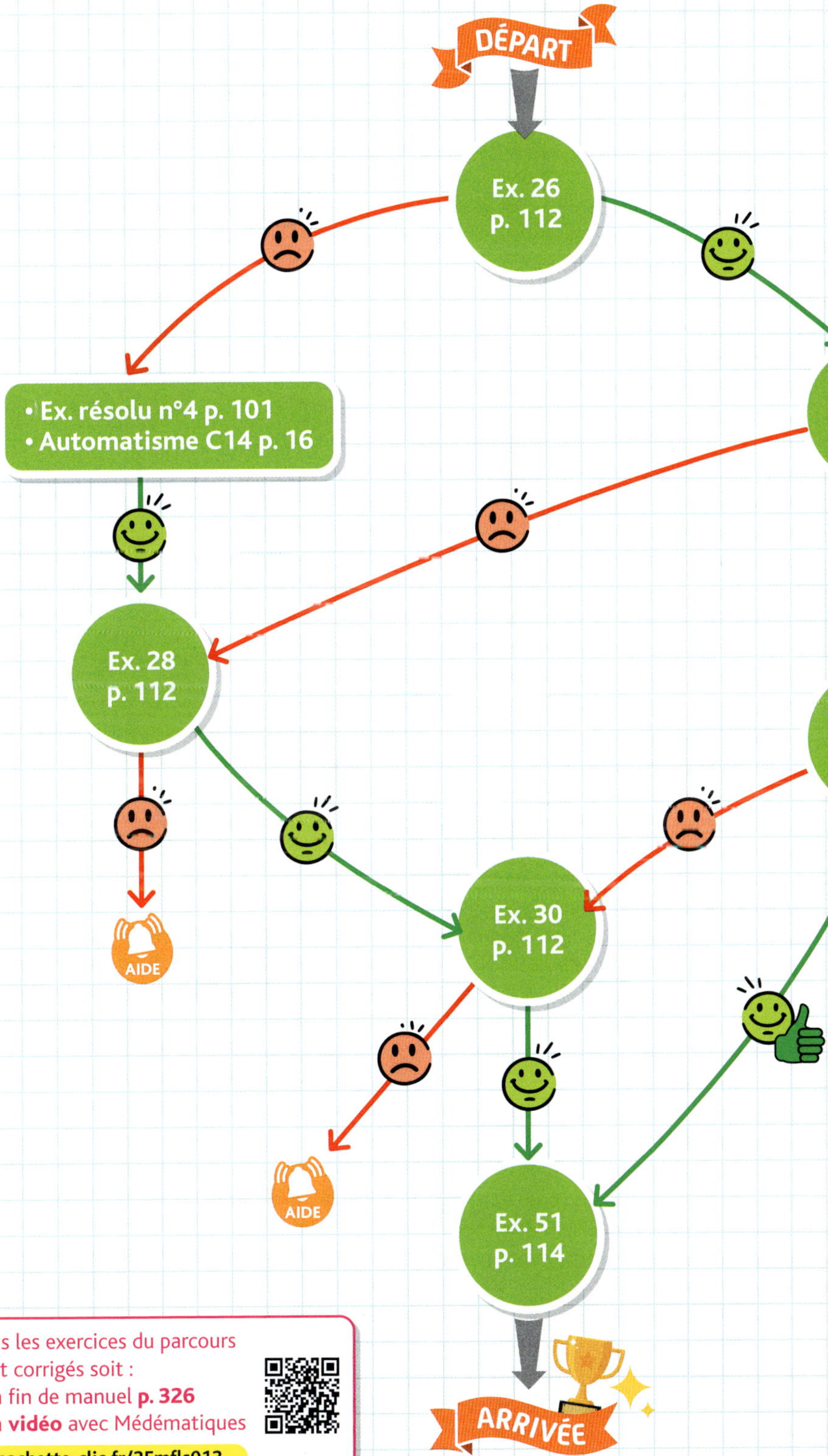

Tous les exercices du parcours sont corrigés soit :
- en fin de manuel **p. 326**
- en **vidéo** avec Médématiques

hachette-clic.fr/25mfls013

Je me prépare à une évaluation

Je maîtrise les fonctions polynômes de degré 3

CHALLENGE EN CLASSE OU À LA MAISON

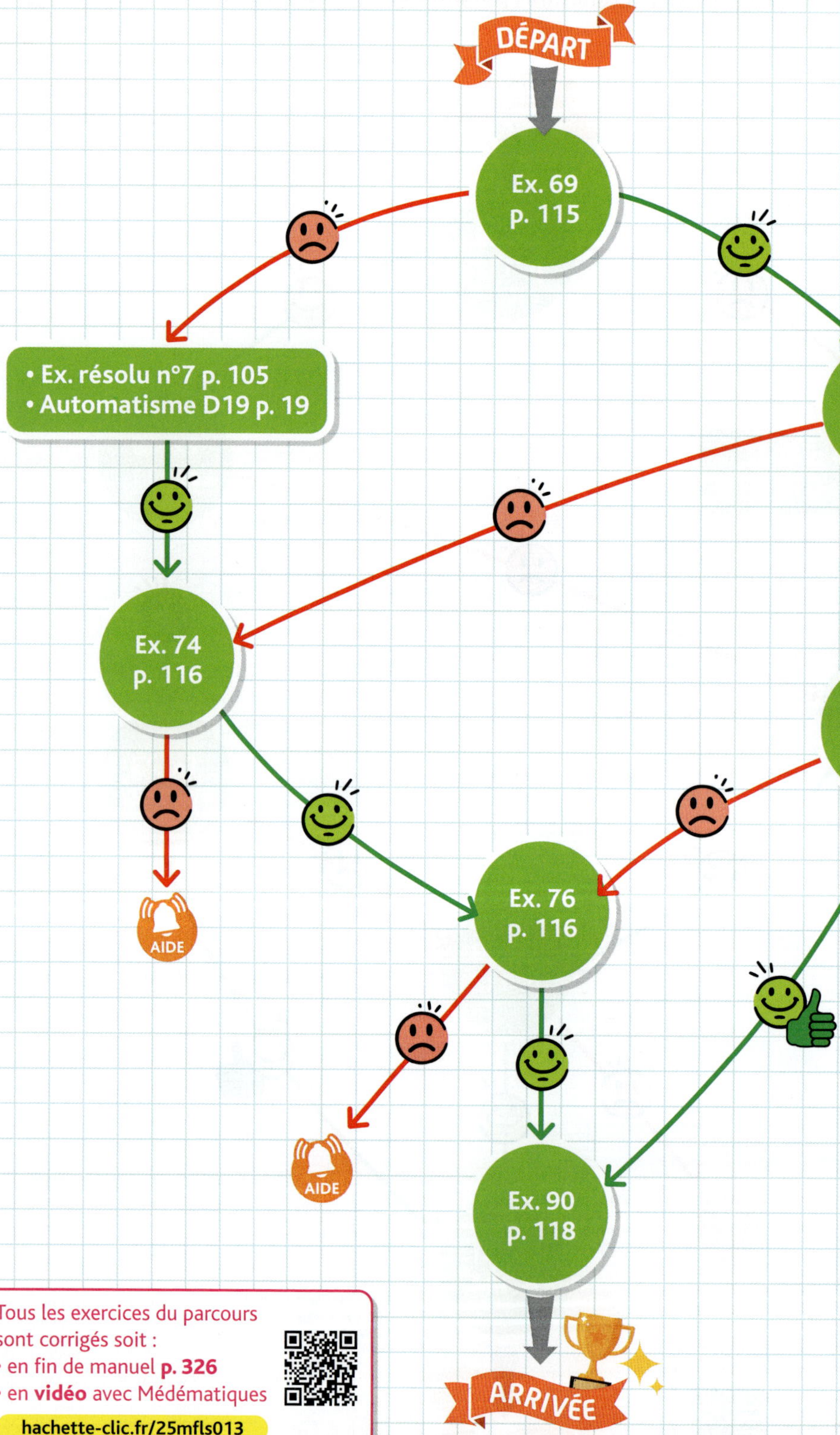

Tous les exercices du parcours sont corrigés soit :
- en fin de manuel **p. 326**
- en **vidéo** avec Médématiques

hachette-clic.fr/25mfls013

Je me prépare à une évaluation

Je sais déterminer le signe des fonctions polynômes

CHALLENGE EN CLASSE OU À LA MAISON

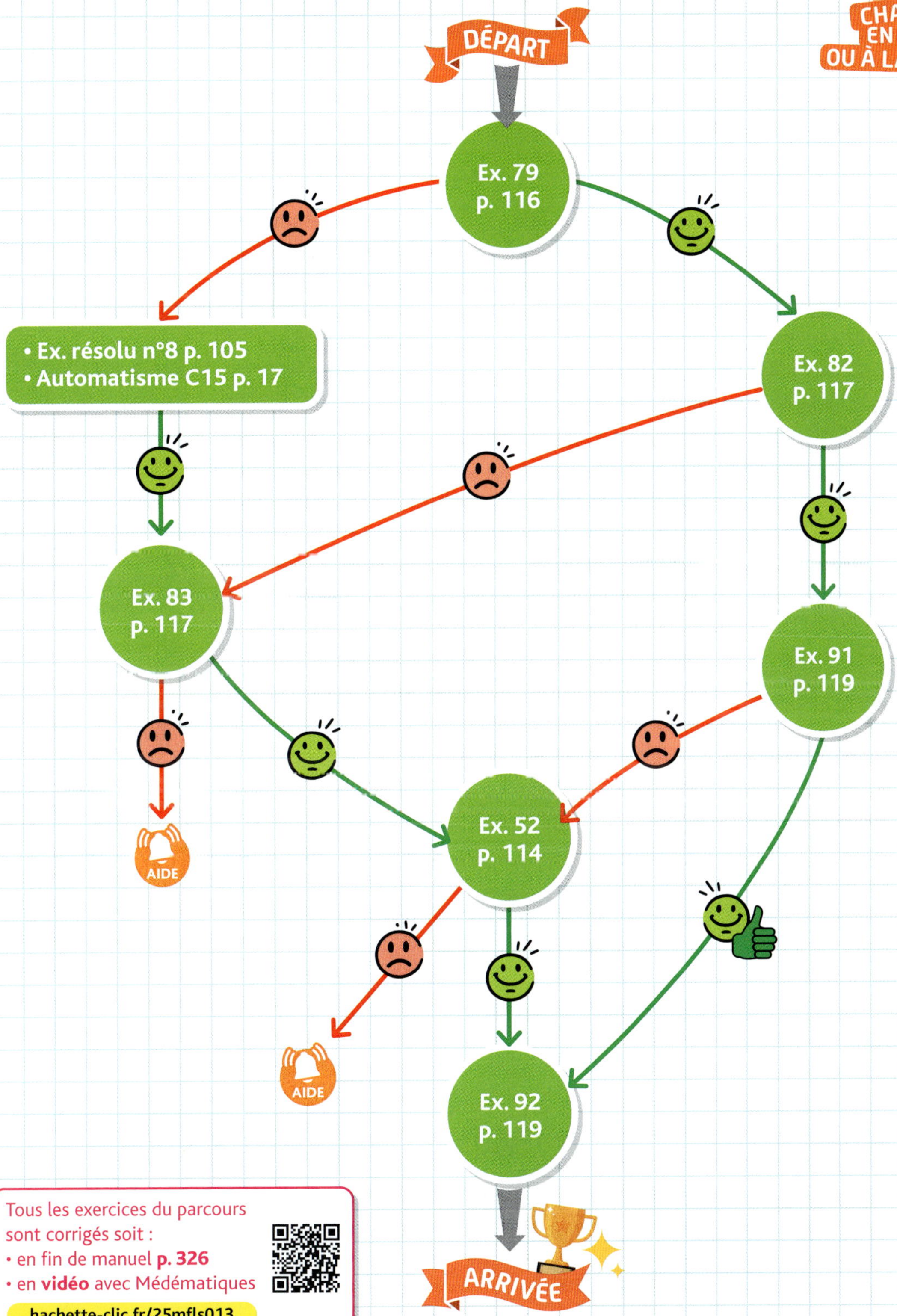

Tous les exercices du parcours sont corrigés soit :
- en fin de manuel **p. 326**
- en **vidéo** avec Médématiques

hachette-clic.fr/25mfls013

Exercices

Les exercices roses sont corrigés :
• en fin de manuel **ou** • en **vidéo** avec Médématiques
p. 326 hachette-clic.fr/25mfls013

1 Fonctions polynômes de degré 2

Questions flash

1 Déterminer l'allure de la courbe représentative de la fonction f_1 définie sur $\mathbb{R}$ par :
$$f_1(x) = -4x^2 + 7.$$

2 Quelles sont les racines de la fonction f_2 définie sur $\mathbb{R}$ par : $f_2(x) = 5(x-3)(x-2)$?

3 Quelle est l'équation de l'axe de symétrie de la courbe représentative de la fonction f_3 définie sur $\mathbb{R}$ par : $f_3(x) = 1{,}5x^2 + 3$?

4 Quelles sont les coordonnées du sommet de la courbe représentative de la fonction f_4 définie sur $\mathbb{R}$ par : $f_4(x) = -2(x+1)(x-4)$?

5 Donner les éléments caractéristiques (variations, racines, axe de symétrie) de la fonction f_5 définie sur $\mathbb{R}$ par : $f_5(x) = -0{,}5(x+2{,}5)(x-1{,}5)$.

6 Tracer l'allure de la courbe représentative de la fonction f_6 définie sur $\mathbb{R}$ par :
$$f_6(x) = 3(x+2)(x-5).$$

7 Vérifier que 10 est une racine de la fonction f définie sur $\mathbb{R}$ par : $f(t) = 2t^2 - 14t - 60$.

8 -2 est-il une racine de la fonction g définie sur $\mathbb{R}$ par : $g(x) = -5x^2 - 4x - 4$?

9 Quelles sont les racines de la fonction h définie sur $\mathbb{R}$ par : $h(p) = 4(p-8)(p+2)$?

10 Quel est le signe de la fonction f_7 définie sur $\mathbb{R}$ par : $f_7(x) = -0{,}5\,x^2$?

11 Sur quel(s) intervalle(s) la fonction f_8 définie sur $\mathbb{R}$ par $f_8(x) = -2{,}5(x-2)(x+9)$ est-elle positive ?

12 Dresser le tableau de signes la fonction f_9 définie sur $\mathbb{R}$ par : $f_9(x) = -3x(x+1)(x-4)$.

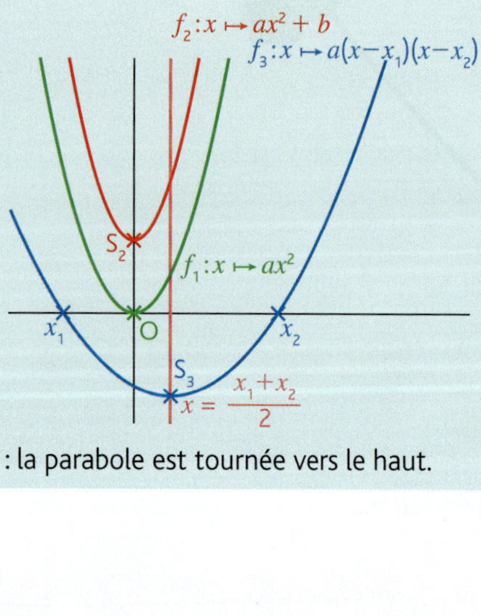

$a > 0$: la parabole est tournée vers le haut.

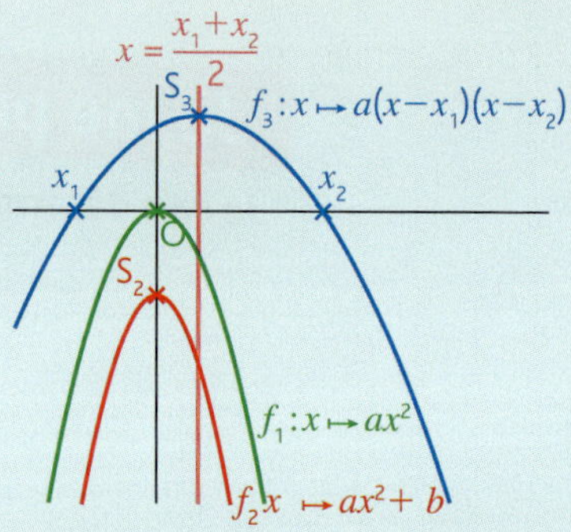

$a < 0$: la parabole est tournée vers le bas.

13 Avec la précision permise par le graphique, associer chaque fonction à sa représentation graphique :

a. $f_1(x) = 0{,}75x^2$

b. $f_2(x) = 0{,}75x^2 - 2$

c. $f_3(x) = 0{,}75x(x-2)$

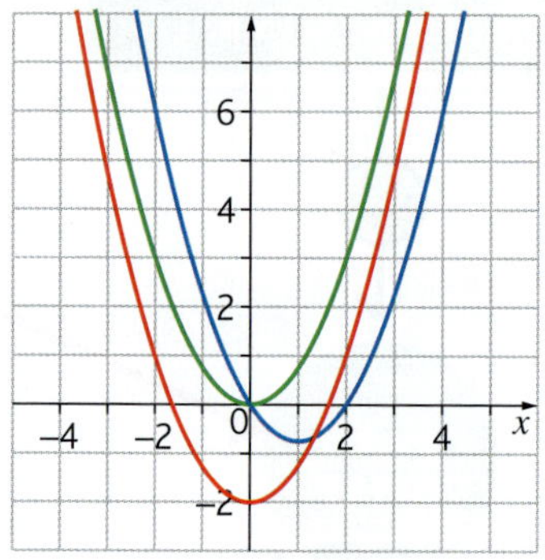

14 Avec la précision permise par le graphique, associer chaque fonction à sa représentation graphique.

a. $f_1(x) = -2x^2 - 1$

b. $f_2(x) = -2(x-1)(x+3)$

c. $f_3(x) = -2(x-1)(x-3)$

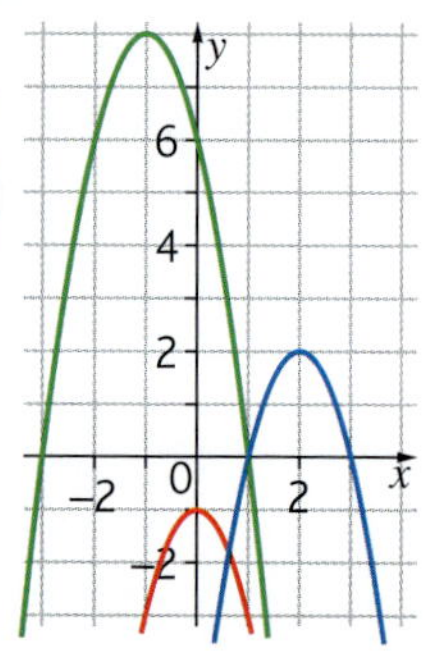

15 f, g et h sont trois fonctions polynômes de degré 2, définies sur $\mathbb{R}$ dont la représentation graphique est donnée ci-dessous :

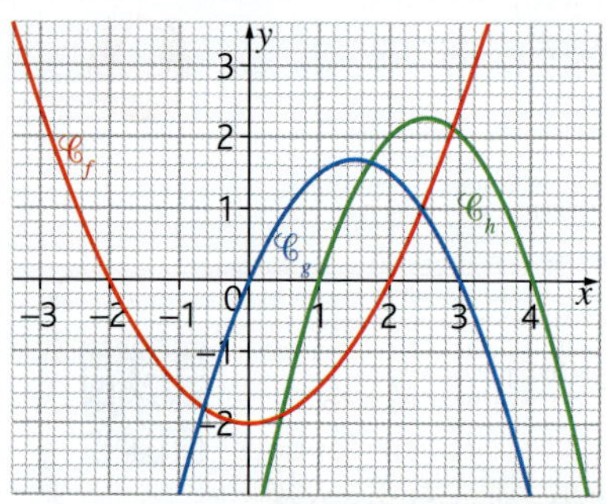

Avec la précision permise par le graphique, donner leurs racines.

16 Corrigé f est une fonction polynôme de degré 2 dont la courbe représentative est donnée ci-dessous, sur la copie d'écran d'une calculatrice.

a. Avec la précision permise par le graphique, lire les racines et les coordonnées du sommet.

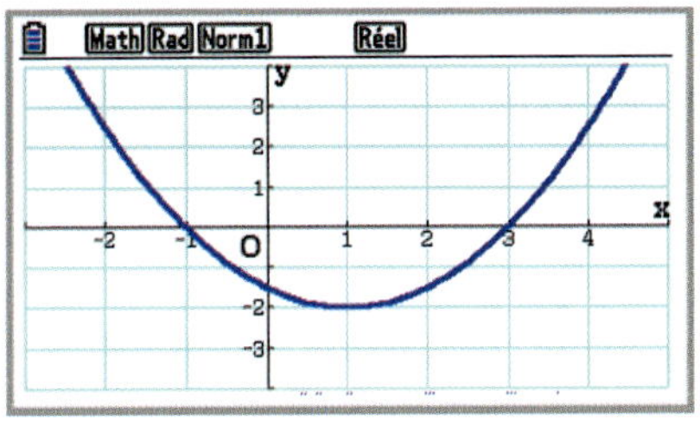

b. En déduire l'expression de la fonction f.

17 Le tableau ci-dessous est un tableau de valeurs de f, une fonction polynôme de degré 2.

a. Déterminer les valeurs des racines de ce polynôme ainsi que les coordonnées du sommet.

NORMAL FLOTT AUTO RÉEL RAD MP
APP SUR + POUR △Tbl

X	Y1
-5	-35
-4	0
-3	25
-2	40
-1	45
0	40
1	25
2	0
3	-35
4	-80
5	-135

b. En déduire l'expression de la fonction f.

18 Le tableau de valeurs d'une fonction f définie sur $\mathbb{R}$ par $f(x) = ax^2 + b$ est donné ci-contre.

a. Déterminer a et b.

b. En déduire les variations de f sur $\mathbb{R}$.

rad GRAPHEUR
Expressions Graphique Tableau
Résultats exacts Régler l'intervalle

x	f(x)
-4	76
-3	41
-2	16
-1	1
0	-4
1	1
2	16

19 f_1, f_2 et f_3 sont des fonctions polynômes de degré 2 dont les courbes représentatives, $\mathscr{C}_{f_1}$, $\mathscr{C}_{f_2}$ et $\mathscr{C}_{f_3}$ sont données ci-contre.

Déterminer la translation qui permet de transformer $\mathscr{C}_{f_1}$ en $\mathscr{C}_{f_2}$ puis celle qui permet de transformer $\mathscr{C}_{f_1}$ en $\mathscr{C}_{f_3}$.

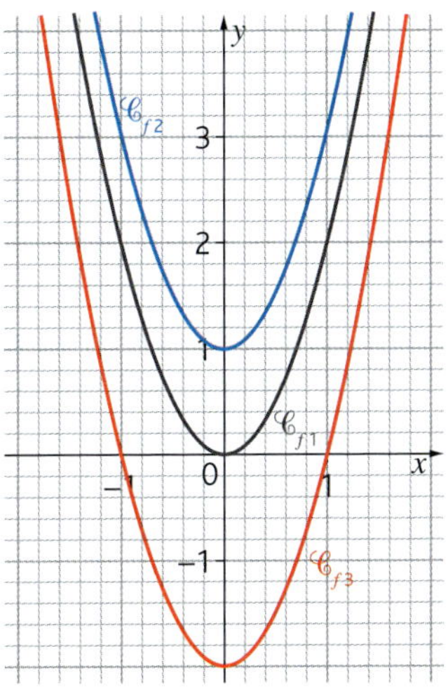

20 Dans chaque cas, associer l'expression de la fonction à l'équation de l'axe de symétrie de sa représentation graphique.

Fonction	Axe de symétrie
a. $P_1(x) = 2x^2 + 3{,}5$	① $x = -2$
b. $P_2(x) = -3(x+1)(x+3)$	② $x = 0$
c. $P_3(x) = (x-5)(x-2)$	③ $x = 2$
d. $P_4(x) = -2(x-0{,}5)(x-3{,}5)$	④ $x = 3{,}5$

Soit f une fonction polynôme de degré 2 définie sur $\mathbb{R}$.

$S\left(\frac{x_1+x_2}{2} ; f\left(\frac{x_1+x_2}{2}\right)\right)$ est le sommet de la parabole qui représente f.

- Si $a > 0$, le tableau de variation de f est :

x	$-\infty$	$\frac{x_1+x_2}{2}$	$+\infty$
Variations de f	↘	$f\left(\frac{x_1+x_2}{2}\right)$	↗

$f\left(\frac{x_1+x_2}{2}\right)$ est le **minimum** de f sur $\mathbb{R}$, il est atteint en $\frac{x_1+x_2}{2}$.

- Si $a < 0$, le tableau de variation de f est :

x	$-\infty$	$\frac{x_1+x_2}{2}$	$+\infty$
Variations de f	↗	$f\left(\frac{x_1+x_2}{2}\right)$	↘

$f\left(\frac{x_1+x_2}{2}\right)$ est le **maximum** de f sur $\mathbb{R}$, il est atteint en $\frac{x_1+x_2}{2}$.

21 a. À l'aide du tableur ci-contre, déterminer l'expression de la fonction polynôme de degré 2, f.

b. Cette fonction admet-elle des racines ? Si oui, donner leurs valeurs.

c. Cette fonction admet-elle un extremum ? Si oui, est-ce un maximum ou un minimum et quelle est sa valeur ?

d. Cette fonction admet-elle un axe de symétrie ? Si oui, donner son équation.

	A	B
1	x	f(x)
2	-5	53
3	-4	35
4	-3	21
5	-2	11
6	-1	5
7	0	3
8	1	5
9	2	11
10	3	21
11	4	35
12	5	53

Exercices

Les exercices roses sont corrigés :
• en fin de manuel ou • en vidéo avec Médématiques
p. 326 hachette-clic.fr/25mfls013

22 Soit p la fonction définie sur $\mathbb{R}$ par :

$$p(t)=1{,}5(t-5)(t+7).$$

a. La fonction p admet-elle un maximum ou un minimum ? Justifier.

b. En quelle valeur cet extremum est-il atteint ?

c. Combien vaut-il ?

23 Corrigé a. Recopier et compléter le script Python ci-dessous afin qu'il permette de déterminer les racines entières de la fonction g polynôme de degré 2 définie sur $[-4\,;4]$ par $g(x)=5x^2+5x-30$.

```
L=[]
n=-4
while n<=4:
    if 5*n**2+5*n-30 ....... :
        L.append(...)
    n=....
print(...)
```

b. Dans la console, on lit :

```
[-3, 2]
>>>
```

En déduire l'expression factorisée de $g(x)$.

24 Dresser le tableau de variations de la fonction l définie sur $\mathbb{R}$ par :

$$l(m)=-\frac{8}{13}\left(m-\frac{5}{2}\right)\left(m+\frac{3}{4}\right).$$

25 a. Vérifier que :

$$0{,}75x^2+1{,}5x-18=0{,}75(x-4)(x+6)$$

b. En déduire le tableau de variations de la fonction h définie sur $\mathbb{R}$ par $h(x)=0{,}75x^2+1{,}5x-18$.

Lorsqu'une fonction polynôme de degré 2, admet une **racine** x_1, c'est-à-dire si $f(x_1)=0$, alors $f(x)$ peut s'écrire sous forme factorisée :
$f(x)=a(x-x_1)(x-x_2)$ où x_2 est à déterminer après avoir développé $a(x-x_1)(x-x_2)$.

26 Corrigé a. Vérifier que 3 est une racine de $f(x)=2x^2-8x+6$.

b. En déduire une factorisation de $f(x)$.

27 Soit P la fonction définie sur $\mathbb{R}$ par :

$$P(x)=4x^2-8x-60.$$

Déterminer son expression factorisée sachant que $P(5)=0$.

28 Vidéo Soit C la fonction définie sur $\mathbb{R}$ par :

$$C(q)=-2q^2+5q-2.$$

a. Calculer $C(2)$.

b. En déduire la forme factorisée de $C(q)$.

29 Soit f la fonction définie sur $\mathbb{R}$ par :

$$f(x)=0{,}3x^2+1{,}1x-13.$$

a. Calculer $f(5)$.

b. En déduire la forme factorisée de $f(x)$.

Chercher une **racine évidente** revient à **tester les entiers de −2 à 2** comme racine d'une fonction polynôme.

30 Corrigé a. Trouver une racine évidente de la fonction polynôme de degré 2, f, définie sur $\mathbb{R}$ par :

$$f(x)=\frac{1}{7}x^2+x-\frac{8}{7}.$$

b. Vérifier que $f(-8)=0$.

c. En déduire l'expression factorisée de f.

31 a. Trouver une racine évidente de $P(x)=2x^2+3x-5$.

b. En déduire la forme factorisée de $P(x)$.

32 f est une fonction polynôme de degré 2 telle que $f(2)=0$, dont la courbe représentative admet la droite d'équation $x=3$ comme axe de symétrie et le point de coordonnées $(3\,;2)$ comme sommet. En déduire les expressions factorisée et développée de $f(x)$.

L'équation $x^2=c$ admet :
- 2 solutions si $c>0$: $x=\sqrt{c}$ ou $x=-\sqrt{c}$
- 1 solution si $c=0$: $x=0$
- aucune solution réelle si $c<0$

Pour les exercices 33 à 36, résoudre dans $\mathbb{R}$ les équations proposées.

33 a. $x^2=81$ b. $x^2=54$

34 a. $x^2=20$ b. $x^2=-9$

35 a. $3x^2=21$ b. $-5x^2=120$

36 a. $4x^2+60=0$ b. $64-8x^2=0$

37 Soit f la fonction polynôme de degré 2 définie sur $\mathbb{R}$ par $f(x)=2x^2-32$.

a. Résoudre $f(x)=0$.

b. Déterminer l'équation de l'axe de symétrie ainsi que les coordonnées du sommet S de la parabole représentative de f.

Une fonction polynôme de degré 2 de forme générale $f(x)=ax^2+bx+c$ est du signe de a sur $]-\infty;x_1[\ \cup\ ]x_2;+\infty[$ et de $-a$ sur $]x_1;x_2[$ si elle admet 2 racines x_1 et x_2.

Pour les exercices 38 à 40 dresser le tableau de signes de la fonction f définie sur $\mathbb{R}$.

38 Corrigé $f(x)=-3(x-7)(x+4)$

39 $f(x)=2\left(x-\frac{1}{2}\right)\left(x-\frac{1}{3}\right)$

40 $f(x)=0{,}5(x-2)\left(x-\frac{7}{3}\right)$

41 Avec la précision permise par le graphique, donner le tableau de signes des fonctions polynômes de degré 2 dont la représentation graphique est donnée ci-dessous.

a.

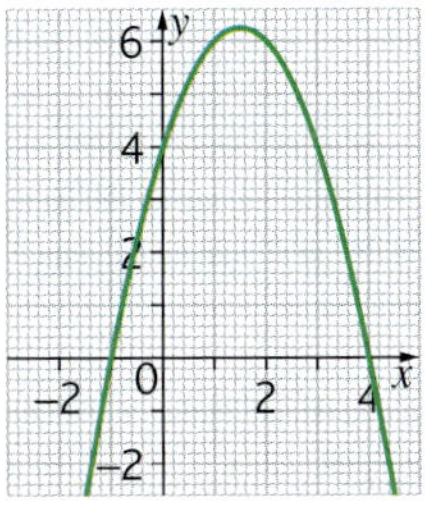

b.

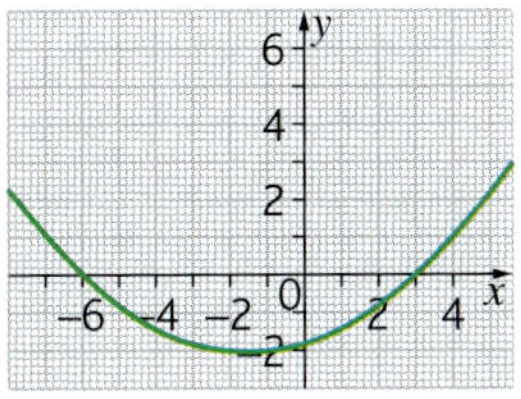

42 À l'aide d'un logiciel de calcul formel, on obtient :

1 Factoriser$(0.01x^2-0.8x+15)$

→ $(x-50)\cdot\frac{x-30}{100}$

a. En déduire la factorisation de la fonction f définie sur $\mathbb{R}$ par $f(x)=0{,}01x^2-0{,}8x+15$ sous la forme $f(x)=a(x-x_1)(x-x_2)$.

b. En déduire la solution de $f(x)\geqslant 0$.

43 Donner l'allure de la courbe représentative de la fonction polynôme de degré 2 connaissant le tableau des variations et le tableau de signes.

x	$-\infty$	2	$+\infty$
Variations de p	↗	5	↘

x	$-\infty$		-6		10		$+\infty$
Signe de $p(x)$		$-$	0	$+$	0	$-$	

44 Donner le plus grand nombre entier solution de l'inéquation $9\left(x-\frac{22}{3}\right)\left(x-\frac{1}{3}\right)\leqslant 0$.

45 Une athlète pratique le saut en longueur. Donner l'expression de la fonction polynôme de degré 2 qui modélise son saut sachant que sa course d'élan est de 40 mètres et que son saut a une longueur de 7,20 mètres et une hauteur maximale de 64,8 cm.

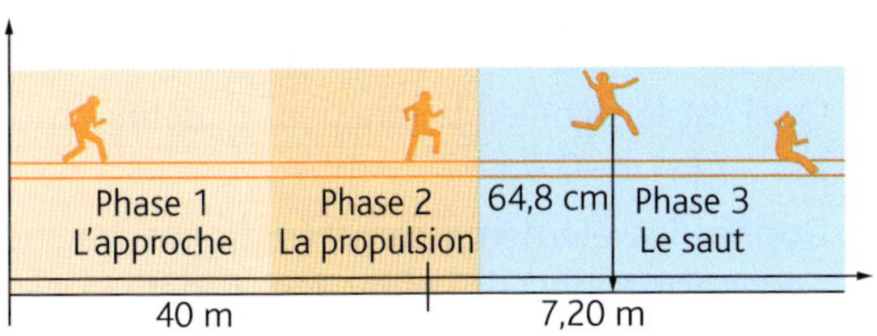

46 Calculatrice Lors d'une compétition de tir à l'arc, on modélise le trajet de la flèche en fonction de la distance à la cible (en mètres) par :

$$t(m)=-\frac{1}{10\,000}m^2+\frac{1}{200}m+1{,}5.$$

On veut savoir si la personne qui tire la flèche à 70 m de la cible atteint son centre, 1,30 m au-dessus du sol.

La représentation ci-dessous n'est pas à l'échelle

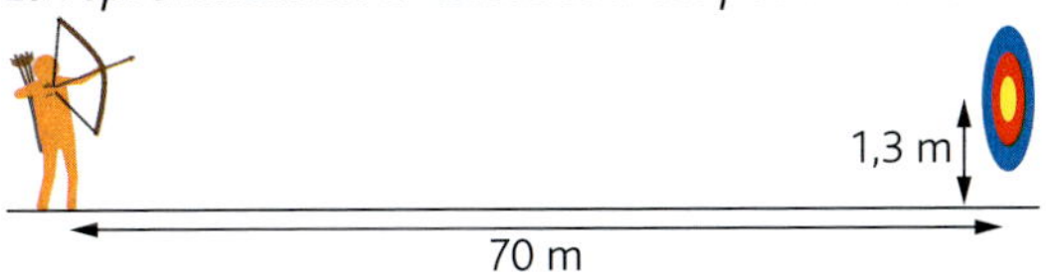

a. Justifier pourquoi, dans ce contexte, $t(0)\neq 0$.

b. À l'aide d'un calcul, vérifier que la flèche n'atteint pas le centre de la cible.

c. À l'aide de la table de la calculatrice, déterminer à quelle distance aurait dû se placer le tireur (arrondir au cm près) pour toucher la cible.

d. Vérifier que :

$$t(m)=-\frac{1}{10\,000}(m-150)(m+100).$$

e. En déduire à quelle distance du tireur devrait retomber la flèche si elle ne touchait pas la cible.

47

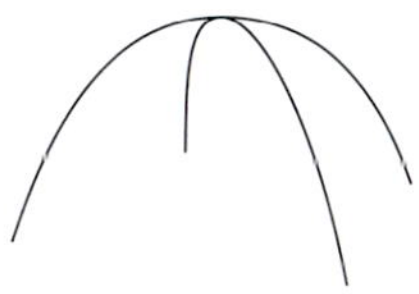

Mathéo fait du camping sauvage. Il installe sa tente de douche solaire. Afin d'avoir plus de place en hauteur, il pose les deux arceaux de façon qu'ils se croisent perpendiculairement en leur milieu.

On modélise un arceau par la représentation graphique de la fonction A telle que :

$$A(x)=-1{,}85(x-1)(x-2{,}76)$$

Sachant qu'il mesure 1m85, Mathéo pourra-t-il tenir debout dans la tente ?

48 Le plus grand observatoire astronomique du monde se trouve dans le désert chilien d'Atacama. On y trouve un radiotélescope composé d'une soixantaine de paraboles blanches de 7 à 12 mètres de diamètre.

On pourrait modéliser la coupe verticale des plus grandes antennes, qui ont un diamètre de 12 mètres, par la fonction P polynôme de degré 2 telle que :

$$P(x)=\frac{1}{8}(x-6)(x+6).$$

a. Quelle serait alors leur profondeur ?

b. Sachant que ces paraboles s'enfoncent de 1 mètre dans leur socle cylindrique, quel doit être le diamètre de ce cylindre ?

Exercices

Les exercices roses sont corrigés :
• en fin de manuel **ou** • en **vidéo** avec Médématiques
p. 326 hachette-clic.fr/25mfls013

49 Inès et Paco jouent à « la balle au panier ». Ils ont aligné 7 gobelets qui ont chacun 10 cm de diamètre. Le premier est posé à 1,60 m des joueurs. Le dernier est à 2,20 m.

Le premier qui atteint le gobelet jaune a gagné.
Si la balle tombe dans un des deux gobelets bleus, le joueur doit faire deux tours de la pièce en courant. Si elle tombe dans un gobelet rouge, il doit faire quatre tours. Et si la balle atterrit dans un gobelet vert ou au-delà, il faut faire 8 tours.

Le premier lancer d'Inès est modélisé par la fonction I telle que : $I(x) = -2x^2 - 0{,}06x + 7{,}88$; et celui de Paco par la fonction P telle que : $P(x) = -x^2 - 0{,}95x + 5{,}85$, où x est la distance, en mètres, séparant les joueurs du centre du gobelet visé.

a. Vérifier que le tir d'Inès n'atterrit pas dans le gobelet jaune.

b. Paco a-t-il gagné avec son tir ? Si non, combien de tours de table doit-il faire ?

c. Donner une expression sous forme factorisée d'un tir qui obligerait l''un des joueurs à faire 8 tours.

50 Calculatrice La fréquentation d'un magasin ouvert de 9h à 19h est modélisée par la fonction F définie sur $[9\,;19]$ par $F(x) = -1{,}5x^2 + 41{,}25x - 242{,}25$; où x représente l'heure et $F(x)$ le nombre de clients présents.

a. Combien de personnes sont-elles présentes à l'ouverture du magasin ?

b. Vérifier que $F(x) = -1{,}5(x - 8{,}5)(x - 19)$.

c. À quel moment la fréquentation de ce magasin est-elle maximale ? La réponse sera donnée en heures et minutes.

d. Combien de personnes sont-elles présentes dans le magasin à ce moment-là ?

e. À l'aide de la calculatrice, déterminer, au quart d'heure près, sur quels créneaux horaires moins de 20 personnes sont présentes dans le magasin.

51 Corrigé Grande lectrice, Haïzea a acheté n livres de poche pour 120 euros, sachant qu'ils étaient tous au même prix unitaire p. Si chaque livre de poche avait coûté 3 euros de moins, elle aurait pu en acheter deux supplémentaires.

a. Traduire chacune ces deux informations par une équation.

b. Exprimer n en fonction de p dans la première équation.

c. Montrer que chercher le prix d'un livre de poche revient à résoudre l'équation $p^2 - 3p - 180 = 0$.

d. Vérifier que : $p^2 - 3p - 180 = (p + 12)(p - 15)$.

e. En déduire combien coûte chaque livre de poche et combien de livres de poche a achetés Haïzea.

52 Corrigé Un viticulteur vend son vin 100 € l'hectolitre. Le coût en euros de production de q hectolitres est $C(q) = 0{,}1q^2 + 50q + 4\,000$.

a. Déterminer le bénéfice, $B(q)$, réalisé pour la production et la vente de q hectolitres de vin.

b. Calculer $B(400)$ et en déduire une forme factorisée de $B(q)$.

c. Quelles doivent être les quantités vendues et produites pour réaliser un profit ?

53 Bernar Venet, plasticien français, a exposé place Vendôme, une installation intitulée « la parabole de l'histoire »

Les dimensions de l' un des arcs sont 18,2 mètres d'écart sur 2 mètres de hauteur.

a. Déterminer l'expression de la parabole sachant que l'on situe l'origine du repère au milieu des deux extrémités.

b. Quelle serait cette expression si l'une des deux extrémités correspondait à l'origine du repère ?

2 Fonctions polynômes de degré 3

Questions flash

Pour les exercices 54 à 59 on considère la fonction f_1 définie sur $\mathbb{R}$ par : $f_1(x) = -0{,}75x^3 + 2{,}5$.

54 Donner les variations de la fonction f_1.

55 Donner les coordonnées du vecteur de la translation permettant d'obtenir la représentation graphique de la fonction f_1 à partir de celle de la fonction f_2 définie sur $\mathbb{R}$ par : $f_2(x) = -0{,}75\,x^3$.

56 La fonction f_3 définie sur $\mathbb{R}$ par : $f_3(x) = 5x^3 - 4$ admet-elle un axe de symétrie ?
Si oui, donner son expression.

57 Donner l'allure de la représentation graphique de la fonction f_4 définie sur $\mathbb{R}$ par : $f_4(x) = 3(x + 7)(x - 4)(x - 10)$.

58 Quel est le signe de la fonction f_2 définie sur $\mathbb{R}$ par : $f_2(x) = -0{,}5\,x^3$?

59 Donner les éléments caractéristiques (racines, signes, variations) de la fonction f_5 définie sur $\mathbb{R}$ par : $f_5(x) = 2(x + 1)(x - 3)(x - 4)$.

L'équation $x^3 = c$ avec $c \geqslant 0$ admet une unique solution $\sqrt[3]{c}$ aussi notée $c^{\frac{1}{3}}$.

Pour les exercices 60 à 62, résoudre les équations dans $\mathbb{R}$.

60 a. $x^3 = 125$ b. $x^3 = 1331$

61 a. $x^3 = 15$ b. $x^3 = 64$

62 a. $2x^3 - 5 = 49$ b. $5x^3 + 12 = 47$

63 Soit f la fonction définie sur $\mathbb{R}$ par :

$$f(x) = 3x^3 - 120.$$

Donner l'allure de $\mathscr{C}_f$ la courbe représentative de f, en précisant l'abscisse du point d'intersection avec l'axe des abscisses.

64 a. Avec la précision permise par le graphique, associer chaque fonction à sa courbe représentative.

- $f_1(x) = -0{,}5x^3$
- $f_2(x) = -0{,}5x^3 + 2$
- $f_3(x) = -0{,}5x(x-2)(x+2)$

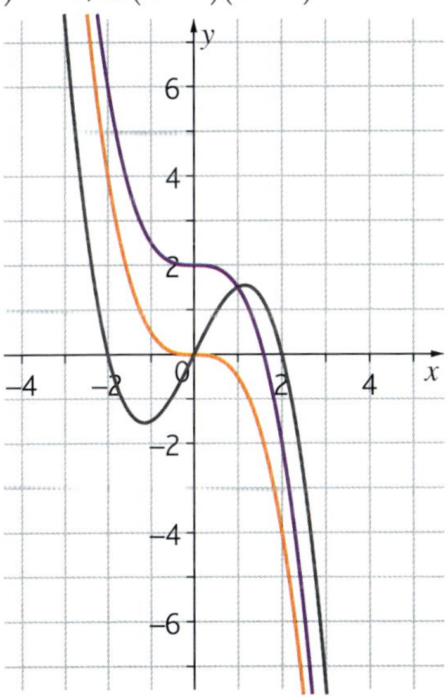

b. Quelle translation permet de transformer la courbe représentative de f_2 en la courbe représentative de f_1 ?

Pour les exercices 65 à 66, déterminer les racines des polynômes de degré 3 définies sur $\mathbb{R}$.

65 a. $f(x) = 4{,}5(x-2)(x+3)(x-1{,}5)$

b. $g(a) = -3a\left(a - \frac{1}{5}\right)\left(a - \frac{7}{3}\right)$

66 a. $h(t) = (2t-4)(t-0{,}5)(t+3)$

b. $k(p) = 2(p^2+16)(p-12)$

67 Calculatrice Soit la fonction l définie sur $\mathbb{R}$ par :

$$l(x) = -3x^3 - 9x^2 + 180x + 672.$$

a. À l'aide de la table de calculatrice, déterminer les trois racines entières de ce polynôme, sachant qu'elles sont comprises entre –10 et 10 (inclus).

b. Une forme factorisée de l est :

① $3(x-4)(x+8)(x-7)$
② $-3(x-4)(x+8)(x-7)$
③ $-3(x+4)(x-8)(x+7)$
④ $3(x+4)(x-8)(x+7)$

68 À l'aide d'un logiciel de calcul formel, on obtient la copie d'écran ci-dessous :

f(x) = Factoriser$(x^3 - 6x^2 - 15x - 8)$
= $(x-8)(x+1)^2$

En déduire les racines de la fonction f définie sur $\mathbb{R}$ par : $f(x) = x^3 - 6x^2 - 15x - 8$.

Pour déterminer l'expression factorisée d'une fonction polynôme de degré 3 $f(x) = a(x-x_1)(x-x_2)(x-x_3)$ à l'aide de la représentation graphique, **on lit les abscisses des points d'intersection de la courbe avec l'axe des abscisses**. On obtient ainsi les racines x_1, x_2 et x_3. On détermine ensuite a grâce aux **coordonnées d'un point, $(0, f(0))$** par exemple. On résout alors l'équation : $-ax_1x_2x_3 = f(0)$.

69 Corrigé a. Avec la précision permise par le graphique, déterminer les racines de la fonction polynôme de degré 3, f, représentée sur l'écran de la calculatrice.

b. En s'aidant d'un point de la courbe à coordonnées entière, en déduire l'expression factorisée de f.

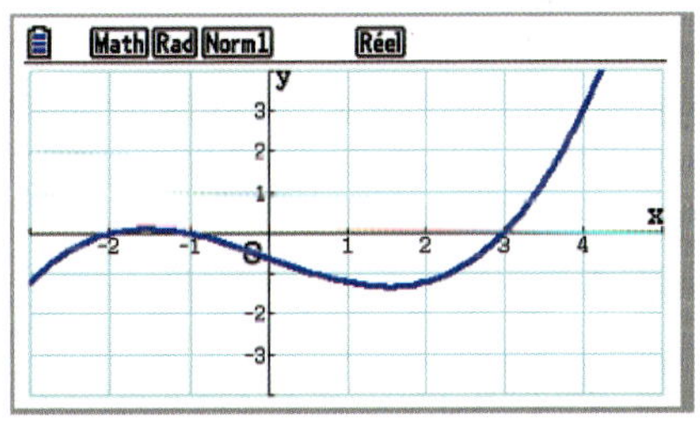

70 Corrigé Le tableau ci-dessous est un tableau de valeurs d'une fonction polynôme de degré 3, f.

Déterminer l'expression factorisée de $f(x)$.

NORMAL FLOTT AUTO RÉEL RAD MP
APP SUR + POUR ΔTbl

X	Y1			
-5	0			
-4	112			
-3	168			
-2	180			
-1	160			
0	120			
1	72			
2	28			
3	0			
4	0			
5	40			

71 Corrigé Donner les racines de la fonction polynôme de degré 3, D, définie sur $\mathbb{R}$ par :

$$D(q) = \frac{5}{6}\left(q^2 + \frac{9}{4}\right)\left(q - \frac{3}{2}\right).$$

Les exercices roses sont corrigés :
• en fin de manuel p. 326 ou • en vidéo avec Médématiques hachette-clic.fr/25mfls013

72 Dans chaque cas, associer les représentations graphiques à la fonction correspondante :

$f_1(x) = 0{,}5\,(x-5)(x-1)(x+6)$
$f_2(x) = 0{,}1\,(x-5)(x-1)(x+6)$
$f_3(x) = -0{,}1\,(x+5)(x+1)(x-6)$
$f_4(x) = -0{,}5\,(x+5)(x+1)(x-6)$

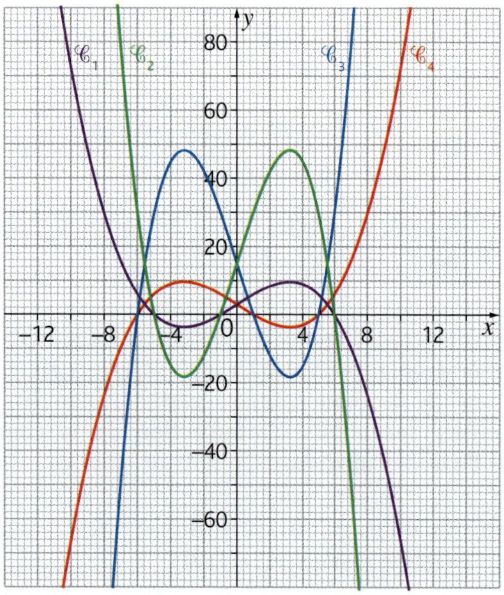

73 a. Développer et réduire l'expression :

$$-4(x-0{,}25)(x+3)(x-5).$$

b. En déduire les racines de la fonction B définie sur $\mathbb{R}$ par : $B(x) = -4x^3 + 9x^2 + 58x - 15$.

74 Vidéo a. Déterminer une racine évidente de la fonction polynôme de degré 3, f, définie sur $\mathbb{R}$ par :
$f(x) = x^3 + 7x^2 - 61{,}75x + 87{,}5$.
b. Vérifier que $f(-12{,}5) = 0$.
c. En déduire l'expression factorisée de f.

75 Avec la précision permise par le graphique, donner le tableau de signes des fonctions polynômes de degré 3 dont la représentation graphique est donnée ci-dessous :

a.

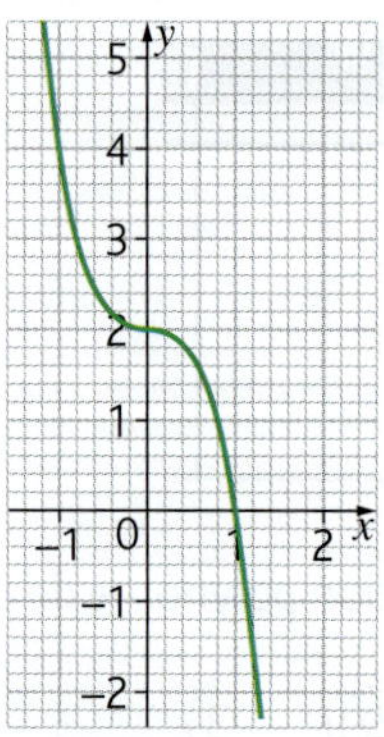

b.

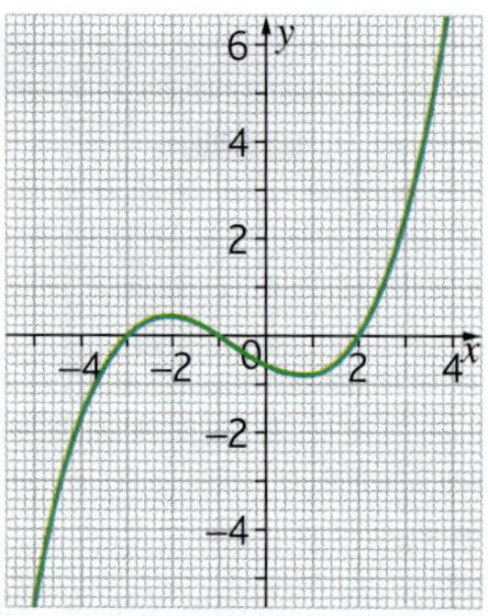

76 Corrigé À l'aide des informations données par le graphique et la table, déterminer l'expression factorisée de f, fonction polynôme de degré 3.

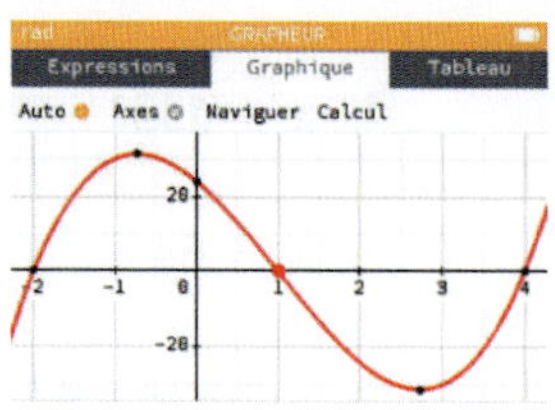

x	f(x)
-3	-84
-2	0
-1	30
0	24
1	0
2	-24
3	-30
4	0

77 Le tableau de valeurs d'une fonction f définie sur $\mathbb{R}$ par $f(x) = ax^3 + b$ est donné ci-contre.
a. Déterminer a et b
b. En déduire les variations de f sur $\mathbb{R}$.

x	f(x)
-4	-253
-3	-105
-2	-29
-1	-1
0	3
1	7
2	35

78 Déterminer les variations de la fonction g définie sur $\mathbb{R}$ par $g(x) = ax^3 + b$ l'aide du tableau de valeurs ci-dessous :

x	f(x)
-2	8
-1	4.5
0	4
1	3.5
2	0
3	-9.5
4	-28
5	-58.5

Pour déterminer le **signe** d'une fonction polynôme de degré 3 exprimée sous la forme $f(x) = a(x-x_1)(x-x_2)(x-x_3)$ il faut étudier le signe de $\boldsymbol{a(x-x_1)(x-x_2)}$ et celui de $\boldsymbol{(x-x_3)}$.

79 Corrigé a. Dresser le tableau de signes de la fonction f telle que : $f(x)=(x-5)(x+3)$.
b. En déduire celui de la fonction g telle que : $g(x)=(x-7)(x-5)(x+3)$.

80 a. Dresser le tableau de signes de la fonction h telle que : $h(t) = (t-8)^2$.
b. En déduire celui de la fonction k telle que : $k(t) = -0{,}5(t+3{,}5)(t-8)^2$.

81 Déterminer le tableau de signes de g, définie sur $\mathbb{R}$ par :

$$g(x) = -0{,}1(x^2 + 6{,}25)(x - 7{,}2).$$

82 Corrigé À l'aide d'un logiciel de calcul formel, on obtient :

1	Factoriser$(x^3-13x^2-10x+400)$
	$\rightarrow$ $(x-10)(x-8)(x+5)$

En déduire le tableau de signe de la fonction f définie sur $\mathbb{R}$ par : $f(x)=x^3-13x^2-10x+400$.

83 Vidéo À l'aide d'un logiciel de calcul formel, on obtient :

1	Factoriser$(-72x^3-107x^2-38x-3)$
	$\rightarrow$ $-(x+1)(8x+3)(9x+1)$

a. En déduire la forme factorisée, sous la forme $a(x-x_1)(x-x_2)(x-x_3)$, de l'expression de la fonction f définie sur $\mathbb{R}$ par :

$$f(x)=-72x^3-107x^2-38x-3.$$

b. En déduire le tableau de signes de $f(x)$.

Pour les exercices 84 et 85, résoudre dans $\mathbb{R}$ les inéquations proposées.

84 $\frac{1}{3}\left(x-\frac{5}{6}\right)\left(x-\frac{1}{2}\right)\left(x-\frac{3}{4}\right)\geqslant 0$

85 $-0{,}5x(x+1{,}2)(x-0{,}8)<0$

86 Donner l'allure de la courbe représentative de la fonction polynôme de degré 3, v, en connaissant son tableau de variations et son tableau de signes.

t	$-\infty$		$\frac{1}{3}$		1		$+\infty$
Variations de v		↗	$-\frac{100}{27}$	↘	-4	↗	

t	$-\infty$		2		$+\infty$
Signe de $v(t)$		$-$	0	$+$	

87 Calculatrice

Yasmina s'entraîne au saut à ski en vue d'une compétition. Pour avoir une chance de pouvoir se qualifier dans l'équipe, son saut doit avoir une longueur d'au moins 95 mètres.

On peut modéliser son saut par la fonction S définie sur [0 ; 15] par :

$S(m)=-0{,}06m^3+0{,}82m^2-3{,}38m+7{,}74$, où m représente la distance par rapport à la verticale du point de départ en dizaine de mètres.

Yasmina s'élance sur le tremplin puis saute.

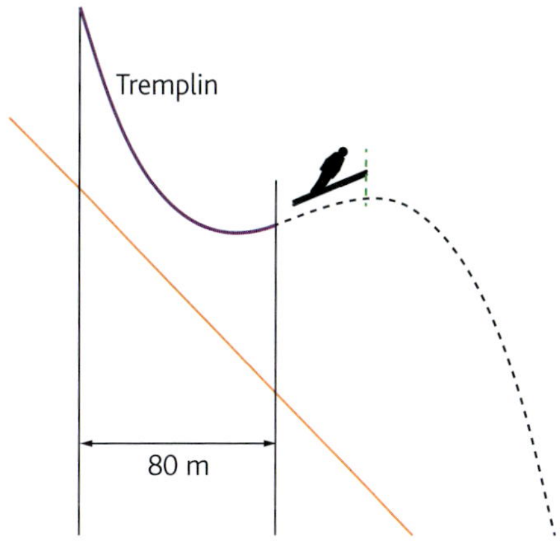

On admet que la forme factorisée est :

$$S(m)=-0{,}06(m-9)\left(m^2-\frac{14}{3}m+\frac{43}{3}\right)$$

a. Déterminer le nombre de racines de cette fonction et leur valeur.

b. En déduire la longueur du saut de Yasmina.

c. Ce saut lui permettrait-il d'être qualifiée ?

d. À l'aide de la calculatrice, déterminer au cm près la hauteur de son saut.

88 D'après le Ministère de la Santé, la qualité des eaux de baignade (eau douce) selon la teneur en bactéries d'entérocoques intestinaux est classée comme suit :

Paramètre	Excellente qualité	Bonne qualité	Qualité suffisante
Entérocoque intestinaux (UFC/100ml)	200*	400*	> 400*

**Source : baignades.sante.gouv.fr*

On s'intéresse à l'évolution de cette bactérie dans un lac situé dans une base de loisir.

PARTIE A :

Le diagramme ci-dessous représente l'évolution de ce taux (en centaine/100 ml) relevé tous les jours dans ce lac.

1. Expliquer pourquoi, dans ce contexte, on peut limiter la représentation graphique comme proposé ci-dessous :

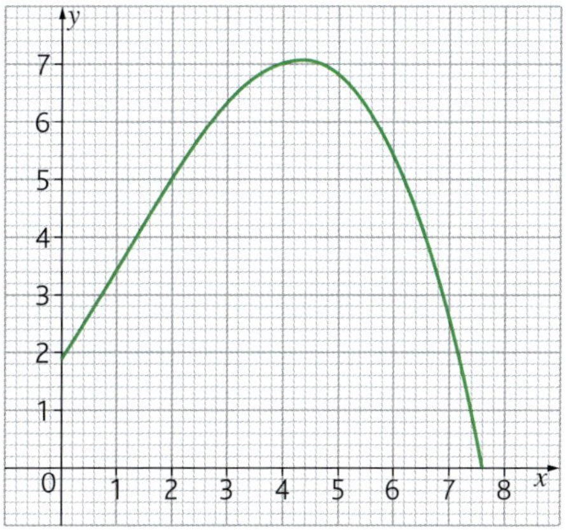

Les exercices roses sont corrigés :
• en fin de manuel **ou** • en **vidéo** avec Médématiques
p. 326 **hachette-clic.fr/25mfls013**

2. Avec la précision permise par le graphique :

a. Au bout de combien de temps les bactéries semblent-elles avoir été éliminées ?

b. Déterminer les périodes durant lesquelles l'eau est de qualité satisfaisante, de bonne qualité et enfin de qualité excellente.

PARTIE B

On considère la fonction q définie sur [0 ; 8] par $q(t) = -0{,}05t^3 + 0{,}155t^2 + 1{,}46t + 1{,}9$ qui traduit l'évolution du nombre de bactéries (en UFC/100 ml) en fonction du temps (en heures).

a. Compléter le programme Python ci-dessous afin qu'il permette de savoir au bout de combien de jours il ne restera plus que des traces de bactéries dans ce lac.

```
n=0
while -0.05*n**3+0.155*n**2+1.46*n+1.9 .....
    n= ....
print(...)
```

b. Vérifier que la fonction peut aussi s'écrire sous la forme $-\frac{1}{20}\left(t - \frac{38}{5}\right)\left(t + \frac{5}{2}\right)(t + 2)$.

c. En déduire le jour et l'heure à partir desquels on ne décèlera plus de présence de ces bactéries dans l'eau du lac.

89 Calculatrice Devant subir un traitement, Idir doit surveiller quotidiennement son taux de globules blancs (leucocytes) dans le sang pendant 5 semaines.

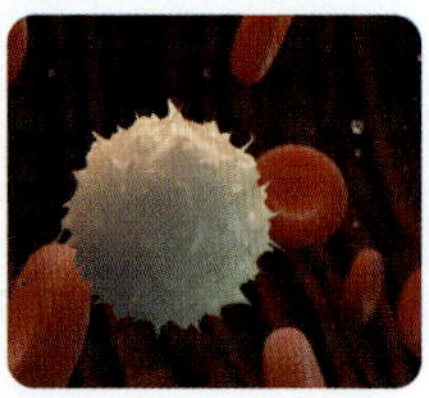

PARTIE A : Aspect graphique *(les réponses seront données avec la précision permise par le graphique)*

Le graphique ci-dessous représente l'évolution du taux de leucocytes (en milliers par mm³) en fonction du nombre de semaines de suivi.

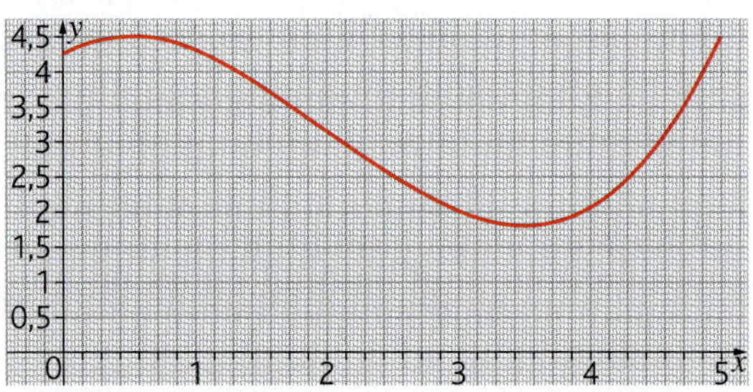

a. Le taux normal de leucocytes doit être compris entre 4 000 et 11 000/mm³. À partir de combien de jours, Idir doit-il s'inquiéter de cette évolution ?

b. Le traitement ne peut être modifié. Pour limiter son impact, Idir doit changer son alimentation et consommer des aliments riches en magnésium et pratiquer une activité physique plus importante. Il débute ce régime le 11ᵉ jour.

Au bout de combien de jours peut-il estimer que l'on commence à voir les effets de ce régime ?

c. A-t-il retrouvé le taux de leucocytes initial à la fin de la période d'observation ?

PARTIE B : Étude algébrique

On peut modéliser le taux de leucocytes par mm³ en fonction de la semaine x de prélèvement par la fonction T définie sur [0 ; 5] par :

$T(x) = 0{,}2x^3 - 1{,}2x^2 + 1{,}05x + 4{,}25$.

a. Quel est le taux de leucocytes initial d'Idir ?

b. Quel est, à l'unité près, son taux au bout de 25 jours ?

c. On parle de leucopénie lorsque le taux de globules blancs est en dessous de 3 500/mm³.

À l'aide de la calculatrice, déterminer sur quelle période Idir est en leucopénie.

On admet que : $T(x) = 0{,}2(x + 1{,}38)(x^2 + px + s)$, avec p et s tels que $x^2 + px + s$ ne peut être factorisée.

d. Selon cette modélisation, le taux de globules blanc d'Idir peut-il être nul ?

e. Est-ce cohérent dans ce contexte ?

90 Corrigé Un groupe de d'amis prévoit d'accéder à un refuge en trail.

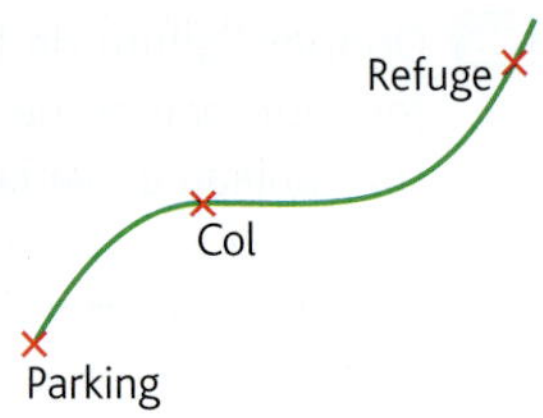

L'altitude a, exprimée en mètres est modélisée par la fonction :

$a(t) = 0{,}005t^3 - 0{,}75t^2 + 36{,}5t + 175$, où t est la durée du trajet en minutes.

a. À quelle altitude se situe le départ ?

b. Le groupe atteint le col au bout de 35 minutes. À quelle altitude se situe-t-il ? On donnera le résultat arrondi au mètre près.

c. Le dénivelé est de 1 250 mètres.

À l'aide d'un logiciel de calcul formel, on obtient la copie d'écran ci-dessous :

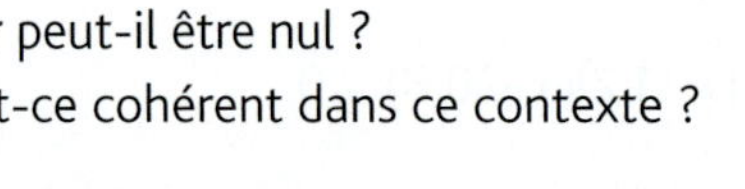

En déduire le temps mis par ce groupe pour arriver au refuge.

d. En déduire la vitesse ascensionnelle moyenne de ce groupe en mètres par heure.

e. Kilian Jornet, spécialiste de la course en montagne, a, lorsqu'il court en ultratrail, une vitesse ascensionnelle moyenne d'environ 1 000 mètres par heure. Combien de temps en moins aurait-il mis pour atteindre ce refuge dans ces conditions ?

91 Corrigé Le bénéfice, en millier d'euros, réalisé par une entreprise est modélisé par la fonction B définie sur $[0 ; 30]$ par :
$B(x) = -x^3 + 29x^2 - 70x - 1\,200$, où x représente le nombre de milliers d'articles vendus.

a. Vérifier que $B(10) = B(24) = 0$.

b. En déduire l'expression factorisée de $B(x)$.

c. Dresser le tableau de signes de $B(x)$.

d. En déduire pour quels nombres d'articles vendus cette entreprise est déficitaire.

92 Vidéo Nao part jouer au casino avec ses amis.

La fonction ci-dessous modélise ses gains (positifs ou négatifs) en dizaine d'euros en fonction du temps passé en minutes dans cet établissement.

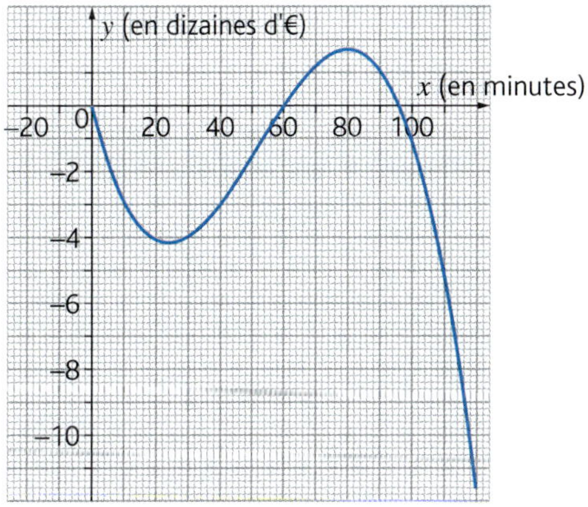

Partie A : Étude graphique *(les réponses seront données avec la précision permise par le graphique)*

a. Quelle a été la somme maximale qu'il a perdue durant la première demi-heure ?

b. Au bout de combien de temps son budget est-il revenu au point de départ ?

c. Au bout de combien de temps aurait-il dû arrêter de jouer pour gagner le plus possible ? Quelle aurait été cette somme ?

Partie B : Étude algébrique

Les gains de Nao peuvent être modélisés par la fonction G définie sur $[0 ; 120]$ par :

$$G(x) = -\frac{1}{15\,000}x^3 + \frac{13}{1\,250}x^2 - \frac{48}{125}x,$$

où x représente le temps passé dans le casino en minutes et $G(x)$ le gain en dizaines d'euros.

a. Quelle somme a-t-il gagnée ou perdue au bout d'un quart d'heure ?

b. Vérifier que 60 est une racine de G.

c. En déduire la forme factorisée de $G(x)$.

d. Dresser le tableau de signes de $G(x)$.

e. Interpréter dans le contexte la période où $G(x)$ est strictement négative.

Conclusion : D'après vous, pourquoi dit-on que « le casino gagne toujours »

93 **D'après Bac/annales** ST2S Calculatrice

Pour traiter un patient, un médecin procède à l'injection intramusculaire d'une substance médicamenteuse au temps $t = 0$ (où t est exprimé en heures). Le produit actif se diffuse dans le sang puis est progressivement éliminé. Le médicament est efficace lorsque la concentration du produit actif dans le sang est supérieure ou égale à 25mg/L.

La concentration maximale du produit actif dans le sang ne peut dépasser 40 mg/L pour éviter les effets secondaires.

PARTIE A : Étude graphique

(les réponses seront données avec la précision permise par le graphique)

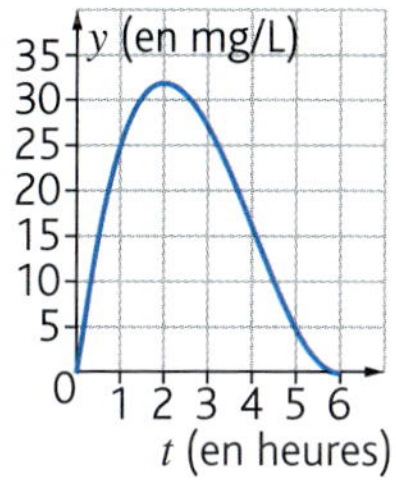

La courbe donnée ci-contre représente la concentration en mg/L du produit actif dans le sang du malade en fonction du temps écoulé depuis l'injection du médicament.

Pour les questions a) à e), les réponses seront données en tenant compte de la précision permise par le graphique.

a. Déterminer la concentration du produit actif (en mg/L) au bout de 5 heures.

b. Le médecin a-t-il respecté la dose à ne pas dépasser ? Justifier la réponse.

c. Déterminer les temps en heures et minutes pour lesquels la quantité de produit actif est de 15 mg/L.

d. Pendant quelle durée le médicament est-il resté efficace ?

e. Au bout de quelle durée le médicament est-il complètement éliminé ?

PARTIE B : Étude algébrique

On modélise l'évolution de la concentration, exprimée en mg/L, du produit actif dans le sang du malade en fonction du temps t, exprimé en heures, par la fonction f définie sur l'intervalle $[0 ; 6]$ par :

$$f(t) = t^3 - 12t^2 + 36t.$$

On cherche sur quel intervalle de temps la concentration du produit actif est supérieure ou égale à 25 mg/L.

Pour cela, on définit la fonction g sur $[0 ; 6]$ par :

$$g(t) = f(t) - 25.$$

a. Vérifier que :

$$g(t) = (t-1)\left(t - \frac{11-\sqrt{21}}{2}\right)\left(t - \frac{11+\sqrt{21}}{2}\right).$$

b. Étudier le signe de la fonction g.

c. En déduire l'intervalle de temps pendant lequel le médicament est efficace.

94 Des casquettes rentables ? STMG

» Chercher • Communiquer

Une usine fabrique au maximum 3 500 casquettes par jour. Le coût total de fabrication, exprimé en milliers d'euros, pour fabriquer x milliers de casquettes est noté $C(x)$.

La recette, exprimée en milliers d'euros, obtenue pour x milliers de casquettes vendues est notée $R(x)$. Le bénéfice, exprimé en milliers d'euros, obtenu pour x milliers de casquettes fabriquées et vendues est noté $B(x)$.

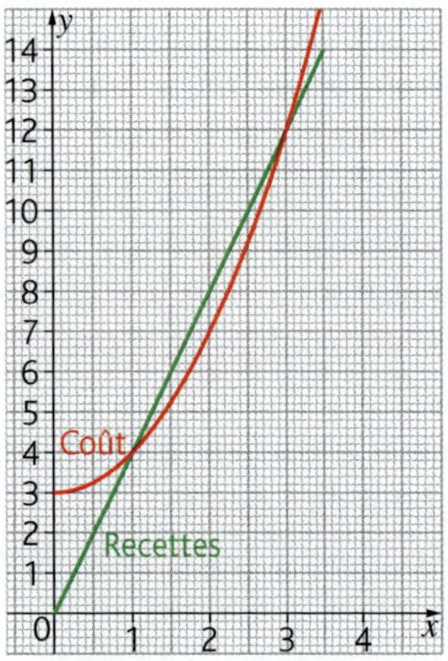

1. Partie graphique

Dans le repère ci-contre, la courbe **rouge** représente la fonction C, et la courbe **verte** représente la fonction R.

Avec la précision permise par le graphique répondre aux questions suivantes :

a. Quel est le montant en euros de la recette si l'usine fabrique et vend 500 casquettes ?

b. Dans ce cas, réalise-t-elle un bénéfice ?

c. Pour quelle(s) quantité(s) de casquettes fabriquées et vendues l'entreprise réalise-t-elle des bénéfices ?

2. Partie algébrique

Dans cette partie, on admet que pour tout x de $[0\,;3{,}5]$: $B(x) = -x^2 + 4x - 3$.

a. Déterminer une racine évidente de $B(x)$.

En déduire la forme factorisée de $B(x)$.

b. Dresser le tableau de signes de B.

Pour quelle quantité de casquettes fabriquées et vendues, l'entreprise est-elle déficitaire ?

c. Dresser le tableau de variations de B.

En déduire le nombre de casquettes à fabriquer et à vendre pour réaliser un bénéfice maximal. Quel est ce bénéfice ?

95 Le Golden Gate STI2D

» Modéliser

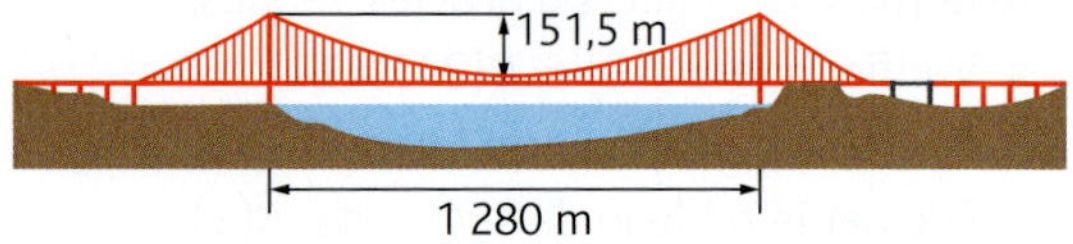

Le Golden Gate est un pont suspendu qui relie la baie de San Francisco à l'océan Pacifique. La distance qui sépare les deux supports principaux du pont est de 1 280 m, ses piliers font 151,5 m de hauteur au-dessus du niveau de la route, comme symbolisé sur le schéma ci-dessus. Le câble principal est modélisé par une parabole $\mathcal{P}$, passant par le milieu du tablier du pont. On choisit un repère orthonormé dont l'origine O est le milieu du tablier, avec 1 m pour unité. Le tablier est supposé horizontal.

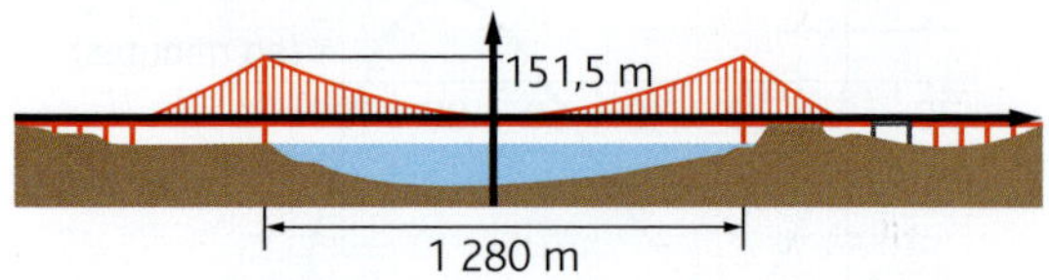

a. Déterminer, à l'aide des données et du schéma les coordonnées de trois points qui appartiennent à la parabole $\mathcal{P}$.

b. Déterminer l'expression de P, fonction polynôme de degré 2 dont la représentation graphique est $\mathcal{P}$. *Si besoin, les coefficients seront arrondis à 10^{-5} près.*

96 Les polynômes à la rescousse de la bronchiolite ST2S Calculatrice

» Chercher • Raisonner

Une épidémie de bronchiolite se diffuse dans une crèche. La fonction E définie sur $[0\,;30]$ par :
$E(j) = -0{,}01j^3 + 0{,}3j^2$ modélise le nombre d'enfants malades en fonction du nombre j de jours écoulés.

a. Combien la crèche compte-t-elle d'enfants malades le 4e jour ? le 8e jour ?

b. Calculer le taux d'évolution, en pourcentage, d'enfants malades entre le 4e et le 8e jour.

Peut-on dire que ce taux d'évolution correspond à une augmentation de 150 % ?

c. Représenter E sur l'écran de la calculatrice et en déduire le tableau des variations de E.

Au bout de combien de jours le nombre d'enfant malades semble-t-il être maximal ? Quel est alors le nombre d'enfants malades ?

d. Factoriser E et en déduire le nombre de jours nécessaire pour qu'il n'y ait plus d'enfants malades.

97 « SOS amitié » STMG Tableur

» Représenter • Modéliser

Le centre « SOS amitié » a relevé le nombre d'appels de détresse reçus chaque mois en 2023, afin de savoir quelle politique d'accompagnement mettre en place à l'avenir.

Mois	01	02	03	04	05	06	07	08	09	10	11	12
Nombre d'appels	3 000	3 002	3 004	3 006	3 008	3 012	3 016	3 020	3 a	3 028	3 032	3 036

a. Ouvrir un tableur et reporter le tableau précédent en mettant les numéros des mois dans la colonne A et le nombre d'appels dans la colonne B.

Insérer un graphique sous la forme d'un nuage de points où les numéros des mois seront notés en abscisse et le nombre d'appels en ordonnée.

b. Sélectionner le nuage de points et insérer une courbe de tendance polynomiale de degré 2, en affichant l'équation sur le graphique. Donner l'expression de la fonction P_2 ainsi obtenue.

En utilisant cette estimation, donner le nombre prévisible d'appels en mai 2024 puis en décembre 2024.

c. Sélectionner le nuage de points et insérer une courbe de tendance polynomiale de degré 3, en affichant l'équation sur le graphique. Donner l'expression de la fonction P_3 ainsi obtenue.

En utilisant cette estimation, donner le nombre prévisible d'appels en mai 2024 puis en décembre 2024.

d. En observant le graphique quel est l'ajustement qui semble le plus adapté ?

e. En mai 2024 il y a eu 3 055 appels. Quel est le meilleur des deux ajustements ?

98 La plus grande boîte STI2D Logiciel de géométrie Python

» Chercher • Communiquer • Modéliser

On veut construire une boîte ayant le plus grand volume possible à partir d'une feuille de format A4 (soit 21 cm sur 29,7 cm).

Pour ce faire, on réalise un patron comme ci-contre. On enlève des carrés de mêmes dimensions de côté a à chaque coin de la feuille.

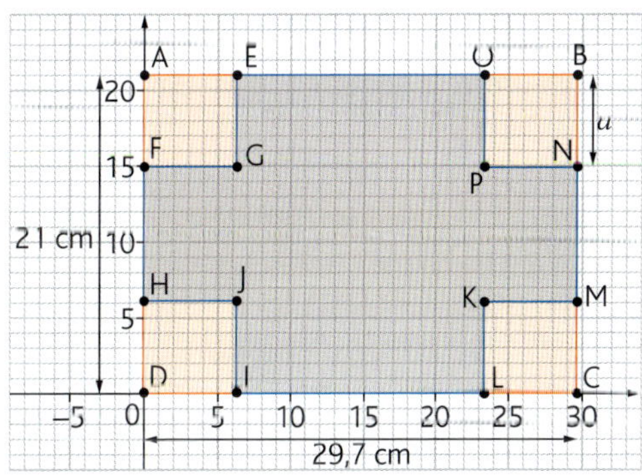

PARTIE A

a. Sur quel intervalle varie a ?

b. À l'aide d'un logiciel de géométrie dynamique, représenter la situation en créant un curseur a dont les bornes seront celles trouvées au a., représentant la longueur de la partie à enlever. D sera positionné à l'origine du repère.

La boîte aura pour base le rectangle GPKJ et pour hauteur a. Nommer $p1$ l'aire du rectangle GPKJ, dans affichage choisir graphique 2 et faire afficher le point S donnant le volume de la boîte en fonction de a. Faire afficher la courbe donnant le volume de la boîte en fonction de a, pour cela, utiliser la commande « Lieu ».

c. Faire varier le curseur afin de déterminer la valeur de a rendant le volume de la boîte maximale. Quel est ce volume maximal ?

PARTIE B

```
def V(a):
    return ............
```

a. Déterminer l'expression de $V(a)$, le volume de la boîte en fonction de a. Ouvrir un éditeur Python et compléter l'expression de la fonction $V(a)$.

b. La liste L est définie par `L=range(1,11)`. Que contient la liste L ?

Saisir dans l'éditeur : `for i in L : print(i,V(i))`.

À quoi correspond l'affichage obtenu ? En déduire la valeur approchée de a, à l'unité, qui rend le volume de la boîte maximal.

c. Reprendre la question précédente en utilisant la liste `L=[4.01,4.02,4.03,4.04,4.05,4.06]`. En déduire une valeur approchée de a, au centième, qui rend le volume de la boîte maximal.

d. En s'inspirant de la question c., déterminer une valeur approchée de a au millième qui rend le volume de la boîte maximale.

Pour entrer dans le chapitre

5

Représenter graphiquement une droite grâce à son équation réduite

L'équation réduite d'une droite est :

- $x = k$ où $k \in \mathbb{R}$, si la droite est verticale ;
- $y = mx + p$ où $m \in \mathbb{R}$ et $p \in \mathbb{R}$, si la droite n'est pas verticale.

m est le coefficient directeur, p est l'ordonnée à l'origine.

Tracer la représentation graphique d'une droite non verticale quand on connaît son équation réduite :

- Méthode 1 : on détermine les coordonnées de deux points appartenant à la droite en choisissant deux abscisses et en calculant leurs ordonnées respectives grâce à l'équation réduite de la droite. Puis on trace la droite passant par ces deux points.

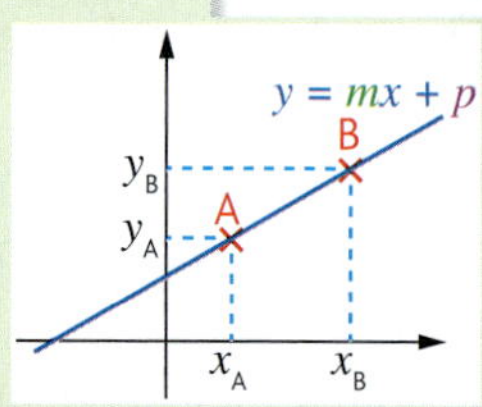

- Méthode 2 : on place d'abord l'ordonnée à l'origine $A(0\,;p)$, puis on utilise le coefficient directeur pour placer un second point. Pour cela, on avance de 1 unité parallèlement à l'axe des abscisses et on se déplace de m unités parallèlement à l'axe des ordonnées (vers le haut si $m > 0$ et vers le bas si $m < 0$).

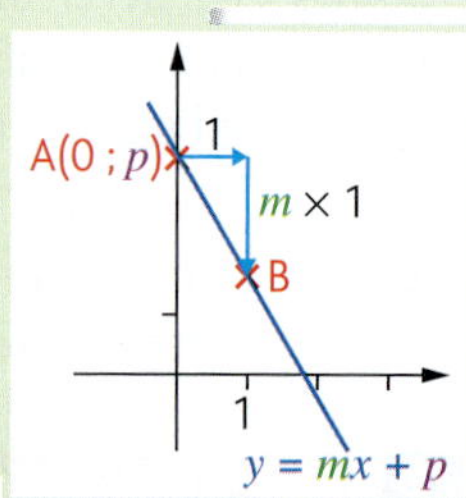

1 Tracer la droite d'équation $y = 2x - 1$ avec la méthode 1.

2 Tracer la droite d'équation $y = -3x + 8$ avec la méthode 2.

Déterminer le coefficient directeur d'une droite passant par deux points

On considère deux points $A(x_A\,;y_A)$ et $B(x_B\,;y_B)$. La droite passant par A et B a pour coefficient directeur $m = \dfrac{y_B - y_A}{x_B - x_A}$. **Si le coefficient directeur est positif la droite est croissante, s'il est négatif la droite est décroissante.**

3 Déterminer le coefficient directeur de la droite passant par les points de coordonnées $(2\,;3)$ et $(-4\,;5)$.

4 La droite passant par les points de coordonnées $(1\,;-4)$ $(-3\,;6)$ est-elle croissante ou décroissante ?

Dresser le tableau de signes d'une fonction affine

Signe d'une fonction affine : $f(x) = mx + p$

Si $m > 0$				
x	$-\infty$		$-\dfrac{p}{m}$	$+\infty$
Signe de $f(x)$		$-$	0	$+$

Si $m < 0$				
x	$-\infty$		$-\dfrac{p}{m}$	$+\infty$
Signe de $f(x)$		$+$	0	$-$

5 Dresser le tableau de signes de la fonction $f(x) = 2x - 3$.

Dérivation

Focus métiers

Finance Comptabilité Ingénierie Biologie Gestion Mécanique

La dérivation permet d'analyser l'évolution d'un phénomène, d'optimiser des coûts en gestion ou encore de déterminer des vitesses et accélérations en ingénierie.

Découvre le métier de contrôleur de gestion
hachette-clic.fr/25mfls014

Automatismes du chapitre

Activités de découverte

ACTIVITÉ 1 Introduction au nombre dérivé

Calculatrice | Logiciel de géométrie

Objectif Interpréter le nombre dérivé comme limite des coefficients directeurs des sécantes successives à une courbe

Soit f la fonction définie sur $\mathbb{R}$ par $f(x) = x^2$. On note $\mathscr{C}_f$ sa courbe représentative et on note A le point de $\mathscr{C}_f$ d'abscisse 4. Soit h un réel non nul. On appelle H le point de $\mathscr{C}_f$ d'abscisse $4 + h$.
On regarde les coefficients directeurs des droites (AH) quand h se rapproche de 0.
On note $\theta(h)$ le coefficient directeur de la droite (AH).

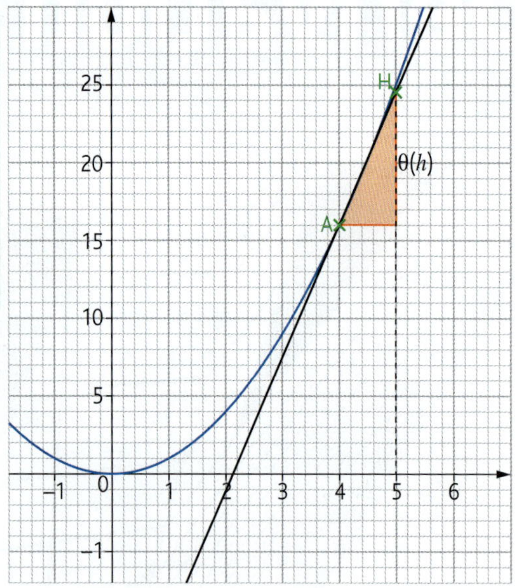

1 Compléter, le tableau ci-dessous :

h	−0,3	−0,1	−0,04	0,04	0,1	0,3
$\theta(h)$						

Quand h prend des valeurs de plus en plus proches de 0, de quel point de la courbe représentative de f le point H semble-t-il se rapprocher ? De quelle valeur le coefficient $\theta(h)$ semble-t-il se rapprocher ?

2 Exprimer le coefficient directeur de la droite (AH), $\theta(h)$, en fonction de h (lorsque A et H sont distincts).

Cours p. 126

3 De quelle valeur $\theta(h)$ s'approche-t-il lorsque h prend des valeurs de plus en plus proches de 0 ?

Rappel On dit alors que le nombre dérivé en 4 de la fonction f est 8.

ACTIVITÉ 2 Tangente et sens de variation : y aurait-il un lien ?

Objectif Établir un lien entre coefficient directeur et sens de variation

La représentation graphique de la fonction f définie sur $\mathbb{R}$ par $f(x) = 3x^2$ est représentée sur la figure ci-dessous. Cette même figure comporte une droite, notée T_A, tangente à la courbe au point A et trois autres droites tangentes T_B, T_C et T_D.
Les réponses aux questions s'appuient sur des observations graphiques

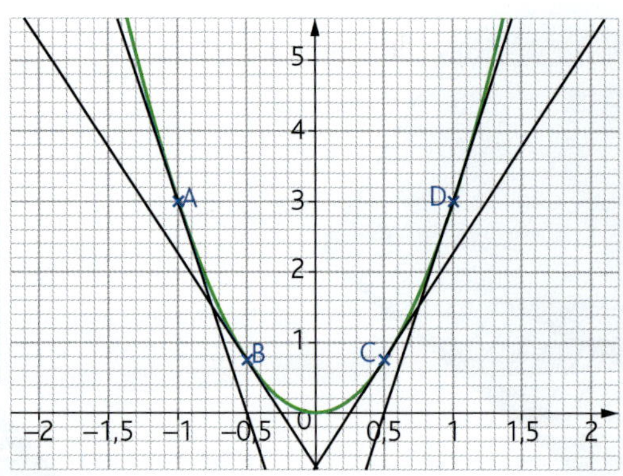

1 Donner le signe du coefficient directeur de chacune de ces quatre droites.

2 Soit E un point quelconque de la parabole d'abscisse strictement positive. Donner le signe du coefficient directeur de la droite, notée T_E, tangente à la courbe au point E.

Cours p. 130

3 Même question avec un point F quelconque de la parabole d'abscisse strictement négative.

4 À l'aide des résultats des questions précédentes conjecturer un lien entre le sens de variation de la fonction et le signe du coefficient directeur de la tangente.

ACTIVITÉ 3

Challenge entrepreneurial : lancer une gamme de compost bio ! Logiciel de géométrie

En équipe

Objectif Étudier une fonction dans un contexte donné

Vous êtes un groupe de jeunes entrepreneurs qui décide de lancer une gamme de compost bio pour jardins.
Le coût total journalier de production pour x sacs de compost est donné sur $I = [1 ; 45]$ par la fonction :

$$C(x) = 0{,}5x^2 + 2x + 200,$$

où $C(x)$ est exprimé en euros.
Le prix de vente d'un sac est fixé à 23 euros.
Votre objectif est d'optimiser votre production pour maximiser vos bénéfices journaliers. Pour cela, vous vous séparez en 3 équipes : **Production**, **Vente**, et **Finance**.

Équipe Production

1 Quelle est l'allure de la fonction $C(x)$ (croissante, décroissante, courbe) ? Pourquoi ?

2 Identifiez les coûts pour différentes valeurs de x (exemple : $x = 10$ ou $x = 20$ ou $x = 30$) et tracez un graphique approximatif de $C(x)$.

Équipe Vente

1 Montrez que la recette $R(x)$ est donnée par : $R(x) = 23x$.

2 Calculez la recette pour différentes valeurs de x (exemple : $x = 10$ ou $x = 20$ ou $x = 30$) et tracez un graphique de $R(x)$.

3 Expliquez pourquoi $R(x)$ est une droite et interprétez sa pente dans le contexte.

Équipe Finance

1 Exprimez le bénéfice $B(x)$ en fonction de x, en utilisant : $B(x) = R(x) - C(x)$.

2 Montrez que $B'(x) = -x + 21$.

3 Trouvez la valeur de x pour laquelle $B'(x) = 0$. Déduisez-en la quantité optimale à produire.

4 Complétez un tableau de variation de $B(x)$ et présentez le bénéfice maximal.

Phase finale : Débrief en entreprise

Présentation : Chaque équipe présente ses conclusions.

Discussion inter-équipes : Débattez pour répondre aux questions :
- Que se passe-t-il si la demande dépasse la capacité de production ?
- Comment pourriez-vous améliorer encore vos bénéfices ?

Cours p. 130

Cours 1 Nombre dérivé et tangente

A Taux d'accroissement et tangente

Définition

Soient une fonction f définie sur un intervalle I et deux réels a et b appartenant à I tels que $a < b$.

Soient A et B deux points de la courbe représentative de f d'abscisses respectives a et b.

Le taux d'accroissement de f entre a et b, ou coefficient directeur de la droite (AB), est égal à : $\dfrac{f(b)-f(a)}{b-a}$.

EXEMPLE

Soit f la fonction définie par $f(x)=3x$, le taux d'accroissement de f entre 4 et 6 est donné par :

$\dfrac{f(6)-f(4)}{6-4}=\dfrac{3\times 6-3\times 4}{6-4}=\dfrac{18-12}{2}=3.$

Cela signifie que la droite passant par les points d'abscisses 4 et 6 a pour coefficient directeur 3.

Remarque

Pour une fonction affine $(f(x)=mx+p)$, **le taux d'accroissement** entre les points A et B, respectivement d'abscisses a et b, **est toujours égal à m**, le coefficient directeur de la droite, quelles que soient les valeurs de a et b.

B Nombre dérivé d'une fonction en un point

Définition

Soit une fonction f définie sur un intervalle I. Soit un réel a appartenant à I, et h un nombre réel non nul tel que $a+h$ appartient à I.

On dit que f est dérivable en a lorsque le taux d'accroissement $\dfrac{f(a+h)-f(a)}{h}$ tend vers un unique nombre réel quand h tend vers 0.

Ce nombre limite est appelé nombre dérivé de f en a. On le note $f'(a)$ et on écrit que $\lim\limits_{h\to 0}(h)=f'(a)$.

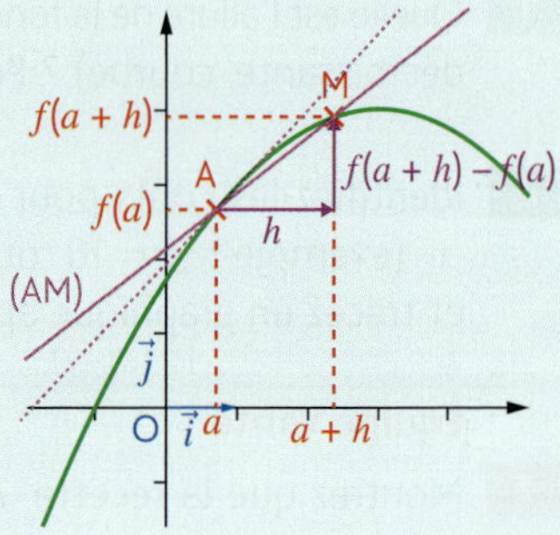

EXEMPLE

Soit f la fonction définie par $f(x)=x^2$. Le taux d'accroissement de f en 3 est égal à :

$\dfrac{f(3+h)-f(3)}{h}=\dfrac{(3+h)^2-3^2}{h}=\dfrac{9+6h+h^2-9}{h}=\dfrac{h^2+6h}{h}=h+6.$

Or $h+6$ tend vers 6 quand h tend vers 0, donc le nombre dérivé de f en 3 vaut $f'(3)=6$.

Propriété

Le nombre dérivé de la fonction f en a est le coefficient directeur de la **tangente** à la courbe $\mathscr{C}$ au point A d'abscisse a.

C Tangente à une courbe

Propriété

Soit une fonction f définie sur un intervalle I et dérivable en un nombre réel a appartenant à I.

A est un point d'abscisse a appartenant à la courbe représentative $\mathscr{C}_f$ de f.

La tangente à la courbe $\mathscr{C}_f$ au point A est la droite passant par A et ayant pour coefficient directeur le nombre dérivé $f'(a)$.

Une équation de la tangente à la courbe $\mathscr{C}_f$ en A est : $y=f'(a)(x-a)+f(a)$.

1 EXO Calculer un nombre dérivé avec le taux d'accroissement

Soit la fonction trinôme f définie sur $\mathbb{R}$ par $f(x) = x^2 + 3x - 2$.
Calculer $f'(2)$.

Méthode

1. On commence par calculer $\dfrac{f(2+h) - f(2)}{h}$ pour $h \neq 0$.
2. On fait tendre h vers 0 et on regarde si le résultat obtenu précédemment tend vers un unique nombre réel. Si oui, on dit que f est dérivable en $x = 2$ et on donne la valeur de $f'(2)$.

Réponse

1. $$\frac{f(2+h) - f(2)}{h} = \frac{(2+h)^2 + 3(2+h) - 2 - (2^2 + 3 \times 2 - 2)}{h} = \frac{4 + 4h + h^2 + 6 + 3h - 2 - 8}{h} = h + 7$$
2. Donc : $\dfrac{f(2+h) - f(2)}{h} = h + 7$ qui s'approche du réel 7 quand h tend vers 0.
On en déduit que f est dérivable en $x = 2$ et que le nombre dérivé de f en 2 vaut 7.

» Exercice 15 p. 135

2 EXO Déterminer graphiquement un nombre dérivé

On considère la fonction trinôme f définie sur $\mathbb{R}$ par $f(x) = x^2 + 3x - 2$ et représentée ci-contre avec sa tangente au point A d'abscisse 2.
Déterminer graphiquement $f'(2)$.

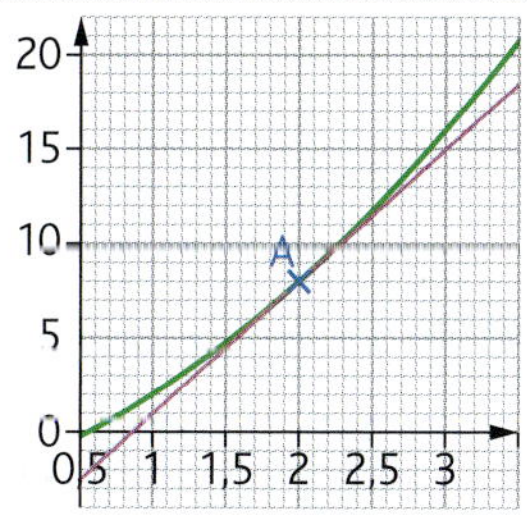

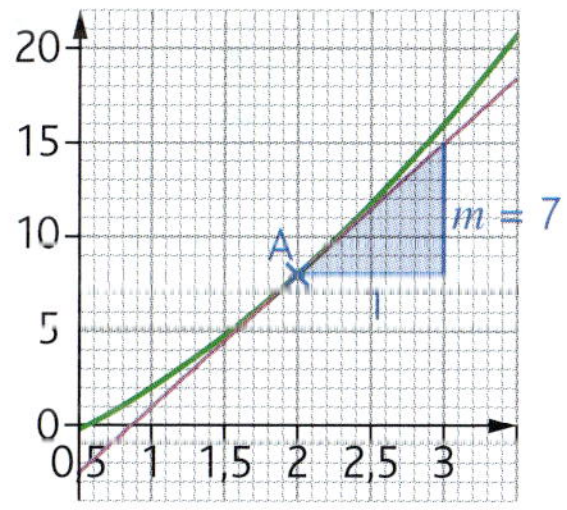

Méthode

Déterminer $f'(2)$ revient à déterminer graphiquement le coefficient directeur de la tangente à la courbe représentative de f au point A de la courbe d'abscisse 2. Pour cela, on part du point A, on se déplace d'une unité parallèlement à l'axe des abscisses, puis on compte le nombre d'unités de l'axe des ordonnées qu'il faut « monter » pour rejoindre la tangente.

Réponse

Ici $f'(2) = 7$.

» Exercices 16, 17, 18 p. 135

3 EXO Déterminer une équation d'une tangente à une courbe

On considère la fonction trinôme f définie sur $\mathbb{R}$ par $f(x) = x^2 + 3x - 2$. Déterminer une équation de tangente à la courbe représentative de f au point A de la courbe d'abscisse 2.

Méthode

1. On calcule $f(2)$ puis $f'(2)$ en reprenant les exercices 1 et 2.
2. On applique la formule du cours pour l'équation de la tangente : $y = f'(a)(x - a) + f(a)$.

Réponse

1. D'après les exercices résolus 1 et 2, on a trouvé, par le calcul ou par lecture graphique, la valeur $f'(2) = 7$. Et $f(2) = 2^2 + 3 \times 2 - 2 = 8$.
2. Donc l'équation de la tangente à la courbe au point d'abscisse 2 est de la forme : $y = 7(x - 2) + f(2)$, soit : $y = 7(x - 2) + 8$ donc $y = 7x - 6$.

» Exercices 16, 17 p. 135

Cours 2 Fonction dérivée : calculs

A Dérivées de fonctions usuelles

Définitions

Soit f une fonction définie sur un intervalle I.

On dit que f est dérivable sur I si elle est dérivable en tout réel x de I.

Dans ce cas, la fonction qui, à tout réel x de I, associe le nombre dérivé de f en x est appelée fonction dérivée de f et se note f'.

Formules de dérivation de fonctions usuelles :

Fonction f	Dérivée f'
$f(x) = k$, $k \in \mathbb{R}$	$f'(x) = 0$
$f(x) = mx$, $m \in \mathbb{R}$	$f'(x) = m$
$f(x) = x$	$f'(x) = 1$
$f(x) = x^2$	$f'(x) = 2x$
$f(x) = x^3$	$f'(x) = 3x^2$

Formules d'opération sur les fonctions dérivées :

$(f+g)' = f' + g'$
$(kf)' = kf'$, $k \in \mathbb{R}$

EXEMPLE

Si $f(x) = 3x + 7$ alors $f'(x) = 3$.

B Fonction dérivée d'une fonction polynôme

Propriété

Soit f une fonction polynôme du second degré définie sur $\mathbb{R}$ par : $f(x) = ax^2 + bx + c$.
La fonction dérivée de f, notée f', est la fonction définie sur $\mathbb{R}$ par : $f'(x) = a \times (2x) + b$.

EXEMPLE

Soit f une fonction polynôme du second degré définie par $f(x) = 3x^2 - 5x + 2$.
Alors, $f'(x) = 3 \times 2x - 5 = 6x - 5$.

Propriété

Soit f une fonction polynôme du troisième degré définie sur $\mathbb{R}$ par : $f(x) = ax^3 + bx^2 + cx + d$.
La fonction dérivée de f, notée f', est la fonction définie sur $\mathbb{R}$ par : $f'(x) = a \times (3x^2) + b \times (2x) + c$.

EXEMPLE

Soit f une fonction polynôme du troisième degré définie par $f(x) = 2x^3 - 7x^2 + 3x - 9$.
Alors, $f'(x) = 2 \times 3x^2 - 7 \times 2x + 3 = 6x^2 - 14x + 3$.

EXO 4 Déterminer la dérivée d'une fonction polynôme de degré 2 ou 3

Déterminer les fonctions dérivées des fonctions suivantes :

a. $f(x) = 4x^2 - 9x + 4$
b. $f(x) = x^2 + 3x - 5$
c. $f(x) = -4x^2 - 9x - 8$
d. $f(x) = x^3 + x^2 + 4$
e. $f(x) = 7x^3 + 2x - 6$
f. $f(x) = -x^3 - x$

Méthode

On applique les formules du tableau des dérivées.

Réponse

a. $f(x) = 4x^2 - 9x + 4$ donc $f'(x) = 4 \times 2x - 9 = 8x - 9$
b. $f(x) = x^2 + 3x - 5$ donc $f'(x) = 2x + 3$
c. $f(x) = -4x^2 - 9x - 8$ donc $f'(x) = -4 \times 2x - 9 = -8x - 9$
d. $f(x) = x^3 + x^2 + 4$ donc $f'(x) = 3x^2 + 2x$
e. $f(x) = 7x^3 + 2x - 6$ donc $f'(x) = 7 \times 3x^2 + 2 = 21x^2 + 2$
f. $f(x) = -x^3 - x$ donc $f'(x) = -1 \times 3x^2 - 1 = -3x^2 - 1$

Exercices 35 à 38 p. 137

EXO 5 Utiliser une fonction dérivée dans le contexte d'une vitesse instantanée

Un véhicule roule en ligne droite. La distance (exprimée en mètres) parcourue par ce véhicule en fonction du temps t (exprimé en secondes) est donnée par la fonction : $d(t) = 3t^2 + 2t$.
Calculez la vitesse exacte du véhicule au bout de 3 secondes.

Méthode

1. **La vitesse instantanée est donnée par la dérivée de la fonction distance.** Il faut donc calculer la dérivée de $d(t) = 3t^2 + 2t$ grâce aux formules du cours.
2. On remplace t par 3 dans la formule de la fonction $d'(t)$ trouvée et on interprète le résultat dans le contexte.

Réponse

1. $d(t) = 3t^2 + 2t$ donc $d'(t) = 3 \times 2t + 2 = 6t + 2$.
2. $d'(3) = 6 \times 3 + 2 = 20$. La vitesse instantanée du véhicule au bout de 3 secondes est de 20 m/s.

Exercice 46 p. 138

Cours 3 Sens de variation et extrema d'une fonction grâce à la dérivée

Propriété

- Une fonction f est croissante sur un intervalle I si et seulement si $f'(x) \geqslant 0$ pour tout x de I.
- Une fonction f est décroissante sur un intervalle I si et seulement si $f'(x) \leqslant 0$ pour tout x de I.
- Si la dérivée f' s'annule en un réel x_0 en changeant de signe, alors la fonction f admet un extremum en x_0.

Remarque

La dérivée permet de calculer les variations d'une fonction **quel que soit le cas** (même quand sa forme n'est pas simple ou évidente).

EXEMPLE

Soit la fonction f définie sur $\mathbb{R}$ par $f(x) = -4x^2 + 16x + 7$.

a. Calculer la fonction dérivée de f.

» On a : $f'(x) = -4 \times 2x + 16 = -8x + 16$.

b. Déterminer le signe de f' en fonction de x puis dresser le tableau de variations de f.

» On résout d'abord l'équation $f'(x) = 0$, afin de savoir pour quelle valeur la dérivée s'annule.

Soit : $-8x + 16 = 0$

Donc $-8x = -16$ et $x = \dfrac{-16}{-8} = 2$.

On dresse ensuite le tableau de signes de f' puis de variations de f en appliquant la propriété ci-dessus :

x	$-\infty$		2		$+\infty$
Signe de f'		+	0	−	
Variations de f		↗	23	↘	

On calcule **l'extremum** de la fonction, qui est la valeur pour laquelle la dérivée s'annule.
Ici, $f(2) = -4 \times 2^2 + 16 \times 2 + 7 = 23$
La fonction f admet un maximum égal à 23 en $x = 2$.

Remarque

Un peu de latin !

«Extremum» vient du latin (on dit «extrema» au pluriel) et signifie «extrême». Il correspond aux valeurs extrêmes de la fonction : le minimum et le maximum.

6 EXO Étudier les variations d'une fonction polynôme du troisième degré

Soit la fonction f définie sur $\mathbb{R}$ par $f(x) = 2x^3 + 9x^2 - 24x + 10$.

- Calculer la fonction dérivée de f.
- Démontrer que $f'(x) = 6(x+4)(x-1)$.
- Déterminer le signe de f' en fonction de x.
- Dresser le tableau de variations de f.

Méthode

1. On calcule la dérivée de la fonction.
2. On vérifie que l'expression est bien égale à celle donnée dans l'énoncé (souvent on doit développer l'expression donnée dans l'énoncé).
3. On dresse le tableau de signes de la fonction dérivée.
4. On dresse en dessous celui des variations de la fonction.
5. On calcule les extrema de la fonction (minimum et/ou maximum) en remplaçant les valeurs de x pour lesquelles la dérivée s'annule dans la fonction $f(x)$.

Réponse

1. $f'(x) = 2 \times 3x^2 + 9 \times 2x - 24 = 6x^2 + 18x - 24$
2. On développe $6(x+4)(x-1) = 6(x^2 - x + 4x - 4) = 6x^2 + 18x - 24 = f(x)$ donc $f'(x) = 6(x+4)(x-1)$.
3. On résout l'équation $f'(x) = 0$.
   Il s'agit d'une équation produit nul donc : $x + 4 = 0$ ou $x - 1 = 0$.
   La dérivée s'annule donc en -4 et 1.
   On dresse le tableau de signes de la dérivée grâce au chapitre sur les polynômes de degré 2. On identifie le a de $a(x - x_1)(x - x_2)$. Ici $a = 6$ donc $a > 0$. La fonction est donc positive à l'extérieur des racines et négative entre les deux racines. Voir p. 100.
4. On en déduit le tableau de variations de f.

x	$-\infty$		-4		1		$+\infty$
Signe de $f'(x)$		+	0	−	0	+	
Variations de f		↗	122	↘	−3	↗	

5. En effet :
   - $f(-4) = 2(-4)^3 + 9 \times (-4)^2 - 24 \times (-4) + 10 = 122$
   - $f(1) = 2 \times 1^3 + 9 \times 1^2 - 24 \times 1 + 10 = -3$

Exercices 56 à 59 p. 139

L'essentiel

Je retiens

1. Nombre dérivé et tangente

Nombre dérivé

On considère une fonction f définie sur un intervalle I et a un réel de I. Soit h un nombre réel non nul tel que $a+h$ appartienne à I.

On dit que f est dérivable en a si le taux de variation $\dfrac{f(a+h)-f(a)}{h}$ tend vers un unique réel lorsque h tend vers 0. Ce nombre limite est le nombre dérivé $f'(a)$.

Tangente

Soit $\mathscr{C}_f$ la courbe d'une fonction f dérivable en a et A le point de coordonnées $(a\,;f(a))$.

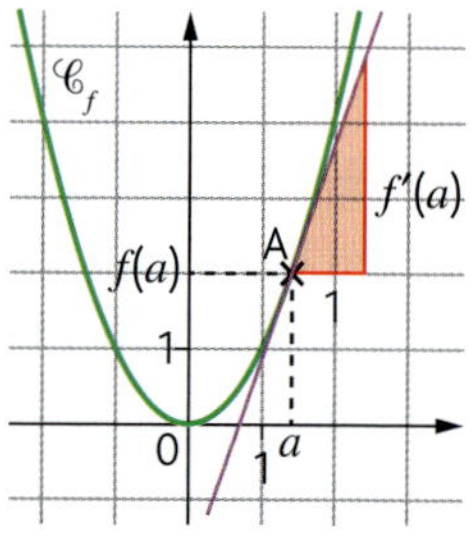

La tangente à la courbe au point A d'abscisse a est la droite passant par A et de coefficient directeur $f'(a)$.

Son équation est alors : $y = f'(a)(x-a)+f(a)$.

Savoir-faire

Pour déterminer graphiquement $f'(a)$:

- on part du point A ;
- on avance de 1 unité parallèlement à l'axe des abscisses ;
- on se déplace parallèlement à l'axe des ordonnées de m unités ($m = f'(a)$).

2. Fonction dérivée

Une fonction f est dite dérivable sur un intervalle I lorsque pour tout réel x de I, le nombre dérivé $f'(x)$ existe.

Formules de dérivation de fonctions usuelles :

Fonction f	Dérivée f'
$f(x)=k$, $k\in\mathbb{R}$	$f'(x)=0$
$f(x)=mx$, $m\in\mathbb{R}$	$f'(x)=m$
$f(x)=x$	$f'(x)=1$
$f(x)=x^2$	$f'(x)=2x$
$f(x)=x^3$	$f'(x)=3x^2$

Formules d'opération sur les fonctions dérivées :

$(f+g)'=f'+g'$
$(kf)'=kf'$, $k\in\mathbb{R}$

3. Sens de variation et extrema

- Une fonction f est croissante sur un intervalle I si et seulement si $f'(x)\geqslant 0$ pour tout x de I.
- Une fonction f est décroissante sur un intervalle I si et seulement si $f'(x)\leqslant 0$ pour tout x de I.
- Si la dérivée f' s'annule en un réel x_0 en changeant de signe, alors la fonction f admet un extremum en x_0.

Je me teste

QCM interactif et auto-corrigé
hachette-clic.fr/25mfls015

Je me prépare à une évaluation

Je sais déterminer l'équation d'une tangente

CHALLENGE EN CLASSE OU À LA MAISON

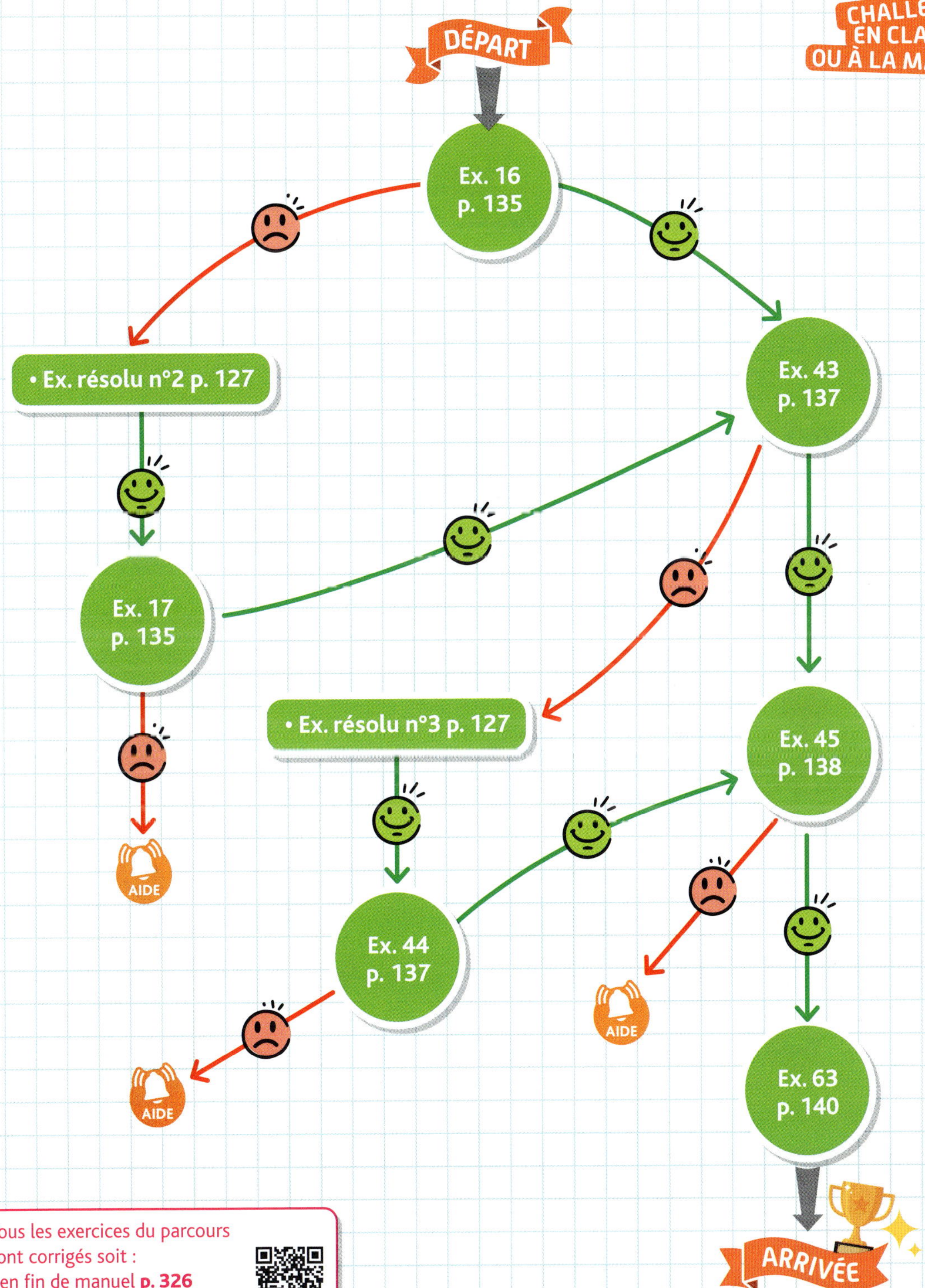

Tous les exercices du parcours sont corrigés soit :
- en fin de manuel **p. 326**
- en **vidéo** avec Médématiques

hachette-clic.fr/25mfls016

Je me prépare à une évaluation

Je sais étudier une fonction à l'aide de sa dérivée

CHALLENGE EN CLASSE OU À LA MAISON

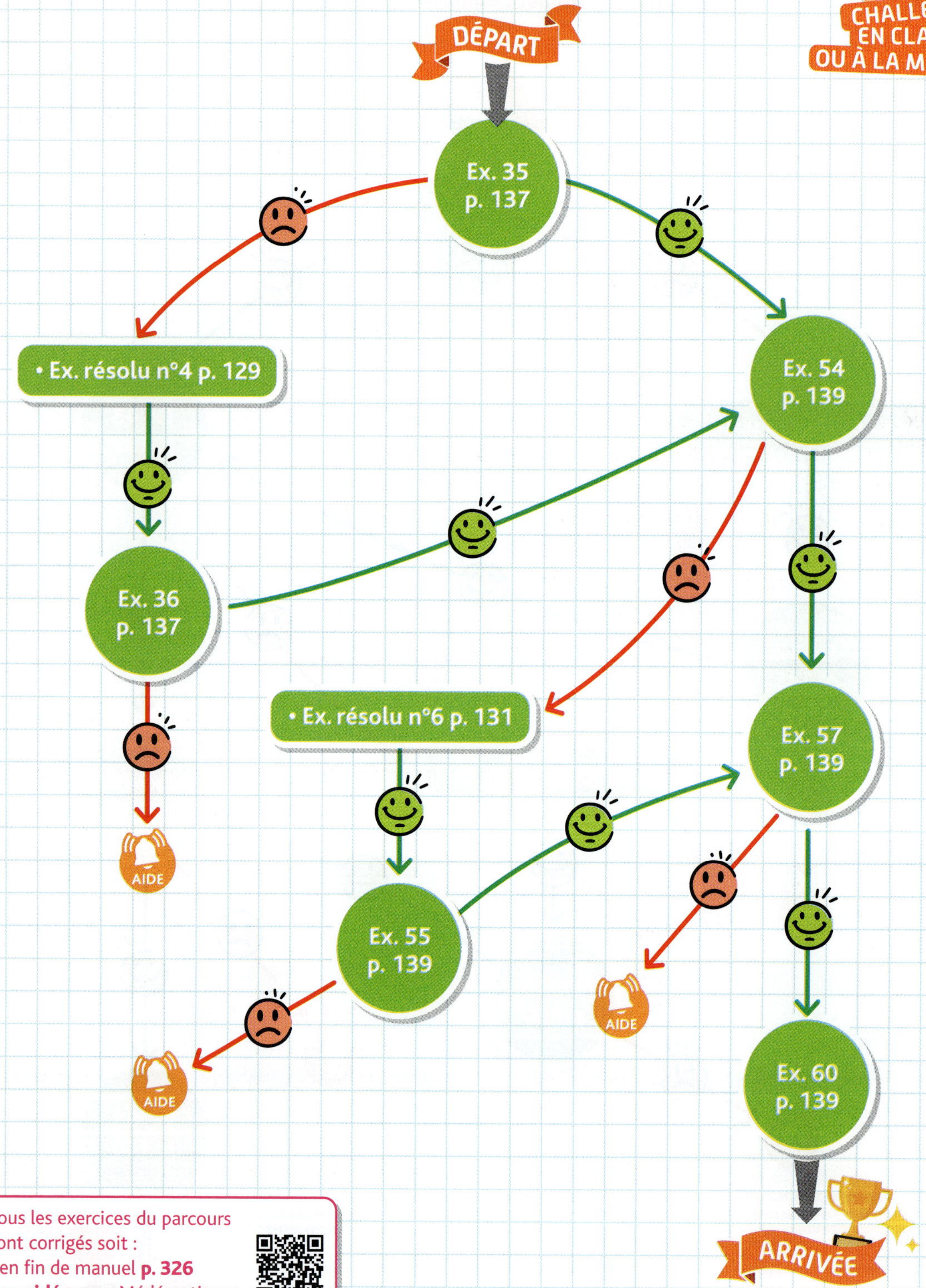

Tous les exercices du parcours sont corrigés soit :
- en fin de manuel **p. 326**
- en **vidéo** avec Médématiques

hachette-clic.fr/25mfls016

Les exercices roses sont corrigés :
• en fin de manuel p. 326 ou • en vidéo avec Médématiques hachette-clic.fr/25mfls016

Exercices

1 Nombre dérivé et tangente

Questions flash

1 Soit f la fonction définie sur $\mathbb{R}$ par $f(x) = 3x + 2$. Calculer $f(2)$.

2 Développer et réduire : $A = 2(x+3) - x(x-7)$.

3 Développer et réduire $B = (x+7)^2 - 2x$.

4 Soit f la fonction définie sur $\mathbb{R}$ par $f(x) = 3x^2 + 2$. Déterminer l'expression de $f(1+h)$, avec h réel non nul.

5 Si $\dfrac{f(3+h) - f(3)}{h} = 2h + 7$ combien vaut $f'(3)$?

6 Si $\dfrac{f(2+h) - f(2)}{h} = h^2 - 6h - 1$ combien vaut $f'(2)$?

7 Si $\dfrac{f(-1+h) - f(-1)}{h} = 8$ combien vaut $f'(-1)$?

8 $f(x) = 3x$. De quelle nature est la fonction f ? En déduire $f'(1)$ sans aucun calcul.

9 Tracer dans un repère orthonormé la droite d'équation $y = 7x + 4$.

10 Tracer dans un repère orthonormé la droite d'équation $y = -3x + 2$.

11 Tracer dans un repère orthonormé la droite d'équation $y = x - 8$.

12 Tracer dans un repère orthonormé la droite d'équation $y = -4x$.

Le taux d'accroissement d'une fonction f entre a et b est égal à : $\dfrac{f(b) - f(a)}{b - a}$.

13 Soit f la fonction définie sur $\mathbb{R}$ par : $f(x) = x^2 - 3$.
a. Déterminer le taux d'accroissement de f entre 0 et 3.
b. Déterminer le taux d'accroissement de f entre 1 et 5.

14 On a représenté ci-contre une fonction f.
Déterminer graphiquement les taux de variation :
a. entre –2 et 0.
b. entre –1 et 1.

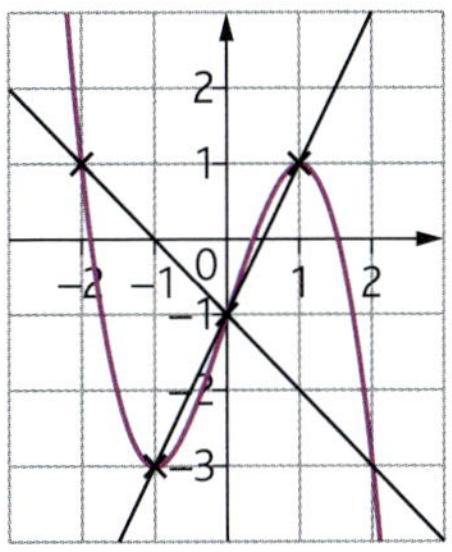

15 Soit f la fonction définie sur $\mathbb{R}$ par : $f(x) = 2x^2 + 1$. Soit h un réel non nul.
a. Déterminer le taux de variation de f entre 0 et $0 + h$.
b. Déterminer le taux de variation de f entre 1 et $1 + h$.

Le **nombre dérivé**, noté $f'(a)$, est le coefficient directeur de la tangente à la courbe au point d'abscisse a.

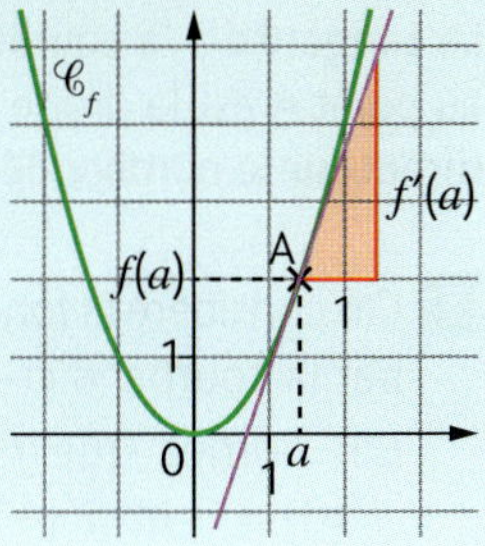

Pour 16 et 17 on a représenté la courbe d'une fonction f et deux de ses tangentes aux points A et B.

16 Corrigé Compléter :
a. $f(-1) =$
et $f'(-1) =$
b. $f(1) =$
et $f'(1) =$

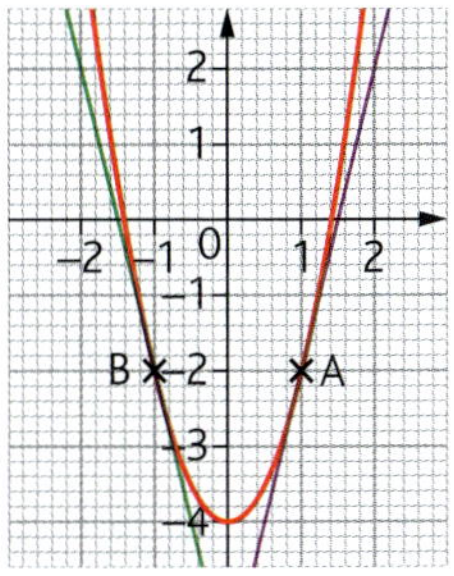

17 Vidéo Compléter :
a. $f(0) =$
et $f'(0) =$
b. $f(2) =$
et $f'(2) =$

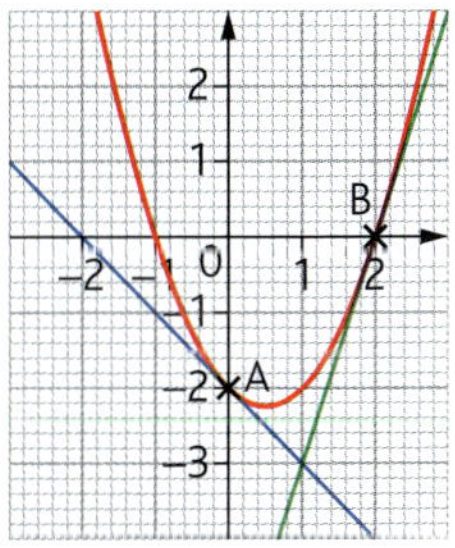

18 On a représenté la courbe d'une fonction f et deux de ses tangentes aux points A et B.
Compléter :
a. $f(0) =$
et $f'(0) =$
b. $f(-1) =$
et $f'(-1) =$

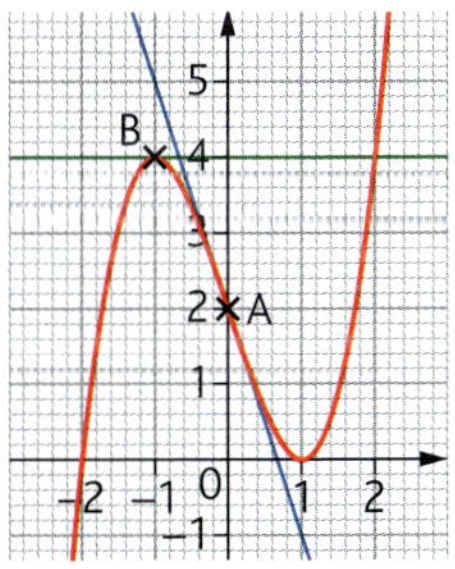

19 On considère la fonction f définie sur $\mathbb{R}$ par $f(x) = 4x + 1$.
a. Donner l'expression du taux de variation de f entre -3 et $-3 + h$.
b. Que devient ce taux lorsque h tend vers 0 ?
c. En déduire la valeur de $f'(-3)$.

20 On considère la fonction g définie sur $\mathbb{R}$ par $g(x) = 2x^2 + 1$.
a. Donner l'expression du taux de variation de f entre 1 et $1 + h$.
b. Que devient ce taux quand h tend vers 0 ?
c. En déduire la valeur de $g'(1)$.

Exercices

Les exercices roses sont corrigés :
• en fin de manuel p. 326 ou • en vidéo avec Médématiques hachette-clic.fr/25mfls016

La **tangente** à la courbe représentative de la fonction f au point A est la droite passant par A et de **coefficient directeur** le nombre dérivé $f'(a)$.

21 On considère la fonction f définie sur $\mathbb{R}$ représentée par la courbe $\mathscr{C}$ ci-dessous.

On admet que f est dérivable sur $\mathbb{R}$ et que $f'(0) = 0$ et $f'(-1) = -2$.

Reproduire le graphique et construire les tangentes à $\mathscr{C}$ aux points d'abscisse -1 et 0.

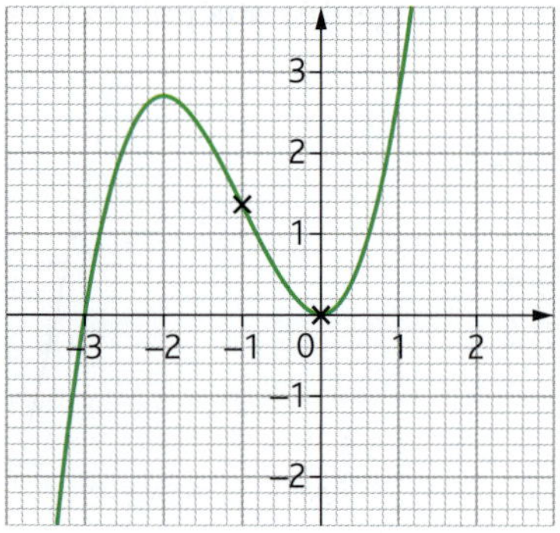

22 On considère la fonction f définie sur $\mathbb{R}$ représentée par la courbe $\mathscr{C}$ ci-dessous.

On admet que f est dérivable sur $\mathbb{R}$ et que $f'(2) = 0$ et $f'(0) = -4$.

Reproduire le graphique et tracer les tangentes à $\mathscr{C}$ aux points d'abscisse 0 et 2.

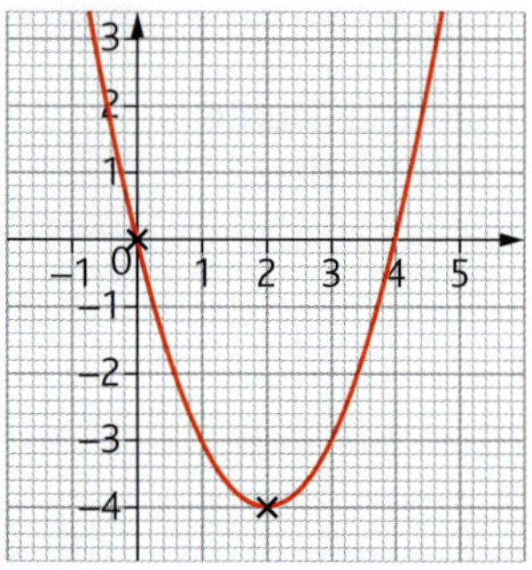

23 On considère une fonction f définie sur $[-3\,;3]$. En utilisant les données du tableau, tracer dans un repère orthonormé une allure possible pour la courbe représentative de f.

x	-3	-1	1	2	3
$f(x)$	0	2	0	-2	-1
$f'(x)$	1	0	-2	0	1

24 Calculatrice On considère la fonction f définie sur $\mathbb{R}$ par $f(x) = -(x-1)(x-3)$.

On admet que f est dérivable sur $\mathbb{R}$ et que : $f'(1) = 2$ et $f'(3) = -2$.

a. En utilisant le tableau de valeurs de la calculatrice, construire une représentation graphique de la courbe représentative de la fonction f sur l'intervalle $[0\,;4]$.

b. Construire les tangentes à cette courbe aux points d'abscisses 1 et 3.

Une **équation de la tangente** à la courbe représentative de la fonction f passant par le point A d'abscisse a est donnée par : $y = f'(a)(x-a) + f(a)$.

25 Soit f la fonction telle que $f(3) = 2$ et $f'(3) = -1$. Donner l'équation de la tangente à la courbe représentative de f au point d'abscisse 3.

26 Soit f la fonction telle que $f(5) = -2$ et $f'(5) = 1$. Donner l'équation de la tangente à la courbe représentative de f au point d'abscisse 5.

27 Soit f la fonction telle que $f(-1) = 2$ et $f'(-1) = 0$. Donner l'équation de la tangente à la courbe représentative de f au point d'abscisse -1.

28 L'équation de la tangente à la courbe représentative d'une fonction f au point d'abscisse -2 est $y = 4x + 3$. En déduire $f'(-2)$ et $f(-2)$.

29 Lors d'une mesure de la dureté de l'eau, l'attaque du magnésium par une solution d'acide chlorhydrique donne des ions magnésium Mg^{2+}. La courbe ci-dessous représente la concentration d'ions Mg^{2+} (exprimée en centième de mole par litre) en fonction du temps t (exprimé en minute).

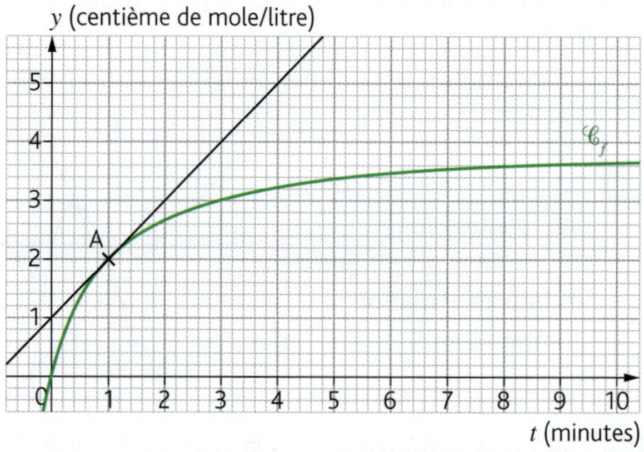

On note f la fonction représentant cette concentration.

a. On appelle « vitesse de concentration » à l'instant t le nombre dérivé $f'(t)$, exprimé en centième de mole par minute.

Lire graphiquement une estimation de la vitesse de concentration à l'instant $t = 1$.

b. Trouver graphiquement une estimation de la vitesse de concentration à l'instant $t = 5$.

2 Fonction dérivée : calculs

Questions flash

30 Soit f la fonction définie par $f(x) = 5$.
Déterminer $f'(x)$.

31 Soit f la fonction définie par $f(x) = 6x$.
Déterminer $f'(x)$.

32 Soit f la fonction définie par $f(x) = -2$.
Déterminer $f'(x)$.

33 Soit f la fonction définie par $f(x) = -9x$.
Déterminer $f'(x)$.

Soit f une fonction polynôme du second degré définie sur $\mathbb{R}$ par $f(x) = ax^2 + bx + c$.
Alors $\boldsymbol{f'(x) = 2ax + b}$.
Soit f une fonction polynôme du troisième degré définie sur $\mathbb{R}$ par $f(x) = ax^3 + bx^2 + c$.
Alors $\boldsymbol{f'(x) = 3ax^2 + 2bx + c}$.

Pour 34 à 38 déterminer la fonction dérivée des fonctions définies sur $\mathbb{R}$ par leur expression.

34 a. $f(x) = 3$
b. $g(x) = 6x$
c. $h(x) = -2x + 5$

35 Corrigé
a. $f(x) = x^2 + x + 7$
b. $g(x) = 2x^2 - 3x$

36 Vidéo
a. $p(t) = 3t^3 - 3t^2 + 3t$
b. $m(s) = -s^3 - s^2 + 5s - 10$

37 a. $f(x) = \dfrac{1}{3}$ b. $g(x) = \dfrac{1}{2}x$
c. $h(x) = \dfrac{-1}{3}x^2$ d. $i(x) = \dfrac{4}{5}x^3 - 7x^2 + \dfrac{1}{5}x$

38 a. $r(t) = -3t^2 + 2t - 5$
b. $s(q) = -0{,}05q^3 + 300q^2 + 5\,000q + 40$

39 Déterminer la fonction dérivée des fonctions suivantes définies sur $\mathbb{R}$ après avoir développé leur expression.
a. $f(x) = 3(x - 5)$
b. $g(x) = 5x(x + 3)$
c. $h(t) = (t + 3)^2$
d. $i(t) = t(t - 2)(t + 3)$

40 **Vrai ou faux ?**
1. Soit f la fonction définie sur $\mathbb{R}$ par :
$$f(x) = -2x^2 - x + 2$$
a. $f'(0) = -1$ ☐ Vrai ☐ Faux
b. $f'(-1) = 5$ ☐ Vrai ☐ Faux

2. Soit g la fonction définie sur $\mathbb{R}$ par :
$$f(x) = x^3 + 2x$$
c. $f'(0) = 2$ ☐ Vrai ☐ Faux
d. $f'(-1) = -1$ ☐ Vrai ☐ Faux

41 À l'aide d'un tableur, on a voulu automatiser le calcul de nombres dérivés pour une fonction f pour des valeurs de x dans l'intervalle $[0 ; 5]$.
f est la fonction définie sur $\mathbb{R}$ par :
$f(x) = x^2 - 3x + 5$.

	A	B
1	x	$f'(x)$
2	0	=
3	0,5	
4	1	
5	1,5	
6	2	
7	2,5	

1. Calculer $f'(x)$.
2. Quelle formule, parmi les 3 proposées ci-dessous, doit-on saisir dans la cellule B2 pour qu'en recopiant la cellule vers le bas on puisse automatiser le calcul des différents nombres dérivés ?
a. =2*A2+2   b. =2*A2-3   c. =2*B2-3

42 Python On donne ci-dessous le script Python qui permet de définir une fonction g :

```
def g(x):
    return 2*x**3-x**2+4*x-1
```

a. En vous aidant du script ci-dessus, écrire celui permettant de définir la fonction dérivée g'.
b. On écrit dans la console : `>>> deriveeg(2)`
Quel résultat est alors renvoyé ? Comment peut-on l'interpréter ?

Une **équation de la tangente** à la courbe représentative de la fonction f passant par le point A d'abscisse a est donnée par : $\boldsymbol{y = f'(a)(x - a) + f(a)}$.

43 Corrigé
Soit f la fonction définie sur $\mathbb{R}$ par :
$f(x) = 3x^2 - 2$.
a. Déterminer $f'(x)$.
b. Calculer $f(1)$ puis $f'(1)$.
c. En déduire une équation de la tangente à la courbe de f au point d'abscisse 1.

44 Corrigé
Déterminer dans chacun des cas suivants une équation de la tangente à la courbe de la fonction f au point d'abscisse a.
a. $f(x) = x^2 + 2x$ et $a = 3$.
b. $f(x) = -x^3 + x^2 - 5$ et $a = 2$.
c. $f(x) = -4x^3 + 3x^2 - 10x + 1$ et $a = -1$.

Les exercices roses sont corrigés :
• en fin de manuel ou • en vidéo avec Médématiques
p. 326 hachette-clic.fr/25mfls016

45 Corrigé La courbe ci-contre est la représentation graphique de la fonction f et de sa tangente T au point d'abscisse 1.

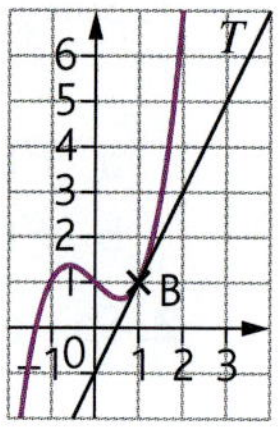

a. Déterminer, par lecture graphique, l'équation de la tangente T.

b. La fonction f est en fait la fonction définie sur $\mathbb{R}$ par $f(x) = x^3 - x + 1$. Retrouver l'équation de la tangente T par le calcul.

La **vitesse instantanée** est donnée par la dérivée de la fonction distance.

46 Une trottinette roule en ligne droite. La distance (exprimée en mètres) parcourue par cette trottinette en fonction du temps t (exprimé en heures) est donnée par la fonction $d(t) = 1{,}5t^2 + 10t + 1$.

a. Exprimer la vitesse instantanée de la trottinette en fonction du temps en heures.

b. Calculer la vitesse instantanée de la trottinette au bout de 5 secondes. On pensera à convertir 5 secondes en heures.

47 Une entreprise fabrique des ordinateurs. On note q la quantité d'ordinateurs produits et on admet que le coût de fabrication en milliers d'euros, de q unités est donné par :

$$C(q) = -\frac{q^2}{100000} + \frac{q}{10} + 1.$$

1. Donner le coût de fabrication de 2 000 unités puis de 2 001 unités.

2. En déduire le coût de fabrication de cet ordinateur supplémentaire.

3. On appelle « coût marginal au rang q » la différence $C_m(q) = C(q+1) - C(q)$ qui représente donc le coût entraîné par la production d'un ordinateur supplémentaire lorsque q sont déjà fabriqués.

Calculer le taux d'accroissement :

$$C_m(q) = \frac{C(q+1) - C(q)}{(q+1) - q}$$

et vérifier que l'on retrouve bien la réponse de la question **2**.

4. En pratique on ne calcule pas le coût marginal comme ci-dessus mais on prend $C'(q)$ comme valeur approchée.

a. Calculer $C'(q)$

b. Quelle est l'erreur commise en assimilant $C_m(q)$ à $C'(q)$?

c. Vérifier en calculant $C'(2000)$ que l'on retrouve le résultat de la question 2.

3 Sens de variation et extremum d'une fonction

Questions flash

48 Soit f la fonction définie sur $\mathbb{R}$ telle que le tableau de signes de sa dérivée est donné ci-dessous.

Dresser le tableau de variations de f.

x	$-\infty$		2		3		$+\infty$
$f'(x)$		+	0	−	0	+	

49 Soit f la fonction définie sur $\mathbb{R}$ telle que le tableau de signes de sa dérivée est donné ci-dessous.

Dresser le tableau de variations de f.

x	$-\infty$		−8		9		$+\infty$
$f'(x)$		−	0	+	0	−	

50 Soit f la fonction définie sur $\mathbb{R}$ telle que :

- $f'(x) < 0$ sur $]-\infty ; 4[$
- $f'(4) = 0$
- $f'(x) > 0$ sur $]4 ; \infty[$

Dresser le tableau de variation de f.

51 Soit f la fonction définie sur $\mathbb{R}$ telle que :

- $f'(x) > 0$ sur $]-\infty ; -4[$
- $f'(-4) = 0$
- $f'(x) < 0$ sur $]-4 ; \infty[$

Dresser le tableau de variation de f.

Une fonction f est **croissante** sur un intervalle I si et seulement si $f'(x) \geqslant 0$.
Une fonction f est **décroissante** sur un intervalle I si et seulement si $f'(x) \leqslant 0$.

52 La courbe ci-dessous est la représentation graphique d'une fonction f définie sur l'intervalle $[-2 ; 2]$.
En utilisant le graphique, recopier et compléter le tableau ci-dessous.

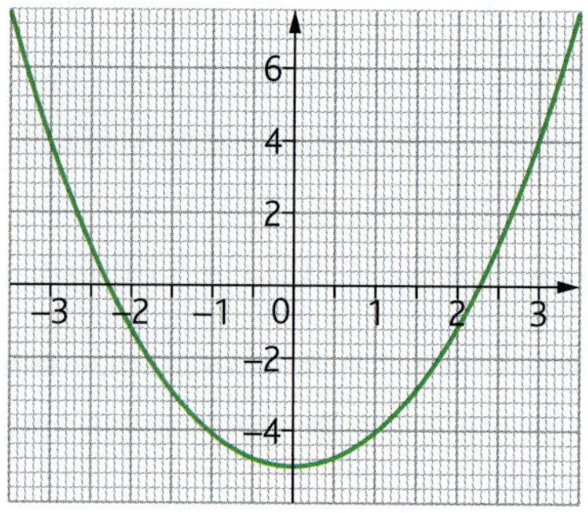

x	
Signe de $f'(x)$	
Variations de f	

53 La courbe ci-dessous est la représentation graphique d'une fonction f définie sur $\mathbb{R}$. En utilisant le graphique, recopier et compléter le tableau ci-dessous.

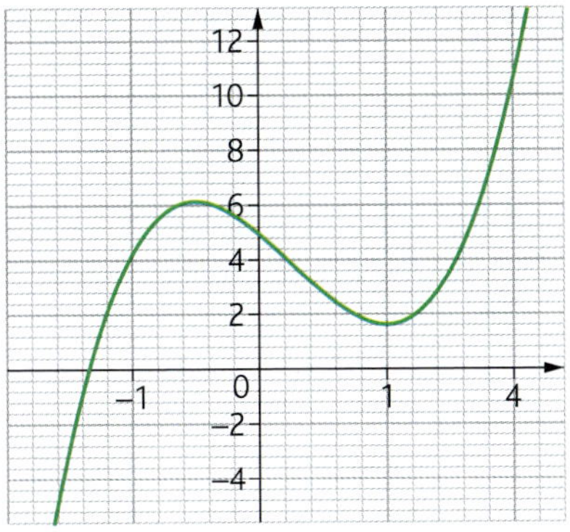

x	
Signe de $f'(x)$	
Variations de f	

54 Corrigé Soit f la fonction définie sur $[-5\,;5]$ par :
$f(x) = 2x^2 + 8x - 5$.
a. Déterminer $f'(x)$.
b. Étudier le signe de $f'(x)$ puis recopier et compléter les deux premières lignes du tableau suivant.

x	
Signe de $f'(x)$	
Variations de f	

c. En déduire le tableau de variations complet de f en complétant la troisième ligne du tableau.

55 Vidéo Soit f la fonction définie sur $\mathbb{R}$ par :
$f(x) = -3x^2 + 2x - 5$.
a. Déterminer $f'(x)$.
b. Étudier le signe de $f'(x)$ puis recopier et compléter les deux premières lignes du tableau suivant.

x	$-\infty$ $+\infty$
Signe de $f'(x)$	
Variations de f	

c. En déduire le tableau de variations complet de f en complétant la troisième ligne du tableau.
d. Quel est le maximum de la fonction f ? En quelle valeur de x est-il atteint ?

56 Soit f la fonction définie sur $\mathbb{R}$ par :
$$f(x) = \frac{2}{3}x^3 - \frac{1}{2}x^2 - 6x + 4.$$
a. Déterminer $f'(x)$.
b. Démontrer que pour tout x réel :
$f'(x) = (x-2)(2x+3)$.
c. Dresser le tableau de signes de $f'(x)$.
d. En déduire le tableau de variations complet de f.

57 Corrigé Soit f la fonction définie sur $\mathbb{R}$ par :
$$f(x) = \frac{2}{3}x^3 + 4x^2 - 42x + 1.$$
a. Déterminer $f'(x)$.
b. Démontrer que pour tout x réel :
$f'(x) = 2(x-3)(x+7)$.
c. Dresser le tableau de signes de $f'(x)$.
d. En déduire le tableau de variations complet de f.

58 Soit f la fonction définie sur $\mathbb{R}$ par :
$f(x) = -4x^3 - 10x^2 + 8x - 2$.
a. Déterminer $f'(x)$.
b. Démontrer que pour tout x réel :
$f'(x) = -4(3x-1)(x+2)$.
c. Dresser le tableau de signes de $f'(x)$.
d. En déduire le tableau de variations complet de f.

59 On considère la fonction f définie sur $[-10\,;10]$ par $f(x) = x^3 + 5x^2$.
a. Déterminer $f'(x)$.
b. Factoriser $f'(x)$.
c. Étudier le signe de $f'(x)$.
d. En déduire le tableau de variations complet de f.

60 Corrigé L'émission de dioxyde de carbone (gaz à effet de serre) par un véhicule est proportionnelle à la consommation de ce véhicule en carburant.

Les services techniques d'un constructeur automobile ont modélisé la consommation d'un véhicule essence en fonction de sa vitesse pour des vitesses comprises entre 20 et 150 km·h^{-1}.
Pour $x \in [20\,;150]$, $f(x) = 0{,}001x^2 - 0{,}15x + 10{,}5$, où x désigne la vitesse en km·h^{-1} et $f(x)$ est le nombre de litres d'essence consommés lorsque la voiture parcourt 100 km à la vitesse x (« litres au 100 »).
a. Pour $x \in [20\,;150]$, déterminer $f'(x)$.
b. Étudier le signe de $f'(x)$ puis recopier et compléter le tableau suivant.

x	
Signe de $f'(x)$	
Variations de f	

c. À quelle vitesse l'émission de dioxyde de carbone sera-t-elle minimale pour ce véhicule ?

Les exercices roses sont corrigés :
• en fin de manuel p. 326 ou • en vidéo avec Médématiques hachette-clic.fr/25mfls016

d. La performance énergétique de ce véhicule quant aux émissions de dioxyde de carbone est-elle meilleure en milieu urbain ou sur autoroute ? Justifier brièvement.

61 On étudie la propagation d'une maladie dans une population sur un mois.

Après modélisation, un traceur de courbes permet d'obtenir la représentation graphique suivante.

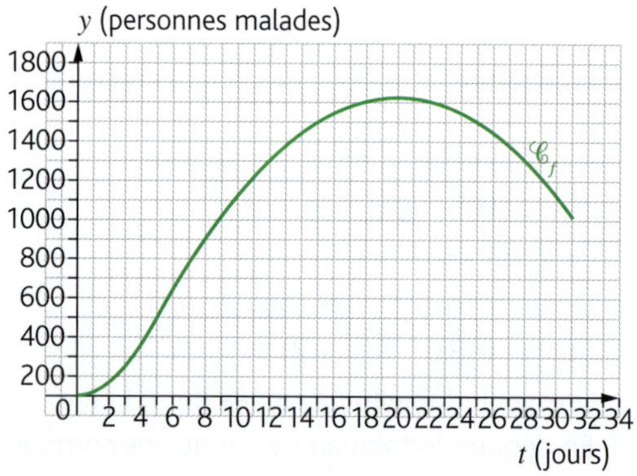

Elle donne le nombre de personnes malades en fonction du nombre t de jours écoulés depuis le début de l'épidémie. À partir du 5e jour depuis le début de l'épidémie, on modélise le nombre de personnes malades en fonction du nombre t de jours écoulés à l'aide de la fonction f définie sur l'intervalle $[5\,;31]$ par :

$f(t) = -5t^2 + 200t - 475$.

a. On appelle pic épidémique le rang du jour pour lequel le nombre de malades est maximal. Déterminer graphiquement ce pic.

b. Déterminer $f'(t)$.

c. En déduire le pic épidémique par le calcul. Justifier brièvement.

d. On appelle vitesse de propagation de la maladie au bout de t jours le nombre dérivé $f'(t)$. La vitesse de propagation de cette maladie est-elle plus grande après 5 ou 6 jours ?

62 Un constructeur souhaite réaliser un toboggan pour enfants, qui se termine en pente douce. Il modélise le profil du toboggan à l'aide de la courbe représentative de la fonction f définie sur l'intervalle $[-1{,}2\,;0{,}38]$ par :

$f(x) = -1{,}55\,x^3 - 0{,}66x^2 - 0{,}05x + 0{,}2$.

Il se demande toutefois si de l'eau peut stagner sur le toboggan après un jour de pluie.

a. Pour $x \in [-1{,}2\,;0{,}38]$, déterminer $f'(x)$.

b. Calculer $f'(-0{,}2)$.

c. De l'eau peut-elle stagner sur ce toboggan ? Justifier brièvement à l'aide du calcul précédent.

63 Corrigé Lors d'une épidémie observée sur une période de 11 jours, un institut de veille sanitaire a étudié l'évolution du nombre de personnes malades.

La durée, écoulée à partir du début de la période, est exprimée en jours. Elle est notée t.

On modélise le nombre de cas grâce à la fonction f, où $f(t)$ représente le nombre de personnes malades, en milliers, à l'instant t.

Soit f' la fonction dérivée de f. Le nombre $f'(t)$ représente la vitesse d'évolution de la maladie, t jours après l'apparition des premiers cas.

On donne ci-dessous la courbe représentative $\mathscr{C}_f$ de la fonction f, définie sur l'intervalle $[0\,;11]$. La droite T est la tangente à la courbe $\mathscr{C}_f$ au point d'abscisse 0 et passe par le point A de coordonnées $(0\,;0)$.

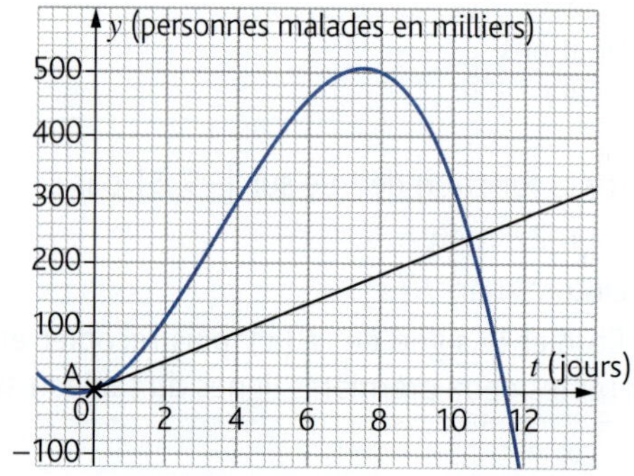

1. a. Déterminer par lecture graphique $f'(0)$.

b. Interpréter ce résultat dans le contexte de l'exercice.

c. En déduire l'équation réduite de la tangente T.

2. La fonction f est définie sur l'intervalle $[0\,;11]$ par :

$$f(t) = -2t^3 + 21t^2 + \frac{45}{2}t.$$

a. Calculer $f'(t)$ pour tout t de $[0\,;11]$.

b. On admet que, pour tout t dans l'intervalle $[0\,;11]$:

$$f'(t) = -6\left(t+\frac{1}{2}\right)\left(t-\frac{15}{2}\right).$$

Étudier le signe de $f'(t)$ en recopiant et complétant le tableau suivant.

t	
Signe de -6	
Signe de $t+\frac{1}{2}$	
Signe de $t-\frac{15}{2}$	
Signe de $f'(t)$	

c. En déduire le tableau de variations de la fonction f sur l'intervalle $[0\,;11]$.

d. Retrouver par le calcul l'équation réduite de la tangente T.

64 Une entreprise fabrique et vend des boîtes de macarons. La production mensuelle varie de 20 à 150 centaines de boîtes. Le chiffre d'affaires en euros, obtenu pour la vente de x centaines de boîtes de macarons est donné par la fonction R définie sur l'intervalle $[20 ; 150]$ par : $R(x) = 900x$.

Le coût total de production de x centaines de boîtes de macarons est donné en euros par la fonction C définie par : $C(x) = 12x^2 - 492x + 10368$.

On admet dans l'étude qui suit que chaque mois toute la production est vendue.

1. On a représenté dans le repère orthogonal ci-dessous deux courbes $\mathscr{C}_1$ et $\mathscr{C}_2$. L'une est la représentation graphique de R et l'autre celle de C mais on ne sait pas dans quel ordre.

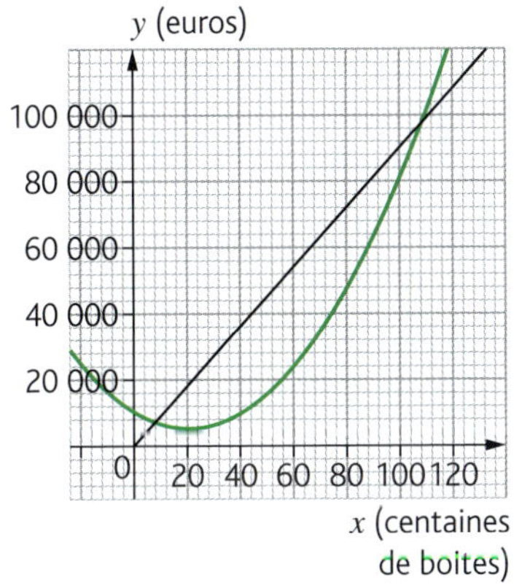

a. Préciser quelle courbe représente la fonction R et quelle courbe représente la fonction C en justifiant brièvement.

b. Déterminer, avec la précision permise par le graphique, dans quel intervalle doit se situer le nombre de centaines de boîtes vendues pour que l'entreprise réalise un bénéfice.

c. Déterminer, avec la précision permise par le graphique, pour quel nombre de centaines de boîtes le bénéfice vous semble maximal. Expliciter brièvement la démarche.

2. Le résultat de l'entreprise en euros, c'est-à-dire le bénéfice ou le déficit de l'entreprise selon que le résultat est positif ou négatif, est donné par la fonction D définie sur l'intervalle $[20 ; 150]$ par : $D(x) = -12x^2 + 1392x - 10368$.

On note D' la fonction dérivée de la fonction D.

a. Calculer $D'(x)$.

b. Déterminer le signe de $D'(x)$ sur l'intervalle $[20 ; 150]$ puis en déduire le tableau de variation de la fonction D.

c. En déduire le nombre de boîtes que l'entreprise doit produire et vendre pour obtenir un bénéfice maximal.

65 Ainhoa veut fabriquer une boîte de dimensions x, y et h en découpant deux bandes de largeur x (en centimètres) dans une feuille carrée dont le côté mesure 40 cm ($0 < x < 20$).

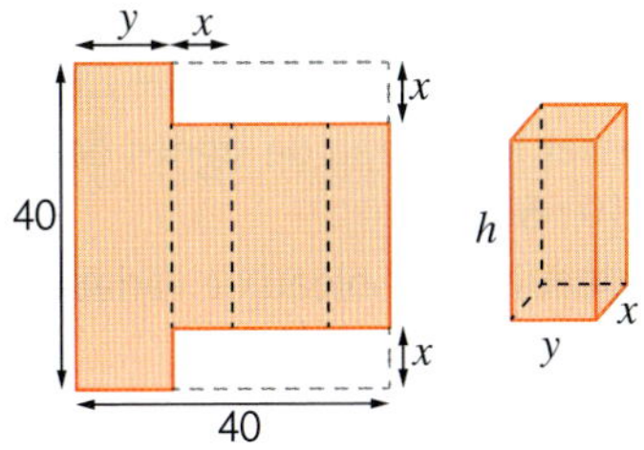

On cherche à maximiser le volume de la boîte.

1. Montrer que $y = 20 - x$ et que $h = 40 - 2x$.

2. On note f la fonction définie sur l'intervalle $[0 ; 20]$ par $f(x) = 2x^3 - 80x^2 + 800x$.

a. Vérifier que, pour tout réel x de l'intervalle $[0 ; 20]$, le volume de la boîte est donné par $f(x)$.

b. Calculer $f'(x)$.

c. Montrer que : $f'(x) = 2(3x - 20)(x - 20)$ pour tout réel x de l'intervalle $[0 ; 20]$.

d. Étudier le signe de $f'(x)$ sur $[0 ; 20]$ puis dresser le tableau de variations de la fonction f sur $[0 ; 20]$.

e. Pour quelle valeur de x le volume de la boîte d'Ainhoa est-il maximal ? Quel est ce volume maximal ?

66 Un médicament antidouleur est donné sous forme de comprimés à avaler. La concentration du produit actif dans le sang est modélisée par une fonction f qui, au temps écoulé x en heure (h), associe la concentration $f(x)$ en milligramme par litre de sang (mg/l).

A. Étude graphique

La fonction f est représentée par la courbe ci-dessous :

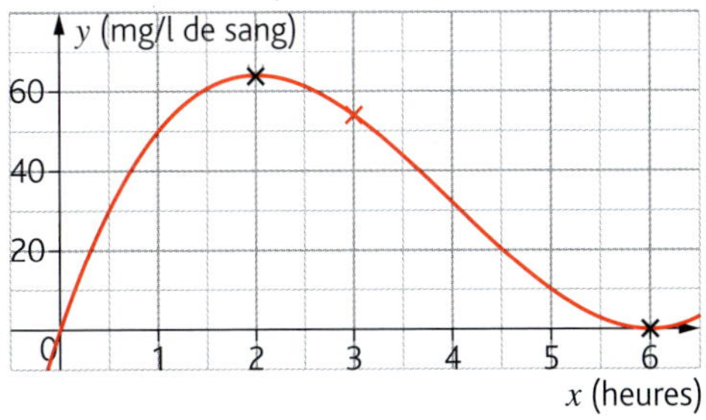

1. Au bout de combien de temps la concentration du produit est-elle maximale ? Donner une estimation de cette concentration.

2. On admet que le produit actif est efficace si sa concentration dans le sang est supérieure à 20 mg/l. D'après le graphique, au bout de combien de temps faudrait-il redonner un comprimé afin qu'il soit toujours efficace ?

B. Étude de la fonction f

La fonction f est définie sur l'intervalle $[0 ; 6]$ par $f(x) = 2x^3 - 24x^2 + 72x$.

Les exercices roses sont corrigés :
• en fin de manuel p. 326 ou • en vidéo avec Médématiques hachette-clic.fr/25mfls016

1. On note f' la fonction dérivée de la fonction f sur l'intervalle $[0\,;6]$.

a. Calculer $f'(x)$.

b. Montrer que : $f'(x)=6(x-2)(x-6)$.

2. a. Dresser le tableau de signes de $f'(x)$ sur l'intervalle $[0\,;6]$.

b. En déduire le tableau de variations de la fonction f sur l'intervalle $[0\,;6]$.

3. L'affirmation « au bout de 5 heures, la concentration dans le sang du produit actif est inférieure à 20 % de sa valeur maximale » est-elle vraie ?

67 Un objet supposé soumis à son seul poids, est lancé verticalement vers le haut avec une vitesse initiale à déterminer. Son altitude z est donnée au bout de t secondes grâce aux lois de la physique par la fonction $z(t)$ (en mètres) exprimée par : $z(t)=-4{,}9t^2+20t+15$.

1. Quelle est son altitude à l'instant initial ?

2. La vitesse instantanée du projectile à l'instant t est égale à $z'(t)$.

a. Déterminer $z'(t)$.

b. Quelle est la vitesse instantanée initiale du projectile ?

c. Étudier le signe de $z'(t)$ sur l'intervalle $[0\,;4]$ puis recopier et compléter le tableau suivant.

x	
Signe de $z'(x)$	
Variations de z	

d. Quelle est la hauteur maximale atteinte par ce projectile (arrondir au dixième de mètre près) ? À quel instant cette hauteur est-elle atteinte (arrondir au dixième de seconde près) ?

e. Quelle est la vitesse instantanée de l'objet lorsqu'il atteint sa hauteur maximale ? Pouvait-on prévoir ce résultat ? Justifier brièvement.

68 Une entreprise produit et vend des fraises. Elle a la possibilité de produire entre 0 et 23 tonnes.

Le coût de production de x tonnes de fraises est modélisé par la fonction :

$C(x)=2x^3-30x^2+156x-1300$, où $C(x)$ est exprimé en euros.

Chaque tonne de fraises est vendue 300 euros.

a. Déterminer le chiffre d'affaires réalisé lors de la vente de 5 tonnes de fraises.

b. Si l'entreprise produit et vend 5 tonnes de carottes, l'entreprise réalise-t-elle un bénéfice ?

c. Soit $R(x)$ le chiffre d'affaires pour x tonnes de fraises vendues, déterminer l'expression de $R(x)$.

d. En déduire que le bénéfice, noté $B(x)$, peut s'écrire : $B(x)=-2x^3+30x^2+144x+1300$.

e. Calculer $B'(x)$.

f. Montrer que $B'(x)=-6(x+2)(x-12)$.

g. Construire le tableau de signes de $B'(x)$ et le tableau de variations de la fonction B.

h. Quelle quantité de fraises l'entreprise doit-elle produire et vendre afin que le bénéfice soit maximal ? Déterminer le bénéfice correspondant.

69 A. **Étude d'une fonction**

Soit f la fonction définie sur l'intervalle $[0\,;20]$ par : $f(x)=-2x^3+54x^2-192x-400$.

a. Calculer $f'(x)$, puis montrer que $f'(x)=-6(x-2)(x-16)$.

b. Construire le tableau de signes de $f'(x)$ puis le tableau de variations de f.

B. **Application**

Une start-up spécialisée dans la fabrication de drones de livraison développe un nouveau modèle pour les services de livraison rapide.

Le coût de fabrication journalier de ces drones est modélisé par la fonction suivante :

- Les charges fixes sont de 400 euros ;
- Le coût de production de x drones est modélisé par la fonction : $g(x)=2x^3-54x^2+500x$.

a. Déterminer le coût total de fabrication de x drones en euros.

b. Chaque drone est vendu 308 euros, calculer la recette totale, notée $R(x)$, d'une journée pour x drones fabriqués et vendus.

c. En déduire le bénéfice, noté $B(x)$, réalisé lors de la vente des x drones produits dans une journée.

d. En utilisant les résultats de la partie A, quel est le nombre de drones que l'entreprise doit produire dans une journée afin que le bénéfice soit maximal ?

70 Suite à une épidémie dans une région, le nombre de personnes malades t jours après l'apparition des premiers cas est modélisé par :

$f(t)=120t^2-2t^3$, pour tout t appartenant à $[0\,;60]$.

a. Déterminer le nombre de personnes malades prévu par ce modèle au bout de 10 jours.

b. Montrer que, pour tout t appartenant à $[0\,;60]$: $f'(t)=6t(40-t)$.

c. Déterminer le signe de $f'(t)$ sur $[0\,;60]$.

d. En déduire le tableau de variations de f sur l'intervalle $[0\,;60]$.

e. Déterminer le jour où le nombre de personnes malades est maximal durant cette période de 60 jours et préciser combien de personnes sont malades ce jour-là.

71 Calculatrice Une entreprise artisanale fabrique du jus de fruit, sa capacité est limitée à 8 litres par heure. On note $C(x)$ le coût total en euros pour fabriquer x litres de ce jus. On définit ainsi la fonction C sur $[0\,;8]$.

On note R la fonction recette et on considère que le produit est vendu 3,5 euros le litre.

Partie A

On donne le tracé de la courbe représentant la fonction C.

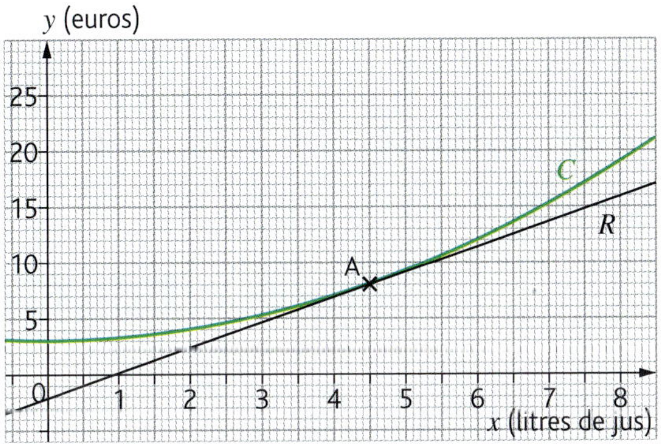

Par lecture graphique répondre aux questions suivantes

1. Quel est le coût de fabrication de 3 litres de jus ?

2. Quel nombre de litres faut-il produire pour que le coût de fabrication soit de 15 euros ?

3. Combien vaut $C'(4{,}5)$? Arrondir au centième.

Partie B

On considère dans la suite de l'exercice que

$C(x)=\frac{1}{4}x^2+3$.

1. Déterminer le montant des coûts de production lorsque la production est nulle (ce coût est appelé « coûts fixes »).

2. Retrouver par le calcul le résultat de la question A.3.

3. Déterminer l'expression de la recette en fonction de x.

4. Déterminer l'expression du bénéfice en fonction de x.

5. On admet ici que $B(x)=-\frac{1}{4}x^2+3{,}5x-3$.

a. Calculer $B'(x)$.

b. Étudier le signe de $B'(x)$.

c. Dresser le tableau de variations de B sur $[0\,;8]$.

d. En déduire le bénéfice maximal que l'entreprise peut réaliser, en précisant le nombre de litres produits correspondants.

e. Retrouver ce résultat grâce à votre calculatrice.

72 Calculatrice Julia souhaite jouer à Angry Birds® dans son jardin. Elle utilise un lance-pierre pour faire tomber des boîtes de conserve. Les boîtes se trouvent au sol à une distance de L = 50 m de Julia qui se trouve à une hauteur $h = 1{,}5$ m.

En l'absence de frottement les équations de Newton pour l'étude des mouvements s'écrivent :

$$x(t)=v_{0x}t$$
$$y(t)=-\frac{1}{2}gt^2+v_{0y}t+h$$

Avec :

- $x(t)$ l'abscisse du projectile en fonction du temps ;
- $y(t)$ l'ordonnée du projectile en fonction du temps ;
- v_{0x} la composante horizontale de la vitesse initiale, ici $v_{0x}=20\text{m / s}$;
- v_{0y} la composante verticale de la vitesse initiale ;
- g la constante de la gravitation , on prendra ici $g=10\text{m / s}^2$.

On souhaite connaître la valeur de la composante verticale de la vitesse v_{0y} avec laquelle Julia doit lancer son projectile pour atteindre les boîtes.

a. Montrer que $x(t)=20t$ et que $y(t)=-5t^2+2v_{0y}t+1{,}5$.

b. Calculer $x'(t)$.

c. Montrer que $t=\frac{x}{20}$ et en déduire que l'expression de y en fonction de x s'écrit :

$$y(x)=-0{,}0125x^2+\frac{v_{0y}}{20}x+1{,}5\,.$$

d. Que vaut $y(0)$?

e. La courbe représentative de la fonction y est une parabole, comment est-elle orientée ?

f. Faire un schéma représentant la situation

g. Calculer $y'(x)$.

h. Calculer $y'(0)$.

On note $v_0=y'(0)$.

i. Montrer que $y(x)=-0{,}0125x^2+v_0x+1{,}5$.

j. Pour que la pierre atteigne les boîtes il faut que la parabole coupe l'axe des abscisses à $x=50$. À l'aide de la calculatrice, on trouve que la pierre atteint les boîtes pour $v_0=0{,}595$ m/s.

Que représente v_{0y} par rapport à la parabole au point (0 ; 1,5) ? En déduire v_{0y}.

73 Optimiser sa production avec les dérivées STMG

» Calculer • Raisonner • Communiquer

Une entreprise peut produire jusqu'à 80 kg d'engrais par jour. Le coût total journalier de production en euros pour x kg est modélisé par la fonction CT définie sur l'intervalle $[0\,;80]$ par :

$CT(x) = x^2 + 4x + 400$.

1. À combien s'élèvent les charges fixes dans ce coût total (on appelle charges fixes les charges que doit payer l'entreprise quel que soit le nombre de kilogrammes produits) ?

On appelle coût marginal au rang x le supplément de coût total de production engendré par la production d'un kilogramme supplémentaire lorsque x kilogrammes ont déjà été produits.

Si on note $C_m(x)$ ce coût marginal, on a alors :

$C_m(x) = CT(x+1) - CT(x)$.

2. Calculer $C_m(30)$ et en donner une interprétation.

3. En économie, on approxime le coût marginal par la dérivée du coût total.

Ainsi, $C_m(x) \approx CT'(x)$ pour $x \in [0\,;80]$.

a. Calculer $CT'(x)$ pour $x \in [0\,;80]$.

b. Calculer $C_m(20)$ en utilisant cette approximation et comparer avec le résultat obtenu à la question **2**.

4. Cette entreprise vend le kilogramme d'engrais à 46 €.

a. Déterminer la recette pour 25 kg vendus.

b. Exprimer la recette $R(x)$ pour x kg vendus.

5. Le bénéfice, en euros, B de l'entreprise pour x kilogrammes d'engrais produits et vendus correspond à la différence entre la recette et le coût.

Justifier que $B(x) = -x^2 + 42x - 400$.

6. a. Déterminer $B'(x)$.

b. Déterminer le signe de $B'(x)$ sur l'intervalle $[0\,;80]$ puis en déduire le tableau de variations de la fonction.

c. En déduire la quantité de kilogrammes d'engrais que l'entreprise doit produire et vendre pour obtenir un bénéfice maximal.

74 Accessibilité aux PMR STI2D ST2S

» Calculer • Raisonner • Modéliser

L'entrée d'une grande surface est limitée pour les personnes en fauteuil au roulant car présentant un escalier. On désire créer une rampe d'accès reliant le trottoir à l'entrée du magasin.

On écarte la solution la plus simple, schématisée ci-dessous, qui consisterait à relier les deux niveaux par une rampe rectiligne ; en effet les raccordements aux extrémités sont jugés trop brutaux et donc trop dangereux.

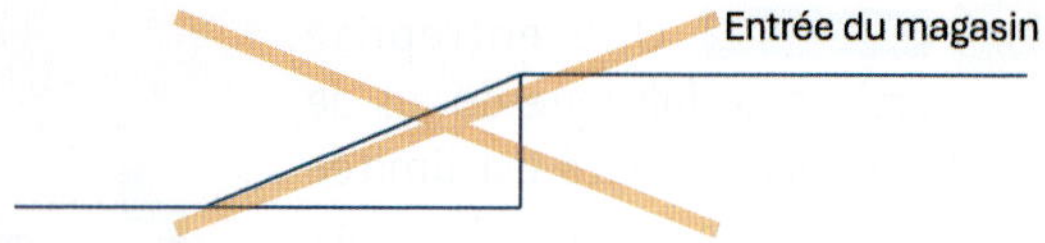

Une société spécialisée dans l'accessibilité propose une solution de rampe plus douce dont le profil est donné par une fonction du troisième degré

$f(x) = -\frac{1}{32}x^3 + \frac{3}{16}x^2$

définie sur $[0\,;4]$.

a. Calculer $f'(x)$ puis montrer que

$f'(x) = \frac{-3x}{32}(x-4)$.

b. Dresser le tableau de signes de $f'(x)$ sur $[0\,;4]$.

c. Dresser le tableau de variations de f sur $[0\,;4]$.

d. Calculer le coefficient directeur de la tangente à la courbe représentative de f à l'origine et à l'abscisse 4. Interpréter ces résultats dans le contexte de l'énoncé.

75 Trouver le pic de l'épidémie ST2S STL

» Calculer • Raisonner • Modéliser

Lors d'une épidémie dans une région, on a constaté que le nombre de personnes malades t jours après l'apparition des premiers cas est donné par $f(t) = 45t^2 - t^3$.

On cherche à trouver le jour où l'épidémie est à son pic.

1. On munit le plan d'un repère orthogonal ; pour le graphique on choisira 2 cm en abscisses pour 10 unités et 1 cm en ordonnées pour 1 000 unités.

Tracer la courbe représentative de la fonction f pour $t \in [0\,;45]$; vous pourrez vous aider d'un tableau de valeurs.

2. À l'aide du graphique, déterminer le jour où l'épidémie semble atteindre son pic.

3. Montrer que $f'(t) = 3t(30-t)$.

4. Dresser le tableau de signes de la dérivée.

5. Dresser le tableau de variations de la fonction et déterminer, à l'aide du tableau de variations, le jour où l'épidémie atteindra son pic. Le résultat est-il cohérent avec la question **2** ?

6. Le nombre $f'(t)$ donne la vitesse de propagation de la maladie.

a. Estimer graphiquement la vitesse de propagation après 10 jours d'épidémie.

b. Estimer graphiquement le jour où cette vitesse de propagation semble maximale. Donner votre démarche.

Les fichiers Tableur sont à télécharger ici : hachette-clic.fr/25mfls017

76 Un magazine rentable ? STMG Calculatrice

» Calculer • Raisonner

Un magazine est vendu sous forme d'abonnement, x numéros sont proposés annuellement à la vente au prix unitaire de 7 euros. On suppose que tous les magazines imprimés sont vendus. On s'intéresse au bénéfice éventuellement réalisé.
Deux types de coûts sont pris en compte :

- les coûts de production, exprimées en euros, par : $C_1(x) = 0{,}001x^2 + 90500$.
- les coûts de distribution, exprimées en euros, par $C_2(x) = 0{,}5x$.

Les recettes viennent de la vente des magazines (7 euros l'unité) et de la publicité (85 000 euros).

a. À l'aide de votre calculatrice, recopier et compléter le tableau ci-dessous :

Nombre de magazines	Coût de production	Coût de distribution	Coût total	Recette publicité	Recette de vente	Recette totale	Bénéfice
0	90 500						
200							
800							
1 000							
2 400							

b. L'impression et la vente de 800 exemplaires est-elle rentable ? Même question pour 2 400 exemplaires.

c. Montrer que la fonction $B(x) = -0{,}001x^2 + 6{,}5x - 5500$ correspond au bénéfice exprimé en fonction du nombre x d'exemplaires produits et vendus.

d. Calculer $B'(x)$.

e. Dresser le tableau de signes de $B'(x)$, puis le tableau de variations de B et en déduire son maximum.

f. À l'aide de la calculatrice, représenter la fonction B sur $[0 ; 6000]$ et conjecturer pour quelles valeurs de x l'entreprise semble rentable.

g. À l'aide du graphique précédent, déterminer, pour quelle valeur de x, B semble atteindre son maximum et quelle est la valeur du bénéfice correspondant.

77 La vitesse instantanée d'une moto STI2D STL Tableur

» Calculer • Raisonner

Une moto se rend, sur une route rectiligne d'une ville A à une ville B. À chaque instant t on peut associer la distance AM $= f(t)$ qui sépare la moto de son point de départ. La vitesse moyenne de la moto entre les instants t_0 et $t_0 + h$ est donnée par la formule : $\dfrac{f(t_0 + h) - f(t)}{h}$. La vitesse instantanée de la moto à l'instant t_0 est $f'(t_0)$. On considère la moto, pour laquelle $f(t) = 6{,}2t^2$.

1. Téléchargez la feuille de calcul sur : hachette-clic.fr/25mfls017

a. Entrer en B4 la formule =6,2*A4^2 puis la recopier vers le bas.

b. Entrer en C5 la formule =B5-B4 puis la recopier vers le bas.

c. Représenter la distance parcourue en fonction du temps.

d. Quelle est la vitesse moyenne de la moto sur l'intervalle de temps $[1 ; 2]$ et $[3 ; 4]$?

2. Les compteurs des motos affichent une vitesse moyenne qui est proche de la vitesse instantanée.

a. Compléter la feuille de calcul dans la colonne E. Commencer avec $h = 1$ puis $h = 0{,}5$ et diviser par 2 chaque ligne suivante de la colonne E.

- Pour la cellule F5, on utilise la donnée $f(t) = 6{,}2t^2$ pour obtenir la formule =6,2*(F$3+E5)^2 avec $t = 2$ et h donné par la valeur de la cellule E5.
- Pour la cellule G5 on obtient de même la formule =(F5-6,2*F$3^2)/E5.
- La colonne G affiche les vitesses moyennes sur les intervalles $[t ; t + h]$.

b. Qu'observe-t-on pour les valeurs des cellules de la colonne G ?

c. Calculer $f'(2)$. Que peut-on en déduire ?

d. On considère l'instant $t = 3$. Changer la valeur de la cellule F3, calculer $f'(3)$. Que pouvez-vous en conclure ?

Pour entrer dans le chapitre

Calculer une proportion, une proportion de proportion

Soient A, E et F trois ensembles où A est une partie de E et E est une partie de F.

- On appelle cardinal de l'ensemble E, qu'on note Card(E), le nombre d'éléments de E. De même, on note Card(A) le nombre d'éléments de A.
- On appelle proportion de A dans E le quotient : $p = \frac{\text{Card(A)}}{\text{Card(E)}}$.
- Si p_1 est la proportion de **A** dans **E** et p_2 la proportion de **E** dans **F**, alors la proportion de **A** dans **F** est $p = p_1 \times p_2$.

1 Dans une classe de 32 élèves, 8 sont internes. Quelle est la proportion d'internes dans cette classe ?

2 Au CDI, 70 % des livres sont des romans et parmi eux 80 % sont en format poche. Quelle est la proportion de romans au format poche parmi les livres du CDI ?

Vocabulaire des ensembles

Si A et B sont deux ensembles :

- Leur **intersection**, notée $A \cap B$, est l'ensemble composé des éléments qui appartiennent à la fois à l'ensemble A et à l'ensemble B.
- Leur **réunion**, notée $A \cup B$, est l'ensemble composé des éléments qui appartiennent à l'ensemble A, ou à l'ensemble B, ou aux deux en même temps.
- $\text{Card}(A \cup B) = \text{Card}(A) + \text{Card}(B) - \text{Card}(A \cap B)$.
- Si A est une partie de E alors le complémentaire de A dans E, noté $\overline{A}$, est l'ensemble composé des éléments de E qui n'appartiennent pas à A.

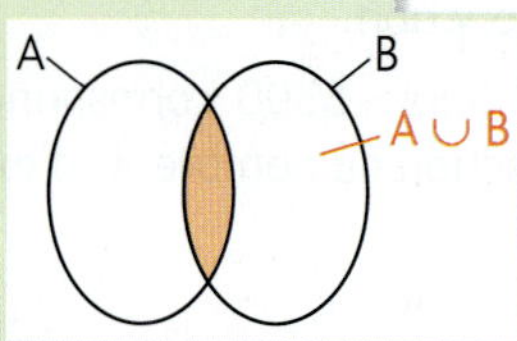

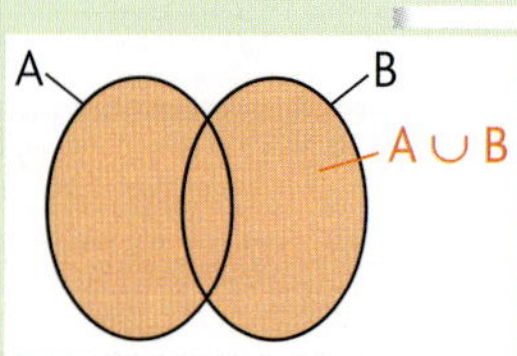

3 On donne $A = \{1;2;3;4;5\}$ et $B = \{2;4;6;8\}$. Donner la composition des ensembles $A \cup B$ et $A \cap B$.

4 À partir du tableau d'effectifs suivant, donner : $\text{Card}(A \cap B)$; $\text{Card}(A \cup B)$ et $\text{Card}(\overline{A})$.

	B	$\overline{B}$
A	15	10
$\overline{A}$	20	5

Notions de probabilités

- Dans une situation d'équiprobabilité, la probabilité d'un évènement A (notée $P(A)$) se calcule en utilisant :

$$P(A) = \frac{\text{Nombre d'issues favorables à A}}{\text{Nombre total d'issues}}$$

- Probabilité de l'évènement contraire : $P(\overline{A}) = 1 - P(A)$
- Probabilité d'une réunion : $P(A \cup B) = P(A) + P(B) - P(A \cap B)$

5 On lance un dé équilibré à 6 faces.
a. Quelle est la probabilité d'obtenir un multiple de 3 ?
b. Quelle est la probabilité d'obtenir un nombre pair ou un multiple de 3 ?

Tableaux croisés et probabilités conditionnelles

Automatismes du chapitre

Focus métiers

Assurance
Santé Marketing Finance
Informatique **Sport**

Les probabilités sont essentielles pour prévoir des événements et on les retrouve dans la météo, les paris et entraînements sportifs, la médecine, les assurances, la stratégie des entreprises, le contrôle qualité...

Découvre le métier de consultant en gestion d'entreprise
hachette-clic.fr/25mfls018

1 ACTIVITÉ — Enquête de voisinage

Objectif Établir et utiliser un tableau croisé d'effectifs

Le tableau ci-contre regroupe différentes informations sur les occupants principaux d'un petit immeuble.

Appartement n°	Superficie (en m²)	Statut d'occupation	Âge de l'occupant principal
1	62	Propriétaire	52
2	61	Locataire	39
3	53	Locataire	64
4	55	Locataire	47
5	46	Locataire	23
6	46	Propriétaire	35
11	71	Locataire	29
12	54	Propriétaire	32
13	57	Propriétaire	40
14	45	Locataire	44
15	46	Locataire	32
16	46	Propriétaire	33
21	78	Propriétaire	48
22	76	Locataire	52
23	75	Propriétaire	65
24	72	Propriétaire	82

1 Recopier et compléter le tableau ci-dessous avec les effectifs correspondants :

	Moins de 60 m²	Entre 60 m² et 70 m²	Plus de 70 m²
Propriétaires			
Locataires			

2 **a.** Quelle est la population étudiée ?

b. Quels sont les caractères « croisés » dans ce tableau ?

3 **a.** Compléter le tableau en ajoutant et en complétant une ligne et une colonne « total » comme ci-dessous.

À noter Les effectifs figurant dans ces nouvelles cases sont appelés **effectifs marginaux.**

	Moins de 60 m²	Entre 60 m² et 70 m²	Plus de 70 m²	Total
Propriétaires				
Locataires				
Total				

b. Donner le nombre total d'appartements de plus de 70 m² ? Quelle proportion cela représente-t-il ?

c. Quelle est la proportion de propriétaires qui occupent un appartement de moins de 60 m² dans cet immeuble ?

d. Quelle est la proportion de locataires dans cet immeuble parmi ceux qui occupent un appartement de plus de 70 m² ?

Cours p. 150

2 ACTIVITÉ — Compétition de natation

Objectif Calculer des fréquences

Une étude donne la répartition des des différentes médailles parmi les 7 meilleurs pays ayant participé à une compétition internationale de natation. On s'intéresse à la population des 81 médailles remportées par ce Top 7.
On considère les sous-ensembles :

- O, A, et B pour les médailles d'Or, d'Argent et de Bronze.
- E pour les médailles remportées par des pays de l'Union européenne (France, Hongrie, Italie).
- N pour celles gagnées par les pays d'Amérique du Nord.

Ainsi, par exemple, l'ensemble $E \cap B$ est constitué des médailles de Bronze obtenues par les pays de l'Union européenne. On note $\text{Card}(E \cap B)$ le nombre de médailles de l'ensemble $E \cap B$.
On arrondira si nécessaire les résultats au millième.

NATATION

Équipe	O	A	B	
USA	8	13	7	28
Australie	7	8	3	18
France	4	1	2	7
Canada	3	2	3	8
Chine	2	3	7	12
Italie	2	1	2	5
Hongrie	2	1	0	3

1 Déterminer Card(B), puis en déduire la proportion (ou fréquence) des médailles de Bronze dans ce top 7. On la note $f(\mathrm{B})$.

2 **a.** Déterminer $\mathrm{Card}(\mathrm{E} \cap \mathrm{O})$ et en déduire la fréquence des médailles d'or gagnées par les pays de l'Union européenne dans ce top 7. On la note $f(\mathrm{E} \cap \mathrm{O})$.

b. Calculer de même $f(\mathrm{N} \cap \mathrm{O})$.

c. Quelle comparaison peut-on établir à partir des deux résultats précédents ?

3 On s'intéresse maintenant uniquement aux médailles obtenues par les pays de l'Union européenne. Ici, notre ensemble de référence a donc changé.

a. Déterminer Card(E).

b. Calculer la proportion des médailles d'or dans l'ensemble E.

À noter On le note $f_{\mathrm{E}}(\mathrm{O})$ et on l'appelle **fréquence conditionnelle de O parmi E**.

4 **a.** Calculer à présent la fréquence conditionnelle de O parmi N.

b. Quelle comparaison peut-on établir à partir de ces deux derniers résultats ?

» Cours p. 150

ACTIVITÉ 3

Conduite accompagnée ou non

Objectif Découvrir la notion de probabilité conditionnelle

Un futur conducteur peut choisir d'apprendre à conduire dès l'âge de 15 ans grâce à la conduite accompagnée. Une auto-école a réalisé une étude sur l'ensemble de ses 432 clients ayant passé pour la première fois l'épreuve pratique du permis de conduire au cours de l'année.
Les résultats sont présentés dans le tableau croisé d'effectifs suivant :

	Ayant suivi la conduite accompagnée	N'ayant pas suivi la conduite accompagnée	Total
Ayant réussi à la première présentation	60	172	232
N'ayant pas réussi à la première présentation	21	179	200
Total	81	351	432

On choisit au hasard un candidat dans cette population. On note :

- A l'évènement « le candidat a suivi la conduite accompagnée »
- R l'évènement « le candidat réussit l'épreuve pratique à la première présentation »

On arrondira les résultats à 0,001 près si nécessaire.

1 Calculer $P(\mathrm{A})$ et $P(\mathrm{R})$. Interpréter ces résultats par une phrase.

2 On choisit au hasard un candidat ayant suivi la conduite accompagnée, quelle est la probabilité qu'il ait réussi son épreuve à la première tentative ?

À noter Dans cette question, on choisit un candidat uniquement parmi ceux ayant suivi la conduite accompagnée. On sait donc que l'évènement A est réalisé pour ces candidats. La probabilité calculée ici s'appelle la probabilité de R sachant que A est réalisé, et on la note : $P_{\mathrm{A}}(\mathrm{R})$. On appelle ce type de probabilité une **probabilité conditionnelle**.

3 Calculer la probabilité de R sachant que A n'est pas réalisé.

4 Que peut-on en conclure concernant le fait de suivre ou non la conduite accompagnée ?

» Cours p. 152

Cours 1 Tableaux croisés et fréquences

A Tableaux croisés

Définitions

- Un tableau croisé est un tableau à double entrée qui permet d'étudier deux caractères d'une même population d'individus.
- Le nombre d'individus dans une catégorie est appelé le cardinal de cette catégorie.

EXEMPLES

Le tableau ci-contre résume une enquête de satisfaction dans une commune :

- La population G étudiée est l'ensemble de 100 habitants de la commune sélectionnés pour l'enquête. Le cardinal de G est égal à 100 et on note $\text{Card}(G) = 100$.
- Les deux caractères étudiés sur cette population sont le niveau de satisfaction et l'âge.

	Satisfaits (S)	Insatisfaits (I)	Total
Moins de 20 ans (A)	30	5	35
De 20 à 45 ans (B)	25	15	40
Plus de 45 ans (C)	15	10	25
Total	70	30	100

Effectifs marginaux

- Le nombre d'habitants « satisfaits » est égal à 70. On note $\text{Card}(S) = 70$.
- Le cardinal des habitants de « moins de 20 ans et satisfaits » est égal à 30. On note : $\text{Card}(A \cap S) = 30$.

B Fréquences

Définitions

Soit E une population de référence.
Si on note A la partie de E regroupant les individus possédant un caractère a, et B la partie de E regroupant les individus possédant un autre caractère b.

- **Fréquence marginale**

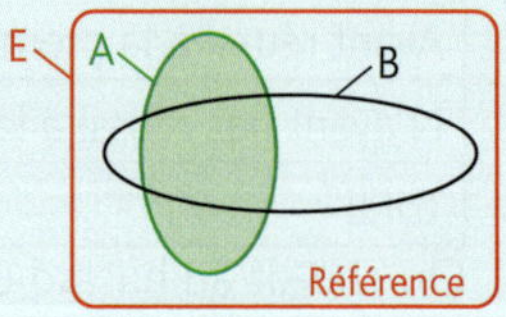

La fréquence de a correspond à la proportion d'individus possédant le caractère a dans la population de référence E. C'est la proportion de l'ensemble A dans l'ensemble E. On dit que c'est une fréquence marginale. On la note : $f(A) = \dfrac{\text{Card}(A)}{\text{Card}(E)}$. Ici le caractère b n'intervient pas.

- **Fréquence conditionnelle**

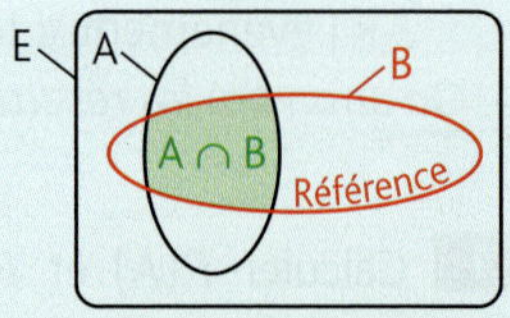

La fréquence de a parmi b correspond à la proportion d'individus possédant le caractère a dans l'ensemble B.

Ici la nouvelle population de référence est B.

C'est donc la proportion de l'ensemble $A \cap B$ dans l'ensemble B,

si B n'est pas vide. On dit que c'est une fréquence conditionnelle. On la note : $f_B(A) = \dfrac{\text{Card}(A \cap B)}{\text{Card}(B)}$.

Remarque

Dans un tableau croisé, la **fréquence conditionnelle** d'une population A dans une population B se calcule **à l'intérieur d'une ligne ou d'une colonne**.

Propriété

Avec les mêmes notations que dans les définitions précédentes, on a : $f_B(A) = \dfrac{f(A \cap B)}{f(B)}$.

EXO 1

Calculer une fréquence marginale et conditionnelle à partir d'un tableau d'effectifs

Une entreprise a mené une enquête auprès de ses salariés pour étudier le mode de transport utilisé en fonction de leur lieu de résidence.

Le tableau d'effectifs ci-contre donne le résultat de cette enquête.

	Mobilités carbonées (voiture, moto…)	Mobilités douces (vélo, transports en commun…)	Total
Urbain	2	42	44
Rural	18	28	46
Total	20	70	90

a. Calculer la fréquence des salariés résidant en zone rurale et utilisant une mobilité carbonée.

b. Calculer la fréquence des salariés vivant en zone urbaine parmi ceux qui utilisent les mobilités douces.

Méthode a. Fréquence marginale

1. Il faut commencer par identifier les deux ensembles A et E qui permettent de calculer la fréquence (avec A inclus dans E, noté $A \subset E$ et $E \neq \varnothing$).
2. Calculer : $f = \dfrac{\text{Card}(A)}{\text{Card}(E)}$.

Réponse a.

1. Les deux ensembles sont : A : « Les salariés résidant en zone rurale et utilisant une mobilité carbonée » et E : « l'ensemble des salariés ».
2. $f = \dfrac{\text{Card}(A)}{\text{Card}(E)} = \dfrac{18}{90} = 0,2$.

Méthode b. Fréquence conditionnelle

1. On reconnaît une fréquence conditionnelle. Il faut commencer par identifier les deux ensembles A et B qui permettent de calculer la fréquence (avec $B \neq \varnothing$).
2. Calculer : $f_B(A) = \dfrac{\text{Card}(A \cap B)}{\text{Card}(B)}$.

Réponse b.

1. On cherche une fréquence parmi ceux qui utilisent les mobilités douces donc cette fréquence va se calculer dans la colonne « Mobilités douces ». Les deux ensembles sont : A : « Les salariés résidant en zone urbaine » et B : « l'ensemble des salariés qui utilisent les mobilités douces ».
2. $f_B(A) = \dfrac{\text{Card}(A \cap B)}{\text{Card}(B)} = \dfrac{42}{70} = 0,6$.

Exercices 7, 8, 9 p. 157

EXO 2

Compléter un tableau croisé

Une étude a été réalisée sur les préférences de vacances de 400 clients (200 hommes et 200 femmes) d'une agence de voyages, en fonction de la saison.

On sait que :

- 20 % des personnes interrogées sont des hommes préférant l'hiver.
- 75 % des femmes préfèrent l'été.

Compléter le tableau croisé d'effectifs ci-contre.

	Été	Hiver	Total
Femmes			
Hommes			
Total			

Méthode

Pour compléter une case du tableau, on peut :

1. Recopier directement une valeur donnée par l'énoncé ;
2. Faire un calcul direct à partir des données du texte (appliquer une proportion) ;
3. Utiliser le total par ligne (ou par colonne) pour compléter la dernière case de cette ligne (ou colonne).

Réponse

2. $\dfrac{20}{100} \times 400 = 80$. Il y a 80 hommes préférant l'hiver.
$\dfrac{75}{100} \times 200 = 150$. Il y a 150 femmes préférant l'été.

	Été	Hiver	Total
Femmes	150	50	200
Hommes	120	80	200
Total	270	130	400

Exercices 16, 17 p. 159

Cours 2 Calculer des probabilités conditionnelles

Dans toute cette page, on considère uniquement des situations d'**équiprobabilité**, c'est-à-dire une situation où chaque individu de la population a la même probabilité d'être choisi pour étudier ses caractéristiques.

A Probabilités conditionnelles et tableau croisé d'effectifs

Définition

A et B désignent deux évènements d'un même univers.

Si $\text{Card}(B) \neq 0$, alors la probabilité que l'évènement A se réalise, sachant que B est réalisé, est notée $P_B(A)$, et est définie par : $P_B(A) = \dfrac{\text{Card}(A \cap B)}{\text{Card}(B)}$.

EXEMPLES

On a étudié la répartition des employés d'une entreprise en fonction du service auquel ils appartiennent et du type de contrat qu'ils possèdent. Les résultats sont donnés dans le tableau d'effectifs ci-dessous.

	Administratif (A)	Technique (T)	Commercial (C)	Total
CDI (I)	5	25	45	75
CDD (D)	20	25	5	50
Total	25	50	50	125

On choisit un employé au hasard parmi l'ensemble des employés de cette entreprise.

- Si on sait que l'employé choisi possède un contrat de type CDI alors la probabilité que l'employé choisi soit un commercial. est $P_I(C) = \dfrac{\text{Card}(I \cap C)}{\text{Card}(I)} = \dfrac{45}{75} = 0{,}6$.
- Si on sait que l'employé choisi est un administratif alors la probabilité que l'employé choisi possède un contrat de type. CDD est $P_A(D) = \dfrac{\text{Card}(A \cap D)}{\text{Card}(A)} = \dfrac{20}{25} = 0{,}8$.

Remarques

Ne pas confondre :

- $P_A(D)$, la probabilité que l'employé ait un contrat de type CDD, **sachant que** c'est un administratif. Ici, **le salarié est choisi au hasard uniquement parmi les administratifs et on s'intéresse uniquement à son type de contrat.**
- $P(A \cap D)$, la probabilité que l'employé soit un administratif possédant un contrat de type CDD. Ici, **le salarié est choisi au hasard dans toute l'entreprise, et on s'intéresse à la fois à son type de contrat et au service auquel il appartient.**

B Probabilités conditionnelles et tableau croisé de fréquences

Propriété

A et B désignent deux évènements d'un même univers. Si $f(B) \neq 0$, alors la probabilité que l'évènement A se réalise, sachant que B est réalisé, vérifie : $P_B(A) = \dfrac{f(A \cap B)}{f(B)}$.

EXEMPLES

La répartition des participants à un programme de formation professionnelle en fonction du niveau d'expérience et du type de formation choisie est donnée dans le tableau de fréquences ci-dessous.
On choisit un participant hasard parmi l'ensemble des participants.

	Formation en ligne (L)	Formation sur site (S)	Total
Débutant (D)	0,24	0,16	0,4
Avancé (A)	0,36	0,24	0,6
Total	0,6	0,4	1

Si on sait que le participant choisi est de niveau avancé alors la probabilité qu'il soit sur site est :

$$P_A(S) = \frac{f(A \cap S)}{f(A)} = \frac{0{,}24}{0{,}6} = 0{,}4.$$

EXO 3 Calculer des probabilités conditionnelles à l'aide d'un tableau croisé d'effectifs

Le tableau d'effectifs ci-contre donne la répartition des articles vendus en une journée dans une enseigne selon la catégorie des produits et le type de magasin où ces ventes ont été réalisées.

	Électronique (E)	Vêtements (V)	Alimentation (A)	Total
Magasin en ligne (L)	40	**30**	20	90
Magasin physique (P)	60	50	50	160
Total	100	**80**	70	250

On choisit un article vendu au hasard.
Sachant que cette vente concerne un vêtement, calculer la probabilité que cette vente ait eu lieu en ligne.

Méthode

1. Il s'agit ici d'une **probabilité conditionnelle**. On sait que la vente concerne un vêtement, on utilisera la colonne « Vêtements » du tableau.
2. On calcule la probabilité de l'évènement L, sachant V, en utilisant la formule $P_V(L) = \dfrac{\text{Card}(V \cap L)}{\text{Card}(V)}$.

Réponse

1.

Vêtements (V)
30
50
80

2. $P_V(L) = \dfrac{\text{Card}(V \cap L)}{\text{Card}(V)} = \dfrac{30}{80} = 0{,}375$.

Exercices 33, 34 p. 163

EXO 4 Calculer des probabilités conditionnelles à l'aide d'un tableau croisé de fréquence

Le tableau de fréquence ci-contre, illustre la répartition des étudiants inscrits dans une université, en fonction de leur spécialité et du type d'inscription choisie.

On choisit, un étudiant au hasard. Sachant que l'étudiant est en alternance, calculer la probabilité qu'il soit en spécialité informatique.

	Informatique (I)	Mécanique (M)	Biologie (B)	Total
Temps plein (P)	0,2	0,16	0,16	0,52
En alternance (A)	**0,12**	0,12	0,24	**0,48**
Total	0,32	0,28	0,4	1

Méthode

1. On sait que l'étudiant est en alternance, on utilisera la ligne « en alternance » du tableau.
2. On calcule la probabilité de l'évènement I, sachant A en utilisant la formule $P_A(I) = \dfrac{f(A \cap I)}{f(A)}$.

Réponse

1.

En alternance (A)	**0,12**	0,12	0,24	**0,48**

2. $P_A(I) = \dfrac{f(A \cap I)}{f(A)} = \dfrac{0{,}12}{0{,}48} = 0{,}25$.

Exercice 41 p. 165

L'essentiel

Je retiens

Tableau croisé

Un tableau croisé permet d'étudier simultanément deux caractères d'une même population P. Il s'agit d'un tableau à double entrée dans lequel on peut faire apparaître des effectifs ou des fréquences.

Tableau croisé d'effectifs

	E	F	Total
A	Card(A ∩ E)	Card(A ∩ F)	Card(A)
B	Card(B ∩ E)	Card(B ∩ F)	Card(B)
C	Card(C ∩ E)	Card(C ∩ F)	Card(C)
Total	Card(E)	Card(F)	Card(P)

Exemple du nombre d'individus de P qui vérifient simultanément A et E.

Tableau croisé de fréquences

	E	F	Total
A	$f(A \cap E)$	$f(A \cap F)$	$f(A)$
B	$f(B \cap E)$	$f(B \cap F)$	$f(B)$
C	$f(C \cap E)$	$f(C \cap F)$	$f(C)$
Total	$f(E)$	$f(F)$	1

Savoir-faire En divisant chaque valeur du tableau croisé d'effectifs par Card(P), on obtient le tableau des **fréquences**.

Exemples de **fréquences marginales**.

Fréquence conditionnelle

La fréquence conditionnelle d'une valeur $f_A(E)$ est la proportion d'individus vérifiant la modalité E parmi les individus vérifiant la modalité A $(\text{Card}(A) \neq 0)$ et $(f(A) \neq 0)$.

On a :

$$f_A(E) = \frac{\text{Card}(A \cap E)}{\text{Card}(A)} = \frac{f(A \cap E)}{f(A)}$$

Probabilité conditionnelle

Dans une situation d'équiprobabilité, la probabilité conditionnelle $P_A(E)$ est la probabilité que l'évènement E se réalise, sachant que l'évènement A est réalisé $(\text{Card}(A) \neq 0)$ et $(f(A) \neq 0)$.

On a :

$$P_A(E) = \frac{\text{Card}(A \cap E)}{\text{Card}(A)} = \frac{f(A \cap E)}{f(A)}$$

EXEMPLE :

Dans une classe de 30 élèves, les élèves peuvent choisir Handball ou Volleyball comme sport collectif dans leur menu EPS pour le baccalauréat. On a effectué un sondage sur leur choix de sport collectif (handball ou volleyball) dont les résultats sont dans le tableau ci-dessus.

	Handball (H)	Volleyball (V)	Total
Fille (F)	7	9	16
Garçon (G)	11	3	14
Total	18	12	30

- Fréquence des filles faisant du volleyball : $f_{F \cap V} = \frac{\text{Card}(F \cap V)}{\text{Card}(\text{Total})} = \frac{9}{30} = 0{,}3$.
- Fréquence marginale des élèves faisant du handball : $f_H = \frac{18}{30} = 0{,}6$.
- Fréquence conditionnelle des garçons, parmi les élèves qui font du volleyball : $f_V(G) = \frac{3}{12} = 0{,}25$.

On choisit un élève au hasard dans cette classe.

- Probabilité que l'élève choisi fasse du volleyball, sachant que c'est une fille :

$$P_F(V) = \frac{\text{Card}(F \cap V)}{\text{Card}(F)} = \frac{9}{16} = 0{,}5625.$$

- Probabilité que l'élève choisi soit une fille, sachant qu'il fait du volleyball est :

$$P_V(F) = \frac{\text{Card}(V \cap F)}{\text{Card}(V)} = \frac{9}{12} = 0{,}75.$$

Remarque : l'emploi de mots particuliers comme « parmi » ou « sachant que » suggère que nous avons affaire à une fréquence ou probabilité conditionnelle.

Je me teste

QCM interactif et auto-corrigé

hachette-clic.fr/25mfls019

Je me prépare à une évaluation

Je sais calculer une fréquence marginale ou conditionnelle à partir d'un tableau croisé

CHALLENGE EN CLASSE OU À LA MAISON

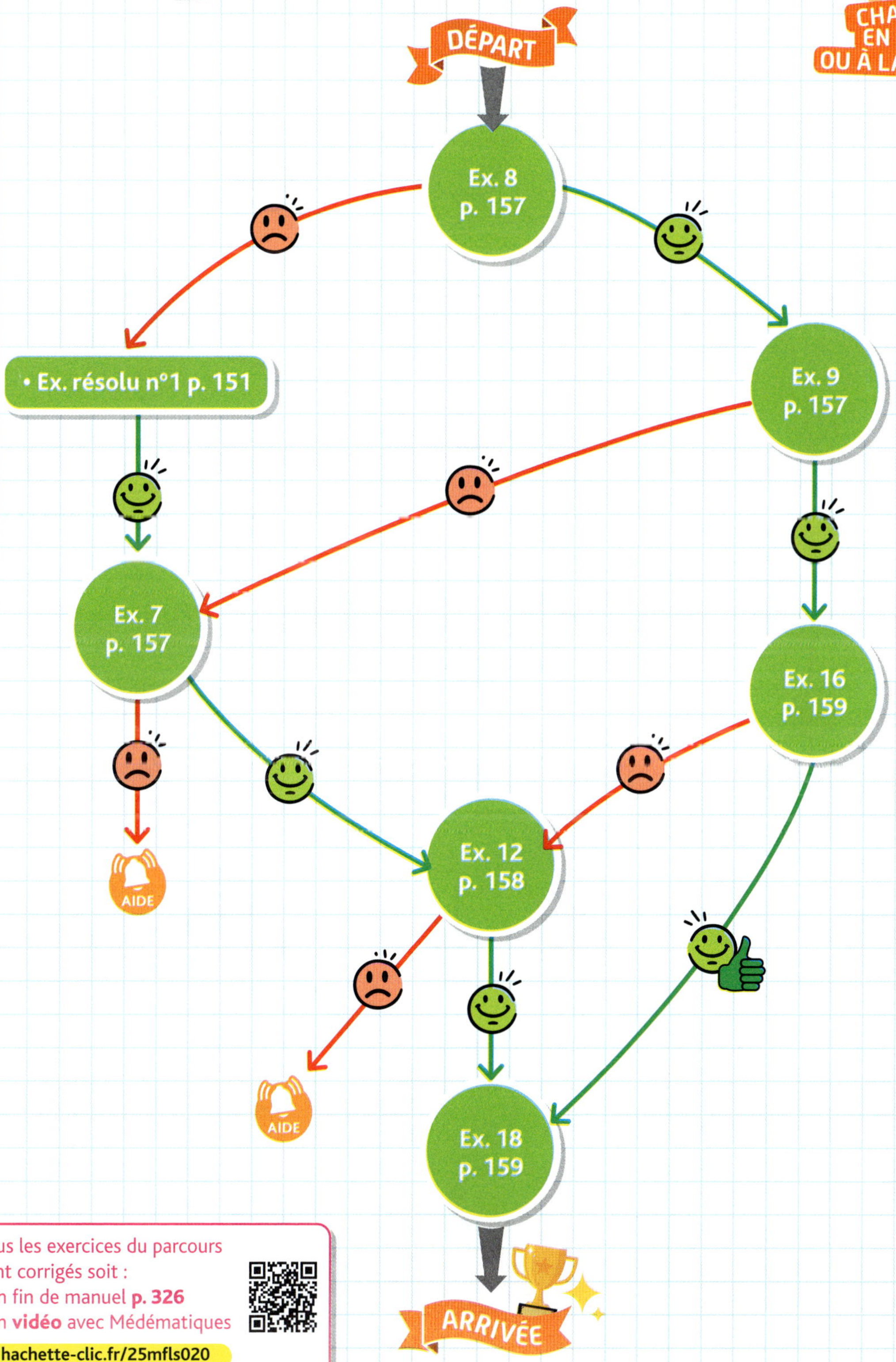

Tous les exercices du parcours sont corrigés soit :
- en fin de manuel **p. 326**
- en **vidéo** avec Médématiques

hachette-clic.fr/25mfls020

Je me prépare à une évaluation

Je sais calculer des probabilités conditionnelles à l'aide d'un tableau croisé

CHALLENGE EN CLASSE OU À LA MAISON

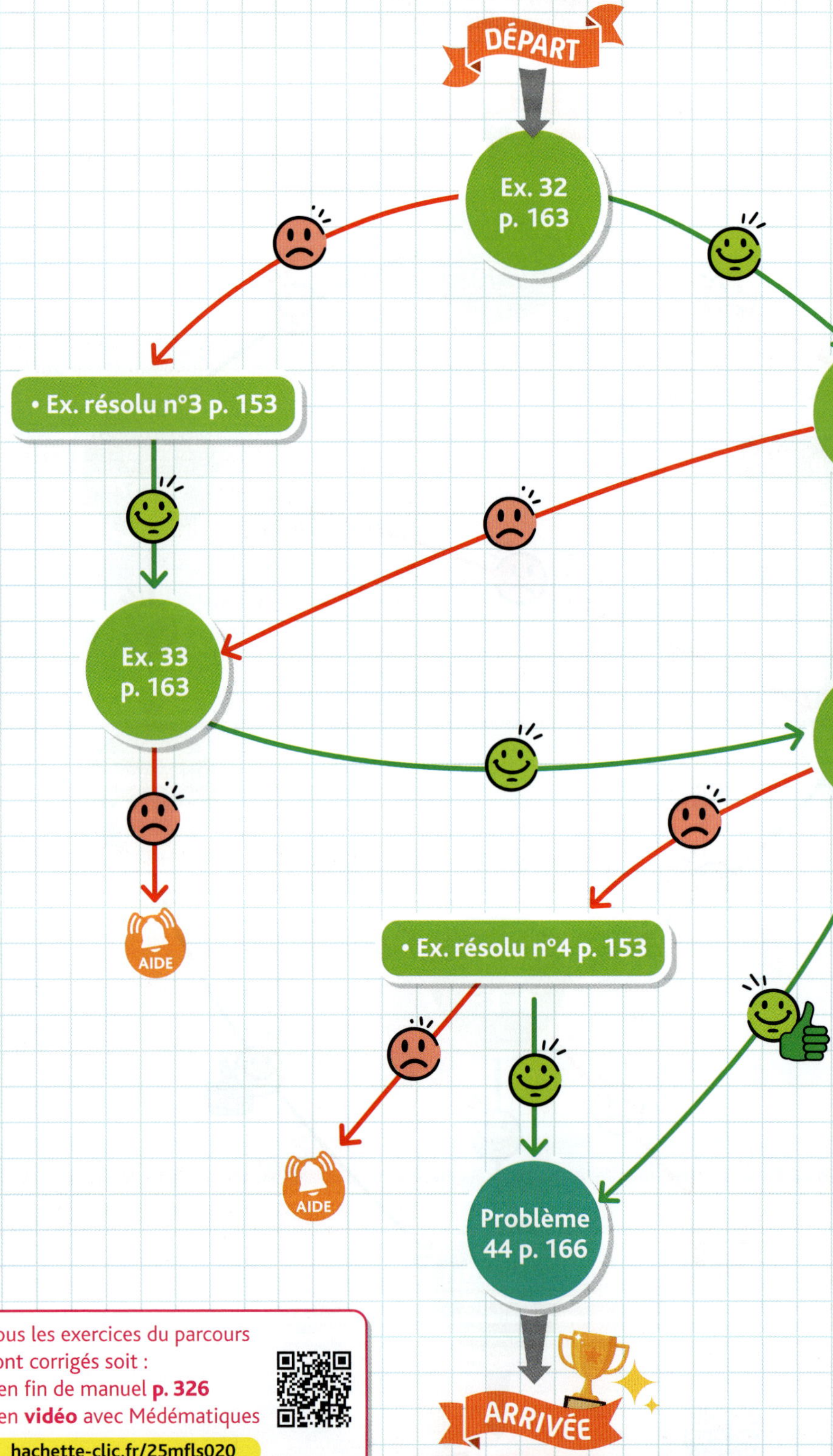

Tous les exercices du parcours sont corrigés soit :
- en fin de manuel **p. 326**
- en **vidéo** avec Médématiques

hachette-clic.fr/25mfls020

Les exercices roses sont corrigés :
• en fin de manuel p. 326 ou • en vidéo avec Médématiques hachette-clic.fr/25mfls020

1 Tableaux croisés et fréquences

Questions flash

1 Dans une classe de 35 élèves, 15 sont des filles. Calculer la fréquence de filles dans cette classe sous forme d'une fraction irréductible.

2 Sur les 30 candidats au permis de conduire dans une auto-école, 24 ont réussi. Quel est le pourcentage de réussite ?

3 Sur 25 matchs joués, une équipe a gagné 16 matchs. Quelle est la fréquence de matchs gagnés ? Donner le résultat sous forme d'un nombre décimal.

4 30 % des clients d'un restaurant choisissent le menu à la carte. S'il y a 80 clients, combien de clients choisissent le menu à la carte ?

5 Dans un hôpital, $\frac{2}{7}$ des patients arrivent par les urgences. Au cours d'une semaine, 588 patients sont entrés à l'hôpital. Combien de ces patients sont arrivés par les urgences ?

6 Une plate-forme de diffusion en continu compte environ 10 millions d'abonnés. Si la fréquence des abonnés qui regardent majoritairement des séries et de 0,78, quel est le nombre d'abonnés qui préfèrent les séries ?

La **fréquence** d'une donnée s'obtient en divisant l'effectif de cette valeur par l'effectif total.

7 Corrigé Une étude a été menée auprès d'une population d'individus pour évaluer l'efficacité d'un test de dépistage de la grippe. Deux questions ont été posées. La première concerne la présence de la maladie (l'individu est malade ou non malade) et la seconde porte sur le résultat du test (positif ou négatif).

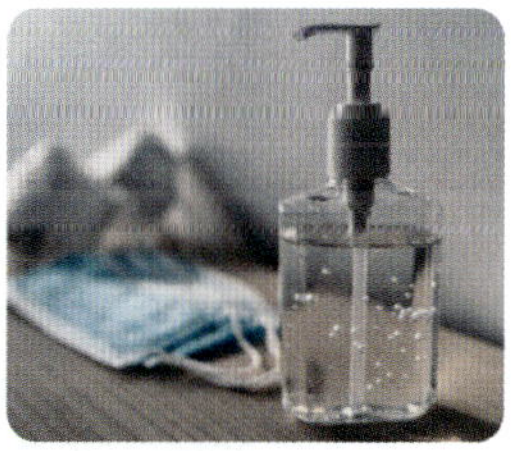

Le tableau ci-dessous résume les résultats de cette étude :

	Positif	Négatif	Total
Malade	141	9	150
Non malade	3	147	150
Total	144	156	300

a. Calculer la fréquence des personnes positives et malades parmi l'ensemble de la population.
b. Calculer la fréquence des personnes positives parmi l'ensemble de la population.

8 Corrigé Le tableau ci-dessous résume les résultats d'une étude visant à évaluer l'effet des cours de soutien sur la réussite à des examens.

	Avec soutien	Sans soutien	Total
Réussite	60	108	168
Échec	24	48	72
Total	84	156	240

Recopier et compléter le tableau de fréquences suivant :

	Avec soutien	Sans soutien	Total
Réussite			
Échec			
Total	0,35	0,65	1

9 Corrigé Voici les résultats d'une étude qui porte sur la relation entre la satisfaction des clients et leur âge. On note :
- A : l'ensemble des clients âgés de 18 à 29 ans.
- B : l'ensemble des clients âgés de 30 à 59 ans.
- C : l'ensemble des clients âgés de 60 ans et plus.
- S : l'ensemble des clients satisfaits.
- I : l'ensemble des clients insatisfaits.

	A	B	C	Total
S	77	42	49	168
I	28	35	49	112
Total	105	77	98	280

a. Recopier et compléter le tableau de fréquences ci-contre :

	A	B	C	Total
S				
I				
Total				1

b. Rédiger une phrase pour interpréter le contenu de chacune des deux cases coloriées.

Un **effectif marginal** est un effectif figurant dans la ligne ou la colonne **« total »**. Les effectifs marginaux ne correspondent qu'à l'étude de l'un des deux caractères dans la population totale. On définit de la même manière une **fréquence marginale**.

10 Lors du dernier recensement dans une ville, on a réalisé ce tableau croisé qui présente la répartition des types de logements selon la taille des familles.

	Appartement	Maison
1 personne	32	5
2 personnes	25	7
3 personnes	26	20
4 personnes	25	25
5 personnes	17	24
6 personnes et +	3	10

Les exercices roses sont corrigés :
• en fin de manuel **p. 326** ou • en **vidéo** avec Médématiques
hachette-clic.fr/25mfls020

1. Recopier le tableau en y faisant apparaître les effectifs marginaux.

2. Construire le tableau des fréquences en y faisant apparaître les fréquences marginales (arrondir à 0,01).

3. Sans effectuer de calculs supplémentaires, répondre aux questions suivantes :

a. Quel est le pourcentage de familles résidant en appartement parmi l'ensemble des familles de cette ville ?

b. Quel est le pourcentage de familles constituées de trois personnes parmi l'ensemble des familles de cette ville ?

c. Quel est le pourcentage de familles de deux personnes résidant en appartement parmi l'ensemble des familles de cette ville ?

11 **Tableur** Ce tableau croisé présente la répartition des pratiques sportives selon le sexe dans un complexe sportif.

	A	B	C	D
1	**Pratique Sportive**	**Homme**	**Femme**	**Total**
2	**Football**	22	5	
3	**Natation**	10	21	
4	**Tennis**	16	15	
5	**Course à pied**	27	22	
6	**Yoga**	5	32	
7	**Cyclisme**	19	9	
8	**Total**			

a. Quelle formule faut-il écrire en D2, puis recopier vers le bas jusqu'à la cellule D8 pour compléter la colonne « Total » du tableau ?

b. Quelle formule faut-il écrire en B8, puis recopier vers la droite jusqu'à la cellule C8 pour compléter la ligne « Total » du tableau ?

c. On souhaite maintenant compléter le tableau des fréquences ci-dessous :

	A	B	C	D
10	**Pratique Sportive**	**Homme**	**Femme**	**Total**
11	**Football**			
12	**Natation**			
13	**Tennis**			
14	**Course à pied**			
15	**Yoga**			
16	**Cyclisme**			
17	**Total**			

Quelle formule faut-il écrire en B11, à recopier vers la droite puis vers le bas jusqu'à la cellule D17 pour remplir ce tableau ?

d. Quel est le résultat attendu dans la cellule D12 (arrondir à 0,001) ? Interpréter ce résultat dans le contexte de l'exercice (utiliser un pourcentage).

Pour calculer la **fréquence conditionnelle** d'une modalité A, sachant qu'une modalité B est réalisée, on utilise :

$$f_B(A) = \frac{\text{Card}(A \cap B)}{\text{Card}(B)}$$

12 Vidéo Dans un lycée, les élèves ont le choix entre 3 langues vivantes : anglais, allemand et espagnol. Le tableau d'effectifs ci-dessous présente les résultats du baccalauréat en fonction de la première langue choisie par les élèves de ce lycée.

On note :

- E : l'ensemble des élèves ayant choisi l'anglais
- D : l'ensemble des élèves ayant choisi l'allemand
- S : l'ensemble des élèves ayant choisi l'espagnol
- A : (respectivement R), l'ensemble des élèves admis (respectivement recalés)

	E	D	S	Total
A	36	21	33	90
R	4	7	1	12
Total	40	28	34	102

a. Calculer la fréquence des lycéens admis au baccalauréat parmi ceux ayant choisi l'anglais.

b. Calculer la fréquence des lycéens, ayant choisi l'anglais parmi les admis.

c. Calculer $f_D(A)$. Interpréter ce résultat dans le contexte de l'exercice.

d. Calculer $f_A(S)$ (arrondir à 0,01). Interpréter ce résultat dans le contexte de l'exercice.

13 Le tableau de fréquences ci-dessous montre les préférences des clients d'un restaurant pour le choix de prendre ou non, un café à la fin du repas.

On note :

- C : l'ensemble des clients qui prennent un café
- S : l'ensemble des clients qui ne prennent pas de café
- H : l'ensemble des hommes
- F : l'ensemble des femmes

	C	S	Total
H	0,36	0,32	0,68
F	0,24	0,08	0,32
Total	0,6	0,4	1

a. Calculer la fréquence des hommes parmi les clients ayant choisi un café.

b. Calculer la fréquence des clients qui ne prennent pas de café parmi les femmes.

c. Calculer $f_S(H)$. Interpréter ce résultat dans le contexte de l'exercice.

14 On souhaite analyser les tendances des absences au sein de trois services différents d'une entreprise. Le tableau ci-dessous présente la répartition des absences par service pour les trois premiers trimestres de l'année.

	T1	T2	T3
Service A	22	32	12
Service B	25	37	18
Service C	13	5	8

Recopier et compléter le tableau des fréquences conditionnelles. Les résultats seront éventuellement à arrondir à 0,001.

a. Par lignes :

	T1	T2	T3	Total
Service A				1
Service B				1
Service C				1

b. Par colonnes :

	T1	T2	T3
Service A			
Service B			
Service C			
Total	1	1	1

15 Une entreprise de restauration scolaire a réalisé une enquête sur les préférences alimentaires des élèves en les interrogeant sur leur niveau scolaire (primaire, collège, lycée) et leur type de repas préféré (végétarien, poisson, viande).

Le tableau de fréquences ci-dessous résume les résultats de cette enquête.

	Végétarien	Poisson	Viande	Total
Primaire	0,05	0,06	0,1	0,21
Collège	0,07	0,08	0,14	0,29
Lycée	0,15	0,13	0,22	0,5
Total	0,27	0,27	0,46	1

1. Construire le tableau de fréquences conditionnelles par lignes (arrondir à 0,001).

2. Construire le tableau de fréquences conditionnelles par colonnes (arrondir à 0,001).

3. En utilisant les tableaux précédents, et sans calcul supplémentaire, répondre aux questions suivantes :

a. Quel est le pourcentage de lycéens parmi l'ensemble des élèves ?

b. Quel est le pourcentage d'élèves végétariens parmi l'ensemble des élèves ?

c. Quel est le pourcentage de collégiens parmi les végétariens ?

d. Quel est le pourcentage de végétariens parmi les collégiens ?

e. Quel est le pourcentage de collégiens végétariens parmi l'ensemble des élèves ?

Pour calculer une **proportion** d'une quantité, on multiplie la fraction (correspondant au pourcentage) par cette quantité.
Ex. : 60 % de 150 € : $\frac{60}{100} \times 150 = 90$ €

16 Corrigé Une entreprise compte 250 salariés. On sait que :
- 64 % des salariés travaillent de jour parmi lesquels 25 % sont en CDD
- 12 % des salariés sont en CDI et travaillent de nuit

a. Reproduire et compléter ce tableau d'effectifs :

	Jour	Nuit	Total
CDI			
CDD			
Total			

b. On note N l'ensemble des salariés qui travaillent de nuit et D l'ensemble des salariés en CDD.
Calculer : $f(\text{N})$, $f(\text{D})$, $f(\text{N} \cap \text{D})$, $f_{\text{D}}(\text{N})$ et $f_{\text{N}}(\text{D})$.
Arrondir éventuellement à 0,001.

17 Durant l'année 2022, le musée d'une petite ville touristique a été visité par 25 200 personnes.

On sait que :
- Le musée a été ouvert pendant 120 jours
- 35 % des visiteurs sont des étrangers et parmi eux les trois quarts prennent un audioguide
- Les autres visiteurs sont Français et seulement 20 % d'entre eux prennent un audioguide

a. Quel est le nombre moyen de visiteurs par jour pour ce musée ?

b. Recopier et compléter le tableau croisé d'effectifs du nombre de visiteurs.

	Avec audioguide	Sans audioguide	Total
Français			
Étrangers			
Total			

c. Parmi l'ensemble des visiteurs, quel est le pourcentage de Français sans audioguide ?

d. Parmi l'ensemble des visiteurs, quel est le pourcentage de visiteurs avec audioguide ?

e. Quel est le pourcentage de visiteurs étrangers parmi les visiteurs avec audioguide (arrondir à 1 %) ?

18 Corrigé Dans un établissement scolaire, il y a 1 920 élèves répartis en collégiens, lycéens et étudiants de BTS.
- Un tiers des élèves sont des collégiens
- 60 % des élèves du lycée pratiquent un sport au moins.
- 55 % des collégiens pratiquent un sport au moins.

Les exercices roses sont corrigés :
• en fin de manuel p. 326 ou • en vidéo avec Médématiques hachette-clic.fr/25mfls020

a. Recopier et compléter le tableau d'effectifs suivant :

	Collégiens	Lycéens	Étudiants	Total
Pratiquent un sport au moins				
Ne pratiquent aucun sport			280	
Total		600		

Pour les questions suivantes, on arrondira si nécessaire les réponses au dixième de %.

b. Quel est le pourcentage de lycéens dans cet établissement ?

c. Quel est le pourcentage de collégiens ne pratiquant aucun sport parmi les élèves de l'établissement ?

d. Quel est le pourcentage d'élèves pratiquant au moins un sport parmi les étudiants ?

e. Quel est le pourcentage de lycéens parmi les élèves ne pratiquant aucun sport ?

19 Un club de sport souhaite modifier ses horaires d'ouverture et mène une enquête auprès de 800 adhérents. Voici la répartition des participants selon leur âge : 23 % ont moins de 30 ans, 35 % ont plus de 50 ans, et 42 % ont entre 30 et 50 ans.

À la question : « Approuvez-vous la proposition des nouveaux horaires d'ouverture ? » :

- 75 % des moins de 30 ans ont répondu oui
- 40 % des plus de 50 ans ont répondu non
- 55 % des personnes interrogées ont répondu oui

Dans cet exercice, les résultats seront éventuellement à arrondir à 0,001.

a. À partir de ces informations, recopier et compléter le tableau d'effectifs suivant :

	Oui	Non	Total
Moins de 30 ans			
De 30 ans à 50 ans			
Plus de 50 ans			
Total			

b. Quelle est la fréquence des plus de 50 ans ayant répondu non ?

c. Quelle est la fréquence des adhérents âgés entre 30 et 50 ans parmi les réponses « oui » ?

d. Recopier et compléter le tableau des fréquences conditionnelles en lignes.

	Oui	Non	Total
Moins de 30 ans			
De 30 ans à 50 ans			
Plus de 50 ans			

e. Dans cette question, on note :

- O l'ensemble des réponses « oui », N l'ensemble des réponses « non »
- A l'ensemble des moins de 30 ans, B l'ensemble des 30 à 35 ans et C l'ensemble des plus de 50 ans

En utilisant les résultats des calculs précédents et les données du texte, donnez sans calcul supplémentaire, et sans justification :

$f(C)$; $f_A(O)$; $f_O(B)$; $f(C \cap N)$.

20 **Tableur** Le tableau suivant donne le type de contrat (CDI ou CDD) d'un salarié d'une entreprise selon son d'âge.

	A	B	C	D
1	Contrat	CDI	CDD	Total
2	Catégorie			
3	18/29 ans	35	17	52
4	30/49 ans	22	29	51
5	50 ans et plus	10	33	43
6	Total	67	79	146

a. Interpréter les nombres suivants :

- 35 en B3
- 51 en D4
- 79 en C6
- 146 en D6

On souhaite réaliser le tableau des fréquences conditionnelles par rapport au type de contrat.

Le tableau (incomplet) est donné ci-dessous.

Les valeurs seront à arrondir à 0,1 %.

	A	B	C	D
9	Contrat	CDI	CDD	Total
10	Catégorie			
11	18/29 ans	52,2%	21,5%	
12	30/49 ans		36,7%	34,9%
13	50 ans et plus	14,9%		
14	Total	100%	100%	100%

b. Interpréter la valeur 52,2 % en B11. Quel calcul permet d'obtenir cette valeur ?

c. Quelle formule faut-il écrire dans la cellule B11 avant de la recopier vers le bas, puis vers la droite afin d'automatiser les calculs sur la plage B11 : D14 ?

d. Quelles formules trouvera-t-on dans les cellules B12 et C13 ?

e. Recopier puis compléter les valeurs manquantes du tableau.

21 **Tableur** Une revue de consommateurs décide de comparer trois modèles de smartphones. Un questionnaire s'adresse aux possesseurs de l'un des trois smartphones.

L'une des questions posées est la suivante : « Êtes-vous globalement satisfait de votre smartphone ? ». La réponse attendue est OUI ou NON.

Les résultats de cette étude sont donnés dans la feuille de tableur ci-dessous.

	A	B	C	D
1	Réponse	OUI	NON	Total
2	Smartphone			
3	Modèle 1	164	14	
4	Modèle 2	223	16	
5	Modèle 3	180	22	
6	Total			

1. Recopier le tableau dans un tableur et le compléter au fur et à mesure.

2. Quelle formule saisir dans la cellule D3, avant de la recopier vers le bas afin de compléter la colonne « Total » ?

3. Quelle formule saisir dans la cellule B6, avant de la recopier vers la droite afin de compléter la ligne « Total » ?

4. Dans le tableau suivant, les résultats de la plage B11 : D14 sont présentés en pourcentages arrondis à 0,1 %.

	A	B	C	D
9	Réponse	OUI	NON	Total
10	Smartphone			
11	Modèle 1	26,5%	2,3%	28,8%
12	Modèle 2	36,0%	2,6%	38,6%
13	Modèle 3	29,1%	3,6%	32,6%
14	Total	91,6%	8,4%	100,0%

Quel calcul permet d'obtenir le résultat affiché dans la cellule B11 ?

5. Quelle formule a-t-on pu saisir dans la cellule B11, puis recopiée dans la plage de valeurs B11 : D14 afin d'automatiser le calcul ?

6. On souhaite connaître la répartition des réponses par modèle de smartphone. Pour cela, on réalise un tableau de fréquences conditionnelles par lignes.

	A	B	C	D
17	Réponse	OUI	NON	Total
18	Smartphone			
19	Modèle 1			
20	Modèle 2			
21	Modèle 3			
22	Total			

a. Calculer le pourcentage de réponses « OUI » parmi l'ensemble des réponses du modèle 1 (arrondir à 0,1 %).

b. Parmi les réponses proposées ci-dessous, trouver la formule à saisir dans la cellule B19 puis à recopier dans la plage de valeurs B19 : C22 afin d'automatiser le calcul :

- Réponse A : =B3/D3
- Réponse B : =B3/$D$3
- Réponse C : =B3/$D3
- Réponse D : =B3/D$3
- Réponse E : =$B$11/$D$3

22 Une étude sur influence des parcours des diplômés de Master (hors enseignement) sur leur insertion professionnelle a été menée au 1er décembre 2021, soit 18 mois après l'obtention de leur diplôme. Les deux tableaux suivants sont des extraits de cette étude (*Source : enseignementsup-recherche.gouv.fr*).

Tableau 1 : Répartition des diplômés selon le domaine disciplinaire du Master (en %).

Domaine disciplinaire	% Des diplômés
Droits, économie, gestion	41
Lettres, langues, arts	10
Sciences, technologies, santé	27
Sciences humaines et sociales	22
Total	100

Tableau 2 : Insertion professionnelle des diplômés selon le domaine disciplinaire du Master (en %).

	D	L	S	H
Taux d'emploi en France (F)	82	69	81	82
Taux d'emploi à l'étranger (E)	5	10	4	2
Inactifs/Autres (I)	13	21	15	16
Total	100	100	100	100

On note les ensembles des diplômés de Master suivants :

- D : Droits, économie, gestion
- L : Lettres, langues, arts
- S : Sciences, technologies, santé
- H : Sciences humaines et sociales
- F : Employés en France
- E : Employés à l'étranger
- I : Inactifs/Autres

Notation :

- $f(\text{A})$: la fréquence de l'ensemble des diplômés de Master A parmi l'ensemble des diplômés de Master
- $f_{\text{B}}(\text{A})$: la fréquence de l'ensemble des diplômés de Master A parmi l'ensemble des diplômés de Master B

a. Recopier et compléter :

$f(\text{L}) =$ $\qquad$ $f_{\text{L}}(\text{F}) =$

b. Dans le contexte de l'exercice, interpréter à l'aide d'une phrase les résultats précédents.

c. En déduire $f(\text{L} \cap \text{F})$.

Rappel : Si $f(\text{B}) \neq 0$ alors $f_{\text{B}}(\text{A}) = \dfrac{f(\text{A} \cap \text{B})}{f(\text{B})}$

d. En procédant de la même manière, calculer : $f(\text{D} \cap \text{F})$, $f(\text{S} \cap \text{F})$ et $f(\text{H} \cap \text{F})$.

e. Montrer que : $f(\text{F}) = 0{,}8043$.

f. Calculer la fréquence des diplômés de Master de « lettres, langues, arts » parmi les diplômés de Master employés en France (arrondir à 10^{-4}).

Les exercices roses sont corrigés :
• en fin de manuel **p. 326** ou • en **vidéo** avec Médématiques hachette-clic.fr/25mfls020

2 Probabilités conditionnelles

Questions flash

Pour les exercices 23 à 26, on considère une urne contenant des jetons numérotés et de couleurs différentes.

On choisit un jeton au hasard, et on note les évènements suivants :

- **R : « le jeton est rouge »**
- **Z : « le jeton porte le numéro zéro »**

23 Traduire par une phrase, la probabilité : $P(Z \cap R) = 0{,}08$.

24 Traduire par une phrase, la probabilité : $P(Z \cup R) = 0{,}62$.

25 Traduire par une phrase, la probabilité : $P_R(Z) = 0{,}16$.

26 Traduire par une phrase, la probabilité : $P_Z(R) = 0{,}4$.

Soient A et B deux évènements, on note :

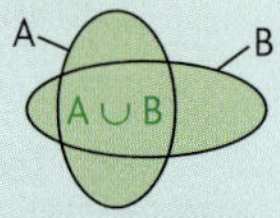

- **$A \cup B$** l'ensemble des éventualités appartenant à A ou à B.

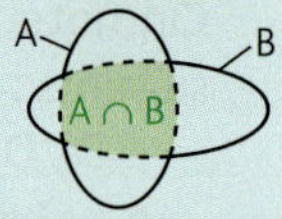

- **$A \cap B$** l'ensemble des éventualités appartenant à A et à B.
- Si l'évènement B est de probabilité non nulle, alors on note $\boldsymbol{P_B(A)}$ la probabilité que l'évènement A se réalise, sachant que l'évènement B est réalisé.

27 On cueille une fleur au hasard dans un jardin. On considère les évènements T : « la fleur est une tulipe » et R : « la fleur est rouge ».

Traduire par une phrase les probabilités suivantes :

a. $P(T \cap R) = 0{,}15$ b. $P(T \cup R) = 0{,}65$

c. $P_T(R) = 0{,}25$ d. $P_R(T) = 0{,}75$

28 Dans l'atelier d'un artiste, on choisit une œuvre au hasard. Cette œuvre peut être une peinture ou une sculpture, et représenter une personne ou un animal. On considère les évènements :

- A : « l'œuvre représente un animal »
- B : « l'œuvre représente une personne »
- C : « l'œuvre est une peinture »
- D : « l'œuvre est une sculpture »

À l'aide de ces évènements, traduire par une égalité les phrases suivantes.

a. La probabilité de choisir une peinture est égale à 0,64.

b. La probabilité de choisir une peinture qui représente un animal est égale à 0,2.

c. La probabilité de choisir une sculpture qui représente une personne est égale à 0,06.

d. La probabilité de choisir une peinture, sachant qu'elle représente un animal, est égale à 0,4.

e. La probabilité de choisir une œuvre qui représente une personne, sachant que c'est une sculpture, est égale à $\dfrac{1}{6}$.

29 Dans un magasin, on choisit un produit au hasard. Ce produit peut être un vêtement ou une paire de chaussures, et être destiné aux adultes ou aux enfants. On considère les évènements :

- V : « le produit est un vêtement »
- C : « Le produit est une paire de chaussures. »
- A : « Le produit est destiné aux adultes »
- E : « le produit est destiné aux enfants »

À l'aide de ces évènements, traduire par une égalité les phrases suivantes.

a. La probabilité de choisir un vêtement est égale à 0,75.

b. La probabilité de choisir une paire de chaussures destinée aux enfants est égale à 0,1.

c. La probabilité de choisir une paire de chaussures, sachant qu'elle est destinée aux adultes, est égale à 0,25.

d. La probabilité de choisir un produit destiné aux enfants, sachant que c'est un vêtement, est égale à 0,4.

On considère une expérience aléatoire. Pour calculer la **probabilité conditionnelle** d'un évènement A sachant qu'un évènement B de cardinal non nul est réalisé, on utilise :

$$P_B(A) = \frac{\text{Card}(A \cap B)}{\text{Card}(B)}$$

30 On considère l'urne ci-dessous contenant des jetons numérotés et de couleurs différentes.

Boîte contenant des jetons

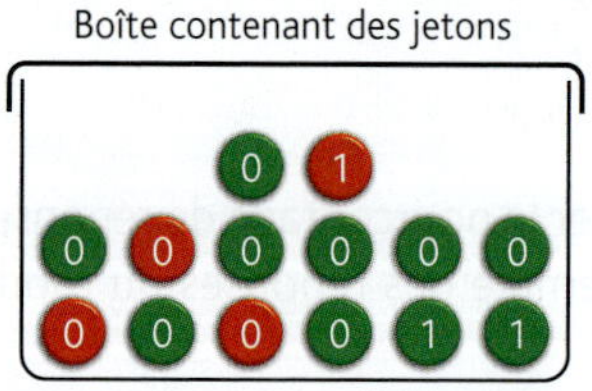

On choisit un jeton au hasard, et on note les évènements suivants :

- V : « le jeton est vert »
- Z : « le jeton porte le numéro zéro »

Calculer les probabilités, le résultat sera donné sous forme d'une fraction irréductible.

a. $P(Z \cap V)$ b. $P(Z \cup V)$

c. $P_V(Z)$ d. $P_Z(V)$

On note $\overline{A}$ l'évènement contraire de l'évènement A. C'est l'ensemble de toutes les éventualités de Ω qui ne sont pas contenues dans A.

31 On considère une expérience aléatoire dont l'univers est fini et noté Ω.

A et B sont deux évènements de cet univers.

On donne le tableau croisé d'effectifs :

	B	$\overline{B}$	Total
A	76	38	114
$\overline{A}$	45	54	99
Total	121	92	213

On choisit un individu au hasard, tous les individus ont la même probabilité d'être choisis (équiprobabilité). Associer chaque probabilité à son résultat.

Probabilités	
a.	$P(A \cap B)$
b.	$P(A \cup B)$
c.	$P_B(A)$
d.	$P_A(\overline{B})$
e.	$P(A)$
f.	$P(B)$

Résultats	
1.	$\frac{76+38+45}{213}$
2.	$\frac{114}{213}$
3.	$\frac{76}{213}$
4.	$\frac{76}{114}$
5.	$\frac{76}{121}$
6.	$\frac{121}{213}$

32 Corrigé Le contenu d'une boîte de chocolats noirs ou fourrés au praliné est donné dans le tableau d'effectifs suivant.

On note :

- N : « Le chocolat est un chocolat noir »
- F : « Le chocolat est fourré au praliné »

	Noir (N)	Au lait ($\overline{N}$)	Total
Fourré praliné (F)	30	27	57
Non fourré praliné ($\overline{F}$)	42	9	51
Total	72	36	108

On choisit un chocolat au hasard dans cette boîte. Calculer la valeur exacte des probabilités suivantes et traduire le résultat par une phrase.

a. $P(N)$ b. $P(F \cap \overline{N})$ c. $P_{\overline{N}}(F)$

33 Vidéo Afin d'ajuster sa fabrication, un glacier a examiné ses ventes sur ses 300 premiers clients de l'année en fonction du sexe de l'acheteur et du type de glace achetée. Les résultats sont rassemblés dans le tableau suivant :

	Hommes (H)	Femmes (F)	Total
Crème glacée (C)	108	72	180
Sorbet (S)	30	45	75
Glace à l'italienne (I)	32	13	45
Total	170	130	300

On choisit une vente au hasard parmi celles étudiées. Calculer la valeur exacte des probabilités suivantes et traduire le résultat par une phrase.

a. $P(C)$ b. $P(C \cap F)$ c. $P_S(H)$ d. $P_H(S)$

34 Pour garantir l'intégrité de la pratique sportive et la santé des sportifs, des contrôles antidopage sont réalisés sur un échantillon de sportifs à la suite des épreuves ou même parfois hors compétition.

Un laboratoire a mis au point un nouveau test et cherche à évaluer son efficacité. Pour cela, il réalise une étude sur 500 personnes réparties en deux groupes :

- Groupe 1 : les individus ont tous consommé un produit dopant
- Groupe 2 : aucun individu n'a consommé de produit dopant.

Les résultats sont rassemblés dans le tableau d'effectifs suivant :

	Test positif	Test négatif
Groupe 1 : Personne ayant consommé un produit dopant	283	17
Groupe 2 : Personne n'ayant pas consommé un produit dopant	3	197

On choisit au hasard une personne ayant participé à cette étude et on note :

- T : l'évènement « le test est positif pour la personne choisie »
- D : l'évènement « la personne a consommé un produit dopant »

1. a. Donner le nombre de tests positifs pour des personnes n'ayant pas consommé de produit dopant ?

b. Calculer la probabilité d'avoir choisi une personne n'ayant pas consommé de produit dopant et ayant un résultat positif au test.

On dit alors que le test a donné un *faux positif*.

2. a. Combien de personnes dans cette étude ont consommé un produit dopant ?

b. On appelle *sensibilité du test* la probabilité qu'une personne ait un test positif sachant qu'elle a réellement consommé un produit dopant. On la note $P_D(T)$. Calculer la sensibilité de ce test. Arrondir au millième.

3. On appelle *spécificité d'un test* la probabilité qu'une personne ait un test négatif sachant qu'elle n'a pas consommé un produit dopant. On la note $P_{\overline{D}}(\overline{T})$. Calculer la spécificité de ce test.

Les exercices roses sont corrigés :
• en fin de manuel p. 326 ou • en vidéo avec Médématiques hachette-clic.fr/25mfls020

Pour les exercices 35 à 36, on utilisera les données suivantes :

Un responsable des ventes d'une concession automobile souhaite étudier l'impact d'une campagne publicitaire pour son nouveau modèle sur les réseaux sociaux.

Le tableau suivant donne les réponses à deux questions.

- Question 1 : « Quel est votre âge ? »
- Question 2 : « Connaissez-vous notre nouveau modèle ? »

Question 1 \ Question 2	OUI	NON	Total
Moins de 25 ans	54	63	117
Entre 25 et 60 ans	88	38	126
Plus de 60 ans	65	52	117
Total	207	153	360

On choisit au hasard un questionnaire parmi les 360 réponses, et on définit les évènements suivants :

- A : « L'âge est inférieur à 25 ans »
- B : « L'âge est compris entre 25 ans et 60 ans »
- C : « L'âge est supérieur à 60 ans »
- O : « la réponse à la question est OUI »
- N : « la réponse à la question est NON »

35 Calculer :

a. La probabilité que la réponse à la question 2 soit OUI.

b. La probabilité que la personne interrogée ait un âge compris entre 25 ans et 60 ans.

c. La probabilité que la personne interrogée ait un âge inférieur à 25 ans et que la réponse soit NON.

d. La probabilité que la personne interrogée ait un âge inférieur à 25 ans ou que la réponse soit NON.

36 Pour chacune des questions suivantes, calculer la probabilité demandée, puis interpréter le résultat à l'aide d'une phrase.

a. $P(\mathrm{A})$ b. $P(\mathrm{N})$

c. $P(\mathrm{A} \cap \mathrm{N})$ d. $P(\mathrm{A} \cup \mathrm{O})$

Pour les exercices 37 et 38, on utilise le contexte des exercices 35 et 36.

37 Le responsable des ventes de cette concession souhaite à présent étudier le niveau de satisfaction des 119 clients ayant acheté le nouveau modèle. Le tableau suivant donne les réponses à deux questions.

- Question 1 : « Quel est votre âge ? »
- Question 3 : « Êtes-vous satisfait de notre nouveau produit ? »

Question 1 \ Question 3	OUI	NON	Total
Moins de 25 ans	33	10	43
Entre 25 et 60 ans	41	17	58
Plus de 60 ans	12	6	18
Total	86	33	119

Dans cet exercice, toutes les probabilités seront arrondies à 0,001 près.

a. On choisit au hasard un questionnaire parmi les 119 questionnaires. Calculer :

- La probabilité que la réponse à la question 3 soit OUI.
- La probabilité que la personne interrogée ait un âge compris entre 25 ans et 60 ans.

b. On choisit au hasard un questionnaire parmi les réponses OUI. Calculer la probabilité que la personne interrogée ait un âge compris entre 25 ans et 60 ans.

c. On choisit au hasard un questionnaire parmi les personnes ayant un âge compris entre 25 ans et 60 ans. Calculer la probabilité que la personne interrogée dise OUI.

38 On choisit au hasard un questionnaire parmi les 119 questionnaires, calculer chacune des probabilités suivantes puis interpréter chacun des résultats à l'aide d'une phrase.

a. $P(\mathrm{C})$ b. $P(\mathrm{N})$ c. $P_{\mathrm{C}}(\mathrm{N})$ d. $P_{\mathrm{N}}(\mathrm{C})$

39 Corrigé Une agence de voyages permet à ses clients de choisir deux options : « excursions » (option A) et « jet-ski » (option B).

L'agence a recueilli des informations sur 350 clients :

- 30 % choisissent l'option « excursions » (A) et parmi eux 40 % choisissent l'option jet-ski (B)
- 62 % choisissent l'option jet-ski (B)

a. Recopier et compléter le tableau ci-dessous :

	Avec l'option A	Sans l'option A	Total
Avec l'option B			
Sans l'option B			
Total			350

Les résultats seront arrondis au millième.

On choisit un client au hasard. On considère les évènements suivants :

- A : « le client choisit l'option A »
- B : « le client choisit l'option B »

b. Quelle est la probabilité que le client choisisse les deux options ?

c. Calculer la probabilité que le client ne choisisse aucune option.

d. Calculer la probabilité $P_B(A)$ et interpréter ce résultat dans le contexte de l'exercice.

e. Un client n'a pas choisi l'option A, quelle est la probabilité qu'il ne choisisse pas l'option B ?

40 Dans une entreprise qui emploie 1 200 personnes, on souhaite étudier la répartition des salaires mensuels selon l'ancienneté.

On dispose des renseignements suivants :

- 65 % des salariés ont plus de 15 ans d'ancienneté.
- Trois quarts des salariés perçoivent un salaire inférieur à 2 000 € et, parmi ces personnes, 32 % ont moins de 15 ans d'ancienneté.
- Parmi les 18 personnes percevant un salaire supérieur à 4 000 €, 6 ont moins de 15 ans d'ancienneté.

On note :

- A : « le salarié a moins de 15 ans d'ancienneté »
- B : « le salarié a plus de 15 ans d'ancienneté »
- S1 : « le salarié perçoit un salaire inférieur à 2 000 € »
- S2 : « le salarié perçoit un salaire supérieur ou égal à 2 000 € et inférieur à 4 000 € »
- S3 : « le salarié perçoit un salaire supérieur ou égal à 4 000 € »

a. Justifier que 288 salariés perçoivent un salaire inférieur à 2 000 € et ont moins de 15 ans d'ancienneté.

b. À l'aide des renseignements précédents, recopier et compléter le tableau ci-dessous.

	A	B	Total
S1			
S2			
S3			
Total			1200

c. On interroge une personne au hasard dans l'entreprise. Quelle est la probabilité qu'on interroge une personne ayant plus de 15 ans d'ancienneté percevant un salaire supérieur ou égal à 4 000 € ?

d. Quelle est la probabilité qu'on interroge une personne percevant un salaire inférieur à 4 000 € ?

e. On interroge une personne ayant moins de 15 ans d'ancienneté dans l'entreprise. Quelle est la probabilité qu'elle perçoive moins de 2 000 € (arrondir à 0,001) ?

41 Une usine fabrique une série de pièces pour ordinateurs. Au cours de leur fabrication, les pièces peuvent faire apparaître deux types de défauts. Le défaut A et le défaut B. On note :

- A : « La pièce a le défaut A »
- B : « La pièce a le défaut B »

Le tableau de fréquences suivant résume la situation :

	A	$\overline{A}$	Total
B	0,06	0,05	0,11
$\overline{B}$	0,07	0,82	0,89
Total	0,13	0,87	1

a. En utilisant les données du tableau, donner $f(A \cap B)$ et $f(B)$. Puis, interpréter ces résultats par une phrase dans le contexte de l'exercice.

b. L'usine a fabriqué 400 pièces. Calculer $\text{Card}(A \cap B)$ et $\text{Card}(B)$.

c. On choisit une pièce au hasard dans la production. Calculer la probabilité que la pièce ait le défaut A sachant qu'elle a le défaut B (donner le résultat sous forme d'une fraction irréductible).

d. Calculer $\dfrac{f(A \cap B)}{f(B)}$ (donner le résultat sous forme d'une fraction irréductible). Quel résultat du cours retrouvez-vous ?

42 Corrigé Une entreprise produit des pots en verre pour le secteur de l'agroalimentaire.

Le but de l'exercice est de mesurer l'efficacité d'un test qui a pour objectif de rejeter les pots défectueux. Un pot rejeté par le test sera à nouveau fondu pour être réutilisé dans la production.

On sait que :

- La machine produit 8 % de pots défectueux.
- Si le pot est défectueux, alors le test le rejettera dans 90 % des cas. Dans les autres cas le pot défectueux passera le test et sera conservé.
- Si le pot n'est pas défectueux, alors le test le conservera dans 95 % des cas. Dans les autres cas, le pot non défectueux ne passera pas le test et sera rejeté.
- La production est de 30 000 pots par jour.

On choisit un pot au hasard dans la production et on considère les évènements :

- D : « Le pot est défectueux »
- R : « Le pot est rejeté par le test »

a. Recopier et compléter le tableau croisé de fréquences.

	R	$\overline{R}$	Total
D			0,08
$\overline{D}$			
Total			1

b. Calculer $\text{Card}(D \cap \overline{R})$ et interpréter ce résultat dans le contexte de l'exercice.

c. Calculer $P_R(\overline{D})$, puis interpréter le résultat.

d. Calculer $P_{\overline{R}}(\overline{D})$, puis interpréter le résultat.

43 Trouver la pièce défectueuse STI2D

» Représenter • Calculer

Une entreprise fabrique des pièces de forme rectangulaire. Une pièce peut être défectueuse à cause d'un défaut de dimension. On considère un lot de 1 600 pièces dans lequel 6 % des pièces ont un défaut de longueur (et peut-être aussi un défaut de largeur), 4 % des pièces ou un défaut de largeur (et peut-être aussi un défaut de longueur), et 2 % des pièces présentent simultanément les deux défauts de dimension.

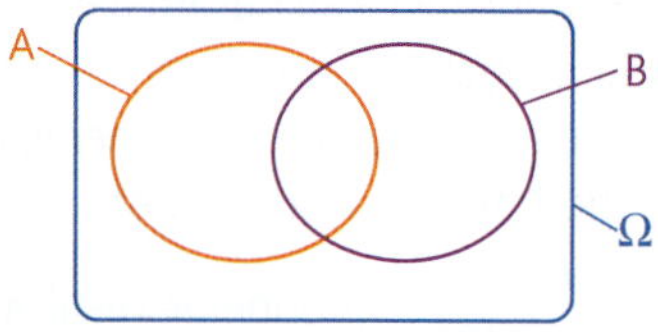

a. On représente cette situation par le diagramme ci-contre où Ω est l'ensemble des pièces, A l'ensemble des pièces présentant le défaut de longueur, et B l'ensemble des pièces présentant le défaut de largeur.

b. Calculer les valeurs suivantes : $\text{Card}(A \cap B)$; $\text{Card}(A \cap \overline{B})$; $\text{Card}(\overline{A} \cap B)$; $\text{Card}(\overline{A} \cap \overline{B})$.
Puis, placer ces valeurs dans le diagramme ci-dessus après l'avoir recopié.

c. On prélève, au hasard, une pièce dans ce lot de 1 600 pièces. Toutes les pièces ont la même probabilité d'être choisies.

Déterminer la probabilité de chacun des évènements suivants (on donnera les résultats sous forme d'une fraction irréductible) :

- E_1 : « La pièce choisie présente au moins l'un des deux défauts »
- E_2 : « La pièce choisie présente un défaut et un seul »
- E_3 : « La pièce choisie présente le défaut de largeur, sachant qu'elle possède le défaut de longueur »

44 Où aller après le Bac ? STMG

» Calculer • Communiquer

En 2020, on a étudié un groupe de 800 étudiants titulaires d'un baccalauréat technologique et ayant poursuivi leurs études en BTS, BUT ou à l'Université.

Parmi ces étudiants :

- 192 étudiants sont boursiers
- 17,5 % sont inscrits à l'Université
- 58 % ont poursuivi leurs études en BTS
- $\frac{3}{7}$ des étudiants inscrits à l'université sont boursiers
- Il y a deux fois plus d'étudiants boursiers en BTS qu'en BUT

a. Recopier et compléter le tableau croisé d'effectifs suivant :

	Boursier	Non boursier	Total
BTS			
BUT			
Université			
Total			

On choisit un étudiant au hasard et on définit les évènements suivants :

- A : « l'étudiant est inscrit en BUT »
- B : « l'étudiant est boursier »

Les résultats seront arrondis au millième si nécessaire.

b. Déterminer la probabilité des évènements A et B.

c. Décrire par une phrase l'évènement $A \cap B$ et calculer sa probabilité.

d. Calculer la probabilité $P_A(B)$, puis interpréter ce résultat par une phrase dans le contexte de l'exercice.

e. Calculer la probabilité que l'étudiant choisi soit en BTS sachant qu'il n'est pas boursier.

45 Ce test est-il fiable ? STL ST2S

» Calculer • Raisonner

Les résultats seront donnés sous forme décimale en arrondissant si nécessaire à 10^{-3} près.

Dans un pays, il y a 3 % de la population contaminée par un virus. On s'intéresse à une ville de 150 000 personnes dans laquelle on suppose que cette proportion est respectée.

On soumet cette population à un test de dépistage de ce virus pour lequel des études ont montré que :

- parmi les malades, 2 % ont un test négatif ;
- parmi les non malades, 1 % a un test positif.

a. Réaliser un tableau croisé d'effectifs qui résume cette situation.

b. On choisit un individu au hasard dans cette ville et on considère les évènements :

- M : « l'individu est malade » ;
- T : « le test donne un résultat positif ».

c. Calculer les probabilités suivantes et interpréter chacun d'elles par une phrase dans le contexte de l'exercice : $P(T)$; $P(M \cap \overline{T})$; $P_{\overline{T}}(M)$; $P(M \cup T)$

d. On appelle *valeur prédictive positive d'un test médical* la probabilité que la personne soit réellement malade si son test donne un résultat positif. Le laboratoire qui commercialise ce test affirme que la valeur prédictive de son test dépasse 95 %. Cette affirmation est-elle vraie ?

Les fichiers Tableur sont à télécharger ici : hachette-clic.fr/25mfls021

Problèmes avec outils

46 Plutôt musée ou cinéma ? STMG Tableur

» Représenter • Communiquer

Le fichier proposé contient des données relatives à l'offre culturelle (musée, cinéma) dans les départements de France métropolitaine.
À partir de ces deux listes, on souhaite déterminer un sous-ensemble répondant à un ou plusieurs critères.
Lecture :

- Dans l'Ain, le nombre des musées s'élève à 1,8 pour 100 000 habitants.
- Dans l'Ain, l'offre cinématographique est d'un fauteuil pour 92 personnes.

	A	B	C	D
1	Code département	Département	Offre cinématographique	Musées
2	01	Ain	92	1,8
3	02	Aisne	76	2,6
4	03	Allier	82	2,4
5	04	Alpes-de-Haute-Provence	36	3,0
6	05	Hautes-Alpes	29	1,4
7	06	Alpes-Maritimes	47	3,0
8	07	Ardèche	60	2,4
9	08	Ardennes	76	3,0
10	09	Ariège	58	3,9
11	10	Aube	78	3,2
12	11	Aude	67	1,9
13	12	Aveyron	48	3,9
14	13	Bouches-du-Rhône	63	1,5
15	14	Calvados	50	3,0
16	15	Cantal	54	3,5
17	16	Charente	62	1,7
18	17	Charente-Maritime	51	2,9
19	18	Cher	60	2,3

1. Préparation à la création de filtres

a. Télécharger le fichier C06_Problème46.xlsx.

b. Sélectionner les colonnes A, B, C et D, puis cliquez sur Filtrer.

2. Utilisation des filtres

On souhaite déterminer la liste des départements dont l'offre cinématographique est d'un fauteuil pour moins de 40 personnes.

a. Cliquez sur la flèche de la colonne C, puis, sélectionner le filtre indiqué ci-contre :

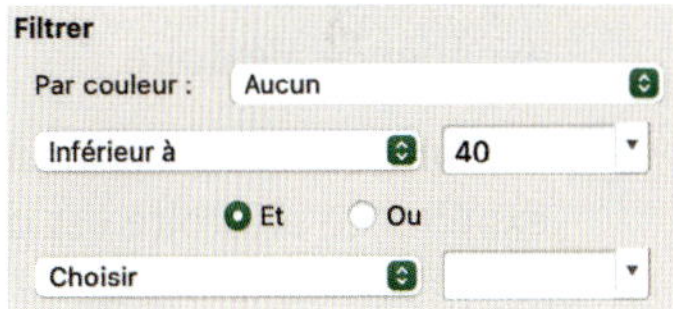

b. Quelle est la liste des départements obtenus ?

3. Déterminer la liste des départements dont le nombre de musées est supérieur à 2,5 pour 100 000 habitants.

4. Déterminer la liste des départements dont l'offre cinématographique est d'un fauteuil pour 70 personnes ou plus et le nombre de musées est inférieur à 2 pour 100 000 habitants.

47 Scrabble® ! Toutes séries Tableur

» Calculer • Chercher • Communiquer

Le fichier C06_Problème47.xlsx récapitule la composition des 102 jetons d'un jeu de Scrabble® français. On considère donc ici les lettres de l'alphabet ou les jokers avec à chaque fois :

- le nombre de jetons correspondants
- le type de lettre (V pour voyelle, C pour consonne et J pour joker)
- la valeur en points
- la catégorie de valeur (F pour une valeur « faible » comprise entre 0 et 4 points et E pour une valeur « élevée » comprise entre 8 et 10 points)

On veut ici croiser le type de lettre avec sa catégorie de valeur.

a. Télécharger ce fichier et réaliser un tableau croisé dynamique qui croise le type de lettre (en ligne) et la catégorie (en colonne).

Voir rabat arrière Tableur : 3) Réaliser un tableau croisé de données sur deux valeurs

On tire à présent un jeton au hasard parmi ces 102 jetons.

À partir du tableau produit à la question a., répondre aux questions suivantes (en arrondissant les valeurs au centième près) :

b. Quelle est la probabilité d'obtenir une voyelle ?

c. Quelle est la probabilité d'obtenir un jeton de valeur élevée ?

d. Quelle est la probabilité d'obtenir une consonne de valeur faible ?

e. Calculer $P(\text{V} \cup \text{E})$? Interpréter ce résultat par une phrase dans le contexte de l'exercice.

f. Tom affirme que la probabilité d'avoir un jeton de valeur élevée est plus grande si on sait que le jeton est une consonne ? Que pensez-vous de cette affirmation ?

7

Pour entrer dans le chapitre

Modélisation d'une expérience aléatoire

- Une **expérience** est dite **aléatoire** lorsqu'elle a plusieurs résultats possibles, appelés **issues**, que l'on peut citer mais dont il est impossible de prédire lequel se réalisera.
- L'ensemble de toutes les issues possibles d'une expérience aléatoire est appelé l'**univers** de cette expérience. On le note souvent Ω.
- Définir une **loi de probabilité** pour une expérience aléatoire, c'est associer à chaque issue, un nombre compris entre 0 et 1, appelé **probabilité** de l'issue, de telle sorte que la somme des probabilités associées à chaque issue soit égale à 1.
- On appelle **évènement** une partie de Ω. La **probabilité d'un évènement** est la somme des probabilités des issues qui le composent ; c'est un nombre compris entre 0 et 1.

1 On lance une pièce de monnaie. Quel est l'univers Ω de cette expérience aléatoire ? Donner une issue possible pour cette expérience aléatoire.

2 On lance un dé à six faces. La loi de probabilité de cette expérience aléatoire est donnée dans le tableau ci-dessous :

Issue	1	2	3	4	5	6
Probabilité	0,1	0,2	0,1	0,2	0,1	p

a. Les issues sont-elles équiprobables ?
b. Calculer p.
c. Calculer la probabilité d'obtenir un résultat impair.

Construire et utiliser un arbre de dénombrement

- Un **arbre de dénombrement** permet de représenter et dénombrer les issues d'une expérience aléatoire comportant plusieurs épreuves.
- Pour construire un arbre, on commence par tracer une branche pour chaque issue de la première épreuve. Ensuite, à partir de chaque issue de la première épreuve, on **ajoute des branches** correspondant à chaque issue de la seconde épreuve. Ce processus se répète de manière similaire pour les épreuves suivantes.

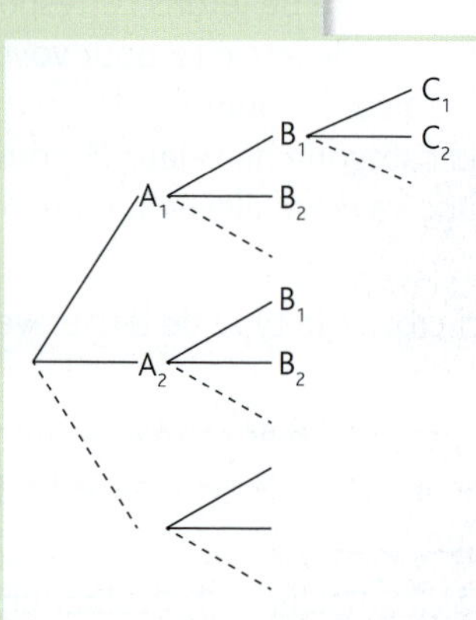

3 On lance une pièce de monnaie trois fois de suite. Pour chaque lancer, on note F si le côté face apparaît et P si c'est le côté pile. Construire un arbre de dénombrement correspondant à cette expérience aléatoire.

Variables aléatoires

Focus métiers

Banques Transport
Marketing Ingénierie
Industrie **Assurances**

Les variables aléatoires sont des composantes fondamentales des statistiques pour prévoir les risques financiers, traiter les résultats d'un sondage, anticiper la météo ou analyser la propagation des maladies.

Découvre le métier d'ingénieur d'études
hachette-clic.fr/25mfls022

ACTIVITÉ 1 La roue de la chance

Objectif Introduire la notion de variable aléatoire et les notations associées

Pour le jour anniversaire de ses 20 ans, un magasin a décidé de proposer à ses clients de tourner une roue divisée en 25 secteurs identiques numérotés de 1 à 25.
- Le numéro 20 permet de remporter un bon d'achat d'une valeur de 100 €.
- Les numéros multiples de 3 permettent de gagner un bon d'achat d'une valeur de 5 €.
- Le 1 et le 25 permettent de gagner un bon d'achat d'un montant de 20 €.

Pour chaque lancer de roue, on note X la valeur du gain en euros.

1 Quelles sont les valeurs possibles de X ?

2 Justifier que la probabilité que le montant du gain soit égal à 20 € est égale à 0,08.
On note cet évènement $\{X = 20\}$ et on peut écrire : $P(X = 20) = 0{,}08$.

3 Calculer $P(X = 5)$.

Cours p. 174

4 Recopier puis compléter le tableau suivant :

Montant du gain a			20	
$P(X = a)$			0,08	

À noter On dit qu'on a déterminé la *loi de probabilité* de X.

5 Calculer $P(X \leqslant 20)$. Donner la signification de ce résultat dans le contexte.

ACTIVITÉ 2 Espérance de gain

Objectif Découvrir la notion d'espérance mathématique à travers une situation concrète

Pour une tombola, on a préparé 100 enveloppes : une enveloppe contient 20 €, cinq enveloppes contiennent 10 €, dix enveloppes contiennent 5 € et toutes les autres sont vides.
Pour avoir le droit de choisir une enveloppe au hasard, il faut payer une mise de 2 €.
Soit X la variable aléatoire qui, pour une enveloppe choisie au hasard, donne le gain algébrique en euros (c'est-à-dire en tenant compte de la mise).

1 Donner les valeurs possibles de X.

2 Recopier et compléter le tableau suivant donnant la loi de probabilité de X :

Valeurs x_i	$x_1 = -2$	$x_2 =$	$x_3 =$	$x_4 =$
Probabilités $p_i = P(X = x_i)$	$p_1 =$	$p_2 =$	$p_3 =$	$p_4 =$

3 Calculer le gain (algébrique) d'une personne qui aurait acheté toutes les enveloppes. En déduire dans ce cas le gain moyen par enveloppe achetée.

Cours p. 174

4 Ce jeu semble-t-il plus favorable au participant ou à l'organisateur de la tombola ?

5 Calculer la valeur de
$e = p_1 \times x_1 + p_2 \times x_2 + p_3 \times x_3 + p_4 \times x_4$.
Quel résultat retrouvez-vous ?

À noter Le nombre e s'appelle « *espérance mathématique* de la variable aléatoire X » et on le note $E(X)$.

ACTIVITÉ 3

Enquête client

Objectif Découvrir et utiliser la répétition d'épreuves de Bernoulli

Un magasin réalise une enquête de satisfaction auprès de ses clients. Un employé du magasin appelle certains clients pour leur proposer de participer à l'enquête. À chaque appel, il y a une probabilité de 35 % que le client accepte de répondre à l'enquête et, dans les autres cas, le client refuse.

PARTIE A

L'employé du magasin appelle un client :

1 Quelle est la probabilité que le client accepte de répondre à l'enquête ? Quelle est la probabilité que le client refuse ?

2 Cette situation correspond à une épreuve de Bernoulli. Les deux issues possibles sont le succès (le client accepte) et l'échec (le client refuse). Le paramètre p de cette épreuve de Bernoulli est la probabilité du succès. Quelle est la valeur de ce paramètre dans cet exercice ?

PARTIE B

Lors de ce jeu, on note les évènements :
S « le client accepte » et E « le client refuse ».
Ainsi $P(S) = 0{,}35$.
L'employé du magasin appelle trois clients, on suppose que la réponse de chaque client est indépendante de celle des autres clients. Soit X la variable aléatoire qui compte le nombre de succès (le client accepte) lors de ces trois appels.

Cours p. 176

3 Quelles sont les valeurs possibles pour X ?

4 Recopier et compléter l'arbre ci-dessous.

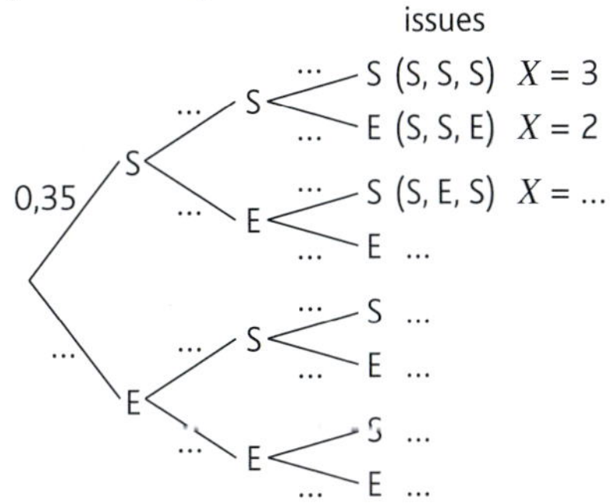

5 Calculer la probabilité de chacun des évènements suivants : (S, S, E), (S, E, S) et (E, S, S).

6 En déduire la probabilité de l'évènement $X = 2$. Interpréter ce résultat dans le contexte de l'exercice.

Cours 1 Expérience aléatoire à plusieurs épreuves indépendantes

A Arbre de probabilités pondéré

Définitions

- Un arbre de probabilités est un outil utilisé pour modéliser une situation comportant plusieurs épreuves.
- Un arbre de probabilités est dit « pondéré » si chaque branche représente un évènement possible avec la probabilité associée.
- Deux épreuves sont indépendantes lorsque les résultats de l'une n'affectent pas les probabilités de réalisation de l'autre.

EXEMPLE

On dispose des deux urnes comme indiqué ci-contre.
On prélève au hasard une bille successivement dans chaque urne. On note les évènements : R « la bille prélevée est rouge » et V « la bille prélevée est verte ».

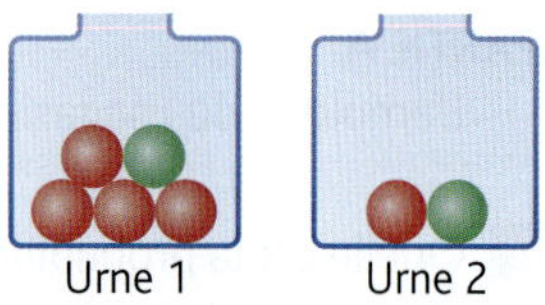

- L'expérience aléatoire est constituée de deux épreuves successives.
- Le résultat du premier prélèvement n'affecte pas les probabilités des résultats du second prélèvement, puisque les tirages se font dans des urnes différentes. Les deux épreuves sont donc indépendantes.

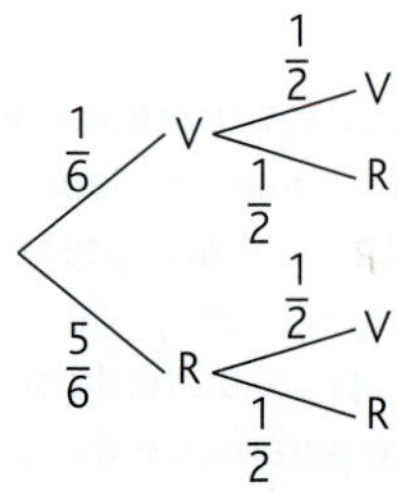

Remarque

(V, R) est l'issue où l'on obtient une bille verte, puis une bille rouge lors de cette expérience aléatoire. Cette issue est représentée sur l'arbre par un **chemin**. Un chemin de l'arbre est constitué de **branches**.

B Arbres et calculs de probabilités

Propriétés

On considère une expérience aléatoire comportant plusieurs épreuves et représentée par un arbre pondéré.

- La probabilité d'une issue est égale au produit des probabilités indiquées sur chaque branche du chemin correspondant. C'est le principe multiplicatif.
- Si un évènement est constitué de plusieurs issues, alors sa probabilité est égale à la somme des probabilités de ces issues. C'est le principe additif.
- La somme des probabilités des branches provenant d'un même nœud est égale à 1.

EXEMPLES

Dans l'exemple précédent, on peut calculer :

- La probabilité p_1 d'obtenir une bille verte, puis une bille rouge.

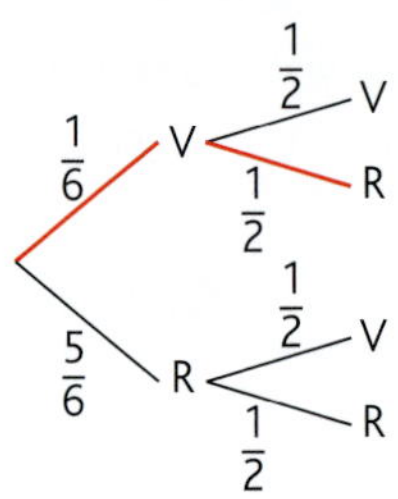

On utilise le principe multiplicatif.
$p_1 = \frac{1}{6} \times \frac{1}{2} = \frac{1}{12}$

- La probabilité p_2 d'obtenir exactement une boule rouge.

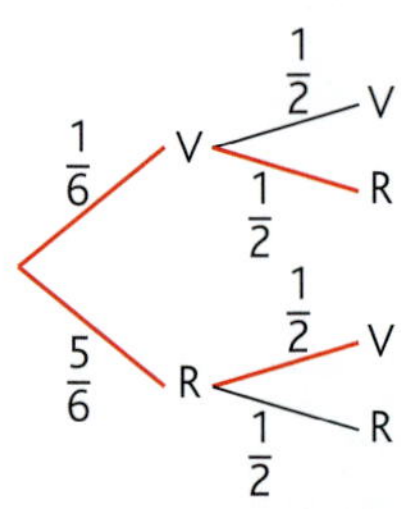

Cet évènement est constitué de deux issues : (V, R) et (R, V).

$p_2 = \underbrace{\frac{1}{6} \times \frac{1}{2}}_{P(V,R)} + \underbrace{\frac{5}{6} \times \frac{1}{2}}_{P(R,V)} = \frac{1}{12} + \frac{5}{12} = \frac{6}{12} = \frac{1}{2}$

1 EXO Représenter une expérience aléatoire à deux épreuves indépendantes à l'aide d'un arbre de probabilités

On lance une pièce bien équilibrée, puis on tire une boule dans une urne opaque contenant une boule rouge, deux boules vertes et deux boules bleues. Réaliser un arbre pondéré de probabilités.

Méthode

1. On analyse l'énoncé pour reconnaître les deux épreuves indépendantes qui se succèdent.
2. On modélise la première épreuve avec un arbre où figure la probabilité de chacune des deux issues.
3. À partir de chaque issue, on continue l'arbre avec un second niveau modélisant la seconde épreuve.

Réponse

1. La première épreuve est le lancer de la pièce. La seconde épreuve, indépendante de la première, est le tirage dans l'urne.
2. Pour la première épreuve (le lancer de la pièce) :
Les issues sont F : « obtenir face » et $\overline{F}$: « obtenir pile ».
$P(F) = P(\overline{F}) = 0,5$.

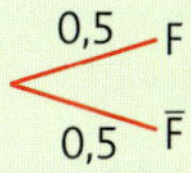

3. Pour la seconde épreuve (le tirage dans l'urne)
Les issues sont :
- R : « obtenir une boule rouge »
- V : « obtenir une boule verte »
- B : « obtenir une boule bleue »

$P(R) = \frac{1}{5} = 0,2$; $P(V) = \frac{2}{5} = 0,4$; $P(B) = \frac{2}{5} = 0,4$

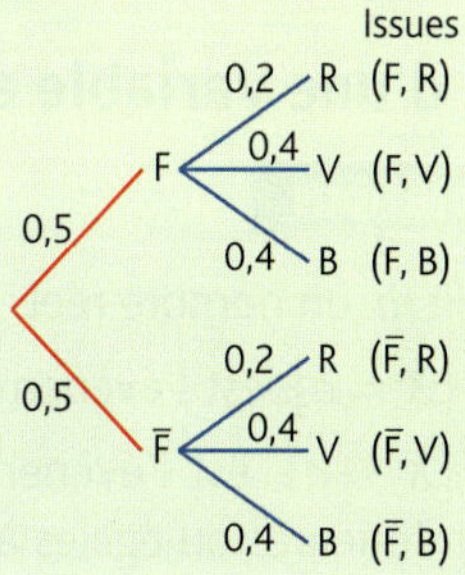

Exercices 5 et 6 p.182

2 EXO Calculer une probabilité à l'aide d'un arbre de probabilités

On reprend la situation de l'exemple précédent.

- Calculer la probabilité p_1 d'obtenir pile, puis une boule verte.
- Calculer la probabilité p_2 d'obtenir face, puis une boule rouge ou bleue.

Méthode

1. On repère les chemins correspondants aux différentes issues.
2. Pour calculer la probabilité d'une issue, on applique le **principe multiplicatif**.
3. Si un évènement est constitué de plusieurs issues, alors sa probabilité est égale à la somme des probabilités de ses issues.

Réponse

1. L'évènement : « obtenir pile, puis une boule verte » est l'issue $(\overline{F}, V)$.
L'évènement : « obtenir face, puis une boule rouge ou bleue » est constitué des issues (F, R) et (F, B).
2. $p_1 = P(\overline{F}, V) = 0,5 \times 0,4 = 0,2$
La probabilité d'obtenir pile, puis une boule verte est égale à 0,2.
3. $p_2 = P(F, R) + P(F, B) = 0,5 \times 0,2 + 0,5 \times 0,4 = 0,3$
La probabilité d'obtenir face, puis une boule rouge ou bleue est égale à 0,3

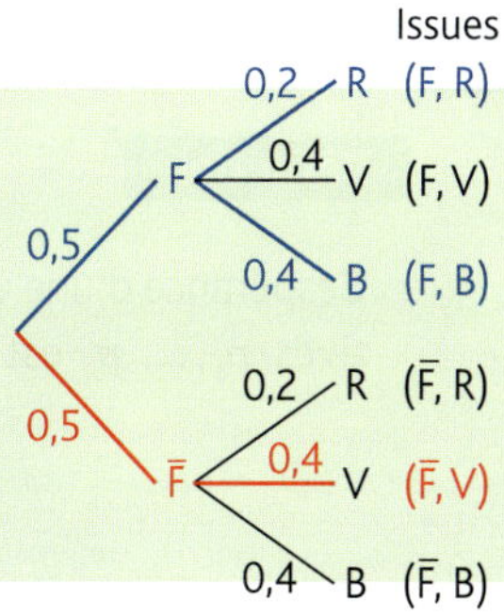

Exercices 7 et 10 p. 182

Cours 2 Variable aléatoire

A Notion de variable aléatoire discrète

Définition

On considère une expérience aléatoire dont l'univers des issues possibles est noté Ω.
Définir une variable aléatoire sur Ω, c'est associer une valeur réelle à chaque issue.

EXEMPLE

On lance un dé cubique et on observe le nombre inscrit sur la face du dessus. Si on obtient un nombre impair, on gagne 1 € ; si on obtient le nombre 6 on gagne 12 € ; sinon on ne gagne rien.
En associant à chaque issue possible de l'expérience aléatoire une valeur (le gain en euro ici), on a défini une variable aléatoire qu'on peut noter X et schématiser de la façon suivante :

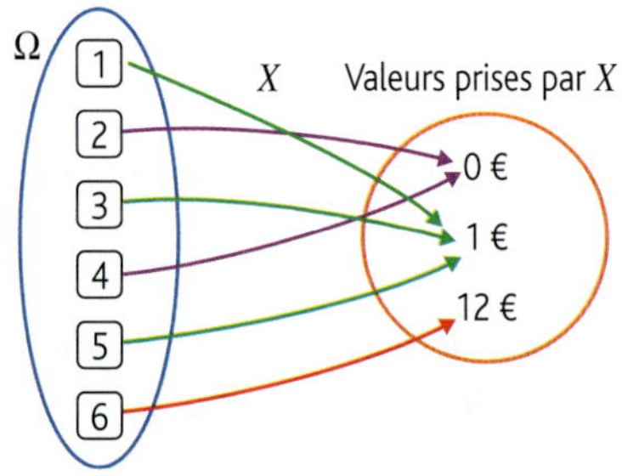

B Loi d'une variable aléatoire

Notations

Soit a un nombre réel.

- $\{X = a\}$ est l'évènement formé de toutes les issues de Ω qui sont associées à la valeur a.
- $\{X \leqslant a\}$ est l'évènement formé de toutes les issues de Ω qui sont associées à des valeurs inférieures ou égales à a.

Définition

Soit X une variable aléatoire discrète définie sur un univers Ω muni d'une probabilité P.

Si on note $x_1, x_2, \ldots, x_n$, toutes les valeurs prises par X, alors la loi de probabilité de X est la donnée de toutes les probabilités $P(X = x_i)$ (pour i entier allant de 1 à n).

Remarques

- Lorsqu'il n'y a pas risque de confusion, la probabilité $P(X = x_i)$ est noté p_i.
- La loi de probabilité d'une variable aléatoire est en général présentée à l'aide d'un tableau :

Valeurs prises par la variable $X : x_i$	x_1	x_2	…	x_n
Probabilité de l'évènement associé : $p_i = P(X = x_i)$	$p_1 = P(X = x_1)$	$p_2 = P(X = x_2)$	…	$p_n = P(X = x_n)$

- La **somme des probabilités** dans ce tableau doit toujours être **égale à 1**.

C Espérance d'une variable aléatoire discrète

Définition

L'espérance d'une variable aléatoire X prenant des valeurs $x_1, \ldots, x_n$ avec des probabilités respectives $p_1, \ldots, p_n$ est le nombre réel, noté $E(X)$, défini par : $E(X) = p_1 \times x_1 + p_2 \times x_2 + \ldots + p_n \times x_n$.

3 EXO Interpréter les écritures $\{X = a\}$ et $\{X \leqslant a\}$ en situation et calculer les probabilités correspondantes

On reprend l'exemple de la page 174. Soit X la variable aléatoire qui, à chaque lancer de dé, donne le gain (en euros) obtenu. Décrire les évènements $\{X = 0\}$, $\{X = 12\}$ et $\{X \leqslant 1\}$ et calculer leurs probabilités.

Méthode

1. On associe à chaque issue de l'expérience aléatoire la valeur prise par X en s'aidant d'un diagramme.
2. $\{X = a\}$ est l'évènement formé de toutes les issues de Ω qui donnent la valeur a.
   $\{X \leqslant a\}$ est l'évènement formé de toutes les issues de Ω qui donnent des valeurs inférieures ou égales à a.
3. La probabilité d'un évènement se calcule en **ajoutant** les probabilités de chacune des issues qui le composent.

Réponse

1. On reprend le diagramme de la page 174.
2. • $\{X = 0\}$ est l'évènement formé de toutes les issues qui donnent 0 €. $\{X = 0\}$ est donc composé de deux issues favorables : « obtenir un 2 » et « obtenir un 4 » : $\{X = 0\} = \{2 ; 4\}$.
   • $\{X = 12\}$ est l'évènement formé de toutes les issues qui donnent 12 €. Il y a donc, dans ce cas, une seule issue « obtenir 6 » : $\{X = 0\} = \{6\}$.
   • $\{X \leqslant 1\}$ est l'évènement formé de toutes les issues qui conduisent à un gain de 1 € ou moins. Ici, on a : $\{X \leqslant 1\} = \{1 ; 2 ; 3 ; 4 ; 5\}$.
3. Comme le dé lancé est bien équilibré, nous sommes dans une situation d'équiprobabilité. Ainsi :
   • $P(X = 0) = P(2) + P(4) = \frac{1}{6} + \frac{1}{6} = \frac{2}{6} = \frac{1}{3}$ • $P(X = 12) = P(6) = \frac{1}{6}$
   • $P(X \leqslant 1) = P(1) + P(2) + P(3) + P(4) + P(5) = \frac{1}{6} + \frac{1}{6} + \frac{1}{6} + \frac{1}{6} + \frac{1}{6} = \frac{5}{6}$

Exercices 21 et 23 p. 185

4 EXO Déterminer une loi de probabilité et calculer une espérance

On reprend la situation de l'exemple p. 174. Donner la loi de probabilité de X et calculer son espérance.

Méthode

1. On détermine toutes les valeurs x_1, x_2, ... que peut prendre X.
2. On calcule toutes les probabilités $p_i = P(X = x_i)$ et on résume les résultats dans un tableau.
3. On vérifie que la somme des probabilités du tableau est bien égale à 1.
4. Pour calculer l'espérance à partir de la loi de X, on utilise $E(X) = p_1 \times x_1 + p_2 \times x_2 + \ldots + p_n \times x_n$.

Réponse

1. Les valeurs possibles de X sont 0, 1 et 12 euros.
2. Le dé cubique est bien équilibré donc nous sommes dans un cas d'équiprobabilité :

Valeurs prises par $X : x_i$	0	1	12
Probabilité $p_i = P(X = x_i)$	$P(X = 0) = \frac{2}{6} = \frac{1}{3}$	$P(X = 1) = \frac{3}{6} = \frac{1}{2}$	$P(X = 12) = \frac{1}{6}$

3. La somme des probabilités est bien égale à 1 : $\frac{2}{6} + \frac{3}{6} + \frac{1}{6} = 1$.
4. $E(X) = \frac{1}{3} \times 0 + \frac{1}{2} \times 1 + \frac{1}{6} \times 12 = 1{,}5$
   Interprétation : Si on lance un très grand nombre de fois le dé, la valeur moyenne du gain obtenu sera proche de 1,5 €.

Exercices 32 et 36 p. 186

Cours 3 Répétition d'épreuves de Bernoulli

A Épreuve de Bernoulli

Définition

Une épreuve de Bernoulli est une expérience aléatoire ayant exactement deux issues.

- L'une est nommée succès S de probabilité $P(S) = p$.
- L'autre est alors appelée échec E de probabilité $P(E) = 1 - p$.

Une épreuve de Bernoulli peut être représentée par un arbre comme ci-contre.

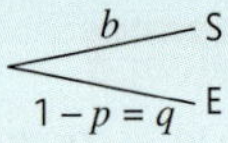

EXEMPLE

Une personne se présente devant la porte de l'ascenseur à l'entrée d'un immeuble. L'ascenseur peut être au rez-de-chaussée, avec une probabilité égale à 0,4.
Il pourra utiliser l'ascenseur immédiatement s'il se situe au rez-de-chaussée (succès), il devra attendre dans les autres cas (échec).

- L'expérience aléatoire a deux issues le succès S ou l'échec E.
- $p = P(S) = 0{,}4$; $P(E) = 1 - p = 0{,}6$.
- Cette épreuve de Bernoulli peut être représentée à l'aide de l'arbre ci-contre.

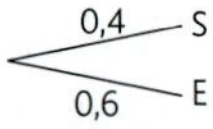

B Loi de Bernoulli

Définition

Soit p un nombre réel avec $p \in [0\,;1]$. On dit qu'une variable aléatoire X suit la loi de Bernoulli de paramètre p si elle prend la valeur 1 avec une probabilité p et la valeur 0 avec la probabilité $1 - p$.

x_i	0	1
$P(X = x_i)$	$1 - p$	p

EXEMPLE

Dans l'exemple précédent, la probabilité du succès est $p = 0{,}4$. On définit la loi de Bernoulli par la variable aléatoire X qui prend la valeur 1 en cas de succès (l'ascenseur est au rez-de-chaussée), et la valeur 0 en cas d'échec (dans les autres cas).
L'espérance de la variable aléatoire X est :
$E(X) = 0{,}6 \times 0 + 0{,}4 \times 1 = 0{,}4$.

x_i	0	1
$P(X = x_i)$	0,6	0,4

Remarque

L'espérance d'une variable aléatoire X qui suit la loi de Bernoulli de paramètre p est : $\boldsymbol{E(X) = p}$.

C Répétition d'épreuves de Bernoulli indépendantes

Propriétés

- La répétition de n épreuves de Bernoulli identiques et indépendantes peut être représentée à l'aide d'un arbre de probabilités.
- On peut ainsi définir une variable aléatoire N qui compte le nombre de succès obtenus lors de la répétition de n épreuves de Bernoulli.

EXEMPLE

Voir Exo résolu 7 p. 177

5 EXO Reconnaître une situation aléatoire modélisée par une loi de Bernoulli

Une urne contient quatre boules vertes, cinq boules rouges. Un joueur tire au hasard l'une des boules. Il gagne (succès) s'il tire une boule verte. Il perd (échec) si la boule est rouge.
Représenter cette situation à l'aide d'un l'arbre de probabilités.

Méthode

1. On s'assure que l'expérience aléatoire possède exactement deux issues.
2. L'une des deux issues sera le succès (S), l'autre l'échec (E).
3. On calcule les probabilités : $p = P(\text{S})$; $q = P(\text{E}) = 1 - p$.

Exercice 50 p. 188

Réponse

1. Cette expérience aléatoire comporte deux issues : « la boule est verte » et « la boule et rouge ».
2. On note les évènements : S si la boule est verte, et E si la boule est rouge.

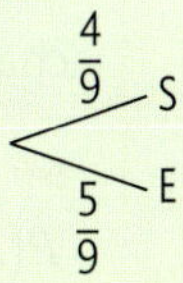

3. $p = P(\text{S}) = \dfrac{4}{9}$

$q = P(\text{E}) = 1 - \dfrac{4}{9} = \dfrac{5}{9}$

6 EXO Calculer une loi et une espérance de Bernouilli

Un joueur de fléchettes touche le centre de la cible avec une probabilité égale à 0,7. Il effectue un lancer. Soit X la variable aléatoire qui prend la valeur 1 si le joueur touche le centre de la cible (succès) et la valeur 0 dans les autres cas (échec). Donner la loi de probabilité de la variable aléatoire X, puis l'espérance de cette loi.

Méthode

1. Préciser la probabilité p du succès, afin de déterminer le paramètre de la loi de Bernoulli. Puis calculer la probabilité q de l'échec.
2. Compléter le tableau.
3. Utiliser la formule de l'espérance : $E(X) = p$

Exercice 43 p. 187

Réponse

1. $p = P(X = 1) = 0{,}7$

$q = P(X = 0) = 1 - 0{,}7 = 0{,}3$

2. La loi de probabilité de la variable aléatoire X est donnée dans le tableau ci-dessous.

x_i	0	1
$P(X = x_i)$	0,3	0,7

3. L'espérance de la variable aléatoire X est : $E(X) = 0{,}7$

7 EXO Répétition d'épreuves de Bernoulli

Un vendeur contacte trois clients successivement. La probabilité qu'un client réponde favorablement à sa demande est égale à $\frac{1}{3}$. On suppose que les réponses des clients sont indépendantes.
On pose N la variable aléatoire qui compte le nombre de réponses favorables. Calculer la probabilité qu'exactement un client réponde favorablement.

Méthode

1. On construit l'arbre de probabilités correspondant.
2. Sur cet arbre, on repère les issues favorables.
3. On calcule les probabilités en utilisant le principe multiplicatif.

Réponse

1. Arbre de probabilités ci-contre.

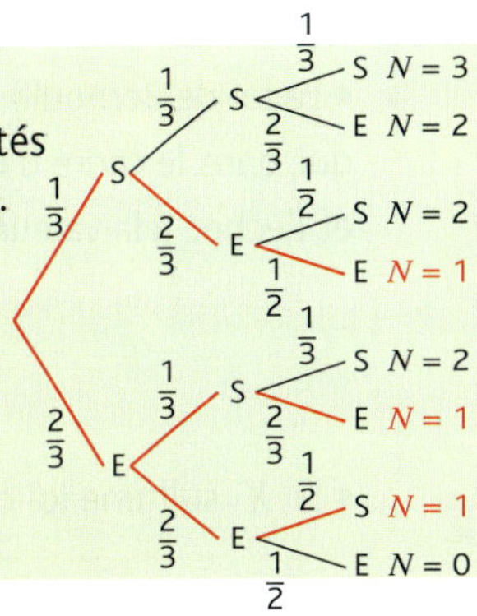

2. Les issues favorables sont (S, E, E), (E, S, E) et (E, E, S).
3. $P(N = 1) = \frac{1}{3} \times \frac{2}{3} \times \frac{2}{3} + \frac{2}{3} \times \frac{1}{3} \times \frac{2}{3} + \frac{2}{3} \times \frac{2}{3} \times \frac{1}{3} = 3 \times \frac{1}{3} \times \left(\frac{2}{3}\right)^2 = \frac{4}{9}$

La probabilité qu'exactement un client réponde favorablement est égale à $\frac{4}{9}$.

Exercice 52 p. 188

L'essentiel

Je retiens

1. Expérience aléatoire à plusieurs épreuves

- Une expérience aléatoire à plusieurs épreuves indépendantes peut être représentée à l'aide d'un arbre de probabilités.
- La probabilité d'une issue est égale au produit des probabilités indiquées sur chaque branche du chemin correspondant (principe multiplicatif).

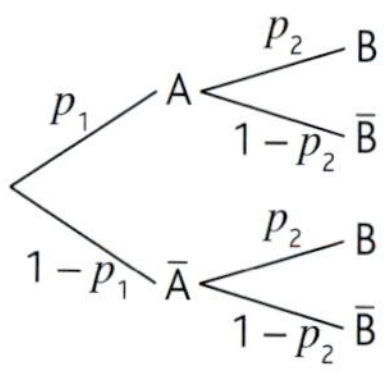

EXEMPLE : Dans l'arbre ci-contre, la probabilité du chemin A – B est :
$P(\text{A, B}) = p_1 \times p_2$.

2. Variable aléatoire

- Une variable aléatoire X discrète associe, à chaque issue d'une expérience aléatoire, une valeur $(x_i)_{1 \leqslant i \leqslant n}$.
- La loi de probabilité de X est l'ensemble des couples $(x_i\,;p_i)_{1 \leqslant i \leqslant n}$ avec $p_i = P(X = x_i)$.

Elle est souvent donnée à l'aide d'un tableau :

x_i	x_1	...	x_n
$P(X = x_i)$	p_1	...	p_n

La somme des probabilités doit être égale à 1 : $p_1 + p_2 + \ldots p_n = 1$

- L'espérance de la variable aléatoire X est : $E(X) = x_1 \times p_1 + \ldots + x_n \times p_n$.

Après un très grand nombre de réalisations de l'expérience aléatoire, la moyenne des valeurs de X est proche de $E(X)$.

3. Épreuves et loi de Bernoulli

- Une épreuve de Bernoulli de paramètre $p\,(0 \leqslant p \leqslant 1)$ est une expérience aléatoire à deux issues appelées le succès S et l'échec E.

$$P(S) = p \text{ et } P(E) = 1 - p$$

- La répétition de n épreuves de Bernoulli identiques et indépendantes, peut aussi se représenter à l'aide d'un arbre de probabilités.

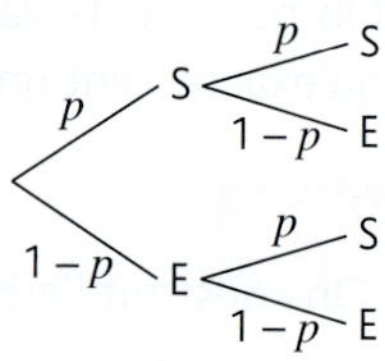

- La loi de Bernoulli de paramètre p est la loi suivie par la variable aléatoire qui, dans le cadre d'une épreuve de Bernoulli, associe le succès à la valeur 1 et l'échec à la valeur 0.

x_i	0	1
$P(X = x_i)$	$1-p$	p

- Si X suit une loi de Bernoulli de paramètre p alors : $E(X) = p$.

Je me teste

QCM interactif et auto-corrigé
hachette-clic.fr/25mfls023

Je me prépare à une évaluation

Je sais calculer une probabilité à l'aide d'un arbre de probabilités

CHALLENGE EN CLASSE OU À LA MAISON

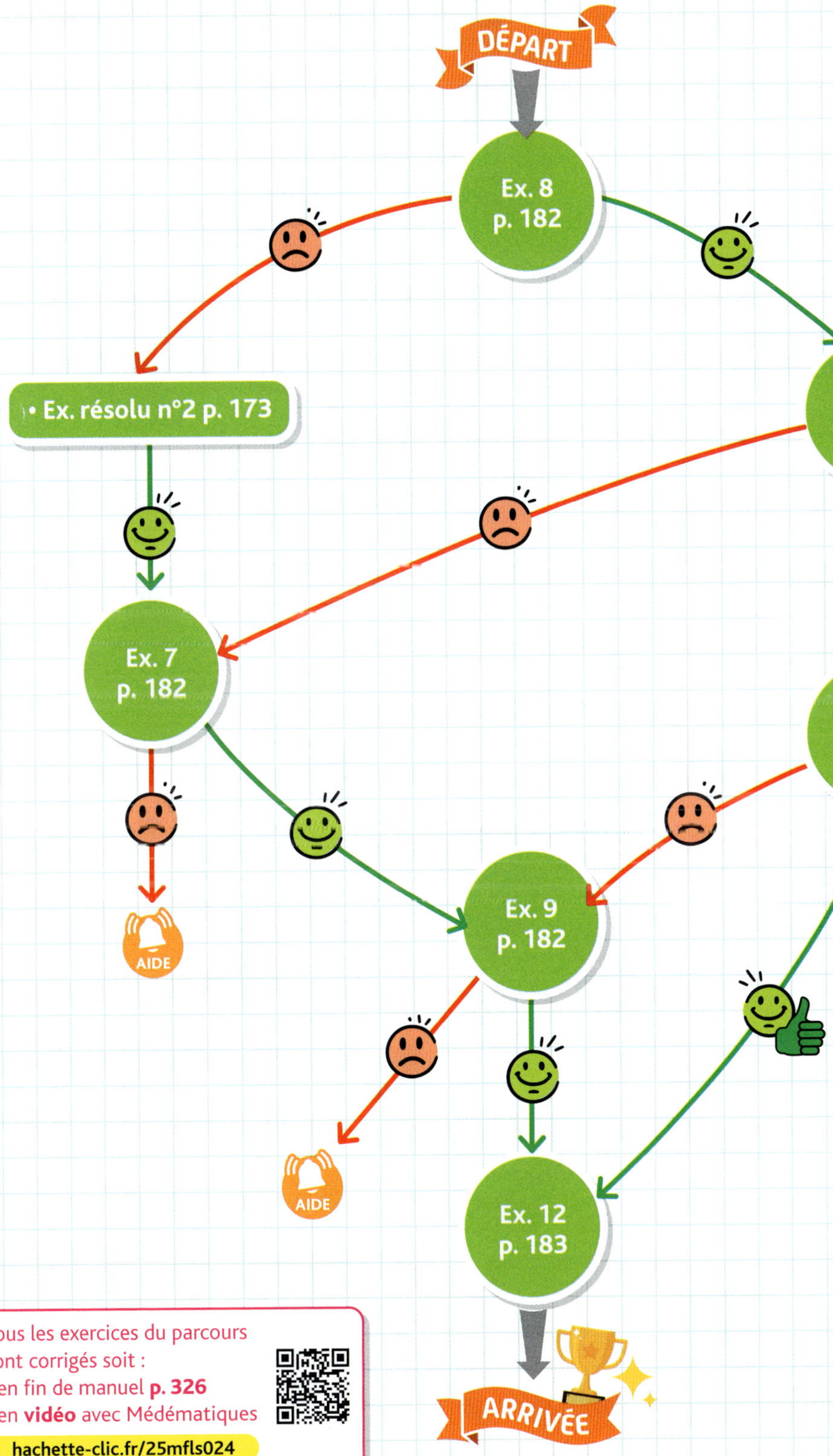

Tous les exercices du parcours sont corrigés soit :
- en fin de manuel **p. 326**
- en **vidéo** avec Médématiques

hachette-clic.fr/25mfls024

Je me prépare à une évaluation

Je sais calculer des probabilités et l'espérance associées à une variable aléatoire

CHALLENGE EN CLASSE OU À LA MAISON

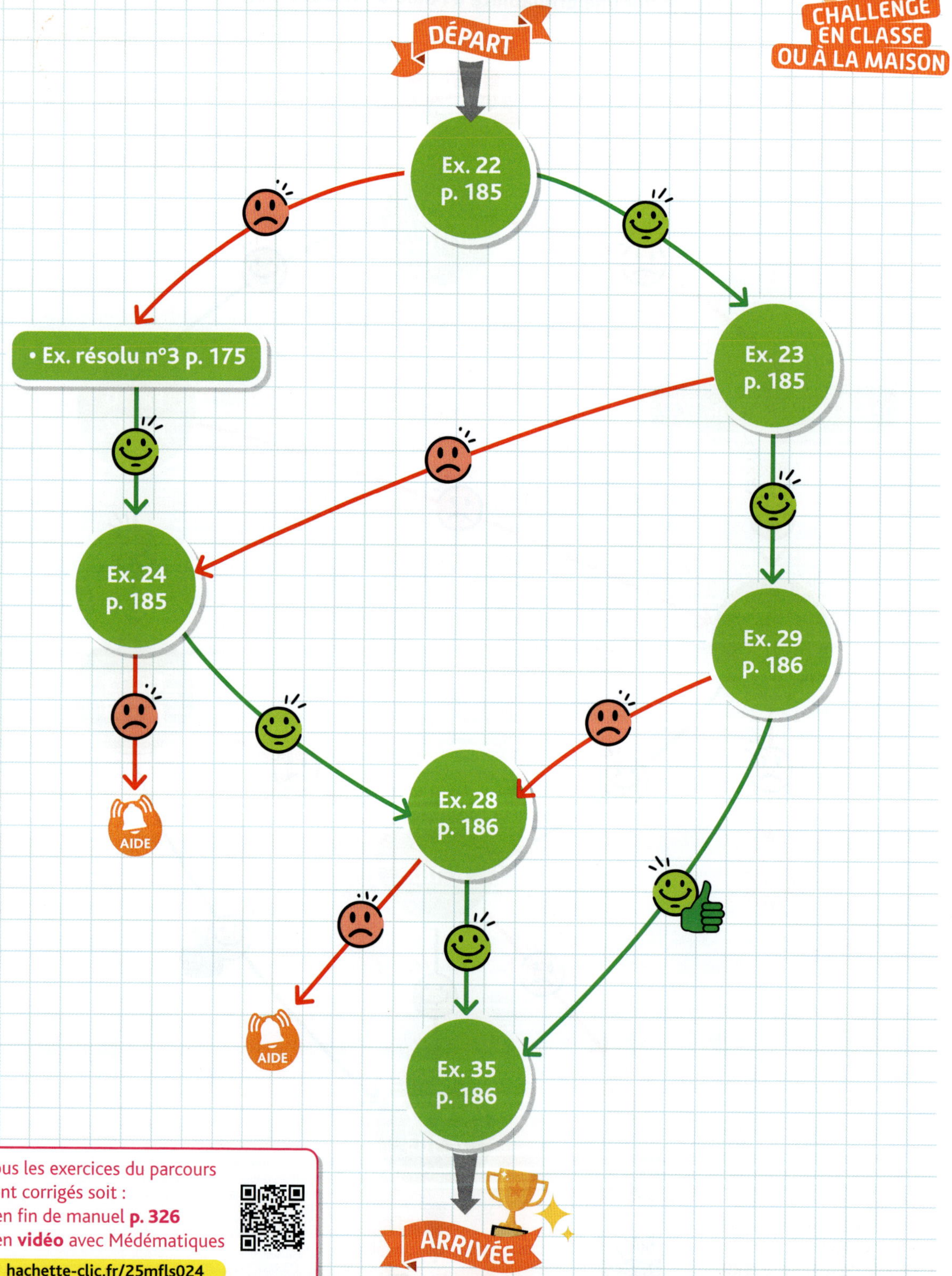

Tous les exercices du parcours sont corrigés soit :
- en fin de manuel **p. 326**
- en **vidéo** avec Médématiques

hachette-clic.fr/25mfls024

Je me prépare à une évaluation

Je sais reconnaître une situation aléatoire modélisée par une loi de Bernoulli et calculer des probabilités et l'espérance associée

CHALLENGE EN CLASSE OU À LA MAISON

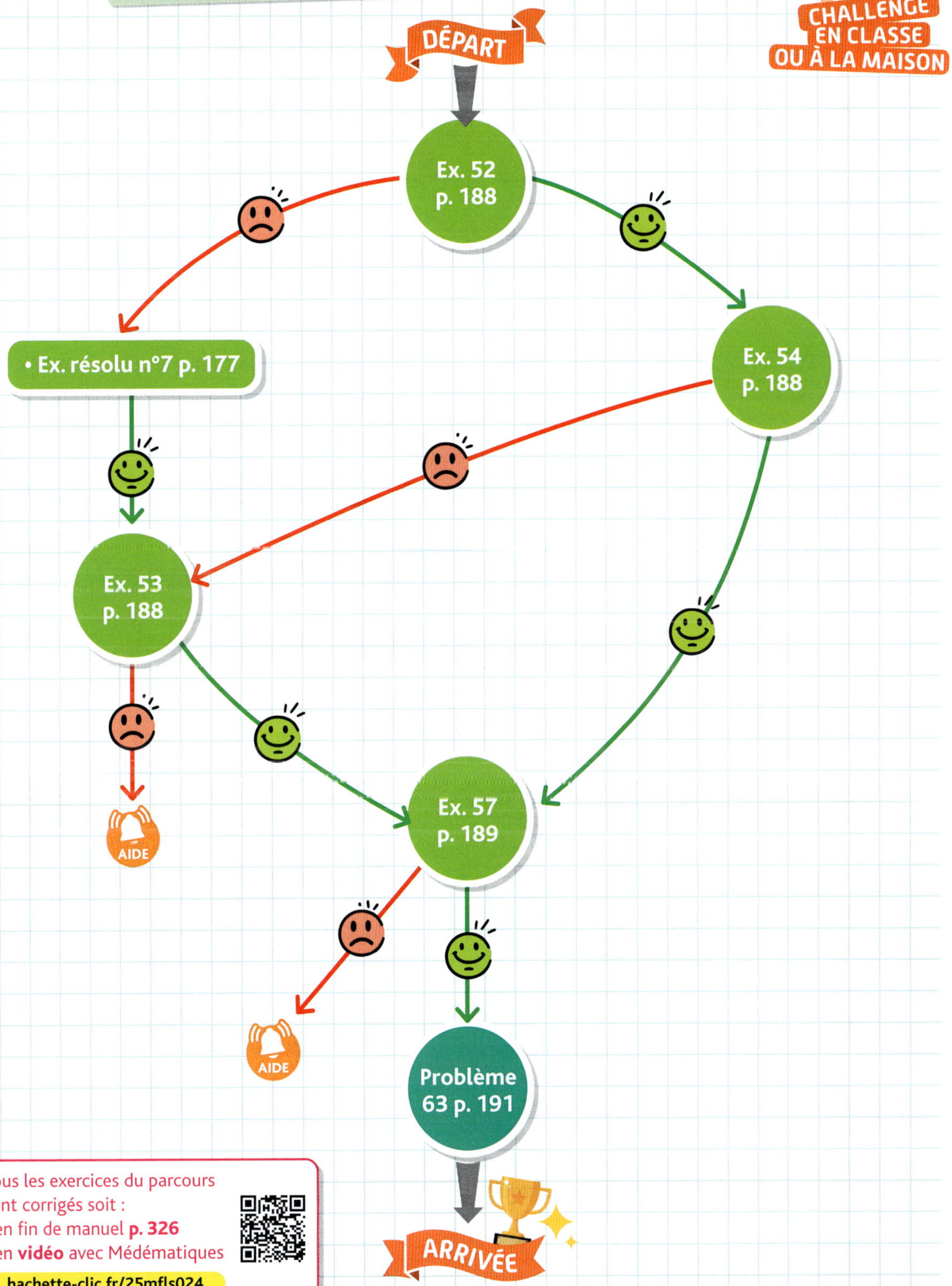

Tous les exercices du parcours sont corrigés soit :

- en fin de manuel **p. 326**
- en **vidéo** avec Médématiques

hachette-clic.fr/25mfls024

Exercices

Les exercices roses sont corrigés :
• en fin de manuel ou • en **vidéo** avec Médématiques
p. 326 hachette-clic.fr/25mfls024

1 Expérience aléatoire à plusieurs épreuves

Questions flash

1 L'arbre ci-contre représente une expérience aléatoire à deux épreuves indépendantes.

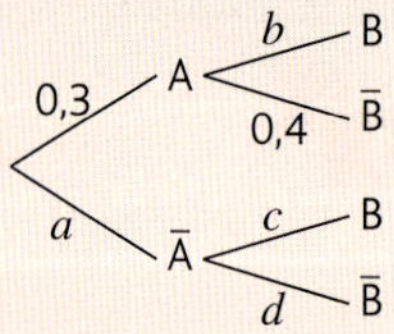

Déterminer les valeurs a, b, c et d.

2 L'arbre ci-contre représente une expérience aléatoire à deux épreuves indépendantes.

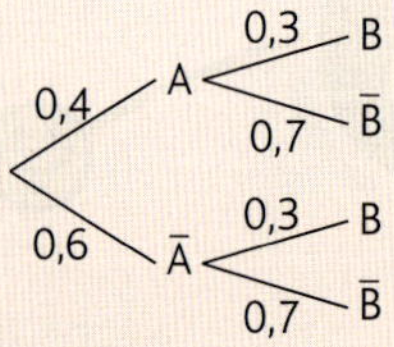

Calculer la probabilité de l'issue $(\text{A}, \overline{\text{B}})$.

3 L'arbre ci-dessous représente la répétition de trois épreuves identiques et indépendantes.

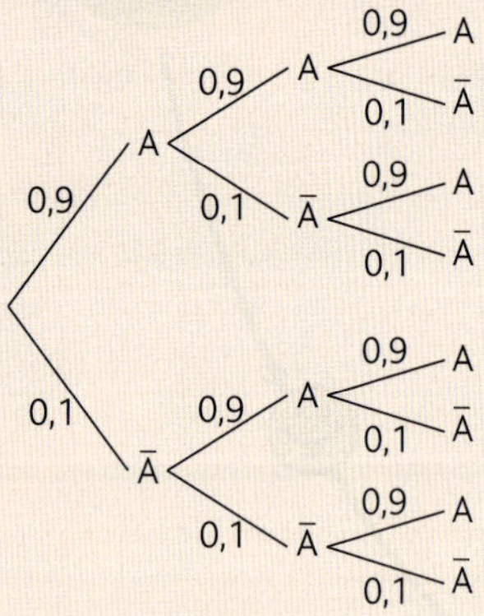

Calculer la probabilité de l'issue $(\overline{\text{A}}, \text{A}, \overline{\text{A}})$.

4 On lance successivement un dé bien équilibré à deux reprises. Quelle est la probabilité d'obtenir deux 6 consécutifs ?

- Un **arbre de probabilités** est un schéma pondéré décrivant l'ensemble des issues possibles lors d'une expérience aléatoire à plusieurs épreuves successives.
- Un **chemin** de l'arbre est une succession (ou une liste) d'évènements.
- La probabilité qu'un chemin se réalise est le **produit** des probabilités notées sur ses branches (**principe multiplicatif**).

5 On tire une boule au hasard dans une urne opaque contenant trois boules vertes et deux boules bleues.
On note les évènements suivants :
- V : « obtenir une boule verte »
- B : « obtenir une boule bleue »

a. Calculer $P(\text{V})$, puis $P(\text{B})$.

b. Représenter cette situation à l'aide d'un arbre de probabilités. On y fera apparaître toutes les issues possibles.

6 On lance trois fois de suite une pièce truquée. Les issues sont F : « obtenir face » et $\overline{\text{F}}$: « obtenir pile ». La probabilité d'obtenir face est égal à 0,8.
Représenter cette situation à l'aide d'un arbre de probabilités. On y fera apparaître toutes les issues possibles.

7 Vidéo On donne, ci-contre, l'arbre de probabilités associé à une expérience aléatoire.

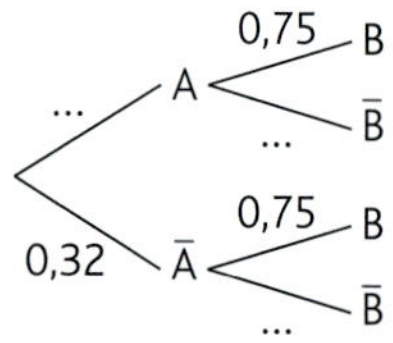

a. Recopier et compléter l'arbre en indiquant les probabilités manquantes.

b. Quelle est la valeur de $P(\text{A})$?

c. Calculer la probabilité de l'issue (A, B).

d. Calculer la probabilité de l'issue $(\text{A}, \overline{\text{B}})$.

8 Corrigé On donne, ci-dessous, l'arbre de probabilités associé à une expérience aléatoire.

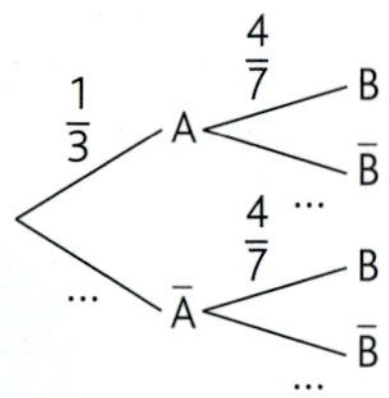

a. Recopier et compléter l'arbre en indiquant les probabilités manquantes.

b. Quelle est la valeur de $P(\overline{\text{A}})$?

c. Calculer la probabilité de l'issue $(\overline{\text{A}}, \text{B})$.

d. Calculer la probabilité de l'issue $(\text{A}, \overline{\text{B}})$.

9 Corrigé Une entreprise fabrique chaque jour des T-shirts en grande quantité. Une étude a permis de constater que 12 % des vêtements présentent un défaut. On prélève au hasard deux T-shirts dans la production ; celle-ci est suffisamment importante pour que ce tirage soit assimilé à un tirage avec remise. On note les évènements :

- D : « le T-shirt présente un défaut »
- $\overline{\text{D}}$: « le T-shirt ne présente aucun défaut »

a. Construire un arbre pondéré représentant la situation.

b. Quelle est la probabilité qu'aucun des deux vêtements n'ait de défaut ?

c. Quelle est la probabilité que seul le premier T-shirt présente un défaut ?

10 Corrigé Dans une bibliothèque municipale, 20 % des livres empruntés sont des bandes dessinées.
Deux livres sont empruntés successivement par deux lecteurs. Le stock de livres est suffisamment

important pour que ce tirage soit assimilé à un tirage avec remise de deux livres. On note l'évènement :
A « le lecteur a emprunté une bande dessinée ».

a. Construire un arbre pondéré représentant la situation.

b. Quelles sont les différentes issues possibles concernant le choix des deux livres empruntés ?

c. Quelle est la probabilité qu'aucun des deux livres ne soit une bande dessinée ?

d. Quelle est la probabilité qu'au moins un des deux livres soit une bande dessinée ?

11 Dans un cinéma, les spectateurs peuvent choisir entre trois types de film (action, comédie et drame).

Une étude a montré que $\frac{4}{9}$ des spectateurs ont choisi un film d'action, $\frac{1}{3}$ des spectateurs ont choisi une comédie et les autres un drame.

1. On choisit au hasard, un spectateur, ayant participé à cette étude. Calculer la probabilité que le spectateur ait choisi un drame.

2. On choisit maintenant, au hasard et successivement, deux spectateurs ayant participé à cette étude. Le nombre de spectateurs est suffisamment important pour que ce tirage soit assimilé à un tirage avec remise. On note les évènements :

- A : « le spectateur a choisi un film d'action »
- C : « le spectateur a choisi une comédie »
- D : « le spectateur a choisi un drame »

a. Construire un arbre de probabilités représentant la situation.

b. Quelles sont les différentes issues possibles concernant les choix de films des deux spectateurs ?

c. Quelle est la probabilité que les deux spectateurs aient choisi un film d'action ?

d. Quelle est la probabilité que le premier spectateur ait choisi une comédie et le second un drame ?

12 Corrigé Un marchand de glace propose à ses clients de choisir entre deux supports, un cornet(C) ou un bol (B), puis entre trois parfums : vanille (V), fraise (F) ou chocolat (Ch).

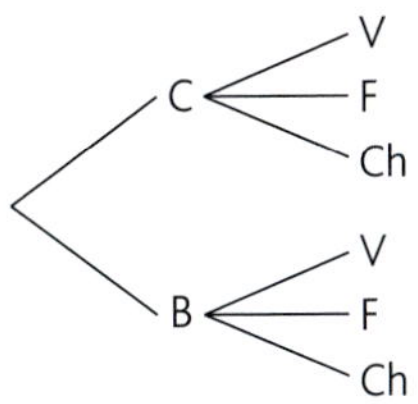

Les choix du support et du parfum sont indépendants.

- 70 % des clients choisissent le cornet, et les autres le bol.
- 50 % des clients choisissent la vanille, 15 % la fraise et les autres le chocolat.

a. Compléter l'arbre.

b. Quelle est la probabilité qu'un client choisisse un bol à la fraise ?

c. Quelle est la probabilité qu'un client choisisse un cornet au chocolat ?

13 Corrigé Une association de lycéens est constituée de quatre élèves de seconde, trois élèves de première, et trois élèves de terminale. Deux réunions sont prévues dans l'année. À la fin de chaque réunion, un élève est choisi au hasard pour rédiger le compte rendu. Le second choix est indépendant du premier, un même élève peut donc être choisi deux fois.

On note les évènements :

- S : « l'élève choisi est en seconde »
- P : « l'élève choisi est en première »
- T : « l'élève choisi est en terminale »

a. Calculer $P(S)$, $P(P)$ et $P(T)$.

b. Recopier et compléter l'arbre de probabilités.

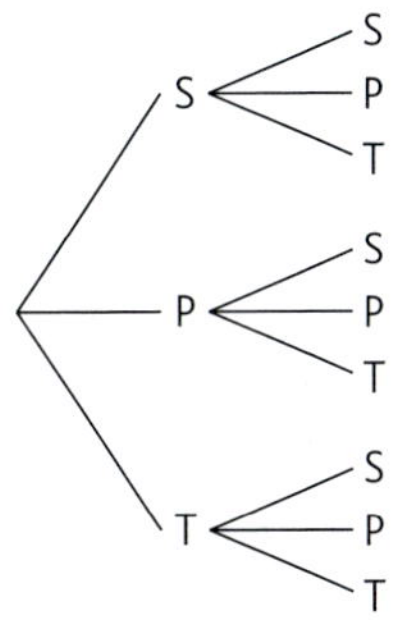

c. Calculer la probabilité de l'issue (T, S).

d. Calculer la probabilité que le premier élève choisi soit en terminale et que le second soit en première.

e. Calculer la probabilité que les deux élèves choisis soient en seconde.

f. Calculer la probabilité qu'exactement un seul des deux élèves choisis soit en seconde.

14 Deux urnes contiennent des billes dont les couleurs peuvent être différentes.

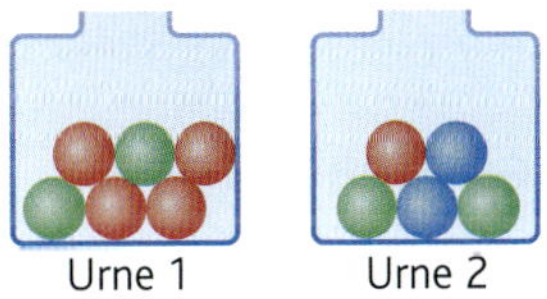

On prélève une bille dans chaque urne.

On notera par exemple $P(V_1)$, la probabilité de l'évènement : « La bille prélevée dans l'urne 1 est verte ».

On pourra éventuellement s'aider d'un arbre de probabilités.

Les réponses seront données sous forme d'une fraction irréductible.

a. Calculer les probabilités suivantes :

$P(V_1)$; $P(V_2)$; $P(R_1)$; $P(R_2)$; $P(B_2)$

b. Calculer :

$P(V_1 \cap R_2)$; $P(R_1 \cap V_2)$; $P(V_1 \cap B_2)$

c. Calculer la probabilité de l'évènement A : « les deux billes ont la même couleur ».

d. En déduire la probabilité de l'évènement B : « les deux billes sont de couleurs différentes ».

Les exercices roses sont corrigés :
• en fin de manuel p. 326 ou • en vidéo avec Médématiques hachette-clic.fr/25mfls024

15 Léna organise une activité dans un centre de loisirs. Pour déterminer quelle activité sera organisée et qui la dirigera, elle choisit une activité au hasard parmi les 12 activités proposées dans ce centre de loisirs.

Les activités proposées sont les suivantes :

- Quatre activités sportives (football, tennis, badminton, escalade) ;
- Trois activités artistiques (peinture, culture, photographie) ;
- Cinq activités culturelles (lecture, musique, théâtre, découverte des langues, atelier scientifique).

Ensuite, indépendamment de l'activité choisie, elle sélectionne au hasard l'un des deux animateurs du centre de loisirs, Paul ou Loïc, pour diriger l'activité.

On note les évènements suivants :

- S : « l'activité choisie est une activité sportive »
- A : « l'activité choisie est une activité artistique »
- C : « l'activité choisie est une activité culturelle »
- P : « l'animateur choisi est Paul »
- L : « l'animateur choisi est Loïc »

a. Calculer les probabilités suivantes : $P(\text{S})$, $P(\text{A})$ et $P(\text{C})$.

b. Recopier et compléter l'arbre de probabilités représentant cette situation.

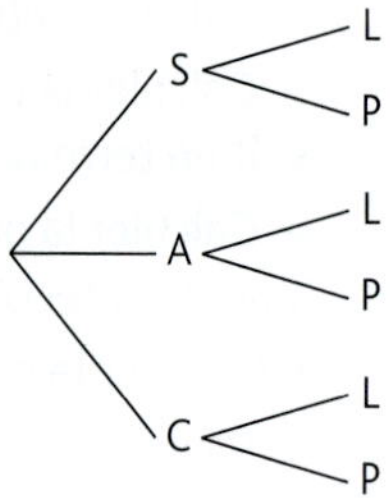

c. Calculer la probabilité que l'activité proposée soit une activité culturelle dirigée par Loïc.

d. Calculer la probabilité que l'activité proposée ne soit pas une activité sportive et qu'elle soit dirigée par Paul.

2 Variables aléatoires

Pour une variable aléatoire X donnée :
• $\{X = a\}$ désigne l'évènement composé de toutes les issues qui donnent la valeur a par la variable aléatoire X.
• $\{X \leqslant a\}$ désigne l'évènement composé de toutes les issues qui donnent des valeurs inférieures ou égales à a par la variable aléatoire X.

Questions flash

16 Une urne contient 5 boules rouges, 3 boules bleues et 4 boules vertes. On tire simultanément trois boules de l'urne.

On appelle X la variable aléatoire qui, à chaque tirage de 3 boules, associe le nombre de boules rouges obtenues.

a. Quelles sont les valeurs prises par X ?

b. Décrire l'évènement $\{X = 2\}$.

17 On lance simultanément deux dés cubiques et on appelle S la variable aléatoire correspondant à la somme des nombres apparus sur les faces supérieures.

a. Quelles sont les valeurs prises par S ?

b. Décrire l'évènement $\{S = 5\}$

c. Décrire l'évènement $\{S \leqslant 6\}$

18 Une variable aléatoire X peut prendre les valeurs -10 ; 0 ; 5 ; 20 et 100.

Définir par une phrase les évènements suivants et donner les valeurs de X qui lui sont favorables.

a. $\{X = 5\}$ b. $\{X = 15\}$ c. $\{X < 5\}$
d. $\{X \leqslant 0\}$ e. $\{X \leqslant 100\}$ f. $\{X \geqslant 100\}$

19 On lance 10 fois de suite un dé équilibré à 6 faces. Soit X la variable aléatoire qui, à chaque série de dix lancers compte le nombre de fois que le 6 a été obtenu.

a. Quelles sont les valeurs possibles de X ?

b. Utiliser la notation adaptée pour écrire les évènements suivants :

- A : « On a obtenu 3 fois un 6 »
- B : « Le dé est tombé au moins une fois sur 6 »
- C : « On a obtenu au plus 2 fois un 6 »
- D : « Le dé est tombé plus de 5 fois sur 6 »

20 Marius mise 3 € puis tire au hasard un jeton dans un sac opaque contenant cinq jetons numérotés de 1 à 5. Il gagne alors un montant en euros égal au double du numéro indiqué sur le jeton.

On appelle G la variable aléatoire qui, à chaque partie de ce jeu, donne le gain algébrique de Marius en euros (on parle d'un gain algébrique lorsque celui-ci peut être négatif dans le cas d'une perte)

a. Quelles sont les valeurs possibles de G ?

b. Utiliser la notation adaptée pour écrire les évènements suivants :

- A : « Marius a gagné 5 € »
- B : « Marius a gagné au moins un euro »
- C : « Marius a gagné plus de 1 € »
- D : « Marius a gagné au plus 3 euros »

Donner la **loi** d'une variable aléatoire X revient à compléter un tableau comme le suivant, où les x_i sont les valeurs possibles de X.

Valeurs	x_1	x_2	...	x_n
Probabilités	$P(X = x_1)$	$P(X = x_2)$	...	$P(X = x_n)$

21 La loi de probabilité d'une variable aléatoire X est donnée dans le tableau suivant :

x_i	0	2	3	5	10
$P(X = x_i)$	0,1	0,15	0,20	0,45	0,1

Déterminer les probabilités des évènements suivants :

a. $\{X = 3\}$ c. $\{X < 3\}$ e. $\{X \geqslant 2\}$

b. $\{X \leqslant 3\}$ d. $\{X = 0\}$ f. $\{2 \leqslant X \leqslant 5\}$

Dans les exercices 22 et 23, un adhérent peut emprunter dans une médiathèque des livres, CD, DVD... Il ne peut cependant emprunter que 4 livres et 5 CD au maximum simultanément.

22 Corrigé On note X la variable aléatoire qui, à chaque adhérent choisi au hasard, associe le nombre de livres empruntés.

a. Préciser les valeurs que peut prendre X.

b. Décrire à l'aide d'une phrase les évènements $\{X = 0\}$ et $\{X \leqslant 2\}$.

c. Donner l'écriture mathématique de l'évènement contraire de $\{X = 0\}$, décrire cet évènement à l'aide d'une phrase.

23 Corrigé On note Y la variable aléatoire qui, à chaque adhérent, associe le nombre de CD empruntés.

La loi de probabilité de Y est donnée dans le tableau suivant :

y	0	1	2	3	4	5
$P(Y = y)$	0,3	0,2	0,2	0,15	0,1	0,05

a. De quel évènement la probabilité est-elle égale à 0,15 ?

b. Calculer $P(Y \leqslant 2)$ puis interpréter ce résultat par une phrase dans le contexte.

c. Calculer $P(Y \geqslant 4)$ puis interpréter ce résultat par une phrase dans le contexte.

24 Vidéo En France, plus de 2 milliards de téléchargements d'applications mobiles ont été réalisés durant l'année 2023. Arthur télécharge entre 0 et 5 applications par mois.

On note N la variable aléatoire qui, pour un mois choisi au hasard, donne le nombre d'applications qu'Arthur a téléchargées ce mois-ci.

Valeur k	0	1	2	3	4	5
$P(N = k)$	0,15	0,2	0,19	0,3	0,09	p

a. Calculer la valeur de p.

b. Calculer la probabilité qu'Arthur télécharge au moins une application au cours du mois.

c. Calculer la probabilité qu'Arthur télécharge au plus trois applications au cours du mois.

Dans les exercices 25 et 26, un centre de loisirs propose chaque jour une activité obligatoire à choisir parmi trois dont les tarifs sont les suivants :

Activité	Jeux	Piscine	Cinéma
Prix	1 €	3 €	5 €

Aurélie dépose, chaque jour de la semaine, ses deux enfants dans ce centre de loisirs.

25 On note X la variable aléatoire qui, pour une journée choisie au hasard, associe le prix payé par Aurélie pour ces activités.

a. Décrire à l'aide d'une phrase l'évènement $\{X = 2\}$ dans le contexte.

b. Même question avec $\{X = 6\}$.

c. Déterminer les valeurs possibles pour X.

26 Les statistiques sur le centre aéré montrent qu'un enfant choisit les jeux dans 50 % des cas, la piscine dans 30 % des cas et qu'il choisira le cinéma dans les autres cas. On suppose également que les deux enfants choisissent leur activité indépendamment l'un de l'autre.

On note X la variable aléatoire égale au prix payé par la famille pour ces activités.

On note les évènements :

- J : « l'enfant choisit les jeux »
- P : « l'enfant choisit la piscine »
- C : « l'enfant choisit le cinéma »

a. Recopier et compléter l'arbre de probabilités suivant en indiquant les valeurs de X.

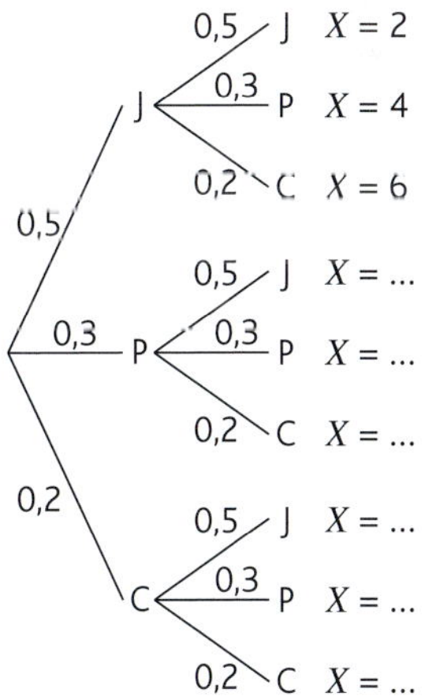

b. Calculer $P(X = 2)$.

c. Démontrer que $P(X = 4) = 0,3$.

d. Recopier et compléter le tableau suivant donnant la loi de probabilité de X.

x_i	2	4	6		
$P(X = x_i)$		0,3			

Les exercices roses sont corrigés :
• en fin de manuel p. 326 ou • en vidéo avec Médématiques hachette-clic.fr/25mfls024

Soit X une variable aléatoire dont la loi est donnée par le tableau suivant :

Valeurs	x_1	x_2	...	x_n
Probabilités	p_1	p_2	...	p_n

L'**espérance** de la variable aléatoire X est :
$E(X) = p_1 \times x_1 + p_2 \times x_2 + ... + p_n \times x_n$

Dans les exercices 27 à 31, la loi de probabilité de la variable aléatoire X est donnée dans un tableau. Calculer l'espérance de la variable aléatoire X.

27

x_i	1	3	7
$P(X = x_i)$	0,5	0,3	0,2

28 Corrigé

x_i	0	5	6	9
$P(X = x_i)$	0,2	0,2	0,3	0,3

29 Corrigé

x_i	−5	−1	1	5
$P(X = x_i)$	0,1	0,2	0,3	0,4

30

x_i	−7	0	1	9
$P(X = x_i)$	0,5	0,2	0,2	0,1

31

x_i	−5	1	2
$P(X = x_i)$	0,2	0,6	0,2

32 On considère un dé truqué de façon que la probabilité d'obtenir la face « PILE » est égale à 0,4. Le joueur gagne 3 € s'il obtient la face pile, sinon il doit 2 € au maître du jeu.

Soit X la variable aléatoire qui, à chaque lancer de la pièce, donne le gain (algébrique) du joueur.

a. Déterminer la loi de probabilité de X.

b. Calculer l'espérance de X.

c. Peut-on dire que ce jeu est équitable ?

33 Carla est une élève du lycée. On a suivi pendant trois ans ses connexions à son espace numérique de travail (ENT) durant les périodes scolaires.

On considère X la variable aléatoire qui, une journée choisie au hasard, associe le nombre de connexion de Carla à son espace numérique de travail.

Valeur k	0	1	2	3
$P(X = k)$	0,1	0,5	0,3	0,1

a. Calculer $P(X \leqslant 2)$ et interpréter ce résultat dans le contexte de l'exercice.

b. Calculer $E(X)$ et interpréter ce résultat.

34 Pour financer un voyage scolaire, les élèves de la classe de 1re B ont décidé d'organiser une tombola. Les élèves ont réussi à vendre 250 billets parmi lesquels 15 seulement sont gagnants. La valeur des lots est répertoriée dans le tableau suivant :

Valeur du lot en euros	120	70	25	15
Nombre de billets	1	2	4	8

Mario achète un billet qui lui est attribué au hasard. On note X la variable aléatoire qui, au choix d'un billet associe la valeur du lot correspondant.

a. Déterminer la loi de probabilité de X.

b. Calculer l'espérance de X et interpréter ce résultat dans le contexte.

c. Quel est le prix minimum d'un billet de tombola (en nombre entier d'euros) que les élèves ont dû fixer pour gagner au moins 1 600 € pour participer au financement du voyage ?

35 Corrigé On a, pendant plusieurs mois, étudié les ventes chez un concessionnaire qui vend des motos d'occasions. On appelle X la variable aléatoire qui, à une journée choisie au hasard, donne le nombre de motos vendues.

Valeur	0	1	2	3
$P(X = k)$	p	0,21	0,15	0,09

a. Calculer la valeur de p.

b. Calculer $P(X \leqslant 1)$ et interpréter ce résultat dans le contexte de l'exercice.

c. Calculer la probabilité que le concessionnaire vende au moins deux motos cette journée.

d. Calculer $E(X)$ et interpréter ce résultat.

36 Lorsque Tom sort du lycée, il peut rentrer directement chez lui ou bien faire un détour par la salle de sport ou le supermarché.

Les temps de transport, en minutes, entre chaque lieu sont résumés dans le tableau ci-dessous.

	Supermarché	Salle de sport	Domicile
Lycée	6	10	10
Supermarché		7	6
Salle de sport			8

- 2 jours sur 5, Tom rentre directement chez lui.
- 2 jours sur 5, Tom va d'abord à la salle de sport puis, au supermarché avant de rentrer chez lui.
- Sinon, il va à la salle de sport et rentre chez lui.

On note T la variable aléatoire donnant les temps de trajets de Tom entre son lycée et chez lui.

a. Déterminer la loi de probabilité de T.

b. Calculer $P(T < 20)$ et en donner une interprétation dans le contexte.

c. Calculer $E(T)$ et en donner une interprétation dans le contexte.

37 La loi de probabilité de la variable aléatoire X est donnée dans le tableau suivant :

x_i	0	2	a
$P(X = x_i)$	0,25	0,3	0,45

Déterminer la valeur de a pour que $E(X) = 3{,}3$.

38 La loi de probabilité de la variable aléatoire X est donnée dans le tableau suivant :

x_i	−5	a	3
$P(X = x_i)$	0,25	0,25	0,5

Déterminer la valeur de a pour que $E(X) = 0$.

39 Un jeu consiste à lancer deux dés tétraédriques dont les faces sont numérotées de 1 à 4 et à faire la somme des deux résultats obtenus.

Pour jouer, il faut payer une mise de 3 euros.

- On gagne 5 € si on obtient un résultat supérieur ou égal à 6.
- On gagne 12 € si on obtient un résultat strictement inférieur à 4.
- Dans les autres cas, on ne gagne rien.

Soit G la variable aléatoire qui, pour chaque partie, donne le gain algébrique du joueur (en tenant compte de la mise).

a. Réaliser un tableau à double entrée ou un arbre de dénombrement pour lister les différents cas possibles.

b. Déterminer la loi de probabilité de G.

c. Calculer l'espérance de G. Ce jeu est-il à l'avantage du joueur ou de l'organisateur ?

d. On considère maintenant que la mise de départ est un nombre réel m strictement positif. Quelle valeur faudrait-il donner à m pour que ce jeu soit équitable ?

40 On considère une variable aléatoire G qui, à chaque partie d'un jeu, associe le gain algébrique du joueur, c'est-à-dire un gain positif s'il gagne, et négatif sinon. À chaque partie, les gains possibles sont −10 ; 2 et a où a est un nombre réel.

On donne : $P(G = -10) = 0{,}5$ et $P(G = a) = 0{,}2$.

a. Calculer $P(G = 2)$.

b. Exprimer l'espérance de G en fonction de a.

c. Déterminer les valeurs de a pour lesquelles le jeu est favorable au joueur.

41 La loi de probabilité de la variable aléatoire X est donnée dans le tableau suivant :

x_i	0	1	2
$P(X = x_i)$	0,2	p	q

a. Justifier que $q = 0{,}8 - p$.

b. Déterminer p pour que $E(X) = 1{,}1$.

c. En déduire la valeur de q.

42 La loi de probabilité de la variable aléatoire X est donnée dans le tableau suivant :

x_i	−5	0	1	7
$P(X = x_i)$	0,2	p	0,3	q

a. Déterminer la valeur de q pour que $E(X) = 0$.

b. En déduire la valeur de p.

3 Épreuves et loi de Bernoulli

Questions flash

43 L'arbre ci-contre représente une épreuve de Bernoulli.

Calculer $P(\text{E})$.

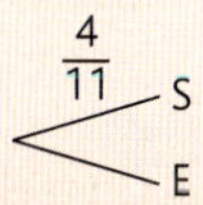

44 Une pièce de monnaie bien équilibrée est lancée trois fois de suite. Quelle est la probabilité d'obtenir trois fois le côté face ?

45 Une pièce de monnaie bien équilibrée est lancée deux fois de suite. Quelle est la probabilité d'obtenir exactement une fois le côté face ?

46 L'arbre ci-dessous représente la répétition d'une épreuve de Bernoulli.

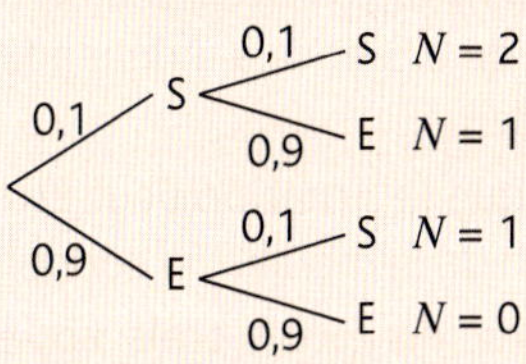

On note S le succès et E l'échec. La variable aléatoire N représente le nombre de succès obtenus.

Calculer $P(N = 1)$.

47 Calculer $\text{A} = 2 \times \frac{4}{7} \times \frac{3}{7}$.

48 Calculer $\text{B} = 3 \times \frac{5}{6} \times \left(\frac{1}{6}\right)^2$.

Exercices

Les exercices roses sont corrigés :
• en fin de manuel ou • en **vidéo** avec Médématiques
p. 326 **hachette-clic.fr/25mfls024**

49 L'arbre ci-dessous représente la répétition d'une épreuve de Bernoulli.

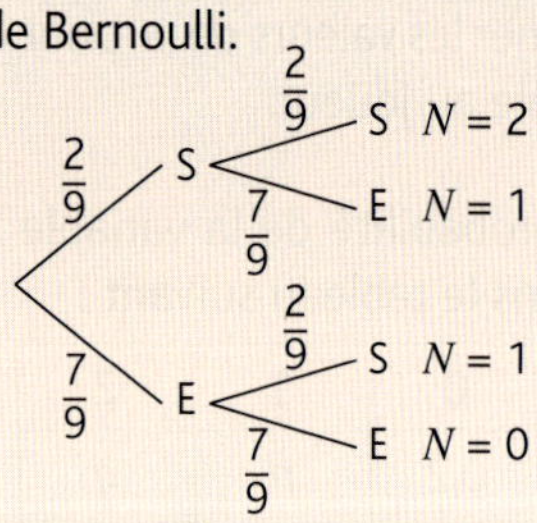

On note S le succès et E l'échec. La variable aléatoire N représente le nombre de succès obtenus.
Calculer $P(N = 1)$.

Une **épreuve de Bernoulli** de paramètre p est une expérience aléatoire qui **possède exactement deux issues**, dont l'une est appelée succès et a pour probabilité p, et l'autre est appelée échec.

50 Les situations suivantes sont-elles des épreuves de Bernoulli ?

a. On lance une pièce de monnaie et on observe le côté visible.

b. On tire une carte au hasard dans un jeu de 32 cartes et on observe la valeur de la carte (As, Roi…).

c. Une trousse opaque contient 12 billes bleues, 10 billes rouges, et 3 billes vertes. On tire une bille au hasard et on regarde si la bille obtenue est rouge.

51 Un technicien travaille pour une entreprise de maintenance industrielle. Lorsqu'il est appelé, il peut effectuer immédiatement la réparation demandée s'il dispose des pièces nécessaires. Sinon, il est obligé de reporter la réparation. On choisit au hasard un appel reçu par le technicien.
On considère les évènements :
- S : « Il peut effectuer immédiatement la réparation »
- E : « Il doit reporter la réparation »

Il sait qu'il pourra effectuer une réparation avec une probabilité de 0,8, et cela indépendamment des appels précédents.

a. Justifier que la situation peut être modélisée par une épreuve de Bernoulli. On donnera les conditions.

b. Le technicien reçoit trois appels. Recopier et compléter l'arbre de probabilités traduisant cette situation.

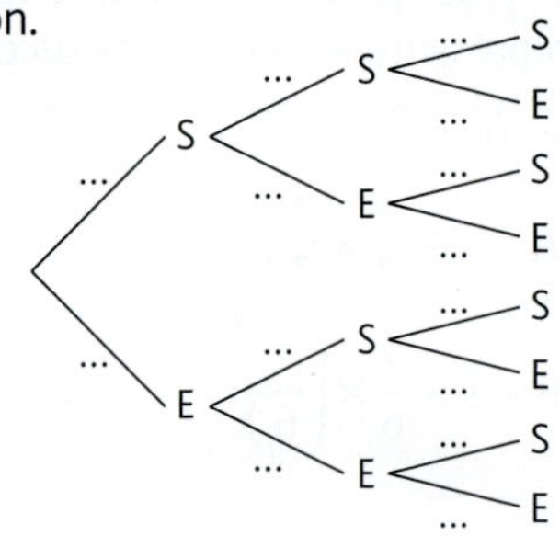

c. Calculer la probabilité de l'évènement A : « le technicien peut effectuer les trois réparations ».

d. Soit l'évènement B : « le technicien peut effectuer exactement deux réparations ». Montrer que $P(B) = 0{,}384$.

e. En déduire la probabilité de l'évènement G : « le technicien peut effectuer au moins deux réparations ».

On dit que la variable aléatoire X, qui prend la valeur 1 avec une probabilité p et 0 sinon, suit une **loi de Bernoulli** de paramètre p.

52 Corrigé L'arbre pondéré ci-dessous représente la répétition d'une même épreuve de Bernoulli.
On note X la variable aléatoire égale au nombre de réalisations de l'évènement S.

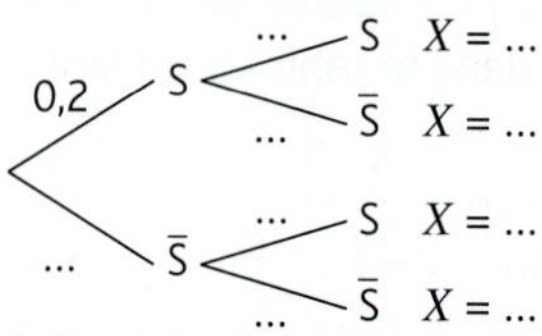

a. Recopier et compléter l'arbre de probabilités ci-dessus avec les valeurs manquantes.

b. Calculer $P(X = 0)$.

c. Calculer $P(X = 1)$.

53 Vidéo Un sac opaque contient 6 jetons bleus et 4 jetons rouges. On effectue successivement 3 tirages avec remise dans ce sac. On note X le nombre de jetons rouges obtenus.

a. Expliquer pourquoi chaque tirage correspond à une épreuve de Bernoulli dont on donnera le paramètre.

b. Quelles sont les valeurs possibles de X ?

c. Construire l'arbre de probabilité modélisant la situation.

d. Calculer $P(X = 3)$.

e. Calculer $P(X = 1)$.

54 Corrigé En France, 8 % des familles partent au moins une fois aux sports d'hiver chaque année.

On choisit au hasard une famille vivant en France et on considère l'évènement S : « cette famille est partie aux sports d'hiver en 2024 » et on note p la probabilité de S.

a. Donner la valeur de p.

b. Justifier que cette situation correspond à une épreuve de Bernoulli et en donner le paramètre.

On interroge deux familles de manière indépendante et on appelle X la variable aléatoire donnant le nombre de familles ayant passé des vacances aux sports d'hiver.

c. Représenter cette situation par un arbre de probabilités.

d. Donner la loi de probabilités de X en détaillant les calculs.

55 Plusieurs clubs de tennis décident d'organiser un concours de service. Chaque participant dispose de trois tentatives. Théo participe à ce challenge. On note R l'évènement « Théo réussit son service ». D'après ses statistiques de jeu, la probabilité que Théo réussisse un service est égale à 0,7. On admet que les services de Théo sont indépendants et on note X la variable aléatoire qui compte le nombre total de services réussis par Théo.

a. Représenter la situation à l'aide d'un arbre de probabilités.

b. Déterminer la loi de probabilités de X.

c. Quelle est la probabilité que Théo réussisse au moins un service ?

d. Calculer l'espérance $E(X)$ et l'interpréter dans le contexte.

e. Pour le concours, on décide d'attribuer des points :
- Pour un service réussi : 5 points ;
- Pour deux services réussis : 15 points s'ils sont consécutifs et 10 points s'ils ne sont pas consécutifs ;
- Pour 3 services réussis : 30 points.

On note Y la variable aléatoire égale au nombre de points obtenus.

Déterminer la loi de probabilités de Y.

f. Calculer $E(Y)$.

56 Dans le cadre du lancement d'une nouvelle offre fibre, l'opérateur internet Surf démarche ses clients par téléphone. La probabilité qu'une personne adopte la nouvelle offre est estimée à 0,3. On appelle successivement et de manière indépendante 3 clients au hasard et on définit l'évènement A : « le client appelé adopte la nouvelle offre ».

On appelle X la variable égale au nombre de clients ayant adopté la nouvelle offre.

a. Recopier et compléter l'arbre ci-contre pour qu'il représente la situation.

b. Calculer $P(X = 0)$. Interpréter.

c. Calculer $P(X = 1)$. Interpréter.

d. Calculer $P(X \geqslant 1)$. Interpréter.

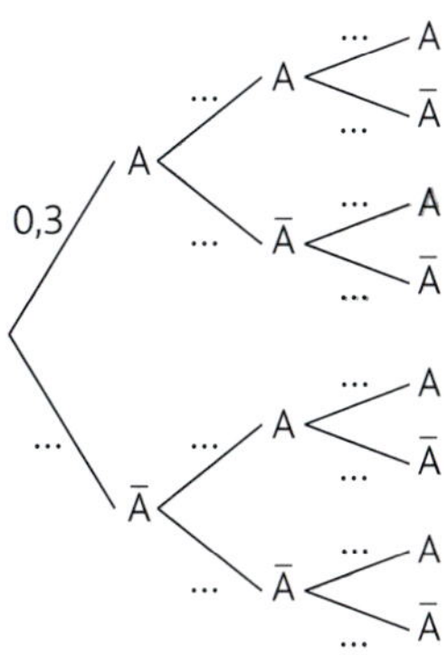

57 Corrigé Une urne contient 9 jetons rouges et 6 jetons verts. Trois jetons sont tirés de cette urne, successivement et avec remise après chaque tirage.

On définit les évènements suivants :
- R : « le jeton tiré est rouge »
- V : « le jeton tiré est vert »

Soit X la variable aléatoire représentant le nombre de jetons rouges obtenus au cours des trois tirages.

a. Calculer $P(R)$, puis $P(V)$.

b. Représenter la situation à l'aide d'un arbre de probabilités.

c. Déterminer la loi de probabilité de la variable aléatoire X.

d. Calculer $P(X \geqslant 2)$. Interpréter ce résultat.

e. Calculer $E(X)$ l'espérance de la variable aléatoire X.

58 Lors d'une période promotionnelle dans un supermarché, un client peut recevoir de manière aléatoire une carte-cadeau. On note les évènements :
- S : « le client reçoit une carte-cadeau »
- E : « le client ne reçoit pas une carte-cadeau »

La probabilité qu'un client reçoive une carte-cadeau à la caisse est égale à 0,3.

a. Calculer $P(E)$.

Trois clients se présentent successivement à la caisse. L'obtention d'une carte-cadeau pour un client est supposée être indépendante des autres clients.

Soit X la variable aléatoire représentant le nombre de cartes cadeaux distribuées parmi les trois clients successifs.

b. Représenter la situation à l'aide d'un arbre de probabilités.

c. Démontrer que : $P(X = 1) = 0{,}441$.

d. Déterminer la loi de probabilité de X.

x_i	0	1	2	3
$P(X = x_i)$		0,441		

e. Calculer : $P(X \geqslant 2)$. Interpréter ce résultat dans le contexte de l'exercice.

f. Calculer $E(X)$ l'espérance de la variable aléatoire X.

59 Dans une boulangerie, 60 % des clients payent par carte bancaire. Quatre clients sont interrogés au hasard pour déterminer s'ils ont effectué leur paiement par carte. On désigne par X la variable aléatoire représentant le nombre de réponses positives.

On suppose que les réponses des clients sont indépendantes les unes des autres.

Les exercices roses sont corrigés :
• en fin de manuel **p. 326** ou • en **vidéo** avec Médématiques hachette-clic.fr/25mfls024

a. Recopier et compléter le tableau afin de déterminer la loi de probabilités de X.

x_i	0	1	2	3	4
$P(X = x_i)$					

b. Quelle est la probabilité qu'au moins 3 clients payent par carte bancaire ?

c. Calculer $P(X \leqslant 3)$. Interpréter ce résultat.

60 Python Calculatrice Un centre d'adoption pour animaux organise une journée portes ouvertes. Lors de cette journée, la probabilité qu'un visiteur adopte un animal est égale à 0,11. Soit A l'évènement : « le visiteur adopte un animal ».

Quatre visiteurs se présentent successivement au centre d'adoption. L'adoption d'un animal par un visiteur est supposée indépendante des autres visiteurs.

Soit X la variable aléatoire représentant le nombre d'animaux adoptés.

Dans cet exercice, les résultats seront à arrondir à 0,001.

a. Calculer $P(\overline{A})$.

b. Calculer la probabilité qu'aucun visiteur n'adopte d'animal. En déduire que $P(X \geqslant 1) \approx 0{,}373$.

c. Supposons maintenant que n visiteurs $(n \geqslant 2)$ se présentent successivement au centre d'adoption. Soit Y la variable aléatoire représentant le nombre d'animaux adoptés.

Démontrer que : $P(Y \geqslant 1) = 1 - 0{,}89^n$.

d. Considérons le programme Python ci-dessous :

```
n=2
while 1-0.89**n<0.5:
    n=n+1
print(n)
```

- Exécuter ce programme à l'aide d'un ordinateur, d'une calculatrice ou manuellement. Quel est le résultat obtenu ?
- Interpréter ce résultat dans le contexte de l'exercice.

61 Un étudiant passe un QCM composé de 80 questions. Pour chaque question, il y a 4 propositions dont une seule est correcte. L'étudiant décide de répondre au hasard à l'ensemble des questions.

L'objectif est d'analyser, la fréquence des réponses incorrectes dans ce QCM de 80 questions.

Pour cela, 100 échantillons de 80 questions ont été simulés, et les résultats obtenus sont représentés dans le nuage de points ci-après.

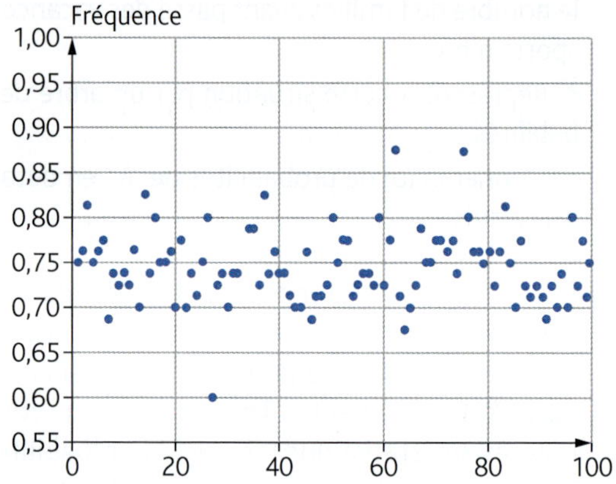

Dans cette situation p représente la probabilité que l'étudiant donne une réponse incorrecte et on admettra que l'écart type s vérifie $s = 0{,}05$.

a. Donner la valeur de p.

b. Calculer le pourcentage des fréquences situées dans l'intervalle $[p - s\,; p + s]$.

c. Calculer le pourcentage des fréquences situées dans l'intervalle $[p - 2s\,; p + 2s]$.

62 Une école organise un tirage au sort pour proposer à ses élèves une activité l'après-midi. Lors de cet évènement, un élève tire au hasard un ticket dans une boîte. Cette boîte contient huit tickets « activité extérieure » et 5 tickets « activité intérieure ». Après le tirage, l'élève repose le ticket dans la boîte. Ainsi, les tirages successifs sont indépendants les uns des autres.

On définit les évènements suivants :
- E : « l'élève a tiré un ticket activité extérieure »
- I : « l'élève a tiré un ticket activité intérieure »

a. Calculer $P(\text{E})$, puis $P(\text{I})$.

b. Recopier et compléter les lignes 4, 5 et 7 du programme Python ci-dessous afin de simuler le nombre d'élèves ayant choisi, au hasard, une activité extérieure dans un groupe de n élèves.

```
1 from random import *
2 def exterieur(n):
3     nombre=0
4     for i in range(....):
5         if random()<....:
6             nombre=nombre+1
7     return ....
```

c. Expliquer le rôle de la fonction suivante :

```
def f_secrete(n,m):
    liste=[exterieur(n)/n for i in range(m)]
    return liste
```

d. On exécute cette fonction dans le cas où $n = 200$ et $m = 7$. Voici le résultat affiché :

```
>>> f_secrete(200,7)
[0.65, 0.64, 0.64, 0.62, 0.665, 0.62, 0.625]
```

Est-il possible d'expliquer pourquoi ces résultats sont si proches les uns des autres ?

63 Sur la route

» Modéliser • Représenter • Calculer

Chaque jour, Benjamin se rend à vélo à son travail et rencontre successivement 3 feux tricolores. Les fonctionnements des feux sont supposés indépendants. Chacun d'eux reste 20 secondes au vert, puis 60 secondes au rouge ou à l'orange.

1. Pour chaque feu, on note V l'évènement « le feu est au vert ».

a. Calculer $P(\mathrm{V})$.

b. Justifier que ce parcours peut être modélisé par trois répétitions indépendantes d'une même épreuve de Bernoulli dont on précisera le paramètre.

c. Représenter cette situation par un arbre de probabilités.

2. Une journée étant choisie au hasard, on note X la variable aléatoire donnant le nombre de feux verts rencontrés sur la route pour se rendre au travail.

Toutes les probabilités seront arrondies au millième.

a. Calculer $P(X = 1)$. Interpréter.

b. Donner la loi de probabilité de X.

c. Ce matin, Benjamin est parti trop tard. Il sera en retard s'il s'arrête au moins deux fois. Quelle est la probabilité qu'il arrive en retard ?

3. Dans toute sa carrière, Benjamin rencontrera cette série de feux plusieurs milliers de fois.

En moyenne, combien de feux sont verts chaque matin ?

64 Une bonne technique pour réussir ses QCM ? Python

» Chercher • Calculer • Raisonner

Un QCM est composé de n questions. Chaque question propose quatre possibilités de réponse, une seule est exacte. Léna décide de répondre au hasard et de manière indépendante à chacune de ces questions.

PARTIE A

On appelle E l'évènement « la réponse à la question posée est exacte ». On arrondira si nécessaire les résultats à 10^{-3} près.

1. Calculer $P(\mathrm{E})$.

2. Dans cette question, on pose $n = 4$.

a. Représenter cette situation à l'aide d'un arbre de probabilités.

b. Calculer la probabilité que toutes les réponses soient les bonnes.

c. Calculer la probabilité d'avoir une seule mauvaise réponse.

3. Dans cette question, n est de nouveau un entier quelconque.

a. Exprimer en fonction de n la probabilité que toutes les réponses soient mauvaises.

b. Dans cette question, on souhaite trouver le nombre minimal n de questions à poser pour que la probabilité que toutes les réponses soient fausses soit inférieure ou égale à 0,01.

Recopier et compléter l'algorithme suivant écrit en langage Python :

```
n=...
while ...............:
    n=....
print(n)
```

c. Donner la valeur de n affichée par l'algorithme.

PARTIE B

Dans toute cette partie, on revient au cas $n = 4$.

Dans ce QCM, chaque bonne réponse rapporte 2 points et chaque mauvaise réponse enlève 1 point.

On note X la variable aléatoire égale au score obtenu après avoir répondu aux 4 questions.

Les probabilités seront données sous forme de fractions irréductibles.

1. Compléter l'arbre réalisé à la partie A avec les valeurs de X pour chaque issue.

2. Donner la loi de probabilité de X.

3. Léna affirme qu'en répondant aux questions au hasard, elle a plus d'une chance sur deux d'obtenir un score positif. Cette affirmation est-elle vraie ?

4. Calculer l'espérance de X et l'interpréter dans ce contexte.

65 Une loterie sur 2 roues

» Représenter • Calculer • Raisonner

Pour financer son club sportif, Paul souhaite organiser une loterie lors de la journée portes ouvertes. Le jeu consiste à faire tourner les deux roues ci-dessous.

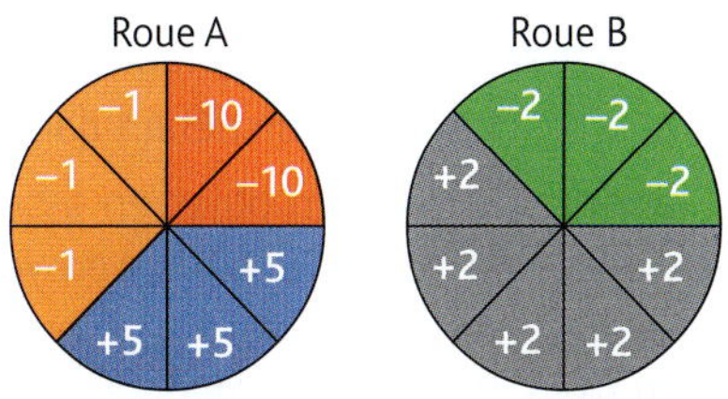

Les deux roues ont été partagées en huit secteurs angulaires identiques. Chaque secteur a une couleur et, à chaque couleur, correspond un nombre.

On note R (respectivement J, B, G, V) l'évènement « le secteur angulaire est rouge (respectivement jaune, bleu, gris, vert) ».

Un joueur doit faire tourner les deux roues. Son gain algébrique est la somme des deux nombres obtenus.

Par exemple si les résultats sont -10 pour la roue A et +2 pour la roue B, le gain sera égal à $-10+2=-8$ (le joueur perd 8 euros).

Un joueur fait tourner les deux roues, on note X la variable aléatoire correspondant au gain du joueur.

a. Compléter l'arbre de probabilités ci-dessous.

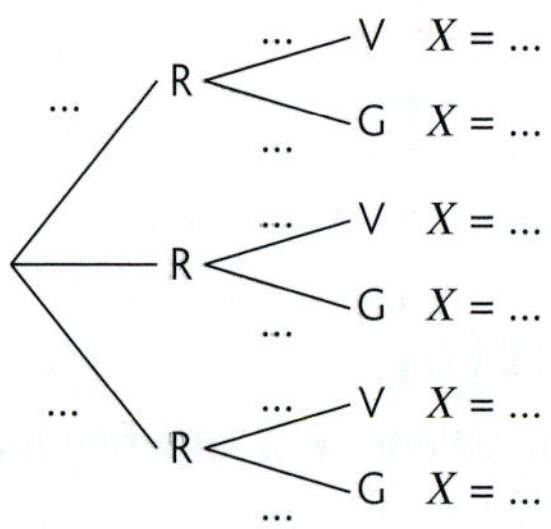

b. Calculer $P(\mathrm{J} \cap \mathrm{G})$. Interpréter ce résultat.

Quel est le gain du joueur dans ce cas ?

c. Calculer $P(X=3)$.

d. Donner la loi de probabilité X.

e. On dit qu'un joueur gagne lorsque $X > 0$. Calculer la probabilité qu'un joueur gagne.

f. Paul choisit, pour son jeu, le slogan suivant :

« Ici, plus de 6 gagnants sur 10 joueurs ».

Que penser de ce slogan ?

g. Calculer $E(X)$, l'espérance de gain d'un joueur. Interpréter ce résultat dans le contexte de l'exercice.

h. Paul espère que 200 personnes viendront jouer à ce jeu. Si c'est le cas, combien peut-il espérer obtenir pour son club à la fin de la journée ?

66 Pièces à multiples défauts STI2D STL

» Représenter • Calculer • Raisonner

Dans une usine, on produit, grâce à des machines M_1, M_2 et M_3, des pièces qui ont :

- pour la machine M_1, un défaut dans 5 % des cas ;
- pour la machine M_2, un défaut dans 2 % des cas ;
- pour la machine M_3, un défaut dans 3 % des cas.

On fabrique ensuite un objet en assemblant une pièce provenant de M_1, une pièce provenant de M_2 et une pièce provenant de M_3 choisies au hasard dans le stock, indépendamment les unes des autres.

Lorsqu'on choisit une pièce au hasard, on considère les évènements :

- A : « la pièce présente un défaut provenant de M_1 » ;
- B : « la pièce présente un défaut provenant de M_2 » ;
- C : « la pièce présente un défaut provenant de M_3 ».

a. Recopier et compléter l'arbre pondéré de probabilités suivant :

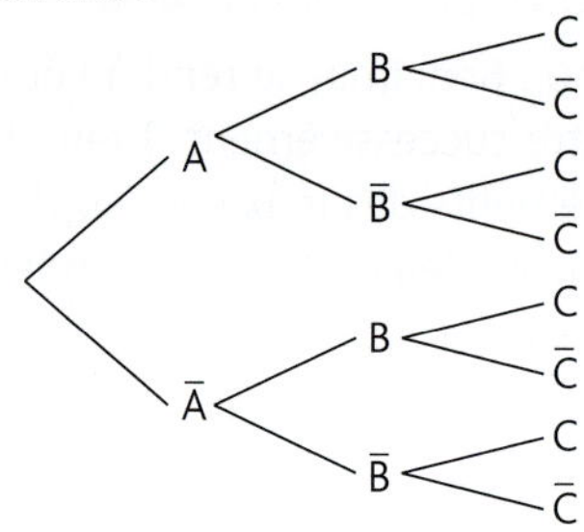

b. Calculer la probabilité qu'un objet choisi au hasard dans la production n'ait aucun défaut ?

c. Calculer la probabilité qu'un objet choisi au hasard dans la production ne possède ni le défaut A, ni le défaut C ?

d. Calculer la probabilité qu'un objet choisi au hasard dans la production possède un seul défaut ?

e. On désigne par X la variable aléatoire qui, à chaque objet prélevé au hasard dans la production associe de nombre de ses défauts. Déterminer la loi de probabilité de X.

f. Calculer l'espérance de X. Comment peut-on interpréter ce résultat dans ce contexte ?

67 Jeu de foire

» Modéliser • Calculer • Raisonner

Dans une foire, on propose le jeu suivant : pour une mise de 1 €, le joueur peut parier sur un nombre entier compris entre 1 et 6. Il lance alors trois dés équilibrés.

Si le nombre sur lequel il a parié sort une fois, deux fois ou trois fois, on lui rembourse sa mise en y ajoutant, respectivement, 1 €, 2 € ou 3 €. Sinon, il perd sa mise.

L'objectif de cet exercice est d'étudier si ce jeu est équitable ou non.

On peut considérer que le lancer de ces trois dés est équivalent à lancer trois fois de suite un même dé et on appelle S l'évènement « le lancer de dé donne le nombre sur lequel le joueur a misé ».

a. Justifier le lancer des 3 dés correspond à la succession de trois épreuves de Bernoulli identiques et indépendantes dont on donnera le paramètre.

b. Représenter ce lancer par un arbre pondéré de probabilités.

Soit X la variable aléatoire qui à chaque partie de ce jeu associe le gain (ou la perte).

c. Quelles sont les valeurs possibles de X ?

d. Déterminer la loi de probabilité de X.

e. Calculer $E(X)$ et conclure.

68 Pile je gagne, face tu perds STMG Tableur

» Représenter • Modéliser • Calculer

Une expérience aléatoire consiste à lancer 5 fois de suite une pièce parfaitement équilibrée. On note 1 si on obtient le côté « face », 0 si c'est le côté « pile ».
Le but de cet exercice est de simuler cette expérience aléatoire dans une feuille de calcul.

	A	B	C	D	E	F
1		Échantillon 1	Échantillon 2	Échantillon 4	Échantillon 5	Échantillon 6
2						
3						
4						
5						
6						
7	Fréquence					

a. Préparer une feuille de calcul comme celle proposée ci-dessus.

b. Saisir dans la cellule B2 la formule : =SI(ALEA()<=0.5 ; 1 ; 0)

Puis recopier cette formule dans la plage B2 : F6.

Le tableau est similaire à celui présenté ci-contre.

	A	B	C	D	E	F
1		Échantillon 1	Échantillon 2	Échantillon 4	Échantillon 5	Échantillon 6
2		1	1	0	0	1
3		0	1	1	1	1
4		0	0	1	1	1
5		0	1	1	0	0
6		1	1	1	1	1
7	Fréquence					

c. Expliquer l'action de la formule copiée en B2.

d. L'objectif est de compléter la ligne 7 avec la fréquence d'apparition du 1 dans chaque échantillon.

Quelle formule faut-il écrire en B7, puis recopiée vers la droite, afin d'obtenir les résultats de la ligne 7 automatiquement ?

e. Représenter les fréquences observées dans cette simulation par un nuage de points. Pour cela, réaliser les étapes suivantes :

- Sélectionner la plage A7 : F7.
- Dans votre tableur, sélectionner « graphiques », puis « nuages de points ».

6		1	1	1	1	1
7	Fréquence	0,4	0,8	0,8	0,6	0,8

f. Modifier le tableau pour simuler, 20 lancers successifs d'une pièce de monnaie, puis afficher un graphique en nuages de points représentant les fréquences d'apparition du 1 dans cette simulation.

g. Comparer les deux graphiques obtenus.

69 Lancers successifs d'un dé STMG STI2D Python

» Représenter • Calculer

On lance un dé, bien équilibré, à 6 faces. Le joueur gagne s'il obtient un 5 ou un 6.
Soit S l'évènement : « Le joueur gagne ».

1. Justifier que cette expérience aléatoire est une épreuve de Bernoulli. Préciser son paramètre.

2. Soit X la variable aléatoire qui prend la valeur 0 en cas d'échec et 1 en cas de succès.

x_i	0	1
$P(X = x_i)$		

Après avoir recopié le tableau ci-dessus, donner la loi de probabilité de X.

3. On donne le programme Python ci-contre.

```
1 from random import *
2 def gain():
3     x=random()
4     if x<1/3:
5         g=1
6     else:
7         g=0
8     return g
9
```

a. Quelle est l'action de la ligne 3 de ce programme ?

b. Quel est le but de ce programme ?

c. Lors de l'exécution, on obtient le résultat :

```
>>> gain()
0
```

Interpréter ce résultat.

4. Le programme Python ci-dessous permet de simuler le résultat de n parties.

```
def simulation(n):
    L=[gain() for i in range(n)]
    return L
```

a. Lors de l'exécution, on obtient le résultat :

```
>>> simulation(10)
[0, 0, 1, 0, 0, 0, 1, 0, 0, 0]
```

Calculer la fréquence de succès dans cette simulation.

b. Exécuter à nouveau ce programme, puis calculer la fréquence de succès dans cette nouvelle simulation.

Problèmes avec outils

5. La fonction freq est définie ainsi :

```
def freq(n):
    return sum(simulation(n))/n
```

a. Quel est le but de la fonction freq ainsi définie ?

b. Après avoir exécuté le programme, le résultat est le suivant :

```
>>> freq(10)
0.3
```

Interpréter ce résultat.

6. Recopier et compléter l'instruction ci-contre afin de réaliser 8 simulations de fréquences de succès pour 20 parties.

```
>>> [freq(...) for i in  range(...)]
```

7. Reproduire le graphique et représenter les fréquences observées dans cette simulation sous forme d'un nuage de points.

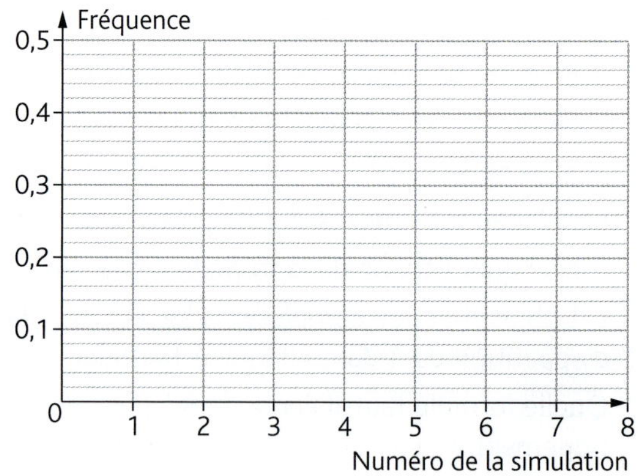

8. Réaliser 8 simulations de fréquences de succès pour 500 parties.

Représenter les fréquences observées dans cette simulation sous forme d'un nuage de points dans un autre graphique.

70 Un jeu équitable ou non ? Tableur Python

» Calculer • Modéliser • Raisonner

On considère le jeu suivant : on lance deux dés équilibrés à six faces numérotées de 1 à 6. Si l'écart entre les résultats obtenus pour chacun des dés est supérieur ou égal à 3, on gagne 1 €. Sinon, on perd 1 €.
L'objectif de cet exercice est d'étudier si ce jeu est équitable ou non.
Les parties A et B sont indépendantes.

PARTIE A : Simulation avec un tableur

Dans cette partie, on se propose d'effectuer 1 000 réalisations de ce jeu à l'aide d'un tableur.

> ALEA.ENTRE.BORNES(min ; max) est la fonction qui renvoie un nombre entier choisi aléatoirement dans l'intervalle **[min ; max]**.

a. Quelle formule doit-on insérer dans la cellule A1 afin de simuler le lancer du premier dé ?

b. Étendre cette formule afin de simuler 1 000 lancers du premier dé (plage A1 : A1000) et 1 000 lancers du second dé (plage B1 : B1000).

c. Quelle formule doit-on insérer dans la cellule C1 afin de calculer l'écart entre les résultats du premier lancer des deux dés ? Étendre cette formule afin de simuler 1 000 lancers.

> La fonction ABS(nombre) renvoie la valeur absolue de ce nombre.

d. Quelle formule doit-on insérer dans la cellule D1 afin de calculer le gain ou la perte obtenu pour le premier lancer des deux dés ? Étendre cette formule afin de simuler 1 000 lancers.

> La fonction SI(test ; V1 ; V2) renvoie la valeur **V1** si la condition **test** est vraie et la valeur **V2** sinon.

e. En utilisant la fonction SOMME, calculer le gain moyen dans la cellule E1 après cette série de 1 000 parties.

On obtient finalement une feuille de calcul semblable à celle présentée ci-contre.

	A	B	C	D	E
1	3	6	3	1	-0,334
2	6	6	0	-1	
3	3	5	2	-1	
4	6	4	2	-1	
5	1	5	4	1	
6	6	4	2	-1	
7	3	2	1	-1	
8	1	2	1	-1	
9	1	2	1	-1	
10	1	2	1	-1	
11	[illegible]	[illegible]	[illegible]	[illegible]	

f. En actualisant votre feuille de calcul (souvent à l'aide de la touche F9), effectuer d'autres simulations de 1 000 parties. Ce jeu vous semble-t-il équitable ?

PARTIE B : Simulation avec Python

Dans cette partie, on se propose de réaliser 1 000 réalisations de ce jeu à l'aide d'un algorithme écrit en langage Python.

On présente ci-dessous un algorithme écrit en Python permettant de simuler n lancers.

```
1  import random
2  def jeu(n):
3      c=0
4      for i in range(n):
5          a=random.randint(1,6)
6          b=random.randint(1,6)
7          if abs(a-b)>=3:
8              c=c+1
9          else :
10             c=c-1
11     return(c/n)
```

a. Que contiennent les variables a et b ?

b. À quoi sert la ligne 4 ?

c. Que contient la variable c ?

d. Quel résultat permet de calculer la fonction jeu ?

e. Saisir et compiler cet algorithme, puis exécuter cette fonction plusieurs fois avec $n = 1000$.

Ce jeu vous semble-t-il équitable ?

PARTIE C : Étude théorique

On appelle X la variable aléatoire qui, à chaque lancer de deux dés, donne le gain (ou la perte) du joueur.

a. Quelles sont les valeurs possibles de X ?

b. Déterminer la loi de probabilité de la variable aléatoire X.

c. Calculer l'espérance $E(X)$.

d. Conclure.

PARTIE D : Modification des règles

Les deux questions sont indépendantes.

a. Si, dans la règle du jeu, la condition pour gagner un euro est désormais d'avoir un écart supérieur un égal à 2 entre les résultats des deux dés, ce jeu est-il à présent équitable ? (On pourra modifier une des deux simulations et adapter l'étude théorique).

b. On reprend la règle de base. Quel devrait être le gain du joueur (la perte restant inchangée) pour que ce jeu soit équitable ?

Pour entrer dans le chapitre

Parité d'une fonction

- Déterminer la **parité** d'une fonction c'est déterminer si cette fonction est paire, impaire ou ni l'un ni l'autre.
- Pour étudier la parité d'une fonction il est nécessaire que cette fonction soit définie sur un intervalle symétrique par rapport à zéro.

$f(-x) =$
- $f(x)$ .... f est une fonction paire
- $-f(x)$ .... f est une fonction impaire
- Autre expression..... f n'est ni paire ni impaire

- Dans un repère orthogonal, la représentation graphique d'une **fonction paire est symétrique par rapport à l'axe des ordonnées**, celle d'une **fonction impaire est symétrique par rapport à l'origine du repère**.

1 Étudier la parité des fonctions proposées :
- f_1 est définie sur $\mathbb{R}$ par $f_1(x) = 2x + 3$.
- f_2 est définie sur $\mathbb{R}$ par $f_2(x) = 3x^2 - 4$.
- f_3 est définie sur $\mathbb{R}^*$ par $f(x) = -\dfrac{5}{x}$.

2 Dans un repère, sont représentées les courbes représentatives des fonctions f, g et h. Avec la précision permise par le graphique, identifier les fonctions paires, impaires ou ni l'un ni l'autre.

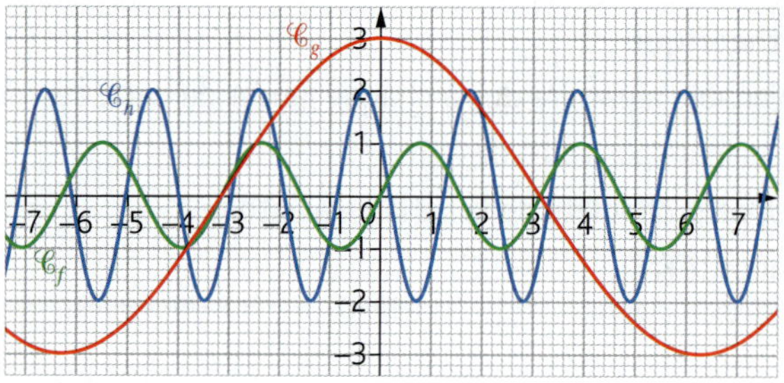

Trigonométrie dans un triangle rectangle

Dans un triangle rectangle, le cosinus et le sinus d'un angle aigu θ sont :

$$\cos(\theta) = \frac{\text{côté adjacent à l'angle } \theta}{\text{hypoténuse}} \text{ et } \sin(\theta) = \frac{\text{côté opposé à l'angle } \theta}{\text{hypoténuse}}$$

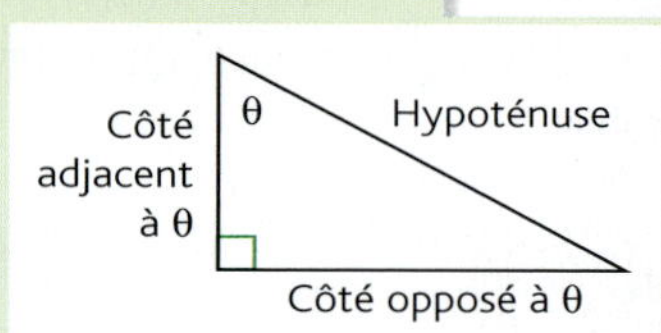

3 ABC est un triangle équilatéral de côté 1, déterminer sa hauteur CH en déduire $\cos(60°)$ et $\sin(60°)$.

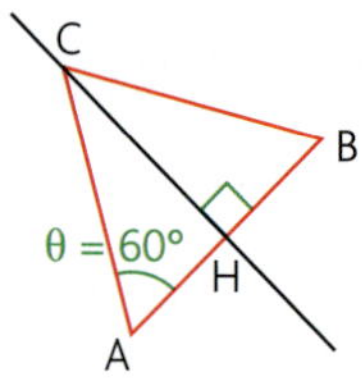

4 (O ; I, J) un repère orthonormé. A est un point du cercle de centre O et de rayon 1. B est un point de (OI) tel que le triangle OAB soit rectangle isocèle en B.

Calculer OB à l'aide du théorème de Pythagore, déterminer $\widehat{AOB}$ et en déduire la valeur exacte de $\cos(45°)$ et $\sin(45°)$.

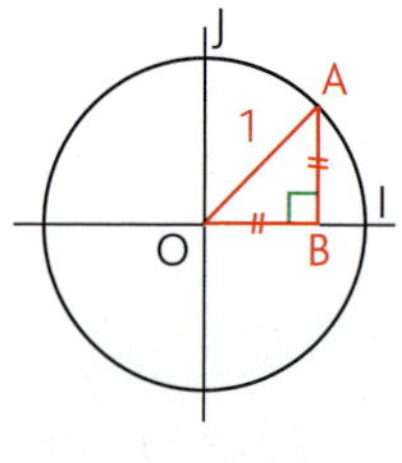

Trigonométrie

Focus métiers

Électronique Ingénierie
Recherche & Développement Robotique

La trigonométrie permet de mesurer des angles et des distances, elle est très utile en conception industrielle, en électronique ou en modélisation de structures.

Découvre le métier d'ingénieur en imagerie médicale
hachette-clic.fr/25mfls025

Automatismes du chapitre

ACTIVITÉ 1 L'accélérateur de particules : déplacements

Objectif Découvrir la nouvelle mesure du radian

LHR (Large Hadron Collider) du CERN (Conseil Européen pour la Recherche Nucléaire)

Un accélérateur de particules est un instrument qui utilise des champs électriques ou magnétiques pour amener des particules (électrons, protons) chargées électriquement à des vitesses proches de celle de la lumière. Un accélérateur de particules circulaire représenté par le schéma ci-contre a un rayon d'un kilomètre.

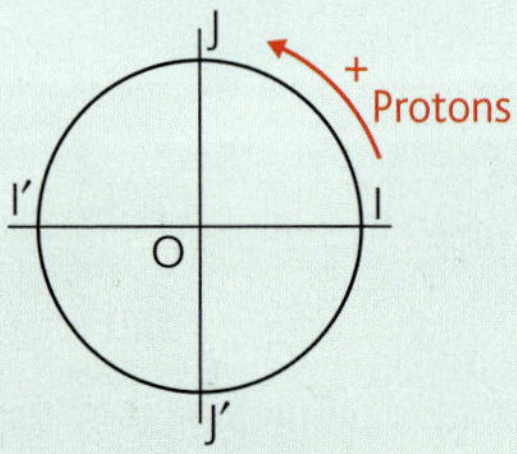

Les protons tournent dans le sens inverse des aiguilles d'une montre et les électrons dans l'autre sens.

1 Calculer les distances parcourues par un proton allant de I en J, de I en I′ puis de I en J′. Faire de même pour un électron.

Rappel Le périmètre d'un cercle de rayon r se calcule à l'aide de la formule : $2\pi r$.

2 Calculer les distances parcourues par un proton, puis par un électron lorsqu'ils auront parcouru, en partant de I, un huitième de tour, un sixième de tour et deux tiers de tour.

Cours p. 200

3 On note P la position du proton dans l'accélérateur. Quelle distance a parcouru un proton libéré du point I lorsque $\widehat{IOP} = 45°$, puis lorsque $\widehat{IOP} = 135°$?

4 À l'aide des questions précédentes, recopier et compléter le tableau ci-dessous :

$\widehat{IOP}$						45	135
$\overset{\frown}{IP}$	$\frac{\pi}{2}$	π	$\frac{3\pi}{2}$	$\frac{\pi}{3}$	$\frac{4\pi}{3}$		

Conjecturer une formule qui permet de passer de $\widehat{IOP}$ à $\overset{\frown}{IP}$ et inversement.

ACTIVITÉ 2 L'accélérateur de particules : énergie

Objectif Se familiariser avec les notions d'angle orienté et de mesure principale

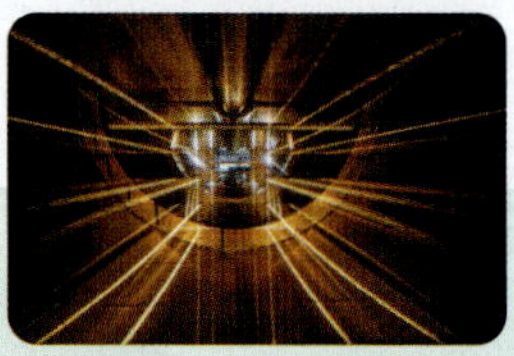

Avec l'accélérateur de particules de l'**Activité 1**, on souhaite connaître la position du proton (ou de l'électron) libéré du point I lorsqu'il a parcouru une certaine distance.
Après un tour complet, le proton aura emmagasiné une énergie de 1 eV (électron Volts) et un électron aura emmagasiné une énergie de –1 eV. On suppose que cette énergie s'acquière proportionnellement au chemin parcouru. On note P la position du proton et E celle de l'électron.

1 **a.** Quelle distance a parcouru le proton lorsque $\widehat{IOP} = 60°$, puis lorsque $\widehat{IOP} = 20°$?

b. Quelle distance a parcouru l'électron lorsque $\widehat{IOE} = 60°$, puis lorsque $\widehat{IOE} = 20°$?

c. Comment peut-on différencier $\widehat{IOP} = 60°$ par rapport à $\widehat{IOE} = 60°$?

2 **a.** Représenter le cercle trigonométrique. Placer le point P correspondant à la position d'un proton lorsque celui-ci aura parcouru $\frac{2\pi}{3}$ km. Quelle énergie aura-t-il emmagasinée ?

b. Reprendre la question précédente avec $\frac{8\pi}{3}$ km, puis $\frac{20\pi}{3}$ km.

3 **a.** Placer le point E, correspondant à la position de l'électron lorsque celui-ci aura parcouru $\frac{4\pi}{3}$ km. Quelle énergie aura-t-il emmagasinée ?

b. Reprendre la question précédente lorsque l'électron aura parcouru $\frac{16\pi}{3}$ km, puis $\frac{28\pi}{3}$ km.

Cours p. 200

3 ACTIVITÉ Retrouver le cosinus et le sinus Logiciel de géométrie

Objectif Manipuler les notions de cosinus et de sinus dans le cercle trigonométrique

Ouvrir un logiciel de géométrie dynamique.
Construire les points $O(0\,;0)$, $I(1\,;0)$, $J(0\,;1)$ et le cercle de centre O et de rayon 1.

1 **a.** Placer sur l'arc $\overset{\frown}{IJ}$ le point M_1 d'abscisse 0,5. Pour cela, construire la droite d'équation $x = 0{,}5$ et placer le point d'intersection de cette droite avec le cercle trigonométrique, qui se situe dans l'arc $\overset{\frown}{IJ}$. Afficher la mesure de l'angle $\widehat{IOM_1}$.

b. On note d la longueur de l'arc $\overset{\frown}{IM}$. Saisir dans le logiciel : `ArcCercle(O, I, M_1)`. Quel est le lien entre d et $\widehat{IOM_1}$?

c. Ouvrir le tableur, en A1 afficher l'abscisse de M_1 : `=x(M_1)`, en B1 afficher l'ordonnée de M_1 : `=y(M_1)`, en A2 afficher le cosinus de d : `=cos(d)` et en B2 afficher le sinus de d : `=sin(d)`. Que peut-on observer ?

d. Valider le résultat observé à l'aide de la trigonométrie dans le triangle rectangle.

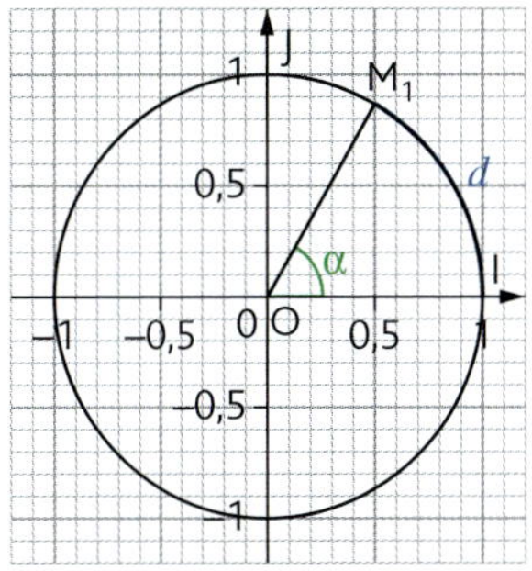

Rappel Dans un triangle rectangle ABC, rectangle en A :
$\cos(\widehat{ABC}) = \dfrac{AB}{BC}$ et $\sin(\widehat{ABC}) = \dfrac{AC}{BC}$.

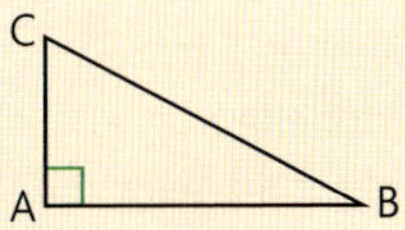

2 Reprendre la construction précédente, en remplaçant le point M_1 par un point libre M sur le cercle trigonométrique.

a. Quel est le lien entre $\widehat{IOM}$ et l'arc $\overset{\frown}{IM}$?

b. Déplacer le point M sur le cercle, que pouvez-vous observer dans le tableur ?

c. Quelle définition pouvez-vous conjecturer pour le cosinus ou le sinus d'un nombre réel ?

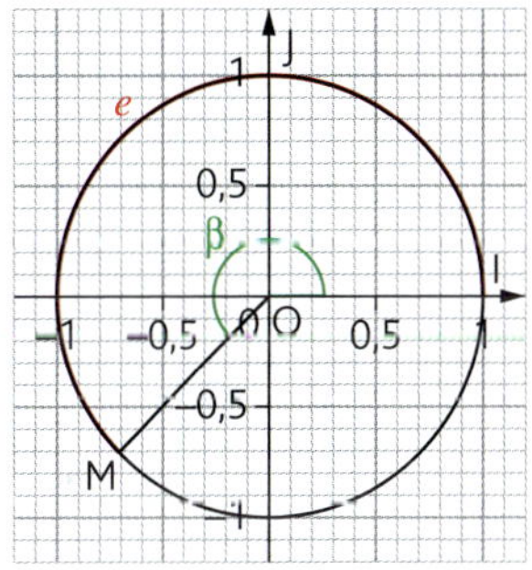

Cours p. 202

4 ACTIVITÉ Configuration du rectangle

Objectif Découvrir les formules des angles associés

Dans un repère orthonormé, on trace le cercle trigonométrique. Sur ce cercle, on place un point M tel que $(\overrightarrow{OI}, \overrightarrow{OM}) = x$. M_1 est le symétrique de M par rapport à l'axe des ordonnées, M_2 est le symétrique de M par rapport à O et M_3 est le symétrique de M par rapport à l'axe des abscisses.

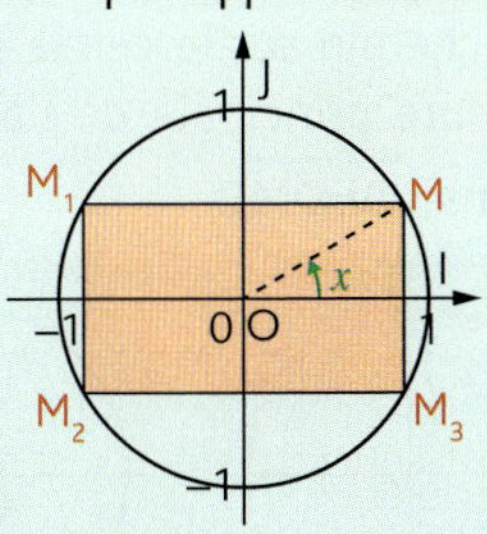

1 Donner les coordonnées de M en fonction de x.

2 Donner les coordonnées de M_1, M_2 et M_3 en fonction de celles de M obtenues au **1**.

3 Donner la mesure des angles orientés de vecteurs suivants :

$$(\overrightarrow{OI}, \overrightarrow{OM_1}),\ (\overrightarrow{OI}, \overrightarrow{OM_2}) \text{ et } (\overrightarrow{OI}, \overrightarrow{OM_3})$$

En déduire une nouvelle écriture des coordonnées des points M_1, M_2 et M_3.

4 En regroupant les valeurs obtenues aux questions **2** et **3**, quelles égalités obtenez-vous ?

Cours p. 202

Cours 1 Mesure d'un angle orienté

A Une nouvelle unité de mesure : le radian

Définitions

- Dans un repère orthonormé $(O ; \vec{i}, \vec{j})$, le cercle de centre O et de rayon 1, parcouru dans le sens inverse des aiguilles d'une montre est appelé cercle trigonométrique.
- Le sens inverse des aiguilles d'une montre est aussi appelé sens direct, sens positif ou sens trigonométrique.

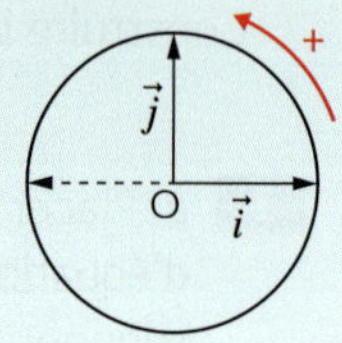

Propriété

Soit $(O ; \vec{i}, \vec{j})$ un repère orthonormé où $\overrightarrow{OI} = \vec{i}$ et $\overrightarrow{OJ} = \vec{j}$.

Sur le cercle trigonométrique, la longueur de l'arc $\overset{\frown}{IM}$ est proportionnelle à la mesure de l'angle $\widehat{IOM}$ exprimée en degrés.

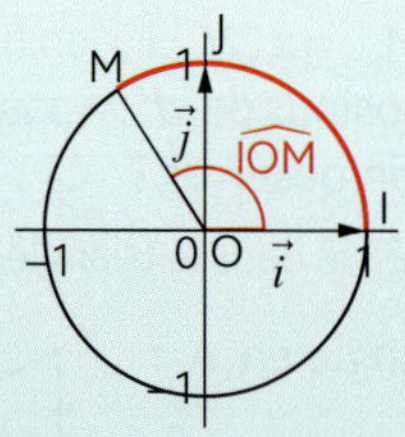

EXEMPLE

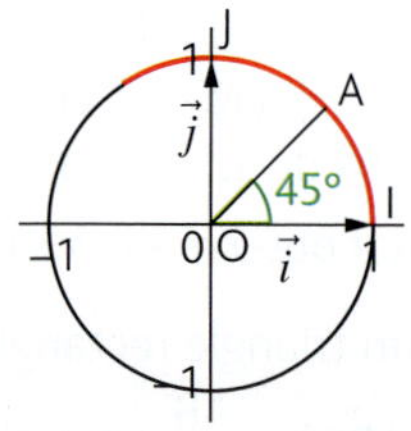

Le périmètre du cercle trigonométrique est de 2π et correspond à 360°.
L'angle au centre $\widehat{IOA} = 45°$, qui représente le huitième du cercle, et la longueur de l'arc $\overset{\frown}{IA}$ sont des **grandeurs proportionnelles**. $\overset{\frown}{IA} = \dfrac{2\pi}{8} = \dfrac{\pi}{4}$.

Définition et propriété

- Un radian (rad) est la mesure d'un angle qui intercepte un arc d'une longueur égale au rayon de ce cercle.
- Les mesures d'un angle en degrés et en radians sont proportionnelles.

Mesure en degré	30	45	60	90	180	360
Mesure en radian	$\frac{\pi}{6}$	$\frac{\pi}{4}$	$\frac{\pi}{3}$	$\frac{\pi}{2}$	π	2π

Degrés → radians : $\times \dfrac{\pi}{180}$; radians → degrés : $\times \dfrac{180}{\pi}$

EXEMPLE

La mesure d'un angle de 150 degrés correspond à une mesure de $\dfrac{5\pi}{6}$ radians : $150 \times \dfrac{\pi}{180} = \dfrac{5\pi}{6}$.

B Mesure principale

Définition

L'angle orienté de vecteurs, noté $(\overrightarrow{OA}, \overrightarrow{OB})$, est l'angle dont une mesure est $\widehat{AOB}$ lorsque l'on passe de A à B dans le sens direct, ou l'angle dont une mesure est $-\widehat{AOB}$ lorsqu'on passe de A à B dans le sens indirect.

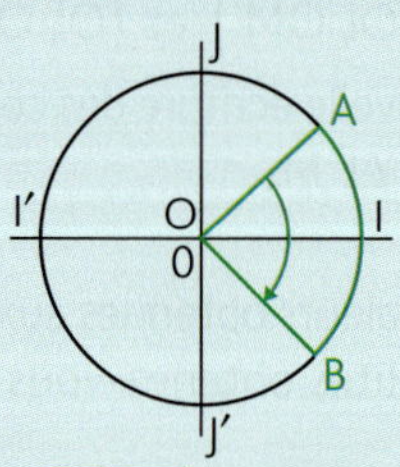

$(\overrightarrow{OA}, \overrightarrow{OB}) = -\widehat{AOB}$

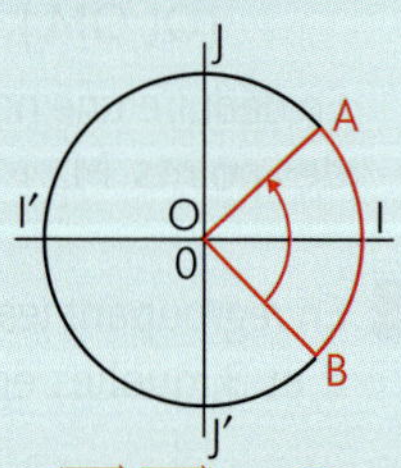

$(\overrightarrow{OA}, \overrightarrow{OB}) = \widehat{AOB}$

Définition et propriété

M est un point du cercle trigonométrique. Il existe une seule mesure de l'angle orienté de vecteurs $(\overrightarrow{OI}, \overrightarrow{OM})$ qui appartienne à l'intervalle $]-\pi ; \pi]$, cette mesure correspond au plus court chemin sur le cercle ; elle se nomme la mesure principale de l'angle orienté de vecteurs $(\overrightarrow{OI}, \overrightarrow{OM})$.

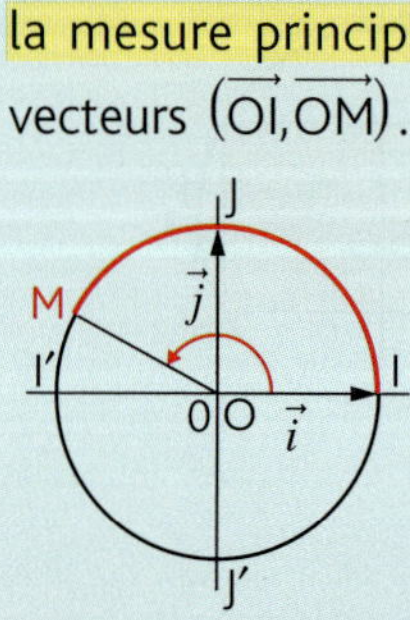

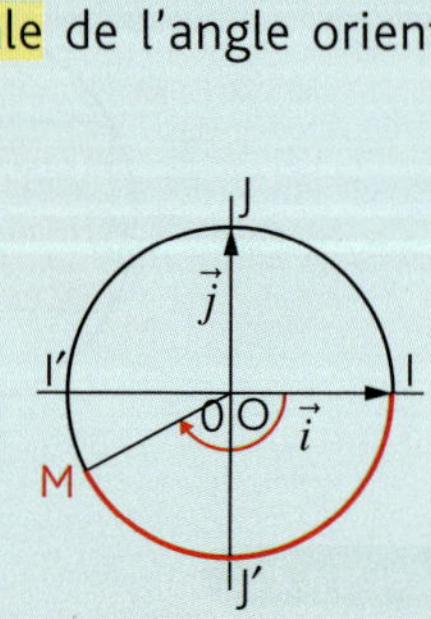

EXO 1 Effectuer des conversions de degré en radian et inversement

1. Déterminer la valeur exacte de la mesure en radians d'un angle dont une mesure est de 40 degrés.
2. Déterminer la mesure exacte de la mesure en degrés d'un angle dont une mesure est de $\frac{2\pi}{15}$ radians.

Méthode

1. Pour convertir une mesure d'un angle en degrés vers une mesure en radians, il suffit de multiplier la mesure en degrés par $\frac{\pi}{180}$.
2. Pour convertir une mesure d'un angle en radians en une mesure en degrés, il suffit de multiplier la mesure en radians par $\frac{180}{\pi}$.

Réponse

1. $40 \times \frac{\pi}{180} = \frac{2\pi}{9}$, d'où $40° = \frac{2\pi}{9}$ rad.
2. $\frac{2\pi}{15} \times \frac{180}{\pi} = 24$, d'où $\frac{2\pi}{15}$ rad $= 24°$.

Exercices 6 et 7 p. 211

EXO 2 Trouver des mesures d'angles orientés de vecteurs

Le cercle trigonométrique a été partagé en huit parts égales.
Donner une mesure positive et une mesure négative, en radians, des angles orientés de vecteurs suivants : $(\overrightarrow{OF}, \overrightarrow{OE})$ et $(\overrightarrow{OG}, \overrightarrow{OB})$.

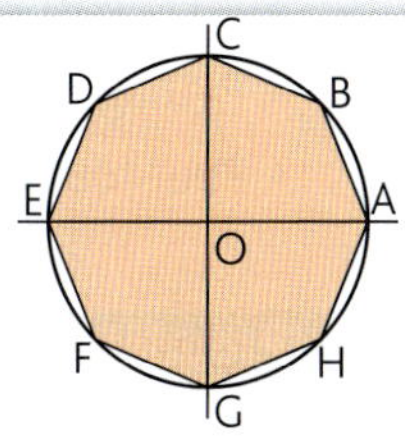

Méthode

1. Le cercle trigonométrique a été partagé en huit parts égales, donc chaque secteur correspond à $\frac{2\pi}{8} = \frac{\pi}{4}$.
2. Une mesure d'un angle orienté est comptée positivement si l'on passe du premier vecteur au second dans le sens inverse des aiguilles d'une montre, et comptée négativement dans le cas contraire.

Réponse

1. $(\overrightarrow{OA}, \overrightarrow{OB}) = (\overrightarrow{OB}, \overrightarrow{OC}) = (\overrightarrow{OC}, \overrightarrow{OD}) = (\overrightarrow{OD}, \overrightarrow{OE}) = (\overrightarrow{OE}, \overrightarrow{OF}) = (\overrightarrow{OF}, \overrightarrow{OG}) = (\overrightarrow{OG}, \overrightarrow{OH}) = (\overrightarrow{OH}, \overrightarrow{OA}) = \frac{\pi}{4}$
2. $(\overrightarrow{OF}, \overrightarrow{OE}) = -\frac{\pi}{4}$ ou $(\overrightarrow{OF}, \overrightarrow{OE}) = \frac{7\pi}{4}$ et $(\overrightarrow{OG}, \overrightarrow{OB}) = \frac{3\pi}{4}$ ou $(\overrightarrow{OG}, \overrightarrow{OB}) = -\frac{5\pi}{4}$.

Exercices 26 et 27 p. 212

EXO 3 Déterminer une mesure principale

Déterminer la mesure principale de $\frac{38\pi}{5}$.

Méthode

1. Effectuer la division euclidienne de 38 par 5.
2. Écrire 38 en utilisant le résultat de la division euclidienne et transformer $\frac{38\pi}{5}$ en un nombre entier de multiples de 2π plus un nombre de $]-\pi\,;\pi]$.

Réponse

1. $38 = 5 \times 7 + 3$, avec $0 \leqslant 3 < 5$.
$\frac{38\pi}{5} = \frac{5 \times 7\pi + 3\pi}{5} = 7\pi + \frac{3\pi}{5} = 8\pi - \pi + \frac{3\pi}{5}$
$= 8\pi - \frac{5\pi}{5} + \frac{3\pi}{5} = 8\pi - \frac{2\pi}{5}$
2. 8π correspond à 4 tours de cercle, $-\pi < -\frac{2\pi}{5} \leqslant \pi$. La mesure principale de $\frac{38\pi}{5}$ est $-\frac{2\pi}{5}$.

Exercices 19 et 24 p. 212

Cours 2 Cosinus et sinus d'un nombre réel

A Définitions et valeurs remarquables

Définitions

Soit x un nombre réel et soit M le point-image de x sur le cercle trigonométrique, dans le repère orthonormé $(O ; \vec{i}, \vec{j})$.

- L'abscisse de M est appelée le cosinus de x, noté $\cos(x)$.
- L'ordonnée de M est appelée le sinus de x, noté $\sin(x)$.
- M a pour coordonnées $(\cos(x) ; \sin(x))$.

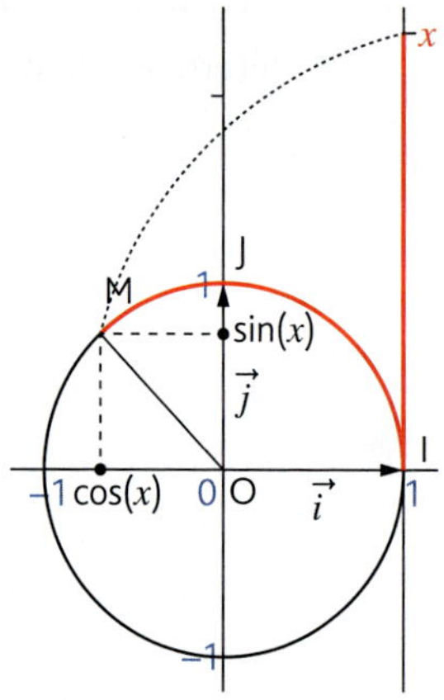

EXEMPLE

Le réel $\frac{\pi}{2}$ a pour image le point J(0 ; 1) donc $\cos\left(\frac{\pi}{2}\right) = 0$ et $\sin\left(\frac{\pi}{2}\right) = 1$.

Propriété

Pour tout réel x :

- $-1 \leqslant \cos(x) \leqslant 1$ et $-1 \leqslant \sin(x) \leqslant 1$
- Pythagore : $\cos^2(x) + \sin^2(x) = 1$
- Pour tout réel k, $\cos(x + 2k\pi) = \cos(x)$ et $\sin(x + 2k\pi) = \sin(x)$

Propriété

Valeurs remarquables :

x	0	$\frac{\pi}{6}$	$\frac{\pi}{4}$	$\frac{\pi}{3}$	$\frac{\pi}{2}$	π
$\cos(x)$	1	$\frac{\sqrt{3}}{2}$	$\frac{\sqrt{2}}{2}$	$\frac{1}{2}$	0	-1
$\sin(x)$	0	$\frac{1}{2}$	$\frac{\sqrt{2}}{2}$	$\frac{\sqrt{3}}{2}$	1	0

B Angles associés

Propriété

Pour tout réel x :

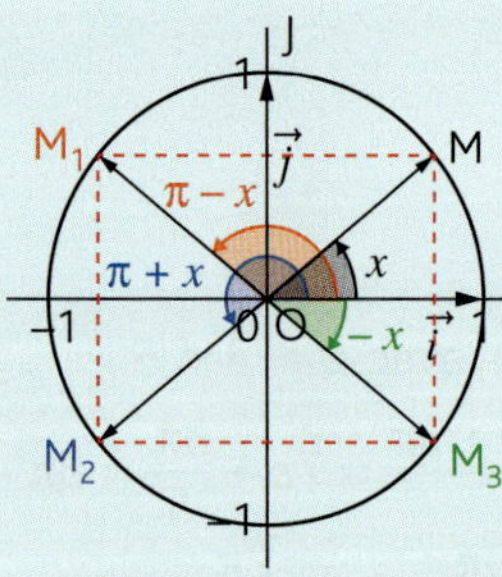

$\cos(-x) = \cos(x)$
$\sin(-x) = -\sin(x)$

$\cos(\pi - x) = -\cos(x)$
$\sin(\pi - x) = \sin(x)$

$\cos(\pi + x) = -\cos(x)$
$\sin(\pi + x) = -\sin(x)$

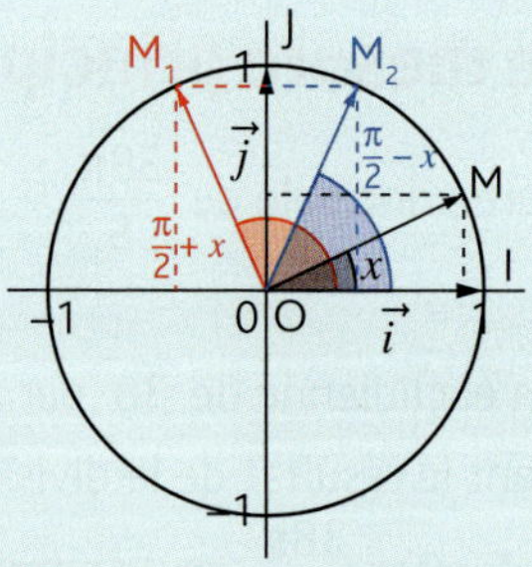

$\cos\left(\frac{\pi}{2} + x\right) = -\sin(x)$

$\sin\left(\frac{\pi}{2} + x\right) = \cos(x)$

$\cos\left(\frac{\pi}{2} - x\right) = \sin(x)$

$\sin\left(\frac{\pi}{2} - x\right) = \cos(x)$

EXEMPLES

$\cos\left(\frac{5\pi}{6}\right) = \cos\left(\pi - \frac{\pi}{6}\right) = -\cos\left(\frac{\pi}{6}\right) = -\frac{\sqrt{3}}{2}$ et $\sin\left(\frac{5\pi}{6}\right) = \sin\left(\pi - \frac{\pi}{6}\right) = \sin\left(\frac{\pi}{6}\right) = \frac{1}{2}$

EXO 4 Déterminer un sinus ou un cosinus en s'appuyant sur le cercle trigonométrique

a. Déterminer $\sin(x)$ sachant que $\cos(x) = 0{,}4$ et $\pi < x < \dfrac{3\pi}{2}$.

b. Déterminer $\cos(x)$ sachant que $\sin(x) = -0{,}5$ et $-\dfrac{\pi}{2} < x < 0$.

Méthode

1. Utiliser la formule de Pythagore dans le cercle trigonométrique : $\cos^2(x) + \sin^2(x) = 1$.
2. Utiliser le signe de $\cos(x)$ et $\sin(x)$ par lecture du cercle trigonométrique :

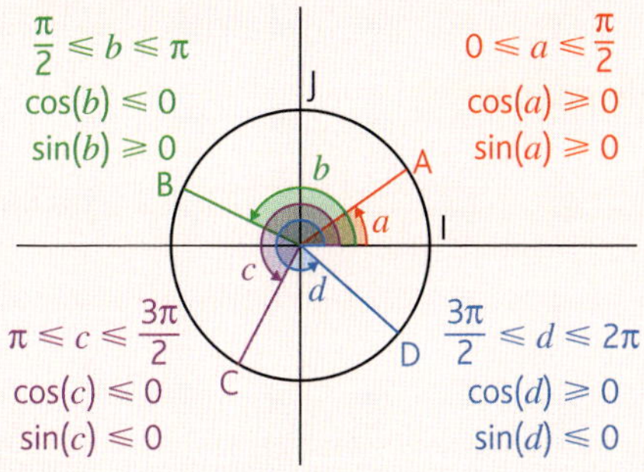

ou

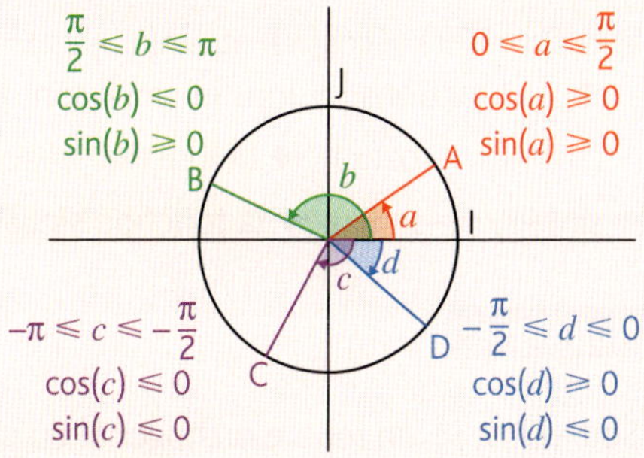

Réponse a.

1. $\cos^2(x) + \sin^2(x) = 1$
$\Leftrightarrow \sin^2(x) = 1 - 0{,}4^2 \Leftrightarrow \sin^2(x) = 0{,}84$
$\Leftrightarrow \sin(x) = \sqrt{0{,}84}$ ou $\sin(x) = -\sqrt{0{,}84}$
2. $\pi < x < \dfrac{3\pi}{2}$ donc $\sin(x) \leqslant 0$
d'où $\sin(x) = -\sqrt{0{,}84}$.

Réponse b.

1. $\cos^2(x) + \sin^2(x) = 1$
$\Leftrightarrow \cos^2(x) = 1 - (-0{,}5)^2 \Leftrightarrow \cos^2(x) = 0{,}75$
$\Leftrightarrow \cos(x) = \sqrt{0{,}75}$ ou $\cos(x) = -\sqrt{0{,}75}$
2. $-\dfrac{\pi}{2} < x < 0$ donc $\cos(x) \geqslant 0$
d'où $\cos(x) = \sqrt{0{,}75}$.

Exercices 36 et 37 p. 213

EXO 5 Utiliser les relations des angles associés

Déterminer la valeur exacte de $\cos\left(\dfrac{2\pi}{3}\right)$ et $\sin\left(\dfrac{4\pi}{3}\right)$.

Méthode

1. Utiliser les formules des angles associées : $\cos(\pi - x) = -\cos(x)$ et $\sin(\pi + x) = -\sin(x)$.
2. Utiliser les valeurs des angles remarquables.

Réponse

1. • $\dfrac{2\pi}{3} = \pi - \dfrac{\pi}{3}$ donc $\cos\left(\dfrac{2\pi}{3}\right) = \cos\left(\pi - \dfrac{\pi}{3}\right) = -\cos\left(\dfrac{\pi}{3}\right)$
• $\dfrac{4\pi}{3} = \pi + \dfrac{\pi}{3}$ donc $\sin\left(\dfrac{4\pi}{3}\right) = \sin\left(\pi + \dfrac{\pi}{3}\right) = -\sin\left(\dfrac{\pi}{3}\right)$
2. • $\cos\left(\dfrac{2\pi}{3}\right) = -\cos\left(\dfrac{\pi}{3}\right) = -\dfrac{1}{2}$
• $\sin\left(\dfrac{4\pi}{3}\right) = -\sin\left(\dfrac{\pi}{3}\right) = -\dfrac{\sqrt{3}}{2}$

Exercices 48 et 55 p. 213-214

Cours 3 Fonctions circulaires sinus et cosinus

A Étude des fonctions trigonométriques

Définitions

- Une fonction f définie sur $\mathbb{R}$ est périodique de période T, où $T \in \mathbb{R}^*$, si et seulement si, pour tout réel x, $f(x+T) = f(x)$.
- La représentation graphique des fonctions sinus et cosinus s'appelle une sinusoïde.

Propriétés

Pour tout réel x :

- $\cos(x+2\pi) = \cos(x)$ et $\sin(x+2\pi) = \sin(x)$
  ➜ les fonctions cosinus et sinus sont périodiques de période 2π.
- $\cos(-x) = \cos(x)$ ➜ la fonction cosinus est paire.
- $\sin(-x) = -\sin(x)$ ➜ la fonction sinus est impaire.

Propriétés

Soit $(O\,;\vec{i},\vec{j})$ un repère orthogonal du plan :

- La représentation graphique de la fonction cosinus est invariante par translation de vecteur $2\pi\vec{i}$ et est symétrique par rapport à l'axe des ordonnées.
- La représentation graphique de la fonction sinus invariante par translation de vecteur $2\pi\vec{i}$ et est symétrique par rapport à l'origine O du repère.
- $\cos(x) = \sin\left(x+\dfrac{\pi}{2}\right)$: la courbe représentative de la fonction cosinus se déduit de celle de la fonction sinus par une translation de vecteur $-\dfrac{\pi}{2}\vec{i}$.

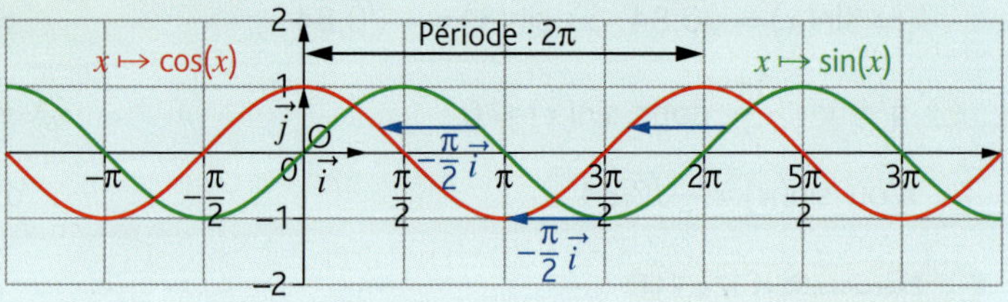

B Résolution d'équations

Savoir-faire 1

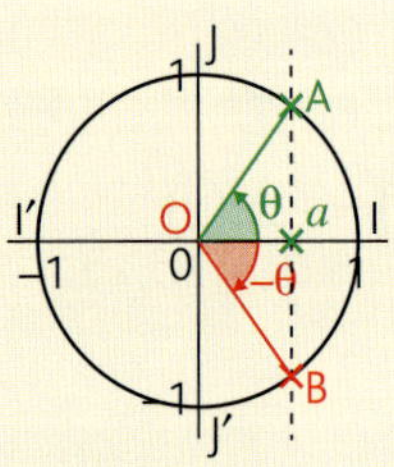

Résoudre dans $\mathbb{R}$: $\cos(x) = a$:

- Si $a > 1$ ou $a < -1$: pas de solution.
- Si $a = 1$, alors $x = 0 + 2k\pi$, $k \in \mathbb{Z}$.
- Si $a = -1$, alors $x = \pi + 2k\pi$, $k \in \mathbb{Z}$.
- Si $-1 < a < 1$, soit θ le réel de $[0\,;\,\pi]$ tel que $\cos(\theta) = a$, alors $x = \theta + 2k\pi$ ou $x = -\theta + 2k\pi$, $k \in \mathbb{Z}$.

Savoir-faire 2

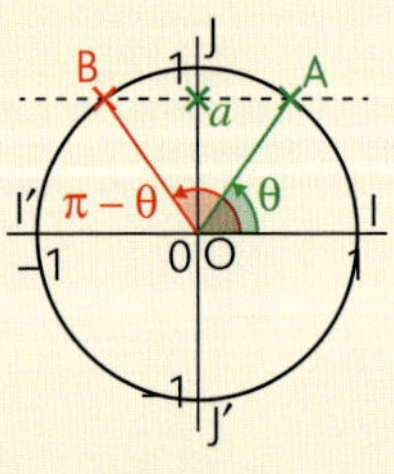

Résoudre dans $\mathbb{R}$: $\sin(x) = a$:

- Si $a > 1$ ou $a < -1$: pas de solution.
- Si $a = 1$ alors $x = \dfrac{\pi}{2} + 2k\pi$, $k \in \mathbb{Z}$.
- Si $a = -1$ alors $x = -\dfrac{\pi}{2} + 2k\pi$, $k \in \mathbb{Z}$.
- Si $-1 < a < 1$, soit θ le réel de $\left[-\dfrac{\pi}{2}\,;\,\dfrac{\pi}{2}\right]$ tel que $\sin(\theta) = a$, alors $x = \theta + 2k\pi$ ou $x = \pi - \theta + 2k\pi$, $k \in \mathbb{Z}$.

6 EXO Déterminer graphiquement une période

Avec la précision permise par le graphique, déterminer la période des fonctions f et g dont une représentation graphique est donnée ci-contre :

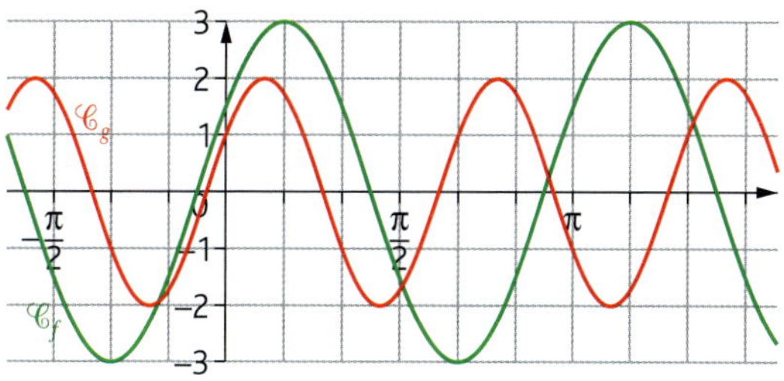

Méthode

Il suffit de repérer **la plus petite valeur positive** T telle que le graphique se répète identiquement.

Réponse

La période de f est $T = \pi$, celle de g est $T = \frac{2\pi}{3}$.

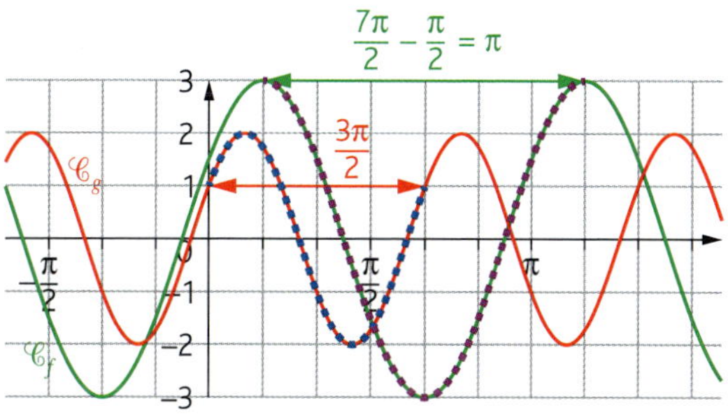

Exercices 62 et 63 p. 214

7 EXO Résoudre $\cos(x) = a$

Résoudre dans $\mathbb{R}$: $\cos(x) = \frac{1}{2}$.

Méthode

1. Distinguer les éventuelles solutions en fonction de la valeur de a.
2. Si l'équation admet des solutions, déterminer, **à l'aide des valeurs remarquables et des propriétés du cosinus**, une valeur particulière θ, de $[0 ; \pi]$, telle que $\cos(\theta) = a$.
3. Conclure en fonction de l'intervalle de résolution.

Réponse

1. Ici $-1 < \frac{1}{2} < 1$, car $a = \frac{1}{2}$, donc $\cos(x) = \frac{1}{2}$ possède deux solutions.
2. On sait que $\cos\left(\frac{\pi}{3}\right) = \frac{1}{2}$.
3. Donc les solutions dans $\mathbb{R}$ sont $x = \frac{\pi}{3} + 2k\pi$ ou $x = -\frac{\pi}{3} + 2k\pi$ où $k \in \mathbb{Z}$.

Exercice 71 p. 215

8 EXO Résoudre $\sin(x) = a$

Résoudre dans $[0 ; 2\pi[$: $\sin(x) = -\frac{1}{2}$.

Méthode

1. On distingue les éventuelles solutions en fonction de la valeur de a.
2. Si l'équation admet des solutions, on détermine, à l'aide des valeurs remarquables et des propriétés du sinus, une valeur particulière θ, de $\left[-\frac{\pi}{2} ; \frac{\pi}{2}\right]$, telle que $\sin(\theta) = a$.
3. Conclure en fonction de l'intervalle de résolution.

Réponse

1. Ici $-1 < -\frac{1}{2} < 1$, car $a = -\frac{1}{2}$, donc $\sin(x) = -\frac{1}{2}$ possède deux solutions.
2. On sait que $\sin\left(-\frac{\pi}{6}\right) = -\frac{1}{2}$.
3. Donc les solutions dans $[0 ; 2\pi[$ sont $x = -\frac{\pi}{6} + 2\pi = \frac{11\pi}{6}$ ou $x = \pi + \frac{\pi}{6} = \frac{7\pi}{6}$.

Exercice 72 p. 215

Cours 4 Fonctions sinusoïdales de la forme : $t \mapsto \text{A}\cos(\omega t + \varphi)$ et $t \mapsto \text{A}\sin(\omega t + \varphi)$

En physique de nombreux phénomènes peuvent être modélisés par des **signaux sinusoïdaux** c'est-à-dire dont l'expression, en fonction du temps t, est de la forme $t \mapsto \text{A}\cos(\omega t + \varphi)$ ou $t \mapsto \text{A}\sin(\omega t + \varphi)$. Ces phénomènes se retrouvent dans l'étude des ondes sonores et ultrasonores, dans l'étude de propagation dans différents milieux ou encore dans l'étude de l'énergie électrique.

Définitions

- Une fonction sinusoïdale a une expression de la forme : $t \mapsto \text{A}\cos(\omega t + \varphi)$ et $t \mapsto \text{A}\sin(\omega t + \varphi)$.
- A est un réel positif qui représente l'amplitude du signal, c'est la valeur maximale prise par la fonction. Elle se nomme aussi valeur de crête. La valeur crête-à-crête est égale à 2A.
- $(\omega t + \varphi)$ est la phase instantanée, avec :
  - ω : la pulsation, un réel qui s'exprime en radians par seconde (rad.s^{-1}) ;
  - φ : un réel qui représente la phase à l'origine, c'est-à-dire la phase à l'instant $t = 0$.
    φ est donnée sous forme de mesure principale. Elle s'exprime en radians (rad).

Propriétés

- Les fonctions sinusoïdales sont périodiques de période $\text{T} = \dfrac{2\pi}{\omega}$, T s'exprime en secondes.
- La fréquence f, qui correspond au nombre de périodes par unité de temps est $f = \dfrac{1}{\text{T}}$, elle s'exprime en Herz (Hz).
- La fréquence, la pulsation et la période sont liées par la formule : $\omega = \dfrac{2\pi}{\text{T}} = 2\pi f$.

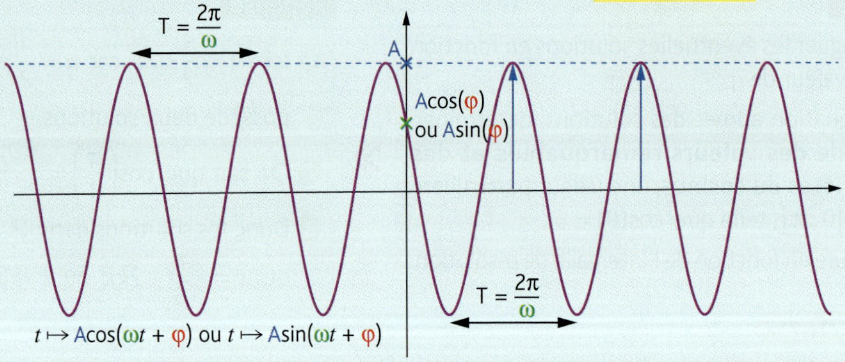

EXEMPLE

Sur un écran d'oscilloscope, on obtient la tension aux bornes d'une bobine : $u(t) = \text{A}\sin(\omega t + \varphi)$.

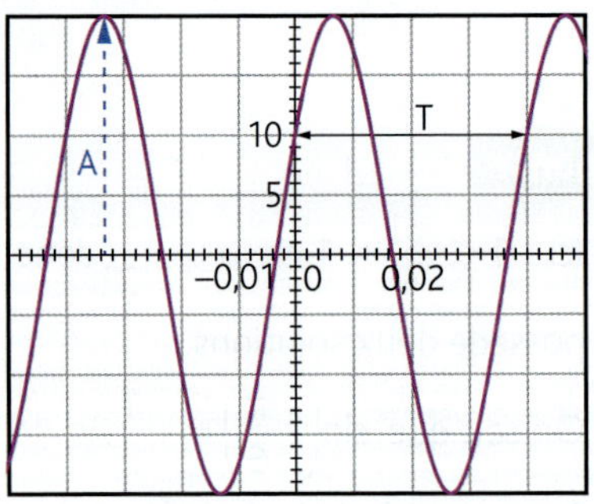

- La valeur de crête est $\text{A} = 20$.
- La période est $\text{T} = 0{,}04$ donc $\omega = \dfrac{2\pi}{\text{T}} = 50\pi$.
- La phase à l'origine φ vérifie :
  $20\sin(\varphi) = 10 \Leftrightarrow \sin(\varphi) = \dfrac{1}{2}$ donc $\varphi = \dfrac{\pi}{6}$ ou $\varphi = \dfrac{5\pi}{6}$.
- $u\left(\dfrac{\text{T}}{4}\right) = u(0{,}01) = 20\sin\left(\dfrac{\pi}{2} + \varphi\right) = -20\cos(\varphi)$.
  $u(0{,}01) > 0$ donc $\cos(\varphi) < 0$, d'où $\varphi = \dfrac{5\pi}{6}$
- Donc $u(t) = 20\cos\left(50\pi t + \dfrac{5\pi}{6}\right)$.

9 EXO Déterminer les éléments caractéristiques d'un signal sinusoïdal à partir de son expression

Déterminer l'amplitude, la période, la phase à l'origine de $u(t) = 0{,}05\sin\left(3t - \frac{\pi}{5}\right)$ où $t \in \mathbb{R}$.

Méthode

Dans une expression du type $\mathrm{A}\sin(\omega t + \varphi)$, l'amplitude est A, la période est $\mathrm{T} = \frac{2\pi}{\omega}$ et la phase à l'origine est φ.

Réponse

L'amplitude est $\mathrm{A} = 0{,}05$. Comme $\omega = 3$ alors la période est $\mathrm{T} = \frac{2\pi}{3}$. La phase à l'origine est $\varphi = -\frac{\pi}{5}$.

Exercice 98 p. 217

10 EXO Lire graphiquement la période, l'amplitude et la phase à l'origine d'un signal sinusoïdal de la forme $t \mapsto \mathrm{A}\cos(\omega t + \varphi)$

Déterminer l'amplitude, la période et la phase à l'origine, du signal dont une représentation graphique est donnée ci-dessous :

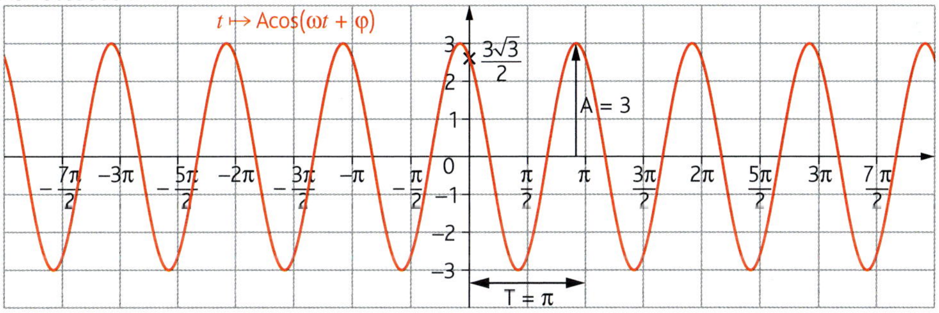

Méthode

① L'amplitude, A correspond au maximum de la fonction. La période est le plus petit réel T positif tel que $f(\mathrm{T} + t) = f(t)$ pour tout réel t. C'est la longueur d'un motif élémentaire. On en déduit la pulsation $\omega = \frac{2\pi}{\mathrm{T}}$.

② La phase à l'origine φ se détermine à l'aide d'une valeur de t pour laquelle l'image se lit facilement. Puis on résout une équation du type $\cos(x) = a$ pour déterminer φ, sachant que $\varphi \in \left]-\pi ; \pi\right]$. Si on obtient deux valeurs pour φ, on utilise le signe de l'image de $\frac{\mathrm{T}}{4}$ par la fonction $t \mapsto \mathrm{A}\cos(\omega t + \varphi)$.

Réponse

① $\mathrm{A} = 3$ et $\mathrm{T} = \pi$ donc $\omega = \frac{2\pi}{\pi} = 2$.

② L'expression de la fonction cherchée est de la forme $f(t) = 3\cos(2t + \varphi)$ donc $f(0) = 3\cos(\varphi)$ or, par lecture graphique, $f(0) = \frac{3\sqrt{3}}{2}$ d'où $3\cos(\varphi) = \frac{3\sqrt{3}}{2} \Leftrightarrow \cos(\varphi) = \frac{\sqrt{3}}{2}$.

Donc $\varphi = \frac{\pi}{6}$ ou $\varphi = -\frac{\pi}{6}$.

$f\left(\frac{\mathrm{T}}{4}\right) = f\left(\frac{\pi}{4}\right) = 3\cos\left(2 \times \frac{\pi}{4} + \varphi\right) = 3\cos\left(\frac{\pi}{2} + \varphi\right) = -3\sin(\varphi)$

Comme $f\left(\frac{\pi}{4}\right) < 0$ alors $\varphi > 0$ donc $\varphi = \frac{\pi}{6}$. $f(t) = 3\cos\left(2t + \frac{\pi}{6}\right)$.

Exercices 91 et 95 p. 217

L'essentiel

Je retiens

1. 2. Cosinus, sinus et mesure d'un angle orienté

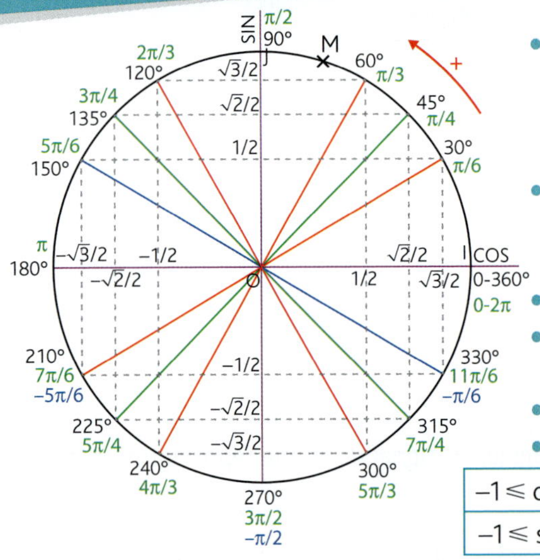

- Dans un repère orthonormé du plan (O ; I, J), le cercle trigonométrique est le cercle de centre O et de rayon 1, orienté dans le sens inverse des aiguilles d'une montre.
- Soit M un point du cercle trigonométrique, tel que $\widehat{IOM} = x°$ et $\overset{\frown}{IM} = a$, alors une mesure en radians de $\widehat{IOM}$ est a rad.
- π rad = 180°
- La mesure principale de $(\overrightarrow{OI} ; \overrightarrow{OM})$ est l'unique mesure qui appartient à $]-\pi ; \pi]$.
- M a pour coordonnées $(\cos(x) ; \sin(x))$.
- Pour $x \in \mathbb{R}$ et $k \in \mathbb{Z}$:

$-1 \leqslant \cos(x) \leqslant 1$	$\cos(x + 2k\pi) = \cos(x)$	$\cos^2(x) + \sin^2(x) = 1$
$-1 \leqslant \sin(x) \leqslant 1$	$\sin(x + 2k\pi) = \sin(x)$	

Angles associés

$\cos(-x) = \cos(x)$	$\cos(\pi - x) = -\cos(x)$	$\cos(\pi + x) = -\cos(x)$	$\cos\left(\frac{\pi}{2} - x\right) = \sin(x)$	$\cos\left(\frac{\pi}{2} + x\right) = -\sin(x)$
$\sin(-x) = -\sin(x)$	$\sin(\pi - x) = \sin(x)$	$\sin(\pi - x) = -\sin(x)$	$\sin\left(\frac{\pi}{2} - x\right) = \cos(x)$	$\sin\left(\frac{\pi}{2} + x\right) = \cos(x)$

3. Fonctions circulaires cosinus et sinus

Les fonctions $x \mapsto \cos(x)$ et $x \mapsto \sin(x)$ sont périodiques de période 2π : leur représentation graphique est invariante par translation de vecteur $2\pi\overrightarrow{OI}$.

- La fonction $x \mapsto \cos(x)$ est paire, sa représentation graphique est symétrique par rapport à l'axe des ordonnées.
- La fonction $x \mapsto \sin(x)$ est impaire, sa représentation graphique est symétrique par rapport à O, l'origine du repère.

Résoudre une équation de type $\cos(x) = a$ ou $\sin(x) = a$

Avec $a \in \mathbb{R}$ et $k \in \mathbb{Z}$

Valeurs de a	$\cos(x) = a$	$\sin(x) = a$
$a < -1$ ou $a > 1$	Pas de solution	
$a = -1$	$x = \pi + 2k\pi$	$x = -\frac{\pi}{2} + 2k\pi$
$a = 1$	$x = 0$	$x = \frac{\pi}{2} + 2k\pi$
$-1 \leqslant a \leqslant 1$	2 solutions : • $x = \theta + 2k\pi$ • ou $x = -\theta + 2k\pi$, où $\theta \in [0 ; \pi[$ tel que $\cos(\theta) = a$	2 solutions : • $x = \theta + 2k\pi$ • ou $x = \pi - \theta + 2k\pi$, où $\theta \in \left]-\frac{\pi}{2} ; \frac{\pi}{2}\right[$ tel que $\sin(\theta) = a$

Je me teste

QCM interactif et auto-corrigé
hachette-clic.fr/25mfls026

Je me prépare à une évaluation

Je maîtrise les angles orientés, les équations trigonométriques et les relations des angles associés

CHALLENGE EN CLASSE OU À LA MAISON

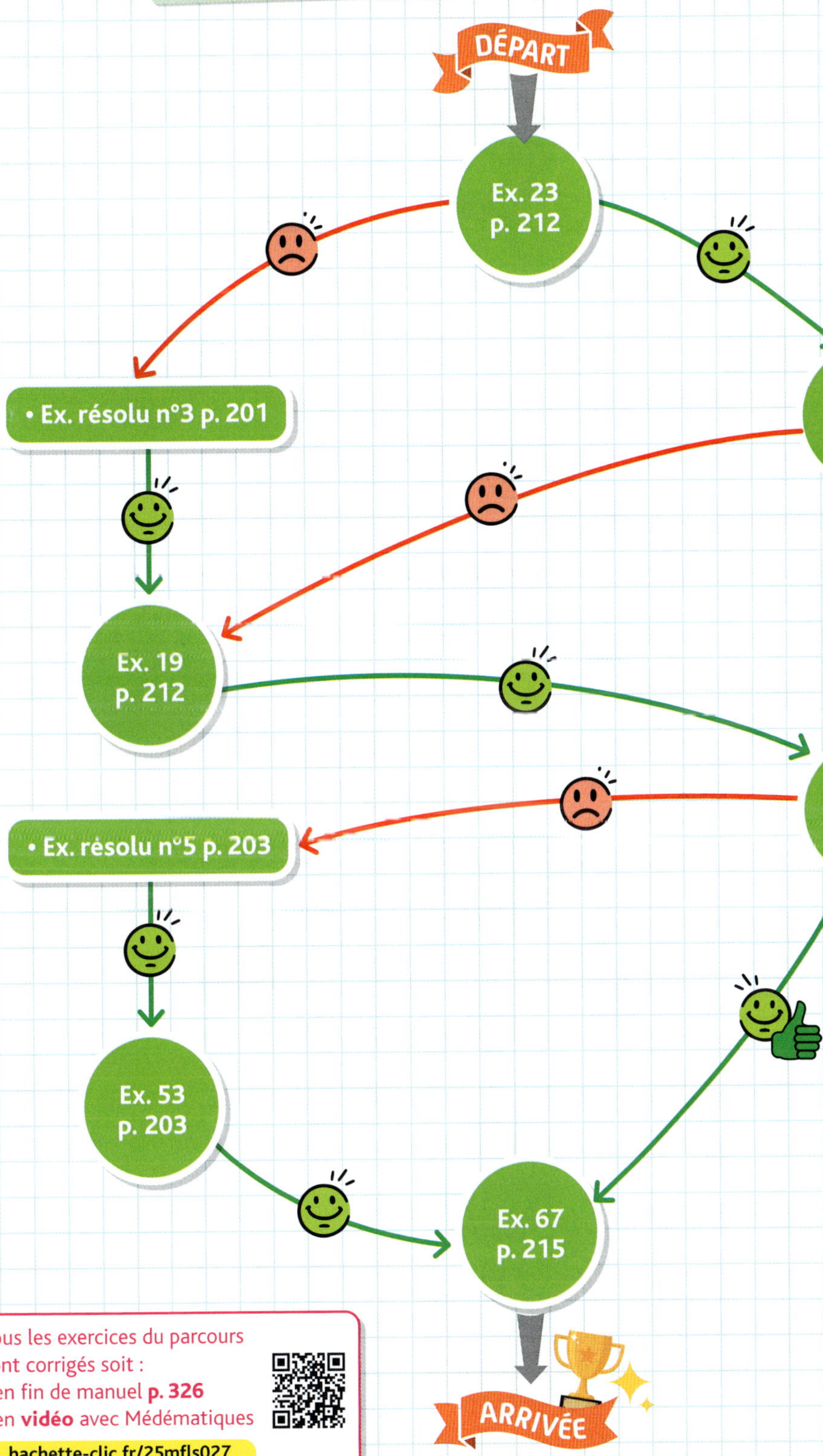

Tous les exercices du parcours sont corrigés soit :
- en fin de manuel **p. 326**
- en **vidéo** avec Médématiques

hachette-clic.fr/25mfls027

Je me prépare à une évaluation

Je maîtrise les fonctions sinusoïdales

CHALLENGE EN CLASSE OU À LA MAISON

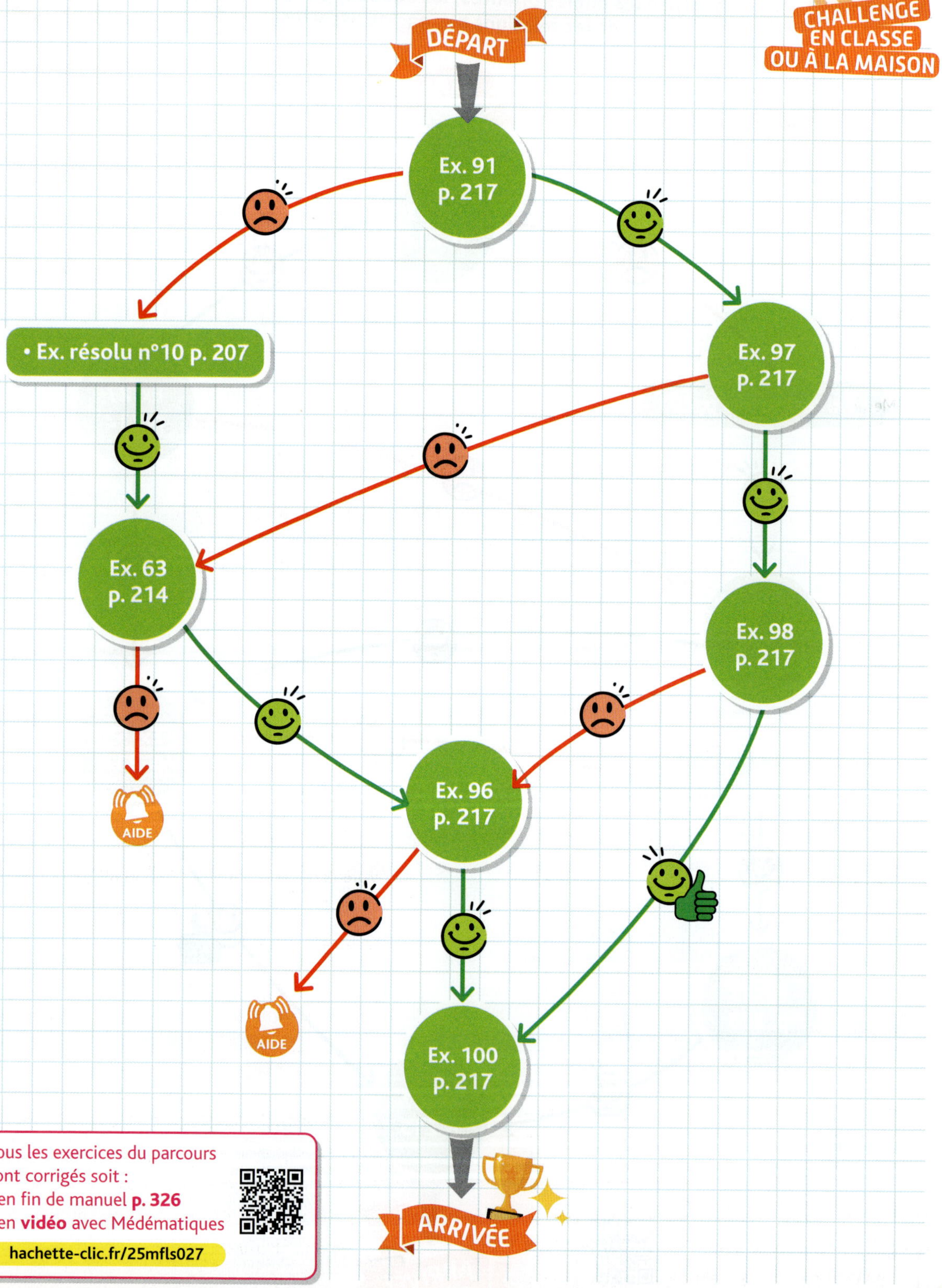

Tous les exercices du parcours sont corrigés soit :
- en fin de manuel **p. 326**
- en **vidéo** avec Médématiques

hachette-clic.fr/25mfls027

Les exercices roses sont corrigés :
• en fin de manuel **p. 326** ou • en **vidéo** avec Médématiques **hachette-clic.fr/25mfls027**

1 Mesure d'un angle orienté

Questions flash

1 Quelle est la mesure en radians de l'angle nul ? de l'angle droit ? de l'angle plat ?

2 Quelle mesure en degrés correspond à celle d'un angle mesurant $\frac{\pi}{6}$ radians ? $\frac{2\pi}{3}$ radians ? $\frac{5\pi}{4}$ radians ?

3 Donner la mesure principale d'un angle mesurant $\frac{25\pi}{3}$ radians.

4 Donner la mesure principale d'un angle mesurant $\frac{31\pi}{4}$ radians.

La mesure d'un angle en radians est proportionnelle à sa mesure en degrés.

Mesure en degrés $\xrightarrow{\times \frac{\pi}{180}}$ Mesure en radians

Mesure en radians $\xrightarrow{\times \frac{180}{\pi}}$ Mesure en degrés

5 Convertir les mesures des angles suivants en degrés :

a. $\frac{\pi}{12}$ rad b. $\frac{\pi}{5}$ rad c. $\frac{2\pi}{7}$ rad

6 Convertir les mesures des angles suivants en degrés (arrondir à l'unité près) :

a. 0,314 rad b. 1,75 rad c. 7,35 rad

7 Donner une mesure en radian des angles suivants :

a. 120° b. 15° c. 72°

8 Donner l'arrondi au millième de la mesure en radian des angles suivants :

a. 95° b. 135° c. 275°

9 Tableur La fonction PI( ) d'un tableur renvoie une valeur approchée de π.

a. Quelle formule doit-on saisir dans la cellule B3 pour obtenir la mesure de l'angle en radians ?

b. Compléter le tableau ci-contre.

	A	B
1-2	**Mesure en degrés**	**Mesure en radians**
3	16	
4	24	
5	33	
6	40	
7	64	
8	86	
9	172	

Dans les exercices 10 et 11, placer les points associés aux réels suivants sur un cercle trigonométrique.

10 $A\left(\frac{\pi}{6}\right)$; $B\left(\frac{\pi}{3}\right)$; $C\left(\frac{\pi}{2}\right)$; $D(\pi)$; $E\left(\frac{\pi}{4}\right)$; $F\left(\frac{5\pi}{6}\right)$

11 $G\left(\frac{3\pi}{4}\right)$; $H\left(\frac{4\pi}{3}\right)$; $K\left(\frac{3\pi}{2}\right)$; $L\left(-\frac{\pi}{6}\right)$; $M\left(-\frac{2\pi}{3}\right)$; $N\left(\frac{5\pi}{3}\right)$

12 On considère une horloge.
On appelle O le centre de l'horloge, A l'extrémité de l'aiguille des heures et B celle de l'aiguille des minutes *(on supposera que les aiguilles sont toujours face à un nombre)*.

a. Quelle est, en radians, la mesure de l'angle $\widehat{AOB}$ formé par les aiguilles aux horaires suivants ?

① 15 h 05 ② 10 h 10
③ 04 h 55 ④ 19 h 25

b. Quelle est en radians, la mesure de l'angle orienté $(\overrightarrow{OA} ; \overrightarrow{OB})$ aux horaires suivants ?

① 18 h 00 ② 11 h 10 ③ 05 h 50

Pour les exercices 13 à 15, à chaque mesure proposée est associé un point M du quart de cercle trigonométrique. Dans chaque cas, préciser à quel quart de cercle appartient le point M.

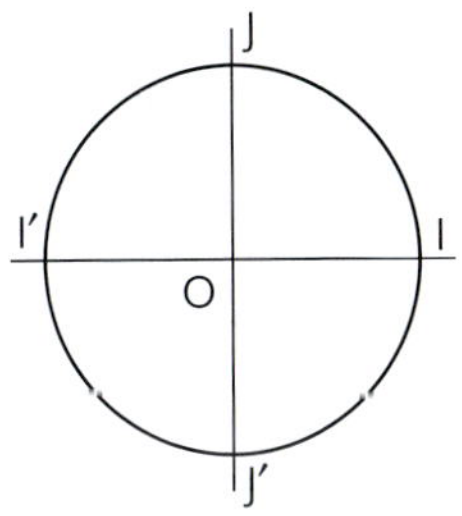

13 Vidéo a. $\frac{3\pi}{4}$ b. $-\frac{\pi}{4}$ c. $\frac{7\pi}{6}$ d. $-\frac{2\pi}{3}$

14 a. $\frac{3\pi}{5}$ b. $\frac{2\pi}{7}$ c. $-\frac{7\pi}{12}$ d. $-\frac{4\pi}{9}$

15 a. $\frac{23\pi}{4}$ b. $-\frac{11\pi}{3}$ c. $\frac{19\pi}{6}$ d. $\frac{2028\pi}{2}$

16 Compléter le programme ci-dessous afin qu'il renvoie la mesure en degrés d'un angle dont la mesure en radians est exprimée sous la forme $\frac{a\pi}{b}$, avec a et b entiers naturels et $0 \leqslant \frac{a}{b} \leqslant 2$.

```
def conversion_mesure(a,b):
    c= ...
    return (c)
```

La **mesure principale** d'un angle de la forme $\frac{a\pi}{b}$ en radians (avec a et $b \in \mathbb{N}$) peut être obtenue grâce à la division euclidienne de a par b.

$$a = b \times q + r$$

• Si q est pair, la mesure principale est $\frac{r\pi}{b}$.

• Si q est impair, la mesure principale est $-\pi + \frac{r\pi}{b}$.

Exercices

Les exercices roses sont corrigés :
• en fin de manuel p. 326 ou • en vidéo avec Médématiques hachette-clic.fr/25mfls027

Dans les exercices 17 et 18, pour chaque mesure d'angles orientés, préciser s'il s'agit d'une mesure principale.

17 a. $\frac{5\pi}{4}$ b. $-\frac{\pi}{3}$ c. $\frac{9\pi}{6}$ d. $\frac{3\pi}{2}$

18 a. $-\frac{3\pi}{4}$ b. $\frac{7\pi}{3}$ c. $\frac{12\pi}{6}$ d. $\frac{5\pi}{2}$

Dans les exercices 19 à 21, déterminer la mesure principale des angles dont une mesure est :

19 Vidéo a. $\frac{13\pi}{4}$ b. $\frac{8\pi}{3}$ c. $\frac{11\pi}{6}$ d. $\frac{21\pi}{2}$

20 a. $-\frac{17\pi}{4}$ b. $-\frac{11\pi}{3}$ c. $-\frac{19\pi}{6}$

21 a. $\frac{221\pi}{4}$ b. $-\frac{121\pi}{3}$ c. $\frac{365\pi}{6}$

22 a. Les nombres $\frac{19\pi}{3}$ et $\frac{5\pi}{3}$ sont-ils des mesures en radians d'un même angle orienté ?
b. Les nombres $\frac{32\pi}{5}$ et $\frac{12\pi}{5}$ sont-ils des mesures en radians d'un même angle orienté ?

23 Corrigé Parmi les angles suivants, lesquels ont la même mesure principale ?

a. $\frac{25\pi}{3}$ b. $\frac{17\pi}{3}$ c. $-\frac{11\pi}{3}$
d. $\frac{29\pi}{3}$ e. $-\frac{10\pi}{3}$ f. $-\frac{58\pi}{3}$
g. $\frac{38\pi}{3}$ h. $-\frac{31\pi}{3}$ i. $-\frac{19\pi}{3}$

24 a. Donner l'ensemble des nombres ayant la même mesure principale que $\frac{15\pi}{4}$.
b. Donner l'ensemble des nombres ayant la même mesure principale que $\frac{19\pi}{5}$.

25 Compéter le programme ci-dessous afin qu'il renvoie la mesure principale d'un angle de la forme $\frac{a\pi}{b}$, avec a et b entiers et $b > 0$.

```
def mesure_principale (a,b):
    while (a/b ... or a/b ...):
        if(a/b) < -1:
            a = ...
        else:
            a = a-2*b
    return(a,b)
```

26 RSTU est un carré de centre O.

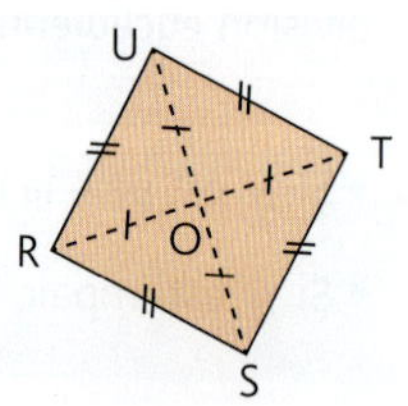

a. Donner deux angles orientés ayant la même mesure.
b. Donner deux angles orientés ayant des mesures opposées.
c. Donner deux angles orientés tels que la mesure de l'un soit le double de celle de l'autre.

27 Corrigé ABC est un triangle équilatéral, O est le centre du cercle circonscrit.

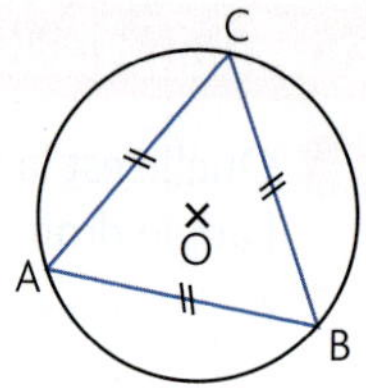

Déterminer une mesure en radians de chacun des angles orientés suivants :

a. $(\overrightarrow{BA}\,;\overrightarrow{BC})$ b. $(\overrightarrow{CA}\,;\overrightarrow{CB})$ c. $(\overrightarrow{OA}\,;\overrightarrow{OB})$
d. $(\overrightarrow{OA}\,;\overrightarrow{OC})$ e. $(\overrightarrow{BC}\,;\overrightarrow{AB})$ f. $(\overrightarrow{AB}\,;\overrightarrow{CB})$

28 **VRAI/FAUX**

On a partagé le cercle en 20 parts identiques. Indiquer si les affirmations suivantes sont vraies ou fausses, puis justifier.

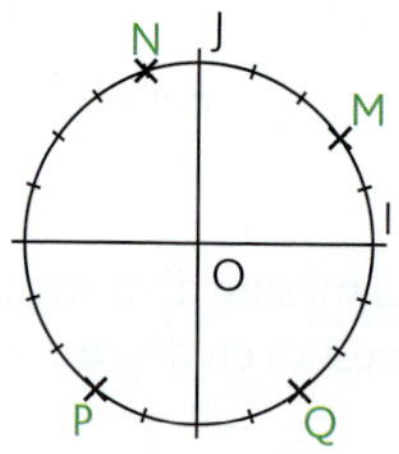

a. $(\overrightarrow{OI}\,;\overrightarrow{OM}) = \frac{21\pi}{5}$

b. $(\overrightarrow{OI}\,;\overrightarrow{ON}) = -\frac{27\pi}{5}$

c. $(\overrightarrow{OI}\,;\overrightarrow{OP}) = \frac{91\pi}{10}$

d. $(\overrightarrow{OI}\,;\overrightarrow{OQ}) = \frac{57\pi}{10}$

e. $(\overrightarrow{OI}\,;\overrightarrow{OP}) = \pi + (\overrightarrow{OI}\,;\overrightarrow{OM})$

f. $(\overrightarrow{OP}\,;\overrightarrow{OQ}) = -\frac{72\pi}{5}$

29 ABCD est un carré de centre O et BCE est un triangle équilatéral. Donner la mesure principale des angles orientés suivants :

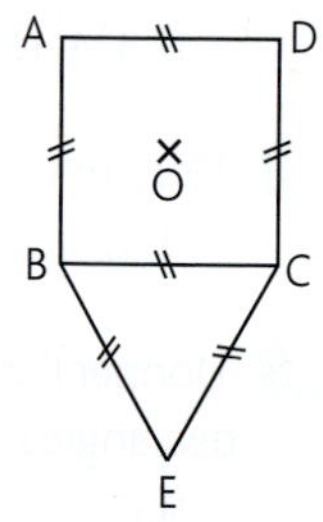

a. $(\overrightarrow{AO}\,;\overrightarrow{AB})$ b. $(\overrightarrow{EC}\,;\overrightarrow{EB})$
c. $(\overrightarrow{BD}\,;\overrightarrow{BE})$ d. $(\overrightarrow{OE}\,;\overrightarrow{OA})$
e. $(\overrightarrow{CD}\,;\overrightarrow{DA})$ f. $(\overrightarrow{AB}\,;\overrightarrow{EC})$

30 **Le solénoïde**

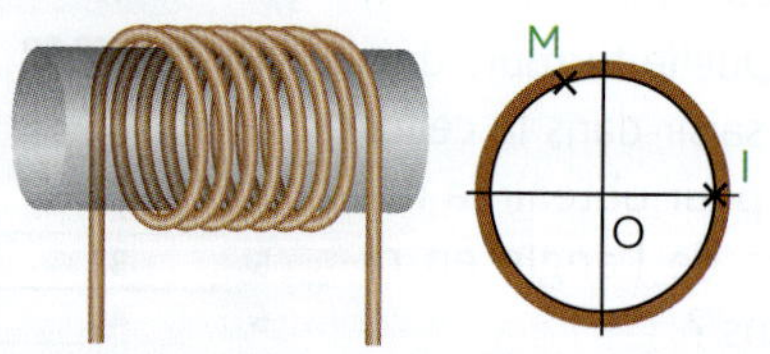

On dispose d'un tube métallique de 2 cm de diamètre sur lequel on veut enrouler un fil de cuivre de 50 cm. Sur la coupe transversale ci-dessus, l'origine du fil est soudée en I puis le fil est bobiné tout autour du tube et soudé à son extrémité en M.
Déterminer la position du point M sur le tube.

2 Cosinus et sinus d'un nombre réel

Questions flash

31 Quelles sont les coordonnées du point P image du réel $\frac{\pi}{6}$?

32 Quel est le réel associé au point Q de coordonnées $Q\left(-\frac{\sqrt{2}}{2}\,;\,\frac{\sqrt{2}}{2}\right)$?

33 Quelle est la valeur exacte de $\cos\left(\pi+\frac{\pi}{3}\right)$?

34 Quelle est la valeur exacte de $\sin\left(\frac{\pi}{2}+\frac{2\pi}{3}\right)$?

Pour tout réel x, on a : $\mathbf{\cos^2(x)+\sin^2(x)=1}$

35 Déterminer $\cos(x)$ sachant que $\sin(x)=-1$.

36 Déterminer $\cos(x)$ sachant que $\sin(x)=0{,}6$ et $x\in\left[\frac{\pi}{2}\,;\pi\right]$.

37 Corrigé Déterminer $\sin(x)$ sachant que $\cos(x)=\frac{\sqrt{2}}{2}$ et $x\in[0\,;\pi]$.

38 Déterminer $\cos(x)$ sachant que $\sin(x)=0{,}5$ et $x\in\left[-\pi\,;-\frac{\pi}{2}\right]\cup\left[\frac{\pi}{2}\,;\pi\right]$.

Pour les exercices 39 à 41, déterminer par lecture graphique le cosinus et le sinus associés à la mesure de l'angle x donnée.

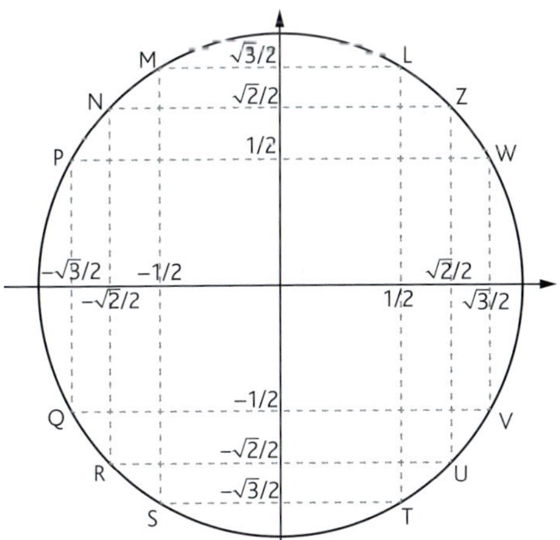

39 a. $x_1=-\frac{\pi}{2}$ b. $x_2=\frac{3\pi}{4}$ c. $x_3=\frac{5\pi}{6}$

40 a. $x_4=\frac{38\pi}{3}$ b. $x_5=\frac{21\pi}{4}$ c. $x_6=\frac{50\pi}{6}$

41 a. $x_7=-\frac{125\pi}{2}$ b. $x_8=\frac{35\pi}{4}$ c. $x_9=\frac{358\pi}{3}$

Pour les exercices 42 et 43, déterminer la mesure principale de l'angle associé aux lignes trigonométriques proposées.

42 Corrigé a. $\cos(x_1)=0$ et $\sin(x_1)=-1$

b. $\cos(x_2)=\frac{\sqrt{2}}{2}$ et $\sin(x_2)=-\frac{\sqrt{2}}{2}$

43 a. $\sin(x_3)=-\frac{1}{2}$ et $\cos(x_3)=\frac{\sqrt{3}}{2}$

b. $\sin(x_4)=-\frac{\sqrt{2}}{2}$ et $\cos(x_4)=\frac{\sqrt{2}}{2}$

44 La fonction `cercle()` est donnée ci-dessous :

```python
from math import cos,sin,pi
def cercle(a):
    if cos(a)>=0 and sin(a)>=0:
        rep = 1
    elif cos(a)<=0 and sin(a)>=0:
        rep = 2
    elif cos(a)<=0 and sin(a)<=0:
        rep = 3
    else:
        rep = 4
    return "quart de cercle n°",rep
```

a. Quel sera le résultat affiché dans la console lorsque les instructions ci-dessous seront saisies ?
`>>> cercle (pi/6)` et
`>>> cercle (-3*pi/4)`.

b. Expliquer ce que fait cette fonction.

Pour les exercices 45 à 47, x est un nombre réel. Déterminer le signe de $\cos(x)$ et $\sin(x)$ dans chaque cas en fonction de l'intervalle proposé.

45 a. $\left[0\,;\frac{\pi}{2}\right]$ b. $\left[-\pi\,;-\frac{\pi}{2}\right]$ c. $\left[\frac{\pi}{2}\,;\pi\right]$

46 a. $\left[\frac{\pi}{6}\,;\frac{2\pi}{3}\right]$ b. $\left[-\frac{\pi}{4}\,;\frac{\pi}{4}\right]$ c. $\left[-\frac{\pi}{3}\,;\frac{\pi}{6}\right]$

47 a. $\left[\frac{5\pi}{4}\,;\frac{7\pi}{4}\right]$ b. $\left[-\frac{\pi}{12}\,;\frac{5\pi}{12}\right]$ c. $\left[\frac{\pi}{7}\,;\frac{9\pi}{14}\right]$

Les **propriétés des symétries** permettent de déterminer les relations entre sinus et cosinus des angles associés. Ainsi, pour tout réel x :

- $\cos(-x)=\cos(x)$ et $\sin(-x)=-\sin(x)$
- $\cos(\pi-x)=-\cos(x)$ et $\sin(\pi-x)=\sin(x)$
- $\cos(\pi+x)=-\cos(x)$ et $\sin(\pi+x)=-\sin(x)$
- $\cos\left(\frac{\pi}{2}-x\right)=\sin(x)$ et $\sin\left(\frac{\pi}{2}-x\right)=\cos(x)$
- $\cos\left(\frac{\pi}{2}+x\right)=-\sin(x)$ et $\sin\left(\frac{\pi}{2}+x\right)=\cos(x)$

48 a. Vérifier que $\pi+\frac{\pi}{5}=\frac{6\pi}{5}$.

b. Exprimer $\cos\left(\frac{6\pi}{5}\right)$ et $\sin\left(\frac{6\pi}{5}\right)$ en fonction de $\cos\left(\frac{\pi}{5}\right)$ et $\sin\left(\frac{\pi}{5}\right)$.

Exercices

Les exercices roses sont corrigés :
• en fin de manuel p. 326 **ou** • en **vidéo** avec Médématiques hachette-clic.fr/25mfls027

49 a. Vérifier que $\frac{\pi}{2}-\frac{\pi}{5}=\frac{3\pi}{10}$.

b. Exprimer $\cos\left(\frac{3\pi}{10}\right)$ et $\sin\left(\frac{3\pi}{10}\right)$ en fonction de $\cos\left(\frac{\pi}{5}\right)$ et $\sin\left(\frac{\pi}{5}\right)$.

50 On admet que $\cos\left(\frac{\pi}{5}\right)=\frac{1+\sqrt{5}}{4}$.

a. Calculer la valeur exacte de $\sin\left(\frac{\pi}{5}\right)$.

b. Sachant que $\frac{6\pi}{5}=\pi+\frac{\pi}{5}$, en déduire les valeurs de $\cos\left(\frac{\pi}{5}\right)$ et $\sin\left(\frac{\pi}{5}\right)$.

c. Sachant que $\frac{3\pi}{10}=\frac{\pi}{2}-\frac{\pi}{5}$, en déduire les valeurs de $\cos\left(\frac{3\pi}{10}\right)$ et $\sin\left(\frac{3\pi}{10}\right)$.

51 Simplifier les expressions suivantes :
$A=\cos(\pi+x)+2\cos(-x)$
$B=\sin(\pi+x)+2\sin(-x)$

52 Simplifier les expressions suivantes :
$C=\cos\left(\frac{\pi}{2}+x\right)+\sin(-x)$
$D=\sin\left(\frac{\pi}{2}-x\right)+\cos(-x)$

53 Vidéo Simplifier les expressions suivantes :
$E=\cos(\pi-x)+\cos(\pi+x)-\cos(2\pi+x)$
$F=\cos\left(\frac{\pi}{2}-x\right)+\cos(\pi-x)+\sin\left(\frac{\pi}{2}+x\right)$

54 a. Simplifier l'expression suivante :
$G=\cos\left(\frac{\pi}{2}-x\right)+2\cos(-x)+3\sin\left(\frac{\pi}{2}+x\right)$

b. Calculer G quand $x=\frac{\pi}{4}$.

55 Corrigé $t\in\left]\frac{\pi}{2};\pi\right]$.

a. Sachant que $\sin(t)=0{,}6$, calculer $\cos(t)$.

b. En déduire la valeur exacte de :
$\cos(\pi-t)$; $\sin\left(\frac{\pi}{2}+t\right)$; $\cos\left(\frac{\pi}{2}-x\right)$.

56 a. Sachant que $\cos\left(\frac{\pi}{8}\right)=\frac{\sqrt{2+\sqrt{2}}}{2}$, déterminer la valeur exacte de $\sin\left(\frac{\pi}{8}\right)$.

b. En déduire la valeur exacte de $\sin\left(-\frac{\pi}{8}\right)$ et $\cos\left(\frac{7\pi}{8}\right)$.

57 a. Sachant que $\sin\left(\frac{\pi}{12}\right)=\frac{\sqrt{6}-\sqrt{2}}{4}$, déterminer la valeur exacte de $\cos\left(\frac{\pi}{12}\right)$.

b. En déduire la valeur exacte de $\sin\left(\frac{13\pi}{12}\right)$ et $\cos\left(-\frac{\pi}{12}\right)$.

3 Fonctions circulaires sinus et cosinus

Questions flash

58 Quelles sont les solutions sur $]-\pi;\pi]$ de l'équation : $\cos(x)=\frac{1}{2}$?

59 Quelles sont les solutions sur $\mathbb{R}$ de l'équation : $\sin(x)=\frac{\sqrt{2}}{2}$?

60 Déterminer si la fonction f_1 définie sur $\mathbb{R}$ et telle que $f_1(t)=3\cos\left(\frac{t}{2}\right)$ est paire.

61 Vérifier que la fonction f_2 définie sur $\mathbb{R}$ par $f_2(t)=\sin(4t)$ est $\frac{\pi}{2}$ périodique.

62 Quelle est la période de la fonction représentée ci-dessous ?

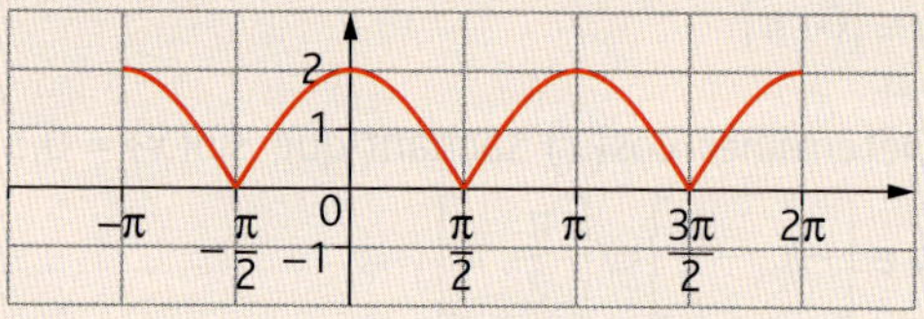

Une fonction f définie sur $\mathbb{R}$ est **périodique** de période T, où $T\in\mathbb{R}^*$, si et seulement si, pour tout réel x, $f(x+T)=f(x)$.

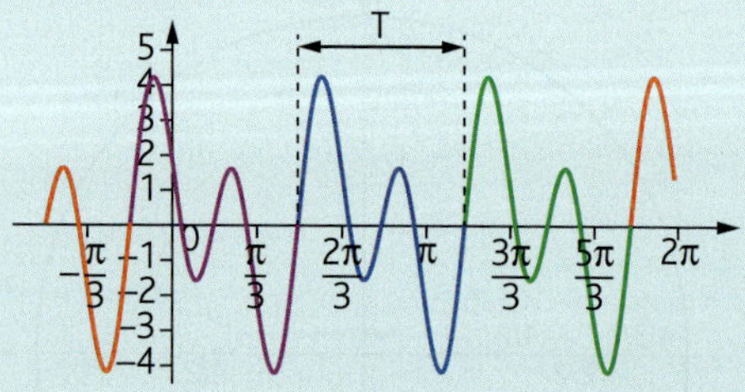

63 Corrigé Pour chaque représentation graphique proposée, préciser si la fonction représentée est périodique et, dans ce cas, lire sa période.

a.

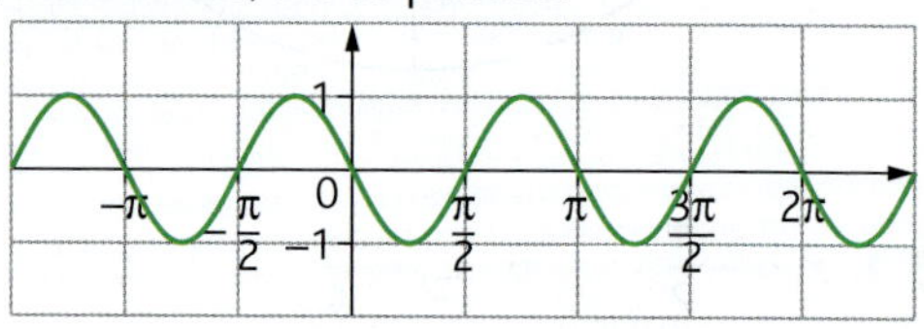

b.

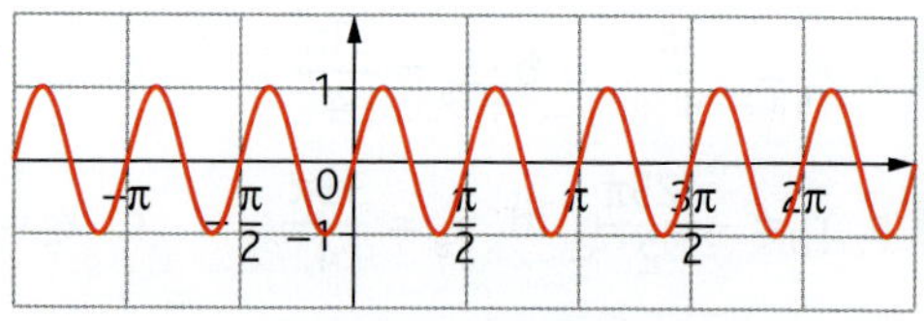

c.

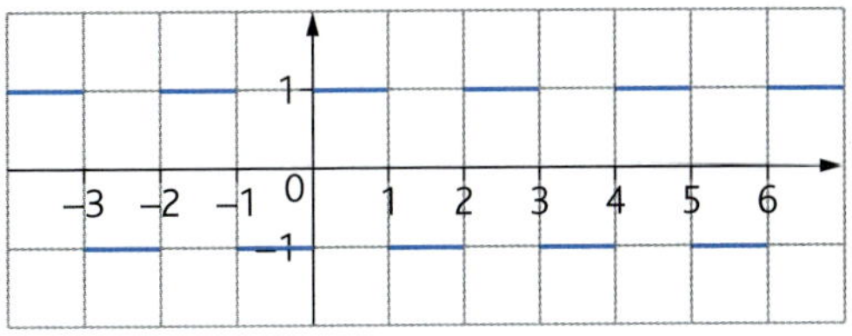

64 a. Vérifier que la fonction f_1 définie sur $\mathbb{R}$ par $f_1(t) = 4\sin(8t) - 2\cos(16t)$ a pour période $\dfrac{\pi}{4}$.

b. Vérifier que la fonction f_2 définie sur $\mathbb{R}$ par $f_2(t) = \sin(3t)\cos(6t)$ a pour période $\dfrac{2\pi}{3}$.

65 a. Vérifier que la fonction f_3 définie sur $\mathbb{R}$ par $f_3(t) = \sin\left(\dfrac{8\pi}{3}t\right)$ a pour période $\dfrac{3}{4}$.

b. Vérifier que la fonction f_4 définie sur $\mathbb{R}$ par $f_4(t) = 2{,}5\cos(10\pi t)$ a pour période $0{,}2$.

Résoudre une équation de type $\cos(x) = a$ ou $\sin(x) = a$, avec $a \in \mathbb{R}$ et $k \in \mathbb{Z}$

Valeurs de a	$\cos(x) = a$	$\sin(x) = a$
$a < -1$ ou $a > 1$	Pas de solution	
$a = -1$	$x = \pi + 2k\pi$	$x = -\dfrac{\pi}{2} + 2k\pi$
$a = 1$	$x = 0$	$x = \dfrac{\pi}{2} + 2k\pi$
$-1 \leqslant a \leqslant 1$	2 solutions : • $x = \theta + 2k\pi$ • ou $x = -\theta + 2k\pi$, où $\theta \in [0\,;\pi[$ tel que $\cos(\theta) = a$	2 solutions : • $x = \theta + 2k\pi$ • ou $x = \pi - \theta + 2k\pi$, où $\theta \in \left]-\dfrac{\pi}{2}\,;\dfrac{\pi}{2}\right[$ tel que $\sin(\theta) = a$

Si l'équation est de la forme $\cos(x) = \cos(\theta)$ ou $\sin(x) = \sin(\theta)$, alors :

- L'ensemble des solutions de l'équation $\cos(x) = \cos(\theta)$ est l'ensemble des réels x tels que $x = \theta + 2k\pi$ ou $x = -\theta + 2k\pi$, où k est un entier relatif.
- L'ensemble des solutions de l'équation $\sin(x) = \sin(\theta)$ est l'ensemble des réels x tels que $x = \theta + 2k\pi$ ou $x = \pi - \theta + 2k\pi$, où k est un entier relatif.

66 Résoudre dans $]-\pi\,;\pi]$ les équations suivantes :

a. $\cos(x) = \cos\left(\dfrac{\pi}{3}\right)$ b. $\sin(x) = \sin\left(\dfrac{\pi}{4}\right)$

67 Corrigé Résoudre dans $]-\pi\,;\pi]$ puis dans $[0\,;2\pi[$ les équations suivantes :

a. $\sin(x) = \sin\left(\dfrac{2\pi}{3}\right)$

b. $\cos(x) = \cos\left(\dfrac{3\pi}{4}\right)$

68 Résoudre dans $]-\pi\,;\pi]$ puis dans $[0\,;2\pi[$ les équations suivantes :

a. $\sin(x) = \sin\left(-\dfrac{2\pi}{3}\right)$ b. $\sin(x) = \sin\left(\dfrac{25\pi}{6}\right)$

69 Résoudre dans $\mathbb{R}$ les équations suivantes :

a. $\cos(x) = \cos(\pi)$ b. $\sin(x) = \sin\left(\dfrac{7\pi}{6}\right)$

c. $\sin(x) = \sin\left(\dfrac{5\pi}{3}\right)$

70 Résoudre dans $]-\pi\,;\pi]$ les équations suivantes :

a. $\cos(x) = \dfrac{\sqrt{3}}{2}$ b. $\sin(x) = 0$

c. $\sin(x) = -\dfrac{1}{2}$

71 Résoudre dans $]-\pi\,;\pi]$ puis dans $[0\,;2\pi[$ les équations suivantes :

a. $\cos(x) = -\dfrac{\sqrt{2}}{2}$ b. $\cos(x) = -1$

72 Résoudre dans $]-\pi\,;\pi]$ puis dans $[0\,;2\pi[$ les équations suivantes :

a. $\sin(x) = -\dfrac{\sqrt{3}}{2}$; b. $\sin(x) = 1$

73 Résoudre dans $\mathbb{R}$ les équations suivantes :

a. $\cos(x) = -\dfrac{\sqrt{3}}{2}$ b. $\sin(x) = \dfrac{\sqrt{3}}{2}$

c. $\sin(x) = -1$ d. $\cos(x) = 0$

74 Résoudre dans $\mathbb{R}$ les équations suivantes :

a. $4 - 8\cos(x) = 0$ b. $2\sin(x) = -\sqrt{3}$

c. $2\cos(x) + \sqrt{2} = 0$

Pour les exercices 76 à 79, résoudre les équations dans $\mathbb{R}$.

75 a. $\cos(\pi - x) = \dfrac{\sqrt{3}}{2}$ b. $\sin(\pi + x) = \dfrac{\sqrt{2}}{2}$

76 a. $\cos\left(\dfrac{\pi}{2} - x\right) = \dfrac{\sqrt{3}}{2}$ b. $\sin\left(\dfrac{\pi}{2} + x\right) = \dfrac{1}{2}$

77 Corrigé a. $\cos(x + \pi) = \dfrac{1}{2}$ b. $\sin\left(x + \dfrac{\pi}{2}\right) = -\dfrac{\sqrt{2}}{2}$

78 a. $2\sin\left(\dfrac{\pi}{2} + x\right) = 1$ b. $2\cos\left(\dfrac{\pi}{2} - x\right) = -\sqrt{3}$

79 **Exercice guidé**

L'objectif est de résoudre sur $]-\pi\,;\pi]$ l'équation : $\cos(2x + \pi) = -\dfrac{1}{2}$.

a. L'égalité est-elle vérifiée pour $x = \dfrac{\pi}{3}$? pour $x = -\dfrac{\pi}{3}$?

Les exercices roses sont corrigés :
• en fin de manuel p. 326 ou • en vidéo avec Médématiques hachette-clic.fr/25mfls027

b. Après avoir constaté que $\cos\left(\frac{2\pi}{3}\right) = -\frac{1}{2}$, résoudre l'équation : $2x + \pi = \frac{2\pi}{3}$ et en déduire la (ou les) valeur(s) de x pour laquelle (ou lesquelles) $\cos(2x+\pi) = \cos\left(\frac{2\pi}{3}\right)$.

c. Représenter cette (ou ces) solution(s) sur un cercle trigonométrique.

d. Reprendre les questions b. et c. en constatant que, de plus, $\cos\left(-\frac{2\pi}{3}\right) = -\frac{1}{2}$ et en déduire l'ensemble des valeurs de x solutions de l'équation : $\cos(2x+\pi) = -\frac{1}{2}$ sur $]-\pi\,;\pi]$.

80 a. Résoudre sur $]-\pi\,;\pi]$ l'équation :

$$\cos(\pi - 2x) = \frac{\sqrt{2}}{2}.$$

b. En déduire les solutions de $\cos(\pi - 2x) = \frac{\sqrt{2}}{2}$ sur $\mathbb{R}$.

81 Calculatrice À l'aide de la calculatrice, déterminer, à l'unité près, les solutions des équations suivantes.

a. $\cos\left(x + \frac{\pi}{2}\right) = \frac{2}{3}$ où $x \in \left[\frac{\pi}{2}\,;\frac{3\pi}{2}\right]$.

b. $\sin(\pi + x) = 0{,}75$ où $x \in [-\pi\,;0]$.

82 On considère la fonction f définie sur $\mathbb{R}^*$ par $f(x) = \cos(x) - \frac{\sin(x)}{x}$.

a. Étudier la parité de cette fonction.

b. Interpréter graphiquement ce résultat.

c. Calculer $f\left(\frac{\pi}{2}\right)$, $f(\pi)$, $f\left(\frac{3\pi}{2}\right)$, $f(2\pi)$ et $f\left(\frac{5\pi}{2}\right)$.

d. Cette fonction est-elle périodique de période 2π ?

4 Fonctions $t \mapsto A\cos(\omega t + \varphi)$ et $t \mapsto A\sin(\omega t + \varphi)$

Questions flash

Observez ci-dessous la courbe représentative de la fonction $t \mapsto A\cos(\omega t + \varphi)$:

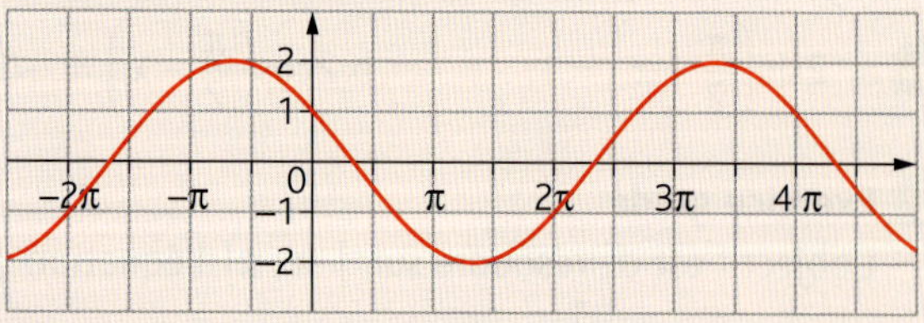

83 L'amplitude de cette fonction est ...

84 La période de cette fonction est ...

85 La fréquence de cette fonction est ...

86 La pulsation de cette fonction est...

87 La phase à l'origine de cette fonction est ...

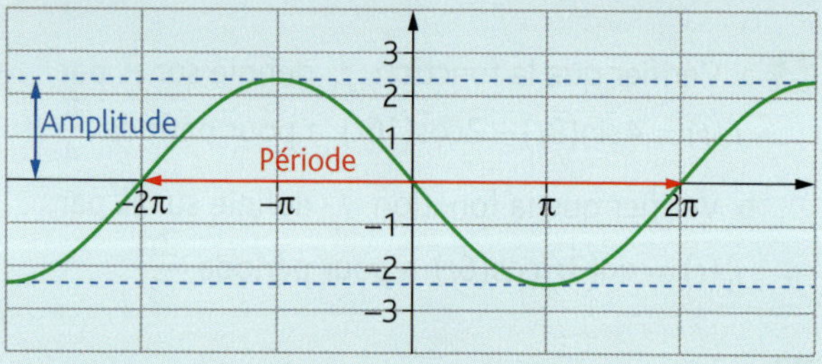

Dans la fonction $f : t \mapsto A\cos(\omega t + \varphi)$, A désigne l'amplitude, ω la pulsation, avec $\omega = \frac{2\pi}{T}$, T étant la période et φ est la phase à l'origine.

88 Déterminer l'amplitude des trois signaux représentés par les courbes ci-dessous :

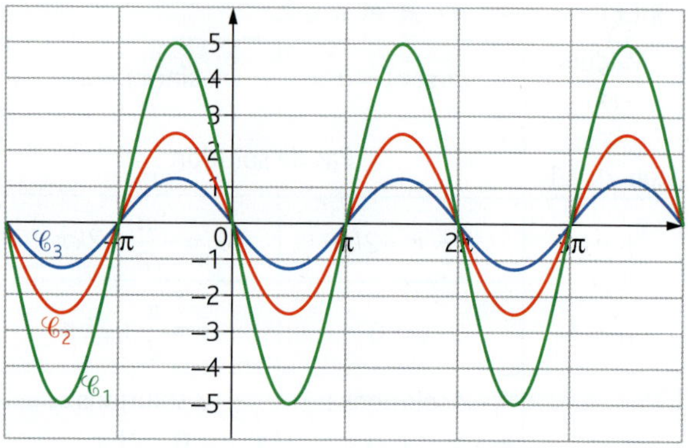

89 Déterminer la fréquence des trois signaux représentés par les courbes ci-dessous :

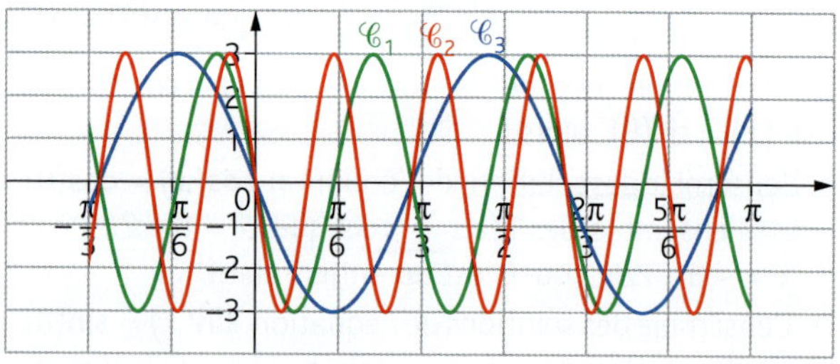

90 Déterminer la phase à l'origine des trois fonctions de la forme $f(t) = A\cos(\omega t + \varphi)$ représentées par les courbes ci-dessous.

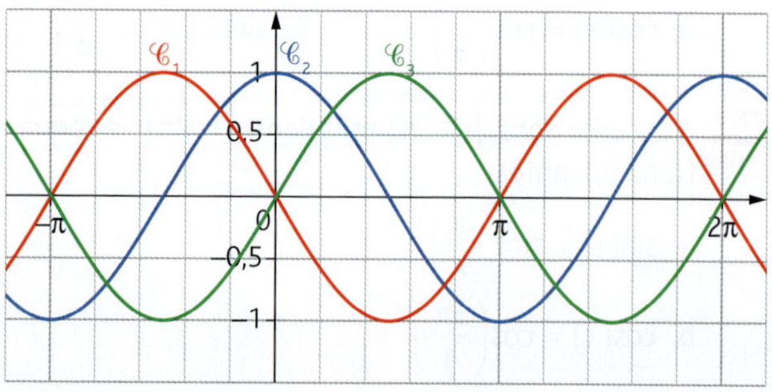

Pour les exercices 91 et 92, avec la précision permise par le graphique, déterminer l'amplitude, la période et la phase à l'origine des sinusoïdes proposées.

91 Vidéo g est de la forme $g(t) = A\sin(\omega t + \varphi)$

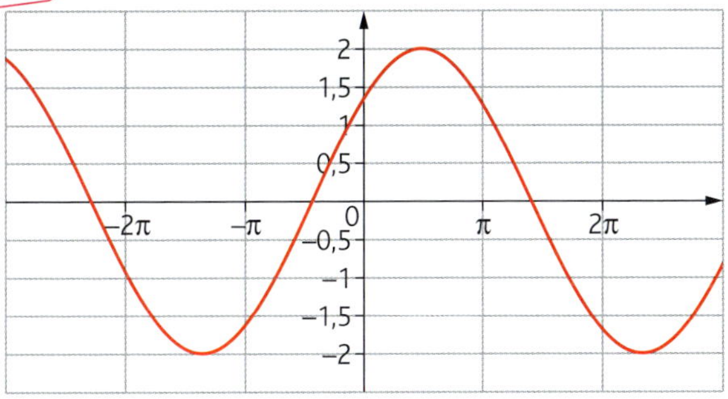

92 h est de la forme $h(t) = A\cos(\omega t + \varphi)$

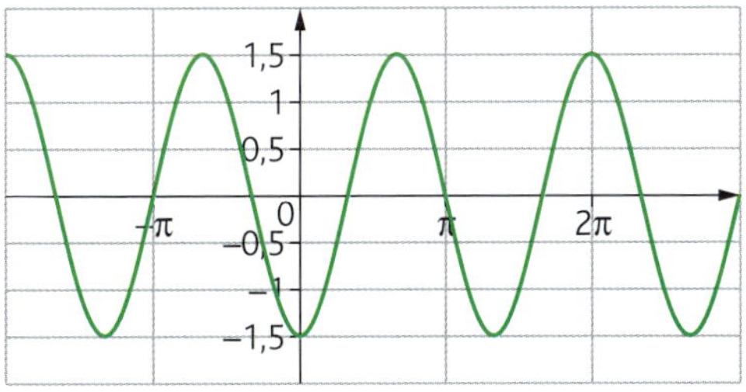

93 Avec la précision permise par la lecture graphique, déterminer la phase à l'origine de chacune des fonctions de la forme $3\sin(t + \varphi)$ représentée ci-dessous :

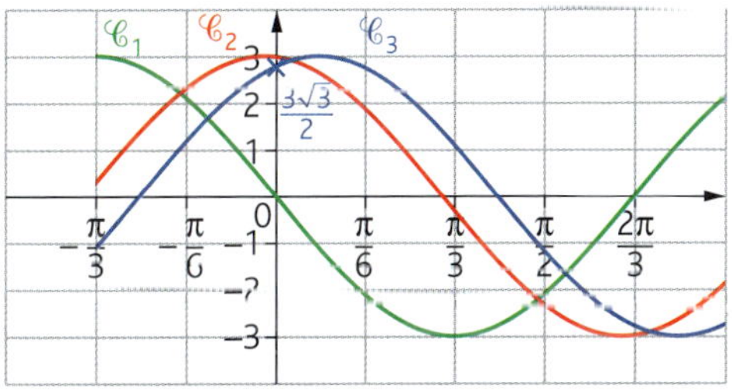

94 Donner la période de la fonction u définie sur $\mathbb{R}$ par $u(t) = \sin(4t)$.

95 Associer chacune des fonctions suivantes à sa courbe représentative :

$f_1 : t \mapsto \sin(\pi + t)$

$f_2 : t \mapsto \sin(\pi - t)$

$f_3 : t \mapsto \sin\left(\dfrac{\pi}{2} + t\right)$

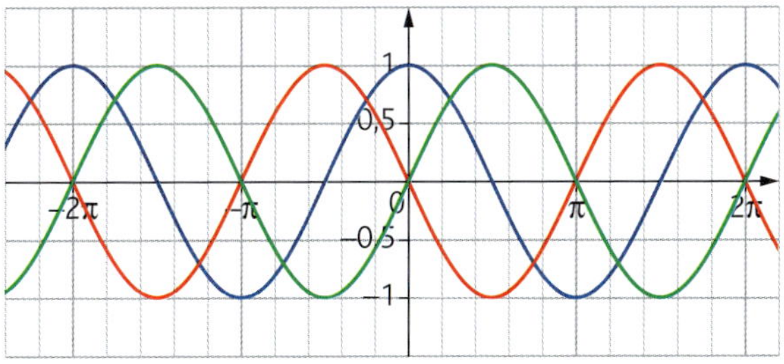

96 Corrigé Quelle est l'amplitude A de la fonction f_1 telle que $f_1(t) = A\cos\left(2t + \dfrac{2\pi}{5}\right)$ sachant que $f_1\left(\dfrac{3\pi}{10}\right) = -7{,}5$?

97 Corrigé On considère la fonction $g : t \mapsto A\sin(\omega t + \varphi)$

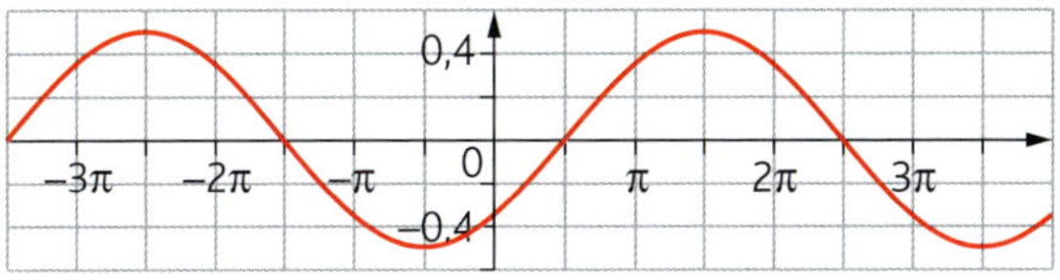

a. Avec la précision permise par le graphique, déterminer l'amplitude A, la période T et $g(0)$.

b. En déduire l'expression de la fonction g.

98 Corrigé Soit la fonction h définie sur $\mathbb{R}$ par :

$$h(t) = 4{,}2\sin\left(20t + \frac{5\pi}{4}\right).$$

a. Donner l'amplitude, la période, la pulsation et la phase à l'origine de cette fonction.

b. Calculer $h\left(\dfrac{3\pi}{16}\right)$, $h\left(\dfrac{\pi}{8}\right)$ et $h\left(-\dfrac{5\pi}{4}\right)$.

99 Un des funiculaires de Lyon relie le Vieux Lyon au quartier de Fourvière. Il permet de s'élever de 116 mètres sur un trajet long de 427 mètres.

a. Déterminer la mesure de l'angle α de la pente en degrés (à 0,1 près).

b. Convertir cette mesure en radians.

c. Le téléphérique met 3 minutes pour parcourir cette distance. Quelle est sa vitesse moyenne en m.s^{-1} ?

d. Sa vitesse instantanée, en m.s^{-1}, est donnée par : $v(t) = 5{,}95\sin\left(-\dfrac{\pi}{180}t + \pi\right)$. Quelle est sa vitesse au bout de 10 secondes ? d'une minute ? (on arrondira les résultats à 10^{-2} près)

e. À quel moment le téléphérique atteint-il sa vitesse maximale ?

f. La vitesse maximale doit être inférieure à 6 m.s^{-1}. Ce critère a-t-il été respecté ?

g. Comparer les résultats obtenus aux questions c. et f. Comment interprétez-vous ces résultats ?

100 Corrigé La température dans une ville est modélisée par la fonction $\theta(t) = 15{,}7\sin\left(\dfrac{\pi}{6}(t-3)\right) + 9$ où t est exprimé en mois. Le 1er janvier correspond à $t = 0$.

a. Quelle est la température le 1er février ? le 1er décembre ?

b. Quelles sont les températures extrêmes ? À quelles dates correspondent-elles ?

c. Avec quelle périodicité retrouve-t-on des températures analogues ?

Problèmes

101 Des signaux déphasés STL STI2D

» Représenter • Chercher

PARTIE 1 : Lecture graphique

Une résistance (R = 100 Ω) et un condensateur sont branchés en série à un G.B.F. (Générateur Basse Fréquence) qui génère une tension sinusoïdale. Un oscilloscope bi-courbes est branché sur le circuit.

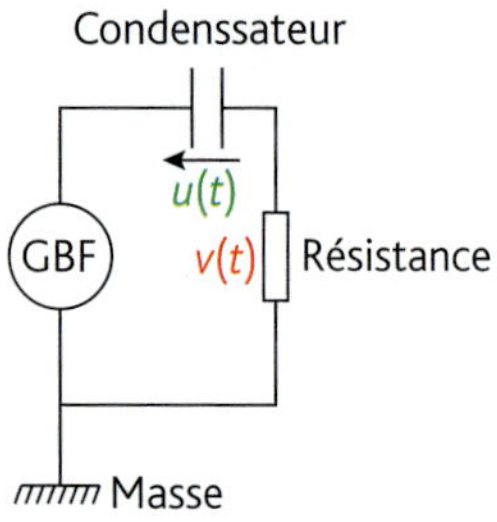

La tension aux bornes du condensateur est :

$$u(t) = \text{U}\sin(\omega_1 \pi t + \varphi_1)$$

La tension aux bornes de la résistance est :

$$v(t) = \text{V}\sin(\omega_2 \pi t + \varphi_2)$$

En utilisant l'oscillogramme ci-dessous identifier :

a. U, ω_1 et φ_1.

b. V, ω_2 et φ_2.

Le réglage de l'oscilloscope est :
- Sensibilité verticale : 1 V/div
- Sensibilité horizontale : 0,25 ms/div

Sur un oscillogramme un carreau est appelé division, noté div.

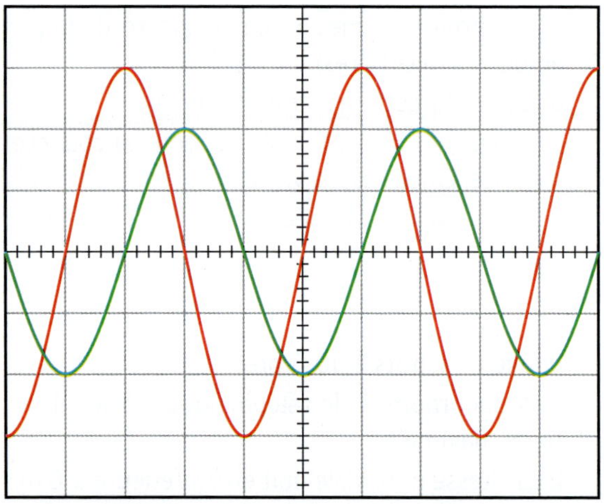

PARTIE 2 : Interprétation graphique

Le « déphasage entre deux signaux » est une mesure du décalage entre deux signaux sinusoïdaux **de même fréquence**.

S_1 et S_2 sont deux signaux sinusoïdaux de même fréquence avec :
- $S_1(t) = \text{A}_1\cos(\omega t + \varphi_1)$
- $S_2(t) = \text{A}_2\cos(\omega t + \varphi_2)$

Le déphasage de S_2 par rapport à S_1 est la quantité Δ_φ telle que : $\Delta_\varphi = \varphi_2 - \varphi_1$.

a. À l'aide du graphique ci-dessous, déterminer le déphasage de la courbe bleue par rapport à la courbe rouge.

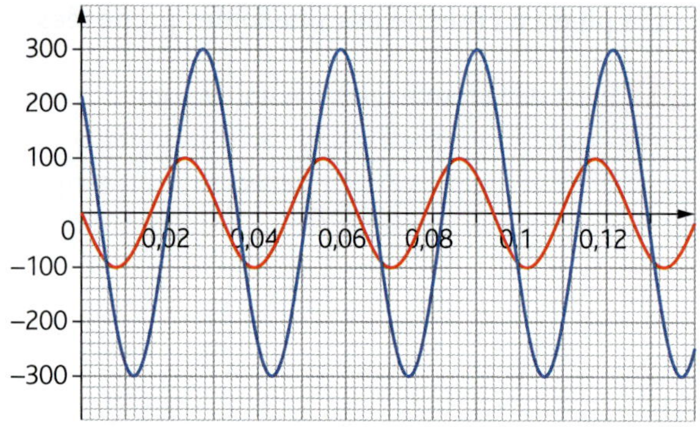

b. S_2 est en avance de phase sur S_1 si $\Delta_\varphi > 0$ et en retard de phase sinon. Déterminer si le signal rouge est en avance ou en retard par rapport au signal bleu.

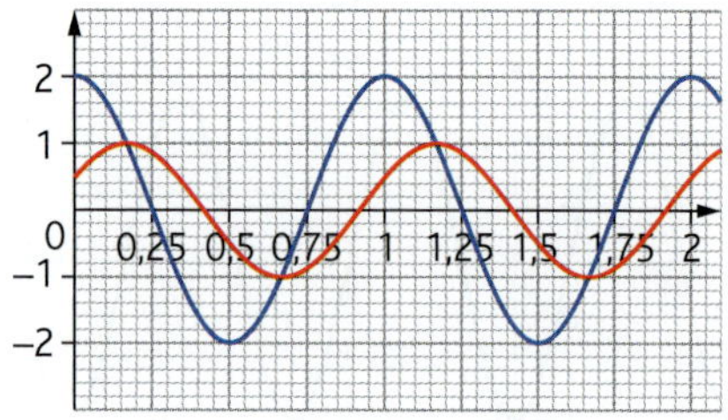

c. Deux signaux sont en quadrature de phase lorsque le déphasage est de $\frac{\pi}{2}$. Comment traduire cette information à l'aide des représentations graphiques des signaux ?

d. Deux signaux sont en opposition de phase si les signaux sont opposés. Comment traduire cette information à l'aide des représentations graphiques des signaux ?

e. La loi d'Ohm s'applique sur les valeurs instantanées en régime sinusoïdal.

Ainsi : $v(t) = \text{R}i(t)$ où v est la tension aux bornes de la résistance. En déduire l'expression de $i(t)$.

f. i et v sont-elles en phase, en opposition de phase ou en quadrature de phase ?

102 Sous le soleil de Madrid STL STI2D

» Raisonner • Calculer

La ville de Madrid est située sur le parallèle de latitude 40° Nord. Pendant une année non bissextile, le nombre d'heures de lumière d'une ville située à cette latitude peut être modélisé par la fonction d définie sur [0 ; 635] par :

$$d(t) = 3\sin\left(\frac{\pi}{182} \times (t - 80)\right) + 12$$

où t représente le t-ième jour de l'année.

Déterminer la période de l'année durant laquelle Madrid bénéficie de plus de 12 heures de lumière par jour.

103 La croisière passera-t-elle ? STI2D STL Logiciel de géométrie

» Modéliser • Chercher • Communiquer

Vous êtes contrôleur du trafic fluvial et vous devez déterminer l'heure à laquelle un navire de croisière peut s'engager sur le fleuve.
À l'aide d'un logiciel de géométrie dynamique, créer trois curseurs : A et ω prenant leurs valeurs de 0 à 10 et φ prenant ses valeurs de – 6 à 6, avec un incrément de 0,1 pour les trois curseurs.
Afficher les courbes représentatives des fonctions $\sin : x \mapsto \sin(x)$ et $f : x \mapsto \mathrm{A}\sin(\omega x + \varphi)$.

1. Pour chaque variation du curseur, expliquer son action sur la courbe représentative de la fonction f par rapport à la courbe représentative de la fonction sinus.

a. Choisir $\omega = 1$ et $\varphi = 0$ et faire varier le curseur A.

b. Choisir $\omega = 1$ et $\mathrm{A} = 1$ et faire varier le curseur φ.

c. Choisir $\mathrm{A} = 1$ et $\varphi = 0$ et faire varier le curseur ω.

2. Application : Lorsqu'un fleuve se jette dans l'océan, la hauteur de ce fleuve varie en fonction des marées. Le tableau ci-dessous prévoit l'évolution de la hauteur du fleuve, à partir de minuit, sur une durée de 24 heures. On fait l'hypothèse que cette hauteur peut être modélisée par la fonction h définie sur [0 ; 23] par $h(x) = \mathrm{A}\sin(\alpha\pi x + \varphi)$.

heure	0	1	2	3	4	5	6	7	8	9	10	11
hauteur	0	1,22	2,10	2,40	2,03	1,09	-0,15	-1,35	-2,17	-2,39	-1,94	-0,95
heure	12	13	14	15	16	17	18	19	20	21	22	23
hauteur	0,30	1,47	2,23	2,37	1,85	0,81	-0,45	-1,59	-2,28	-2,34	-1,75	-0,67

Créer la fonction $x \mapsto \mathrm{A}\sin(\alpha\pi x + \varphi)$, afficher le tableur, insérer la liste des heures dans la colonne A puis la liste des hauteurs dans la colonne B. Créer la liste des points.

a. Déterminer la valeur de α, à 10^{-2} près sachant que la périodicité des marées est de 12h.

b. Actionner les curseurs pour déterminer les valeurs de A et φ.

c. Sachant qu'un navire de croisière a besoin d'une hauteur de 2 m pour naviguer en toute sécurité, déterminer à l'aide du graphique les intervalles de temps pendant lesquels la navigation n'est pas sûre.

104 Automatiser la recherche de la mesure principale STI2D STL Python

» Raisonner • Calculer • Modéliser

La division euclidienne d'un entier relatif a par un entier naturel non nul b s'écrit $a = b \times q + r$ où q est un entier relatif et r un entier naturel tel que $0 < r < b$.
En Python la commande a//b permet de renvoyer la valeur de q et la commande a%b permet de renvoyer la valeur de r.

```
1 def mes_principale(a,b):
2     if -1<a/b<=1:
3         return(a,b)
4     else :
5         q=a//b
6         r=a%b
7         if q%2==0:
8             return(r,b)
9         elif r==0:
10            return(1,1)
11        else :
12            return(r-b,b)
```

1. Déterminer la mesure principale des mesures des angles dont une mesure en radians est : $\frac{2\pi}{3}$; 7π ; $-\frac{58\pi}{7}$; $-\frac{45\pi}{4}$; $\frac{35\pi}{3}$ et $\frac{64\pi}{5}$.

2. Afin d'automatiser la recherche de la mesure principale d'un angle dont une mesure en radians est de la forme $\frac{a\pi}{b}$ où a est un entier relatif et b un entier naturel non nul, on propose la fonction : mes_principale(a,b) ci-contre.

a. Expliquer la consigne ligne 2.

b. Expliquer la consigne ligne 7 et les résultats qui en découlent lignes 8 et 9

c. Implanter cette fonction dans un éditeur Python et retrouver les résultats de la question 1.

3. Comment modifier la fonction pour qu'elle affiche la mesure principale et le nombre de tours de cercles supprimés pour arriver à la mesure principale ?

9

Pour entrer dans le chapitre

Notion de vecteur

- Un vecteur $\overrightarrow{AB}$ non nul est défini par une **direction**, celle de la droite (AB) un **sens** celui de A vers B et une **longueur (ou norme)**, la longueur AB. Il caractérise la translation qui transforme A et B.
- Deux vecteurs $\overrightarrow{AB}$ et $\overrightarrow{CD}$ sont **égaux** si et seulement si ABDC est un parallélogramme.
- **Relation de Chasles** : $\overrightarrow{AB}+\overrightarrow{BC}=\overrightarrow{AC}$ pour tous points A, B et C.

1 Soit ABCD un parallélogramme. Quelles sont les égalités vraies parmi celles proposées ?

a. $\overrightarrow{AB}+\overrightarrow{AD}=\overrightarrow{BD}$ **b.** $\overrightarrow{AB}+\overrightarrow{AD}=\overrightarrow{AC}$

c. $\overrightarrow{BD}=\overrightarrow{AD}+\overrightarrow{AB}$ **d.** $\overrightarrow{AC}+\overrightarrow{BD}=2\overrightarrow{AD}$

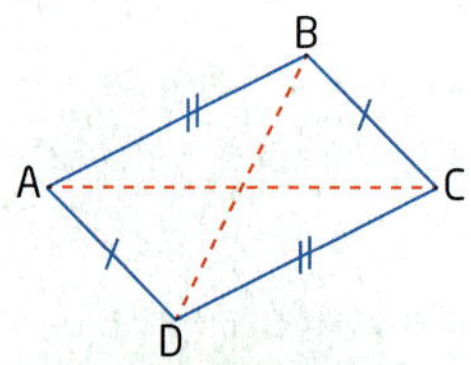

Vecteurs et coordonnées dans un repère

On se place dans un repère $(O\,;\vec{i},\vec{j})$.

- Un vecteur $\vec{u}$ a pour coordonnées $(x\,;y)$ lorsqu'on a $\vec{u}=x\vec{i}+y\vec{j}$.
- Si $\vec{u}\begin{pmatrix}x\\y\end{pmatrix}$ et $\vec{v}\begin{pmatrix}x'\\y'\end{pmatrix}$ et k un nombre réel : $\vec{u}+\vec{v}\begin{pmatrix}x+x'\\y+y'\end{pmatrix}$ et $k\vec{u}\begin{pmatrix}kx\\ky\end{pmatrix}$.
- Les coordonnées d'un vecteur $\overrightarrow{AB}$ peuvent se calculer à partir des coordonnées des points A et B : $\overrightarrow{AB}\begin{pmatrix}x_B-x_A\\y_B-y_A\end{pmatrix}$.

2 Soit $(O\,;\vec{i},\vec{j})$ un repère orthonormé du plan et des vecteurs $\vec{u}$, $\vec{v}$ et $\vec{w}$ représentés ci-contre dans ce repère.

a. Lire les coordonnées des vecteurs $\vec{u}$, $\vec{v}$ et $\vec{w}$.

b. Calculer la norme des vecteurs $\vec{u}$ et $\vec{v}$.

c. Calculer les coordonnées du vecteur $\vec{u}+\vec{v}$.

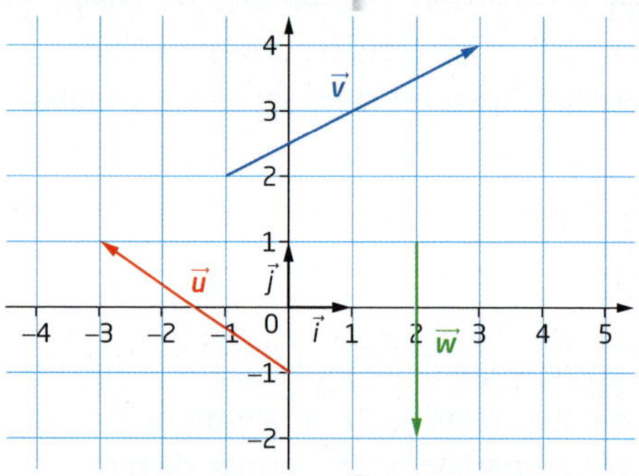

3 Dans un repère orthonormé, on donne A(–1 ; 1), B(2 ; –1) et C(4 ; 2). Les affirmations suivantes sont-elles vraies ou fausses ? Justifier.

a. $\overrightarrow{AB}\begin{pmatrix}1\\-2\end{pmatrix}$ **b.** $\overrightarrow{AB}=\overrightarrow{BC}$ **c.** $BC=\sqrt{13}$ **d.** $\widehat{ABC}=90°$

Vecteurs colinéaires

On se place dans un repère $(O\,;\vec{i},\vec{j})$.

- Deux vecteurs sont $\vec{u}$ et $\vec{v}$ sont **colinéaires** lorsqu'il existe un nombre réel k tel que $\vec{u}=k\vec{v}$ ou $\vec{v}=k\vec{u}$.
- Deux vecteurs $\overrightarrow{AB}$ et $\overrightarrow{CD}$ non nuls sont colinéaires si et seulement si les droites (AB) et (CD) sont **parallèles**.

4 Soit $(O\,;\vec{i},\vec{j})$ un repère du plan. Les vecteurs suivants sont-ils colinéaires ?

a. $\vec{u_1}\begin{pmatrix}2\\3\end{pmatrix}$ et $\vec{v_1}\begin{pmatrix}-6\\-9\end{pmatrix}$ **b.** $\vec{u_2}\begin{pmatrix}1{,}5\\2{,}5\end{pmatrix}$ et $\vec{v_2}\begin{pmatrix}2\\3\end{pmatrix}$ **c.** $\vec{u_3}\begin{pmatrix}-2\\4\end{pmatrix}$ et $\vec{v_3}\begin{pmatrix}3\\-6\end{pmatrix}$

Produit scalaire

Focus métiers

Cartographie
Informatique & IA
Mécanique **Graphisme**
Robotique Ingénierie

Le produit scalaire est très utilisé en physique, notamment en mécanique (travail d'une force) ou en électricité (puissance). Il est essentiel pour l'analyse de relations entre objets vectoriels dans divers domaines scientifiques et techniques.

Découvre le métier de géomètre expert
hachette-clic.fr/25mfls028

Automatismes du chapitre

Activités de découverte

ACTIVITÉ 1 Une expédition en Antarctique

Objectif Introduire la notion de travail d'une force pour présenter le produit scalaire

Pendant une expédition en Antarctique, un explorateur tracte un traîneau. L'homme exerce une force constante $\vec{F}$ d'intensité F exprimée en Newton (N). Cette force s'exerce en formant un angle de mesure α avec l'horizontale. L'énergie produite par cette force lors du déplacement rectiligne du traîneau d'un point A vers un point B s'appelle le **travail de** $\vec{F}$ **pour le déplacement** $\overrightarrow{AB}$.

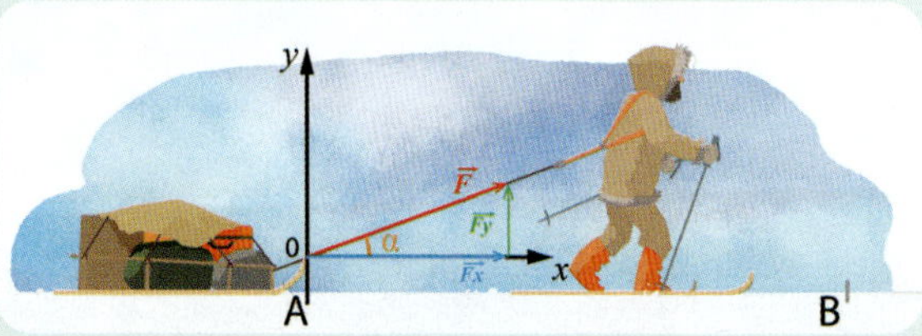

1 Soit $\vec{F_x}$ et $\vec{F_y}$ deux vecteurs directeurs des droites (Ox) et (Oy) tels que $\vec{F} = \vec{F_x} + \vec{F_y}$. Exprimer $F_x = \|\vec{F_x}\|$ en fonction de F et de $\cos(\alpha)$.

2 Le travail de la force $\vec{F}$ pour le déplacement $\overrightarrow{AB}$ est donné par la relation $W = F_x \times AB$. La distance AB s'exprime en mètres (m) et le travail s'exprime en Joules (J).

a. Exprimer W en fonction de F, de AB et de $\cos(\alpha)$.

Définition En Mathématiques, on dit qu'on a calculé le **produit scalaire** de $\vec{F}$ et de $\overrightarrow{AB}$.

b. Calculer le travail d'une force $\vec{F}$ avec $F = 50$ N, faisant un angle de 50° sur une distance de 100 m.

c. Refaire le même calcul en modifiant l'angle par un angle de $\frac{\pi}{6}$ radians.

d. Que se passe-t-il si $\alpha = 90°$?

3 La corde de 2 m qu'utilisait l'explorateur a subitement cassé. Il utilise sa corde de secours qui mesure 1 m. Le travail produit pour une même force va-t-il changer ? Si oui, de quelle façon ?

Cours p. 224

ACTIVITÉ 2 Produit scalaire et projeté orthogonal

Objectif Établir le lien entre produit scalaire et projection orthogonale

1 Cas particulier

a. Justifier que si $\vec{u}$ et $\vec{v}$ sont deux vecteurs colinéaires et de même sens, alors : $\vec{u} \cdot \vec{v} = \|\vec{u}\| \times \|\vec{v}\|$.

b. Que peut-on dire si $\vec{u}$ et $\vec{v}$ sont deux vecteurs colinéaires de sens opposé ?

2 Étude d'un exemple

On considère trois points distincts du plan O, A et B tels que $OA = 5$ cm, $OB = 3$ cm et $(\overrightarrow{OA}\,;\overrightarrow{OB}) = 30°$.

On considère également le repère orthonormal direct $(O\,;\vec{i},\vec{j})$ tel que $\vec{i} = \frac{1}{5}\overrightarrow{OA}$.

Définition On appelle **projeté orthogonal de B sur** (OA), l'unique point H de la droite (OA) tel que $(OA) \perp (BH)$ si O, A et B ne sont pas alignés (sinon, on convient que $H = B$).

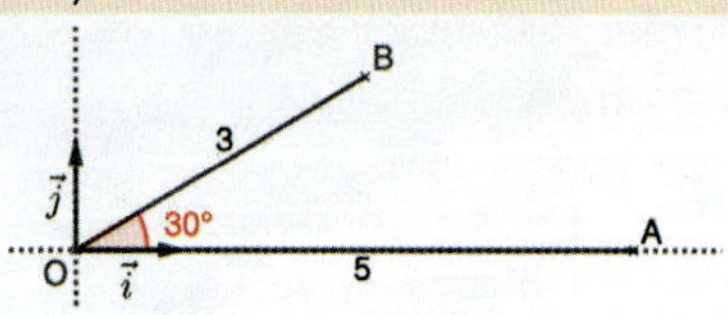

a. Reproduire la figure et placer le point H.

b. Dans le triangle rectangle OBH, calculer les valeurs exactes des longueurs OH et BH.

c. Déterminer les coordonnées des points A, B et H dans le repère $(O\,;\vec{i},\vec{j})$.

d. Calculer $\overrightarrow{OA} \cdot \overrightarrow{OB}$ et $\overrightarrow{OA} \cdot \overrightarrow{OH}$. Que peut-on conjecturer ?

Cours p. 224

Produit scalaire

Focus métiers

Cartographie
Informatique & IA
Mécanique **Graphisme**
Robotique Ingénierie

Le produit scalaire est très utilisé en physique, notamment en mécanique (travail d'une force) ou en électricité (puissance). Il est essentiel pour l'analyse de relations entre objets vectoriels dans divers domaines scientifiques et techniques.

Découvre le métier de géomètre expert
hachette-clic.fr/25mfls028

Automatismes du chapitre

Activités de découverte

ACTIVITÉ 1 Une expédition en Antarctique

Objectif Introduire la notion de travail d'une force pour présenter le produit scalaire

Pendant une expédition en Antarctique, un explorateur tracte un traîneau. L'homme exerce une force constante $\vec{F}$ d'intensité F exprimée en Newton (N). Cette force s'exerce en formant un angle de mesure α avec l'horizontale. L'énergie produite par cette force lors du déplacement rectiligne du traîneau d'un point A vers un point B s'appelle le **travail de $\vec{F}$ pour le déplacement $\overrightarrow{AB}$**.

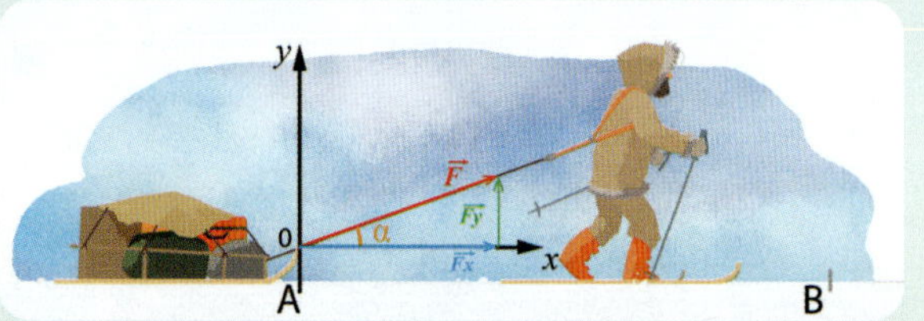

1 Soit $\vec{F_x}$ et $\vec{F_y}$ deux vecteurs directeurs des droites (Ox) et (Oy) tels que $\vec{F} = \vec{F_x} + \vec{F_y}$. Exprimer $F_x = \|\vec{F_x}\|$ en fonction de F et de $\cos(\alpha)$.

2 Le travail de la force $\vec{F}$ pour le déplacement $\overrightarrow{AB}$ est donné par la relation $W = F_x \times AB$. La distance AB s'exprime en mètres (m) et le travail s'exprime en Joules (J).

a. Exprimer W en fonction de F, de AB et de $\cos(\alpha)$.

Définition En Mathématiques, on dit qu'on a calculé le **produit scalaire** de $\vec{F}$ et de $\overrightarrow{AB}$.

b. Calculer le travail d'une force $\vec{F}$ avec $F = 50$ N, faisant un angle de 50° sur une distance de 100 m.

c. Refaire le même calcul en modifiant l'angle par un angle de $\frac{\pi}{6}$ radians.

d. Que se passe-t-il si $\alpha = 90°$?

3 La corde de 2 m qu'utilisait l'explorateur a subitement cassé. Il utilise sa corde de secours qui mesure 1 m. Le travail produit pour une même force va-t-il changer ? Si oui, de quelle façon ?

» Cours p. 224

ACTIVITÉ 2 Produit scalaire et projeté orthogonal

Objectif Établir le lien entre produit scalaire et projection orthogonale

1 Cas particulier

a. Justifier que si $\vec{u}$ et $\vec{v}$ sont deux vecteurs colinéaires et de même sens, alors : $\vec{u} \cdot \vec{v} = \|\vec{u}\| \times \|\vec{v}\|$.

b. Que peut-on dire si $\vec{u}$ et $\vec{v}$ sont deux vecteurs colinéaires de sens opposé ?

2 Étude d'un exemple

On considère trois points distincts du plan O, A et B tels que $OA = 5$ cm, $OB = 3$ cm et $(\overrightarrow{OA} ; \overrightarrow{OB}) = 30°$.

On considère également le repère orthonormal direct $(O ; \vec{i}, \vec{j})$ tel que $\vec{i} = \frac{1}{5}\overrightarrow{OA}$.

Définition On appelle **projeté orthogonal de B sur** (OA), l'unique point H de la droite (OA) tel que $(OA) \perp (BH)$ si O, A et B ne sont pas alignés (sinon, on convient que $H = B$).

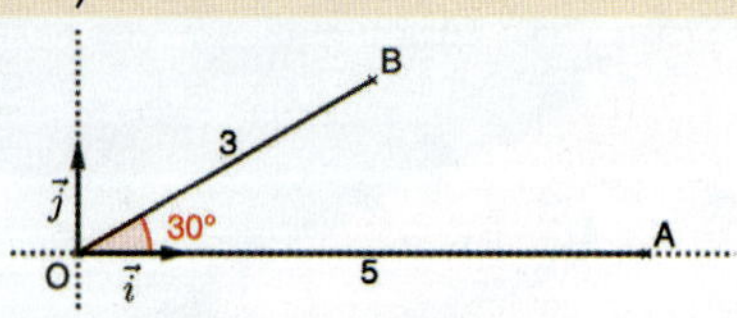

a. Reproduire la figure et placer le point H.

b. Dans le triangle rectangle OBH, calculer les valeurs exactes des longueurs OH et BH.

c. Déterminer les coordonnées des points A, B et H dans le repère $(O ; \vec{i}, \vec{j})$.

d. Calculer $\overrightarrow{OA} \cdot \overrightarrow{OB}$ et $\overrightarrow{OA} \cdot \overrightarrow{OH}$. Que peut-on conjecturer ?

» Cours p. 224

ACTIVITÉ 3

Produit scalaire et coordonnées

Objectif Découvrir l'expression analytique du produit scalaire et son cadre d'utilisation

Soit ABCD un carré de centre I et de côté 2 cm. On appelle K, L, M, et N, les milieux respectifs de [AB], [AD], [CD] et [BC].
On pose : $\vec{u} = \overrightarrow{IB}$ et $\vec{v} = \overrightarrow{DC}$.

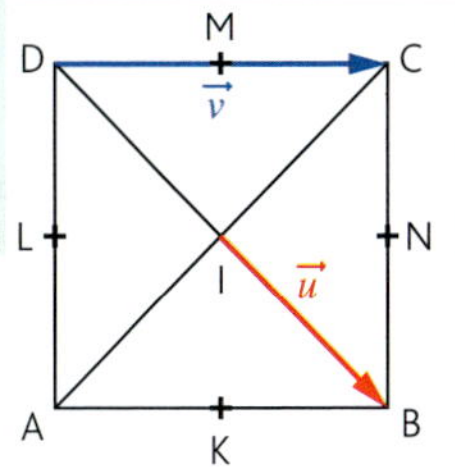

1 **a.** Montrer que $IB = \sqrt{2}$ cm. **b.** En déduire la valeur de $\vec{u} \cdot \vec{v}$.

2 **a.** Reproduire et compléter le tableau suivant :

Repère	$(A ; \overrightarrow{AK}, \overrightarrow{AL})$	$(D ; \overrightarrow{DM}, \overrightarrow{DL})$	$(A ; \overrightarrow{AB}, \overrightarrow{AD})$	$(A ; \overrightarrow{AB}, \overrightarrow{AL})$
Coordonnées de $\vec{u}$				
Coordonnées de $\vec{v}$				
$x_{\vec{u}} \times x_{\vec{v}} + y_{\vec{u}} \times y_{\vec{v}}$				

b. Dans quel(s) repère(s) le calcul $x_{\vec{u}} \times x_{\vec{v}} + y_{\vec{u}} \times y_{\vec{v}}$ permet-il de retrouver $\vec{u} \cdot \vec{v}$? Quel est le point commun de ces repères ?

Cours p. 226

ACTIVITÉ 4

Vers une généralisation du théorème de Pythagore

Logiciel de géométrie

Objectif Découvrir le théorème d'Al Kashi

Un ingénieur en robotique programme un drone de livraison pour transporter un colis entre deux points. Ce drone ne sait voler qu'en ligne droite. Il décolle de sa base A en direction du point B où il prend en charge le colis, puis vole vers le point C où il dépose le colis, avant de rentrer à son point de départ.

1 L'objectif de cette question est de déterminer une formule pour calculer la distance de retour du drone vers sa base à partir des longueurs AB, BC et de l'angle $\widehat{ABC}$.
Les points A, B et C sont repérés par leurs coordonnées dans un vecteur orthonormé et on donne :
A(0 ; 5), B(6 ; 1), C(2 ; 0).

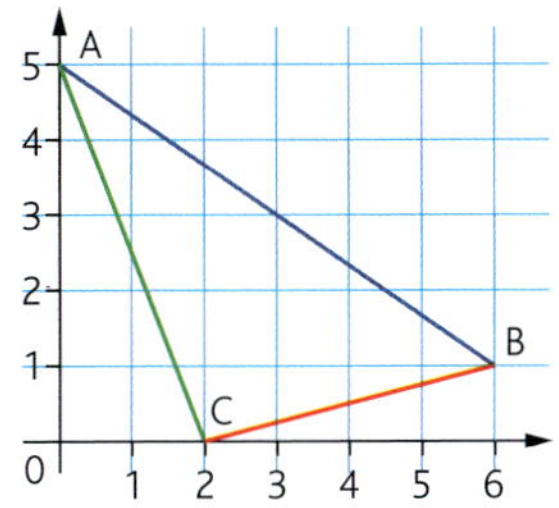

a. Calculer les coordonnées des vecteurs $\overrightarrow{AB}$, $\overrightarrow{AC}$ et $\overrightarrow{BC}$.

b. Calculer les valeurs de AB^2, AC^2 et BC^2.

c. Calculer $\overrightarrow{BA} \cdot \overrightarrow{BC}$ et comparer ce résultat avec $AB^2 + BC^2 - AC^2$.

d. En déduire une formule pour calculer AC^2 à partir des longueurs AB, BC et de l'angle $\widehat{ABC}$.

2 L'objectif de cette question est de déterminer la mesure de l'angle $\widehat{ABC}$ en connaissant uniquement les distances de vol entre les différents points.
Ouvrir un logiciel de géométrie dynamique.

a. Placer trois points A, B et C.

b. Faire afficher la valeur de $AB^2 + BC^2 - AC^2$ et celle de $\overrightarrow{BA} \cdot \overrightarrow{BC}$ (ou de $AB \times BC \times \cos(\widehat{ABC})$).

c. Déplacer les points A, B et C et formuler une conjecture.

d. Quelle propriété retrouve-t-on lorsque le triangle est rectangle en B ?

e. Conjecturer une formule permettant de calculer le cosinus de l'angle $\widehat{ABC}$ uniquement à partir des longueurs des côtés du triangle ABC.

Cours p. 228

Cours 1 Produit scalaire : définition géométrique

A Définition du produit scalaire

Définitions

- Soient $\vec{u}$ et $\vec{v}$, deux vecteurs du plan. On appelle « produit scalaire » le nombre réel $\vec{u} \cdot \vec{v}$ défini par :

  → $\vec{u} \cdot \vec{v} = \|\vec{u}\| \times \|\vec{v}\| \times \cos(\vec{u}, \vec{v})$ si $\vec{u} \neq \vec{0}$ et $\vec{v} \neq \vec{0}$

  → $\vec{u} \cdot \vec{v} = 0$ si $\vec{u} = \vec{0}$ ou $\vec{v} = \vec{0}$
- Soient A, B et C trois points deux à deux distincts du plan. Le produit scalaire $\overrightarrow{AB} \cdot \overrightarrow{AC}$ vérifie : $\overrightarrow{AB} \cdot \overrightarrow{AC} = AB \times AC \times \cos(\widehat{BAC})$.

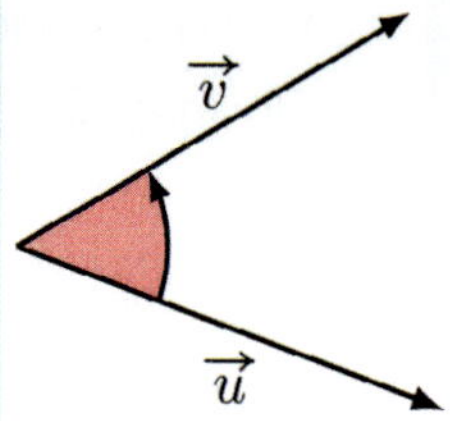

EXEMPLES

Dans la figure ci-contre, ABC et ACD sont deux triangles équilatéraux, de côté 4 unités.

- $\overrightarrow{BC} \cdot \overrightarrow{BA} = BC \times BA \times \cos(\widehat{CBA}) = 4 \times 4 \times \cos(60) = 16 \times \frac{1}{2} = 8$
- $\overrightarrow{AB} \cdot \overrightarrow{AD} = AB \times AD \times \cos(\widehat{BAD}) = 4 \times 4 \times \cos(120) = 16 \times \left(-\frac{1}{2}\right) = -8$

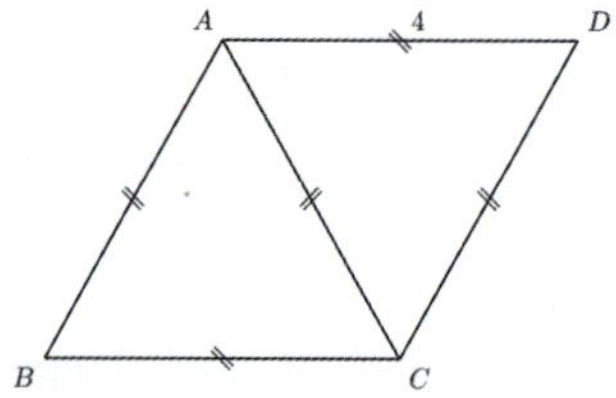

Remarques

– Pour tout vecteur $\vec{u}$: $\vec{u}^2 = \vec{u} \cdot \vec{u} = \|\vec{u}\|^2$. On appelle **« carré scalaire »** du vecteur $\vec{u}$ le nombre réel positif $\vec{u}^2$.

– Si $\vec{u}$ et $\vec{v}$ sont deux vecteurs colinéaires non nuls alors :

$$\begin{cases} \vec{u} \cdot \vec{v} = \|\vec{u}\| \times \|\vec{v}\|, \text{ si } \vec{u} \text{ et } \vec{v} \text{ sont de même sens.} \\ \vec{u} \cdot \vec{v} = -\|\vec{u}\| \times \|\vec{v}\|, \text{ si } \vec{u} \text{ et } \vec{v} \text{ sont de sens contraires.} \end{cases}$$

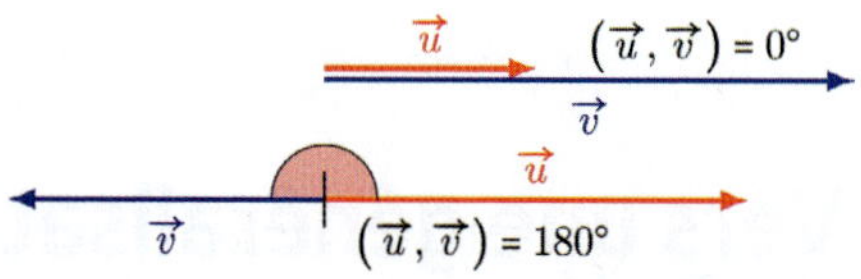

Propriétés

Pour tous vecteurs $\vec{u}$, $\vec{v}$ et $\vec{w}$, et pour tout nombre réel k, on a :

- $\vec{u} \cdot \vec{v} = \vec{v} \cdot \vec{u}$
- $\vec{u} \cdot (\vec{v} + \vec{w}) = \vec{u} \cdot \vec{v} + \vec{u} \cdot \vec{w}$
- $\vec{u} \cdot (k\vec{v}) = (k\vec{u}) \cdot \vec{v} = k \times (\vec{u} \cdot \vec{v})$

B Vecteur orthogonaux

Définition et propriétés

- Deux vecteurs du plan $\vec{u}$ et $\vec{v}$ sont orthogonaux si leur produit scalaire $\vec{u} \cdot \vec{v}$ est nul.
- Deux vecteurs non nuls sont orthogonaux équivaut à dire que leurs directions sont perpendiculaires ou encore que l'angle $(\widehat{\vec{u}, \vec{v}})$ est un angle droit.
- Le vecteur nul est orthogonal à tous les autres vecteurs.

C Projection orthogonale

Propriété

Soient $\vec{u}$ et $\vec{v}$ deux vecteurs non nuls du plan et trois points tels que $\overrightarrow{AB} = \vec{u}$ et $\overrightarrow{AC} = \vec{v}$. On appelle H le projeté orthogonal de C sur la droite (AB).

- Si les vecteurs $\overrightarrow{AB}$ et $\overrightarrow{AH}$ sont colinéaires de même sens, alors : $\overrightarrow{AB} \cdot \overrightarrow{AC} = AB \times AH$
- Si les vecteurs $\overrightarrow{AB}$ et $\overrightarrow{AH}$ sont colinéaires de sens contraires, alors : $\overrightarrow{AB} \cdot \overrightarrow{AC} = -AB \times AH$

EXO 1 Calculer un produit scalaire à l'aide de la définition

ABCD est un parallélogramme, tel que $AB = 4$, $AD = 7$ et $\widehat{DAB} = \frac{3\pi}{4}$. Calculer $\overrightarrow{AB} \cdot \overrightarrow{AD}$.

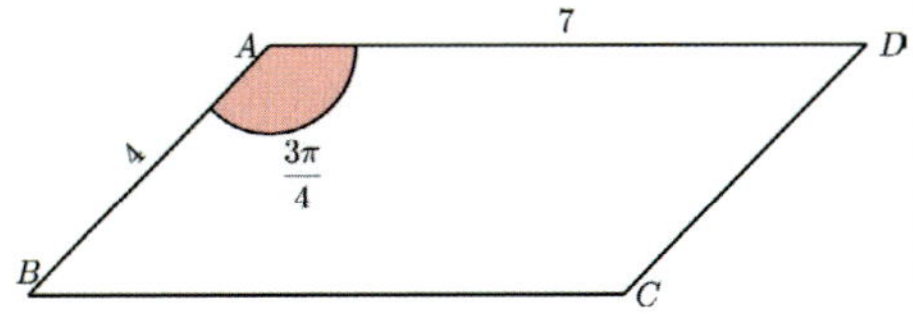

Méthode

1. Déterminer la norme des deux vecteurs.
2. Déterminer une mesure de l'angle formé par les deux vecteurs.
3. Utiliser la définition du produit scalaire de deux vecteurs.

Réponse

1. $\|\overrightarrow{AB}\| = AB = 4$; $\|\overrightarrow{AD}\| = AD = 7$
2. $(\overrightarrow{AB}, \overrightarrow{AD}) = \frac{3\pi}{4}$
3. $\overrightarrow{AB} \cdot \overrightarrow{AD} = AB \times AD \times \cos(\overrightarrow{AB}, \overrightarrow{AD}) = 4 \times 7 \times \cos\left(\frac{3\pi}{4}\right) = 4 \times 7 \times \left(-\frac{\sqrt{2}}{2}\right) = -14\sqrt{2}$

Exercices 1 à 11 p. 233

EXO 2 Calculer un produit scalaire en utilisant les propriétés pour justifier l'orthogonalité de deux vecteurs

Soient $\vec{u}$ et $\vec{v}$ deux vecteurs du plan, tels que : $\|\vec{u}\| = \sqrt{2}$, $\|\vec{v}\| = 1$ et $\vec{u} \cdot \vec{v} = 1$. On pose $\vec{a} = 2\vec{u} + \vec{v}$ et $\vec{b} = -3\vec{u} + 5\vec{v}$. Calculer $\vec{a} \cdot \vec{b}$. Que peut-on en déduire ?

Méthode

1. Calculer en utilisant les propriétés du produit scalaire.
2. Utiliser la définition de l'orthogonalité de deux vecteurs.

Réponse

1. $\vec{a} \cdot \vec{b} = (2\vec{u} + \vec{v}) \cdot (-3\vec{u} + 5\vec{v}) = (2\vec{u}) \cdot (-3\vec{u}) + (2\vec{u}) \cdot (5\vec{v}) + \vec{v} \cdot (-3\vec{u}) + \vec{v} \cdot (5\vec{v})$
   $\vec{a} \cdot \vec{b} = -6\vec{u}^2 + 10\vec{u} \cdot \vec{v} - 3\vec{v} \cdot \vec{u} + 5\vec{v}^2 = -6\vec{u}^2 + 7\vec{u} \cdot \vec{v} + 5\vec{v}^2$
   $\vec{a} \cdot \vec{b} = -6 \times (\sqrt{2})^2 + 7 \times 1 + 5 \times 1^2 = -12 + 7 + 5 = 0$
2. $\vec{a} \cdot \vec{b} = 0$ donc les vecteurs $\vec{a}$ et $\vec{b}$ sont orthogonaux.

Exercices 12 et 13 p. 233

EXO 3 Calculer un produit scalaire à l'aide d'un projeté orthogonal

ABC et ACD sont deux triangles rectangles en C, tels que $AC = CD = 6$ et $CB = 2$. Calculer $\overrightarrow{DB} \cdot \overrightarrow{DA}$.

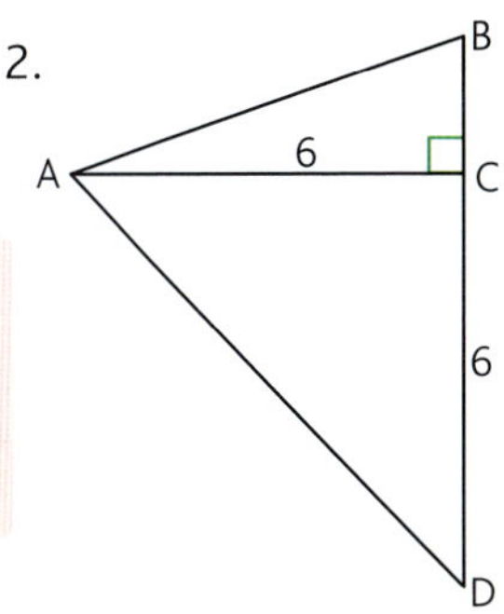

Méthode

1. Déterminer la norme des deux vecteurs.
2. Déterminer une mesure de l'angle formé par les deux vecteurs.
3. Utiliser la formule du produit scalaire et projeté orthogonal, en faisant attention au sens des vecteurs obtenus.

Réponse

1. Les vecteurs $\overrightarrow{DB}$ et $\overrightarrow{DA}$ ont la même origine D.
2. Le projeté orthogonal de A sur la droite (DB) est le point C.
3. Les vecteurs $\overrightarrow{DB}$ et $\overrightarrow{DC}$ ont le même sens.
   $\overrightarrow{DB} \cdot \overrightarrow{DA} = DB \times DC = 8 \times 6 = 48$

Exercices 17 à 23 p. 234

Cours 2 Calcul du produit scalaire dans un repère orthonormé

A Expression analytique du produit scalaire

Définition

Un repère du plan $(O\,;\vec{i},\vec{j})$ est dit orthonormé, si les deux vecteurs de base $\vec{i}$ et $\vec{j}$ sont orthogonaux et si leur norme est égale à 1 unité ($\|\vec{i}\| = \|\vec{j}\| = 1$).

Propriété

Le plan est muni d'un repère orthonormé $(O\,;\vec{i},\vec{j})$.
Si $\vec{u}\begin{pmatrix} x \\ y \end{pmatrix}$ et $\vec{v}\begin{pmatrix} x' \\ y' \end{pmatrix}$ sont deux vecteurs, alors $\vec{u}\cdot\vec{v} = xx' + yy'$.

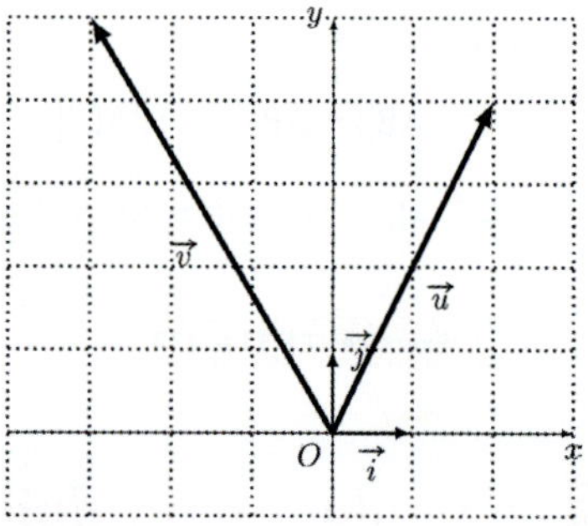

EXEMPLE

On considère deux vecteurs $\vec{u}\begin{pmatrix} 2 \\ 4 \end{pmatrix}$ et $\vec{v}\begin{pmatrix} -3 \\ 5 \end{pmatrix}$ dans un repère orthonormé.
$\vec{u}\cdot\vec{v} = xx' + yy' = 2\times(-3) + 4\times 5 = -6 + 20 = 14.$

B Vecteurs orthogonaux

Propriété

Dans le plan muni d'un repère orthonormé, on considère $\vec{u}\begin{pmatrix} x \\ y \end{pmatrix}$ et $\vec{v}\begin{pmatrix} x' \\ y' \end{pmatrix}$.
Les vecteurs $\vec{u}$ et $\vec{v}$ sont orthogonaux équivaut à dire qu'on a : $xx' + yy' = 0$.

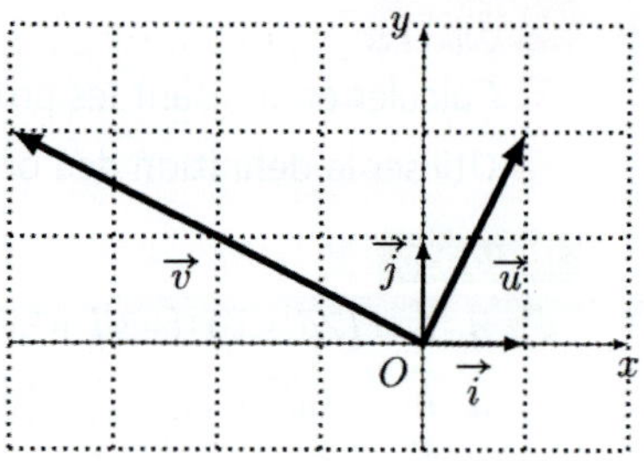

EXEMPLE

Les vecteurs $\vec{u}\begin{pmatrix} 1 \\ 2 \end{pmatrix}$ et $\vec{v}\begin{pmatrix} -4 \\ 2 \end{pmatrix}$ sont orthogonaux, en effet :
$\vec{u}\cdot\vec{v} = xx' + yy' = 1\times(-4) + 2\times 2 = -4 + 4 = 0$

C Norme d'un vecteur (rappel)

Propriété

Soit un vecteur $\vec{u}\begin{pmatrix} x \\ y \end{pmatrix}$ dans le plan muni d'un repère orthonormé.
La norme du vecteur $\vec{u}$ notée $\|\vec{u}\|$ vérifie : $\|\vec{u}\| = \sqrt{x^2 + y^2}$.

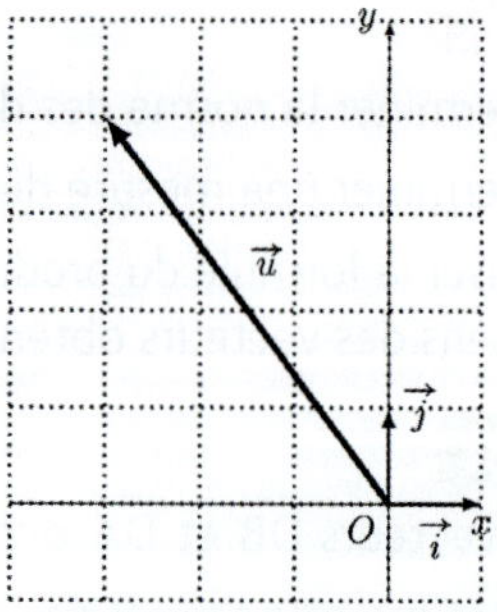

EXEMPLE

Soit le vecteur $\vec{u}\begin{pmatrix} -3 \\ 4 \end{pmatrix}$, on a :
$\|\vec{u}\| = \sqrt{(-3)^2 + 4^2} = \sqrt{9 + 16} = \sqrt{25} = 5.$

EXO 4

Calculer un produit scalaire à l'aide de l'expression analytique

Dans le plan muni d'un repère orthonormé $(O ; \vec{i}, \vec{j})$, on donne les points A(3 ; –5), B(–3 ; 1) et C(0 ; 2). Calculer $\overrightarrow{AB} \cdot \overrightarrow{AC}$.

Méthode

1. Calculer les coordonnées des deux vecteurs $\overrightarrow{AB}$ et $\overrightarrow{AC}$.
2. Utiliser l'expression analytique du produit scalaire de deux vecteurs ($\vec{u} \cdot \vec{v} = xx' + yy'$), après s'être bien assuré qu'on travaille dans un repère orthonormé.

Réponse

1. $\left.\begin{array}{l} x_{\overrightarrow{AB}} = x_B - x_A = -3 - 3 = -6 \\ y_{\overrightarrow{AB}} = y_B - y_A = 1 - (-5) = 6 \end{array}\right\} \overrightarrow{AB}\begin{pmatrix}-6\\6\end{pmatrix}$; $\left.\begin{array}{l} x_{\overrightarrow{AC}} = x_C - x_A = 0 - 3 = -3 \\ y_{\overrightarrow{AC}} = y_C - y_A = 2 - (-5) = 7 \end{array}\right\} \overrightarrow{AC}\begin{pmatrix}-3\\7\end{pmatrix}$
2. $\overrightarrow{AB} \cdot \overrightarrow{AC} = xx' + yy' = -6 \times (-3) + 6 \times 7 = 18 + 42 = 60$

Exercices 26 à 34 p. 235

EXO 5

Utiliser un produit scalaire pour démontrer l'orthogonalité

Dans le plan muni d'un repère orthonormé $(O ; \vec{i}, \vec{j})$, on donne les vecteurs $\vec{u}\begin{pmatrix}4\\-2\end{pmatrix}$, $\vec{v}\begin{pmatrix}3\\6\end{pmatrix}$ et $\vec{w}\begin{pmatrix}2\\3\end{pmatrix}$. Le vecteur $\vec{u}$ est-il orthogonal aux vecteurs $\vec{v}$ et $\vec{w}$?

Méthode

1. Calculer le produit scalaire de deux vecteurs : $\vec{u} \cdot \vec{v} = xx' + yy'$.
2. Utiliser la définition de l'orthogonalité de deux vecteurs : deux vecteurs du plan $\vec{u}$ et $\vec{v}$ sont orthogonaux si leur produit scalaire $\vec{u} \cdot \vec{v}$ est nul.

Réponse

1. $\vec{u} \cdot \vec{v} = xx' + yy' = 4 \times 3 + (-2) \times 6 = 12 - 12 = 0$
   $\vec{u} \cdot \vec{w} = xx' + yy' = 4 \times 2 + (-2) \times 3 = 8 - 6 = 2 \neq 0$
2. Les vecteurs $\vec{u}$ et $\vec{v}$ sont orthogonaux.
   Les vecteurs $\vec{u}$ et $\vec{w}$ ne sont pas orthogonaux.

Exercices 38 à 40 p. 236

EXO 6

Utiliser le produit scalaire pour étudier une figure

Dans le plan muni d'un repère orthonormé $(O ; \vec{i}, \vec{j})$, on donne les points A(1 ; 0), B(3 ; 3) et C(–2 ; 2). Démontrer que le triangle ABC est rectangle et isocèle en A.

Méthode

1. Calculer les coordonnées des deux vecteurs $\overrightarrow{AB}$ et $\overrightarrow{AC}$.
2. Calculer le produit scalaire $\overrightarrow{AB} \cdot \overrightarrow{AC}$.
3. Calculer la norme des deux vecteurs $\overrightarrow{AB}$ et $\overrightarrow{AC}$.
4. Conclure.

Réponse

1. $\left.\begin{array}{l} x_{\overrightarrow{AB}} = x_B - x_A = 3 - 1 = 2 \\ y_{\overrightarrow{AB}} = y_B - y_A = 3 - 0 = 3 \end{array}\right\} \overrightarrow{AB}\begin{pmatrix}2\\3\end{pmatrix}$;
   $\left.\begin{array}{l} x_{\overrightarrow{AC}} = x_C - x_A = -2 - 1 = -3 \\ y_{\overrightarrow{AC}} = y_C - y_A = 2 - 0 = 2 \end{array}\right\} \overrightarrow{AC}\begin{pmatrix}-3\\2\end{pmatrix}$
2. $\overrightarrow{AB} \cdot \overrightarrow{AC} = xx' + yy' = 2 \times (-3) + 3 \times 2 = -6 + 6 = 0$.
   Les vecteurs $\overrightarrow{AB}$ et $\overrightarrow{AC}$ sont orthogonaux.
3. $\|\overrightarrow{AB}\| = \sqrt{x^2 + y^2} = \sqrt{2^2 + 3^2} = \sqrt{13}$;
   $\|\overrightarrow{AC}\| = \sqrt{x^2 + y^2} = \sqrt{(-3)^2 + 2^2} = \sqrt{13}$.
   Les longueurs AB et AC sont égales.
4. Le triangle ABC est rectangle et isocèle en A.

Exercices 44 à 47 p. 236

Cours 3 Utilisations du produit scalaire pour calculer des angles et des longueurs

A Calculer un angle avec la définition géométrique

Propriété

Si $\vec{u}$ et $\vec{v}$ sont deux vecteurs non nuls :

$$\cos(\vec{u},\vec{v}) = \frac{\vec{u}\cdot\vec{v}}{\|\vec{u}\|\times\|\vec{v}\|}.$$

Remarque

Cette propriété est une conséquence immédiate de la définition géométrique du produit scalaire (*cf.* Cours 1 p. 224).

EXEMPLE

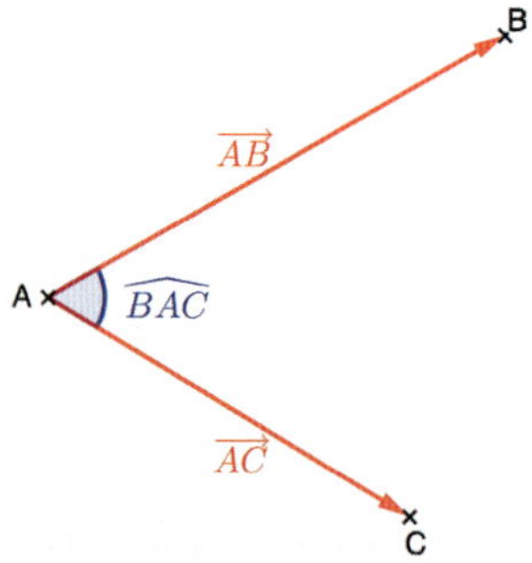

Soit A, B, C trois points tels que $AB = 5$, $AC = 4$ et $\overrightarrow{AB}\cdot\overrightarrow{AC} = 10$

Les vecteurs $\overrightarrow{AB}$ et $\overrightarrow{AC}$ dirigent les côtés de l'angle $\widehat{BAC}$ de sommet A.

On a donc, d'après la propriété,

$$\cos\widehat{BAC} = \cos\left(\overrightarrow{AB}, \overrightarrow{AC}\right) = \frac{\overrightarrow{AB}\cdot\overrightarrow{AC}}{\left\|\overrightarrow{AB}\right\|\times\left\|\overrightarrow{AC}\right\|} = \frac{10}{4\times 5} = \frac{1}{2}$$

En utilisant le cercle trigonométrique ou la calculatrice, on peut conclure que $\widehat{BAC}$ mesure 60°

B Calculer des angles et des longueurs avec le théorème d'Al Kashi

Théorème d'Al Kashi

Dans tout triangle ABC, en utilisant les notations de la figure ci-contre :

$a^2 = b^2 + c^2 - 2bc\cos\hat{A}$ $\quad b^2 = a^2 + c^2 - 2ac\cos\hat{B}$ $\quad c^2 = a^2 + b^2 - 2ab\cos\hat{C}$

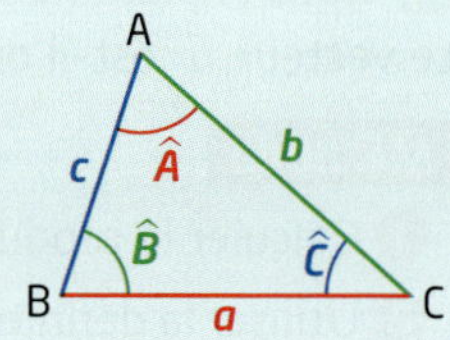

Remarque

Ce théorème généralise le théorème de Pythagore. En effet, si par exemple $\hat{A} = 90°$, la première relation s'écrit alors simplement $a^2 = b^2 + c^2$.

EXEMPLE

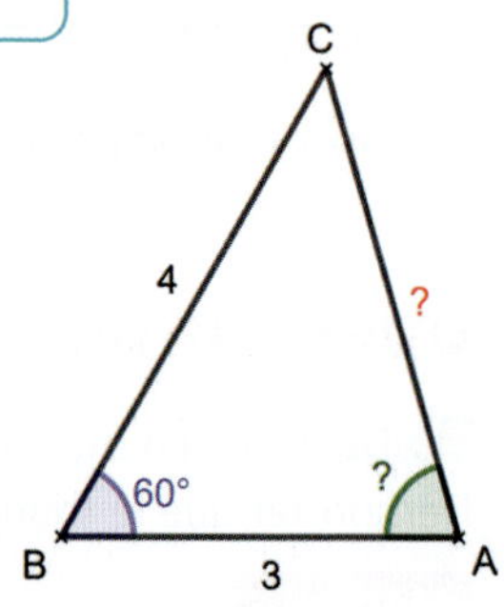

On considère un triangle ABC tel que $AB = 3$, $BC = 4$ et $\widehat{ABC} = 60°$.

- **Calcul de AC :**

$AC^2 = AB^2 + BC^2 - 2\times AB\times AC\times\cos\left(\widehat{ABC}\right) = 4^2 + 3^2 - 2\times 4\times 3\times\frac{1}{2} = 13$

AC étant une longueur, $AC = \sqrt{13} \approx 3{,}6$ au dixième près.

- **Calcul de la mesure de $\widehat{BAC}$:**

L'expression du théorème d'Al Kashi qui fait intervenir l'angle $\widehat{BAC}$ est :

$BC^2 = AB^2 + AC^2 - 2\times AB\times AC\times\cos\left(\widehat{BAC}\right)$

En remplaçant les longueurs dans cette égalité, il vient : $16 = 9 + 13 - 2\times 3\times\sqrt{13}\times\cos\left(\widehat{BAC}\right)$

On isole alors $\cos\left(\widehat{BAC}\right)$: $\cos\left(\widehat{BAC}\right) = \frac{6}{6\sqrt{13}} = \frac{\sqrt{13}}{13}$. La calculatrice donne alors : $\widehat{BAC} \approx 73{,}9°$ au dixième près.

C Calculer des longueurs avec l'égalité du parallélogramme

Propriété

Dans tout parallélogramme ABCD, on a l'égalité suivante :

$$AC^2 + BD^2 = AB^2 + BC^2 + CD^2 + AD^2$$

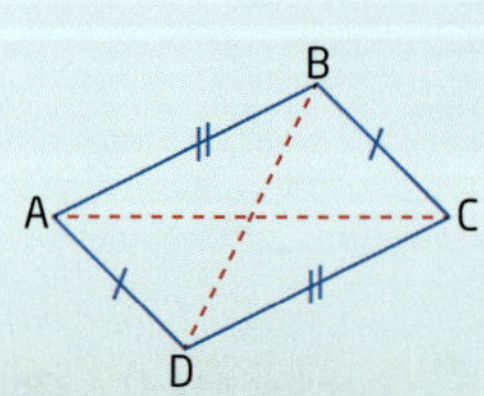

Autrement dit, dans un parallélogramme, la somme des carrés des longueurs des diagonales est égale à la somme des carrés des longueurs des côtés.

On peut aussi apprendre cette égalité sous la forme : $AC^2 + BD^2 = 2AB^2 + 2BC^2$

EXO 7

Calculer un angle à partir des coordonnées de 3 points

Dans le plan muni d'un repère orthonormé $(O ; \vec{i}, \vec{j})$, on donne les points $A(1 ; 5)$, $B(-1 ; 2)$ et $C(3 ; -2)$.

Déterminer une mesure de l'angle $\widehat{ABC}$ au dixième de degré près.

Méthode

1. On localise deux vecteurs $\vec{u}$ et $\vec{v}$ qui orientent les côtés de l'angle et on calcule leurs coordonnées.
2. À partir des coordonnées, on calcule $\vec{u} \cdot \vec{v}$, $\|\vec{u}\|$ et $\|\vec{v}\|$.
3. On utilise la propriété $\cos(\vec{u}, \vec{v}) = \dfrac{\vec{u} \cdot \vec{v}}{\|\vec{u}\| \times \|\vec{v}\|}$
4. On en déduit l'angle recherché à l'aide de la calculatrice.

Exercices 57 et 58 p. 237

Réponse

1. Les vecteurs $\overrightarrow{BA}$ et $\overrightarrow{BC}$ orientent les côtés de l'angle $\widehat{BAC}$.
2. $\overrightarrow{BA}\begin{pmatrix} 1-(-1) \\ 5-2 \end{pmatrix} = \begin{pmatrix} 2 \\ 3 \end{pmatrix}$ et $\overrightarrow{BC}\begin{pmatrix} 3-(-1) \\ -2-2 \end{pmatrix} = \begin{pmatrix} 4 \\ -4 \end{pmatrix}$

   $\overrightarrow{BA} \cdot \overrightarrow{BC} = 2 \times 4 + 3 \times (-4) = -4$

   $\|\overrightarrow{BA}\| = \sqrt{2^2 + 3^2} = \sqrt{13}$ et

   $\|\overrightarrow{BC}\| = \sqrt{4^2 + (-4)^2} = \sqrt{32} = 4\sqrt{2}$
3. $\cos(\widehat{ABC}) = \dfrac{\overrightarrow{BA} \cdot \overrightarrow{BC}}{\|\overrightarrow{BA}\| \times \|\overrightarrow{BC}\|} = \dfrac{-4}{\sqrt{13} \times 4\sqrt{2}}$
4. On en déduit que

   $\widehat{ABC} = \cos^{-1}\left(\dfrac{-4}{\sqrt{13} \times 4\sqrt{2}}\right) \approx 101{,}3°$

EXO 8

Calculer des longueurs avec le théorème d'Al Kashi et l'égalité du parallélogramme

Soit ABCD un parallélogramme tel que $AB = 5$ cm, $AD = 2$ cm et $\widehat{BAD} = 60°$.

Calculons les longueurs des diagonales de ce parallélogramme.

Méthode

1. On réalise un schéma en codant les longueurs et les angles connus et on repère les grandeurs à calculer.
2. Si dans un triangle, on connaît un la mesure d'un angle et les longueurs des côtés adjacents, alors le **théorème d'Al Kashi** permet de calculer la mesure du troisième côté.
3. Si dans un parallélogramme, on connaît 3 longueurs parmi les longueurs des côtés et celles des diagonales alors on peut calculer la longueur manquante grâce à **l'égalité du parallélogramme**.

Exercices 60 à 63 p. 237 et 72-73 p. 238

Réponse

1.

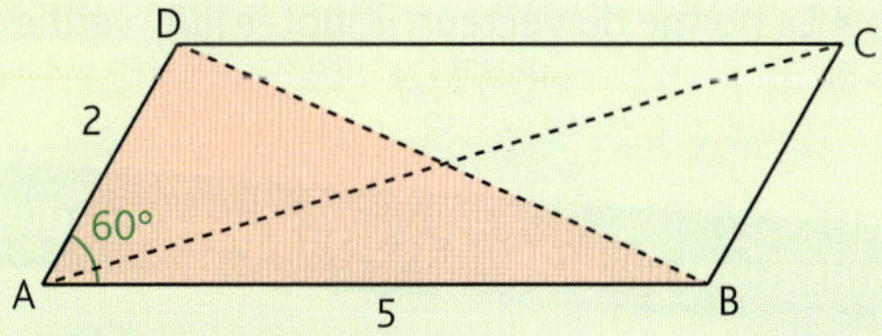

2. Pour calculer la longueur de la première diagonale, le **théorème d'Al Kashi** dans le triangle ABD donne :

   $BD^2 = AB^2 + AD^2 - 2 \times AB \times AD \times \cos(\widehat{BAD})$

   $= 5^2 + 2^2 - 2 \times 5 \times 2 \times \cos(60°)$

   $= 19$

   donc $BD = \sqrt{19}$ cm.
3. Pour calculer la longueur de la seconde diagonale, on utilise **l'égalité du parallélogramme** :

$AC^2 + (\sqrt{19})^2 = 5^2 + 2^2 + 5^2 + 2^2$

On obtient $AC^2 = 39$ donc $AC = \sqrt{39}$ cm.

L'essentiel

Je retiens

1. Produit scalaire : définition géométrique

Soient $\vec{u}$ et $\vec{v}$ deux vecteurs du plan. Le produit scalaire des vecteurs $\vec{u}$ et $\vec{v}$ est le nombre réel $\vec{u}\cdot\vec{v}$ défini par :

- $\vec{u}\cdot\vec{v} = \vec{u}\times\vec{v}\times\cos(\vec{u},\vec{v})$ si $\vec{u}\neq\vec{0}$ et $\vec{v}\neq\vec{0}$
- $\vec{u}\cdot\vec{v} = 0$ si $\vec{u}=\vec{0}$ ou $\vec{v}=\vec{0}$

Pour A, B et C trois points deux à deux distincts du plan :
$\overrightarrow{AB}\cdot\overrightarrow{AC} = AB\times AC\times\cos(\widehat{BAC})$

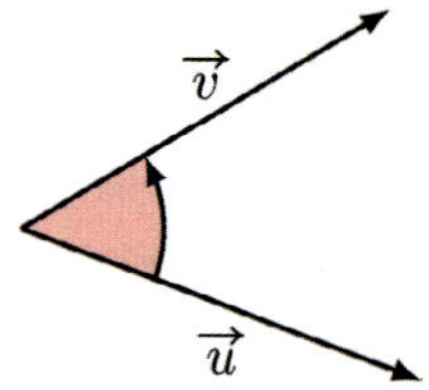

Orthogonalité et projection orthogonale

- Deux vecteurs du plan $\vec{u}$ et $\vec{v}$ sont orthogonaux si leur produit scalaire $\vec{u}\cdot\vec{v}$ est nul.

Soient $\vec{u}$ et $\vec{v}$ deux vecteurs non nuls du plan et trois points tels que $\overrightarrow{AB}=\vec{u}$ et $\overrightarrow{AC}=\vec{v}$. On appelle H le projeté orthogonal de C sur la droite (AB).

- Si les vecteurs $\overrightarrow{AB}$ et $\overrightarrow{AH}$ sont colinéaires de même sens, alors :
  $\overrightarrow{AB}\cdot\overrightarrow{AC} = AB\times AH$.
- Si les vecteurs $\overrightarrow{AB}$ et $\overrightarrow{AH}$ sont colinéaires de sens contraires (schéma ci-contre), alors : $\overrightarrow{AB}\cdot\overrightarrow{AC} = -AB\times AH$.

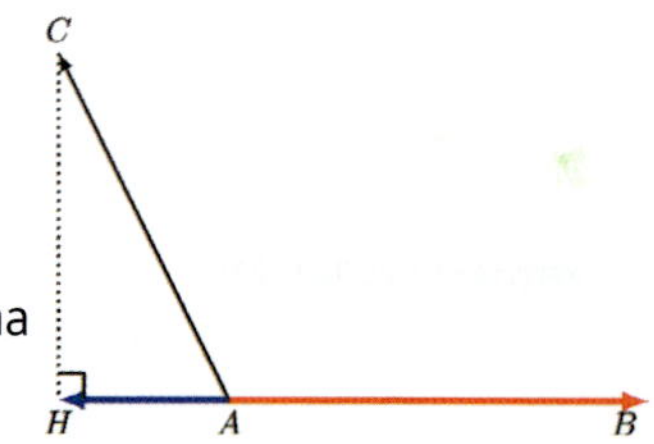

2. Calcul du produit scalaire dans un repère orthonormé

Dans le plan muni d'un repère orthonormé $(O\,;\vec{i},\vec{j})$.

- Si $\vec{u}\begin{pmatrix}x\\y\end{pmatrix}$ et $\vec{v}\begin{pmatrix}x'\\y'\end{pmatrix}$ sont deux vecteurs, alors $\vec{u}\cdot\vec{v} = xx'+yy'$.
- $\vec{u}\begin{pmatrix}x\\y\end{pmatrix}$ et $\vec{v}\begin{pmatrix}x'\\y'\end{pmatrix}$ sont orthogonaux si et seulement si $xx'+yy'=0$.
- La norme du vecteur $\vec{u}$ notée $\|\vec{u}\|$ vérifie : $\|\vec{u}\| = \sqrt{x^2+y^2}$.

3. Utilisations du produit scalaire pour calculer des angles et des longueurs

Avec la définition géométrique

Si $\vec{u}$ et $\vec{v}$ sont deux vecteurs non nuls : $\cos(\vec{u},\vec{v}) = \dfrac{\vec{u}\cdot\vec{v}}{\|\vec{u}\|\times\|\vec{v}\|}$

Avec le théorème d'Al Kashi

Dans tout triangle ABC, en utilisant les notations de la figure ci-contre :

$a^2 = b^2+c^2-2bc\cos\hat{A}$

$b^2 = a^2+c^2-2ac\cos\hat{B}$

$c^2 = a^2+b^2-2ab\cos\hat{C}$

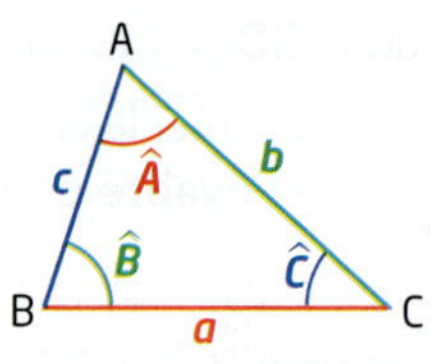

Avec l'égalité du parallélogramme

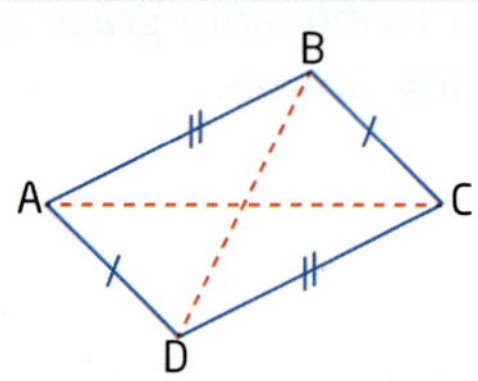

Dans tout parallélogramme ABCD, on a :
$AC^2+BD^2 = AB^2+BC^2+CD^2+AD^2$

Je me teste

QCM interactif et auto-corrigé
hachette-clic.fr/25mfls029

Je me prépare à une évaluation

Je maîtrise le calcul d'un produit scalaire en utilisant les différentes formules

CHALLENGE EN CLASSE OU À LA MAISON

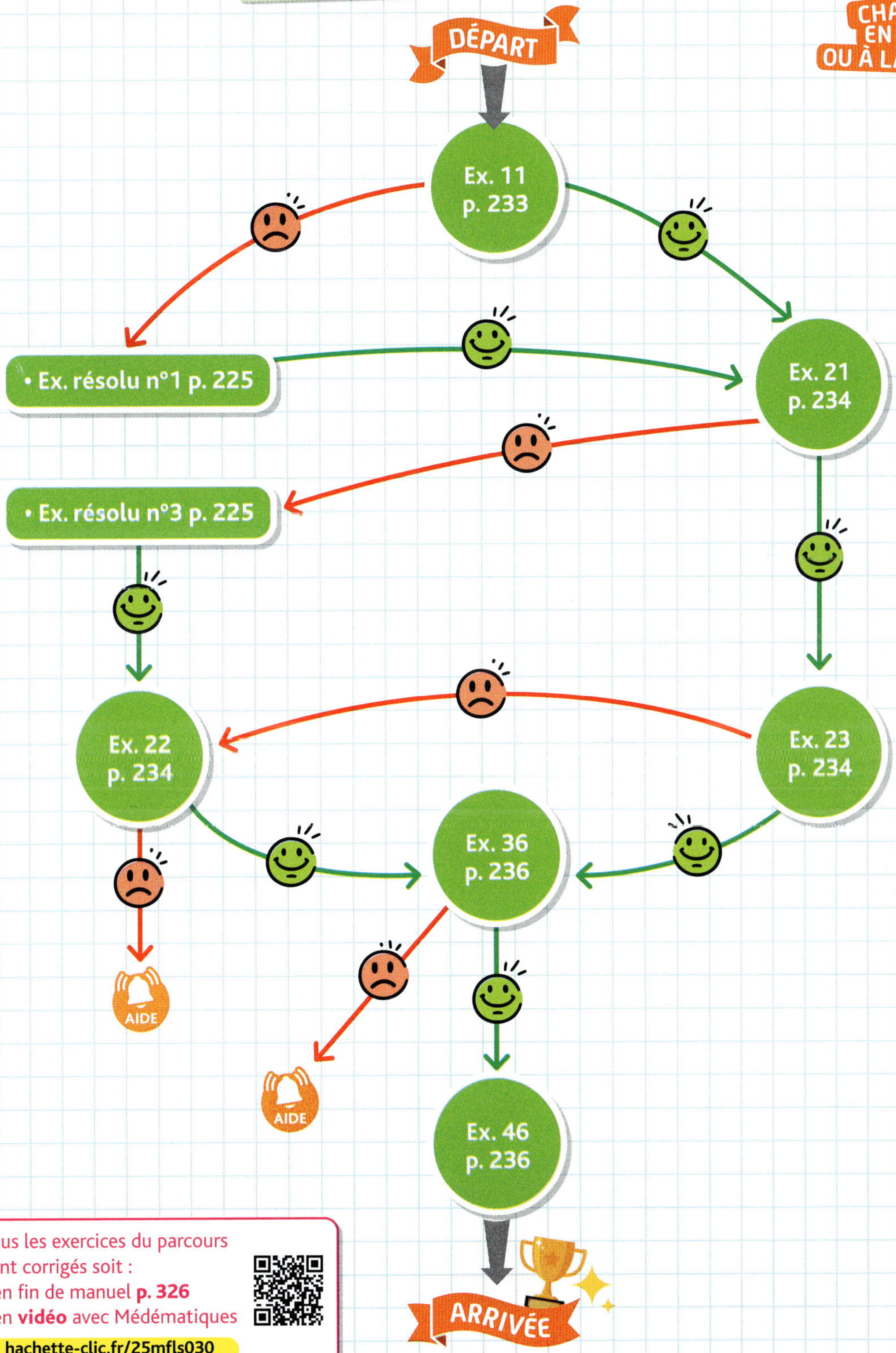

Tous les exercices du parcours sont corrigés soit :
- en fin de manuel **p. 326**
- en **vidéo** avec Médématiques

hachette-clic.fr/25mfls030

Je me prépare à une évaluation

Je maîtrise l'utilisation du produit scalaire pour calculer une longueur, une mesure d'un angle, ou pour démontrer l'orthogonalité de deux vecteurs

CHALLENGE EN CLASSE OU À LA MAISON

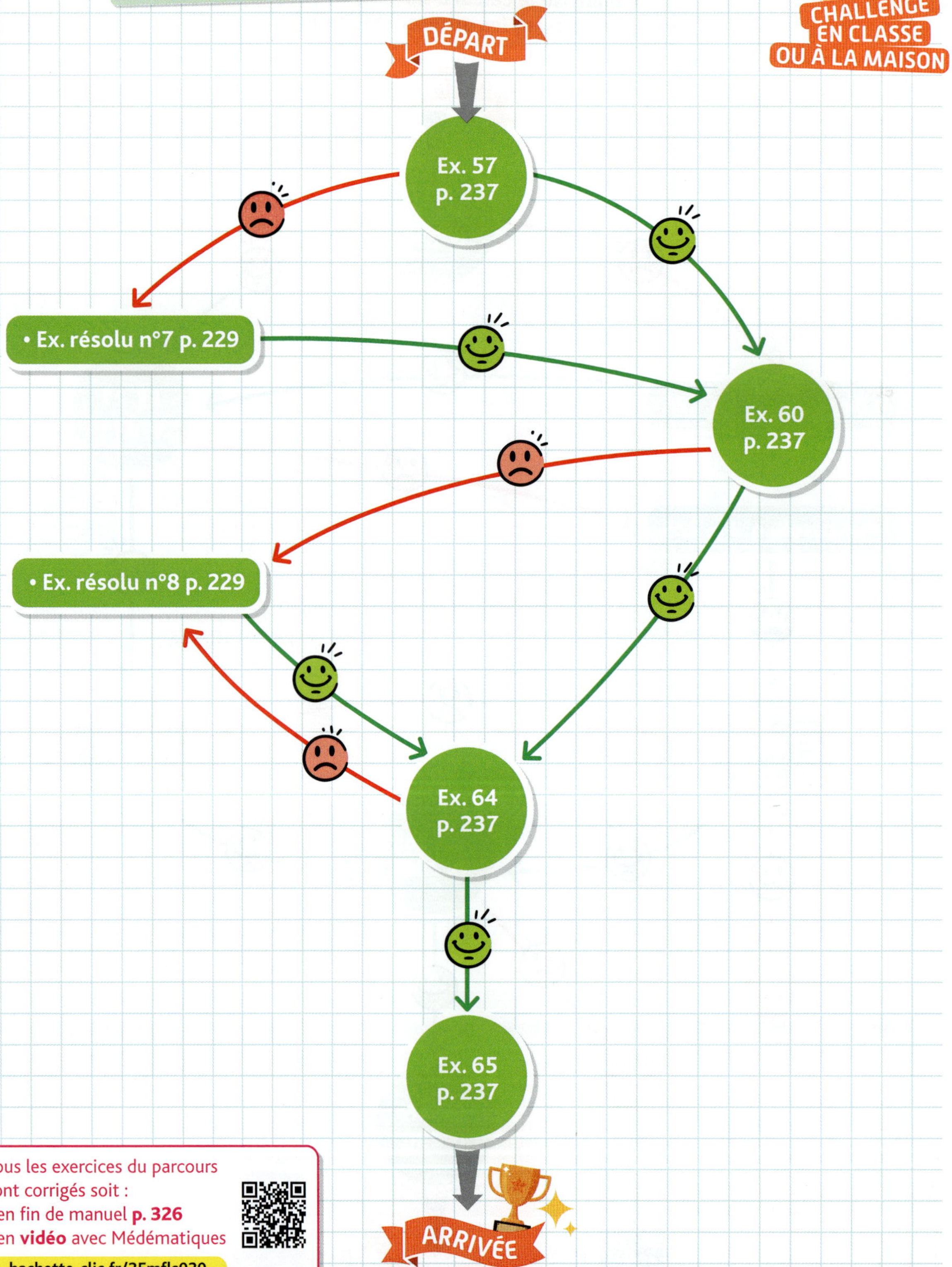

Tous les exercices du parcours sont corrigés soit :
- en fin de manuel **p. 326**
- en **vidéo** avec Médématiques

hachette-clic.fr/25mfls030

Les exercices roses sont corrigés :
• en fin de manuel p. 326 **ou** • en **vidéo** avec Médématiques hachette-clic.fr/25mfls030

1 Produit scalaire : définition géométrique

Questions flash

Dans les exercices 1 à 7, calculer le produit scalaire $\vec{u}\cdot\vec{v}$.

1 On donne $\|\vec{u}\| = 5$, $\|\vec{v}\| = 4$ et $(\vec{u}\,;\vec{v}) = \frac{\pi}{3}$.

2 On donne $\|\vec{u}\| = 1$, $\|\vec{v}\| = \sqrt{2}$ et $(\vec{u}\,;\vec{v}) = 45°$.

3 On donne $\|\vec{u}\| = \frac{3}{2}$, $\|\vec{v}\| = 8$ et $(\vec{u}\,;\vec{v}) = 120°$.

4 On donne $\|\vec{u}\| = 2$, $\|\vec{v}\| = \sqrt{3}$ et $(\vec{u}\,;\vec{v}) = \frac{\pi}{6}$.

5 On donne $\|\vec{u}\| = \frac{1}{2}$, $\|\vec{v}\| = 3\sqrt{2}$ et $(\vec{u}\,;\vec{v}) = -\frac{3\pi}{4}$.

6 $\vec{u}$ et $\vec{v}$ sont deux vecteurs colinéaires et de même sens tels que : $\|\vec{u}\| = 2$, $\|\vec{v}\| = 5$.

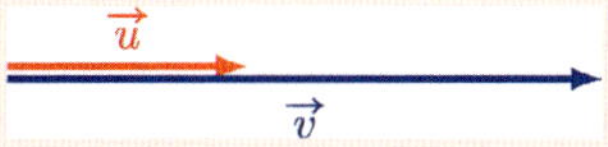

7 $\vec{u}$ et $\vec{v}$ sont deux vecteurs colinéaires et de sens contraires tels que : $\|\vec{u}\| = 4$, $\|\vec{v}\| = 3$.

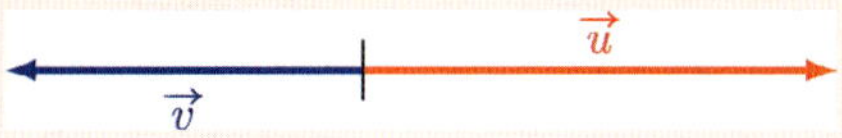

8 ABCD est un carré de côté a.
Calculer $\overrightarrow{AB}\cdot\overrightarrow{AD}$, puis $\overrightarrow{AB}\cdot\overrightarrow{CD}$.

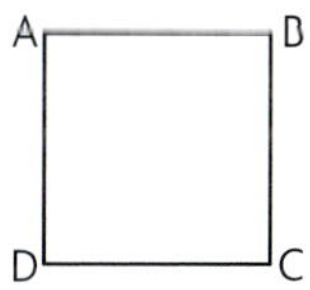

Si A, B et C sont trois points deux à deux distincts du plan, on a : $\overrightarrow{AB}\cdot\overrightarrow{AC} = AB \times AC \times \cos(\widehat{BAC})$.

9 ABC est un triangle équilatéral de côté 6 cm.
I est le milieu de [AB].
Calculer les produits scalaires suivants :
a. $\overrightarrow{AB}\cdot\overrightarrow{AC}$ b. $\overrightarrow{AB}\cdot\overrightarrow{AI}$
c. $\overrightarrow{IA}\cdot\overrightarrow{IB}$ d. $\overrightarrow{AB}\cdot\overrightarrow{IC}$

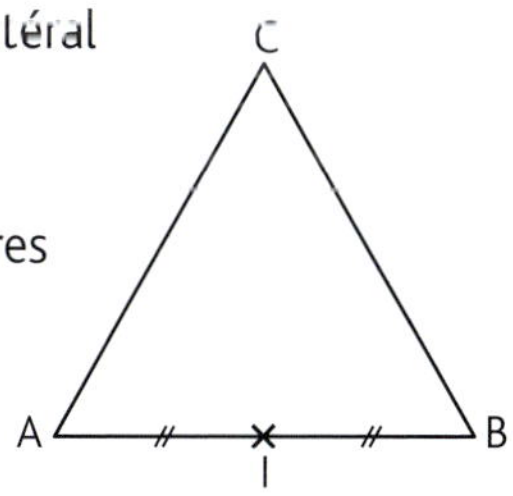

Dans les exercices 10 et 11, on considère ABCDEF un hexagone régulier de centre O et de côté 2 cm (on rappelle que tous les triangles joignant O à deux sommets consécutifs sont alors équilatéraux).

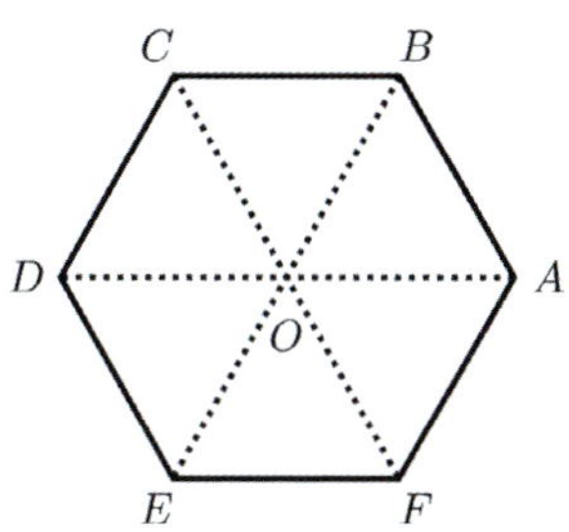

10 Calculer :
a. $\overrightarrow{OB}\cdot\overrightarrow{OC}$ b. $\overrightarrow{OA}\cdot\overrightarrow{OC}$ c. $\overrightarrow{OB}\cdot\overrightarrow{OE}$
d. $\overrightarrow{BE}\cdot\overrightarrow{AF}$ e. $\overrightarrow{AD}\cdot\overrightarrow{BE}$

11 Corrigé
Calculer :
a. $\overrightarrow{EF}\cdot\overrightarrow{EB}$ b. $\overrightarrow{AB}\cdot\overrightarrow{AF}$ c. $\overrightarrow{DC}\cdot\overrightarrow{BE}$
d. $\overrightarrow{AB}\cdot\overrightarrow{EF}$ e. $\overrightarrow{OC}\cdot\overrightarrow{AF}$

Pour tous vecteurs $\vec{u}$, $\vec{v}$ et $\vec{w}$, et pour tout nombre réel k, on a :
- $\vec{u}\cdot\vec{v} = \vec{v}\cdot\vec{u}$
- $\vec{u}\cdot(\vec{v}+\vec{w}) = \vec{u}\cdot\vec{v} + \vec{u}\cdot\vec{w}$
- $\vec{u}\cdot(k\vec{v}) = (k\vec{u})\cdot\vec{v} = k \times (\vec{u}\cdot\vec{v})$

12 $\vec{u}$ et $\vec{v}$ sont deux vecteurs tels que : $\|\vec{u}\| = 2$, $\|\vec{v}\| = 5$ et $\vec{u}\cdot\vec{v} = 7$. Calculer :
a. $\vec{u}\cdot(3\vec{v})$ b. $\vec{u}\cdot(\vec{u}+\vec{v})$ c. $\vec{v}\cdot(\vec{u}-\vec{v})$

13 $\vec{u}$ et $\vec{v}$ sont deux vecteurs tels que : $\|\vec{u}\| = \sqrt{2}$, $\|\vec{v}\| = 2\sqrt{2}$ et $\vec{u}\cdot\vec{v} = -1$. On pose $\vec{w} = \vec{u} + 3\vec{v}$.
Calculer :
a. $\vec{w}^2$
b. $\vec{u}\cdot\vec{w}$
c. $\vec{w}\cdot(\vec{u}-\vec{w})$

Le travail d'une force constante $\vec{F}$ (exprimée en Newton) s'exerçant sur un trajet rectiligne d'un point A vers un point B (donné en mètres) est donné par $\vec{F}\cdot\overrightarrow{AB}$ et s'exprime en Joules (J).
- Si le produit scalaire $\vec{F}\cdot\overrightarrow{AB}$ est positif, c'est un **travail moteur** : la force aide le mouvement.
- Si le produit scalaire $\vec{F}\cdot\overrightarrow{AB}$ est négatif, c'est un **travail résistant** : la force freine ou s'oppose au mouvement.

Dans les exercices 14 et 15, calculer le travail en joules de chacune des forces exercées lors d'un déplacement rectiligne de A vers B. On précisera dans chaque cas s'il s'agit d'un travail moteur ou résistant. Les résultats seront arrondis à l'unité et notera $F = \|\vec{F}\|$.

14

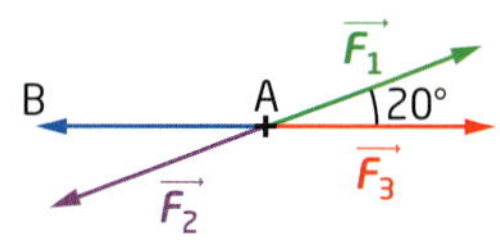

On donne $F_1 = 5$ N, $F_2 = 2{,}7$ N, $F_3 = 6$ N et AB = 75 m

15

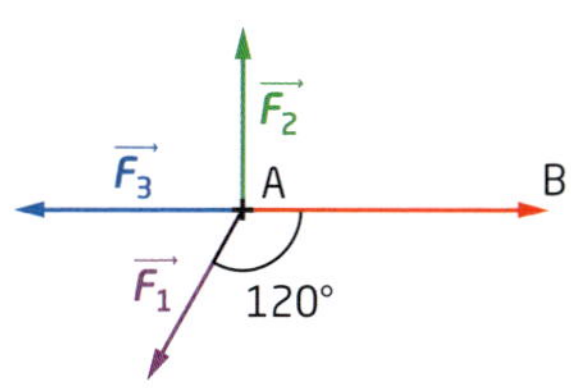

On donne $F_1 = 3$ N, $F_2 = 10$ N, $F_3 = 7$ N et AB = 0,2 km.

Exercices

Les exercices roses sont corrigés :
• en fin de manuel ou • en vidéo avec Médématiques
p. 326 hachette-clic.fr/25mfls030

16 Une voiture descend un plan incliné qui fait un angle de 25° avec un plan horizontal, comme représenté sur le dessin ci-dessous.

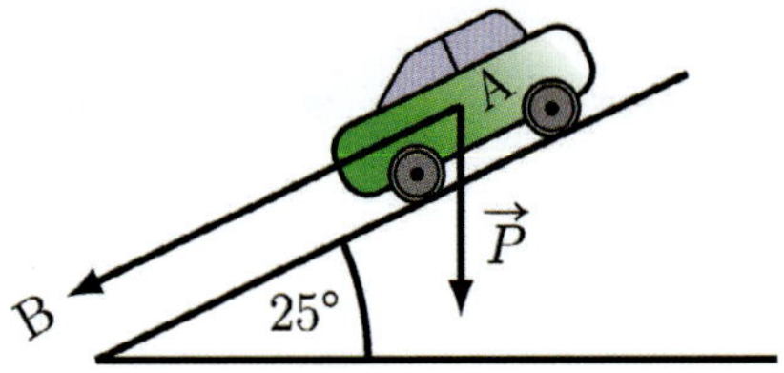

Le poids de la voiture est $\|\vec{P}\| = 10\,000$ N. Calculer le travail du poids $\vec{P}$ pour le trajet de A vers B tel que AB = 20 m. On arrondira le résultat à l'unité.

Soit $\vec{u}$ et $\vec{v}$ deux vecteurs non nuls.
- Si $\vec{u}$ et $\vec{v}$ sont **colinéaires de même sens** alors : $\vec{u}\cdot\vec{v} = \|\vec{u}\|\times\|\vec{v}\|$
- Si $\vec{u}$ et $\vec{v}$ sont **colinéaires de sens contraire** alors : $\vec{u}\cdot\vec{v} = -\|\vec{u}\|\times\|\vec{v}\|$
- Si $\vec{u}$ et $\vec{v}$ sont **orthogonaux** alors : $\vec{u}\cdot\vec{v} = 0$

17 Dans chacun des cas suivants, calculer le produit scalaire $\vec{u}\cdot\vec{v}$ (l'unité est la longueur du côté d'un carreau).

a.
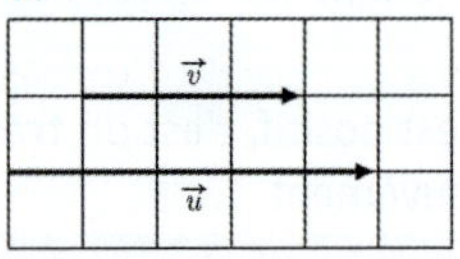

b.
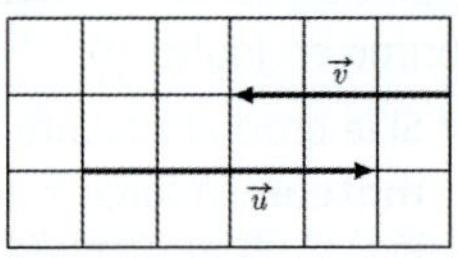

c.
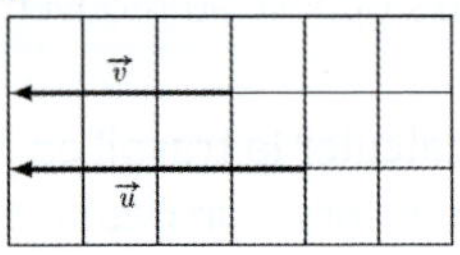

d.
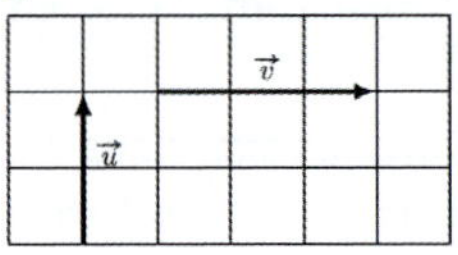

18 Soit la droite graduée (OI) avec OI = 1.
Les points A, B, C et D appartiennent à la droite (OI).

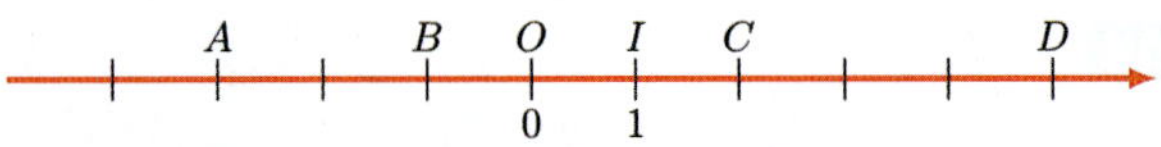

Calculer les produits scalaires :

a. $\overrightarrow{AB}\cdot\overrightarrow{AC}$ b. $\overrightarrow{AB}\cdot\overrightarrow{BI}$
c. $\overrightarrow{OB}\cdot\overrightarrow{OI}$ d. $\overrightarrow{CD}\cdot\overrightarrow{BA}$
e. $\overrightarrow{AB}\cdot\overrightarrow{BA}$ f. $\overrightarrow{OI}\cdot\overrightarrow{IC}$

19 Les points A, B, C et D appartiennent à la droite graduée (OI) avec OI = 1.

Calculer les produits scalaires suivants :

a. $\overrightarrow{OI}\cdot\overrightarrow{OA}$ b. $\overrightarrow{AC}\cdot\overrightarrow{AD}$
c. $\overrightarrow{AB}\cdot\overrightarrow{DC}$ d. $\overrightarrow{AB}\cdot\overrightarrow{IC}$
e. $\overrightarrow{AD}\cdot\overrightarrow{CB}$ f. $\overrightarrow{AI}\cdot\overrightarrow{CD}$

Soit A, B et C trois points deux à deux distincts du plan et H le **projeté orthogonal** de C sur la droite (AB).
- Si les vecteurs $\overrightarrow{AB}$ et $\overrightarrow{AH}$ sont colinéaires de même sens, alors : $\overrightarrow{AB}\cdot\overrightarrow{AC} = AB \times AH$.
- Si les vecteurs $\overrightarrow{AB}$ et $\overrightarrow{AH}$ sont colinéaires de sens contraires, alors : $\overrightarrow{AB}\cdot\overrightarrow{AC} = -AB \times AH$.

Dans les exercices 20 et 21, calculer en utilisant la projection orthogonale. L'unité est la longueur du côté d'un carreau.

20 Dans chacun des cas suivants, calculer le produit scalaire $\overrightarrow{AB}\cdot\overrightarrow{AC}$.

a.
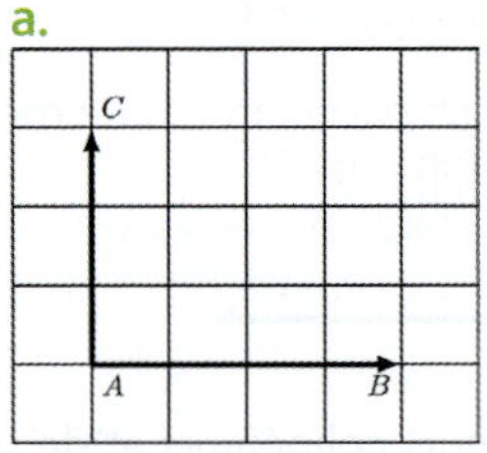

b.
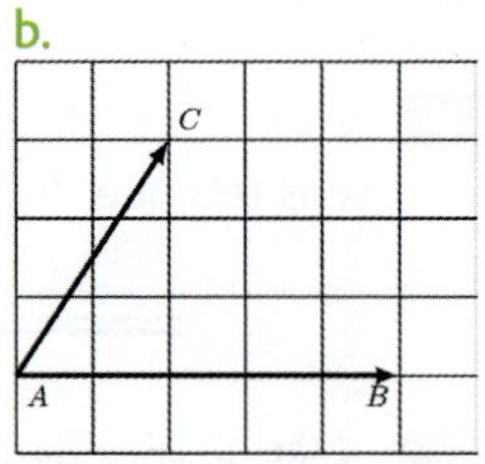

c.
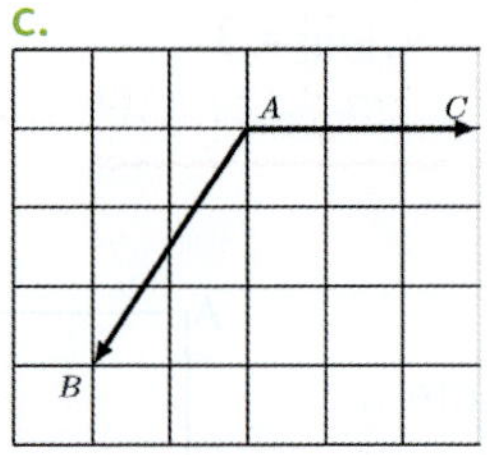

d.
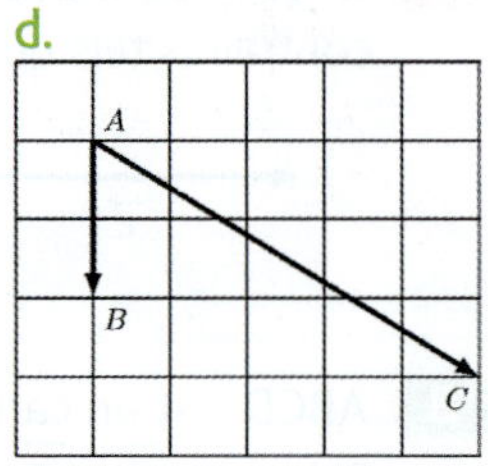

21 Corrigé Dans chacun des cas suivants, calculer le produit scalaire $\vec{u}\cdot\vec{v}$.

a.
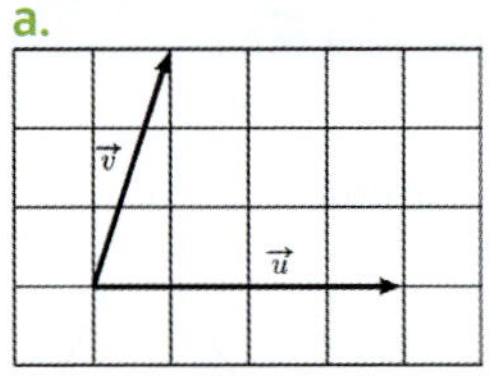

b.
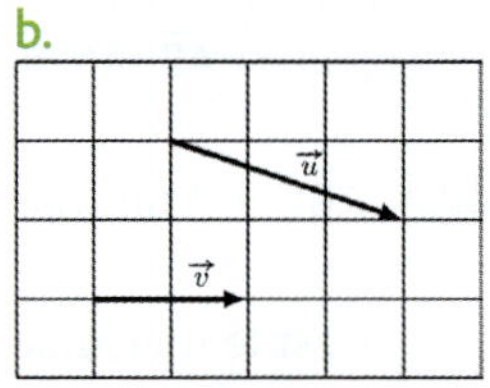

c.
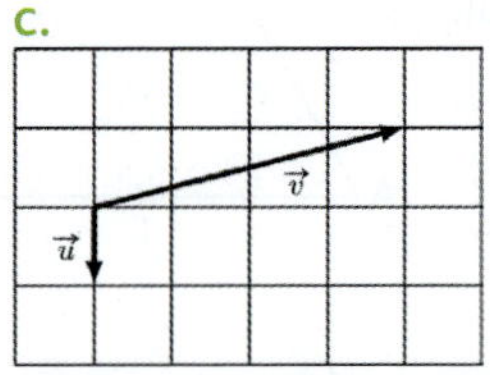

d.
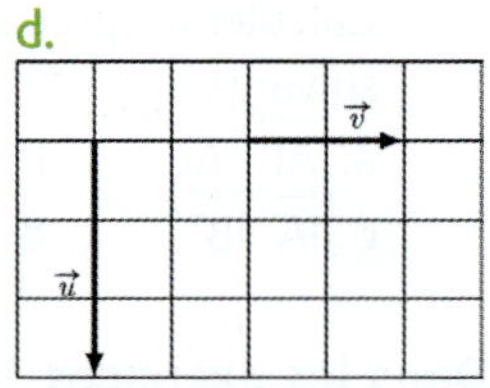

22 Corrigé Soit ABCD un carré de centre O, avec AB = 4 et soit I le milieu de [AB].

a. Faire une figure.
b. Calculer $\overrightarrow{AB}\cdot\overrightarrow{BC}$, $\overrightarrow{AB}\cdot\overrightarrow{CD}$, $\overrightarrow{AB}\cdot\overrightarrow{DO}$ et $\overrightarrow{AB}\cdot\overrightarrow{AC}$.

23 Corrigé ABCD est un carré de centre O et de côté a ($a > 0$). I est le milieu de [AB].

a. Faire une figure.
b. Calculer en fonction de a :

$\overrightarrow{BC}\cdot\overrightarrow{BD}$ $\overrightarrow{AB}\cdot\overrightarrow{AO}$ $\overrightarrow{BI}\cdot\overrightarrow{BO}$
$\overrightarrow{IA}\cdot\overrightarrow{IB}$ $\overrightarrow{OA}\cdot\overrightarrow{OB}$ $\overrightarrow{AD}\cdot\overrightarrow{BC}$

Dans les exercices 24 et 25, on se propose de réaliser la démonstration du calcul du produit scalaire par la méthode de la projection orthogonale.

Soit un triangle ABC, et H le projeté orthogonal de C sur la droite (AB). On pose $\widehat{BAC} = \alpha$.

24 Vidéo Supposons que $0 < \alpha < \frac{\pi}{2}$.

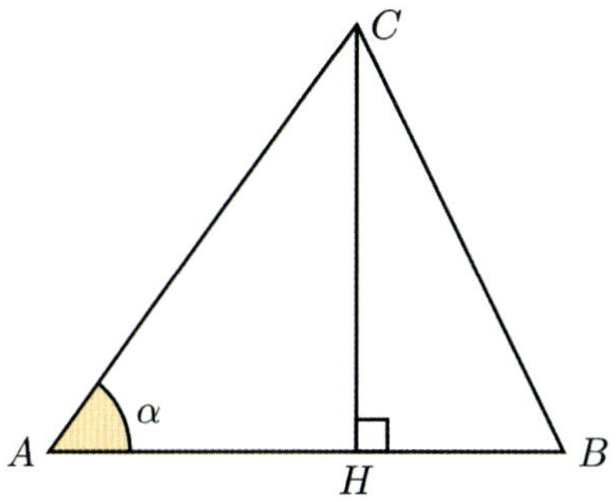

a. Dans le triangle AHC rectangle en H, exprimer la longueur AH en fonction de AC et de α.

b. En déduire une expression de $AH \times AB$ en fonction de AB, AC et de α.

c. En utilisant la définition du produit scalaire :
$\overrightarrow{AB} \cdot \overrightarrow{AC} = AB \times AC \times \cos(\widehat{BAC})$
Donner une autre expression du produit scalaire $\overrightarrow{AB} \cdot \overrightarrow{AC}$.

25 Supposons que $\frac{\pi}{2} < \alpha < \pi$.

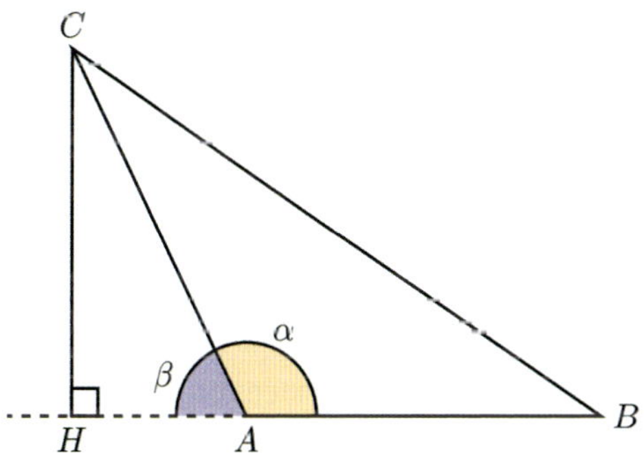

a. Dans le triangle AHC rectangle en H, exprimer la longueur AH en fonction de AC et de β.

b. En remarquant que $\beta = \pi - \alpha$, exprimer $\cos(\beta)$ en fonction de $\cos(\alpha)$.

c. En déduire une expression de $AH \times AB$ en fonction de AB, AC et de α.

d. En utilisant la définition du produit scalaire :
$\overrightarrow{AB} \cdot \overrightarrow{AC} = AB \times AC \times \cos(\widehat{BAC})$
Donner une autre expression du produit scalaire $\overrightarrow{AB} \cdot \overrightarrow{AC}$.

2 Calcul du produit scalaire dans un repère orthonormé

Pour tous les exercices de cette partie, le plan est muni d'un repère orthonormé.

Questions flash

26 Soit les vecteurs $\vec{u}\begin{pmatrix}3\\5\end{pmatrix}$ et $\vec{v}\begin{pmatrix}1\\-2\end{pmatrix}$.
Calculer $\vec{u} \cdot \vec{v}$.

27 On considère les points $A(1;-3)$, $B(-7;2)$ et $C(4;5)$.
Calculer $\overrightarrow{AB} \cdot \overrightarrow{AC}$.

28 Les vecteurs $\vec{u}\begin{pmatrix}4\\-6\end{pmatrix}$ et $\vec{v}\begin{pmatrix}-9\\-6\end{pmatrix}$ sont-ils orthogonaux ?

29 Les vecteurs $\vec{s}\begin{pmatrix}5\\1\end{pmatrix}$ et $\vec{t}\begin{pmatrix}1\\5\end{pmatrix}$ sont-ils orthogonaux ?

30 Déterminer a pour que les vecteurs $\vec{k}\begin{pmatrix}a\\8\end{pmatrix}$ et $\vec{l}\begin{pmatrix}2\\6\end{pmatrix}$ soient orthogonaux.

Dans le plan muni d'un repère orthonormé $(O ; \vec{i}, \vec{j})$, si $\vec{u}\begin{pmatrix}x\\y\end{pmatrix}$ et $\vec{v}\begin{pmatrix}x'\\y'\end{pmatrix}$ sont deux vecteurs, alors :

$$\vec{u} \cdot \vec{v} = xx' + yy'.$$

Dans les exercices 31 à 34, calculer le produit scalaire $\vec{u} \cdot \vec{v}$.

31 a. $\vec{u}\begin{pmatrix}9\\3\end{pmatrix}$ et $\vec{v}\begin{pmatrix}-3\\5\end{pmatrix}$ b. $\vec{u}\begin{pmatrix}0\\-6\end{pmatrix}$ et $\vec{v}\begin{pmatrix}1\\-6\end{pmatrix}$

32 a. $\vec{u}\begin{pmatrix}2{,}5\\0{,}8\end{pmatrix}$ et $\vec{v}\begin{pmatrix}-1\\4\end{pmatrix}$ b. $\vec{u}\begin{pmatrix}150\\-3546\end{pmatrix}$ et $\vec{v}\begin{pmatrix}0{,}1\\0\end{pmatrix}$

33 a. $\vec{u}\begin{pmatrix}\frac{1}{3}\\2\end{pmatrix}$ et $\vec{v}\begin{pmatrix}6\\\frac{1}{2}\end{pmatrix}$ b. $\vec{u}\begin{pmatrix}8\\-3\end{pmatrix}$ et $\vec{v}\begin{pmatrix}\frac{1}{6}\\\frac{2}{9}\end{pmatrix}$

34 a. $\vec{u}\begin{pmatrix}\sqrt{5}\\9\end{pmatrix}$ et $\vec{v}\begin{pmatrix}2\sqrt{5}\\-1\end{pmatrix}$ b. $\vec{u}\begin{pmatrix}\sqrt{6}\\-\sqrt{2}\end{pmatrix}$ et $\vec{v}\begin{pmatrix}\sqrt{5}\\\sqrt{15}\end{pmatrix}$

35 Démonstration de l'expression analytique

Dans le plan muni d'un repère orthonormé $(O ; \vec{i}, \vec{j})$.

a. Recopier et compléter :
$\vec{i}^2 = \ldots$; $\vec{i} \cdot \vec{j} = \ldots$
$\vec{j} \cdot \vec{i} = \ldots$; $\vec{j}^2 = \ldots$

b. Soient $\vec{u}\begin{pmatrix}x\\y\end{pmatrix}$ et $\vec{v}\begin{pmatrix}x'\\y'\end{pmatrix}$ deux vecteurs.
Recopier et compléter :

$$\begin{aligned}\vec{u} \cdot \vec{v} &= (\ldots \vec{i} + \ldots \vec{j}) \cdot (\ldots \vec{i} + \ldots \vec{j})\\ &= \ldots \vec{i} \cdot (\ldots \vec{i} + \ldots \vec{j}) + \ldots \vec{j} \cdot (\ldots \vec{i} + \ldots \vec{j})\\ &= \ldots \vec{i}^2 + \ldots \vec{i} \cdot \vec{j} + \ldots \vec{j} \cdot \vec{i} + \ldots \vec{j}^2\\ &= \ldots \times \ldots + \ldots \times \ldots + \ldots \times \ldots + \ldots \times \ldots\\ &= \ldots\end{aligned}$$

Exercices

Les exercices roses sont corrigés :
• en fin de manuel ou • en vidéo avec Médématiques
p. 326
hachette-clic.fr/25mfls030

• Si $\overrightarrow{AB}\begin{pmatrix} x \\ y \end{pmatrix}$ est un vecteur du plan muni d'un repère orthonormé alors $\mathbf{AB} = \|\overrightarrow{\mathbf{AB}}\| = \sqrt{x^2 + y^2}$.

• Deux vecteurs du plan $\vec{u}$ et $\vec{v}$ sont **orthogonaux** si leur produit scalaire $\vec{u} \cdot \vec{v}$ est nul, soit encore si $xx' + yy' = \mathbf{0}$.

36 Vidéo On considère les points $A(6;2)$, $B(3;-5)$ et $C(5;5)$.

a. Calculer $\overrightarrow{AB} \cdot \overrightarrow{AC}$.

b. Calculer les longueurs AB, puis AC.

37 On considère les points $D(4;4)$, $E(7;-1)$ et $F(1;-8)$.

a. Calculer $\overrightarrow{ED} \cdot \overrightarrow{EF}$.

b. Calculer les longueurs ED, puis EF.

38 a. $\vec{u}\begin{pmatrix} -5 \\ -2 \end{pmatrix}$ et $\vec{v}\begin{pmatrix} -10 \\ -25 \end{pmatrix}$ sont-ils orthogonaux ?

b. $\vec{u}\begin{pmatrix} 4 \\ 2 \end{pmatrix}$ et $\vec{v}\begin{pmatrix} 4 \\ -8 \end{pmatrix}$ sont-ils orthogonaux ?

39 a. $\vec{u}\begin{pmatrix} \sqrt{2} \\ 2 \end{pmatrix}$ et $\vec{v}\begin{pmatrix} \sqrt{2} - 1 \\ \dfrac{\sqrt{2}}{2} - 1 \end{pmatrix}$ sont-ils orthogonaux ?

b. $\vec{u}\begin{pmatrix} \sqrt{3} - 1 \\ 3 \end{pmatrix}$ et $\vec{v}\begin{pmatrix} \sqrt{3} + 1 \\ -1 \end{pmatrix}$ sont-ils orthogonaux ?

40 a. $\vec{u}\begin{pmatrix} \dfrac{2}{3} \\ 1 \end{pmatrix}$ et $\vec{v}\begin{pmatrix} \dfrac{-3}{2} \\ 1 \end{pmatrix}$ sont-ils orthogonaux ?

b. $\vec{u}\begin{pmatrix} \dfrac{3}{5} \\ \dfrac{4}{5} \end{pmatrix}$ et $\vec{v}\begin{pmatrix} \dfrac{4}{7} \\ -\dfrac{3}{7} \end{pmatrix}$ sont-ils orthogonaux ?

Dans les exercices 41 à 43, déterminer la valeur de x pour que les vecteurs $\vec{u}$ et $\vec{v}$ soient orthogonaux.

41 a. $\vec{u}\begin{pmatrix} x \\ -8 \end{pmatrix}$ et $\vec{v}\begin{pmatrix} 4 \\ -7 \end{pmatrix}$ b. $\vec{u}\begin{pmatrix} x \\ -2 \end{pmatrix}$ et $\vec{v}\begin{pmatrix} x \\ 8 \end{pmatrix}$

42 a. $\vec{u}\begin{pmatrix} 11 \\ 17 \end{pmatrix}$ et $\vec{v}\begin{pmatrix} 3 \\ x \end{pmatrix}$ b. $\vec{u}\begin{pmatrix} x+3 \\ 5 \end{pmatrix}$ et $\vec{v}\begin{pmatrix} 2 \\ x-1 \end{pmatrix}$

43 a. $\vec{u}\begin{pmatrix} 1 \\ -5 \end{pmatrix}$ et $\vec{v}\begin{pmatrix} x+5 \\ -4 \end{pmatrix}$ b. $\vec{u}\begin{pmatrix} x \\ x-1 \end{pmatrix}$ et $\vec{v}\begin{pmatrix} -x \\ x+2 \end{pmatrix}$

44 En utilisant le produit scalaire, dire dans chacun des cas suivants, si les droites (AB) et (CD) sont perpendiculaires.

a. $A(1;4)$, $B(4;3)$, $C(-2;2)$ et $D(3;1)$

b. $A(-3;7)$, $B(3;-3)$, $C(-2;-1)$ et $D(6;4)$

c. $A(-1;7)$, $B(4;-1)$, $C(-3;2)$ et $D(5;7)$

45 Utiliser le produit scalaire pour déterminer dans chaque cas, si le triangle est rectangle.

a. $A(-2;2)$, $B(8;4)$ et $C(3;-2)$

b. $A(-1;1{,}5)$, $B(0;4)$ et $C(5;2)$

c. $A(8;2)$, $B(2;4)$ et $C(-2;-8)$

46 Corrigé On considère les points $R(1;1)$, $S(-1;3)$ et $T(-4;0)$.

a. Faire une figure.

b. Conjecturer la nature du triangle RST.

c. Calculer les coordonnées des vecteurs $\overrightarrow{SR}$ et $\overrightarrow{ST}$.

d. Calculer $\overrightarrow{SR} \cdot \overrightarrow{ST}$.

e. Conclure.

47 On considère les points $M(-2;3)$, $N(3;4)$ et $P(1;1)$.

a. Faire une figure.

b. Conjecturer la nature du triangle MNP.

c. Calculer les coordonnées des vecteurs $\overrightarrow{PM}$ et $\overrightarrow{PN}$.

d. Calculer $\overrightarrow{PM} \cdot \overrightarrow{PN}$, puis PM et PN.

e. Conclure.

48 On considère les points $A(1;3)$, $B(0;-3)$ et $C(4;5)$.

a. Faire une figure, que l'on complètera au fur et à mesure.

b. Calculer les coordonnées du vecteur $\overrightarrow{BC}$.

c. Déterminer l'équation réduite de la droite (BC).

d. Recopier et compléter : Si M est un point de la droite, alors M a pour coordonnées $(x;\ldots)$ où x est un nombre réel.

e. Calculer, en fonction de x, les coordonnées du vecteur $\overrightarrow{AM}$.

f. Démontrer que $\overrightarrow{AM} \cdot \overrightarrow{BC} = 20x - 52$.

g. Démontrer que si M est le projeté orthogonal de A sur la droite (BC) alors $x = 2{,}6$.

h. En déduire les coordonnées du projeté orthogonal de A sur la droite (BC).

49 Vidéo On considère un carré ABCD de côté a.

Soit I le milieu du segment [AD] et J le milieu de [CD].

On pose $\vec{i} = \dfrac{1}{a}\overrightarrow{AB}$ et $\vec{j} = \dfrac{1}{a}\overrightarrow{AC}$.

Le but de cet exercice est de démontrer que les droites (IC) et (JB) sont perpendiculaires.

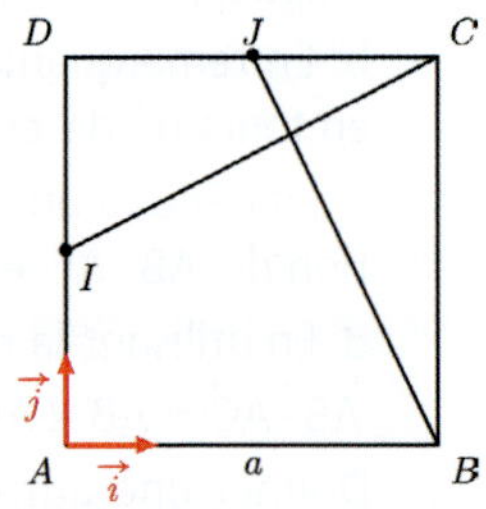

1. Justifier que $(A;\vec{i},\vec{j})$ est un repère orthonormé du plan.

2. Dans le repère $(A;\vec{i},\vec{j})$ et en fonction de a :

a. Donner les coordonnées des points B, C, I et J.

b. Calculer les coordonnées des vecteurs $\overrightarrow{IC}$ et $\overrightarrow{JB}$.

c. Calculer le produit scalaire $\overrightarrow{IC} \cdot \overrightarrow{JB}$.

d. Conclure.

3 Utiliser un produit scalaire pour calculer un angle ou une longueur

Questions flash

Dans les exercices 50 à 52, compléter l'égalité en utilisant le théorème d'Al Kashi

50 Dans le triangle ABC : $AC^2 = \ldots$

51 Dans le triangle MPN : $MN^2 = \ldots$

52 Dans le triangle ACD : $CD^2 = \ldots$

Dans les exercices 53 à 55, écrire l'égalité du théorème d'Al Kashi qui permet de calculer une mesure de l'angle demandé.

53 $\widehat{ACB}$ dans le triangle ABC.

54 $\widehat{RPS}$ dans le triangle PRS.

55 $\widehat{MSN}$ dans le triangle MNS.

Si $\vec{u}$ et $\vec{v}$ sont deux vecteurs non nuls :

$$\cos(\vec{u}, \vec{v}) = \frac{\vec{u} \cdot \vec{v}}{\|\vec{u}\| \times \|\vec{v}\|}$$

Dans les exercices 56 à 59, le plan est muni d'un repère orthonormé $(O\,;\vec{i},\vec{j})$.

56 Dans chacun des cas suivants, déterminer $\vec{u} \cdot \vec{v}$, $\|\vec{u}\|$, $\|\vec{v}\|$ puis en déduire $\cos(\vec{u}\,;\vec{v})$ et une mesure possible de l'angle $(\vec{u}\,;\vec{v})$ en radian en arrondissant si nécessaire au dixième.

a. $\vec{u}\begin{pmatrix}2\\-1\end{pmatrix}$ et $\vec{v}\begin{pmatrix}1\\3\end{pmatrix}$

b. $\vec{u}\begin{pmatrix}2\\-1\end{pmatrix}$ et $\vec{v}\begin{pmatrix}-1\\3\end{pmatrix}$

c. $\vec{u}\begin{pmatrix}2\\-6\end{pmatrix}$ et $\vec{v}\begin{pmatrix}9\\3\end{pmatrix}$

57 Vidéo On donne $A(-1\,;-3)$, $B(5\,;-1)$ et $C(0\,;1)$.

a. Calculer $\overrightarrow{AB} \cdot \overrightarrow{AC}$.

b. Calculer les longueurs AB et AC.

c. En déduire une valeur approchée de $\widehat{BAC}$ à 0,1° près.

58 a. Dans un repère orthonormé, placer les points $A(-2\,;3)$, $B(3\,;-1)$ et $C(1\,;-3)$ et $D(5\,;1)$.

b. On appelle I le point d'intersection des droites (AB) et (CD). Calculer la mesure de l'angle $\widehat{AIC}$ au dixième de degré près.

59 Soit ABCD un carré de côté a. Les points I et J sont les milieux respectifs de [AB] et [BC] et on appelle K le point d'intersection des droites (AJ) et (CJ). Déterminer une valeur approchée à 0,1° près de l'angle $\widehat{CKJ}$.

Théorème d'Al Kashi

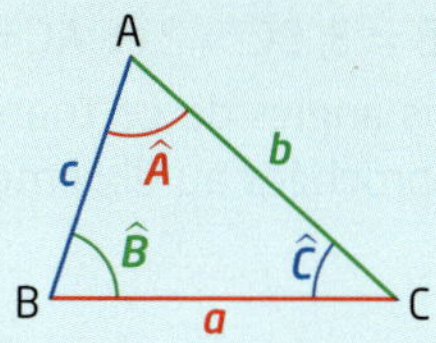

$a^2 = b^2 + c^2 - 2bc\cos\hat{A}$

$b^2 = a^2 + c^2 - 2ac\cos\hat{B}$

$c^2 = a^2 + b^2 - 2ab\cos\hat{C}$

Dans les exercices 60 à 63, On considère un triangle ABC. Calculer la longueur demandée en utilisant le théorème d'Al Kashi et les données fournies.

60 Corrigé $AB = 3$, $AC = 5$ et $\widehat{BAC} = \dfrac{\pi}{3}$. Calculer BC.

61 $AB = 3$, $BC = 2$; $\widehat{ABC} = \dfrac{3\pi}{4}$. Calculer AC.

62 $AC = BC = 5$ et $\widehat{ACB} = 15°$. Calculer AB.

63 $AB = 1$, $AC = 2$ et $\widehat{BAC} = 60°$. Déterminer BC.

64 Corrigé On considère un triangle ABC tel que $AB = 5$, $AC = 6$ et $BC = 10$.
Calculer au dixième de degré près une mesure de l'angle $\widehat{ACB}$.

65 Corrigé Dans un logiciel de géométrie dynamique, on a placé 3 points dans un repère orthonormé.

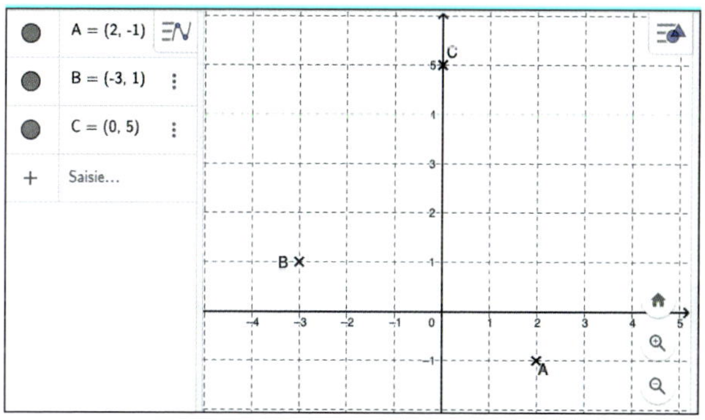

a. Déterminer par le calcul les coordonnées des vecteurs $\overrightarrow{AB}$ et $\overrightarrow{AC}$.

b. Calculer les longueur AB et AC. On donnera une valeur exacte, puis la valeur approchée à 10^{-2} près.

c. Déterminer une mesure de l'angle $\widehat{BAC}$ au dixième de degré près.

d. On considère le point $D(x\,;4)$. Déterminer la valeur de x pour que (AD) et (BC) soient perpendiculaires.

66 On considère un triangle SEL tel que $EL = 2$, $SL = SE = 5$.

a. Calculer au dixième de degré près une mesure de l'angle $\widehat{LSE}$.

b. En déduire une mesure au dixième de degré de l'angle $\widehat{ELS}$ (proposer deux méthodes différentes).

Exercices

Les exercices roses sont corrigés :
• en fin de manuel **ou** • en **vidéo** avec Médématiques
p. 326 hachette-clic.fr/25mfls030

67 Soit ABC un triangle avec $AB = 3$, $BC = 2$ et $AC = 6$.
Calculer la mesure des trois angles de ce triangle. On donnera des valeurs approchées au dixième de degré près.

68 Soit MNP un triangle avec $MN = 8$, $NP = 5$ et $MP = 10$.
Calculer la mesure des trois angles de ce triangle. On donnera des valeurs approchées au dixième de degré près.

69 a. Construire un triangle ABC tel que $AB = 7$, $AC = 5$ et $\left(\overrightarrow{AB}\,;\overrightarrow{AC}\right) = \dfrac{\pi}{6}$.

b. Calculer la valeur exacte de BC.

c. En déduire une valeur approchée au degré près de l'angle $\widehat{ACB}$.

70 Dans la figure suivante, les longueurs sont données en centimètre.

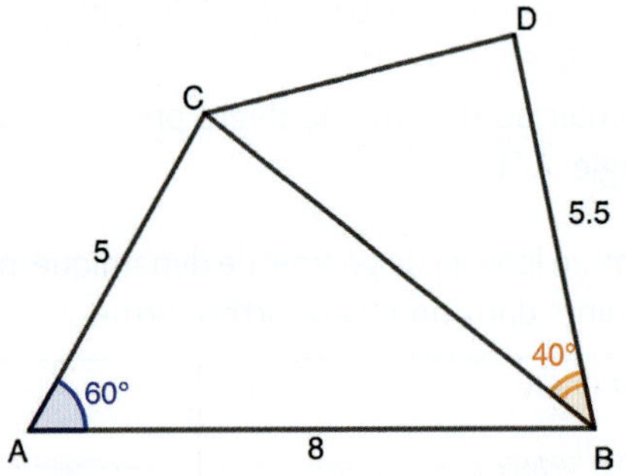

a. Calculer la longueur CD au millimètre près.

b. En déduire la mesure au degré près de l'angle $\widehat{BDC}$.

71 On considère un triangle ABC isocèle en B tel que $AC = 6$ cm et $\widehat{ABC} = 80°$.
Calculer la longueur AB au millimètre près.

Égalité du parallélogramme

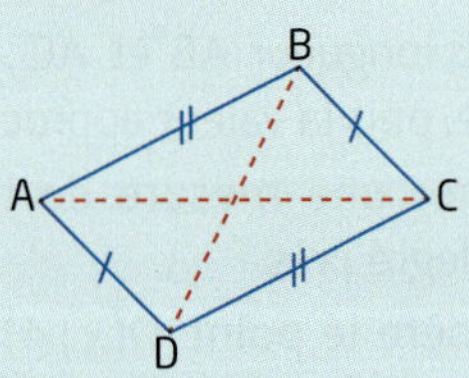

Dans tout parallélogramme ABCD :
$$AC^2 + BD^2 = AB^2 + BC^2 + CD^2 + AD^2$$

72 ABCD est un parallélogramme tel que $AB = 8$ cm, $AD = 5$ cm et $\widehat{BAD} = 120°$.

a. Construire ce parallélogramme.

b. Calculer BD. En donner une valeur approchée au millimètre près.

c. En déduire une valeur approchée de AC au millimètre près.

73 Soit ABCD un parallélogramme de centre O avec $AC = 4{,}2$ cm et $BD = 5{,}1$ cm.

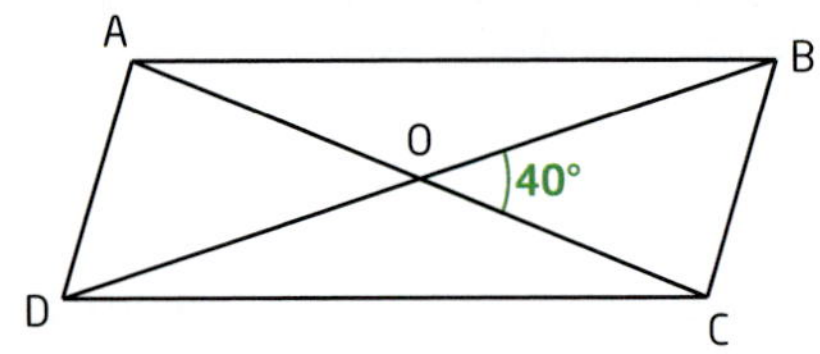

Calculer les longueurs des côtés de ce parallélogramme (on arrondira au millimètre).

74 **Somme de deux forces**

Soit $\vec{F_1}$ et $\vec{F_2}$ deux forces s'exerçant sur un même point O et d'intensités respectives $F_1 = 40$ N et $F_2 = 30$ N en formant un angle de 50° comme l'illustre le schéma ci-dessous.

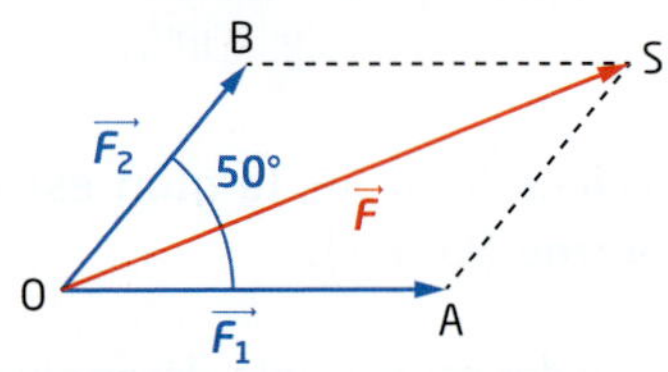

Ces deux forces s'exerçant simultanément sur O peuvent être résumées par une seule force $\vec{F}$ appelée force résultante $\vec{F}$ et obtenue par la relation :
$\vec{F} = \vec{F_1} + \vec{F_2}$.
On souhaite déterminer l'intensité et la direction de $\vec{F}$.

a. Déterminer la mesure de l'angle $\widehat{OAS}$.

b. En déduire la valeur approchée à 0,01 près de la distance OS.

c. Calculer enfin l'angle $\widehat{AOS}$ à 0,1° près.

d. Conclure par rapport au problème posé.

75 Le train avant d'un avion A380 est représenté par le schéma ci-dessous (qui n'est pas à l'échelle) :

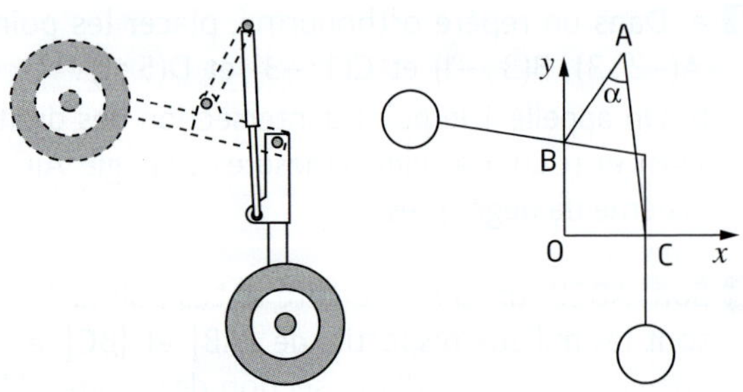

Le segment [AC] représente le vérin en position « train sorti » et le segment [AB] le vérin en position « train rentré ».

On se place dans un repère orthonormé $(O ; \vec{i}, \vec{j})$ où $\vec{i}$ et $\vec{j}$ sont les vecteurs unitaires de (Ox) et (Oy). En prenant 1 m comme unité graphique, on a repéré les points $A(0{,}8 ; 2)$, $B(0 ; 1{,}2)$ et $C(1{,}1 ; 0)$. Le but de l'exercice est de déterminer l'allongement $\delta = AC - AB$ et le débattement α du vérin.

1. a. Calculer les coordonnées des vecteurs $\overrightarrow{AB}$ et $\overrightarrow{AC}$.

b. En déduire l'allongement du vérin, arrondi au millimètre près.

2. a. Calculer le produit scalaire $\overrightarrow{AB} \cdot \overrightarrow{AC}$.

b. En déduire une mesure de α au dixième de degré près.

76 Afin de réduire les pertes aérodynamiques, les concepteurs de véhicules s'imposent une contrainte : la mesure de l'angle « capot/pare-brise » doit être supérieure à 150°.

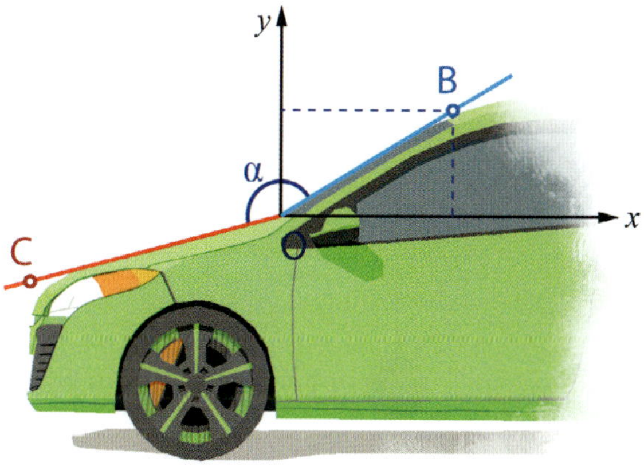

En considérant que les points O, B et C sont dans un même plan vertical muni d'un repère orthonormé d'origine O et d'axes (Ox) et (Oy), on a obtenu les coordonnées suivantes : $B(67{,}9 ; 37)$ et $C(-92{,}7 ; -24{,}7)$.

La contrainte imposée est-elle vérifiée ?

77 Une poutrelle de poids inconnu est soulevée par deux élingues (accessoires de levage) [AB] et [AC] selon le schéma ci-dessous :

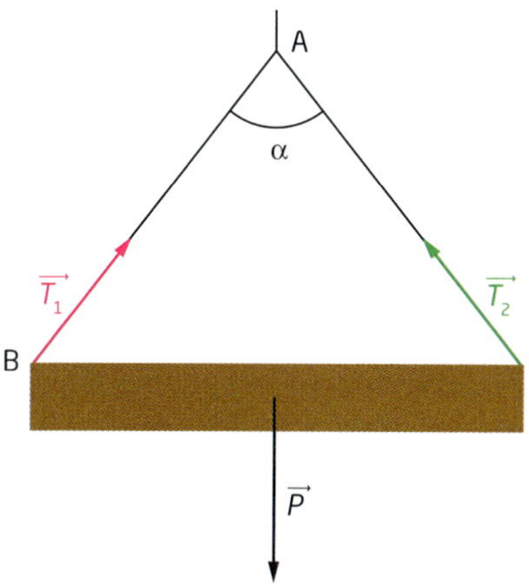

Les forces imposées dans les élingues et le poids de la poutrelle sont respectivement représentées par les vecteurs $\vec{T_1}$, $\vec{T_2}$ et $\vec{P}$.

α est l'angle entre deux élingues (ou angle d'élingage).

1. On considère un repère orthonormé d'unité graphique 1 cm, où 1 cm représente 1 000 Newton. $\vec{T_1}$ est représenté par le vecteur $\overrightarrow{OM_1}$ de coordonnées $(4 ; 5)$ et $\vec{T_2}$ par $\overrightarrow{OM_2}$ de coordonnées $(-4 ; 5)$.

Placer les vecteurs $\overrightarrow{OM_1}$ et $\overrightarrow{OM_2}$ dans ce repère.

2. Étude du poids

a. Construire dans ce repère le vecteur $\overrightarrow{OM}$ tel que : $\overrightarrow{OM} = \overrightarrow{OM_1} + \overrightarrow{OM_2}$.

b. Calculer les coordonnées du point M.

c. Tracer le vecteur $\vec{P} = -\overrightarrow{OM}$ et donner ses coordonnées.

d. En déduire la valeur, en Newton (N), du poids de la charge.

3. Étude de la tension et de l'angle

a. Calculer $\overrightarrow{OM_1} \cdot \overrightarrow{OM_2}$, $\overrightarrow{OM_1}$ et $\overrightarrow{OM_2}$.

b. En déduire une valeur approchée à l'unité de la tension dans chaque élingue, exprimée en Newton.

c. Déterminer l'angle d'élingage α, arrondi au degré.

78 Le rectangle OABC ci-dessous représente la scène d'un théâtre vue de dessus. Les dimensions de la scène sont $OA = 15$ m et $OC = 10$ m. Au point O, on place un spot permettant d'éclairer la zone limitée par les segments de droite [OI] et [OJ] où I est le milieu de [AB] et J est le milieu de [CB].

Le plan est muni du repère orthonormal donné sur la figure, d'origine O et d'unité graphique le mètre.

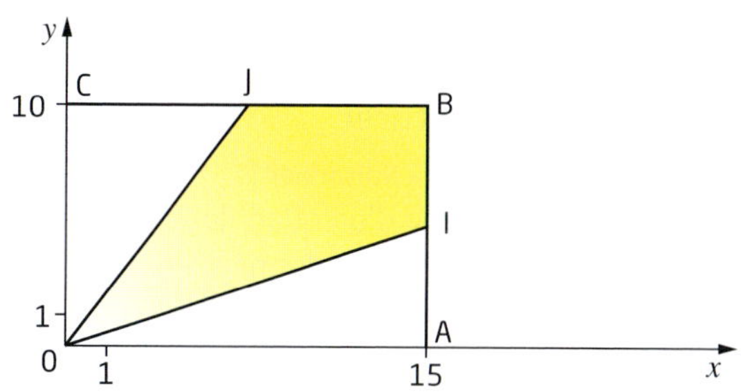

a. Calculer les coordonnées des points I et J.

b. Calculer le produit scalaire $\overrightarrow{OI} \cdot \overrightarrow{OJ}$.

c. En déduire la mesure, arrondie au degré près, de l'écartement du faisceau lumineux $\widehat{IOJ}$.

d. Calculer la proportion de la scène éclairée. On donnera un arrondi au % près.

Problèmes

79 Chemin de halage

» Modéliser • Calculer • Chercher

Le **halage** est un mode de traction terrestre des bateaux fluviaux destinés au transport de marchandises. Les embarcations sont tirées à partir de la rive au moyen d'une corde par des hommes ou des animaux circulant sur un chemin parallèle au cours d'eau appelé **chemin de halage.**

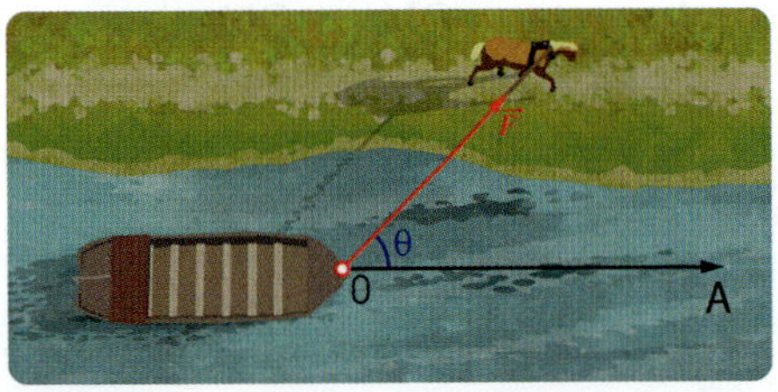

On suppose que le cheval exerce une force $\vec{F}$ constante d'intensité F et que l'angle θ entre la force $\vec{F}$ et le déplacement $\overrightarrow{OA}$ de la péniche reste constant.

1. On suppose dans cette question que :

$F = 3500$ N, $\theta = 45°$ et $OA = 300$ m.

a. Calculer le travail exercé par la force $\vec{F}$ durant ce déplacement.

b. Si la péniche est tirée par un bateau suivant l'axe du déplacement, quelle force faut-il exercer pour obtenir le même travail ?

2. On définit la puissance P (en W) d'une force F (en N) pour un déplacement à la vitesse V (en m.s^{-1}) par la relation : $P = \vec{F} \cdot \vec{V}$.

Le vecteur $\vec{V}$ est de même direction et de même sens que le déplacement $\overrightarrow{OA}$.

a. Exprimer P en fonction de F, V et θ.

b. Calculer P pour $F = 3500$ N, $V = 4{,}5$ km.h^{-1} et $\theta = 30°$.

c. Si la péniche est tirée par un bateau suivant l'axe du déplacement, quelle force faut-il exercer pour obtenir la même puissance ?

80 Un terrain à clôturer

» Calculer • Chercher • Raisonner

Un terrain a la forme d'un quadrilatère quelconque ABCD. Les longueurs sont données en décamètres. On souhaite clôturer ce terrain à l'aide d'un grillage rigide vendu 33,10 € le lot de 2,5 m Quel sera le coût pour clôturer ce terrain ?

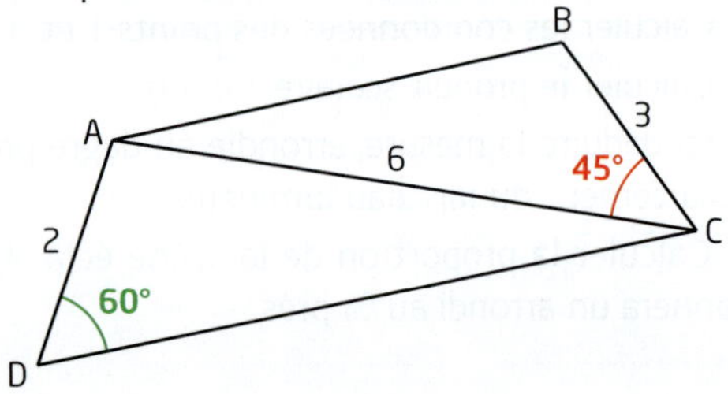

Indication : On utilisera au besoin la copie d'écran suivante où on a résolu l'équation $x^2 - 2x - 32 = 0$.

Résoudre($x^2 - 2x - 32 = 0$)

→ $\{x = -\sqrt{33} + 1, x = \sqrt{33} + 1\}$

81 Masse en équilibre

» Calculer • Modéliser • Raisonner

Un solide est en équilibre suspendu en O par deux cordes fixées en A et C.

Ce solide est soumis à trois forces :

- son poids : $\vec{P}$
- les tensions $\vec{T_1}$ et $\vec{T_2}$ des deux cordes.

On sait que : $\|\vec{P}\| = 100$ N.

Les cordes forment un angle de 60° et de 30° avec le support horizontal, comme indiqué sur le schéma ci-dessous :

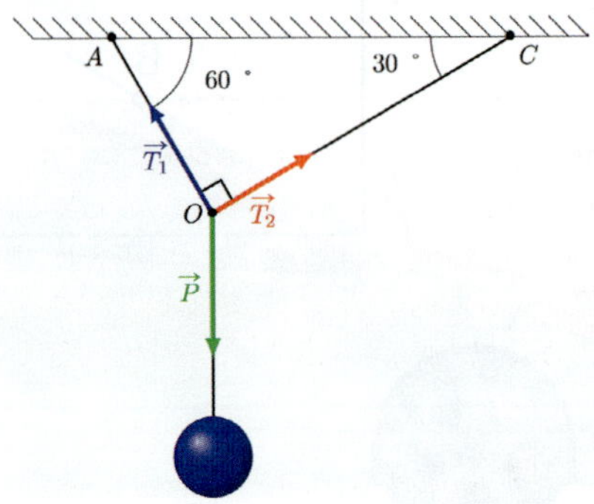

On cherche à déterminer l'intensité des deux autres forces.

Pour cela on se place dans le repère orthonormé $(O\,;\vec{i},\vec{j})$.

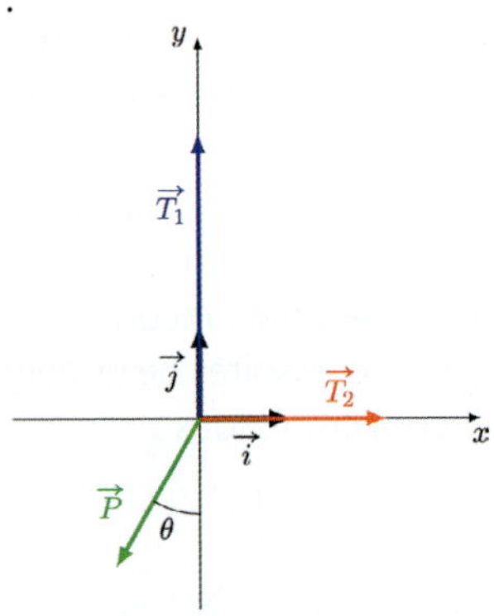

a. Justifier que $\theta = 30°$.

b. On pose $\vec{P} = \vec{P_x} + \vec{P_y}$ où $\vec{P_x}$ et $\vec{P_y}$ sont les projetés orthogonaux de $\vec{P}$ sur les axes (Ox) et (Oy).

Calculer $\|\vec{P_x}\|$ et $\|\vec{P_y}\|$ en fonction de $\|\vec{P}\|$ et de θ.

c. Faire de même pour les vecteurs $\vec{T_1}$ et $\vec{T_2}$.

d. Dire que le solide est en équilibre signifie que $\vec{P} + \vec{T_1} + \vec{T_2} = \vec{0}$. Montrer que $\|\vec{T_2}\| - \|\vec{P}\|\sin(\theta) = 0$ et que $\|\vec{T_1}\| - \|\vec{P}\|\cos(\theta) = 0$.

e. En déduire l'intensité des forces $\vec{T_1}$ et $\vec{T_2}$.

82 Calculer des mesures d'angles avec le théorème d'Al Kashi Calculatrice Python

» Chercher • Raisonner • Calculer

On cherche à écrire une fonction qui, connaissant les longueurs des trois côtés du triangle ABC, renvoie une mesure en radians de l'angle géométrique $\widehat{BAC}$.

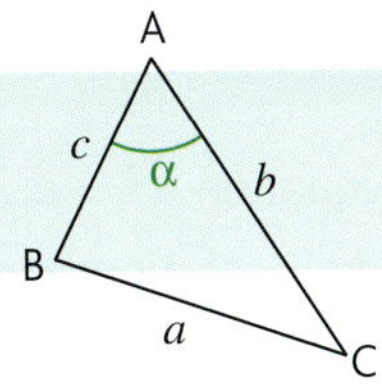

a. Exprimer $\cos(\alpha)$ en fonction de a, b et c.

b. En utilisant la calculatrice, déterminer, à 10^{-2} près, la mesure en radians de l'angle α lorsque $a = 6$, $b = 5$ et $c = 4$.

c. Compléter la fonction suivante afin qu'elle renvoie une valeur approchée de α à 10^{-2} près.

```
from math import cos
def angle_alpha(a,b,c):
    angle=0
    cos_alpha=...............
    while cos(angle)>cos_alpha:
        angle=angle+0.01
    return round(.........,2)
```

d. Comment modifier la fonction précédente pour qu'elle renvoie les mesures des trois angles géométriques du triangle ABC ?

83 Travail d'une force constante Logiciel de géométrie

» Représenter • Calculer • Communiquer

Une bille roule sans frottement d'un point A vers un point B sur un plan incliné. Cette bille, assimilée à un point M, est soumise à son poids $\vec{P}$ et à la réaction du support $\vec{R}$.
En physique, le **travail** d'une force constante $\vec{F}$ appliquée à un solide en mouvement, lorsque son point d'application se déplace d'un point A à un point B est : $W_{\vec{F}} = \vec{F} \cdot \overrightarrow{AB}$.
$W_{\vec{F}}$ s'exprime en joules (J), F, la norme de $\vec{F}$, en Newton (N) et AB en mètres (m).
Le but de cette activité est d'étudier le travail de $\vec{P}$ lorsque la bille se déplace de A vers B.

On se place dans un repère orthonormé $(O ; \vec{i}, \vec{j})$.

a. La masse de cette bille étant égale à 10 g, calculer P.

On rappelle que $P = m \times g$ où P est le poids en Newton, m la masse en kg et $g = 9{,}81\ \text{N.kg}^{-1}$.

b. Ouvrir un logiciel de géométrie dynamique et construire :
- les points A(0 ; 3) et B(6 ; 0) ;
- le vecteur $\vec{P}$ qu'on appellera p en utilisant les coordonnées polaires de $\vec{P}$: dans la ligne de saisie on note : $p = (P ; -90°)$ (la valeur de P a été trouvée dans la question précédente) ;
- le vecteur $\overrightarrow{AB}$ qu'on nommera a.

c. En utilisant le produit scalaire, calculer w, le travail de $\vec{P}$ sur le déplacement $\overrightarrow{AB}$. Puis vérifier le calcul précédent en saisissant $w = p * a$.

On veut à présent décomposer le déplacement $\overrightarrow{AB}$ en un déplacement $\overrightarrow{AC}$ suivi d'un déplacement $\overrightarrow{CB}$ comme l'illustre le schéma ci-contre.

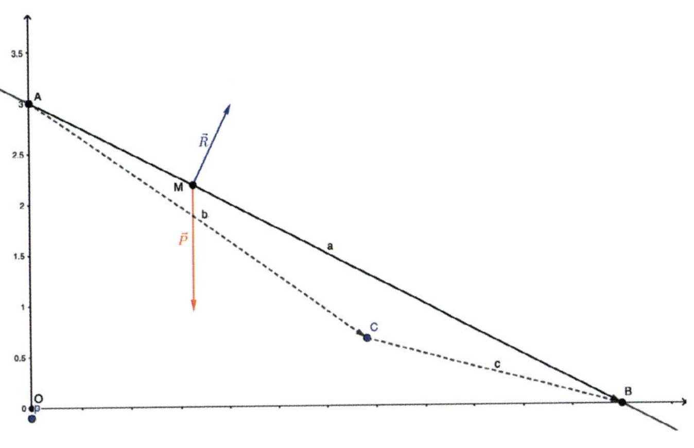

d. Placer un point libre dans la fenêtre graphique et construire les vecteurs $\overrightarrow{AC}$ et $\overrightarrow{CB}$, qu'on nommera respectivement b et c.

e. Calculer le travail w_1 de $\vec{P}$ sur le déplacement $\overrightarrow{AC}$ en saisissant $w_1 = p * b$, puis calculer w_2, le travail de $\vec{P}$ sur le déplacement $\overrightarrow{CB}$ en saisissant $w_2 = p * c$.

f. Déplacer le point C et observer les valeurs de w et de $w_1 + w_2$.

g. Que pouvez-vous émettre comme conjecture concernant le travail d'une force constante lorsque le solide se déplace de A vers B ?

h. Démontrer cette conjecture.

10

Pour entrer dans le chapitre

Résoudre une équation du type $x^2 = a$

L'équation $\boldsymbol{x^2 = a}$, avec a réel, admet :

- deux solutions $\sqrt{a}$ et $-\sqrt{a}$ lorsque $\boldsymbol{a > 0}$..
- une unique solution égale à 0 lorsque $\boldsymbol{a = 0}$.
- aucune solution lorsque $\boldsymbol{a < 0}$.

1 Résoudre $x^2 = 16$.

2 $-\sqrt{3}$ est-elle solution de $x^2 + 3 = 0$?

Développer, factoriser, réduire une expression algébrique simple

- **Développer** : transformer un produit en sommes ou différences, pour tous réels a, b et c : $a(b+c) = ab + ac$.
  Cas particulier : $-(b+c) = -b - c$.
- **Réduire** : regrouper les termes « semblables ».
- **Factoriser** : transformer une somme ou une différence en un produit.
- **Distributivité double** : pour tous réels a, b, c et d :
$$(a+b)(c+d) = ac + ad + bc + bd$$
- **Identités remarquables** : pour tous réels a et b :
$$(a+b)^2 = a^2 + 2ab + b^2$$
$$(a-b)^2 = a^2 - 2ab + b^2$$
$$(a-b)(a+b) = a^2 - b^2$$

3 Développer et réduire l'expression $2x(3x+1)$.

4 Factoriser l'expression $x^2 - 4$.

Effectuer des opérations sur les puissances

- Pour tout nombre réel a alors $a^1 = a$
- Pour tout entier naturel non nul n, $a^n = \overbrace{a \times a \times a \times \ldots \times a}^{n \text{ facteurs}}$.
- Pour tout nombre réel non nul a, alors $a^0 = 1$ et $a^{-1} = \dfrac{1}{a}$
- Pour tous nombres réels non nuls a et b, et pour n et m entiers relatifs non nuls :
  $a^n \times a^m = a^{n+m}$ $\quad (a^n)^m = a^{n \times m}$ $\quad (ab)^n = a^n \times b^n$

5 Écrire, sous la forme d'une seule puissance, les expressions : **a.** $x^2 \times x^5$ **b.** $(x^2)^5$.

6 Calculer $2^6 \times 5^6$.

Nombres complexes : forme algébrique

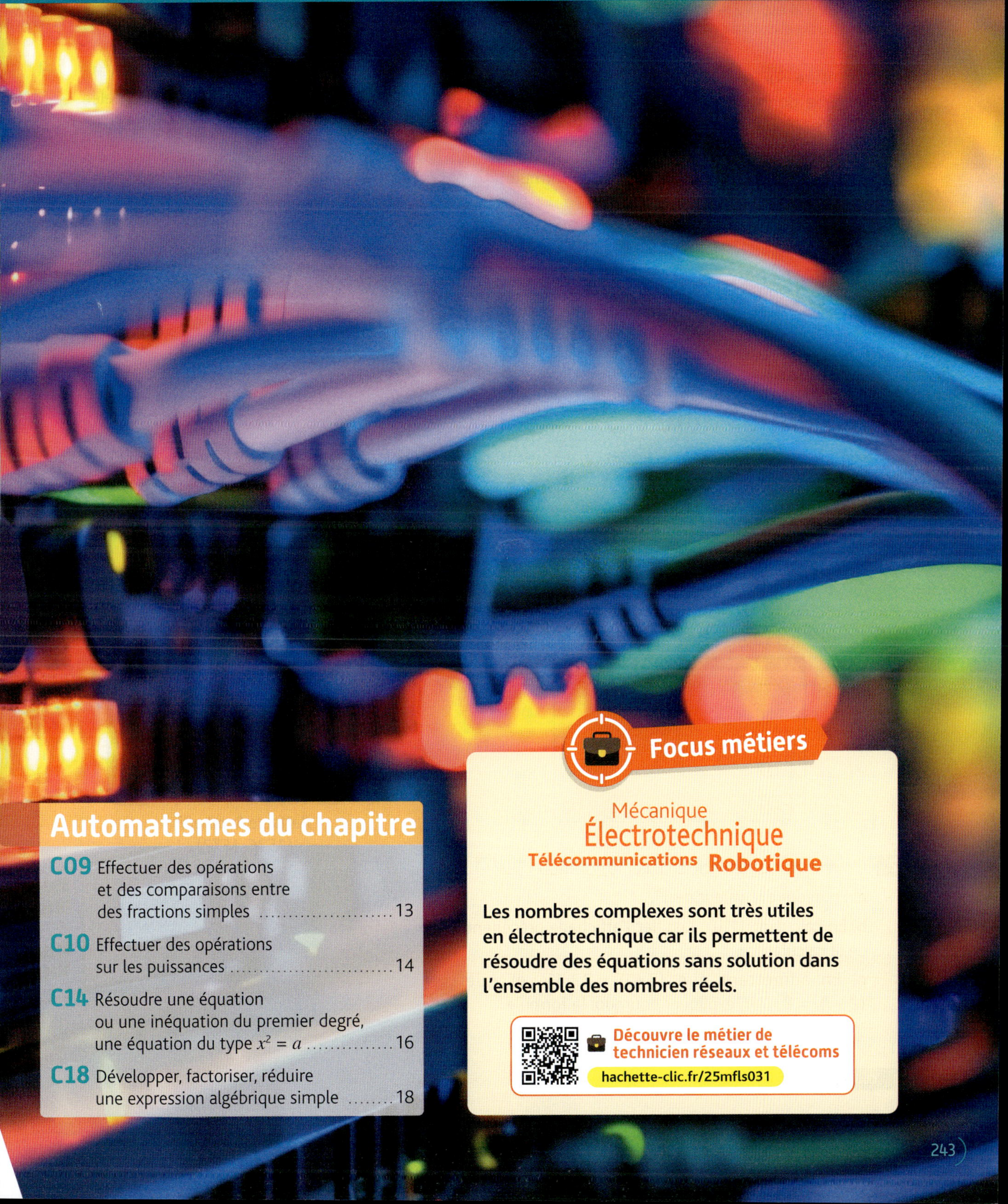

Automatismes du chapitre

Focus métiers

Mécanique
Électrotechnique
Télécommunications **Robotique**

Les nombres complexes sont très utiles en électrotechnique car ils permettent de résoudre des équations sans solution dans l'ensemble des nombres réels.

Découvre le métier de technicien réseaux et télécoms
hachette-clic.fr/25mfls031

Activités de découverte

ACTIVITÉ 1 La racine carrée d'un nombre négatif ?

Objectif Justifier l'introduction de nouveaux nombres

L'histoire des nombres complexes commence au 16e siècle en Italie autour des équations comme $x^3 = 15x + 4$.
Cardan publie en 1547 dans son traité (*Ars Magnae*) qu'une solution de $x^3 = 15x + 4$ est $\sqrt[3]{2+\sqrt{4-125}} + \sqrt[3]{2-\sqrt{4-125}}$.

Jérôme Cardan (1501-1576), autoportrait

1 L'écriture $\sqrt[3]{a}$ représente le seul nombre dont le cube donne a : par exemple $\sqrt[3]{8} = 2$ car $2^3 = 8$. Déterminer $\sqrt[3]{27}$.

2 Pourquoi y a-t-il un problème dans la formule de Cardan ?

À noter Bien plus tard, au 19e siècle, la solution proposée par Cardan sera appelée « nombre complexe ».

3 Vérifier que 4 est une solution de l'équation $x^3 = 15x + 4$.

Cours p. 246

ACTIVITÉ 2 Vers l'impossible

Objectif Introduire le nombre imaginaire « i »

Au 16e siècle, Raffaele Bombelli ose l'impossible en calculant le nombre de Cardan $\sqrt[3]{2+\sqrt{-121}} + \sqrt[3]{2-\sqrt{-121}}$ en supposant possible d'imaginer $\sqrt{-121}$.

1 Commenter l'affichage de la calculatrice ci-dessous :

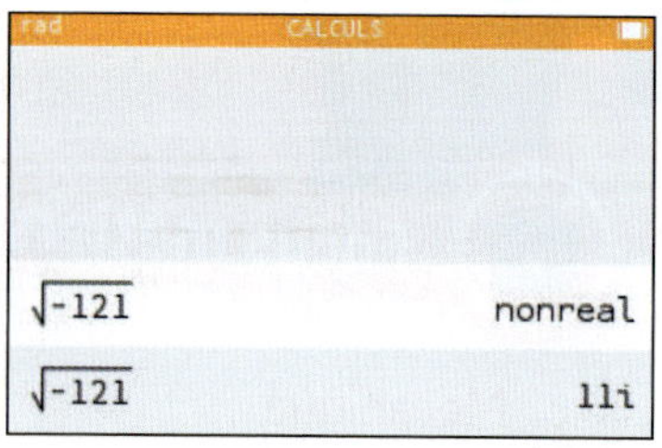

2 On doit au mathématicien Euler la notation $i = \sqrt{-1}$.

a. En déduire la valeur de i^2.

b. En calculant $(11i)^2$, justifier l'affichage précédent de la calculatrice.

c. En admettant que $(2+i)^3 = 2 + 11i$ et que $(2-i)^3 = 2 - 11i$, expliquer pourquoi la formule $\sqrt[3]{2+\sqrt{-121}} + \sqrt[3]{2-\sqrt{-121}}$ donne 4.

Raffaele Bombelli (1526-1572)

Cours p. 246

ACTIVITÉ 3 Premiers calculs avec ces nouveaux nombres

Objectif Mettre en place les premières règles de calcul avec les nombres complexes

Soit i le nombre complexe tel que $i^2 = -1$.

1 Recopier et compléter :
$1 + 4x + 2 + 5x = (1+2) + (4x + 5x) = 3 + (4+5)x = \ldots$
En déduire :
$1 + 4i + 2 + 5i = (\ldots + \ldots) + (\ldots + \ldots) = \ldots + (\ldots + \ldots)\ldots = \ldots$

À noter On suppose que les règles de calculs avec les nombres complexes sont les mêmes qu'avec les nombres réels.

2 Réduire l'expression $(5 + 7x) - (3 + 4x)$.
En déduire $(5 + 7i) - (3 + 4i)$.

3 Développer et réduire $2(8 - 5x)$; $x(4 + 3x)$ et $(-4 + 3x)(3 + 2x)$.
En déduire la forme algébrique (c'est-à-dire l'écriture $a + bi$, où a et b sont deux nombres réels) des nombres complexes $z_1 = 2(8 - 5i)$, $z_2 = i(4 + 3i)$ et $z_3 = (-4 + 3i)(3 + 2i)$.

Cours p. 246

ACTIVITÉ 4 Conjuguer pour mieux diviser

Objectif Découvrir la division entre nombres complexes grâce à la notion de conjugué

On cherche la forme algébrique $z = a + bi$, où a et b sont des nombres réels, des nombres complexes $z_1 = \dfrac{1}{3+i}$ et $z_2 = \dfrac{2+i}{3+4i}$.

1 $\dfrac{1}{3+i}$ est-elle la forme algébrique de z_1 ?

2 **a.** Multiplier le numérateur et le dénominateur de z_1 par i.
b. A-t-on obtenu la forme algébrique de z_1 ?

3 **a.** Calculer $(3 + i)(3 - i)$.

À noter $3 - i$ est appelé complexe **conjugué** de $3 + i$.

b. En déduire la forme algébrique z_1.

4 **a.** Multiplier le numérateur et le dénominateur de z_2 par $3 - 4i$.
b. Quelle est la forme algébrique de z_2 ?

Cours p. 248

5 Vérifier l'affichage de la calculatrice donnée ci-dessous :

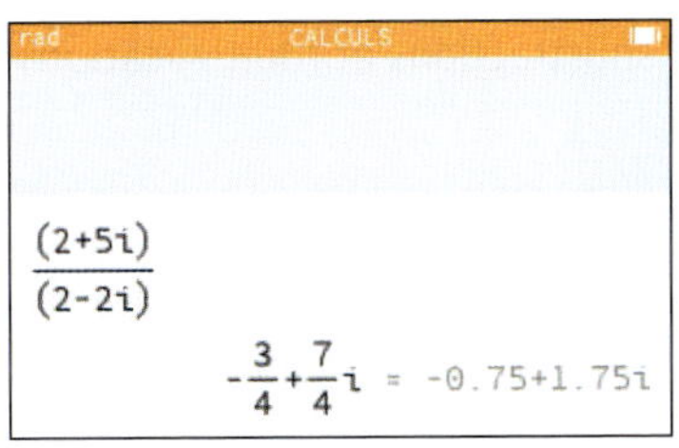

Cours 1 Notion de nombre complexe et forme algébrique

A Qu'est-ce qu'un nombre complexe ?

Définitions

- Un nombre complexe, noté z, est de la forme $z = a + bi$ où a et b sont des nombres réels et i est un nombre imaginaire tel que $i^2 = -1$.
- L'écriture $a + bi$ est la forme algébrique de z.

EXEMPLES

- $z = 2 + 3i$ est un nombre complexe : il s'écrit sous la forme $a + bi$ avec $a = 2$ et $b = 3$.
- $z = 7 - 1{,}5i$ est un nombre complexe : il s'écrit sous la forme $a + bi$ avec $a = 7$ et $b = -1{,}5$.

Remarques

– L'écriture d'un nombre complexe sous la forme algébrique est **unique**.
– L'ensemble des nombres complexes se note $\mathbb{C}$.
– **Tous les nombres réels sont des nombres complexes** : $z = 8$, par exemple, s'écrit $z = 8 + 0i$.

B Vocabulaire et notation

Définition

On considère $z = a + bi$ un nombre complexe, où a et b sont des nombres réels :
- a est appelé « partie réelle » de z : on la note $a = \mathrm{Re}(z)$.
- b est appelé « partie imaginaire » de z : on la note $b = \mathrm{Im}(z)$.

EXEMPLE

La partie réelle de $z = 2 + 3i$ est 2 : $\mathrm{Re}(z) = 2$; sa partie imaginaire est 3 : $\mathrm{Im}(z) = 3$

Remarque

Lorsque la partie réelle est nulle, z est dit **imaginaire pur**.
Par exemple, $z = 2i$, qui s'écrit $z = 0 + 2i$, est un imaginaire pur.

2 Addition, soustraction et multiplication des nombres complexes

Propriété

Les mêmes règles de calculs que pour les nombres réels sont appliquées lors des additions, soustractions et multiplications de nombres complexes, en utilisant $i^2 = -1$.

EXEMPLES

- $(3 + 4i) + (7 + 5i) = 3 + 4i + 7 + 5i = (3 + 7) + (4i + 5i) = 10 + 9i$
- $(3 + 4i) - (7 + 5i) = 3 + 4i - 7 - 5i = (3 - 7) + (4i - 5i) = -4 - i$
- $(3 + 4i)(7 + 5i) = 3 \times 7 + 3 \times 5i + 4i \times 7 + 4i \times 5i = 21 + 15i + 28i + 20i^2$

$= 21 + (15i + 28i) + 20 \times (-1) = 21 + 43i - 20 = (21 - 20) + 43i = 1 + 43i$

Méthode : utiliser la Calculatrice avec nombres complexes p. 270-271

EXO 1

Déterminer la partie réelle et la partie imaginaire d'un nombre complexe

Pour les nombres complexes suivants, déterminer la partie réelle et la partie imaginaire :

a. $z_1 = 8+5\text{i}$ **b.** $z_2 = -3+\text{i}$ **c.** $z_3 = 47$ **d.** $z_4 = 7\text{i}$ **e.** $z_5 = 3\text{i}+2$ **f.** $z_6 = 1+\text{i}\sqrt{3}$

Méthode

1. On vérifie que z est donné sous la forme $a+b\text{i}$ (on le réécrit le cas échéant).
2. On identifie la valeur de a qui est la partie réelle, notée $\text{Re}(z)$.
3. On identifie la valeur de b qui est la partie imaginaire, notée $\text{Im}(z)$.

2 3 On vérifie à l'aide d'une calculatrice le cas échéant

```
re(3i+2)    2
im(3i+2)    3
```

Réponse

1 $z_1 = 8+5\text{i} = a+b\text{i}$	1 $z_2 = -3+1\text{i} = a+b\text{i}$	1 $z_3 = 47+0\text{i} = a+b\text{i}$	1 $z_4 = 0+7\text{i} = a+b\text{i}$	1 $z_5 = 2+3\text{i} = a+b\text{i}$	1 $z_6 = 1+\sqrt{3}\text{i} = a+b\text{i}$
2 $\text{Re}(z_1) = 8$	2 $\text{Re}(z_2) = -3$	2 $\text{Re}(z_3) = 47$	2 $\text{Re}(z_4) = 0$	2 $\text{Re}(z_5) = 2$	2 $\text{Re}(z_6) = 1$
3 $\text{Im}(z_1) = 5$	3 $\text{Im}(z_2) = 1$	3 $\text{Im}(z_3) = 0$	3 $\text{Im}(z_4) = 7$	3 $\text{Im}(z_5) = 3$	3 $\text{Im}(z_6) = \sqrt{3}$

Exercices 7 et 8 p. 252

EXO 2

Additionner et soustraire des nombres complexes

Calculer et exprimer le résultat sous forme algébrique : $z_1 = (4+5\text{i})+(7-2\text{i})$ et $z_2 = (4+5\text{i})-(7-2\text{i})$

Méthode

1. On utilise les mêmes règles de calculs que pour les nombres réels (priorités opératoires, gestion des parenthèses…).
2. On regroupe les parties réelles puis on regroupe les parties imaginaires.
3. On effectue les opérations.

Réponse

1 $z_1 = (4+5\text{i})+(7-2\text{i})$
$z_1 = 4+5\text{i}+7-2\text{i}$
2 $z_1 = (4+7)+(5\text{i}-2\text{i})$
3 $z_1 = 11+3\text{i}$

1 $z_2 = (4+5\text{i})-(7-2\text{i})$
$z_2 = 4+5\text{i}-7+2\text{i}$
2 $z_2 = (4-7)+(5\text{i}+2\text{i})$
3 $z_2 = -3+7\text{i}$

```
(4+5i)-(7-2i)    -3+7i
```

Exercices 20 et 26 p. 253

EXO 3

Multiplier des nombres complexes

Effectuer le calcul suivant et exprimer le résultat sous forme algébrique : $z = 3(4+5\text{i})-2\text{i}(7-2\text{i})$

Méthode

1. On développe le(s) produit(s).
2. On effectue les opérations, en utilisant $\text{i}^2 = -1$.

```
3(4+5i)-2i(7-2i)    8+i
```

Réponse

1 $z = 3\times4+3\times5\text{i}-(2\text{i}\times7+2\text{i}\times(-2\text{i}))$

2 $z = 12+15\text{i}-(14\text{i}-4\text{i}^2)$
$z = 12+15\text{i}-(14\text{i}-4\times(-1)) \Leftrightarrow z = 12+15\text{i}-(14\text{i}+4) \Leftrightarrow z = 12+15\text{i}-14\text{i}-4 \Leftrightarrow z = 8+\text{i}$

Exercices 25 et 27 p. 253

Cours 3 Division des nombres complexes

A Complexe conjugué

Définition

Soit $z = a + bi$ un nombre complexe, où a et b sont des nombres réels.
On appelle conjugué de z, noté $\overline{z}$, le nombre complexe défini par $\overline{z} = a - bi$.

EXEMPLES

- Le nombre complexe conjugué de $z = -2 + 13\text{i}$ est $\overline{z} = \overline{-2 + 13\text{i}} = -2 - 13\text{i}$
- Le nombre complexe conjugué de $z = 5 - 3i$ est $\overline{z} = \overline{5 - 3\text{i}} = 5 + 3\text{i}$

Propriété

Soit $z = a + bi$ un nombre complexe, où a et b sont des nombres réels. On a $z \times \overline{z} = a^2 + b^2$.
Démonstration : $z \times \overline{z} = (a + b\text{i})(a - b\text{i}) = a^2 - ab\text{i} + ba\text{i} - b\text{i} \times b\text{i} = a^2 - b^2\text{i}^2 = a^2 - b^2 \times (-1) = a^2 + b^2$

B Quotient de deux nombres complexes

Savoir-faire

On considère z_1 et z_2 deux nombres complexes, avec z_2 non nul. Pour déterminer la forme algébrique de $\frac{z_1}{z_2}$, on multiplie le numérateur et le dénominateur par le conjugué $\overline{z_2}$ du dénominateur.

EXEMPLES

- $\frac{2+3\text{i}}{1+3\text{i}} = \frac{(2+3\text{i})(1-3\text{i})}{(1+3\text{i})(1-3\text{i})} = \frac{2-6\text{i}+3\text{i}-9\text{i}^2}{1^2+3^2} = \frac{2-3\text{i}+9}{10} = \frac{11-3\text{i}}{10} = \frac{11}{10} - \frac{3\text{i}}{10} = 1{,}1 - 0{,}3\text{i}$
- $\frac{1}{1+\text{i}} = \frac{1 \times (1-\text{i})}{(1+\text{i})(1-\text{i})} = \frac{1-\text{i}}{1^2+1^2} = \frac{1-\text{i}}{2} = \frac{1}{2} - \frac{\text{i}}{2} = 0{,}5 - 0{,}5\text{i}$
- $\frac{1}{\text{i}} = \frac{1 \times (-\text{i})}{\text{i} \times (-\text{i})} = \frac{-\text{i}}{-\text{i}^2} = \frac{-\text{i}}{-(-1)} = \frac{-\text{i}}{1} = -\text{i}$

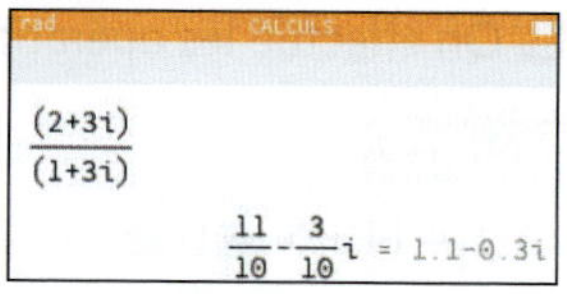

4 Conjugaison et opérations

Propriétés

Soient z_1 et z_2 deux nombres complexes.
- Le conjugué d'une somme est la somme des conjugués : $\overline{z_1 + z_2} = \overline{z_1} + \overline{z_2}$
- Le conjugué d'un produit est le produit des conjugués : $\overline{z_1 \times z_2} = \overline{z_1} \times \overline{z_2}$
- Le conjugué d'un quotient est le quotient des conjugués : $\overline{\left(\frac{z_1}{z_2}\right)} = \frac{\overline{z_1}}{\overline{z_2}}$ (avec z_2 non nul)

EXEMPLES

- $\overline{(1+2\text{i}) + (4+5\text{i})} = \overline{1+2\text{i}} + \overline{4+5\text{i}} = (1-2\text{i}) + (4-5\text{i})$
- $\overline{(1+2\text{i}) \times (4+5\text{i})} = \overline{1+2\text{i}} \times \overline{4+5\text{i}} = (1-2\text{i}) \times (4-5\text{i})$
- $\overline{\frac{1+2\text{i}}{4+5\text{i}}} = \frac{\overline{1+2\text{i}}}{\overline{4+5\text{i}}} = \frac{(1-2\text{i})}{(5-5\text{i})}$

Méthode : utiliser la Calculatrice avec nombres complexes p. 270-271

EXO 4

Déterminer $\overline{z}$ et calculer $z \times \overline{z}$

On considère le nombre complexe $z = 2 + 3\text{i}$. Déterminer son conjugué. Calculer le produit $z\overline{z}$.

Méthode

1. On conserve la partie réelle de z et on prend l'opposé de la partie imaginaire.
2. On applique la propriété $z\overline{z} = a^2 + b^2$.

Réponse

1. La partie réelle de z est $a = 2$ et sa partie imaginaire est $b = +3$ donc $\overline{z} = 2 - 3\text{i}$.
2. $z\overline{z} = a^2 + b^2 = 2^2 + 3^2 = 4 + 9 = 13$

Exercices 55 et 59 p. 255

EXO 5

Diviser deux nombres complexes

Déterminer la forme algébrique de $z = \dfrac{2 - 3\text{i}}{2 + 2\text{i}}$.

Méthode

1. On multiplie le numérateur et le dénominateur par le conjugué du dénominateur.
2. On développe et on réduit le numérateur et le dénominateur.

$\dfrac{(2-3i)}{(2+2i)}$

$-\dfrac{1}{4}-\dfrac{5}{4}i = -0.25-1.25i$

Réponse

1. $z = \dfrac{2 - 3\text{i}}{2 + 2\text{i}} = \dfrac{(2 - 3\text{i})(2 - 2\text{i})}{(2 + 2\text{i})(2 - 2\text{i})}$
2. $z = \dfrac{4 - 4\text{i} - 6\text{i} + 6\text{i}^2}{2^2 + 2^2} = \dfrac{4 - 10\text{i} + 6 \times (-1)}{4 + 4} = \dfrac{4 - 10\text{i} - 6}{8} = \dfrac{-2 - 10\text{i}}{8} = -\dfrac{2}{8} - \dfrac{10\text{i}}{8} = -\dfrac{1}{4} - \dfrac{5}{4}\text{i} = -0{,}25 - 1{,}25\text{i}$

Exercices 61 et 63 p. 255

EXO 6

Déterminer un conjugué à l'aide des opérations

a. Déterminer, sans le calculer, le conjugué du nombre complexe $z = -3\text{i}(5 - \text{i})$.
b. En déduire le conjugué de l'inverse de z.

Méthode

1. On identifie l'opération qui constitue le nombre complexe.
2. On applique la propriété correspondante.

Réponse a.

1. z est le produit de $z_1 = -3\text{i}$ et $z_2 = 5 - \text{i}$
2. $\overline{z_1 \times z_2} = \overline{z_1} \times \overline{z_2}$ donc $\overline{z} = 3\text{i}(5 + \text{i})$

Réponse b.

1. L'inverse de z est $\dfrac{1}{-3\text{i}(5 - \text{i})}$, soit le quotient de 1 et $z = -3\text{i}(5 - \text{i})$.
2. Le conjugué d'un quotient est le quotient des conjugués donc $\overline{\left(\dfrac{1}{z}\right)} = \dfrac{1}{\overline{z}} = \dfrac{1}{3\text{i}(5 + \text{i})}$.

Exercices 90 et 92 p. 257

L'essentiel

Je retiens

1. Notion de nombre complexe et forme algébrique

Un **nombre complexe**, noté z, est de la forme

$$z = a + bi$$

a et b : nombres réels $\in \mathbb{R}$

i : nombre imaginaire tel que $i^2 = -1$, $i \in \mathbb{C}$

Forme algébrique de z

$z = a + bi$

a est appelé partie réelle de z : on la note $a = \text{Re}(z)$

b est appelé partie imaginaire de z : on la note $b = \text{Im}(z)$

2. Addition, soustraction et multiplication des nombres complexes

Les mêmes règles de calculs que pour les nombres réels sont appliquées lors des additions, soustractions et multiplications de nombres complexes, en utilisant $i^2 = -1$

EXEMPLE :
$(3 + 4i) - (7 + 5i) = 3 + 4i - 7 - 5i = (3 - 7) + (4i - 5i) = -4 - i$

3. Division des nombres complexes

Conjugué

$\overline{z} = a - bi$

Propriété : $z \times \overline{z} = a^2 + b^2$

Savoir-faire

Déterminer la forme algébrique de $\dfrac{z_1}{z_2}$:

$$\frac{z_1}{z_2} = \frac{z_1 \times \overline{z_2}}{z_2 \times \overline{z_2}}$$

4. Conjugaison et opérations

- Le conjugué d'une somme est la somme des conjugués : $\overline{z_1 + z_2} = \overline{z_1} + \overline{z_2}$
- Le conjugué d'un produit est le produit des conjugués : $\overline{z_1 \times z_2} = \overline{z_1} \times \overline{z_2}$
- Le conjugué d'un quotient est le quotient des conjugués : $\overline{\left(\dfrac{z_1}{z_2}\right)} = \dfrac{\overline{z_1}}{\overline{z_2}}$ (avec z_2 non nul)

Je me teste

QCM interactif et auto-corrigé
hachette-clic.fr/25mfls032

Je me prépare à une évaluation

Je maîtrise la forme algébrique des nombres complexes

CHALLENGE EN CLASSE OU À LA MAISON

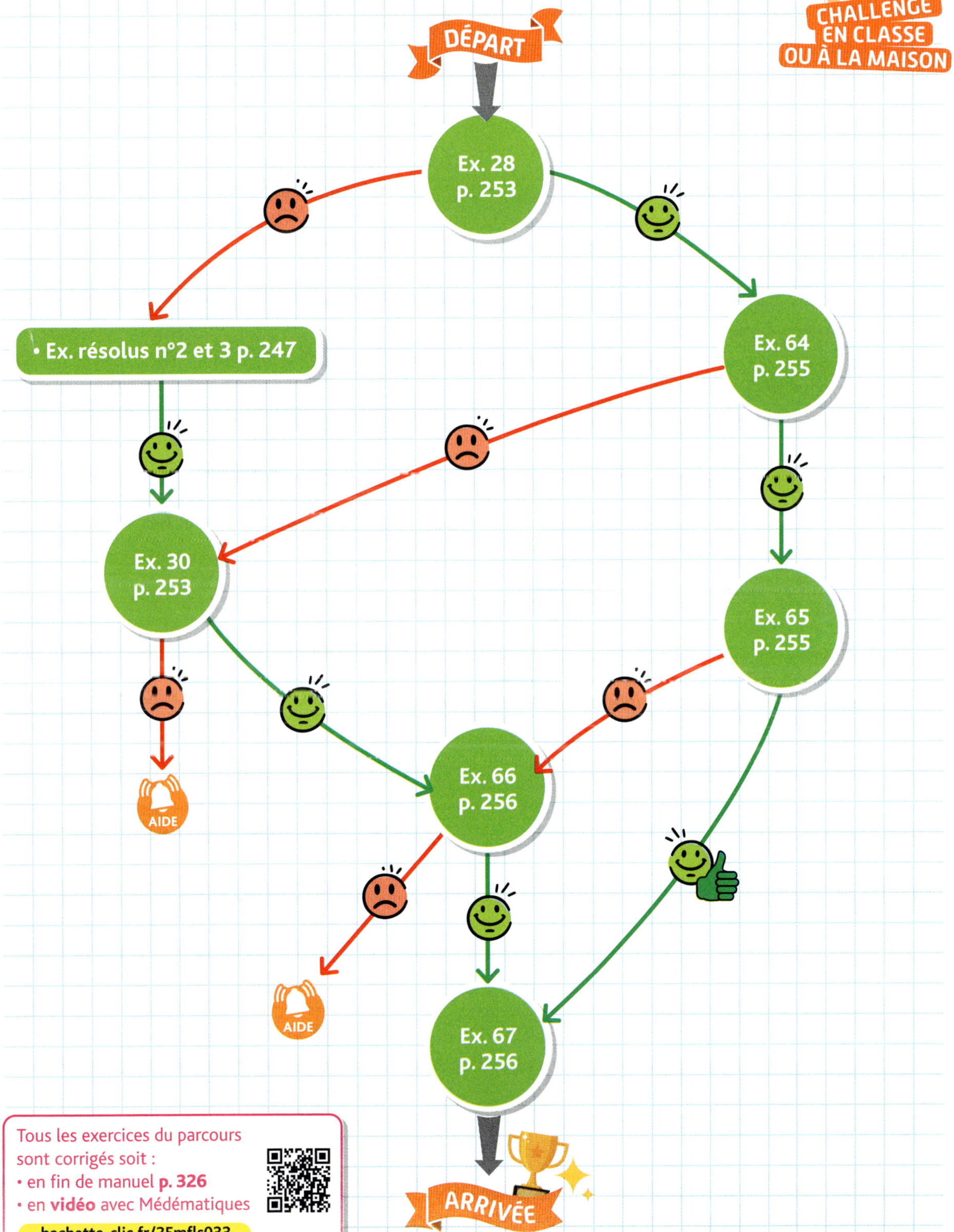

Tous les exercices du parcours sont corrigés soit :
- en fin de manuel **p. 326**
- en **vidéo** avec Médématiques

hachette-clic.fr/25mfls033

Exercices

Les exercices roses sont corrigés :
• en fin de manuel **ou** • en **vidéo** avec Médématiques
p. 326 — hachette-clic.fr/25mfls033

1 Notion de nombres complexes et forme algébrique

Questions flash

1 Donner la partie réelle de $z = 5 + 3i$.

2 Quelle est la forme algébrique de i^2 ?

3 Quelle est la partie imaginaire de i^2 ?

4 Écrire le nombre complexe de partie réelle 5 et de partie imaginaire -3.

5 Écrire le nombre complexe de partie réelle 0 et de partie imaginaire 5.

Un nombre complexe, noté z, est de la forme $z = a + bi$ où a et b sont des nombres réels et i est un nombre imaginaire tel que $i^2 = -1$.
L'écriture $a + bi$ est la **forme algébrique** de z.

6 Dire si chacune des affirmations suivantes est vraie ou fausse.

a. 7 est un nombre complexe.

b. Tous les nombres réels sont des nombres complexes.

c. Tous les nombres complexes sont des nombres réels.

a est appelé partie réelle de z : on la note $a = \text{Re}(z)$.
b est appelé partie imaginaire de z : on la note $b = \text{Im}(z)$.

Pour les exercices 7 à 9, déterminer la partie réelle et la partie imaginaire des nombres complexes suivants.

7 a. $z_1 = 5 + 8i$ b. $z_2 = -2 + 3i$
c. $z_3 = 7$ d. $z_4 = 5i$
e. $z_5 = 2i + 1$ f. $z_6 = 2 + i\sqrt{2}$

8 a. $z_1 = 2 - 3i$ b. $z_2 = \frac{-1}{2} + \frac{\sqrt{3}}{2}i$
c. $z_3 = 4$ d. $z_4 = -5i$

9 a. $z_1 = 5i - 3$ b. $z_2 = \frac{5 + 8i}{2}$ c. $z_1 = \frac{-2 + 3i}{-2}$

10 Dire si chacune des affirmations suivantes est vraie ou fausse.

a. La partie imaginaire de $2 + 5i$ est 5i.

b. $z = 2i$ est un imaginaire pur.

c. La partie imaginaire de 4 est 4i.

11 La lettre i pour l'imaginaire a été employée la première fois par le mathématicien suisse Leonhard Euler (1707-1783) dans un mémoire présenté en 1777. Avant cette date, les nombres complexes s'écrivaient par exemple $5 + \sqrt{-9}$ ou $2 - 3\sqrt{-1}$.
Donner les formes algébriques de ces deux exemples.

12 Déterminer le nombre complexe z grâce à ces instructions Python :

```
>>> z.real
2.0
>>> z.imag
-1.5
```

13 Déterminer les parties réelle et imaginaire des nombres complexes suivants, sachant que a et b sont deux nombres réels donnés :
$z_1 = (a - 2) + bi$ et $z_2 = 2a - 1 - (3 - b)i$.

14 Déterminer le nombre réel a tel que $2a + 5i = 4 + 5i$.
***Aide :** Deux nombres complexes sont égaux si et seulement si leurs parties réelles et imaginaires sont égales.*

15 *Exercice guidé*
Déterminer les nombres réels a et b tels que :
$(2a + 3) - 3i = 4a + (3b - 6)i$.
Étape 1 : Identifier les parties réelles et imaginaires de chacun des nombres complexes.
$(2a + 3) - 3i = 4a + (3b - 6)i$.
Étape 2 : Écrire les égalités des parties réelles et des parties imaginaires. On obtient un système de deux équations à résoudre dans $\mathbb{R}$.
$$\begin{cases} 2a + 3 = 4a \\ -3 = 3b - 6 \end{cases}$$
Étape 3 (à vous de jouer) : Résoudre chacune des équations du système pour déterminer a et b.

16 Déterminer les réels a et b tels que :
$$(a + 2) + 3i = -4 + (5 + 3b)i$$

17 Déterminer les réels a et b tels que :
$$(-5a + 5) + (3b - 3)i = 5 + 6i.$$
Que peut-on dire du nombre complexe $z = a + bi$?

Soient a un nombre réel, m et n des entiers naturels. Alors $(a^m)^n = a^{m \times n}$ et $a^m \times a^n = a^{m+n}$. Ces propriétés restent valables si a est un nombre complexe.
» Automatisme C10 p. 14

18 Calculatrice **Autour des puissances de i**

a. À l'aide de la calculatrice, recopier et compléter le tableau :

n	0	1	2	3	4	5	6	7
i^n								

b. Conjecturer les valeurs possibles de i^n en fonction des valeurs de n.

c. On souhaite calculer i^{2025}. En remarquant que $2025 = 4 \times 506 + 1$, justifier que $i^{2025} = i$.

d. En vous inspirant de la question précédente, calculer i^{3135}.

2 Addition, soustraction et multiplication de nombres complexes

Questions flash

19 Calculer $5 \times i^2$.

20 Donner la forme algébrique de $3 + 5i + (2 - 3i)$.

21 Donner la forme algébrique de $3 \times (5 + 3i)$.

22 Déterminer la partie imaginaire de :

$$3 + 5i - 2 - 3i.$$

23 Déterminer la partie réelle de $3 + 7i - 5 - 8i$.

Les **mêmes règles de calculs** que pour les nombres réels sont appliquées lors des additions, soustractions et multiplications de nombres complexes, en utilisant $i^2 = -1$.

24 a. Donner la partie imaginaire de $\frac{1}{2} \times (\sqrt{3} - i)$.

b. Donner la partie réelle de $\frac{\sqrt{2}}{2}(-1 + i)$.

c. Donner la partie imaginaire de $\frac{1}{2}(1 - \sqrt{3}i)$.

25 Déterminer la partie réelle de $4i \times (5 - 3i)$.

26 Donner la forme algébrique de $3 + 5i - (2 - 3i)$.

27 Donner la forme algébrique de $3i \times (5 + 3i)$.

28 Vidéo Calculer :

a. $(2 + 3i) + 3(5 - 2i)$ b. $4(3 + 2i) - 3(2 + 5i)$

c. $(1 - 5i)(2 + 4i)$ d. $(2 - 3i)(4 - 3i)$

Pour tous réels a et b positifs :
$\sqrt{ab} = \sqrt{a}\sqrt{b}$ et $(\sqrt{a})^2 = a$

29 Calculer et simplifier : $(2i)^2$; $(-2i)^2$; $-3i^2$ $(\sqrt{2}i)^2$; $(-\sqrt{2}i)^2$; $(3\sqrt{2}i)^2$; $(-3\sqrt{2}i)^2$.

30 Corrigé Effectuer les calculs suivants. Prendre :

a. Le triple de $5 - 3i$.

b. L'opposé de $-5 + 4i$.

c. Le produit de (2+3i) et de (2+5i).

d. Le produit de la somme de 5 et 2i par la différence de 3 et i.

31 Effectuer les calculs suivants :

a. La somme de $5 + 3i$ et de l'opposé de $4i$.

b. La différence entre le carré de $3i$ et $7i$.

c. La somme entre l'opposé de $3 + 2i$ et le carré de $(1 + i)$.

32 On considère les nombres complexes suivants : $z_1 = -3 + 2i$ et $z_2 = 5 - 4i$.

Pour effectuer le calcul $z_1 - z_2$, Hakim et Anne utilisent leurs calculatrices.

Hakim écrit :

```
-3+2i-5-4i                    -8-2i
```

Anne écrit :

```
-3+2i-(5-4i)                  -8+6i
```

Qui a raison ?

Les 3 **identités remarquables** restent valables pour a et b deux nombres complexes :

- $(a + b)^2 = a^2 + 2ab + b^2$
- $(a - b)^2 = a^2 - 2ab + b^2$
- $(a + b)(a - b) = a^2 - b^2$

33 Calculer :

a. $(1 + 3i)^2$ b. $(1 - 2i)^2$ c. $(1 + 5i)(1 - 5i)$

34 Calculer :

a. $(2 + 5i)^2$ b. $(3i + 2)^2$

c. $(1 - 3i)^2$ d. $(1 + 4i)(1 - 4i)$

35 Soient $z_1 = 2 + 2i$ et $z_2 = 1 - 2i$.

Donner la forme algébrique des nombres complexes suivants :

a. $z_1 + z_2$ b. $2z_1 - 3z_2$ c. $z_1 \times z_2$

d. z_1^2 e. z_1^3

36 Soient $z_1 = 1 - i$ et $z_2 = 1 - \sqrt{3}i$.

Donner la forme algébrique des nombres complexes suivants :

a. $z_1 - z_2$ b. $3z_1 - z_2$ c. $z_1 \times z_2$

d. z_2^2 e. z_1^3

- En physique, on note j le nombre complexe i, pour éviter la confusion avec la notation du courant électrique (I).
- En électricité, la **loi d'Ohm** s'écrit $U = R \times I$, avec U qui représente la tension aux bornes de la résistance (en volt V), R la valeur de la résistance (en Ohm Ω) et I l'intensité qui traverse la résistance (en ampère A).
- Cette relation est généralisée, en régime sinusoïdal, par $\mathbf{U} = Z \times \mathbf{I}$, où Z est un nombre complexe appelé « impédance complexe du dipôle ».

Les exercices roses sont corrigés :
• en fin de manuel p. 326 ou • en vidéo avec Médématiques hachette-clic.fr/25mfls033

Une **racine** d'un polynôme $P(z)$ est une valeur x_0 telle que $P(x_0) = 0$. C'est aussi une solution de l'équation $P(z) = 0$.

37 Un circuit série RL est un circuit électrique contenant une résistance et une bobine, montées ici en série. Il est utilisé dans diverses applications, comme dans des convertisseurs de courant continu.

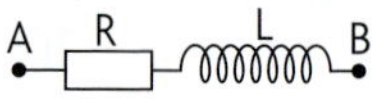

Calculer la forme algébrique de l'impédance complexe Z du circuit.

On donne :
- L'impédance de la résistance $Z_R = R$, elle représente la partie réelle de Z ;
- L'impédance de la bobine $Z_L = j \times L \times 2\pi \times f$, elle représente la partie imaginaire de Z ;
- L'impédance complexe du circuit $Z = Z_R + Z_L$;
- $R = 1\,\Omega$; $L = 0{,}142$ H et $f = 13{,}5$ Hz.

38 Soit le nombre complexe $z_1 = \frac{-1}{2} - i\frac{\sqrt{3}}{2}$.
Montrer que z_1 est racine du polynôme $P(z) = z^2 + z + 1$.

39 Le nombre complexe $z_2 = -2 + 3i$ est-il solution de l'équation $3 + 2i - iz = 0$?

40 On s'intéresse à l'équation $z^4 - 16 = 0$.
a. Montrer que $z = 2i$ est une solution.
b. En déduire l'ensemble des solutions complexes de l'équation $z^4 - 16 = 0$.

41 *Exercice guidé*
Résoudre l'équation : $Z^2 = -3$ et en déduire les solutions de l'équation $(z-1)^2 = -3$.
Étape 1 : On écrit -3 sous la forme du carré d'un nombre complexe : $-3 = (i\sqrt{3})^2$.
Étape 2 : Pour résoudre l'équation $Z^2 = (i\sqrt{3})^2$, on utilise la propriété suivante :
Dans l'ensemble des nombres complexes, $z^2 = c^2$ si et seulement si $z = c$ ou $z = -c$.
Donc, si $Z^2 = (i\sqrt{3})^2$, alors $Z = i\sqrt{3}$ ou $Z = -i\sqrt{3}$.
Étape 3 (à vous de jouer) : Remplacer Z par $z - 1$ et résoudre les deux équations obtenues.

42 Donner la forme algébrique des nombres suivants :
a. $(1+\sqrt{2}i) \times (1-\sqrt{2}i)$
b. $(1+i\sqrt{3})^2$
c. $(\sqrt{2}+i)^2$

43 Donner la forme algébrique des nombres suivants :
a. $i(1+i)^2$
b. $i^5(2+2i)$

44 1. Résoudre dans $\mathbb{C}$ les équations suivantes :
a. $z^2 = -16$ b. $z^2 = -5$
c. $z^2 = -1$ d. $z^2 = -18$
2. En déduire les solutions dans $\mathbb{C}$ des équations suivantes :
a. $(z-3i)^2 = -16$ b. $(z+2)^2 = -5$
c. $(z+i)^2 = 1$ d. $(z+4i\sqrt{2})^2 = -18$.

45 Soit f la fonction définie sur $\mathbb{C}$ par :
$$f(z) = z^2 + 6z + 12.$$
a. Montrer que $f(z)$ peut aussi s'écrire :
$$f(z) = (z+3)^2 + 3.$$
b. Résoudre l'équation $f(z) = 0$.

46 Soit f la fonction définie sur $\mathbb{C}$ par :
$$f(z) = z^2 + 4z + 6.$$
a. Déterminer le nombre réel a tel que :
$$f(z) = (z+2)^2 + a.$$
b. Résoudre l'équation $f(z) = 0$.

47 En vous aidant de la méthode des exercices 45 et 46, résoudre les équations suivantes :
a. $z^2 + 2z + 4 = 0$ b. $z^2 - 4z + 5 = 0$
c. $z^2 + z + 1 = 0$

48 Calculatrice Dans son livre, *Éléments d'Algèbre*, écrit en 1765, le mathématicien suisse Leonhard Euler s'intéresse à la résolution de l'équation : $x^3 = 6x + 4$ et propose une solution :

> Par exemple, dans l'équation $x^3 = 6x + 4$, on a $f = 6$ et $g = 4$; de sorte que $x = \sqrt[3]{2 + 2\sqrt{-1}} + \sqrt[3]{2 - 2\sqrt{-1}}$, ce qui ne peut s'exprimer d'une manière différente.

a. Comment écririons-nous aujourd'hui $\sqrt{-1}$?
b. Déterminer à la calculatrice, la valeur de $\sqrt[3]{2+2i}$ et de $\sqrt[3]{2-2i}$. En déduire la valeur de x.
c. En représentant graphiquement une fonction judicieusement choisie, déterminer à l'aide des outils graphiques de la calculatrice, les autres solutions de l'équation.

49 En informatique, le temps de calcul d'une multiplication est supérieur à celui d'une addition ou soustraction. Dans cet exercice, nous allons mettre en place, sur deux nombres complexes, un algorithme de calcul de produit.

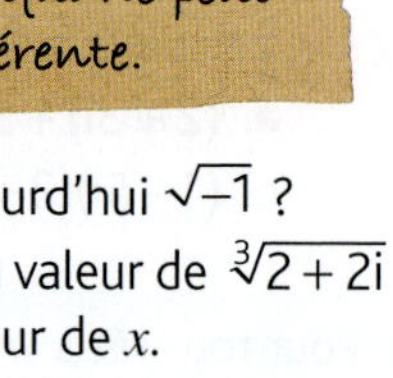

Cet algorithme, utilisé dans les microprocesseurs pour le produit de deux grands nombres réels, per-

met de réduire significativement cette durée de calcul, en diminuant le nombre de multiplications nécessaires. On doit cette méthode au mathématicien allemand Carl Friedrich Gauss (1777-1855).
On considère deux nombres complexes $z_1 = a + bi$ et $z_2 = a' + b'i$.
1. Donner la forme algébrique de $z_1 \times z_2$.
2. a. On pose $p_1 = aa'$, $p_2 = bb'$ et $p_3 = (a+b) \times (a'+b')$.
Montrer que $z_1 \times z_2 = (p_1 - p_2) + i(p_3 - p_2 - p_1)$.
b. Vérifier la cohérence des résultats avec par exemple $z_1 = 2 + 3i$ et $z_2 = -1 + 4i$.
3. Compter le nombre de multiplications, de soustractions et d'additions constituant le résultat pour la question **1**, puis pour la question **2.** a. Conclure.
Application à la multiplication de grands nombres : ainsi pour calculer par exemple, $A \times B$, où $A = 612\,583$ et $B = 987\,235$, on pose $A = 583 + 612 \times 10^3$ et $B = 235 + 987 \times 10^3$. Le rôle de i est joué par 10^3.

3 Division des nombres complexes

Questions flash

50 Donner le conjugué du conjugué de $1 + 3i$.
51 Donner le conjugué de $-5 + 2i$.
52 Donner la partie imaginaire de $\overline{1 - 5i}$.
53 Calculer $(1 + i) - \overline{1 + i}$.
54 Donner le conjugué de 7.

Soit $z = a + bi$ un nombre complexe, où a et b sont des nombres réels. On appelle **conjugué** de z, noté $\overline{z}$, le nombre complexe défini par $\overline{z} = a - bi$.

55 Dans chaque cas, donner le conjugué du nombre complexe z :
a. $z = 5 + 2i$ b. $z = -5$
c. $z = -4i$ d. $z = 2i$

56 Dans chaque cas, donner le conjugué du nombre complexe z :
a. $z = 3i - 2$ b. $z = i$
c. $z = 5 - 4i$ d. $z = -1 - 3i$

57 Soit le nombre complexe $z = 1 + 3i$. Calculer :
a. $z + \overline{z}$ b. $z - \overline{z}$ c. $z \times \overline{z}$

58 [redacted] -2+5i

Sur l'affichage d'une calculatrice, un nombre complexe a été caché. Quel était ce nombre ?

Soit $z = a + bi$ un nombre complexe, où a et b sont des nombres réels. On a $z \times \overline{z} = a^2 + b^2$.

Pour 59 et 60, calculer le produit $z \times \overline{z}$ dans chacun des cas proposés.

59 a. $z = 2 - 3i$ b. $z = -3 + 5i$ c. $z = 4i$

60 a. $z = -2 - 5i$ b. $z = -4$ c. $z = 3 + i$

Pour déterminer la forme algébrique de $\frac{z_1}{z_2}$, avec $z_2 \neq 0$, **on multiplie le numérateur et le dénominateur par le conjugué $\overline{z_2}$** du dénominateur.

Pour 61 à 63 donner la forme algébrique des nombres complexes proposés.

61 a. $z_1 = \frac{1-i}{1+i}$ b. $z_2 = \frac{3+2i}{2+2i}$ c. $z_3 = \frac{5}{1-i}$

62 a. $z_1 = \frac{3+i}{-2i+2}$ b. $z_2 = \frac{3i}{2+3i}$ c. $z_3 = i - \frac{1}{i}$

63 Vidéo a. $z_1 = \frac{1}{1+i}$ b. $z_2 = \frac{1}{3-2i}$
c. $z_3 = \frac{1}{-4i}$ d. $z_4 = \frac{1}{-4i+2}$

64 Corrigé Effectuer les calculs suivants et donner les réponses sous forme algébrique :
a. L'inverse de $2 + 3i$.
b. Le conjugué de $5 + 3i$.
c. le quotient de $2 + i$ par $1 - i$.
d. L'inverse du conjugué de $4 - 5i$.
e. Le conjugué du conjugué de $4 - 3i$.

On désigne **l'impédance d'une résistance** par $Z_R = R$, celle d'un condensateur par $Z_C = \frac{1}{j \times C \times 2\pi f}$ et celle d'une bobine par $Z_L = j \times L \times 2\pi \times f$.

65 Vidéo Un circuit RC est un circuit électrique composé d'une résistance et d'un condensateur montés ici en série. Ces circuits RC permettent de réaliser des filtres électroniques passe-bas qui laissent passer les basses fréquences et qui atténuent les hautes fréquences.

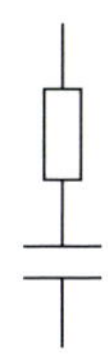

Très utilisés dans le domaine audio, ils aident les artistes et les ingénieurs du son à équilibrer les pistes audios, en supprimant les hautes fréquences inutiles.
Calculer la forme algébrique de l'impédance complexe Z du circuit, avec $Z = Z_R + Z_C$; $R = 1\,\Omega$; $C = 0{,}001$ F et $f = 13.5$ Hz.

Exercices

Les exercices roses sont corrigés :
• en fin de manuel **p. 326** ou • en **vidéo** avec Médématiques **hachette-clic.fr/25mfls033**

Pour les exercices 66, 67, 68.
Dans un montage en parallèle, les courants s'ajoutent. En utilisant la loi d'Ohm, on remarque que si deux dipôles Z_1 et Z_2 sont en parallèle, l'impédance Z de l'ensemble est donnée par :

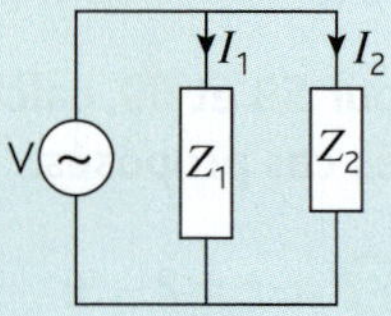

$$\frac{1}{Z}=\frac{1}{Z_1}+\frac{1}{Z_2}.$$

De même pour 3 dipôles : $\frac{1}{Z}=\frac{1}{Z_1}+\frac{1}{Z_2}+\frac{1}{Z_3}$.

66 Corrigé On considère deux dipôles Z_1 et Z_2 en parallèle. On donne $Z_1=-1{,}5+2\,\mathrm{j}$ et $Z_2=3-4\mathrm{j}$.
Donner la forme algébrique de l'impédance Z de l'ensemble.

67 Corrigé On considère un circuit composé d'une résistance et d'une bobine, montés ici en parallèle.

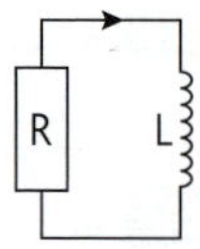

Ce circuit est composé d'une résistance de 2 Ω et d'une bobine de 0,0001 H montés en parallèle et raccordés sur un générateur dont la fréquence f vaut 15 000 Hz. Calculer la forme algébrique de l'impédance complexe Z du circuit.

68 On considère un circuit composé d'une résistance, d'un condensateur et d'une bobine, montés ici en parallèle.

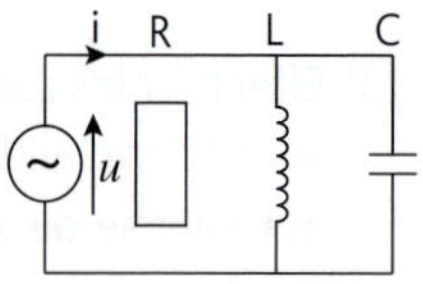

Les circuits RLC sont généralement utilisés pour réaliser des filtres de fréquence.
Un circuit est composé d'une résistance de 1500 Ω, d'un condensateur de 0,000560 F et d'une bobine de 0,000125 H montés en parallèle et raccordés sur un générateur dont la fréquence f vaut 18 000 Hz. Calculer la forme algébrique de l'impédance complexe Z du circuit.

69 P est un polynôme de degré 2, à coefficients réels, défini par $P(z)=az^2+bz+c$, où a, b et c sont trois nombres réels.

1. Montrer que si z_1 est une solution de l'équation $P(z)=0$, alors $\overline{z_1}$ aussi.

2. Application : on admet que $1-\mathrm{i}\sqrt{3}$ est une solution de l'équation $P(z)=0$.

a. Donner l'autre solution de cette équation.

b. On sait que $P(0)=8$. Donner les expressions développée et factorisée du polynôme P.

70 On considère le polynôme P défini par $P(z)=z^3-1$ et le nombre complexe $j=\frac{-1}{2}+\frac{\sqrt{3}}{2}\mathrm{i}$.

a. Montrer que $\overline{j}=j^2$.

b. Calculer $1+j+j^2$.

c. Montrer que j est une solution de l'équation $P(z)=0$.

d. Déterminer les deux autres solutions de cette équation.

71 Soit f la fonction de $\mathbb{C}$ dans $\mathbb{C}$ définie par :
$$f(z)=2z(1-z).$$

a. Calculer l'image de $z_1=1+2\mathrm{i}$ par f.

b. Calculer les antécédents de 0 par f.

c. Déterminer les nombres complexes z invariants par f, c'est-à-dire tels que $f(z)=z$.

d. Déterminer les nombres complexes ayant une image réelle par f.

72 *Exercice guidé* **Résoudre une équation avec pour inconnue un nombre complexe.**

Aide : pour résoudre une équation du premier degré dans $\mathbb{C}$, comportant uniquement z comme inconnue, on isole l'inconnue z de manière habituelle.

Résoudre l'équation suivante dans $\mathbb{C}$:
$(1+3\mathrm{i})(z-2\mathrm{i})=-2$.

Étape 1 : Diviser par $1+3\mathrm{i}$ les deux membres de l'équation. On obtient : $z-2\mathrm{i}=\frac{-2}{1+3\mathrm{i}}$.

Étape 2 : Isoler l'inconnue z et réduire au même dénominateur : $z=\frac{-8+2\mathrm{i}}{1+3\mathrm{i}}$.

Étape 3 (à vous de jouer) : Mettre le résultat sous forme algébrique.

73 Déterminer la solution complexe de l'équation suivante : $2z+5+3\mathrm{i}=2-4\mathrm{i}$.

74 Résoudre dans $\mathbb{C}$ l'équation suivante :
$$(2+\mathrm{i})z-3=2+4\mathrm{i}.$$

75 Résoudre dans $\mathbb{C}$ l'équation suivante :
$$(2+3\mathrm{i})(z-3\mathrm{i})=5\mathrm{i}.$$

76 Pour z différent de i, déterminer la solution complexe de $\frac{z+4}{z-\mathrm{i}}=4\mathrm{i}$.

77 Pour z différent de $3i$, déterminer la solution complexe de $\frac{z-4\mathrm{i}}{z-3\mathrm{i}}=2+5\mathrm{i}$.

78 *Exercice guidé* **Résoudre une équation comportant z et $\overline{z}$.**

Résoudre l'équation suivante dans $\mathbb{C}$:

$$3\overline{z}+2\mathrm{i}z=-3-7\mathrm{i}$$

Étape 1 : Utiliser la forme algébrique du nombre complexe z. Ainsi z s'écrit $z=a+b\mathrm{i}$ et $\overline{z}=a-b\mathrm{i}$. L'équation devient alors :

$$3(a-b\mathrm{i})+2\mathrm{i}(a+b\mathrm{i})=-3-7$$
$$\Leftrightarrow 3a-3\mathrm{i}b+2\mathrm{i}a-2b=-3-7\mathrm{i}.$$

Étape 2 : Placer tous les termes dans le membre de gauche.

$$3a-3\mathrm{i}b+2\mathrm{i}a-2b+3+7\mathrm{i}=0.$$

Étape 3 : Isoler la partie réelle et la partie imaginaire :

$$3a-2b+3+\mathrm{i}(-3b+2a+7)=0.$$

Étape 4 : Utiliser l'unicité de l'écriture sous la forme algébrique : ainsi, *un nombre complexe est nul si et seulement si sa partie réelle et sa partie imaginaire sont nulles*. On obtient donc un système de deux équations d'inconnues a et b :

$$\begin{cases}3a-2b+3=0\\2a-3b+7=0\end{cases}$$

Étape 5 (à vous de jouer) : Résoudre le système par substitution ou combinaison linéaire.

Pour les exercices 79 et 80, résoudre dans $\mathbb{C}$ les équations d'inconnue z (on donnera la ou les solutions sous forme algébrique).

79 a. $2z+\mathrm{i}\overline{z}=3$ b. $\mathrm{i}z+3\overline{z}=2-2\mathrm{i}$

80 a. $z+2\mathrm{i}=\mathrm{i}z-1$ b. $(3+2\mathrm{i})(z-1)=\mathrm{i}$
c. $(2-\mathrm{i})z+1=(3+2\mathrm{i})z-\mathrm{i}$
d. $(4-2\mathrm{i})z^2=(1+5\mathrm{i})z$ e. $\dfrac{z}{1-\mathrm{i}}=-1+3\mathrm{i}$

81 Déterminer, dans chaque cas, le nombre complexe z sachant que :
a. $z+\overline{z}=-6$ et $z-\overline{z}=2\sqrt{5}$
b. $z+\overline{z}=1$ et $z-\overline{z}=\sqrt{3}$

4 Conjugaison et opérations

Questions flash

82 Donner le conjugué de $(2+35\mathrm{i})+(1+3\mathrm{i})$.

83 Donner le conjugué de $(2+3\mathrm{i})-(3+5\mathrm{i})$.

84 Donner le conjugué de $-3(5+\mathrm{i})$.

85 Donner le conjugué de $\mathrm{i}\times(1+\mathrm{i})$.

86 Donner le conjugué de $\dfrac{1}{\mathrm{i}}$.

Soient z_1 et z_2 deux nombres complexes.
Le conjugué d'une somme est la **somme des conjugués** : $\overline{z_1+z_2}=\overline{z_1}+\overline{z_2}$

87 Déterminer le conjugué de chaque expression puis donner sa forme algébrique :
a. $z_1=(2+3\mathrm{i})+(4-2\mathrm{i})$
b. $z_2=-4\mathrm{i}-(3-5\mathrm{i})$
c. $z_3=(2+4\mathrm{i})-(2-4\mathrm{i})$

Le conjugué d'un produit est le **produit des conjugués** :
$\overline{z_1\times z_2}=\overline{z_1}\times\overline{z_2}$.

88 Déterminer le conjugué de chaque expression puis donner sa forme algébrique :
a. $z_1=3\mathrm{i}(3-5\mathrm{i})$ b. $z_2=(1+2\mathrm{i})(1-2\mathrm{i})$
c. $z_3=(2+4\mathrm{i})+5(4-5\mathrm{i})$
d. $z_4=2\mathrm{i}(2+5\mathrm{i})-4(1-2\mathrm{i})$

Le conjugué d'un quotient est le **quotient des conjugués** : $\overline{\left(\dfrac{z_1}{z_2}\right)}=\dfrac{\overline{z_1}}{\overline{z_2}}$.

89 Déterminer le conjugué de chaque expression puis donner sa forme algébrique :
a. $z_1=\dfrac{7}{2\mathrm{i}}$ b. $z_2=\dfrac{1}{3+5\mathrm{i}}$
c. $z_3=\dfrac{2\mathrm{i}}{1+\mathrm{i}}$ d. $z_4=\dfrac{2+3\mathrm{i}}{1-\mathrm{i}}$

90 On donne $z_1=2+3\mathrm{i}$ et $z_2=1-2\mathrm{i}$.
a. Déterminer la forme algébrique de $Z=z_1+z_2$ et en déduire $\overline{Z}$.
b. Déterminer les conjugués $\overline{z_1}$ et $\overline{z_2}$, puis calculer $\overline{z_1}+\overline{z_2}$.
c. Que peut-on dire de $\overline{Z}$ et de $\overline{z_1}+\overline{z_2}$?
d. Reprendre les questions précédentes dans le cas où $z_1=a+b\mathrm{i}$ et $z_2=a'+b'\mathrm{i}$, avec a, a', b et b' des nombres réels.

91 On donne $z_1=1+2\mathrm{i}$ et $z_2=2-3\mathrm{i}$.
a. Déterminer la forme algébrique de $Z=z_1\times z_2$ et en déduire $\overline{Z}$.
b. Déterminer les conjugués $\overline{z_1}$ et $\overline{z_2}$, puis calculer $\overline{z_1}\times\overline{z_2}$.
c. Que peut-on dire de $\overline{Z}$ et de $\overline{z_1}\times\overline{z_2}$?

92 Soit z, un nombre complexe non nul, de forme algébrique $z=a+b\mathrm{i}$. Donner la forme algébrique des nombres complexes suivants :
a. $z_1=\mathrm{i}\times z\times\overline{z}$ b. $z_2=\dfrac{\overline{z}}{z}$ c. $z_3=\dfrac{\mathrm{i}z}{\overline{z}}$

Problèmes

93 Équations à l'ancienne Calculatrice

» Chercher • Calculer • Représenter

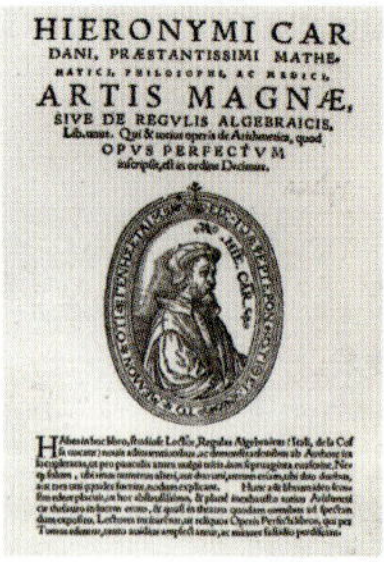

Les nombres complexes apparaissent vers le milieu du XVIe siècle pour la résolution d'équation du troisième degré.

Dans *Ars Magna* (1547), le mathématicien italien Jérôme Cardan (1501-1576) affirme qu'une racine de l'équation du troisième degré $x^3 = px + q$ est :

$$\sqrt[3]{\sqrt{\frac{q^2}{4}-\frac{p^3}{27}}+\frac{q}{2}}-\sqrt[3]{\sqrt{\frac{q^2}{4}-\frac{p^3}{27}}-\frac{q}{2}}$$

Il sera amené à utiliser, pour ses calculs, la racine carrée d'un nombre négatif, nombre qu'il appellera *sophistiqué*. C'est un autre scientifique italien, Raphaël Bombelli (1526-1572), qui mettra en place les règles de calcul sur ces quantités que l'on appellera alors *impossibles* avant de leur donner le nom d'imaginaires.

Partie A

Dans son livre *Algebra*, publié en 1550 et écrit en italien, pour désigner l'expression $20x$, Bombelli écrivait $\underbrace{1}_{20}$ pour $20x$ et $\underbrace{2}_{4}$ pour $4x^2$.

m. signifiait moins et p. signifiait plus.

Voici un extrait de son cahier :

1. Quelle est l'équation posée par Bombelli ?

2. Montrer que 1 et -2 sont des solutions de cette équation.

Partie B

Résolution de l'équation du troisième degré $x^3 = px + q$, où p et q sont deux nombres réels.

1. Résolution guidée sans nombre complexe

On souhaite déterminer une racine x_0 de l'équation :

$$x^3 = 6x + 6.$$

a. En utilisant les outils graphiques de la calculatrice, déterminer l'intersection de la courbe d'équation $f(x) = x^3 - 6x - 6$ avec l'axe des abscisses. En déduire une valeur approchée à 10^{-2} près de x_0.

b. Avec la formule de Cardan : montrer que $\frac{q^2}{4}-\frac{p^3}{27}=1$ puis donner la valeur exacte de x_0.

2. Résolution guidée avec des nombres complexes

On souhaite déterminer une racine x_0 de l'équation :

$$x^3 = 51x + 104.$$

a. Montrer que $\frac{q^2}{4}-\frac{p^3}{27}=-2209$.

b. En calculant $(47i)^2$, déterminer $\sqrt{-2209}$.

c. En déduire que x_0 s'écrit :

$x_0 = \sqrt[3]{47i+52} - \sqrt[3]{47i-52}$.

d. Déterminer, à l'aide de la calculatrice, les formes algébriques de $(4+i)^3$ et $(-4+i)^3$.

e. En déduire que $x_0 = 8$.

3. Les textes mathématiques de l'époque étaient souvent écrits en latin. Par exemple, l'équation $x^3 = 51x + 104$ s'écrivait C *aequatur* 51 R p.104 où :

- C désigne le cube de l'inconnue
- R désigne l'inconnue, la chose (*res* en latin)
- *aequatur* signifie « s'égale »
- m. et p. signifient moins et plus (*minus* et *plus* en latin)

Résoudre l'équation suivante :

C *aequatur* 30 R p.36.

Aide : vous aurez besoin de calculer $(26i)^2$ puis $(3+i)^3$ et $(-3+i)^3$.

94 Suites : le retour ! Calculatrice

» Chercher • Calculer • Modéliser

La définition des suites de nombres réels peut être généralisée à des suites de nombres complexes. Ces suites sont souvent utilisées pour générer des fractales (formes géométriques qui se répètent de manière identique, même quand on change d'échelle).

On a vu dans le chapitre 1 (p. 28), qu'on pouvait définir une suite (u_n) de nombres réels par récurrence, à l'aide du premier terme, généralement u_0, et d'une relation permettant de calculer chaque terme à partir du précédent.

Soit (z_n) une suite de nombres complexes définie par $z_0 = 1$ et $z_{n+1} = q \times z_n$, où q sera un nombre complexe et n un entier naturel. On définit trois suites de nombres réels (a_n), (b_n) et (c_n) par $a_n = Re(z_n)$, $b_n = Im(z_n)$ et $c_n = \sqrt{a_n^2 + b_n^2}$, pour tout entier naturel n.

Partie A

1. Dans cette question, on prend $q = i$.

a. Donner a_0, b_0 et c_0.

b. Déterminer z_1, a_1, b_1 et c_1.

c. Recopier et compléter le tableau :

n	z_n	a_n	b_n	c_n
2				
3				
4				

d. Comment semble être la suite (c_n) ?

2. Reprendre les questions de la partie A avec $q = \frac{-1}{2} + \frac{\sqrt{3}}{2}\mathrm{i}$ et $z_0 = 1$.

Partie B

Dans cette partie, on prend $q = -1 + 2\mathrm{i}$.

1. En utilisant la relation $z_{n+1} = q \times z_n$, montrer que $a_{n+1} = -a_n - 2b_n$ et $b_{n+1} = -b_n + 2a_n$.

2. À l'aide d'un tableur, on a déterminé les valeurs de a_n, b_n et c_n pour quelques valeurs de n.

	A	B	C	D
1	n	an	bn	cn
2	0	1	0	1
3	1	-1	2	2,23606798
4	2	-3	-4	5
5	3	11	-2	11,1803399
6	4	-7	24	25
7	5	-41	-38	55,9016994
8	6	117	-44	125
9	7	-29	278	279,508497
10	8	-527	-336	625

a. Quelle formule doit-on rentrer dans la cellule D2 pour obtenir, par recopiage vers le bas, les valeurs de c_n ?

b. Quelles formules doit-on rentrer dans les cellules B3 et C3 pour obtenir, par recopiage vers le bas, les valeurs de a_n et b_n ?

c. Quelles conjectures peut-on faire sur le sens de variation de la suite (c_n) et sur ses valeurs ?

Partie C

Dans cette partie, on prend $q = \frac{1}{2} - \frac{\mathrm{i}}{2}$.

1. a. Donner z_1 puis déterminer, à l'aide de la calculatrice, z_2, z_3 et z_4.

b. Recopier et compléter le tableau :

n	z_n	a_n	b_n	c_n
2				
3				
4				

2. On souhaite automatiser les calculs en utilisant le logiciel Python.

a. L'instruction z=complex(a,b) permet de définir le complexe $z = a + b\mathrm{i}$. Définir le nombre complexe q en complétant le script suivant :

```
q=complex(    ,    )
```

b. Compléter la fonction suivante permettant de calculer les valeurs de z_n, où $z_n = q^n$.

```
def puissance_z(n):
    z=
    for i in range( ):
        z=
    return( )
```

c. Compléter la fonction suivante permettant de calculer les valeurs de c_n.

```
def c(n):
    z=puissance_z(n)
    a=z.real
    b=z.imag
    c=
    return( )
```

d. Voici le script d'une fonction affichant la liste des valeurs de la suite (c_n).

```
16 def liste_valeurs_c(n):
17     L=[]
18     for i in range(n):
19         d=c(i)
20         L.append(d)
21     return L
```

Quelle est l'utilité de la ligne 17 ? Et de la ligne 20 ?

e. Les termes $c_{15}, c_{16}, \ldots, c_{20}$ sont donnés dans la liste ci-dessous :

```
0.008, 0.006, 0.004, 0.003, 0.002, 0.001]
```

Quel semble être le sens de variation de la suite (c_n) ? De quelle valeur semblent se rapprocher les termes de cette suite ?

f. On souhaite écrire une fonction Python qui détermine l'indice n_0 à partir duquel les termes de la suite (c_n) deviennent inférieurs à 10^{-6}.

Compléter le script suivant :

```
def seuil():
    n=
    d=c(n)
    while d          :
        n=
        d=c(n)
    return( )
```

Interpréter le résultat suivant, obtenu dans la console Python :

```
>>> seuil()
40
```

Pour entrer dans le chapitre

11

Calculer en géométrie repérée

- On considère un repère orthonormé $(O\,;\vec{u},\vec{v})$.
À tout point M du plan, on associe un couple $(x\,;y)$ de coordonnées tel que $\overrightarrow{OM}=x\vec{u}+y\vec{v}$, ou $\overrightarrow{OM}\begin{pmatrix}x\\y\end{pmatrix}$.
x est l'abscisse de M, y est son ordonnée.

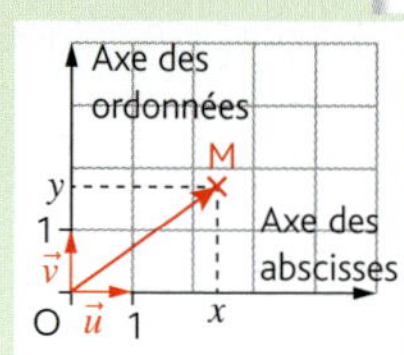

- Pour tous points $A(x_A\,;y_A)$ et $B(x_B\,;y_B)$:
Le milieu M du segment [AB] a pour coordonnées $\left(\dfrac{x_A+x_B}{2}\,;\dfrac{y_A+y_B}{2}\right)$.
Le vecteur $\overrightarrow{AB}$ a pour coordonnées $\begin{pmatrix}x_B-x_A\\y_B-y_A\end{pmatrix}$.
La distance AB est égale à $\sqrt{(x_B-x_A)^2+(y_B-y_A)^2}$.

1 Soient les points $A(3\,;-5)$ et $B(2\,;7)$. Déterminer les coordonnées du milieu M du segment [AB] et les coordonnées du vecteur $\overrightarrow{AB}$.

2 Soient les points $A(-1\,;1)$, $B(1\,;4)$ et $C(4\,;2)$. Calculer les longueurs AB, AC et BC et montrer que le triangle ABC est rectangle isocèle.

Utiliser la trigonométrie

- **Relations dans un triangle rectangle :**
Dans un triangle rectangle, on appelle **cosinus** (ou **sinus**) d'un angle aigu le rapport du côté adjacent (ou opposé) à l'angle et de l'hypoténuse.

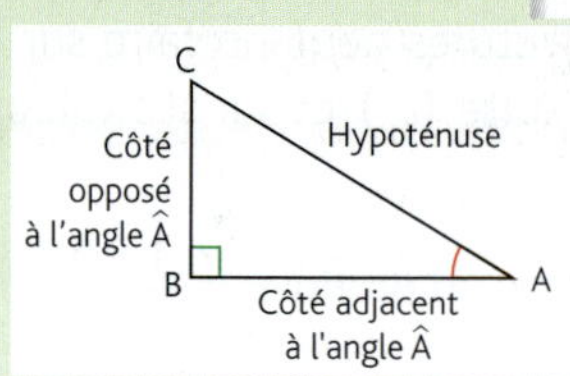

- Soit M le point du cercle trigonométrique tel que $(\vec{i}\,;\overrightarrow{OM})=x$.
Alors, les coordonnées de M dans le repère $(O,\vec{i},\vec{j})$ sont $(\cos(x)\,;\sin(x))$.
Voir Chapitre 8 p. 202

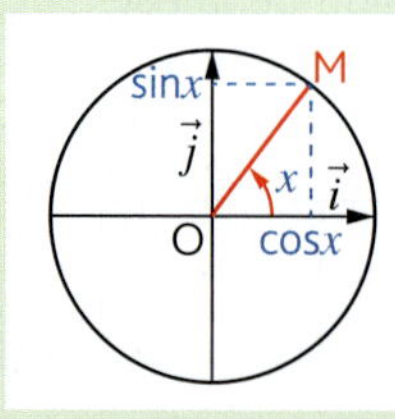

x	0	$\frac{\pi}{6}$	$\frac{\pi}{4}$	$\frac{\pi}{3}$	$\frac{\pi}{2}$
$\sin x$	0	$\frac{1}{2}$	$\frac{\sqrt{2}}{2}$	$\frac{\sqrt{3}}{2}$	1
$\cos x$	1	$\frac{\sqrt{3}}{2}$	$\frac{\sqrt{2}}{2}$	$\frac{1}{2}$	0

3 Déterminer une mesure approchée à 0.01 près en radian de l'angle $(\overrightarrow{AB}\,;\overrightarrow{AC})$ sachant que AB = 3 et AC = 5.

4 On considère dans chaque cas un point M du cercle trigonométrique, repéré par $x=(\vec{i}\,;\overrightarrow{OM})$.
a. Donner les coordonnées de M si $x=\dfrac{\pi}{4}$.
b. Quelles sont les ordonnées possibles de M si son abscisse est égale à $\dfrac{1}{2}$?
c. On sait que $\cos(x)=\dfrac{\sqrt{3}}{2}$ et $-\pi<x\leqslant\pi$. Déterminer les valeurs possibles de x.

Nombres complexes : forme trigonométrique

Automatismes du chapitre

Focus métiers

Informatique
Aéronautique et spatial
Ingénierie
Industrie

Les nombres complexes facilitent les calculs en automatisation industrielle, caractérisent l'information en informatique quantique et permettent la compression d'images ou de sons en acoustique.

Découvre le métier d'ingénieur du son

hachette-clic.fr/25mfls034

Activités de découverte

ACTIVITÉ 1 L'affixe des nombres complexes : bien pratique !

Objectif Découvrir les notions de point image et de vecteur image

On considère le plan muni d'un repère orthonormé direct $(O\,;\vec{u},\vec{v})$. À tout point M de coordonnées $(a\,;b)$ est associé le nombre complexe $z = a + bi$ et réciproquement. Le nombre complexe z est appelé **affixe** de M.

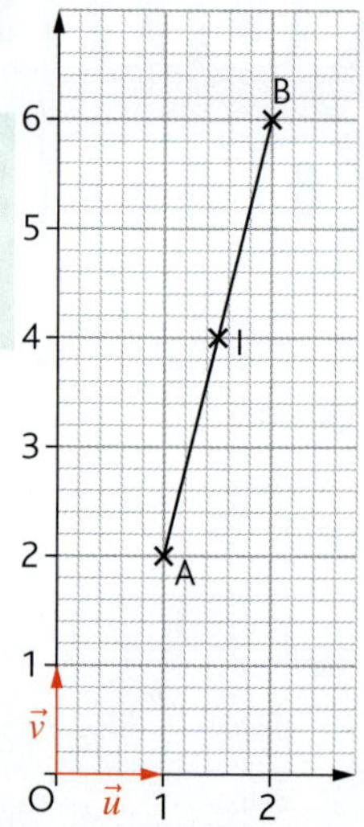

1 a. Sur le graphique ci-contre, lire les coordonnées des points A et B.

b. En déduire les affixes z_A et z_B des points A et B.

2 Dans un repère orthonormé direct $(O\,;\vec{u},\vec{v})$, placer les points E et F d'affixes respectives $z_E = \overline{z_A}$ et $z_F = -z_A$. Que remarquez-vous ?

3 a. Quelles sont les coordonnées du point I, milieu du segment [AB] ?

b. En déduire l'affixe z_I du point I.

c. Déterminer la forme algébrique de $\dfrac{z_A + z_B}{2}$. Quelle conjecture peut-on faire ?

4 a. Donner les coordonnées du vecteur $\overrightarrow{AB}$.

b. En déduire la forme algébrique du nombre complexe $z_{\overrightarrow{AB}}$ associé au vecteur $\overrightarrow{AB}$.

c. Déterminer la forme algébrique de $z_B - z_A$. Quelle conjecture peut-on faire ?

» Cours p. 264

ACTIVITÉ 2 Gare aux séismes !

Objectif Se familiariser avec le module d'un nombre complexe

En novembre 2019, un séisme, d'une magnitude de 5,4 sur l'échelle de Richter, a touché le Sud-Est de la France. Son épicentre se situait près de Montélimar.
On assimile la carte de France à une partie du plan complexe en définissant un repère orthonormé direct $(O\,;\vec{u},\vec{v})$: l'origine O marque la position de l'épicentre, l'axe des abscisses est orienté d'Ouest en Est, l'axe des ordonnées est orienté du Sud au Nord et l'unité est le kilomètre. Une ville de la carte est repérée par son affixe z. Sur la carte, trois cercles concentriques, de centre O, correspondent aux rayons respectifs 50, 100 et 150 kilomètres.

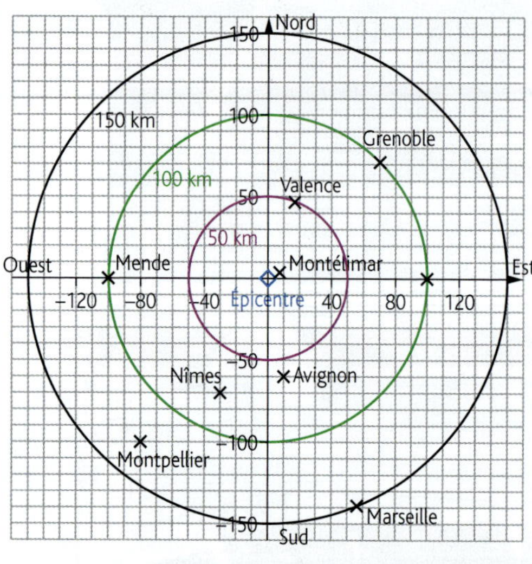

1 À quelle distance de l'épicentre se trouve la ville de Grenoble d'affixe $z_G = 70 + 70i$?

2 a. La ville de Marseille a pour affixe $z_M = 57{,}31 - 138{,}61i$. À quelle distance de l'épicentre se trouve-t-elle ?

b. Calculer $\sqrt{57{,}31^2 + (-138{,}61)^2}$ (arrondir à l'unité). Quelle conjecture peut-on faire ?

À noter Pour tout point M d'affixe z, on appelle **module** de z, noté $|z|$, la distance OM.

3 a. Une ville est située à 100 km de l'épicentre dans la direction Est. Quelle est-elle ?

b. Donner son affixe z'. Que vaut $|z'|$?

4 Les villes d'Avignon et Nîmes ont pour affixes respectives z_A et z_N. Déterminer $|z_A|$ et $|z_N|$.

» Cours p. 266

ACTIVITÉ 3

Dans la lune !

Objectif Découvrir la notion d'argument d'un nombre complexe

L'orbite de la Lune autour de la Terre est quasiment circulaire. On a repéré 8 phases de la Lune par les points I, J, K, L, N, P, R et S dans le plan complexe muni d'un repère orthonormé direct $(O ; \vec{u}, \vec{v})$. L'origine O représente le centre de la Terre. L'unité de repère est le rayon de l'orbite.
Pour tout point M du plan, d'affixe z_M non nulle, on note θ_M, une mesure, en radian, de l'angle orienté $(\vec{u}, \overrightarrow{OM})$.

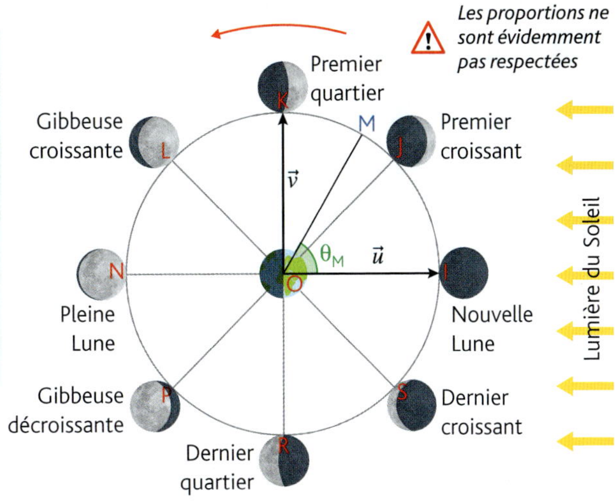

1 Le point K a pour affixe $z_K = i$. Donner une mesure en radian de θ_K.

2 Le point N a pour affixe $z_N = -1$. Donner une mesure en radian de θ_N.

3 Déterminer une mesure en radian de θ_J et θ_L.

4 Pour le point R repérant le dernier quartier, une mesure en radian de θ_R est $-\frac{\pi}{2}$. Quelle est l'affixe z_R du point R ?

5 Repérer par une mesure en radians la position du point correspondant au dernier croissant.

Cours p. 266

ACTIVITÉ 4

Un repérage qui ne perd pas le nord

Objectif Introduire la forme trigonométrique d'un nombre complexe

Le plan est muni d'un repère orthonormé direct $(O ; \vec{u}, \vec{v})$, et tout point M est repéré par ses **coordonnées polaires** $[r, \theta]$ où r est le rayon OM et θ une mesure, en radians, de l'angle orienté $(\vec{u}, \overrightarrow{OM})$.
Remarque : si on considère que M est le point image d'un nombre complexe z, $r = |z|$ et $\theta = \arg(z)$.

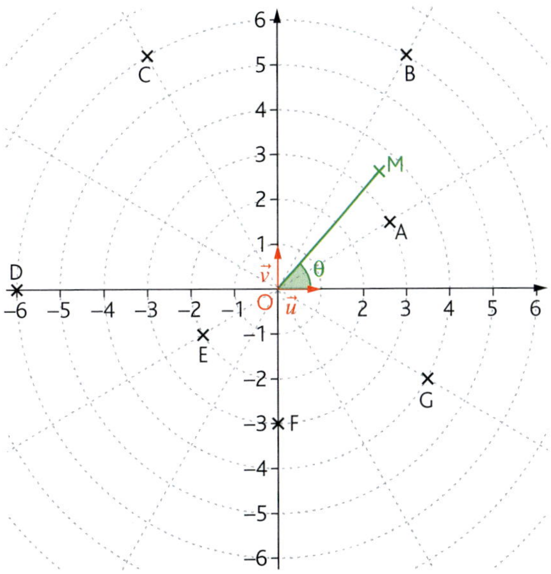

1 **a.** Donner la distance AO, notée r_A.
b. Déterminer une mesure θ_A, en radians, de l'angle orienté $(\vec{u}, \overrightarrow{OA})$.
c. En déduire les coordonnées polaires du point A.

2 Déterminer les coordonnées polaires des points B, C, D, E, F et G.

3 Quelles sont les coordonnées cartésiennes $(x ; y)$ des points $H[2, \pi]$ et $K[3, 0]$?

Cours p. 268

Cours 1 Représentation géométrique d'un nombre complexe

Dans tout le chapitre, le plan est muni d'un repère orthonormé direct $(O\,;\vec{u},\vec{v})$.

A Point image

Définitions

- À tout nombre complexe $z=a+bi$, avec a et b réels, est associé un seul point image M de coordonnées $(a\,;b)$.
- On dit que $z=a+bi$ est l'affixe du point $M(a\,;b)$. On note $M(z)$.

EXEMPLE

Le point $M(2\,;3)$ est le point image du nombre complexe $z=2+3i$.

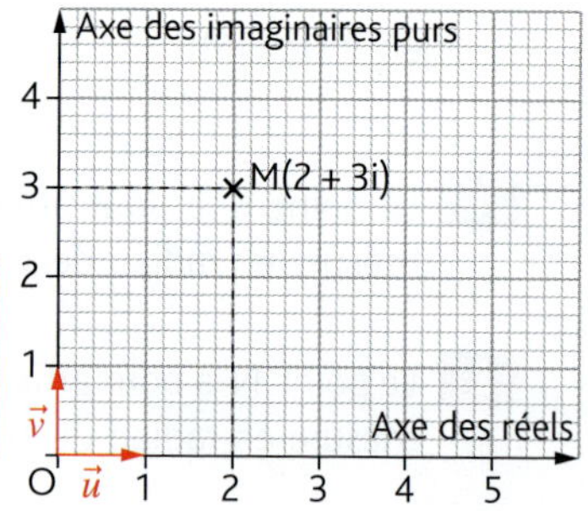

Remarques

– L'axe des abscisses est appelé **axe des réels**, l'axe des ordonnées **axe des imaginaires purs**.
– Ce plan est appelé **plan complexe**.

Propriétés

Soit M le point d'affixe z, alors :

- Le point M′ d'affixe $\overline{z}$ est le symétrique de M par rapport à l'axe des abscisses.
- Le point M″ d'affixe $-z$ est le symétrique de M par rapport à l'origine O du repère.

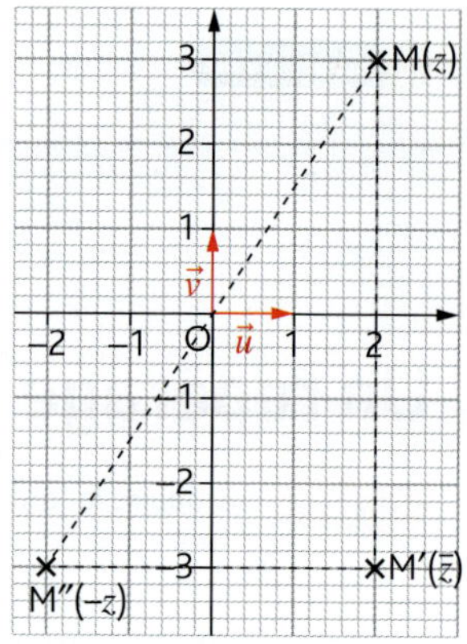

Propriété

Soient A le point d'affixe z_A et B le point d'affixe z_B alors le point I milieu du segment [AB] a pour affixe $z_I=\dfrac{z_A+z_B}{2}$.

B Vecteur image

Définitions

- À tout nombre complexe $z=a+bi$, avec a et b réels, est associé un seul vecteur image $\vec{w}$ de coordonnées $\begin{pmatrix}a\\b\end{pmatrix}$.
- On dit que $z=a+bi$ est l'affixe du vecteur $\vec{w}\begin{pmatrix}a\\b\end{pmatrix}$. On note $\vec{w}(z)$.

EXEMPLE

Le nombre complexe $z=2+3i$ est l'affixe du vecteur $\vec{w}\begin{pmatrix}2\\3\end{pmatrix}$.
On note $\vec{w}(2+3i)$.

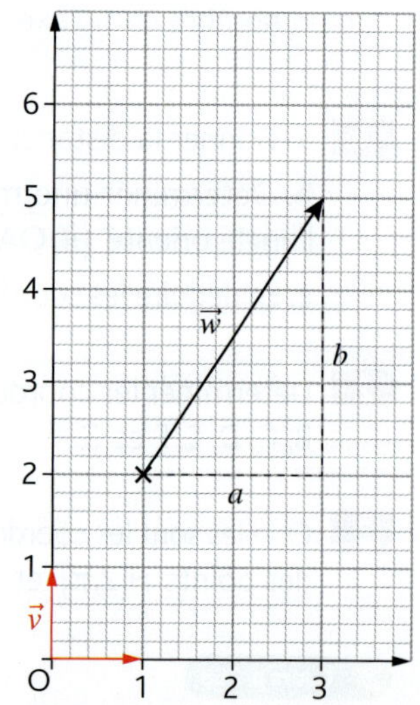

Propriété

Soient A le point d'affixe z_A et B le point d'affixe z_B, alors le vecteur $\overrightarrow{AB}$ a pour affixe $z_{\overrightarrow{AB}}=z_B-z_A$.

EXO 1

Représenter géométriquement un nombre complexe

Le plan est muni d'un repère orthonormé direct $(O\,;\vec{u},\vec{v})$.
Représenter les points A, B, C, D, E et F d'affixes respectives : $z_A = 1+2i$; $z_B = -3+i$; $z_C = 3i$; $z_D = 2$; $z_E = \overline{z_B}$ et $z_F = -z_B$.

Méthode

1. On trace le repère $(O\,;\vec{u},\vec{v})$.
2. On détermine la partie réelle et la partie imaginaire de chaque affixe.
3. La **partie réelle est l'abscisse** du point à représenter, la **partie imaginaire son ordonnée**.

Réponse

1 2 3

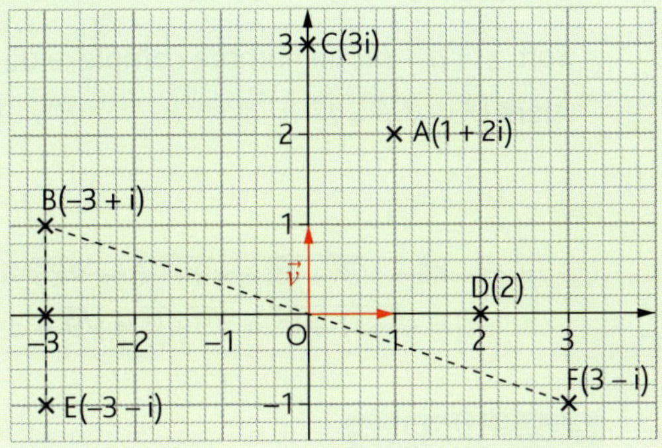

Exercices 6 et 7 p. 274

EXO 2

Déterminer l'affixe d'un vecteur

Déterminer l'affixe de chaque vecteur représenté dans le repère ci-contre.

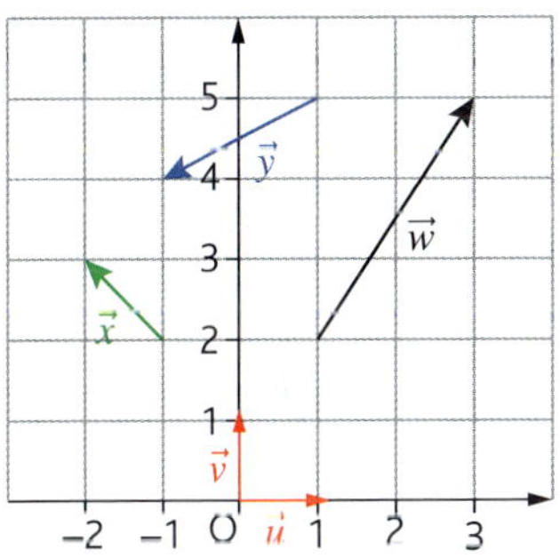

Méthode

1. On détermine les coordonnées du vecteur en comptant les unités horizontalement pour l'abscisse puis verticalement pour l'ordonnée.
2. Son abscisse est la partie réelle de son affixe, son ordonnée la partie imaginaire.

Réponse

1. $\vec{w}\begin{pmatrix}2\\3\end{pmatrix}$; $\vec{x}\begin{pmatrix}-1\\1\end{pmatrix}$; $\vec{y}\begin{pmatrix}-2\\-1\end{pmatrix}$
2. On obtient les affixes suivantes : $z_{\vec{w}} = 2+3i$; $z_{\vec{x}} = -1+i$ et $z_{\vec{y}} = -2-i$.

Exercice 10 p. 274

EXO 3

Calculer l'affixe d'un milieu et celle d'un vecteur

Soient A le point d'affixe $z_A = 1+2i$ et B le point d'affixe $z_B = -3+i$.

- Déterminer l'affixe du point I, milieu du segment [AB].
- Déterminer l'affixe du vecteur $\overrightarrow{AB}$.

Méthode

1. On applique la formule $z_I = \dfrac{z_A + z_B}{2}$.
2. On applique la formule $z_{\overrightarrow{AB}} = z_B - z_A$.

Réponse

1. $z_I = \dfrac{1+2i-3+i}{2} = \dfrac{-2+3i}{2} = -\dfrac{2}{2}+\dfrac{3}{2}i = -1+1{,}5i$
2. $z_{\overrightarrow{AB}} = -3+i-(1+2i) = -3+i-1-2i = -4-i$.

Donc $\overrightarrow{AB}(-4-i)$.

Exercices 8, 9, 12, 13, 14, 15 p. 274-275

Cours 2 Module et argument d'un nombre complexe

A Module

Définition

Soit M le point d'affixe $z = a + bi$.

On appelle module de z, et on note $|z|$, le nombre $|z| = \text{OM}$.

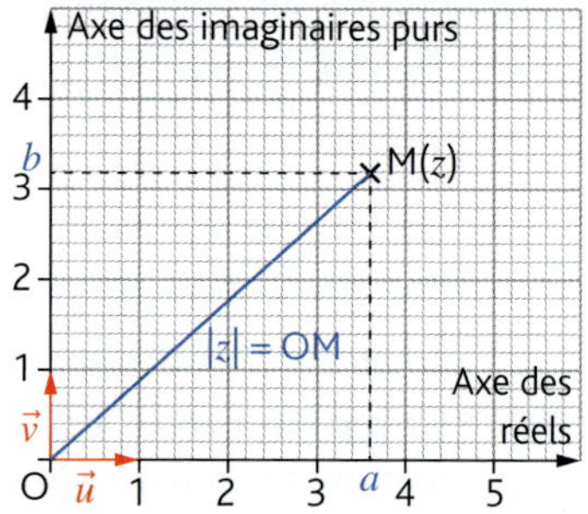

Propriété

Soit $z = a + bi$, un nombre complexe où a et b sont des réels.

Alors $|z| = \sqrt{a^2 + b^2}$.

EXEMPLES

- $|3 + 4\text{i}| = \sqrt{3^2 + 4^2} = \sqrt{9 + 16} = \sqrt{25} = 5$
- $|-3| = \sqrt{(-3)^2 + 0^2} = \sqrt{9 + 0} = \sqrt{9} = 3$
- $|\text{i}| = \sqrt{0 + (1)^2} = \sqrt{0 + 1} = \sqrt{1} = 1$
- $|-2\text{i}| = \sqrt{0 + (-2)^2} = \sqrt{0 + 4} = \sqrt{4} = 2$

Cas particuliers

– Le module d'un réel est égal à sa **valeur absolue** et le module d'un imaginaire pur est égal à la valeur absolue de sa partie imaginaire.

– ⚠ Le module d'un nombre complexe est **toujours un nombre positif**.

Remarques

– Par symétrie, $|\overline{z}| = |-z| = |z|$.

– Si $z = a + bi$, où a et b sont des réels, on a $z \times \overline{z} = \boldsymbol{a^2 + b^2} = |z|^2$.

Propriété

Soient A le point d'affixe z_A et B le point d'affixe z_B, alors

$\text{AB} = |z_B - z_A|$.

Propriétés

Soient z et z' deux nombres complexes. Alors :

- $|z \times z'| = |z| \times |z'|$: le module du produit est le produit des modules.
- Si, de plus, $z' \neq 0$, $\left|\dfrac{z}{z'}\right| = \dfrac{|z|}{|z'|}$: le module du quotient est le quotient des modules.

B Argument

Définition

Soit M le point d'affixe $z = a + bi$. On appelle argument de z, et on note $\arg(z)$, une mesure, en radians, de l'angle orienté $(\vec{u}\,;\overrightarrow{\text{OM}})$.

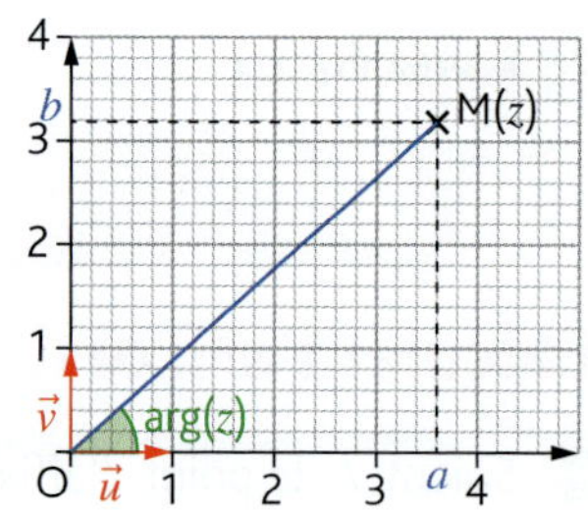

EXEMPLES

- $\arg(3\text{i}) = \dfrac{\pi}{2}$
- $\arg(-1) = \pi$ (ou $-\pi$)
- $\arg(2) = 0$ (ou 2π)

Remarques

– Chaque nombre complexe a une **infinité d'arguments**.

– Le nombre complexe 0 n'a pas d'argument.

– Par symétrie, $\mathbf{arg}(\overline{z}) = -\mathbf{arg}(z)$ à $2k\pi$ près ($k \in \mathbb{Z}$).

Propriété

Soient A le point d'affixe z_A et B le point d'affixe z_B, alors $(\vec{u}\,;\overrightarrow{\text{AB}}) = \arg(z_B - z_A)$ à $2k\pi$ près ($k \in \mathbb{Z}$).

Méthode : utiliser la Calculatrice avec nombres complexes p. 270-271

EXO 4

Calculer le module d'un nombre complexe

Calculer le module des nombres complexes $z = 2+3i$ et $z' = 7i$.

Méthode

1. On détermine la partie réelle a et la partie imaginaire b du nombre complexe.
2. On applique la formule $|z| = \sqrt{a^2+b^2}$.

On vérifie à l'aide d'une calculatrice le cas échéant

```
rad                CALCULS
|2+3i|             √13 ≈ 3.605551275
|7i|                               7
```

Réponse

$z = 2+3i$	$z' = 7i$
1 La partie réelle de z est $a = 2$ et sa partie imaginaire est $b = 3$.	1 La partie réelle de z est $a = 0$ et sa partie imaginaire est $b = 7$.
2 $\|2+3i\| = \sqrt{2^2+3^2} = \sqrt{4+9} = \sqrt{13}$	2 $\|7i\| = \sqrt{0^2+7^2} = \sqrt{0+49} = \sqrt{49} = 7$

Exercices 24 à 28 p. 275

EXO 5

Calculer une longueur à l'aide des nombres complexes

Soient A le point d'affixe $z_A = 2$ et B le point d'affixe $z_B = 1+2i$. Calculer AB.

Méthode

1. On calcule la forme algébrique du nombre complexe $z_B - z_A$.
2. On détermine le module du nombre complexe obtenu à l'étape 1.

Réponse

1. $z_B - z_A = 1+2i-2 = -1+2i$
2. $AB = |-1+2i| = \sqrt{(-1)^2+2^2} = \sqrt{5}$

Exercices 29 à 33 p. 276

EXO 6

Calculer le module d'un produit ou d'un quotient

a. Calculer le module du nombre complexe $-3i(4-3i)$.

b. En déduire le module $\dfrac{1}{-3i(4-3i)}$.

Méthode

1. On identifie l'opération qui constitue le nombre complexe.
2. On applique la propriété correspondante.

```
rad                CALCULS
|(-3i)(4-3i)|                  15
|     1      |
|(-3i)(4-3i) |
                   1/15 ≈ 0.06666666667
```

Réponse

a.

1. $-3i(4-3i)$ est le produit de $z = -3i$ et $z' = 4-3i$.
2. $|z \times z'| = |z| \times |z'|$ donc $|-3i(4-3i)| = |-3i| \times |4-3i| = 3 \times \sqrt{4^2+(-3)^2} = 3\sqrt{25} = 3 \times 5 = 15$

   ($-3i$ étant un imaginaire pur)

b.

1. $\dfrac{1}{-3i(4-3i)}$ est le quotient de $z = 1$ et $z' = -3i(4-3i)$.
2. Le module du quotient est le quotient des modules donc $\left|\dfrac{1}{-3i(4-3i)}\right| = \dfrac{|1|}{|-3i(4-3i)|} = \dfrac{1}{15}$.

Exercices 35 à 39 p. 276

Cours 3 Forme trigonométrique d'un nombre complexe

A Forme trigonométrique

Définition-Propriété

Soit z un nombre complexe non nul, de module $r = |z|$ et d'argument $\theta = \arg(z)$.
On a alors $z = r(\cos(\theta) + \mathrm{i}\sin(\theta))$: cette écriture est appelée forme trigonométrique de z.

EXEMPLE

$|3\mathrm{i}| = 3$ et $\arg(3\mathrm{i}) = \frac{\pi}{2}$: une forme trigonométrique de $z = 3\mathrm{i}$ est $3\left(\cos\left(\frac{\pi}{2}\right) + \mathrm{i}\sin\left(\frac{\pi}{2}\right)\right)$.

B Passage d'une forme à l'autre

Savoir-faire

De la forme algébrique vers une forme trigonométrique	D'une forme trigonométrique vers la forme algébrique
Soit $z = a + bi$ un nombre complexe non nul. On détermine : • $r = \lvert z\rvert$ donc $r = \sqrt{a^2 + b^2}$ • $\theta = \arg(z)$ tel que $\begin{cases} \cos(\theta) = \frac{a}{r} \\ \sin(\theta) = \frac{b}{r} \end{cases}$	Soit $z = r(\cos(\theta) + \mathrm{i}\sin(\theta))$ un nombre complexe non nul. On détermine : • $a = \mathrm{Re}(z) = r\cos(\theta)$ • $b = \mathrm{Im}(z) = r\sin(\theta)$
Une forme trigonométrique s'écrit $z = r(\cos(\theta) + \mathrm{i}\sin(\theta))$.	La forme algébrique de z est $z = a + bi$.
On vérifie à l'aide d'une calculatrice le cas échéant.	
EXEMPLE 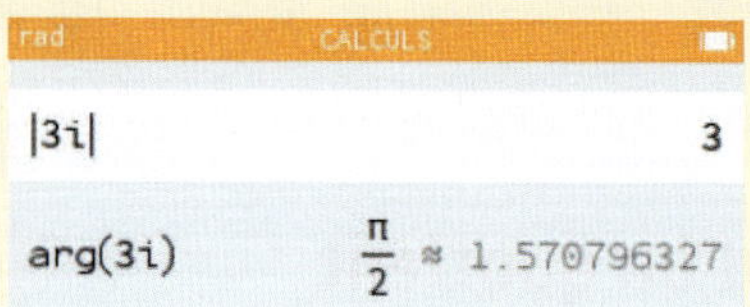	**EXEMPLE** 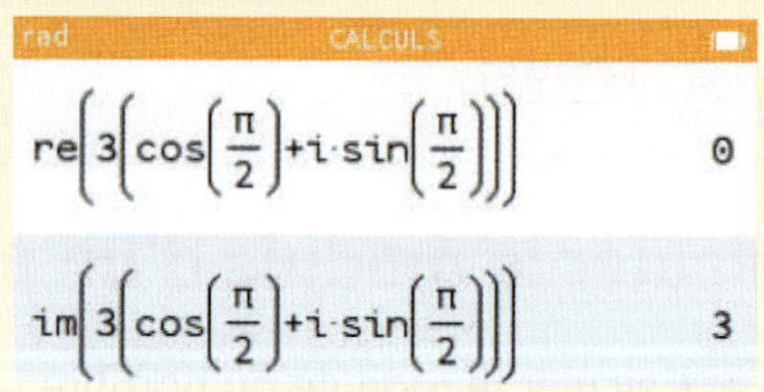

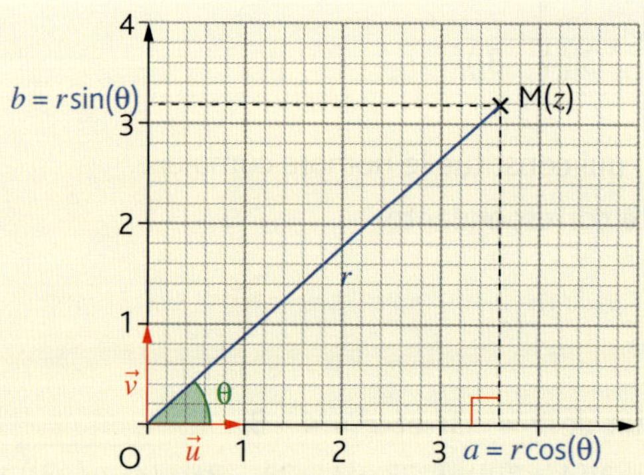

Remarques

– L'écriture d'un nombre complexe sous forme trigonométrique **n'est pas unique** (puisque θ ne l'est pas).
– Soit $\mathrm{M}(z) \neq \mathrm{O}$, r et θ sont appelés **coordonnées polaires** du point M et $[r,\theta]$ la **forme polaire** de z (utilisée en sciences).

Méthode : utiliser la Calculatrice avec nombres complexes p. 270-271

EXO 7

Déterminer géométriquement une forme trigonométrique

Les points A, B et C ont pour affixes respectives : $z_A = 2$, $z_B = 1 + \mathrm{i}$ et $z_C = \mathrm{i}$. Avec des considérations géométriques, donner les écritures sous formes trigonométriques des nombres complexes z_A, z_B et z_C.

Méthode

1. On place les points dans un repère.
2. On détermine avec les informations disponibles sur le graphique le module (rayon r) et l'argument (angle θ).
3. On remplace r et θ dans l'écriture $r(\cos(\theta) + \mathrm{i}\sin(\theta))$.

Réponse

1.

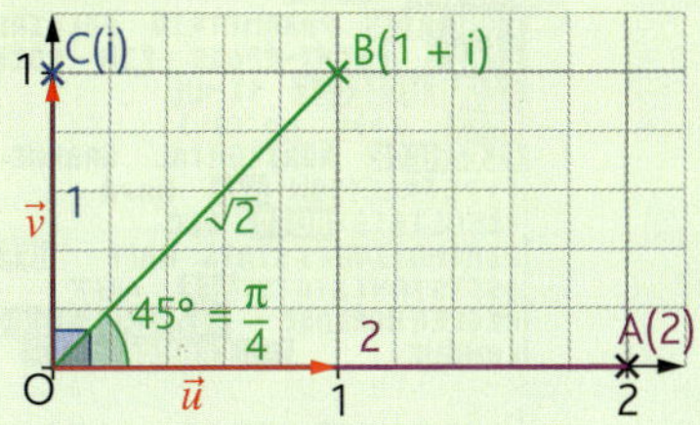

2.

Points	A	B	C
Affixe	2	1 + i	i
Module (rayon r)	2	$\sqrt{2}$ (théorème de Pytharore)	1
Argument (angle θ)	0	$45° = \frac{\pi}{4}$ (diagonale d'un carré)	$90° = \frac{\pi}{2}$ (angle droit)

3. $z_A = 2(\cos(0) + \mathrm{i}\sin(0))$; $z_B = \sqrt{2}\left(\cos\left(\frac{\pi}{4}\right) + \mathrm{i}\sin\left(\frac{\pi}{4}\right)\right)$; $z_C = 1\left(\cos\left(\frac{\pi}{2}\right) + \mathrm{i}\sin\left(\frac{\pi}{2}\right)\right)$.

Exercices 49 et 52 p. 277

EXO 8

Passer de la forme algébrique à une forme trigonométrique

Déterminer une forme trigonométrique du nombre complexe $z = \sqrt{3} - \mathrm{i}$.

Méthode

1. On calcule le module $r = |z| = \sqrt{a^2 + b^2}$.
2. On détermine $\theta = \arg(z)$ à partir de $\cos(\theta) = \frac{a}{r}$ et $\sin(\theta) = \frac{b}{r}$.
(à l'aide du cercle trigonométrique, du tableau des valeurs remarquables (cf. p. 260) ou de la calculatrice)
3. On remplace r et θ dans l'écriture $r(\cos(\theta) + \mathrm{i}\sin(\theta))$.

Réponse

1. $r = |\sqrt{3} - \mathrm{i}| = \sqrt{(\sqrt{3})^2 + (-1)^2}$
$= \sqrt{3+1} = \sqrt{4} = 2$

2. $\left.\begin{array}{l} \cos(\theta) = \frac{\sqrt{3}}{2} \\ \sin(\theta) = -\frac{1}{2} \end{array}\right\} \theta = -\frac{\pi}{6}$

3. $z = 2\left(\cos\left(-\frac{\pi}{6}\right) + \mathrm{i}\sin\left(-\frac{\pi}{6}\right)\right)$

Exercices 53 à 55 p. 278

EXO 9

Passer d'une forme trigonométrique à la forme algébrique

Déterminer la forme algébrique du nombre complexe $z = 4\left(\cos\left(\frac{\pi}{3}\right) + \mathrm{i}\sin\left(\frac{\pi}{3}\right)\right)$.

Méthode

1. On détermine $\cos(\theta)$ et $\sin(\theta)$ (à l'aide du cercle trigonométrique, du tableau des valeurs remarquables p. 260 ou de la calculatrice) et on les remplace par leur valeur.
2. On développe l'écriture $r(\cos(\theta) + \mathrm{i}\sin(\theta))$ ou on applique directement les formules $a = \mathrm{Re}(z) = r\cos(\theta)$ et $b = \mathrm{Im}(z) = r\sin(\theta)$

Réponse

1. $\cos\left(\frac{\pi}{3}\right) = \frac{1}{2}$ et $\sin\left(\frac{\pi}{3}\right) = \frac{\sqrt{3}}{2}$.

2. $z = 4\left(\frac{1}{2} + \mathrm{i} \times \frac{\sqrt{3}}{2}\right) = 4 \times \frac{1}{2} + 4 \times \mathrm{i} \times \frac{\sqrt{3}}{2} = 2 + 2\sqrt{3}\mathrm{i}$.

Exercices 56 à 61 p. 278

Méthode

Utiliser la calculatrice avec les nombres complexes

A Choisir la forme complexe des résultats

Numworks

Effectuer ce réglage dans l'application paramètres

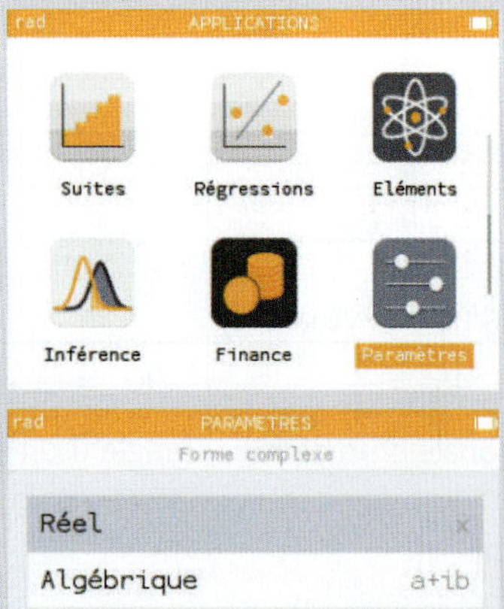

➜ EXEMPLE

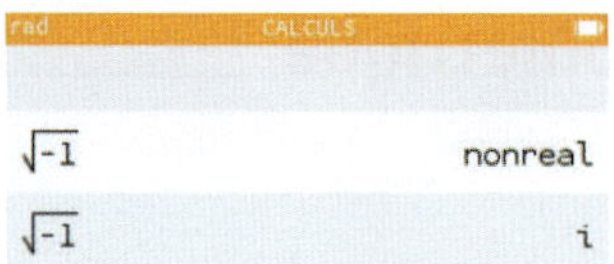

Casio

Effectuer ce réglage dans le SETUP (Shift MENU) :

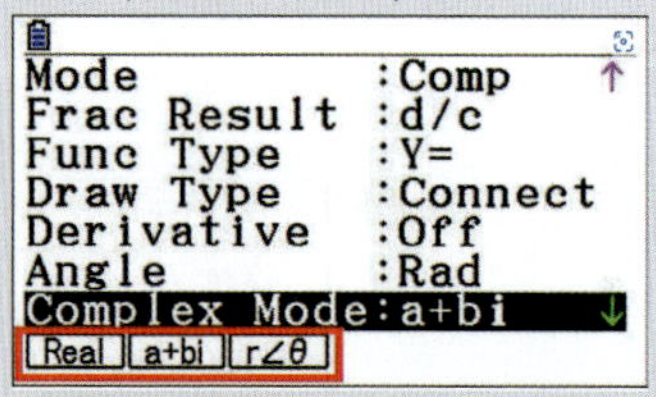

F2 : résultats donnés sous forme algébrique

F3 : résultats donnés sous forme module ∠ argument

Remarque : Régler au préalable l'unité d'angle souhaitée (degré Deg ou radian Rad)

➜ EXEMPLE

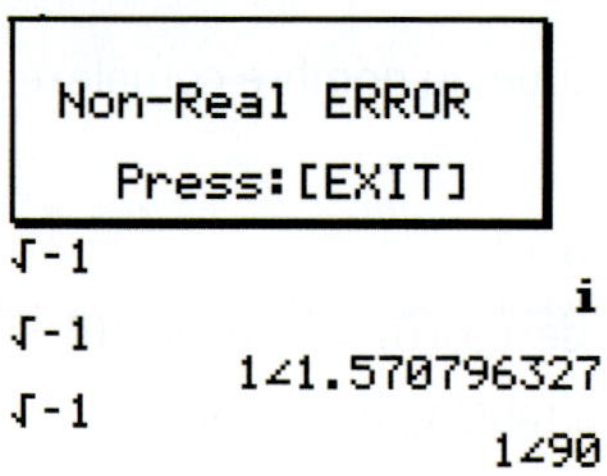

TI

Appuyer sur la touche quitter mode

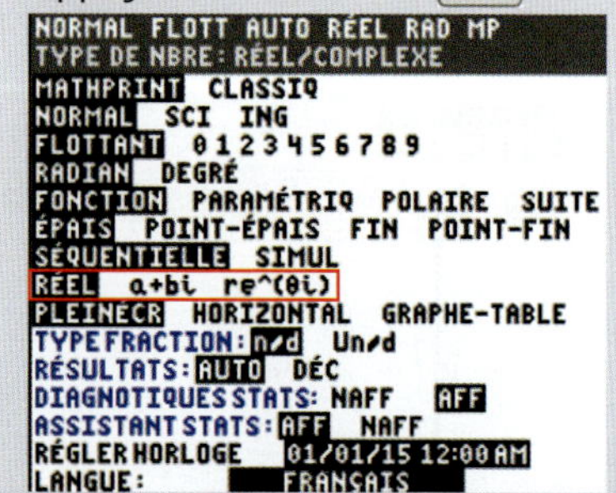

Puis sélectionner a+bi pour obtenir des résultats sous forme algébrique ou re^(θi) sous forme exponentielle (vue en terminale)

➜ EXEMPLE

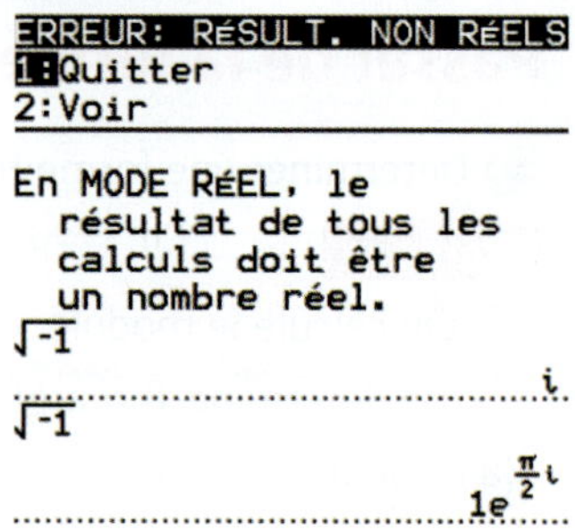

B Effectuer des calculs avec des nombres complexes

Numworks

Le nombre i s'obtient avec la touche ci-contre :

➜ EXEMPLE

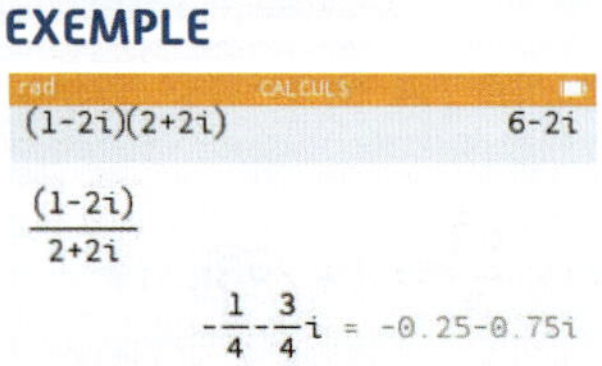

Casio

Le nombre i s'obtient avec la succession de touches :

Remarque : les résultats seront donnés sous la forme et l'unité d'angle choisies dans le SETUP

➜ EXEMPLE

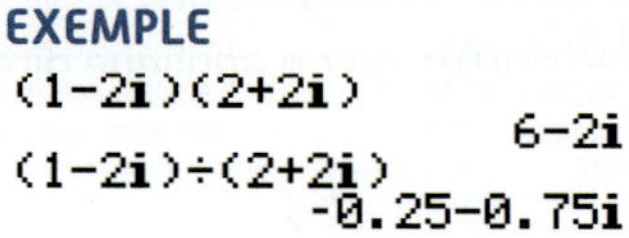

TI

Le nombre i s'obtient avec la succession de touches :

Remarque : les résultats seront donnés sous la forme et l'unité d'angle choisies dans le mode

➜ EXEMPLE

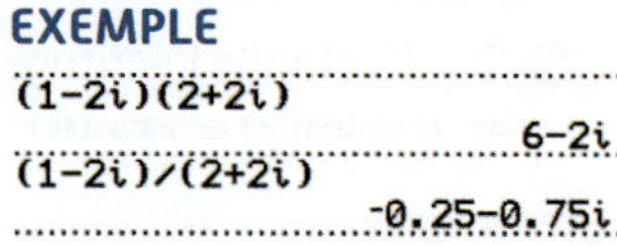

C Partie réelle, partie imaginaire, conjugué, module et argument

Numworks

Dans l'application calculs, utiliser la touche ci-contre (paste) pour accéder au menu suivant :

```
Boîte à outils
ⁿ√x          Racine n-ième
log_a(x)     Logarithme de base a
Analyse      ▶
Nombres complexes ▶
```

```
Boîte à outils
Nombres complexes
|x|          Module
arg(z)       Argument
re(z)        Partie réelle
im(z)        Partie imaginaire
z̄            Conjugué
```

```
Résultats complémentaires
|z| = √2 ≈ 1.414213562
arg(z) = -π/4 ≈ -0.785398…
re(z) = 1
im(z) = -1
```

EXEMPLE

$\mathrm{re}\left(\frac{5+i}{2+3i}\right)$ → 1

$\mathrm{im}\left(\frac{5+i}{2+3i}\right)$ → −1

$\overline{\frac{5+i}{2+3i}}$ → 1+i

$\left|\frac{5+i}{2+3i}\right|$ → $\sqrt{2} \approx 1.414213562$

$\arg\left(\frac{5+i}{2+3i}\right)$ → $-\frac{\pi}{4} \approx -0.7853981634$

Remarque : On peut aussi entrer manuellement les commandes Re(z), Im(z), arg(z) ainsi que abs(z) pour le module et conj(z) pour le conjugué, ou obtenir toutes les données à la fois en allant dans les résultats complémentaires via ···

$\frac{5+i}{2+3i}$ → 1−i ···

Remarque : dans l'affichage des résultats, l'argument est toujours donné en radians, même si la calculatrice est réglée en mode degrés.

Casio

Dans le menu RUN·MAT, appuyer sur OPTN puis F3 pour sélectionner CPLX

Les grandeurs sont accessibles par les touches : F2 pour le module, F3 l'argument, F4 le conjugué :

`i | Abs | Arg | Conj | ▷`

Pour les autres fonctions, presser la touche F6 :

`ReP | ImP | ▶r∠θ | ▶a+bi`

Puis F1 pour la partie réelle, F2 la partie imaginaire, F3 pour le module ∠ argument et F4 pour la forme algébrique

EXEMPLE

```
ReP ((5+i)÷(2+3i))
                        1
ImP ((5+i)÷(2+3i))
                       -1
Conjg ((5+i)÷(2+3i))
                      1+i
Abs ((5+i)÷(2+3i))
              1.414213562
Arg ((5+i)÷(2+3i))
                      -45
Arg ((5+i)÷(2+3i))
            -0.7853981634
(5+i)÷(2+3i)▶r∠θ
           1.414213562∠-45
```

TI

Appuyer sur la touche math (tests A) pour accéder aux fonctionnalités :

```
MATH NBRE CMPLX PROB FRAC
1:conj(
2:réel(
3:imag(
4:angle(
5:abs(
6:▶Rect
7:▶Polaire
```

Puis 1 pour le conjugué, 2 la partie réelle, 3 la partie imaginaire, 4 l'argument, 5 le module, 6 la forme algébrique et 7 la forme polaire donnant le module et l'argument dans une même écriture (dite « exponentielle », vue en terminale)

EXEMPLE

```
réel((5+i)/(2+3i))
                        1
imag((5+i)/(2+3i))
                       -1
conj((5+i)/(2+3i))
                      1+i
|(5+i)/(2+3i)|
                       √2
angle((5+i)/(2+3i))
                      -π/4
angle((5+i)/(2+3i))
                      -45
(5+i)/(2+3i)▶Polaire
```

$\sqrt{2}e^{-\frac{\pi}{4}i}$

L'essentiel

Je retiens

AFFIXE

- $z = a + bi$, avec a et b réels, est l'affixe du point M de coordonnées $(a\,;b)$ et du vecteur $\overrightarrow{OM}\begin{pmatrix} a \\ b \end{pmatrix}$. On note $M(z)$ et $\overrightarrow{OM}(z)$.
- Soient A le point d'affixe z_A et B le point d'affixe z_B alors :
  – le point I milieu du segment [AB] a pour affixe $z_I = \dfrac{z_A + z_B}{2}$.
  – le vecteur $\overrightarrow{AB}$ a pour affixe $z_{\overrightarrow{AB}} = z_B - z_A$.

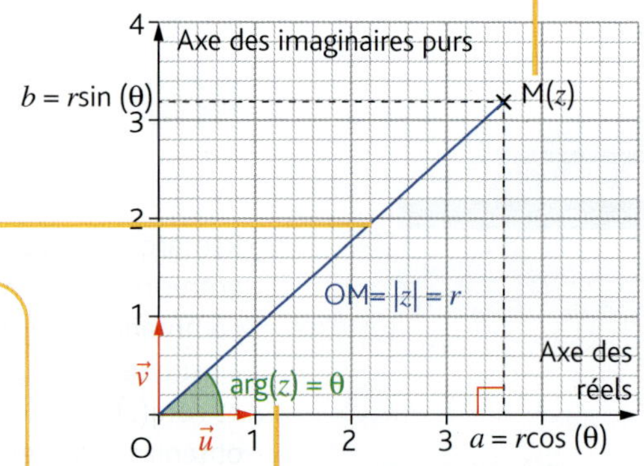

MODULE

- Soit M le point d'affixe $z = a + bi$, le module de z est $|z| = OM = \sqrt{a^2 + b^2}$.
- Soient A le point d'affixe z_A et B le point d'affixe z_B, alors $AB = |z_B - z_A|$.
- Soient z et z' deux nombres complexes, alors :
  - $|z \times z'| = |z| \times |z'|$
  - $\left|\dfrac{z}{z'}\right| = \dfrac{|z|}{|z'|}$, avec $z' \neq 0$

ARGUMENT

- $\arg(z) = (\vec{u}, \overrightarrow{OM})$: mesure en radians de l'angle orienté $(\vec{u}, \overrightarrow{OM})$
- Soient A le point d'affixe z_A et B le point d'affixe z_B, alors :
  $(\vec{u}\,;\overrightarrow{AB}) = \arg(z_B - z_A)$ à $2k\pi$ près ($k \in \mathbb{Z}$).

Forme trigonométrique d'un nombre complexe

Forme trigonométrique de z : $z = r(\cos(\theta) + i\sin(\theta))$

$r = |z|$; $\theta = \arg(z)$

Savoir-faire

De la forme algébrique vers une forme trigonométrique	D'une forme trigonométrique vers la forme algébrique
Soit $z = a + bi$ un nombre complexe non nul. On détermine : • $r = |z|$ donc $r = \sqrt{a^2 + b^2}$ • $\theta = \arg(z)$ tel que $\begin{cases} \cos(\theta) = \dfrac{a}{r} \\ \sin(\theta) = \dfrac{b}{r} \end{cases}$ Une forme trigonométrique s'écrit $z = r(\cos(\theta) + i\sin(\theta))$.	Soit $z = r(\cos(\theta) + i\sin(\theta))$ un nombre complexe non nul. On détermine : • $a = \text{Re}(z) = r\cos(\theta)$ • $b = \text{Im}(z) = r\sin(\theta)$ La forme algébrique de z est $z = a + bi$.

Je me teste

QCM interactif et auto-corrigé
hachette-clic.fr/25mfls035

Je me prépare à une évaluation

Je maîtrise la forme trigonométrique et les applications en géométrie d'un nombre complexe

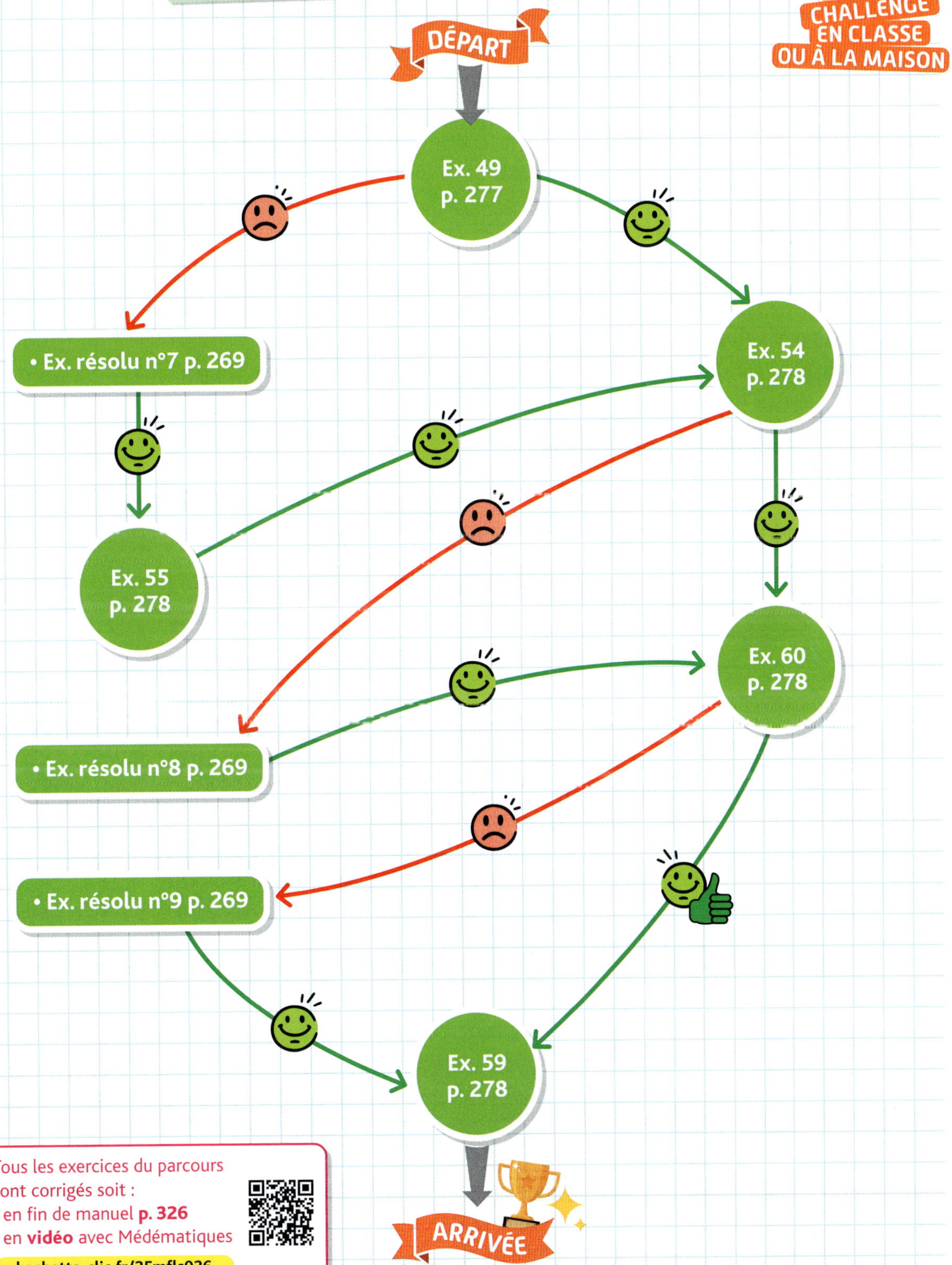

Tous les exercices du parcours sont corrigés soit :
- en fin de manuel **p. 326**
- en **vidéo** avec Médématiques

hachette-clic.fr/25mfls036

Exercices

Les exercices roses sont corrigés :
• en fin de manuel p. 326 ou • en vidéo avec Médématiques hachette-clic.fr/25mfls036

1 Représentation géométrique d'un nombre complexe

Questions flash

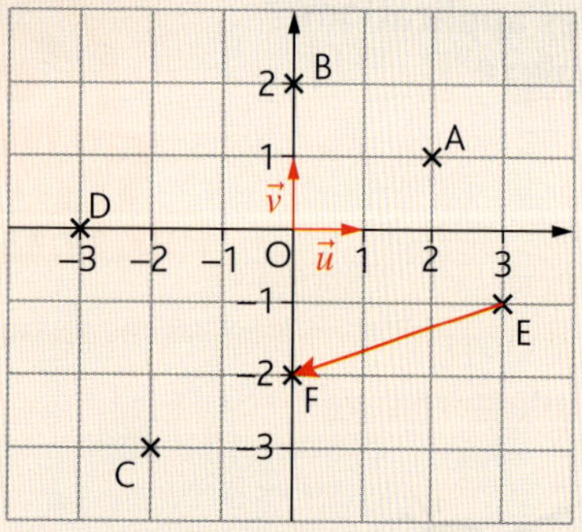

1 Quelle est l'affixe du point A ?

2 Quelle est l'affixe du point C ?

3 Quel point a pour affixe $2i$?

4 Quel point a pour affixe -3 ?

5 Quelle est l'affixe du vecteur $\overrightarrow{EF}$?

6 Dans le repère orthonormé direct $(O\,;\vec{u},\vec{v})$, déterminer les affixes des points A, B, C, D, E, F et G.

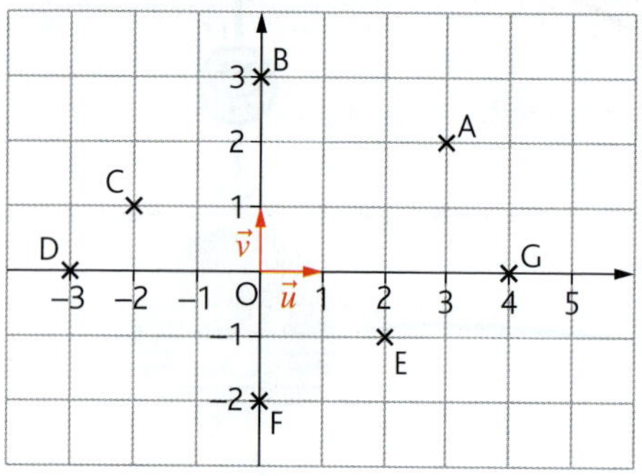

7 a. Placer les points $A(2\,;-3)$, $B(1\,;2)$, $C(0\,;-1)$ et $D(2\,;0)$ dans un repère orthonormé direct $(O\,;\vec{u},\vec{v})$.
b. Déterminer les affixes de chacun de ces points.

> Soient A le point d'affixe z_A et B le point d'affixe z_B, alors le point I milieu du segment [AB] a pour affixe :
> $$z_I = \frac{z_A + z_B}{2}.$$

8 Soient A et B, deux points d'un plan définis par $A(2\,;5)$ et $B(-1\,;3)$.
Donner l'affixe du point I, milieu du segment [AB].

9 Dans un repère orthonormé direct $(O\,;\vec{u},\vec{v})$, on donne les points A, B, C et D d'affixes respectives $z_A = 2+2i$, $z_B = 5+4i$, $z_C = 2+i$ et $z_D = -1-i$.
a. Déterminer les affixes des points I et J, milieux des segments [AC] et [BD].
b. Faire une figure. Que peut-on conjecturer quant à la nature du quadrilatère ABCD ?
c. Démontrer cette conjecture.

> $z = a + bi$ est l'affixe du vecteur $\vec{w}\begin{pmatrix} a \\ b \end{pmatrix}$.

10 Déterminer les affixes des vecteurs $\overrightarrow{w_1}$, $\overrightarrow{w_2}$, $\overrightarrow{w_3}$, $\overrightarrow{w_4}$, $\overrightarrow{w_5}$ et $\overrightarrow{w_6}$.

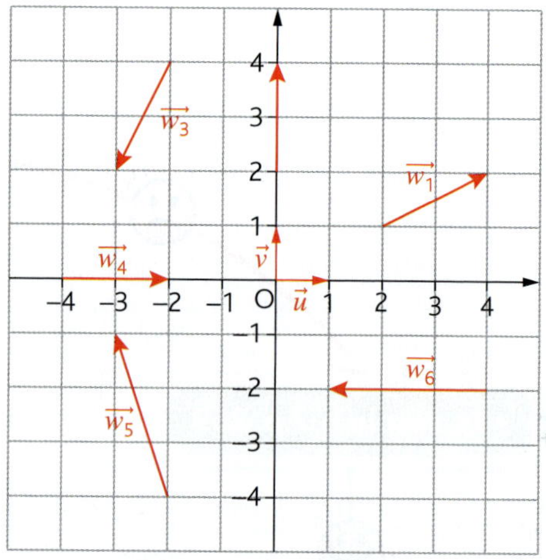

11 On considère le nombre complexe $z_1 = 2+3i$.
a. Représenter dans un repère orthonormé direct $(O\,;\vec{u},\vec{v})$ les points :
- M_1 d'affixe z_1
- M_2 d'affixe $z_2 = -z_1$
- M_3 d'affixe $z_3 = \overline{z_1}$
- M_4 d'affixe $z_4 = -\overline{z_1}$

b. Recopier et compléter les phrases suivantes :
- M_2 est obtenu à partir de M_1 par la symétrie...
- M_3 est obtenu à partir de M_1 par la symétrie...
- M_4 est obtenu à partir de M_1 par la symétrie...

> • Soient A le point d'affixe z_A et B le point d'affixe z_B, alors le vecteur $\overrightarrow{AB}$ a pour affixe $z_{\overrightarrow{AB}} = z_B - z_A$.
> • Si $\overrightarrow{AB} = \overrightarrow{DC}$, alors ABCD est un **parallélogramme**.

Pour les exercices 12 à 15, on se place dans le plan complexe muni d'un repère orthonormé direct $(O\,;\vec{u},\vec{v})$.

12 Corrigé On considère les points A, B, C et D d'affixes respectives : $z_A = -2+i$; $z_B = 3-i$; $z_C = 5-4i$ et $z_D = -2i$.
a. Placer les points A, B, C et D dans ce plan. Que peut-on conjecturer sur la nature du quadrilatère ABCD ?
b. Déterminer les affixes des vecteurs $\overrightarrow{AB}$ et $\overrightarrow{DC}$.
c. Démontrer la conjecture du a.

13 On considère les points A, B, C et D d'affixes respectives : $z_A = -2i$; $z_B = 3 - i$; $z_C = 5 + 2i$ et $z_D = 2 + i$.
a. Placer les points A, B, C et D dans ce plan. Que peut-on conjecturer sur la nature du quadrilatère ABCD ?
b. Déterminer les affixes des vecteurs $\overrightarrow{AB}$ et $\overrightarrow{DC}$.
c. Démontrer la conjecture du a.

14 Soient les points A et B, d'affixes $z_A = 2 + i$ et $z_B = -1 + 3i$.
a. Faire une figure.
b. Placer les points C, D et E tels que :
- $\overrightarrow{OC} = \overrightarrow{OA} + \overrightarrow{OB}$
- $\overrightarrow{OD} = \overrightarrow{OA} - \overrightarrow{OB}$
- $\overrightarrow{OE} = 3\overrightarrow{OA}$

c. Déterminer graphiquement les affixes des points C, D et E.
d. Comment retrouver par le calcul ces affixes à partir de z_A et z_B.

> 3 points A, B et C sont alignés si et seulement si les vecteurs $\overrightarrow{AB}$ et $\overrightarrow{AC}$ sont **colinéaires**.

15 On considère les points A, B et C d'affixes respectives : $z_A = -1 - 2i$; $z_B = 1 - i$ et $z_C = 5 + i$.
a. Placer les points A, B et C dans ce plan complexe. Que peut-on conjecturer sur la position des points A, B et C ?
b. Déterminer les affixes des vecteurs $\overrightarrow{AB}$ et $\overrightarrow{AC}$.
c. Démontrer la conjecture du a.

2 Module et argument d'un nombre complexe

Questions flash

16 Quel est le module de i ?
17 Donner un argument de i.
18 Donner un argument de 1.
19 Donner le module de −2.
20 Donner un argument de −4.

> Soit M le point d'affixe $z = a + bi$.
> On appelle **module** de z, et on note $|z|$, le nombre
> $|z| = \text{OM}$.

Pour les exercices 21 et 22, on se place dans un repère orthonormé direct $(O\,;\vec{u}, \vec{v})$.

21 a. Placer les points A, B, C et D d'affixes $z_A = -4$, $z_B = 3i$, $z_C = 2$ et $z_D = -i$.
b. Donner, sans calcul, les modules de z_A, z_B, z_C et z_D.

22 On considère 4 points A, B, C et D. On sait que :
- A est sur le cercle de centre l'origine O du repère et de rayon 1 ;
- B est le symétrique du point O par rapport au point A ;
- C est le symétrique du point A par rapport au point O ;
- D est le milieu du segment [OA].

Donner les modules de z_A, z_B, z_C et z_D.

> Soit $z = a + bi$ un nombre complexe, où a et b sont des réels. Alors $|z| = \sqrt{a^2 + b^2}$.

Pour les exercices 23 et 24, calculer le module des nombres complexes proposés.

23 a. $z_1 = 2 - 3i$
b. $z_2 = 3 - 3i$
c. $z_3 = 1 + 5i$
d. $z_4 = 4i$

24 a. $z_1 = -\sqrt{6} - \sqrt{3}i$
b. $z_2 = 2\sqrt{3} - 2i$
c. $z_3 = 3\sqrt{2} + 3\sqrt{2}i$
d. $z_4 = \sqrt{7} + i$

25 Une calculatrice affiche le module de $4 + 4i$.

En déduire le module de $-4 - 4i$.

26 Une calculatrice affiche le module d'un nombre complexe, en partie effacé.
Quel était ce nombre complexe ?

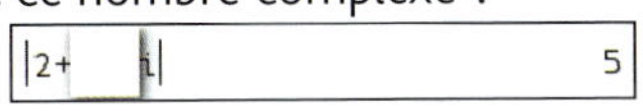

> **Rappel** : en Python, comme en physique, on utilise la lettre j pour désigner le nombre imaginaire i.

27 a. Comment compléter ce script Python pour obtenir le module du nombre complexe z ?

```
from cmath import *

def module(z):
    a=z.real
    b=z.imag
    m=sqrt(          )
    return( )
```

b. Quel sera le résultat obtenu si, dans la partie Console, on écrit module (3+4j) ?

28 Effectuer les calculs suivants :
a. Le module de la différence de 3 et 5i.
b. La somme des modules de $1 + i$ et de $2 - 2i$.
c. Le module de l'opposé de $-1 + 4i$.
d. Le module du conjugué de $\sqrt{2} - \sqrt{2}i$.

Les exercices roses sont corrigés :
• en fin de manuel **p. 326** ou • en **vidéo** avec Médématiques
hachette-clic.fr/25mfls036

Soient A le point d'affixe z_A et B le point d'affixe z_B, alors $AB = |z_B - z_A|$.

Pour les exercices 29 à 33, on munit le plan complexe d'un repère orthonormé direct $(O\,;\vec{u},\vec{v})$.

29 Corrigé On considère les points A, B, et C d'affixes respectives : $z_A = 1+i$; $z_B = 2+3i$ et $z_C = 8$.

a. Placer les points A, B et C. Que peut-on conjecturer sur la nature du triangle ABC ?

b. Déterminer $|z_B - z_A|$, $|z_B - z_C|$ et $|z_C - z_A|$.

c. Montrer que le triangle ABC est rectangle.

30 Soient les points A, B, et C d'affixes respectives : $z_A = 1-i$; $z_B = \sqrt{2}i$ et $z_C = 1+i$.

a. Montrer que les points A, B et C sont sur le cercle de centre O et de rayon $\sqrt{2}$.

b. On pose $z_D = -1-i$ et $z_E = 3+4i$.
D et E sont-ils sur le cercle précédent ?

31 Soit le point A d'affixe $z_A = 1-2i$. Quel est l'ensemble des points M vérifiant $|z_M - z_A| = 1$?

32 On considère les points A, B, et C d'affixes respectives : $z_A = 2-i$; $z_B = 4+3i$ et $z_C = 8+i$.
Montrer que le triangle ABC est rectangle isocèle.

33 On considère les points A, B, C et D d'affixes respectives : $z_A = -2i$; $z_B = 4+2i$; $z_C = 3-i$ et $z_D = 1+i$.

a. Placer les points A, B, C et D dans ce plan. Que peut-on conjecturer sur la nature du quadrilatère ADBC ?

b. Déterminer les affixes des vecteurs $\overrightarrow{AC}$ et $\overrightarrow{DB}$.

c. Calculer les longueurs AC et AD.

d. Montrer que ADBC est un losange.

34 Calculatrice **Inégalité triangulaire**

Dans cet exercice, on va essayer de comparer $|z+z'|$ et $|z|+|z'|$.

a. En utilisant la calculatrice, recopier et compléter le tableau :

z	z'	$\lvert z+z'\rvert$	$\lvert z\rvert+\lvert z'\rvert$
$2+3i$	$-1-i$		
$-1+2i$	$1+4i$		
$1+i$	$3+3i$		
$1+i$	$-2-2i$		

b. Conjecturer une relation de comparaison entre $|z+z'|$ et $|z|+|z'|$.

c. Dans quel cas a-t-on égalité ?

Soient z et z' deux nombres complexes. Alors :
- $|z \times z'| = |z| \times |z'|$: le module du produit est le produit des modules
- Si de plus $z' \neq 0$, $\left|\dfrac{z}{z'}\right| = \dfrac{|z|}{|z'|}$: le module du quotient est le quotient des modules

Pour les exercices 35 à 37, calculer le module des nombres complexes proposés.

35 a. $z_1 = \sqrt{2}(1+i)$ b. $z_2 = -3\left(\dfrac{\sqrt{2}}{2} + \dfrac{\sqrt{2}}{2}i\right)$

c. $z_3 = 2i\left(\dfrac{1}{2} - \dfrac{\sqrt{3}}{2}i\right)$ d. $z_4 = (2+3i)(\sqrt{3}+i)$

36 a. $z_1 = \dfrac{2}{1-i}$ b. $z_2 = \dfrac{-\sqrt{2}i}{1-i}$

c. $z_3 = \dfrac{1+\sqrt{2}i}{1-\sqrt{2}i}$ d. $z_4 = \dfrac{6+8i}{\sqrt{2}+\sqrt{2}i}$

37 a. $z_1 = \dfrac{(1+i)(2+4i)}{1-i}$ b. $z_2 = \dfrac{(6+8i)(2+3i)}{6+9i}$

38 On donne ci-dessous l'affichage d'une calculatrice :

$\left|\left(\dfrac{\sqrt{3}}{2}+\dfrac{i}{2}\right)\right|$ 1

$\left|\left(\dfrac{\sqrt{3}}{2}+\dfrac{i}{2}\right)^{57}\right|$ ☐

Retrouver le résultat effacé.

39 On considère trois nombres complexes $z_1 = 2+2i$, $z_2 = 2-2i$ et $z_3 = -2i$.

a. Calculer les modules de z_1, z_2 et z_3.

b. En déduire les modules de $z_1 \times z_2 \times z_3^3$ puis de $\dfrac{z_1 \times z_2^{\,2}}{z_3^{\,4}}$.

Soit M le point d'affixe $z = a + bi$. On appelle argument de z, et on note **arg**(z), une **mesure**, en radians, de l'angle orienté $(\vec{u}, \overrightarrow{OM})$.

40 On a tracé un dodécagone régulier. Donner un argument des affixes des points B, F, I et L.

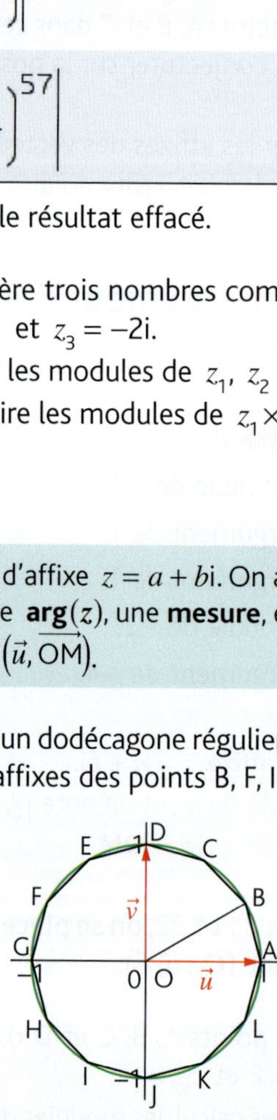

41 Corrigé ABCD est un carré, OFG est un triangle équilatéral. Les points O, D et E sont alignés.
Donner un argument des affixes de chacun des points A, B, F, G et E.

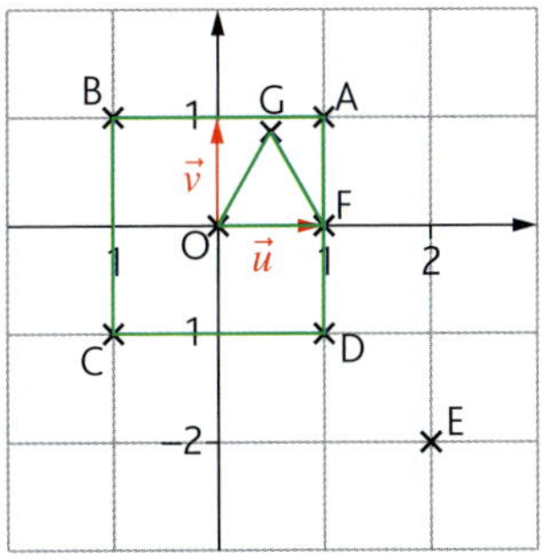

42 Dans le plan complexe muni d'un repère orthonormé direct $(O ; \vec{u}, \vec{v})$, placer les points A, B, C et D d'affixes respectives $z_A = -2i$; $z_B = 3$; $z_C = -2$ et $z_D = 2i$.
Donner, sans calcul, les arguments de z_A, z_B, z_C et z_D.

43 **Spirale des notes**

En théorie de la musique, la gamme chromatique est constituée des 12 notes Do, Do#, Ré, Ré#, Mi, Fa, Fa#, Sol, Sol#, La, La#, Si.
On peut représenter ces notes avec des nombres complexes situés sur une spirale. L'argument de chaque nombre complexe est un multiple de $\frac{\pi}{6}$ et son module caractérise la fréquence du son associé. Le point A caractérise la note Do, le point B caractérise le Do#.
a. Quelles sont les notes associées aux points C, D et E ?
b. Quelle est la note associée au point F ? Que peut-on dire de sa fréquence vis-à-vis de celle définie par le point A ?

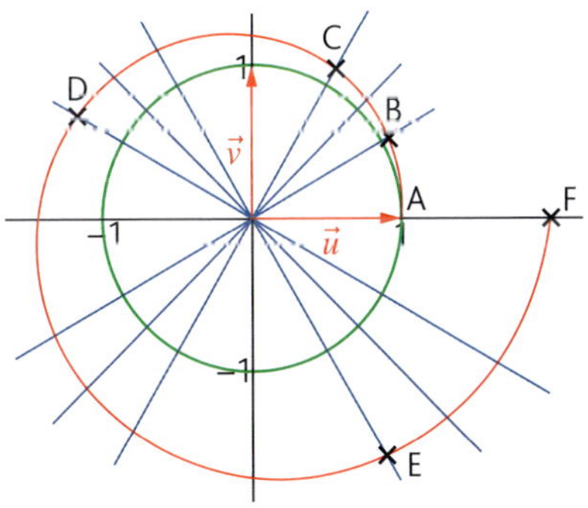

44 Dans le plan complexe, on considère un nombre complexe z. Dire si chacune des affirmations suivantes est vraie ou fausse :
a. Si z est un nombre réel négatif, alors un argument de z est π.
b. $\arg(z) = \arg(\bar{z})$
c. Si z est un imaginaire pur, alors un argument de z est $\frac{\pi}{2}$.
d. $z = -3i$ a pour module -3 et pour argument $\frac{3\pi}{2}$.
e. Si $\cos\theta = \frac{1}{2}$ et $\sin\theta = \frac{-\sqrt{3}}{2}$ alors $\theta = \frac{\pi}{3}$.

3 Forme trigonométrique d'un nombre complexe

Questions flash

45 Donner la forme trigonométrique de 3.

46 Donner la forme trigonométrique de $-5i$.

47 z a pour coordonnées polaires $\left[5 ; \frac{\pi}{2}\right]$. Quelle est sa partie réelle ?

48 z a pour coordonnées polaires $\left[3 ; \frac{5\pi}{2}\right]$. Quelle est sa forme algébrique ?

Soit z un nombre complexe non nul, de module $r = |z|$ et d'argument $\theta = \arg(z)$.
- **Forme trigonométrique de** z : $z = r(\cos(\theta) + i\sin(\theta))$
- **Forme polaire de** z : $[r, \theta]$

49 Vidéo Donner la forme trigonométrique des affixes des points de la figure.

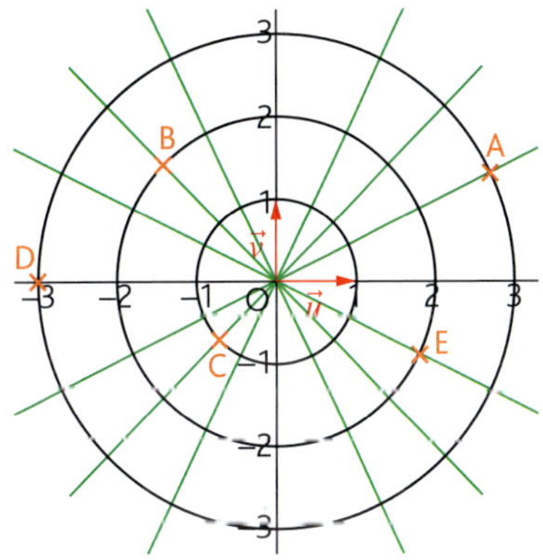

50 Dans Python, Polar(z) donne le module et un argument de z.

```
>>> polar(z)
(1.0, 1.5707963267948966)
```

À l'aide de cette fenêtre Python, donner la forme algébrique de z.

51 Dans Python,
- Cmath permet d'accéder à des fonctions sur les nombres complexes.
- complex(a,b) définit le nombre complexe $a + bi$.

```
>>> from cmath import *
>>> z=complex(sqrt(2)/2,sqrt(2)/2)
>>> polar(z)
(1.0000000000000002, 0.7853981633974483)
```

Justifier par un calcul les résultats obtenus dans cette fenêtre Python.

52 En vous aidant éventuellement du cercle trigonométrique, donner, sans calcul, la forme trigonométrique des complexes suivants :
a. $z_1 = 1 + i$
b. $z_2 = \frac{\sqrt{3}}{2} + \frac{1}{2}i$
c. $z_3 = \frac{1}{2} + \frac{\sqrt{3}}{2}i$
d. $z_4 = 1 - i$

Exercices

Les exercices roses sont corrigés :
• en fin de manuel p. 326 ou • en vidéo avec Médématiques hachette-clic.fr/25mfls036

53 a. Déterminer la forme trigonométrique de $z_1 = 1+\sqrt{3}\text{i}$.

b. En déduire, sans calcul, la forme trigonométrique de $-z_1$, $\overline{z_1}$ et $-\overline{z_1}$.

54 Vidéo En détaillant vos calculs, déterminer la forme trigonométrique de chacun des nombres complexes suivants :

a. $z_1 = -2\sqrt{2}+2\sqrt{2}\text{i}$ b. $z_2 = -\sqrt{3}-\text{i}$

c. $z_3 = -1-\sqrt{3}\text{i}$ d. $z_4 = \dfrac{1}{5}+\dfrac{\sqrt{3}}{5}\text{i}$

55 Corrigé Dans le plan complexe muni d'un repère orthonormé direct $(\text{O}\,;\vec{u},\vec{v})$, on considère un hexagone régulier de centre O. Donner les affixes des sommets de l'hexagone, sous forme trigonométrique et algébrique.

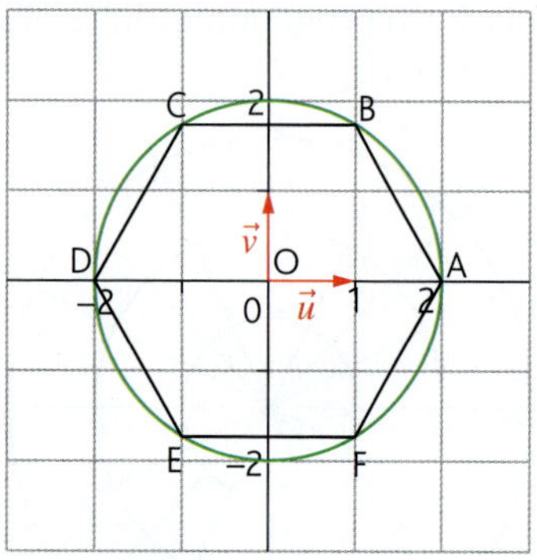

> Soit $z = r(\cos(\theta) + \text{i}\sin(\theta))$ un nombre complexe non nul.
> On détermine :
> - $a = \text{Re}(z) = r\cos(\theta)$
> - $b = \text{Im}(z) = r\sin(\theta)$

56 Écrire sous forme algébrique chacun des nombres complexes suivants :

a. $z_1 = \sqrt{2}(\cos\pi + \text{i}\sin\pi)$

b. $z_2 = 5\left(\cos\dfrac{\pi}{3} + \text{i}\sin\dfrac{\pi}{3}\right)$

c. $z_3 = \cos\left(-\dfrac{\pi}{4}\right) + \text{i}\sin\left(-\dfrac{\pi}{4}\right)$

d. $z_4 = \dfrac{\sqrt{3}}{2}\left(\cos\dfrac{5\pi}{6} + \text{i}\sin\dfrac{5\pi}{6}\right)$

57 Vidéo Déterminer la forme algébrique des nombres complexes suivants :

a. $|z_1| = 4$ et $\arg(z_1) = \dfrac{2\pi}{3}$

b. $|z_2| = 3$ et $\arg(z_2) = \dfrac{5\pi}{4}$

c. $z_3 = \left[\sqrt{2}\,;\dfrac{7\pi}{6}\right]$

d. $z_4 = \left[1\,;-\dfrac{\pi}{3}\right]$

58 Déterminer la forme algébrique des nombres complexes suivants (on donnera les valeurs approchées à 10^{-2} près de ses parties réelle et imaginaire).

a. $|z_1| = 2$ et $\arg(z_1) = \dfrac{2\pi}{5}$

b. $|z_2| = 3$ et $\arg(z_2) = 1{,}518$

c. $z_3 = \left[\sqrt{5}\,;\dfrac{5\pi}{12}\right]$ d. $z_4 = [\,1\,;-0{,}986\,]$

59 Corrigé En Python l'instruction `rect` permet d'obtenir une estimation de la forme algébrique d'un nombre complexe, connaissant son module et son argument.

```
>>> z=rect(3,5*pi/6)
>>> print(z)
(-2.598076211353316+1.4999999999999998j)
```

a. Quelle est la forme trigonométrique du nombre complexe z ?

b. Justifier par un calcul la forme algébrique obtenue. Comparer avec les valeurs obtenues par Python.

60 Corrigé L'affichage d'une calculatrice donne le module et un argument d'un nombre complexe z effacé.

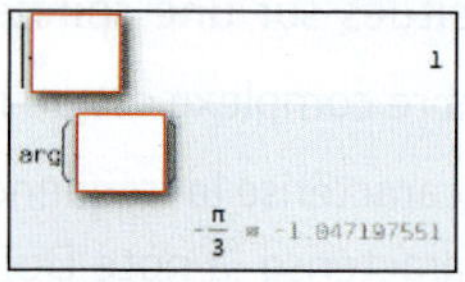

Donner la forme algébrique de z.

61 Voici une capture d'écran d'un script Python :

```
>>> from cmath import*
>>> z=complex( , )
>>> polar(z)
(1.0, 1.5707963267948966)
```

Donner la forme algébrique de z.

62 Déterminer le module et un argument de chacun des nombres complexes suivants :

a. $z_1 = 4\left(\cos\left(\dfrac{\pi}{3}\right) + \text{i}\sin\left(\dfrac{\pi}{3}\right)\right)$

b. $z_2 = -3\left(\cos\left(\dfrac{\pi}{2}\right) + \text{i}\sin\left(\dfrac{\pi}{2}\right)\right)$

c. $z_3 = \sqrt{2}\left(\cos\left(\dfrac{\pi}{4}\right) - \text{i}\sin\left(\dfrac{\pi}{4}\right)\right)$

d. $z_4 = \sqrt{3}\left(-\cos\left(\dfrac{\pi}{3}\right) - \text{i}\sin\left(\dfrac{\pi}{3}\right)\right)$

> - Soient A le point d'affixe z_A et B le point d'affixe z_B alors $\arg(z_B - z_A) = (\vec{u},\overrightarrow{AB})$.
> - Soit $z = a+bi$ un nombre complexe non nul. On détermine :
>   - $r = |z|$ $(= \sqrt{a^2+b^2})$
>   - $\theta = \arg(z)$ tel que $\begin{cases} \cos(\theta) = \dfrac{a}{r} \\ \sin(\theta) = \dfrac{b}{r} \end{cases}$

Pour les exercices 63 et 64, on se place dans le plan complexe muni d'un repère orthonormé direct $(O\,;\vec{u},\vec{v})$.

63 **1.** Placer les points A, B et C d'affixes respectives $z_A=-2+i$; $z_B=1-2i$ et $z_C=2+5i$. Conjecturer la nature du triangle ABC.

2. a. Calculer les affixes des vecteurs $\overrightarrow{AB}$ et $\overrightarrow{AC}$.

b. Déterminer leurs modules et leurs arguments.

c. Pour déterminer l'angle $\left(\overrightarrow{AB}\,;\overrightarrow{AC}\right)$, on utilise la relation de Chasles en remarquant que :

$$\left(\overrightarrow{AB}\,;\overrightarrow{AC}\right)=\left(\overrightarrow{AB}\,;\vec{u}\right)+\left(\vec{u}\,;\overrightarrow{AC}\right)=\left(\vec{u}\,;\overrightarrow{AC}\right)-\left(\vec{u}\,;\overrightarrow{AB}\right)$$
$$=\arg(z_C-z_A)-\arg(z_B-z_A)$$

Prouver que le triangle ABC est rectangle.

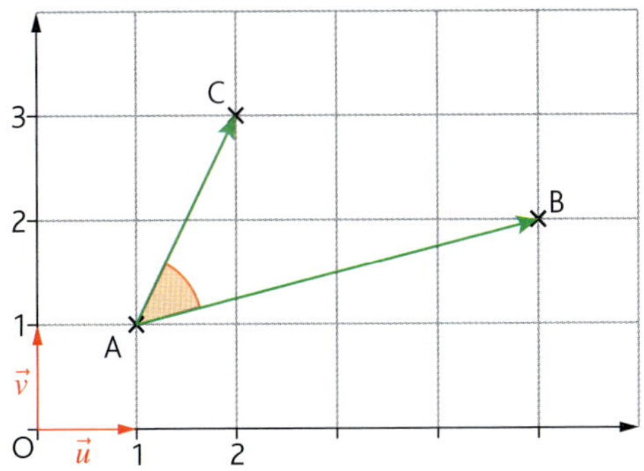

64 On considère les points A, B et C d'affixes respectives $z_A=1$; $z_B=i$ et $z_C=\dfrac{1-\sqrt{3}}{2}+\dfrac{1-\sqrt{3}}{2}i$.

Déterminer les affixes des vecteurs $\overrightarrow{AB}$ et $\overrightarrow{AC}$, puis montrer que le triangle ABC est équilatéral.

Rappel : en physique, on note j le nombre complexe i, pour éviter la confusion avec la notation du courant électrique.

65 On considère un filtre passe-bas, représenté par la figure suivante :

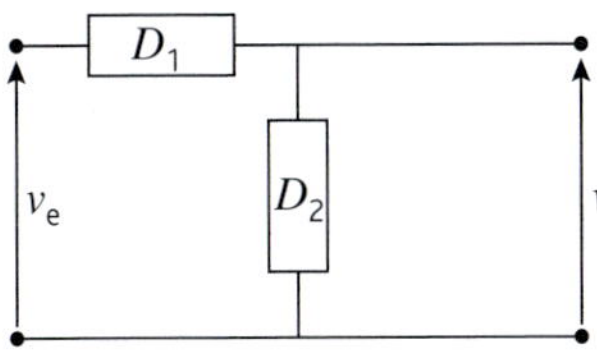

En régime sinusoïdal, l'impédance complexe du dipôle D_1 est $Z_1=R$, celle du dipôle D_2 est $Z_2=\dfrac{1}{jC\omega}$. L'étude du filtre conduit à considérer le nombre complexe $T=\dfrac{Z_2}{Z_1+Z_2}$.

1. Montrer que $T=\dfrac{1}{1+jRC\omega}$.

2. On suppose que R = 1 Ohm, C = 0,1 Farad et $\omega=10$ rad/s.

a. Montrer que $T=\dfrac{1}{1+j}$.

b. Donner la forme algébrique de T.

c. Calculer le module et un argument de T.

En électricité, une **grandeur alternative sinusoïdale**, par exemple une intensité, s'écrit en fonction du temps t, sous la forme $I(t)=I_{eff}\sqrt{2}\cos(2\pi ft+\varphi)$.

I_{eff} est l'intensité efficace (en Ampères), f est la fréquence (en Hertz) et φ le déphasage en radians. On lui associe un nombre complexe noté $\underline{I}$ de module I_{eff} et d'argument φ.

66 Soit $I(t)=5\sqrt{2}\cos\left(100\pi t+\dfrac{\pi}{4}\right)$.

1. Déterminer la fréquence et l'intensité efficace de $I(t)$.

2. Donner la forme trigonométrique de $\underline{I}$.

67 En électricité, la somme des intensités des courants qui entrent par un nœud est égale à la somme des intensités des courants qui sortent du même nœud.

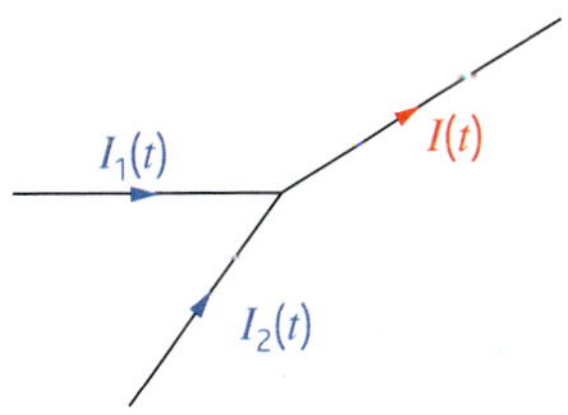

Ainsi $I(t)=I_1(t)+I_2(t)$.

On donne $I_1(t)=3\sqrt{2}\cos\left(100\pi t+\dfrac{\pi}{3}\right)$ et

$I_2(t)=3\sqrt{2}\cos\left(100\pi t+\dfrac{\pi}{6}\right)$.

a. Déterminer la fréquence, la période commune et l'intensité efficace des intensités précédentes.

b. Quelle est leur intensité maximale ?

c. On souhaite caractériser l'intensité $I(t)$ par $I(t)=I_{eff}\sqrt{2}\cos(100\pi t+\varphi)$. En vous aidant des résultats ci-dessous, déterminer I et φ à 10^{-2} près.

```
>>> from cmath import*
>>> I1=rect(3,pi/3)
>>> I2=rect(3,pi/6)
>>> I=I1+I2
>>> polar(I)
(5.795554957734441, 0.7853981633974483)
```

d. Peut-on affirmer que la valeur maximale de $I(t)$ est la somme des valeurs maximales de $I_1(t)$ et de $I(t)$?

Problèmes

Rappel : en physique, on note j le nombre complexe i, pour éviter la confusion avec la notation du courant électrique

68 Ce satellite est-il conforme ?

» Raisonner • Calculer

L'émission d'un signal par un satellite permet de caractériser la conformité d'une antenne satellite : lors de la réception du signal par l'antenne, une partie du signal est réfléchie vers le satellite. Ce phénomène est lié aux impédances de l'antenne et du câble coaxial branché sur celle-ci.

Le **coefficient de réflexion**, noté C, permet d'évaluer la perte du signal. Il est défini par :

$C = \frac{z_1 - z_2}{z_1 + z_2}$, où z_1 est l'impédance de l'antenne et z_2 est celle du câble coaxial.

On donne $z_2 = R + \frac{1}{jc2\pi f}$, avec R = 50 ohms, $c = 5 \times 10^{-9}$ F, $f = 1{,}6 \times 10^6$ Hz et $z_1 = 75$ ohms.

1. a. Déterminer la forme algébrique de z_2.

b. Montrer que $C \approx 0{,}17 + 0{,}186j$ puis calculer son module.

2. La superposition de l'onde reçue et de l'onde réfléchie crée des ondes, dites stationnaires, et des phénomènes de perturbation.

Pour mesurer ces perturbations, on définit le Rapport d'Ondes Stationnaires par : R.O.S. = $\frac{1+|C|}{1-|C|}$.

Pour respecter la norme, ce rapport doit être inférieur à 2. Est-ce le cas ici ?

69 La meilleure aile d'avion

» Chercher • Modéliser • Calculer

Pour concevoir le meilleur profil d'aile, on s'intéresse à l'écoulement de l'air autour d'une surface, ce qui peut amener des calculs compliqués de trajectoires et de vitesses.

Les propriétés de physique assurent qu'on peut, connaissant l'écoulement autour d'une figure simple, par exemple un cylindre (de section circulaire), en déduire celui autour d'une figure plus élaborée, comme une aile d'avion.

La condition est que le profil de cette aile s'obtienne à partir d'un cercle par une **transformation conforme** du plan.

La principale caractéristique d'une fonction conforme est de conserver les angles des vecteurs tangents entre deux courbes orientées.

Le scientifique russe Nikolaï Joukovski (1847-1921) s'intéressa à différents profils de voilure et définit une fonction conforme, appelée transformation de Joukovski.

On définit une fonction f, qui associe à tout nombre complexe non nul z, le nombre complexe $f(z) = \frac{1}{2}\left(z + \frac{1}{z}\right)$.

Partie A : Image d'un nombre complexe par f.

a. Calculer $f(1)$, $f(\mathrm{i})$, $f(2\mathrm{i})$.

b. Montrer que la forme algébrique de $f(2+\mathrm{i})$ est $1{,}2 + 0{,}4\mathrm{i}$.

c. En arrondissant les parties réelles et imaginaires, déterminer les formes algébriques de $f(7)$ et de $f(8+2i)$.

Partie B : f conserve-t-elle les angles ?

Dans un repère orthonormé direct $(O\,;\vec{u},\vec{v})$, on donne les points A, B et C d'affixes respectives $z_A = 2+\mathrm{i}$, $z_B = 7$, $z_C = 8+2\mathrm{i}$.

On pose $z_{A'} = f(z_A)$, $z_{B'} = f(z_B)$ et $z_{C'} = f(z_C)$.

1. Dans cette question, on s'intéresse à l'angle orienté $(\overrightarrow{AB}\,;\overrightarrow{AC})$.

a. Déterminer les affixes des vecteurs $z_{\overrightarrow{AB}}$ et $z_{\overrightarrow{AC}}$.

b. Déterminer un argument de $z_{\overrightarrow{AB}}$ puis de $z_{\overrightarrow{AC}}$.

c. Montrer que $(\overrightarrow{AB}\,;\overrightarrow{AC}) \approx 0{,}36$ en utilisant le résultat suivant : $(\overrightarrow{AB}\,;\overrightarrow{AC}) = \arg(z_{\overrightarrow{AC}}) - \arg(z_{\overrightarrow{AB}})$.

2. a. En vous aidant des résultats de la partie A, déterminer un argument de $z_{\overrightarrow{A'B'}}$ puis de $z_{\overrightarrow{A'C'}}$.

b. Montrer que $(\overrightarrow{AB}\,;\overrightarrow{AC}) \approx 0{,}36$.

c. Montrer que f est conforme.

Partie C : Construction d'un profil d'aile.

On considère un cercle C de centre A, d'affixe $z_A = -1+\mathrm{i}$ et de rayon $\sqrt{5}$. On va tracer l'image de ce cercle par l'application f.

Soient E et F d'affixes $z_E = 1+2\mathrm{i}$ et $z_F = -2-\mathrm{i}$.

1. Montrer que E et F appartiennent au cercle C.

2. Déterminer les formes algébriques de $z_{E'}$ et $z_{F'}$, avec $z_{E'} = f(z_E)$ et $z_{F'} = f(z_F)$.

3. Exemples : grâce à l'outil Trace d'un logiciel de géométrie, en déterminant l'image d'un point M du cercle $\mathscr{C}$, et en modifiant la position de celui-ci, on obtient l'image du cercle $\mathscr{C}$, ce qui fournit un profil d'aile.

Voici 2 profils d'ailes obtenus avec 2 positions différentes du point A. Lequel vous semble le plus réaliste pour une aile d'avion ?

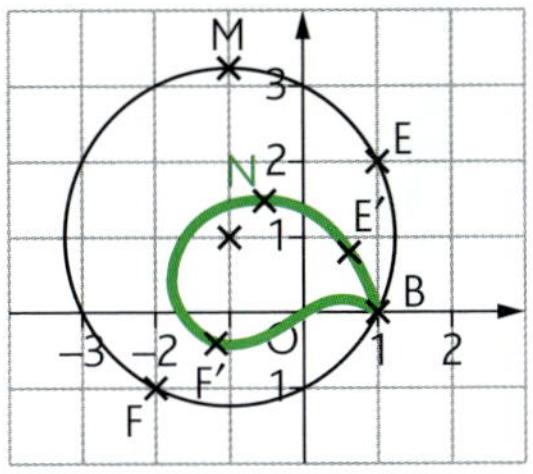

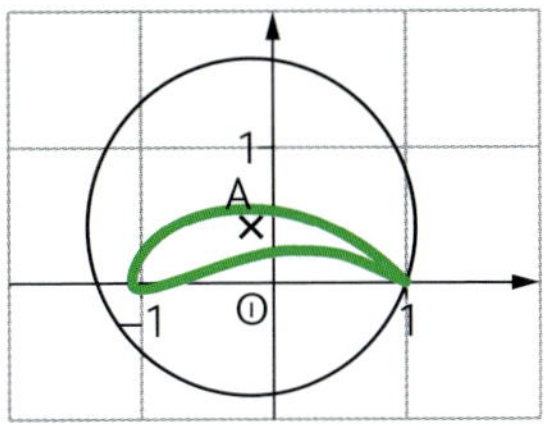

70 Panneaux photovoltaïques : plutôt violet ou rouge ?

» Chercher • Calculer

Le silicium est majoritairement utilisé aujourd'hui dans la conception de panneaux photovoltaïques. Le but de ce problème est d'étudier l'effet de réflexion d'une onde lumineuse sur une plaque de silicium. Lorsqu'un objet est éclairé, une partie de la lumière est absorbée, l'autre partie est réfléchie. Ce que notre œil perçoit est la lumière réfléchie. Ce phénomène est lié à **l'indice de réfraction** de l'objet. Cet indice, noté n, dépend de la longueur d'onde de la lumière. Il s'écrit à l'aide d'un nombre complexe $n = a + b\mathrm{j}$, où la partie réelle a caractérise la diffusion et la partie imaginaire b caractérise l'absorption.

On donne les documents et renseignements suivants :

- Courbe de l'indice de réfraction n du silicium en fonction de la longueur d'onde donnée en nanomètres.

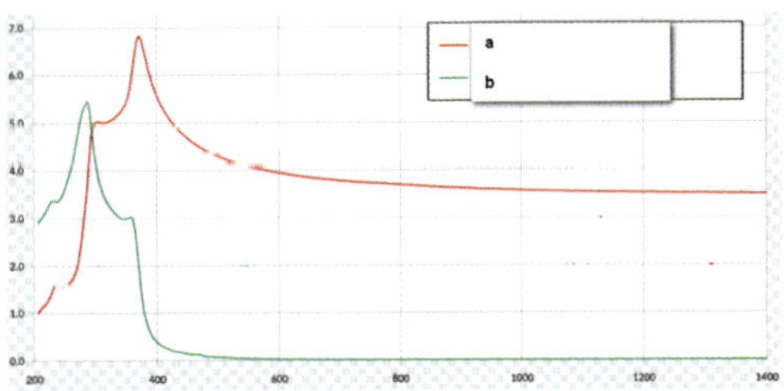

- La lumière est un phénomène physique constitué d'ondes électromagnétiques. Parmi ces ondes, celles dont la longueur d'onde est située entre 380 à 780 nm (nm : nanomètre) forment le **spectre de la lumière visible**.

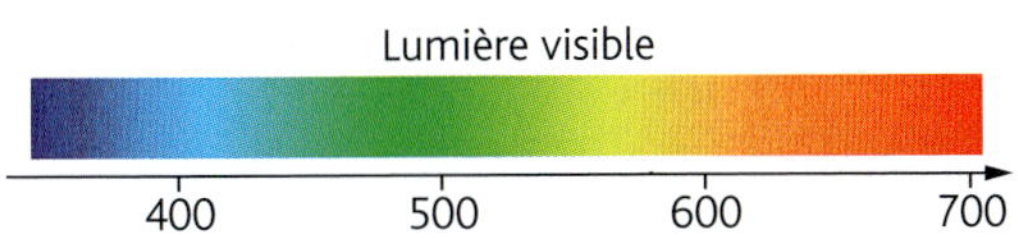

- L'électronvolt (noté eV) est **une unité d'énergie** telle que $1\text{eV} = 1{,}602 \times 10^{-19}$ Joules.

Partie A : Le silicium et la lumière violette

Une lumière violette éclaire une plaque de silicium, avec une énergie incidente de 3,5 eV.

1. Relever la longueur d'onde de la lumière violette

2. En donnant des valeurs approchées des parties réelle et imaginaire, montrer que l'indice de réfraction de la plaque de silicium éclairée par une lumière violette s'écrit $n = 5{,}5 + 0{,}5\,\mathrm{j}$.

3. La réflectivité R est définie comme un rapport entre l'énergie optique réfléchie et l'énergie incidente.

On donne $R = \left|\dfrac{1-n}{1+n}\right|^2$.

a. Calculer R.

b. Déterminer l'énergie optique réfléchie.

Partie B : Le silicium et la lumière rouge

Refaire la même étude avec une lumière rouge. Que remarque-t-on ?

71 Des ordinateurs bien plus rapides grâce au qubit

» Modéliser • Calculer

Cocorico ! La start-up française Alice & Bob a récolté, en janvier 2025, 100 millions d'euros pour développer son **ordinateur quantique**, un projet plutôt prometteur !

Mais comment fonctionnent ces ordinateurs du futur ?

La plus petite unité de données d'un ordinateur classique est le bit qui ne peut prendre que deux valeurs : 0 ou 1. Les ordinateurs quantiques fonctionnent avec des bits quantiques, ou **qubits**, notés $|\varphi\rangle$, qui peuvent être **à la fois 0 et 1**, notés $|0\rangle$ et $|1\rangle$. Grâce à cela, les ordinateurs quantiques pourraient être beaucoup plus rapides et performants que les ordinateurs classiques.

Un qubit peut être dans une infinité d'états. On note $|\varphi\rangle = \alpha|0\rangle + \beta|1\rangle$, où α et β sont deux nombres complexes tels que $|\alpha|^2 + |\beta|^2 = 1$. Au moment de la mesure d'un qubit, $|\alpha|^2$ et $|\beta|^2$ seront les probabilités d'obtenir respectivement $|0\rangle$ ou $|1\rangle$.

1. Soit $|\varphi_1\rangle = \dfrac{1}{\sqrt{2}}|0\rangle - \dfrac{\mathrm{i}}{\sqrt{2}}|1\rangle$.

a. Justifier que $|\varphi_1\rangle$ est un qubit.

b. Montrer que la probabilité p, qu'au moment de sa mesure, il soit égal à $|1\rangle$, est égale à $\dfrac{1}{2}$.

2. Soit $|\varphi_2\rangle = \dfrac{(2+3\mathrm{i})}{\sqrt{39}}|0\rangle + \dfrac{1-5\mathrm{i}}{\sqrt{39}}|1\rangle$.

a. Montrer que $|\varphi_2\rangle$ est un qubit.

b. Quelle est la probabilité, qu'au moment de sa mesure, il soit égal à $|0\rangle$?

Pour entrer dans le chapitre

12

Déterminer le signe d'une expression du premier ou second degré

- Pour déterminer le signe d'une expression 1er degré, trouver la valeur x_0 qui annule l'expression $mx + p$ en résolvant l'équation $mx + p = 0$.

x	$-\infty$	x_0	$+\infty$
Signe de $mx + p$	Signe de $-m$	0	Signe de m

- Pour déterminer le signe d'une expression factorisée du 2nd degré, dresser un tableau de signes comme appris au Chapitre 4 (voir p. 100).

1 Dresser le tableau de signes de l'expression $f(x) = 7x - 20$.

2 Dresser le tableau de signes de l'expression $g(x) = (2x + 1)(-4x + 7)$.

Calculer un taux d'accroissement et un nombre dérivé

- Soient une fonction *f* définie sur un intervalle I, un réel a appartenant à I, et h un nombre réel non nul tel que $a + h$ appartient à I. On appelle **taux d'accroissement ou taux de variation** de la fonction *f* entre a et $a + h$ le nombre $\dfrac{f(a+h) - f(a)}{h}$.
- Quand h tend vers 0 et que ce taux d'accroissement tend vers un unique nombre réel, on dit que *f* est **dérivable** en a. Cet unique nombre réel est appelé **nombre dérivé** de *f* en a et on le note $f'(a)$.

3 Soit *f* la fonction définie sur $\mathbb{R}$ par $f(x) = x^2 + 2x$. Calculer le taux d'accroissement de la fonction *f* entre 1 et $1 + h$. Que devient ce taux quand h tend vers 0 ? En déduire $f'(1)$.

Déterminer les dérivées des fonctions de référence et effectuer des opérations sur les dérivées

- Dérivées des fonctions de référence :

Fonction *f*	Dérivée *f'*
Constante	0
x	1
x^2	$2x$
x^3	$3x^2$

- Opérations sur les fonctions dérivées :

Opération	Fonction *f*	Dérivée *f'*
Somme	$u + v$	$u' + v'$
Produit par un réel *k*	ku	ku'

4 Déterminer la fonction dérivée de la fonction suivante : $f(x) = x^2 + 3x + 1$.

5 Déterminer la fonction dérivée de la fonction suivante : $g(x) = 5x^3 - 2x^2 + x$.

Dérivées : compléments

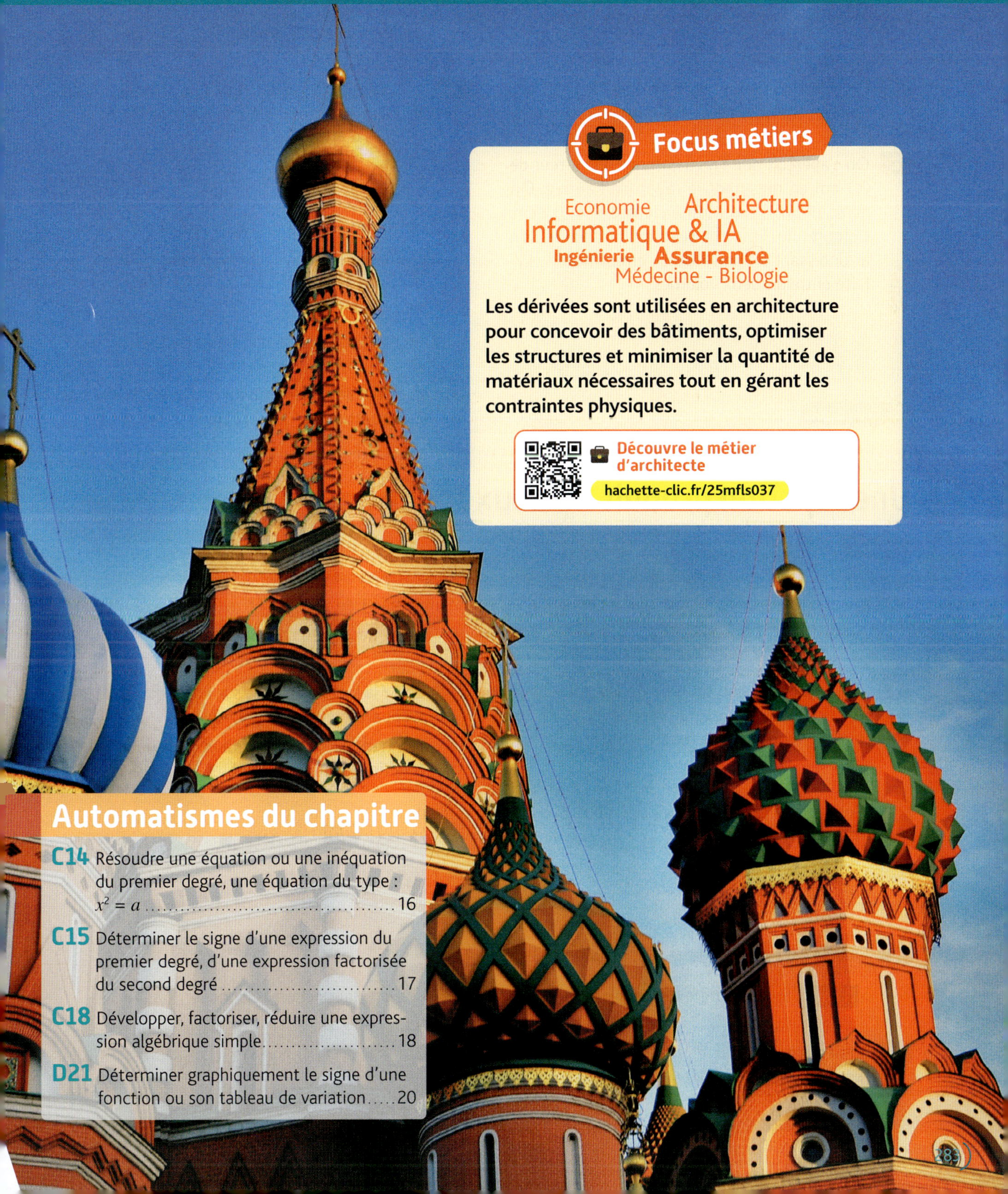

Focus métiers

Economie Architecture
Informatique & IA
Ingénierie **Assurance**
Médecine - Biologie

Les dérivées sont utilisées en architecture pour concevoir des bâtiments, optimiser les structures et minimiser la quantité de matériaux nécessaires tout en gérant les contraintes physiques.

Découvre le métier d'architecte
hachette-clic.fr/25mfls037

Automatismes du chapitre

Activités de découverte

ACTIVITÉ 1 Erreur sur l'airbag

Objectif Découvrir différentes notations du nombre dérivé et faire des approximations

On s'intéresse au volume d'un airbag afin d'anticiper la quantité d'air nécessaire à son gonflement. Dans cette activité, on supposera que l'airbag déployé a un volume parfaitement sphérique.

Pour rappel, le volume d'une sphère est égal à $V = \frac{4}{3}\pi R^3$.

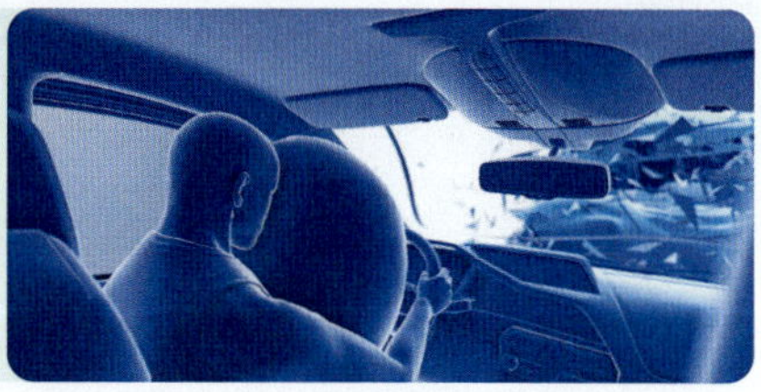

1 On a mesuré le rayon de l'airbag : $R = 10$ cm. Calculer son volume en cm^3 (arrondir à l'unité).

2 On s'aperçoit que l'on a commis une erreur de 0,1 cm en mesurant le rayon de l'airbag. On note $\Delta R = 0{,}1$ cm. Ainsi, en réalité, $R = 10{,}1$ cm. Calculer le volume réel de la sphère, en arrondissant à l'unité, puis l'erreur notée ΔV faite entre les deux volumes.

Cours p. 286

3 **a.** On note V la fonction qui, à un rayon R, associe le volume de la sphère correspondante :

$V(R) = \frac{4}{3}\pi R^3$. Calculer $V'(R)$.

b. Quand l'erreur ΔR est très proche de zéro, on la notera dR et on notera dV la variation de volume correspondante. On admettra aussi que le quotient $\frac{\Delta V}{\Delta R}$ se rapproche de $V'(R)$ et on notera $\frac{dV}{dR} = V'$.

Montrer que $\Delta V \cong 4\pi R^2 \Delta R$ et calculer ΔV pour $R = 10$ cm et $\Delta R = 0{,}1$ cm.

c. Ce résultat est-il cohérent avec votre réponse à la question **2** ?

ACTIVITÉ 2 Une fonction produit de deux fonctions

Objectif Utiliser le taux de variation pour dériver un produit

Soient u et v, deux fonctions définies et dérivables sur un intervalle I de $\mathbb{R}$, et a et $a+h$, deux nombres réels appartenant à I (avec $h \neq 0$).

1 Donner l'expression du taux de variation de la fonction u entre les nombres a et $a+h$ et faire de même pour la fonction v.

2 Soit f la fonction définie sur I telle que, pour tout x appartenant à I, $f(x) = u(x) \times v(x)$.

Donner l'expression du taux de variation de la fonction f entre les nombres a et $a+h$.

3 Montrer que ce taux de variation peut s'écrire sous la forme :

$$\frac{[u(a+h)-u(a)+u(a)]\times v(a+h)-u(a)\times[v(a)+v(a+h)-v(a+h)]}{h};$$

puis sous la forme $\frac{[u(a+h)-u(a)]}{h}\times v(a+h)+u(a)\times\frac{[v(a+h)-v(a)]}{h}$.

4 Que devient ce taux de variation quand h tend vers 0 ?

À noter Si cette limite existe, $\lim\limits_{h\to 0}\frac{u(a+h)-u(a)}{h} = u'(a)$ pour une fonction u donnée.

5 En déduire que, si u et v sont deux fonctions dérivables sur I et si $f(x) = u(x)\times v(x)$, alors pour tout réel a de I, on a : $f'(a) = u'(a)\times v(a) + u(a)\times v'(a)$.

Cours p. 288

ACTIVITÉ 3

Et si on dérivait un quotient ?

Objectif Découvrir, utiliser et démontrer de nouvelles formules de dérivation

On considère la fonction $f(x)=\dfrac{2x+1}{x^2+1}$ définie sur $\mathbb{R}$. On cherche à calculer sa fonction dérivée.

On donne le tableau permettant de dériver une fonction qui s'écrit sous la forme d'un produit de deux fonctions ou sous la forme de l'inverse d'une autre fonction, u et v étant deux fonctions définies et dérivables sur un même intervalle I.

Opération	Fonction de la forme	Fonction dérivée de la forme
La fonction est le produit de 2 fonctions u et v	$u \times v$	$u'v \times uv'$
La fonction est l'inverse d'une fonction w (la fonction w ne s'annulant pas sur l'intervalle I)	$\dfrac{1}{w}$	$f' = \dfrac{-w'}{w^2}$

1 En vous aidant de ce tableau, calculer la fonction dérivée de la fonction g définie sur $\mathbb{R}$ par $g(x)=\dfrac{1}{x^2+1}$.

2 Montrer que, pour tout x réel, $f(x)$ peut s'écrire sous la forme $f(x)=(2x+1)\times\dfrac{1}{x^2+1}$.

3 En vous aidant de la première formule du tableau,

en posant $u(x)=2x+1$ et $v(x)=\dfrac{1}{x^2+1}$,

calculer $f'(x)$ et montrer que

$$f'(x)=\frac{-2x^2-2x+2}{\left(x^2+1\right)^2}.$$

4 **a.** On cherche à généraliser cette méthode. En considérant la fonction g définie par $g(x)=\dfrac{u(x)}{v(x)}=u(x)\times\dfrac{1}{v(x)}$, démontrer que

$$g'(x)=\frac{u'(x)\times v(x)-u(x)\times v'(x)}{v^2(x)}.$$

b. Vérifier avec cette formule le résultat trouvé à la question **3**.

Cours p. 288

ACTIVITÉ 4

La vitesse minimale d'une moto

Objectif Utiliser de nouvelles formules de dérivation pour prévoir le sens de variation d'une fonction dans un contexte

On considère une moto dont la distance par rapport à son point de départ est donnée par la fonction : $d(t)=t^2+1$, avec la distance d exprimée en mètre et le temps t en secondes. On enregistre sa distance parcourue sur l'intervalle de temps $[0{,}1\,;10]$. Le but de cette activité est de trouver sa vitesse minimale.

1 **a.** Étudions les variations d'une fonction f définie sur l'intervalle $[0{,}1\,;10]$ par $f(t)=t+\dfrac{1}{t}$.

b. Montrer que, pour tout t de l'ensemble de définition, $f'(t)=\dfrac{t^2-1}{t^2}$.

c. Recopier et compléter le tableau de signes suivant puis en déduire le tableau de variations de f.

x	0,1 …	10
Signe de t^2-1		
Signe de t^2		
Signe $f'(t)$		

2 La distance par rapport au point de départ de la moto est donnée par la fonction : $d(t)=t^2+1$.

En vous rappelant que $v(t)=\dfrac{d(t)}{t}$, montrer que $v(t)=f(t)$.

3 À quel instant la vitesse de la moto est-elle minimale ? Combien vaut-elle alors ?

Cours p. 290

Cours 1 Nombre dérivé et approximations

A Nombre dérivé et notations de variation

Définition

- Soit y une grandeur qui dépend d'une autre grandeur x : on dit que y est fonction de x et on note $y = f(x)$.
- Si x subit une variation notée Δx autour de sa valeur x_0, alors y subit une variation notée Δy.
- Dans un repère, on appelle $\mathscr{C}$ la courbe représentative de la fonction f, A est le point de $\mathscr{C}$ d'abscisse x_0 et M le point de $\mathscr{C}$ d'abscisse $x_0 + \Delta x$.

  Le coefficient directeur de la droite (AM), aussi appelé taux de variation en x_0, est noté : $\dfrac{\Delta y}{\Delta x}$ ou $\left(\dfrac{\Delta y}{\Delta x}\right)_{x_0}$ ou $\dfrac{\Delta y}{\Delta x}(x_0)$.

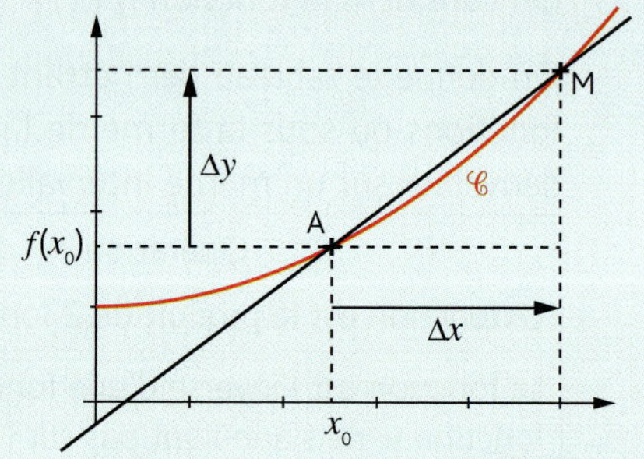

Lorsque Δx tend vers 0 :

- On notera dx au lieu de Δx la variation infinitésimale autour de x_0 et dy la variation infinitésimale en y correspondante.
- Le point M de $\mathscr{C}$ se rapproche de A, la sécante (AM) se rapproche de la tangente en A à $\mathscr{C}$ et le coefficient directeur de la droite (AM) se rapproche de $f'(x_0)$.
- On peut alors noter que $\dfrac{dy}{dx}(x_0) = \dfrac{df}{dx}(x_0) = f'(x_0)$ ou $\dfrac{df}{dx} = f'$.

Remarque

Ceci permet notamment de faire des approximations ou des **calculs d'incertitudes** en sciences physiques.

EXEMPLE

f est une fonction de la variable x définie sur $\mathbb{R}$ par : $f(x) = 3x^5 - 4x$.

$\dfrac{df}{dx} = f'(x) = 3 \times 5x^4 - 4 \times 1 = 15x^4 - 4$

B Approximation affine d'une fonction au voisinage d'un point

Localement, si on « zoome » suffisamment près d'un point donné, la courbe d'une fonction se confond presque avec sa tangente. Cette droite est souvent plus facile à utiliser pour faire des approximations dans les calculs d'images.

Définition

Soit T la tangente à la courbe représentative d'une fonction f au point d'abscisse a.

Alors T est la meilleure façon d'approcher la courbe représentative de f au voisinage de A à l'aide d'une droite. Graphiquement, on calcule une valeur approchée de l'ordonnée du point M à l'aide de l'ordonnée du point N.

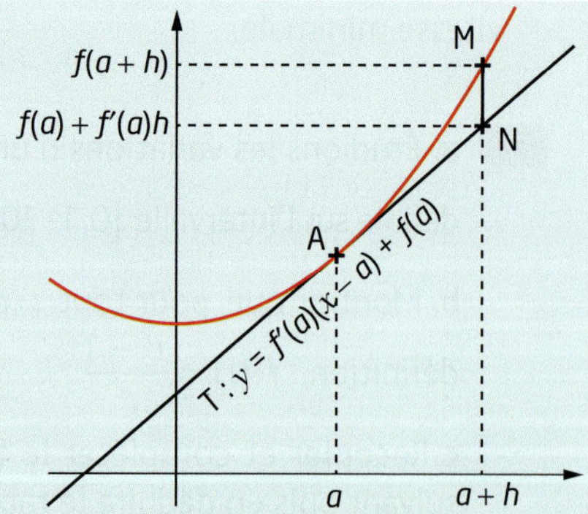

Or, l'équation réduite de T est $y = f'(a)(x-a) + f(a)$.

- Si x est proche de a, on peut donc écrire que : $f(x) \approx f'(a)(x-a) + f(a)$.
- Si on pose $x = a + h$, avec h proche de 0, on a donc $f(x) = f(a+h) \approx f'(a)(a+h-a) + f(a)$, soit $f(a+h) \approx f'(a) \times h + f(a)$.

On dit que $f(a+h) \approx f(a) + f'(a) \times h$ est l'approximation affine de $f(a+h)$ pour h proche de 0.

3 ACTIVITÉ — Et si on dérivait un quotient ?

Objectif Découvrir, utiliser et démontrer de nouvelles formules de dérivation

On considère la fonction $f(x) = \dfrac{2x+1}{x^2+1}$ définie sur $\mathbb{R}$. On cherche à calculer sa fonction dérivée.

On donne le tableau permettant de dériver une fonction qui s'écrit sous la forme d'un produit de deux fonctions ou sous la forme de l'inverse d'une autre fonction, u et v étant deux fonctions définies et dérivables sur un même intervalle I.

Opération	Fonction de la forme	Fonction dérivée de la forme
La fonction est le produit de 2 fonctions u et v	$u \times v$	$u'v \times uv'$
La fonction est l'inverse d'une fonction w (la fonction w ne s'annulant pas sur l'intervalle I)	$\dfrac{1}{w}$	$f' = \dfrac{-w'}{w^2}$

1 En vous aidant de ce tableau, calculer la fonction dérivée de la fonction g définie sur $\mathbb{R}$ par $g(x) = \dfrac{1}{x^2+1}$.

2 Montrer que, pour tout x réel, $f(x)$ peut s'écrire sous la forme $f(x) = (2x+1) \times \dfrac{1}{x^2+1}$.

3 En vous aidant de la première formule du tableau,

en posant $u(x) = 2x + 1$ et $v(x) = \dfrac{1}{x^2+1}$,

calculer $f'(x)$ et montrer que

$f'(x) = \dfrac{-2x^2 - 2x + 2}{(x^2+1)^2}$.

4 **a.** On cherche à généraliser cette méthode. En considérant la fonction g définie par $g(x) = \dfrac{u(x)}{v(x)} = u(x) \times \dfrac{1}{v(x)}$, démontrer que $g'(x) = \dfrac{u'(x) \times v(x) - u(x) \times v'(x)}{v^2(x)}$.

b. Vérifier avec cette formule le résultat trouvé à la question **3**.

Cours p. 288

4 ACTIVITÉ — La vitesse minimale d'une moto

Objectif Utiliser de nouvelles formules de dérivation pour prévoir le sens de variation d'une fonction dans un contexte

On considère une moto dont la distance par rapport à son point de départ est donnée par la fonction : $d(t) = t^2 + 1$, avec la distance d exprimée en mètre et le temps t en secondes. On enregistre sa distance parcourue sur l'intervalle de temps $[0{,}1\,;10]$. Le but de cette activité est de trouver sa vitesse minimale.

1 **a.** Étudions les variations d'une fonction f définie sur l'intervalle $[0{,}1\,;10]$ par $f(t) = t + \dfrac{1}{t}$.

b. Montrer que, pour tout t de l'ensemble de définition, $f'(t) = \dfrac{t^2-1}{t^2}$.

c. Recopier et compléter le tableau de signes suivant puis en déduire le tableau de variations de f.

x	0,1	…	10
Signe de $t^2 - 1$			
Signe de t^2			
Signe $f'(t)$			

2 La distance par rapport au point de départ de la moto est donnée par la fonction : $d(t) = t^2 + 1$.

En vous rappelant que $v(t) = \dfrac{d(t)}{t}$, montrer que $v(t) = f(t)$.

3 À quel instant la vitesse de la moto est-elle minimale ? Combien vaut-elle alors ?

Cours p. 290

Cours 1 Nombre dérivé et approximations

A Nombre dérivé et notations de variation

Définition

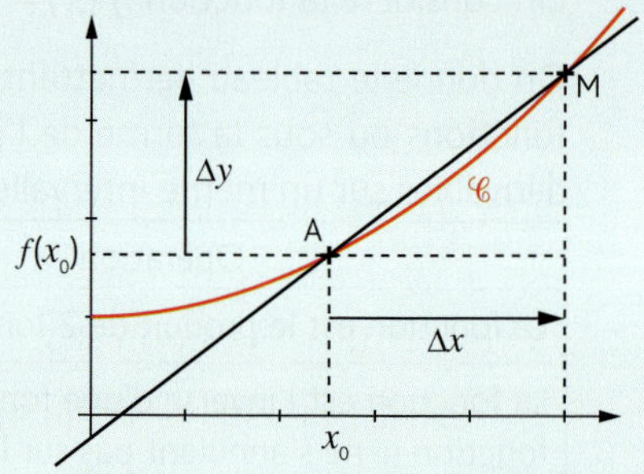

- Soit y une grandeur qui dépend d'une autre grandeur x : on dit que y est fonction de x et on note $y = f(x)$.
- Si x subit une variation notée Δx autour de sa valeur x_0, alors y subit une variation notée Δy.
- Dans un repère, on appelle $\mathscr{C}$ la courbe représentative de la fonction f, A est le point de $\mathscr{C}$ d'abscisse x_0 et M le point de $\mathscr{C}$ d'abscisse $x_0 + \Delta x$.

  Le coefficient directeur de la droite (AM), aussi appelé taux de variation en x_0, est noté : $\dfrac{\Delta y}{\Delta x}$ ou $\left(\dfrac{\Delta y}{\Delta x}\right)_{x_0}$ ou $\dfrac{\Delta y}{\Delta x}(x_0)$.

Lorsque Δx tend vers 0 :

- On notera dx au lieu de Δx la variation infinitésimale autour de x_0 et dy la variation infinitésimale en y correspondante.
- Le point M de $\mathscr{C}$ se rapproche de A, la sécante (AM) se rapproche de la tangente en A à $\mathscr{C}$ et le coefficient directeur de la droite (AM) se rapproche de $f'(x_0)$.
- On peut alors noter que $\dfrac{dy}{dx}(x_0) = \dfrac{df}{dx}(x_0) = f'(x_0)$ ou $\dfrac{df}{dx} = f'$.

Remarque

Ceci permet notamment de faire des approximations ou des **calculs d'incertitudes** en sciences physiques.

EXEMPLE

f est une fonction de la variable x définie sur $\mathbb{R}$ par : $f(x) = 3x^5 - 4x$.

$\dfrac{df}{dx} = f'(x) = 3 \times 5x^4 - 4 \times 1 = 15x^4 - 4$

B Approximation affine d'une fonction au voisinage d'un point

Localement, si on « zoome » suffisamment près d'un point donné, la courbe d'une fonction se confond presque avec sa tangente. Cette droite est souvent plus facile à utiliser pour faire des approximations dans les calculs d'images.

Définition

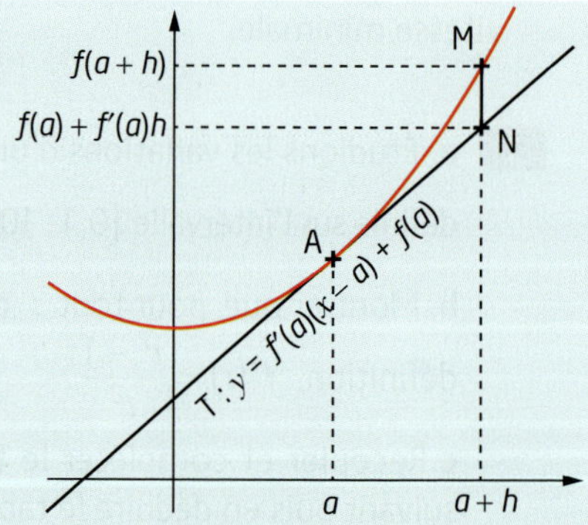

Soit T la tangente à la courbe représentative d'une fonction f au point d'abscisse a.

Alors T est la meilleure façon d'approcher la courbe représentative de f au voisinage de A à l'aide d'une droite. Graphiquement, on calcule une valeur approchée de l'ordonnée du point M à l'aide de l'ordonnée du point N.

Or, l'équation réduite de T est $y = f'(a)(x-a) + f(a)$.

- Si x est proche de a, on peut donc écrire que : $f(x) \approx f'(a)(x-a) + f(a)$.
- Si on pose $x = a + h$, avec h proche de 0, on a donc $f(x) = f(a+h) \approx f'(a)(a+h-a) + f(a)$, soit $f(a+h) \approx f'(a) \times h + f(a)$.

On dit que $f(a+h) \approx f(a) + f'(a) \times h$ est l'approximation affine de $f(a+h)$ pour h proche de 0.

1 EXO Utiliser la dérivation pour faire des approximations

L'énergie cinétique d'un mobile de masse m se déplaçant à la vitesse v est donnée par la formule $E_c = \frac{1}{2}mv^2$.

Un mobile de masse 40 g se déplace à la vitesse de 2 m.s^{-1}.
Quelle variation de son énergie cinétique peut-on envisager si sa vitesse varie de 0,1 m.s^{-1} ?

Méthode

1. On exprime une première grandeur (ici E_c) comme fonction de l'autre (ici v).
2. On calcule la fonction dérivée pour déterminer la variation infinitésimale $\frac{df}{dx}$ autour de la valeur cherchée.
3. On en déduit une approximation de la variation d'énergie en remplaçant la valeur de v dans l'expression de la dérivée par celle qui est donnée dans l'énoncé.

Réponse

1. $E_c = \frac{1}{2} \times 0{,}040 \times v^2 = 0{,}020 \times v^2$ car la masse m doit être exprimée en kilogrammes.
2. $E_c = 0{,}020 \times v^2$ donc la dérivée est : $\frac{df}{dx}$, ici $\frac{dE_c}{dv} = 0{,}020 \times 2v = 0{,}040v$.
3. On peut utiliser l'approximation $\frac{\Delta E_c}{\Delta v} \cong 0{,}040 \times 2$ donc $\Delta E_c \cong 0{,}040 \times 2 \times \Delta v \cong 0{,}040 \times 2 \times 0{,}1 \cong 0{,}008$ J
La variation d'énergie cinétique que l'on peut envisager est de 0,008 J ou 8 mJ.

Exercices 6 et 7 p. 294

2 EXO Effectuer le calcul approché d'un nombre à l'aide d'une approximation affine

Soit f la fonction cube définie sur $\mathbb{R}$ par $f(x) = x^3$.
Déterminer une valeur approchée de $1{,}001^3$ en utilisant une approximation affine de $f(1+h)$ où h est un réel proche de 0.

Méthode

1. On donne l'expression de $f'(x)$.
2. On détermine une approximation affine de $f(1+h)$, où h est un réel proche de 0, en calculant $f(1)$ et $f'(1)$.
3. On décompose le x cherché en $1+h$ puis on remplace h dans l'expression trouvée à l'étape précédente.

Réponse

1. $f'(x) = 3x^2$
2. $f(1+h) \approx f(1) + f'(1) \times h$ avec $f(1) = 1^3 = 1$ et $f'(1) = 3 \times 1^2 = 3$ donc $f(1+h) \approx 1 + 3 \times h$
3. $1{,}001 = 1 + 0{,}001$.
Donc, pour déterminer une valeur approchée de $1{,}001^3$, on choisit $h = 0{,}001$ et on utilise la question précédente : $f(1+0{,}001) = 1{,}001^3 \approx 1 + 3 \times 0{,}001 \approx 1{,}003$ soit $1{,}001^3 \approx 1{,}003$.

Exercices 9 à 12 p. 295

Cours 2 Calculer une fonction dérivée et étudier les variations d'une fonction

A Fonction dérivée des fonctions usuelles

Théorèmes

Fonction f	Fonction dérivée f'
$f(x) = x^2$	$f'(x) = 2x$
$f(x) = x^3$	$f'(x) = 3x^2$
$f(x) = x^n$ pour n entier naturel non nul	$f'(x) = nx^{n-1}$
$f(x) = \frac{1}{x}$ pour tout réel x non nul	$f'(x) = -\frac{1}{x^2}$
$f(x) = \cos(x)$	$f'(x) = -\sin(x)$
$f(x) = \sin(x)$	$f'(x) = \cos(x)$

EXEMPLE

Soit f la fonction définie sur $\mathbb{R}$ par $f(x) = x^7$. Alors $f'(x) = 7x^{7-1} = 7x^6$.

B Opérations sur les fonctions dérivées

Soient u et v deux fonctions définies et dérivables sur un même intervalle I.

Théorèmes

Opération	Fonction f	Dérivée f'
f est le <u>produit</u> de 2 fonctions u et v	$f = u \times v$	$f' = u'v \times uv'$
f est l'<u>inverse</u> d'une fonction v (la fonction v ne s'annulant pas sur l'intervalle I)	$f = \frac{1}{v}$	$f' = \frac{-v'}{v^2}$
f est le <u>quotient</u> de 2 fonctions u et v (la fonction v ne s'annulant pas sur l'intervalle I)	$f = \frac{u}{v}$	$f' = \frac{u'v - uv'}{v^2}$

EXEMPLE

Soit f la fonction définie sur $\mathbb{R}$ par $f(x) = \frac{1}{x^2+3}$.

$f = \frac{1}{v}$ avec $v(x) = x^2 + 3$ et $v'(x) = 2x$.

Alors $f'(x) = \frac{-v'(x)}{v^2(x)} = \frac{-2x}{(x^2+3)^2}$.

3 EXO Calculer la dérivée d'une fonction à l'aide des formules de dérivation

Calculer la fonction dérivée des fonctions suivantes :

a. $g(x) = \dfrac{1}{x^4 + 3}$

b. $f(x) = \dfrac{x^2 - 2}{x + 3}$

c. $f(t) = t^2 \sin(t)$

Méthode

1. On repère l'opération (la fonction à dériver est-elle un produit ? un quotient de deux fonctions de référence ?) et les fonctions de références mises en jeu.
2. On calcule les fonctions dérivées des fonctions de référence mises en jeu.
3. On utilise la formule de dérivation nécessaire pour calculer la dérivée de la fonction initiale.

Réponse a.

1. $g = \dfrac{1}{v}$ avec $v(x) = (x^4 + 3)$
2. $v'(x) = 4x^3$
3. $g' = \dfrac{-v'}{v^2}$ donc $g'(x) = \dfrac{-4x^3}{(x^4 + 3)^2}$

Réponse b.

1. $f = \dfrac{u}{v}$ avec $u(x) = (x^2 - 2)$ et $v(x) = (x + 3)$
2. $u'(x) = 2x$ et $v'(x) = 1$
3. $f' = \dfrac{u'v - uv'}{v^2}$

donc $f'(x) = \dfrac{2x(x+3) - [(x^2 - 2) \times 1]}{(x+3)^2}$ soit

$$f'(x) = \frac{2x^2 + 6x - [x^2 - 2]}{(x+3)^2}$$
$$= \frac{2x^2 + 6x - x^2 + 2}{(x+3)^2}$$
$$= \frac{x^2 + 6x + 2}{(x+3)^2}$$

Réponse c.

1. $f = u \times v$ avec $u(t) = t^2$ et $v(t) = \sin(t)$
2. $u'(t) = 2t$ et $v'(t) = \cos(t)$
3. $f' = u'v + uv'$

Donc $f'(t) = 2t\sin(t) + t^2\cos(t)$

Exercices 27 et 28 p. 296

Cours 2 Calculer une fonction dérivée et étudier les variations d'une fonction (suite)

C Fonction dérivée de fonctions composées

EXEMPLE

Considérons la fonction g définie sur $\mathbb{R}$ par $g(x)=(2x+3)^5$.
Pour calculer l'image d'un nombre x par cette fonction, on commence par calculer l'image de x par la fonction affine définie sur $\mathbb{R}$ par $x \to 2x+3$ puis on élève $2x+3$ à la puissance 5.
On dit que la fonction g est la **composée** de la fonction affine définie sur $\mathbb{R}$ par $g : x \to 2x+3$ et de la fonction f définie sur $\mathbb{R}$ par $f(x)=x^5$. On pourrait écrire :

$$g : x \longrightarrow 2x+3 \xrightarrow{f(x)=x^5} f(2x+3)=(2x+3)^5$$

Théorème (admis)

Soient m et p deux nombres réels, f une fonction dérivable sur un intervalle I et $x \to mx+p$ une fonction affine telle que pour tout $x \in \mathrm{I}$, $mx+p \in \mathrm{I}$.

Alors la fonction g définie sur I par $g(x)=f(mx+p)$ est dérivable sur I et $g'(x)=m \times f'(mx+p)$.

EXEMPLE

Calculer la fonction dérivée de la fonction g définie sur $\mathbb{R}$ par $g(x)=(2x+3)^5$.

- $g(x)=(2x+3)^5=f(2x+3)$ avec $f(x)=x^5$
- $f'(x)=5x^4$ donc $f'(2x+3)=5(2x+3)^4$
- Et $g'(x)=2\times 5(2x+3)^4=10(2x+3)^4$

Cas particulier des fonctions trigonométriques composées

Soient ω et φ deux réels donnés.

Fonction f de la forme	Dérivée f'
$\cos(\omega t+\varphi)$	$-\omega\sin(\omega t+\varphi)$
$\sin(\omega t+\varphi)$	$\omega\cos(\omega t+\varphi)$

EXEMPLE

Calculer la fonction dérivée de la fonction g définie sur $\mathbb{R}$ par $g(t)=\cos\left(2t+\frac{\pi}{3}\right)$.

$$g'(t)=-2\sin\left(2t+\frac{\pi}{3}\right)$$

D Étudier le sens de variation d'une fonction (rappel)

Propriété

- Une fonction f est croissante sur un intervalle I si et seulement si $f'(x)\geqslant 0$ pour tout x de I.
- Une fonction f est décroissante sur un intervalle I si et seulement si $f'(x)\leqslant 0$ pour tout x de I.
- Si la dérivée f' s'annule en un réel x_0 en changeant de signe, alors la fonction f admet un extremum en x_0.

Remarque

La dérivée permet de calculer les variations d'une fonction **quel que soit le cas** (même quand sa forme n'est pas simple ou évidente).

EXO 4

Calculer la fonction dérivée d'une fonction trigonométrique

Soit g la fonction définie sur $\mathbb{R}$ par $g(t) = 3\cos\left(-2t + \frac{\pi}{4}\right)$. Déterminer sa fonction dérivée.

Méthode

1. On repère la fonction trigonométrique de référence mise en jeu.
2. On utilise les formules de dérivation.

Réponse

1. $g(t) = 3\cos\left(-2t + \frac{\pi}{4}\right)$ est de la forme $3 \times \cos(\omega t + \varphi)$
2. La dérivée de $\cos\left(-2t + \frac{\pi}{4}\right)$ est $-2 \times \left(-\sin\left(-2t + \frac{\pi}{4}\right)\right) \Leftrightarrow 2\sin\left(-2t + \frac{\pi}{4}\right)$

Donc la dérivée de g est $g'(t) = 3 \times 2\sin\left(-2t + \frac{\pi}{4}\right) = 6\sin\left(-2t + \frac{\pi}{4}\right)$.

Exercice 31 p. 296

EXO 5

Calculer la dérivée d'une fonction pour étudier le sens de variation de la fonction d'origine

Étudier le sens de variation de la fonction f définie sur $\left]\frac{4}{3} ; +\infty\right[$ par $f(x) = \frac{-5}{3x-4}$.

Méthode

1. On calcule la fonction dérivée de f.
2. On étudie le signe de $f'(x)$ sur l'intervalle de définition.
3. On en déduit le tableau de variation de la fonction f.

Réponse

1. $f(x) = \frac{-5}{3x-4} = -5 \times \frac{1}{3x-4}$; f est de la forme $-5 \times \frac{1}{u}$ avec $u(x) = 3x - 4$; $u'(x) = 3$

$f'(x) = -5 \times \left(-\frac{3}{(3x-4)^2}\right)$ soit $f'(x) = \frac{15}{(3x-4)^2}$

2. Sur l'intervalle $\left]\frac{4}{3} ; +\infty\right[$, $15 > 0$ et $(3x-4)^2 > 0$ donc $f'(x) > 0$

x	$\frac{4}{3}$ $\qquad$ $+\infty$
Signe de f'	‖ $\qquad$ +
Variations de f	‖ $\nearrow$

Exercices 40 à 42 p. 294

L'essentiel

Je retiens

1. Nombre dérivé et approximations

Différentes notations

Le taux de variation en x_0 se note $\left(\frac{\Delta y}{\Delta x}\right)_{x_0}$. Quand Δx tend vers 0, ce taux de variation tend vers un nombre appelé (quand il existe) nombre dérivé de f en x_0 et noté $f'(x_0)$, $\frac{dy}{dx}(x_0)$ ou $\frac{df}{dx}(x_0)$.

Effectuer des calculs approchés à l'aide d'une approximation affine

Soit f une fonction dérivable en a.
Si x est proche de 0, on peut écrire que $x = a + h$ avec h proche de 0 et :

$$f(a+h) \approx f(a) + f'(a) \times h.$$

2. Calculer une fonction dérivée et étudier les variations

Opérations sur les fonctions dérivées

u et v sont deux fonctions dérivables

Fonction f	Fonction dérivée f'
$f(x) = x^2$	$f'(x) = 2x$
$f(x) = x^3$	$f'(x) = 3x^2$
$f(x) = x^n$ pour n entier naturel non nul	$f'(x) = nx^{n-1}$
$f(x) = \frac{1}{x}$ pour tout réel x non nul	$f'(x) = -\frac{1}{x^2}$
$f(x) = \cos(x)$	$f'(x) = -\sin(x)$
$f(x) = \sin(x)$	$f'(x) = \cos(x)$

Fonction f	Dérivée f'
$f = u \times v$	$f' = u'v \times uv'$
$f = \frac{1}{v}$	$f' = \frac{-v'}{v^2}$
$f = \frac{u}{v}$	$f' = \frac{u'v - uv'}{v^2}$
$g = f(mx + p)$ m et p deux réels	$g' = f'(mx + p)$
$\cos(\omega t + \varphi)$	$-\omega \sin(\omega t + \varphi)$
$\sin(\omega t + \varphi)$	$\omega \cos(\omega t + \varphi)$

Étudier le sens de variation d'une fonction

Connaître **le signe de la dérivée** d'une fonction permet de prévoir **les variations de cette fonction**

- Une fonction f est croissante sur un intervalle I si et seulement si $f'(x) \geqslant 0$ pour tout x de I.
- Une fonction f est décroissante sur un intervalle I si et seulement si $f'(x) \leqslant 0$ pour tout x de I.
- Si la dérivée f' s'annule en un réel x_0 en changeant de signe, alors la fonction f admet un extremum en x_0.

Je me teste

QCM interactif et auto-corrigé
hachette-clic.fr/25mfls038

Je me prépare à une évaluation

Je sais dériver une fonction et étudier son sens de variation

CHALLENGE EN CLASSE OU À LA MAISON

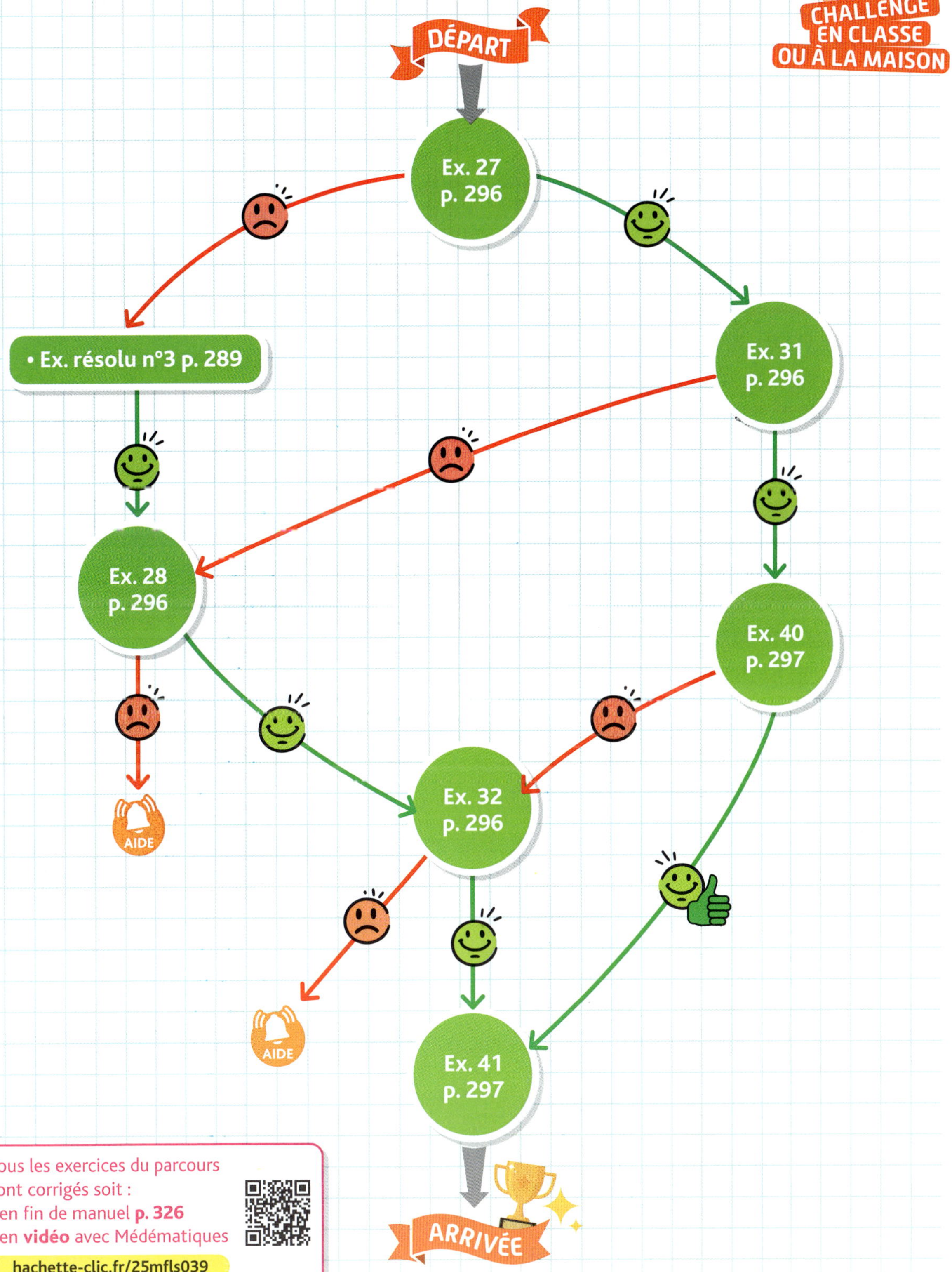

Tous les exercices du parcours sont corrigés soit :
- en fin de manuel **p. 326**
- en **vidéo** avec Médématiques

hachette-clic.fr/25mfls039

Les exercices roses sont corrigés :
• en fin de manuel **ou** • en **vidéo** avec Médématiques
p. 326 **hachette-clic.fr/25mfls039**

1 Nombre dérivé et approximations

Questions flash

1 f est une fonction de la variable x définie sur $\mathbb{R}$ par $f(x) = -3x + 5$. Calculer $\frac{df}{dx}$.

2 f est une fonction de la variable t définie sur $\mathbb{R}$ par $f(t) = t^2 - t - 3$. Calculer $\frac{df}{dt}$.

3 Un mobile se déplace le long d'un axe horizontal. Son abscisse x (en mètres) en fonction du temps (en secondes) est donnée par : $x(t) = 2t^3 + 4$.

a. Donner l'expression de sa vitesse $v = \frac{dx}{dt}$ en fonction du temps.

b. En déduire l'expression de son accélération $a = \frac{dv}{dt}$ en fonction du temps.

4 La masse volumique ρ d'un liquide s'exprime en fonction de la masse m d'un volume V de ce liquide par $\rho = \frac{m}{V}$.

a. En déduire l'expression de la masse m en fonction de ρ et de V.

b. Écrire $\frac{dm}{dV}$ à ρ constante.

5 L'énergie potentielle de pesanteur s'exprime en fonction de la masse m d'un objet, de l'intensité de la pesanteur g et de l'altitude z d'un objet par $E_p = mgz$. Écrire $\frac{dE_p}{dz}$ à m et g constants.

Le **taux de variation** en x_0 se note $\left(\frac{\Delta y}{\Delta x}\right)_{x_0}$.
Quand Δx tend vers 0, ce taux de variation tend vers un nombre appelé (quand il existe) nombre dérivé de f en x_0 et noté $f'(x_0)$, $\frac{dy}{dx}(x_0)$ ou $\frac{df}{dx}(x_0)$.

6 Un objet supposé soumis à son seul poids, est **lancé verticalement vers le haut**. Son altitude y en mètres est donnée au bout de t secondes par :

$$y = -4{,}9t^2 + 10t + 5.$$

a. Quelle est l'altitude initiale de l'objet ?

b. Exprimer la vitesse de l'objet $v = \frac{dy}{dt}$ en fonction de t.

c. Quelle est la vitesse initiale de l'objet ?

d. L'accélération de l'objet vérifie $a = \frac{dv}{dt}$.

Déterminer l'expression de cette accélération ; que pouvez-vous en dire ?

7 La loi d'Ohm aux bornes d'un résistor s'écrit $U = RI$ *où* U est la tension aux bornes du résistor, R la résistance du résistor et I l'intensité qui la traverse.
On s'intéresse à un résistor de résistance $50\ \Omega$ traversé par un courant d'intensité constante $0{,}1$ A.

a. Quelle est la tension à ses bornes ?

b. On souhaite estimer la variation de tension ΔU lorsque la résistance varie de $\Delta R = 2\Omega$.
Calculer $\frac{dU}{dR}$ puis en déduire une approximation de ΔU.

c. Donner alors un encadrement de la tension.

8 On s'intéresse à la réaction d'oxydation qui a lieu lorsqu'on mélange des ions iodure I^- avec de l'eau oxygénée H_2O_2 ; l'équation de cette réaction qui se réalise en milieu acide s'écrit :

$$H_2O_2(aq) + 2I^-(aq) + 2H^+(aq) = 2H_2O(l) + I_2(aq)$$

Si l'on désire suivre au cours du temps la réaction d'oxydation des ions iodure par l'eau oxygénée, il est plus facile de suivre l'évolution de la quantité de diiode formée au cours du temps.
On effectue des prélèvements d'essai dans le milieu réactionnel et on dose la quantité de diiode dans le prélèvement à différents instants t. On peut en déduire la quantité n_{I_2} de diiode présente dans le milieu réactionnel au cours du temps.
On obtient le tableau suivant qui donne la quantité de diiode formé en fonction du temps t écoulé $n_{I_2}(t)$:

t (min)	0	1	3	5	8	10	13	18	24	30
n_{I_2} (mmol)	0	0,4	1	1,4	1,8	2	2,3	2,6	2,7	2,75

a. Tracer la courbe représentant la quantité de diiode formé $n_{I_2}(t)$ en fonction du temps t écoulé dans un repère orthogonal avec pour unités 1 cm pour 2 min et 1 cm pour 0,2 mmol.

b. La vitesse moyenne de formation du diiode entre deux instants est égale à $\frac{\Delta n_{I_2}}{\Delta t}$, soit la quantité de matière en diiode formée entre ces deux instants divisée par l'écart temporel entre ces deux instants.
La vitesse instantanée de formation du diiode à l'instant t_0 est $\frac{dn_{I_2}}{dt}(t_0)$.
Déterminer **graphiquement** la vitesse moyenne de formation du diiode entre les instants $t = 2$ min et $t = 6$ min.

c. Déterminer graphiquement la vitesse instantanée de formation du diiode à l'instant $t_0 = 15$ min.

d. Comment la vitesse instantanée de formation du diiode évolue-t-elle au cours du temps ? Justifier graphiquement.

e. Comment pouvez-vous l'expliquer d'un point de vue réactionnel ?

$f(a+h) \approx f(a)+f'(a)\times h$ est **l'approximation affine** de $f(a+h)$ pour h proche de 0.

9 Vidéo f est une fonction dérivable sur un intervalle I qui contient 2. On sait que $f(2)=-1$ et $f'(2)=3$. En utilisant une approximation affine de $f(2+h)$ où h est un réel proche de 0, déterminer une valeur approchée de $f(2{,}1)$ puis de $f(2{,}01)$.

10 Soit g la fonction carré.

a. Rappeler l'expression de $g'(x)$.

b. Déterminer une valeur approchée de $1{,}01^2$ en utilisant une approximation affine de $g(1+h)$ où h est un réel proche de 0.

c. Faire de même pour déterminer une valeur approchée de $0{,}99^2$.

11 Soit n un entier naturel quelconque supérieur ou égal à 1. Soit f la fonction puissance définie par $f(x)=x^n$.

a. Rappeler l'expression de $f'(x)$ en fonction de n.

b. Donner une approximation affine de $f(1+h)$ où h est un réel proche de 0 en fonction de n.

c. En déduire une valeur approchée de $1{,}1^3$ puis de $1{,}1^4$ et enfin de $1{,}1^5$.

12 Soit f la fonction inverse. En utilisant une approximation affine de $f(-1+h)$ où h est un réel proche de 0, déterminer une valeur approchée de $\dfrac{1}{-0{,}999}$.

2 Calculer une fonction dérivée

Questions flash

13 Soit g la fonction définie sur $\mathbb{R}$ par $g(x)=x^4$. Donner $g'(x)$.

14 Soit h la fonction définie sur $\mathbb{R}$ par $h(x)=x^7$. Donner $h'(x)$.

15 Soit f la fonction définie sur $\mathbb{R}$ par $f(x)=\sin(x)$. Donner $f'(x)$.

16 Soit u la fonction définie sur $\mathbb{R}$ par $u(t)=\cos(t)$. Donner $u'(t)$.

17 Soit v la fonction définie sur $\mathbb{R}$ par $v(t)=\dfrac{1}{t}$. Donner $v'(t)$.

18 On donne les 2 fonctions suivantes définies sur $\mathbb{R}$:

$f(x)=\dfrac{2x+3}{x^2+2}$; $g(t)=t\times\sin(t)$.

VRAI ou FAUX :

a. f est l'inverse d'une fonction usuelle.

b. g est le produit d'une fonction usuelle par un réel.

19 Soit g la fonction définie sur $\left]-\dfrac{1}{2};+\infty\right[$ par

$$g(x)=\frac{1}{2x+1}.$$

g est composée d'une fonction affine et d'une deuxième fonction f de référence. Donner l'expression de la fonction affine et de la fonction f.

20 Soit g la fonction définie sur $\mathbb{R}$ par $g(x)=(-4x+1)^3$. g est composée d'une fonction affine et d'une deuxième fonction f de référence. Donner l'expression de la fonction affine et de la fonction f.

21 Soit f la fonction définie sur $\mathbb{R}$ par $f(t)=\cos(3t+\pi)$. Calculer $f'(t)$.

22 Soit g la fonction définie sur $\mathbb{R}$ par $g(t)=\sin\left(2t+\dfrac{\pi}{2}\right)$. Calculer $g'(t)$.

Formules de dérivation

x	x^n	$\dfrac{1}{x}$	$\cos(x)$	$\sin(x)$
$f'(x)$	nx^{n-1}	$-\dfrac{1}{x^2}$	$-\sin(x)$	$\cos(x)$

Opération	Fonction f	Dérivée f'
Somme	$u+v$	$u'+v'$
Produit par un réel	ku	ku'

23 Soit f la fonction définie sur $\mathbb{R}^*$ par $f(x)=x^2+\dfrac{1}{x}$. Donner $f'(x)$.

24 Soit f la fonction définie sur $\mathbb{R}^*$ par $f(x)=x^5-4$. Donner $f'(x)$.

25 Soit g la fonction définie sur $\mathbb{R}^*$ par $g(x)=3\sin(x)$. Donner $g'(x)$.

Opérations et dérivées

Opération	Fonction f	Dérivée f'
Produit	$u\times v$	$u'\times v+u\times v'$
Inverse	$\dfrac{1}{v}$	$\dfrac{-v'}{v^2}$
Quotient	$\dfrac{u}{v}$	$\dfrac{u'\times v-u\times v'}{v^2}$

26 Soit f la fonction définie sur $\mathbb{R}$ par $f(x)=x^2(x+3)$.

a. Développer $f(x)$ et calculer $f'(x)$.

b. Retrouver $f'(x)$ sans développer $f(x)$.

Les exercices roses sont corrigés :
• en fin de manuel **ou** • en **vidéo** avec Médématiques
p. 326 hachette-clic.fr/25mfls039

27 Corrigé On donne l'expression de 3 fonctions. Pour chacune, répondre aux questions suivantes :

- La fonction est-elle un produit, un quotient de deux fonctions de référence ou l'inverse d'une fonction de référence ?
- Donner l'expression de la fonction dérivée

a. $f(x) = \dfrac{1}{x^2+2}$

b. $f(t) = \cos(t)\sin(t)$

c. $f(x) = \dfrac{2x+3}{x-2}$

28 Vidéo Calculer la fonction dérivée des deux fonctions suivantes :

a. $f(t) = \dfrac{1}{t^2+t+1}$

b. $f(x) = \dfrac{\sin(x)}{\cos(x)}$

29 Soit f la fonction définie sur $[\sqrt{3}\,;+\infty[$ par $f(x) = \dfrac{x+1}{x^2-3}$.

Pour calculer sa dérivée f', Luna écrit sur sa copie :

f est de la forme $\dfrac{u}{v}$ avec

$u(x) = x+1$ $\quad u'(x) = 1$

$v(x) = x^2-3$ $\quad v'(x) = 2x$

$f'(x) = \dfrac{1\times(x^2-3)-(x+1)\times 2x}{(x^2-3)^2}$

$= \dfrac{-x^2+2x-3}{(x^2-3)^2}$

Trouver l'erreur dans son calcul de f' et rectifier.

30 Calculer la fonction dérivée des 3 fonctions suivantes :

a. $f(x) = \dfrac{3}{2x+3}$

b. $f(x) = 2x - \dfrac{1}{x+6}$

c. $f(t) = (\cos(t))^2$

Soit g une fonction définie par $g(x) = f(mx+p)$ où f est une fonction affine. Alors $\boldsymbol{g'(x) = m \times f'(mx+p)}$.

31 Corrigé Dans chaque cas, donner l'expression des deux fonctions qui composent la fonction g (l'une d'elles est une fonction affine) et calculer la fonction dérivée g' de la fonction g.

a. $g(x) = (4x-1)^3$

b. $g(t) = \sin\left(3t - \dfrac{\pi}{4}\right)$

c. $g(t) = \cos\left(-4t + \dfrac{\pi}{3}\right)$

d. $g(x) = (2-5x)^5$

32 Corrigé On considère la fonction g définie sur $\left]\dfrac{1}{2}\,;+\infty\right[$ par $g(x) = \dfrac{1}{-2x+1}$.

a. Donner l'expression des deux fonctions qui composent la fonction g et calculer la fonction dérivée g' de la fonction g.

b. Retrouver le résultat précédent en utilisant les formules d'opérations sur les fonctions dérivées.

33 Dans chacun des cas suivants, justifier le résultat donné par la calculatrice :

a. $\dfrac{d}{dx}(3x^5-4x^3)\Big|_{x=2}$ 192

b. $\dfrac{d}{dx}(3\sin(2X-\pi)-X)\Big|_{x=0}$ -7

34 Soit f la fonction définie sur $\mathbb{R}$ par $f(t) = \dfrac{\cos(t)}{\cos(t)+2}$.
Calculer $f'(t)$.

35 a. Donner une équation de la tangente à la parabole d'équation $y = 2x^2-6x+2$ au point d'abscisse 1.

b. Soit f la fonction définie sur $]2\,;+\infty[$ par $(x) = \dfrac{3x}{x-2}$. Déterminer une équation de la tangente à la courbe représentative de la fonction f au point d'abscisse 3.

36 Soit la fonction f sur $]-\infty\,;-4[\,\cup\,]4\,;+\infty[$ par $f(x) = \dfrac{2x-3}{x+4}$. On note $\mathscr{C}$ sa courbe représentative.
Montrer que les tangentes à la courbe $\mathscr{C}$ aux points A et B d'abscisses respectives -6 et -2 sont parallèles (*on rappelle que deux droites parallèles ont le même coefficient directeur*).

3 Dérivées et sens de variation d'une fonction

Questions flash

37 Soit f une fonction définie sur $\mathbb{R}$. On donne ci-dessous le tableau de signes de sa dérivée.
En déduire le tableau de variations de f sur $\mathbb{R}$.

x	$-\infty$		2		$+\infty$
$f'(x)$		+	0	−	

38 Soit f une fonction définie sur $\mathbb{R}$. On donne ci-dessous le tableau de signes de sa dérivée.

x	$-\infty$		-1		3		$+\infty$
$f'(x)$		−	0	−	0	+	

VRAI ou FAUX :

a. f admet un extremum local en -1.

b. f admet un minimum local en 3.

39 Soit f une fonction définie sur $\mathbb{R}$. On donne ci-après la courbe de sa fonction dérivée f'.

En déduire le tableau de variations de f sur $\mathbb{R}$.

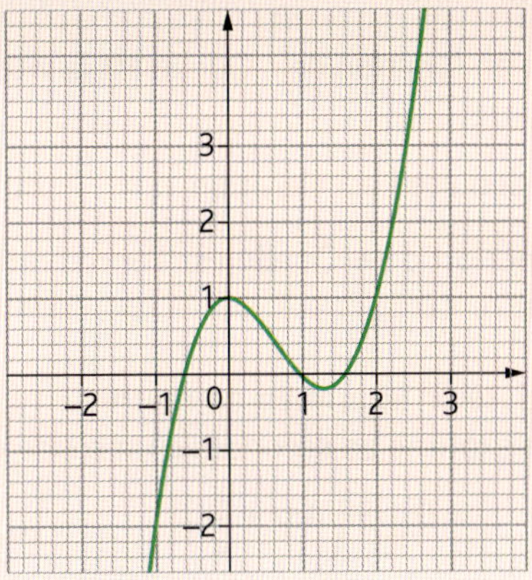

• Une fonction f est **croissante** sur un intervalle I si et seulement si $f'(x) \geqslant 0$.

• Une fonction f est **décroissante** sur un intervalle I si et seulement si $f'(x) \leqslant 0$.

40 Corrigé Soit la fonction f définie sur $\mathbb{R}$ par $f(x) = \dfrac{1}{2x^2+5}$.

a. Calculer la fonction dérivée de f.

b. Déterminer le signe de $f'(x)$ en fonction de x.

c. En déduire le tableau de variations de f sur $\mathbb{R}$.

41 Vidéo Soit la fonction f définie par $f(x) = \dfrac{x^2+3}{x+1}$.

a. La fonction f est-elle définie sur $\mathbb{R}$? Justifier et donner son domaine de définition D_f.

b. Calculer la fonction dérivée de f.

c. Montrer alors que pour tout $x \in D_f$,

$$f'(x) = \frac{(x-1)(x+3)}{(x+1)^2}.$$

d. Déterminer le signe de $f'(x)$ en fonction de x sur D_f et en déduire le tableau de variations de f.

42 On considère la fonction définie sur $\mathbb{R}$ par

$$f(x) = (4-x)(-2x+1).$$

a. Par la méthode de votre choix, calculer $f'(x)$.

b. Dresser le tableau de signes de $f'(x)$.

c. En déduire le tableau de variations de f.

d. Déterminer une équation de la tangente à la courbe représentative de f au point d'abscisse 3.

43 Calculatrice On considère la fonction définie sur $I =]-\infty\,;2{,}5[\cup]2{,}5\,;+\infty[$ par $f(x) = \dfrac{3x+1}{-2x+5}$.

a. Calculer $f'(x)$.

b. Dresser le tableau de signes de $f'(x)$ sur I.

c. En déduire le tableau de variations de f sur I.

d. Déterminer une équation de la tangente à la courbe représentative de f au point d'abscisse 3.

e. Utiliser la calculatrice ou un logiciel pour tracer la courbe représentative de la fonction f et sa tangente au point d'abscisse 3.

44 Soit f la fonction définie sur $\mathbb{R}$ par $f(x) = -2x^2 + 4x$ et $\mathscr{C}$ sa courbe représentative.

a. Donner une équation de la tangente T à $\mathscr{C}$ au point d'abscisse 3.

b. Montrer que $f(x) - (-8x+18) = -2x^2 + 12x - 18$ puis que $-2x^2 + 12x - 18 = -2(x-3)^2$.

c. Quel est le signe de $-2(x-3)^2$ sur $\mathbb{R}$?

d. En déduire la position de la courbe $\mathscr{C}$ par rapport à la tangente T sur $\mathbb{R}$.

45 Soit h la fonction définie sur $\left]-\dfrac{3}{2}\,;+\infty\right[$ par $h(x) = \dfrac{5x+4}{2x+7}$.

a. Calculez $h'(x)$ et déterminer son signe sur $\left]-\dfrac{7}{2}\,;+\infty\right[$.

b. En déduire le sens de variations de f sur ce même intervalle.

46 On appelle fonction homographique une fonction f non constante telle qu'il existe quatre réels a, b, c, d avec $c \neq 0$, vérifiant $f(x) = \dfrac{ax+b}{cx+d}$ pour tout réel $x \neq \dfrac{-d}{c}$.

On prend pour exemple la fonction $g(x) = \dfrac{3x+2}{4x-5}$.

a. Donner l'ensemble de définition de cette fonction.

b. Calculer $g'(x)$.

c. Dresser le tableau de signe de $g'(x)$ puis le tableau de variation de g.

On souhaite étudier désormais la fonction f pour tous réels a, b, c et d avec $c \neq 0$.

d. Justifier que f est définie et dérivable sur l'intervalle $\left]\dfrac{-d}{c}\,;+\infty\right[$.

e. Calculer $f'(x)$ sur cet intervalle en fonction de a, b, c et d.

f. À quelle(s) condition(s) portant sur les nombres a, b, c et d, f est-elle constante ?

g. Montrer que si f n'est pas constante sur cet intervalle alors elle est monotone.

47 Soit f la fonction définie par $f(x) = 2 + x - \dfrac{3}{x+1}$ définie sur $I =]-1\,;+\infty[$.

a. Calculer $f'(x)$.

b. Dresser le tableau de signes de $f'(x)$ sur I.

c. Dresser le tableau de variations de f sur I.

Exercices

Les exercices roses sont corrigés :
• en fin de manuel p. 326 ou • en **vidéo** avec Médématiques hachette-clic.fr/25mfls039

48 On cherche à étudier les variations de la fonction u telle que $u(t) = \sin(2t)$ sur l'intervalle $[0\,;\pi]$.

a. Calculer sa fonction dérivée u'.

b. t appartient donc à l'intervalle $[0\,;\pi]$ ce que l'on peut aussi écrire $0 \leqslant t \leqslant \pi$. À quel intervalle appartient $2t$?

c. On cherche à déterminer pour quelles valeurs de t, $u'(t)$ s'annule. Recopier le tableau ci-dessous et compléter la deuxième ligne du tableau c'est-à-dire les valeurs de $2t$ pour lesquelles $\cos(2t)$ s'annule.

d. En déduire les valeurs de t correspondantes sur la première ligne.

e. Remplir la ligne du signe de $u'(t)$ puis celle des variations de u.

t	0			π
$2t$				
Signe de $\cos(2t)$		0	0	
Signe de $u'(t)$				
Variations de u				

49 Soit f la fonction que l'on étudiera sur $[0\,;\pi]$ par $f(x) = \cos(x)(1 - \cos(x))$.

a. Calculer $f'(x)$.

b. On donne ci-dessous la représentation graphique de f' sur $[0\,;\pi]$. À l'aide de ce graphique, conjecturer les valeurs de x pour lesquelles $f'(x)$ s'annule.

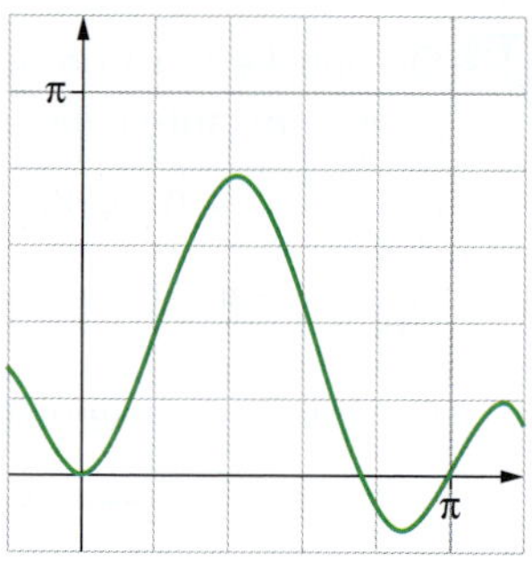

c. Par le calcul, dresser le tableau de signes de $f'(x)$ sur $[0\,;\pi]$ (voir chapitre 8 p. 204).

d. En déduire le tableau de variation de f sur $[0\,;\pi]$.

50 Soit f la fonction que l'on étudiera sur $[0\,;\pi]$ par $f(x) = \sin^2(x) - \sqrt{2}\cos(x)$.

a. Calculer $f'(x)$.

b. On donne ci-dessous la représentation graphique de f' sur $[0\,;\pi]$. À l'aide de ce graphique, conjecturer les valeurs de x pour lesquelles $f'(x)$ s'annule.

c. Par le calcul, dresser le tableau de signes de $f'(x)$ sur $[0\,;\pi]$ (voir chapitre 8 p. 204).

d. En déduire le tableau de variations de f sur $[0\,;\pi]$.

51 Une masse accrochée à un ressort linéaire horizontal glisse sans frottements le long d'un axe horizontal muni d'un repère $(O, \vec{i})$. La masse a un mouvement oscillant.

La masse, représentée par son centre de gravité G, est repérée par son abscisse $x(t)$ en mètres sur l'axe $(O, \vec{i})$: $x(t) = -0{,}5\cos(2t) + 1$ avec t exprimé en secondes.

a. Quelle est l'abscisse du centre G à l'instant initial ?

b. Déterminer $v = \dfrac{dx}{dt}$, vitesse instantanée de la masse en fonction de t. Quelle est la vitesse initiale du centre G ?

c. En déduire l'accélération $a = \dfrac{dv}{dt}$ du centre G en fonction de t. Quelle est l'accélération initiale du centre G ?

52 L'abscisse x exprimée en mètres en fonction du temps exprimé en secondes d'un solide est donnée par : $x(t) = 0{,}1\sin\left(4\pi t + \dfrac{\pi}{2}\right)$.

a. Quelle est la nature du mouvement du solide ?

b. Donner la valeur de l'amplitude A, la pulsation ω et la phase à l'origine φ du mouvement.

c. En déduire la période T (on rappelle que $T = \dfrac{2\pi}{\omega}$).

c. Déterminer l'expression $v(t)$ de la vitesse puis celle de l'accélération $a(t)$.

d. En déduire la vitesse et l'accélération initiales du solide (on pourra arrondir au dixième si nécessaire).

53 La courbe ci-dessous représente une fonction f définie sur $\mathbb{R}$ par une expression de la forme $f(x) = \sin(\omega t + \varphi)$.

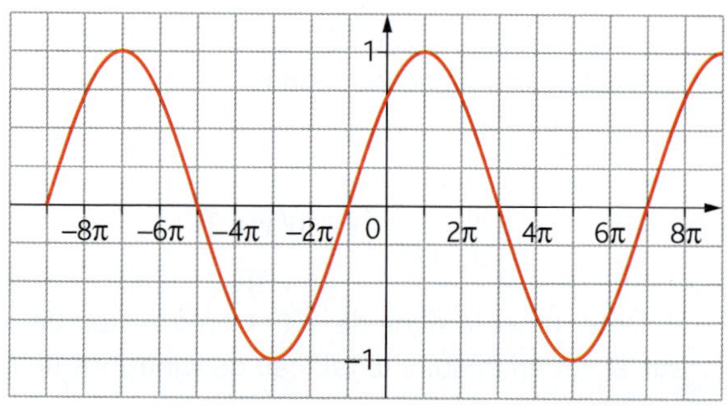

a. On admet que la fonction est périodique de période T. Déterminer graphiquement T puis ω.

b. On admet que $f(0) = \dfrac{\sqrt{2}}{2}$ et que $\varphi \in \left[0\,;\dfrac{\pi}{2}\right]$.

Déterminer φ puis l'expression de $f(t)$.

c. En déduire l'expression de $f'(t)$.

d. Déterminer l'équation de la tangente à la courbe de f au point d'abscisse $-\pi$.

54 M. Bolide a rendez-vous à 200 km de chez lui. Il prend son véhicule pour effectuer ces 200 km. Le trafic étant chargé, il parcourt les 100 premiers kilomètres à une vitesse moyenne de 50 km.h^{-1}.

1. a. En combien de temps parcourt-il les 100 premiers kilomètres ?

b. On suppose dans cette seule question qu'il parcourt les 100 km suivants à la vitesse moyenne de 120 km.h^{-1}. Quelle est sa vitesse moyenne sur l'ensemble des 200 km ?

2. On appelle x la vitesse moyenne (en km.h^{-1}) sur les 100 derniers kilomètres.

c. Exprimer le temps de parcours des 100 derniers kilomètres en fonction de x.

d. En déduire le temps total de parcours des 200 kilomètres en fonction de x.

3. On appelle $V_m(x)$ la vitesse moyenne sur l'ensemble des 200 km.

e. Montrer que $V_m(x) = \dfrac{200x}{2x+100}$.

f. À votre avis, si la vitesse moyenne x sur les 100 derniers kilomètres augmente, que se passe-t-il pour la vitesse moyenne V_m sur l'ensemble du parcours ?

g. Étudier les variations de la fonction V_m pour démontrer votre conjecture.

h. Pour quelle vitesse moyenne x sur les 100 derniers kilomètres, sa vitesse moyenne V_m sur la totalité du parcours sera-t-elle de 80 km.h^{-1} ?

i. Montrer par le calcul que la vitesse moyenne V_m de M. Bolide sur la totalité du parcours ne pourra jamais atteindre 120 km.h^{-1}.

55 Calculatrice Une marque de sport souhaite fabriquer un shaker de protéines en plastique de forme cylindrique et de volume égal à 1 litre. Mais, pour économiser, les fabricants souhaitent utiliser le moins de plastique possible. On cherche donc les dimensions du shaker idéal.

Pour cela, on note r le rayon du cercle constituant la base du shaker en cm et h la hauteur du cylindre en cm.

a. Exprimer le volume du shaker en fonction de h et de r. En déduire l'expression de h en fonction de r (on rappelle que pour un cylindre $V = \pi r^2 h$).

b. Montrer que la fonction f définie par

$f(r) = 2\pi r^2 + \dfrac{2000}{r}$ représente l'aire de la surface totale de plastique en fonction de r.

c. À l'aide de la calculatrice conjecturer une valeur approchée au centième des dimensions h et r du shaker en cm pour que sa surface de plastique soit minimale.

d. Démontrer cette conjecture en calculant $f'(r)$, puis en dressant son tableau de signes et enfin, en en déduisant le tableau de variations de f.

56 Un circuit est composé d'une bobine d'inductance L = 0,2 H (henrys), d'un condensateur de capacité C = $1{,}25 \times 10^{-4}$ F (farads) et d'un interrupteur. À l'instant $t = 0$, on ferme l'interrupteur et un courant électrique i circule dans le circuit.

Les lois de la physique permettent d'établir que la charge $q(t)$ du condensateur en fonction du temps vérifie l'équation suivante (E) : $q''(t) + \dfrac{1}{\text{LC}} q(t) = 0$,

où q'' désigne la dérivée seconde de la fonction q, autrement dit la dérivée de la dérivée q'.

a. Calculer la valeur numérique de $\dfrac{1}{\text{LC}}$.

Soit k une constante réelle quelconque. On pose :

$$q(t) = k\cos(200t).$$

b. Calculer $q'(t)$ puis $q''(t)$ en fonction de k.

c. Montrer que la fonction q définie par l'expression précédente $q(t) = k\cos(200t)$ est bien solution de l'équation (E).

d. On sait maintenant que, à l'instant $t = 0$, la charge du condensateur mesurée en Coulombs est 10^{-3} ; en déduire la valeur de la constante k.

e. L'intensité i qui circule dans le circuit vérifie : $i = \dfrac{dq}{dt}$. Déterminer l'intensité du courant dans le circuit après 2 secondes. On arrondira au centième.

57 Si on ajoute un nombre strictement positif et son inverse, quelle somme minimale pourra-t-on obtenir ?

Aide : on pourra étudier la fonction $f(x) = x + \dfrac{1}{x}$ sur $]0\,;+\infty]$.

58 Un athlète a ingéré un produit dopant. La concentration de ce produit dans son sang, en mg/L, est modélisée par la fonction C définie sur $[0\,;+\infty[$ par : $C(t) = \dfrac{at}{t^2+1}$, où t représente le temps en heures après l'ingestion, et a est un paramètre réel positif compris entre 5 et 10 représentant un facteur d'absorption du produit.

a. Déterminer la concentration initiale du produit dans le sang.

b. Calculer la dérivée $C'(t)$ de la fonction C en fonction de a.

c. Étudier le signe de $C'(t)$ et en déduire le tableau de variations de C.

d. Les variations de C sont-elles modifiées suivant les valeurs de a ?

e. On considère que le produit est détectable dans le sang tant que sa concentration est supérieure à 1 mg/L. Pour $a = 7$, déterminer par la méthode de votre choix pendant combien de temps le produit est détectable.

Problèmes

59 Que du bonheur ! Calculatrice STL

» Raisonner • Calculer

La sérotonine est un neurotransmetteur important dans le cerveau humain, jouant un rôle crucial dans la régulation de l'humeur, de l'appétit et du sommeil.

Des scientifiques ont découvert que la concentration en sérotonine, notée $C(t)$, peut être modélisée par une fonction f définie sur $[0\,;+\infty[$ par : $C(t)=\dfrac{50t}{t^2+4}$ où t est le temps écoulé en heures après l'administration d'un médicament, et $C(t)$ est la concentration en sérotonine en nanogrammes par millilitre (ng/mL).

a. Quelle est la concentration en sérotonine au moment de l'administration du médicament ?

b. Déterminer l'expression de $C'(t)$ et dresser son tableau de signes

c. En déduire le tableau de variation de C.

d. À quel moment la concentration en sérotonine atteint-elle son maximum ? Quelle est alors la valeur maximale de la concentration en sérotonine ?

e. À votre avis, que devient la concentration en sérotonine quand t devient très grand ? Utiliser la calculatrice pour appuyer votre conjecture.

f. À la calculatrice, déterminer pour quelle valeur entière de t, la concentration en sérotonine devient inférieure à 1 ng/L.

60 Prendre la tangente STI2D

» Modéliser • Calculer

Une portion d'une piste pour quads vue d'en haut est modélisée dans un repère orthogonal par la courbe ci-dessous représentant la fonction f définie par $f(x)=0{,}5x^5-3x^3+10$.

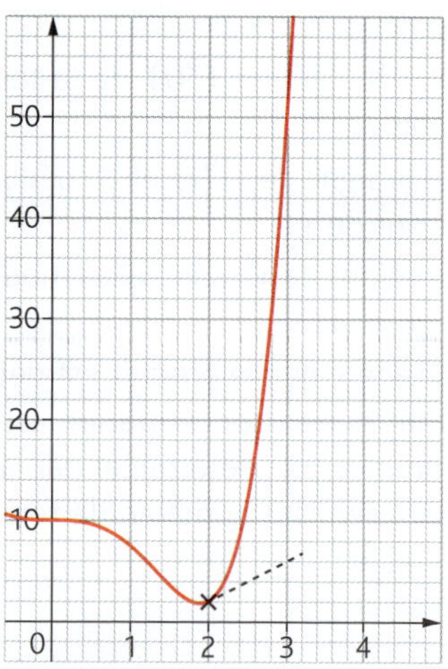

Un jeune conducteur, téméraire et imprudent, est sorti de la piste au point d'abscisse 2 et a continué sa course en suivant une trajectoire rectiligne définie par la tangente à la courbe. Un poteau est situé au point de coordonnées $(10\,;35)$. On cherche à savoir si le conducteur va le heurter.

a. Calculer $f'(x)$.

b. En déduire l'équation de la tangente à la courbe de f au point d'abscisse 2.

c. Le conducteur va-t-il heurter le poteau ?

61 À la recherche d'une fonction inconnue !

» Calculer • Chercher

Soit f la fonction définie par $f(x)=ax+b+\dfrac{c}{x}$ sur l'intervalle $]0\,;+\infty[$, avec a, b, et c des réels.
La courbe représentative de la fonction f est donnée ci-dessous.
On sait que :

- la courbe passe par les points M(1 ; 0) et N(2 ; 1) ;
- la tangente à la courbe au point d'abscisse 2 est horizontale.

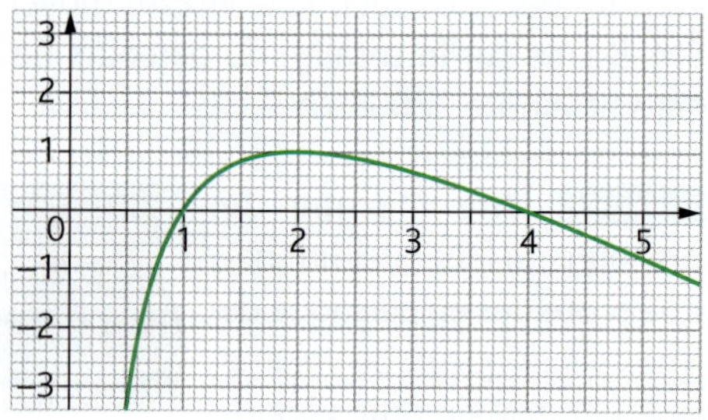

a. Exprimer $f'(x)$ en fonction de a et c.

b. Traduire ces données de l'énoncé par des égalités : « la courbe passe par les points M(1 ; 0) et N(2 ; 1) » et « la tangente à la courbe en 2 est horizontale ».

c. En utilisant les 3 équations ainsi trouvées montrer que $f(x)=-1x+5+\dfrac{-4}{x}$.

d. Calculer $f'(x)$ et montrer que $f'(x)=\dfrac{4-x^2}{x^2}$.

e. Dresser le tableau de signes de $f'(x)$ puis le tableau de variations de f.

f. Des trois courbes représentées ci-dessous, déterminer celle qui correspond au graphique d'une fonction dont la dérivée serait la fonction f. Justifier.

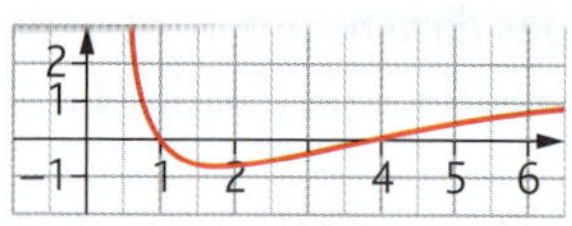

Courbe 1

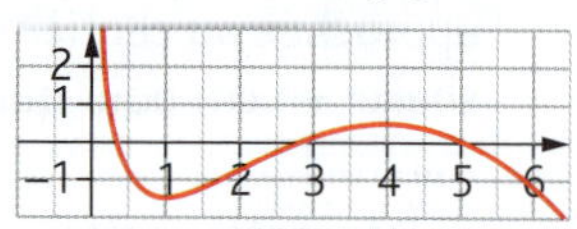

Courbe 2

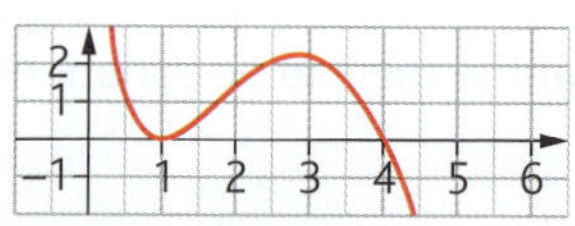

Courbe 3

62 Mieux comprendre la dérivée avec la géométrie Logiciel de géométrie

» Représenter • Raisonner

On considère la fonction f définie pour tout $x \in]-1\,;+\infty[$ par :

$$f(x) = \frac{2x+3}{x+1}$$

et on note $\mathscr{C}$ sa courbe représentative dans un repère orthonormé. Sur la courbe $\mathscr{C}$, on considère le point A d'abscisse a et le point M d'abscisse $a+h$.

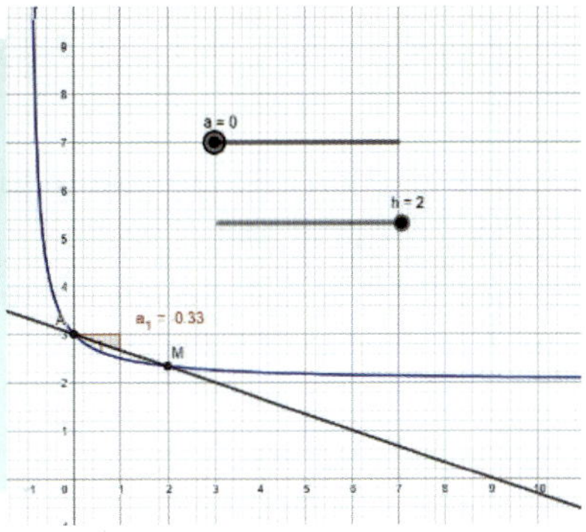

Partie 1

a. À l'aide d'un logiciel de géométrie, tracer la courbe $\mathscr{C}$ sur l'intervalle $[-1\,;15]$ en écrivant dans la barre de saisie : $\frac{2x+3}{x+1}$, −1, 15.

b. Créer deux curseurs pour a allant de 0 à 10 et h de −2 à 2 avec un incrément de 0,1.

c. Créer le point A en écrivant : $A = (a\,;f(a))$ dans la barre de saisie.

d. Créer le point M en introduisant : $M = (a+h\,;f(a+h))$ dans la barre de saisie.

e. Tracer la droite (AM).

f. Faire afficher le coefficient directeur m de la droite (AM) en utilisant l'icône « Pente ».

Partie 2 : Nombre dérivé pour $a = 1$

Le point A est fixé à l'abscisse $a = 1$. Manipuler le curseur h pour déplacer le point M d'abscisse $1+h$.

a. Reproduire et compléter le tableau suivant en arrondissant éventuellement au centième :

h	−1	−0,5	−0,2	−0,1	0,1	0,2	0,5	1	2

b. Que fait le logiciel pour $h = 0$? Pourquoi m n'est-il pas calculé pour $h = 0$?

c. Comment doit-on choisir h pour que M soit très proche de A ?

d. Faire se rapprocher M de A. La sécante (AM) tend la position limite appelée tangente à la courbe $\mathscr{C}$ au point A.

e. À l'aide du logiciel de géométrie, tracer la tangente à $\mathscr{C}$ au point A.

f. Quel est le coefficient directeur de cette tangente (regarder l'équation de la tangente dans la fenêtre algèbre) ?

Partie 3 : Vers la fonction dérivée

En manipulant le curseur a et en procédant comme dans la partie précédente, compléter, après l'avoir reproduit, le tableau suivant :

a	0	1	3	4
$f'(a)$				

a. Pour $a \in]-1\,;+\infty[$, conjecturer une expression donnant $f'(a)$ en fonction de a.

b. Retrouver cette expression en utilisant la formule de dérivation pour un quotient.

13

Pour entrer dans le chapitre

Déterminer le sens de variation et les extrema d'une fonction grâce à sa dérivée

- Une fonction f est **croissante** sur un intervalle I si et seulement si $f'(x) \geqslant 0$ pour tout x de I.
- Une fonction f est **décroissante** sur un intervalle I si et seulement si $f'(x) \leqslant 0$ pour tout x de I.

1 Voici la représentation graphique de la fonction dérivée de la fonction f.
Dresser le tableau de variations de la fonction f sur $[1 ; 5]$.

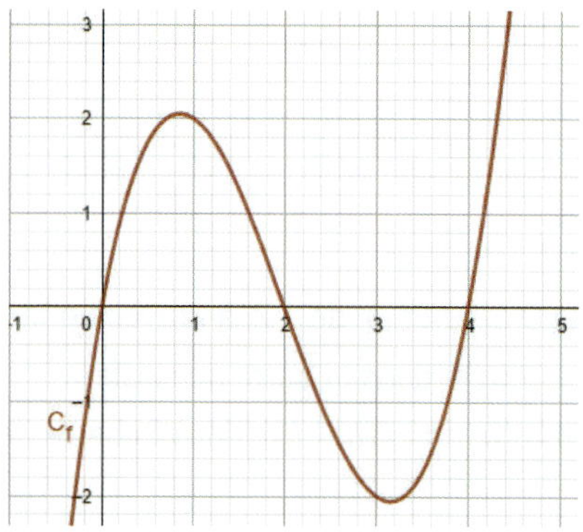

Retrouver une fonction polynôme de degré 2 grâce à sa dérivée

Soit f une fonction polynôme du second degré définie sur $\mathbb{R}$ par :

$$f(x) = ax^2 + bx + c\,.$$

La fonction dérivée de f, notée f', est la fonction définie sur $\mathbb{R}$ par :

$$f'(x) = a \times (2x) + b\,.$$

2 Déterminer l'expression d'une fonction f, définie sur $\mathbb{R}$, telle que sa fonction dérivée f' soit définie par $f'(x) = 3x - 5$.

Retrouver une fonction polynôme de degré 3 grâce à sa dérivée

Soit f une fonction polynôme du troisième degré définie sur $\mathbb{R}$ par :

$$f(x) = ax^3 + bx^2 + cx + d\,.$$

La fonction dérivée de f, notée f', est la fonction définie sur $\mathbb{R}$ par :

$$f'(x) = a \times (3x^2) + b \times (2x) + c\,.$$

3 Déterminer l'expression d'une fonction f, définie sur $\mathbb{R}$, telle que sa fonction dérivée f' soit définie par $f'(x) = 2x^2 + 6x + 3$.

Primitives

Automatismes du chapitre

Focus métiers

Ingénierie Chimie
Économie **Astronomie**
Mécanique **Finance**

Les primitives sont utilisées en physique et en ingénierie pour, par exemple, calculer la vitesse d'un objet à partir de son accélération ou celle d'une propagation lumineuse.

Découvre le métier d'optronicien
hachette-clic.fr/25mfls040

Activités de découverte

ACTIVITÉ 1 Hyperloop : le train du futur

Objectif Découvrir la notion de primitive

Le projet Hyperloop, entrepris par Elon Musk, est celui d'un train du futur se déplaçant jusqu'à 1 200 km/h. Les rames de ce train, nommées des capsules, seraient propulsées par un champ magnétique, à l'intérieur d'un tube sous basse pression, pour limiter les forces de frottement.
On rappelle que, dans le cadre d'un mouvement rectiligne, la vitesse instantanée $v(t)$ est donnée par $v(t) = d'(t)$, où $d(t)$ représente la distance parcourue en fonction du temps t. De même, l'accélération instantanée $a(t)$ s'obtient par $a(t) = v'(t)$.
Des ingénieurs français décident de construire une piste d'essai pour ce train Hyperloop, d'une longueur de 600 mètres.

Première partie : on suppose que, sur les premiers 350 mètres, la capsule est soumise à une accélération constante $a_1(t) = 4 \text{ m / s}^2$.

1 La vitesse initiale étant nulle, montrer que la vitesse $v_1(t)$ en m / s s'exprime en fonction du temps t par $v_1(t) = 4t$.

2 La distance initiale parcourue est nulle. Montrer que la distance parcourue en fonction du temps t est égale à $d_1(t) = 2 \times t^2$.

3 Quel temps mettra la capsule pour parcourir ces 350 mètres ?

4 Montrer que la vitesse atteinte au bout de 350 mètres est proche de 53 m / s.

Cours p. 306

5 Si l'accélération demeurait constante et si la longueur du tube était illimitée, au bout de combien de temps la capsule atteindrait-elle la vitesse de 1 200 km/h ?

Deuxième partie : sur la deuxième phase du parcours, la capsule est soumise à une décélération constante $a_2 = -5{,}6 \text{ m / s}^2$. Dans cette partie, la vitesse initiale est de 53 m / s et la distance initiale parcourue est nulle.

6 Montrer que la vitesse $v_2(t)$ en m / s s'exprime en fonction du temps t par $v_2(t) = -5{,}6t + 53$ et que la distance parcourue $d_2(t)$ en fonction du temps t est égale à $d_2(t) = -2{,}8\,t^2 + 53t$.

7 Déterminer au bout de combien de temps la capsule s'immobilise.

8 Quelle est la distance nécessaire pour s'arrêter ?

ACTIVITÉ 2 Les primitives pour calculer notre consommation d'énergie

Objectif Faire le lien entre primitives et calculs d'aires

On s'intéresse à la dépense énergétique en France le vendredi 8 novembre 2024 (données fournies par RTE, le gestionnaire du Réseau de Transport d'Électricité). La puissance en Mégawatt en fonction du temps en heure est donnée par le graphique suivant.

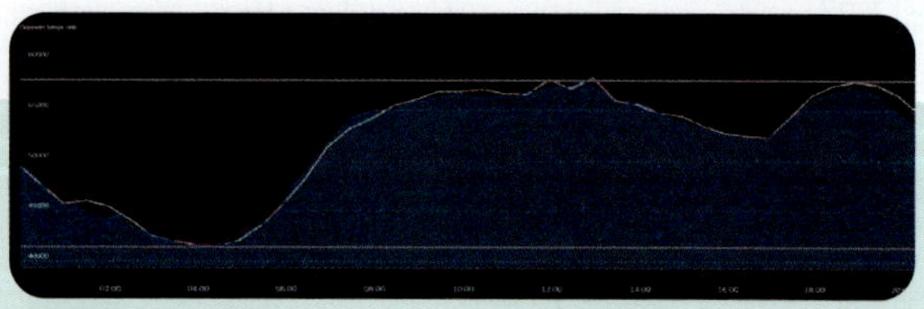

Source : rte-france.com/eco2mix

On approxime la situation précédente sur le créneau 5 h – 17 h à l'aide du schéma ci-contre.

Rappels :

– La puissance instantanée est la dérivée de l'énergie utilisée

– L'aire d'un trapèze est : $A = \dfrac{(\text{Grande base} + \text{petite base})}{2} \times \text{hauteur}$

Voici quelques valeurs relevées :

Heure	5 h	8 h	13 h	17 h
Puissance (MW)	42 000	54 000	58 000	53 000

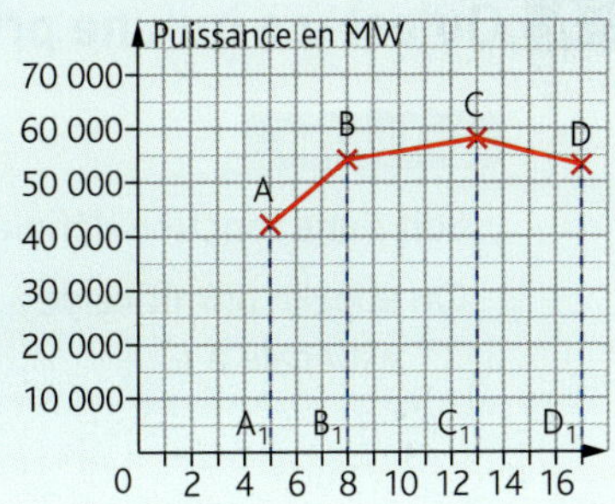

Première partie : de 5 h à 8 h

1 Justifier que l'expression, en fonction du temps t en h, de la puissance instantanée est $P_1(t) = 4\,000t + 22\,000$.

2 Montrer que l'expression d'une primitive $E_1(t)$ de $P_1(t)$ est $E_1(t) = 2\,000t^2 + 22\,000t$.

3 Calculer la différence $E_1(8) - E_1(5)$. Interpréter le résultat en termes d'énergie utilisée.

4 Calculer l'aire du trapèze ABB_1A_1. Comparer avec le résultat de la question précédente.

Deuxième partie : de 8 h à 13 h

5 Justifier que l'expression, en fonction du temps t en h, de la puissance instantanée est $P_2(t) = 800t + 47\,600$.

6 Montrer que l'expression d'une primitive $E_2(t)$ de $P_2(t)$ est $E_2(t) = 400t^2 + 47\,600t$.

7 Calculer la différence $E_2(13) - E_2(8)$. Interpréter en termes d'énergie dépensée.

8 Calculer l'aire du trapèze BCC_1B_1. Comparer avec le résultat de la question précédente.

Troisième partie : de 13 h à 17 h

9 Déterminer l'expression, en fonction du temps t en h, de la puissance instantanée $P_3(t)$ et montrer que l'expression d'une primitive $E_3(t)$ de $P_3(t)$ est $E_3(t) = -625t^2 + 74\,250t$.

10 Comment déterminer l'énergie utilisée de 13 h à 17 h ?

Cours p. 306

ACTIVITÉ 3

Faisons comme Galilée

Calculatrice

Objectif Faire le lien entre les représentations graphiques

En 1604, Galilée montra que la vitesse v atteinte par une bille lâchée du haut d'un plan incliné, était proportionnelle au temps et que donc son accélération a était constante. On reprend l'expérience de Galilée en choisissant une accélération de $0{,}8\ \text{m/s}^2$ et en prenant différentes vitesses initiales.

1 **a.** On prend une vitesse initiale nulle. Montrer que la vitesse $v_1(t)$ de la bille et la distance $d(t)$ parcourue, sont données par $v_1(t) = 0{,}8 \times t$ et $d(t) = 0{,}4 \times t^2$.

b. Sachant que le plan incliné avait une longueur proche de 5 m, déterminer le temps nécessaire pour que la bille parcourt le plan incliné et quelle était sa vitesse maximale.

2 Déterminer les vitesses $v_2(t)$ et $v_3(t)$ associées à des vitesses initiales respectives de 1 m / s et de 3 m / s.

3 À l'aide de la calculatrice, représenter, en fonction du temps t, les fonctions v_1, v_2 et v_3. Que remarque-t-on ?

Cours p. 308

Cours 1 Notion de primitive

A Qu'est-ce qu'une primitive ?

Définition

Soit f une fonction définie sur un intervalle I.

On appelle primitive de f sur l'intervalle I, toute fonction F dérivable sur l'intervalle I dont la dérivée F' est égale à f.

F — a pour dérivée → f

F ← a pour primitive — f

EXEMPLE

Une primitive de la fonction f définie sur $\mathbb{R}$ par $f(x) = 3x^2 + 2x + 8$ est $F(x) = x^3 + x^2 + 8x$.
En effet, F est dérivable sur $\mathbb{R}$ et $F'(x) = 3x^2 + 2x + 8 = f(x)$.

Remarque

Toutes les fonctions de référence abordées cette année admettront des primitives sur les intervalles où elles sont dérivables.

B Propriétés des primitives

Propriété

Soit f une fonction définie sur un intervalle I. Si F et G sont deux primitives de f sur I, alors il existe un réel k tel que, pour tout réel x de I, $G(x) = F(x) + k$.

EXEMPLE

- Avec l'exemple précédent, $G(x) = F(x) + 9 = x^3 + x^2 + 8x + 9$ est une autre primitive de f.
- Les primitives de f s'écriront $F(x) = x^3 + x^2 + 8x + k$, où k est une constante réelle.

Remarque

Si une fonction f admet une primitive F sur un intervalle I, alors elle admet **une infinité de primitives** sur I, **qui diffèrent d'une constante**.

Propriété

Si une fonction f possède une primitive F sur un intervalle I, alors f admet une unique primitive prenant la valeur y_0 pour un réel x_0 de I (c'est-à-dire telle que $F(x_0) = y_0$).

EXEMPLE

f est la fonction définie sur $\mathbb{R}$ par $f(x) = 5x + 3$.
$F(x) = \frac{5}{2}x^2 + 3x - 2$ est l'unique primitive de f vérifiant $F(1) = \frac{7}{2}$.

Vérification : $F(1) = \frac{5}{2} \times 1^2 + 3 \times 1 - 2 = \frac{7}{2}$ et $F'(x) = \frac{5}{2} \times 2x + 3 = 5x + 3 = f(x)$

EXO 1 Déterminer si une fonction est une primitive d'une autre

Dans chacun des cas suivants, dire si la fonction F est une primitive de la fonction f sur l'intervalle I.

a. $f(x) = 12x^2 - x + 7$; $F(x) = 4x^3 - \frac{x^2}{2} + 7x - 5$ et $I = \mathbb{R}$

b. $f(x) = 6x^2 + 10x + 5$; $F(x) = 3x^3 + 5x^2 + 6x - 1$ et $I = \mathbb{R}$

Méthode

1. On remarque que F est dérivable pour tout x de l'intervalle I.
2. On calcule $F'(x)$ en utilisant les propriétés de dérivation d'une somme :
   si $f(x) = ax^3 + bx^2 + cx + d$ alors $f'(x) = a \times 3x^2 + b \times 2x + c$.
3. On vérifie si $F'(x) = f(x)$.

Réponse a.

1. F est dérivable sur $\mathbb{R}$ donc elle est bien dérivable sur l'intervalle I.
2. Pour tout x réel,
   $F'(x) = 4 \times 3x^2 - \frac{1}{2} \times 2x + 7 = 12x^2 - x + 7$.
3. $F'(x) = f(x)$ donc F est une primitive de f.

Réponse b.

1. F est dérivable sur $\mathbb{R}$ donc elle est bien dérivable sur l'intervalle I.
2. Pour tout x réel,
   $F'(x) = 3 \times 3x^2 + 5 \times 2x + 6 = 9x^2 + 10x + 6$.
3. $F'(x) \neq f(x)$ donc F n'est pas une primitive de f.

Exercices 6 et 7 p.314

EXO 2 Déterminer la primitive d'une fonction vérifiant une condition donnée

Soit la fonction f définie pour tout réel x différent de 0 par $f(x) = 4x - \frac{3}{x^2}$.

- Montrer que $F(x) = 2x^2 + \frac{3}{x}$ est une primitive de f.
- En déduire toutes les primitives de f.
- Déterminer la primitive G de f s'annulant en 1.

Méthode

1. On dérive la fonction F en utilisant la propriété de dérivation $\left(\frac{1}{x}\right)' = \frac{-1}{x^2}$.
2. On donne la forme générale des primitives avec l'expression $G(x) = F(x) + k$.
3. On détermine la valeur de k, avec la relation $G(x_0) = y_0$.

Réponse

1. $F'(x) = 2 \times 2x + 3 \times \frac{-1}{x^2} = 4x - \frac{3}{x^2} = f(x)$.
   F est une primitive de f.
2. L'ensemble des primitives de f s'écrit sous la forme $F(x) + k = 2x^2 + \frac{3}{x} + k$, avec $k \in \mathbb{R}$.
3. Avec la relation $G(1) = 0$, on remplace x par 1 dans la formule de $F(x)$ et on obtient une équation d'inconnue k : $2 \times 1^2 + \frac{3}{1} + k = 0$ qui équivaut à $k = -5$. La primitive cherchée de f s'annulant en 1 est donc $G(x) = 2x^2 + \frac{3}{x} - 5$.

Exercices 32 et 33 p. 315

Primitives des fonctions de référence

A Primitives des fonctions puissances

Propriété

Soit f une fonction définie sur un intervalle I, a et k sont deux nombres réels et n est un entier naturel.

$f(x)$	Primitives de f	I
a	$ax+k$	$\mathbb{R}$
x	$\frac{1}{2}x^2+k$	$\mathbb{R}$
x^2	$\frac{1}{3}x^3+k$	$\mathbb{R}$
x^n	$\frac{1}{n+1}x^{n+1}+k$	$\mathbb{R}$

EXEMPLE

Une primitive de x^5 est $\frac{1}{5+1}x^{5+1}=\frac{1}{6}x^6$.

B Primitives des fonctions trigonométriques

Propriété

f est une fonction définie sur un intervalle I, A, ω et φ sont trois constantes réelles, avec $\omega \neq 0$. k est une constante réelle.

$f(t)$	Primitives de f	I
$\cos(t)$	$\sin(t)+k$	$\mathbb{R}$
$\sin(t)$	$-\cos(t)+k$	$\mathbb{R}$
$\mathrm{A}\cos(\omega t+\varphi)$	$\frac{\mathrm{A}}{\omega}\sin(\omega t+\varphi)$	$\mathbb{R}$
$\mathrm{A}\sin(\omega t+\varphi)$	$\frac{-\mathrm{A}}{\omega}\cos(\omega t+\varphi)$	$\mathbb{R}$

C Opérations sur les primitives

Propriété

Soient f et g, deux fonctions définies sur un intervalle I, et soit C une constante réelle :

- Si F est une primitive de f sur I, alors $C \times F$ est une primitive de $C \times f$ sur I.
- Si F est une primitive de f sur I et si G est une primitive de g sur I, alors $F+G$ est une primitive de $f+g$ sur I.

Remarque

Pour déterminer une primitive d'un **polynôme**, on cherche une primitive de chacun des termes du polynôme.

EXEMPLE

Soit $f(x)=3x^6-2x^2+6$. Les primitives de f s'écrivent sous la forme $F(x)=\frac{3}{7}x^7-\frac{2}{3}x^3+6x+k$, où k est une constante réelle.

Remarque

Une primitive d'un **produit** de deux fonctions n'est pas le produit des primitives.

EXO 3 Déterminer la primitive d'une fonction polynôme vérifiant une condition donnée

Déterminer la primitive de la fonction f définie sur $\mathbb{R}$ par $f(x) = 3x^4 - 6x^2 + 8x - 3$ et s'annulant en -1.

Méthode

1. On cherche une primitive de chacun des termes du polynôme (primitive de $x^n = \frac{x^{n+1}}{n+1}$).
2. On simplifie éventuellement les fractions obtenues.
3. On utilise la relation $G(x_0) = y_0$ pour déterminer la constante k.

Réponses

1. $F(x) = 3\times\frac{x^{4+1}}{4+1} - 6\times\frac{x^{2+1}}{2+1} + 8\times\frac{x^{1+1}}{1+1} - 3x + k = 3\frac{x^5}{5} - 6\frac{x^3}{3} + 8\frac{x^2}{2} - 3x + k$
2. On simplifie les fractions obtenues $F(x) = \frac{3x^5}{5} - 2x^3 + 4x^2 - 3x + k$.
3. On utilise la relation :

$$G(-1) = 0 \leftrightarrow \frac{3(-1)^5}{5} - 2(-1)^3 + 4(-1)^2 - 3(-1) + k = 0 \leftrightarrow \frac{-3}{5} + 2 + 4 + 3 + k = 0 \leftrightarrow k = \frac{-42}{5}.$$

La primitive cherchée est $G(x) = \frac{3x^5}{5} - 2x^3 + 4x^2 - 3x - \frac{42}{5}$.

Exercices 81 et 82 p. 318

EXO 4 Déterminer la primitive d'une fonction trigonométrique

Soit la fonction f définie pour tout réel x par $f(x) = 4\sin\left(2x + \frac{\pi}{3}\right)$.

On a représenté ci-contre une primitive de f. Retrouver son expression.

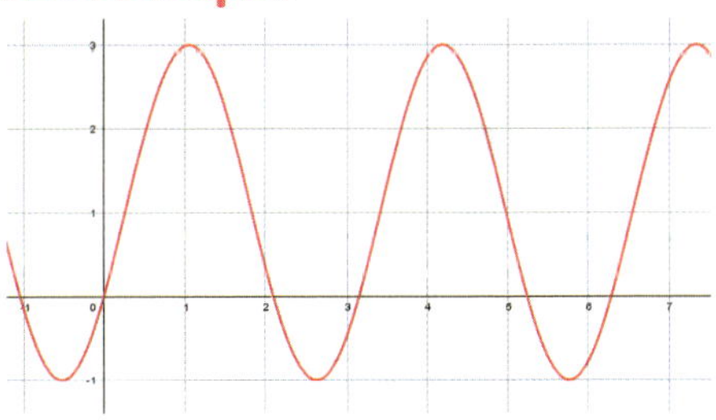

Méthode

1. On reconnaît une expression de la forme $\mathbf{A}\sin(\omega x + \varphi)$.
2. On identifie les coefficients A, ω et φ puis on applique la formule du cours.
3. On s'aide du graphique pour trouver la relation $G(x_0) = y_0$ permettant de déterminer la constante k.

Réponse

1. $A = 4$, $\omega = 2$ et $\varphi = \frac{\pi}{3}$.
2. L'ensemble des primitives de f s'écrit sous la forme :

$$F(x) = \frac{-A}{\omega}\cos(\omega x + \varphi) = \frac{-4}{2}\cos\left(2x + \frac{\pi}{3}\right) + k = -2\cos\left(2x + \frac{\pi}{3}\right) + k.$$

3. Avec la relation $G(0) = 0$, on obtient une équation d'inconnue k : $-2\times\cos\left(2\times 0 + \frac{\pi}{3}\right) + k = 0$ qui équivaut à $k = 1$. La primitive cherchée est donc $G(x) = -2\cos\left(2x + \frac{\pi}{3}\right) + 1$.

Exercices 96 et 97 p. 318

La méthode d'Euler pour le calcul approché de primitives

Définition

On considère une fonction f définie sur un intervalle I. On cherche une primitive F de la fonction f vérifiant la condition $F(x_0) = y_0$.

La méthode d'Euler permet de construire une approximation de la courbe représentative de cette primitive F, sans connaître son expression.

Principe de cette méthode

❶ On utilise le nombre dérivé $f'(a) = \lim\limits_{h \to 0} \dfrac{f(a+h) - f(a)}{h}$ et on l'applique à la fonction F.

En remarquant que $F' = f$, on obtient $F'(a) = f(a) = \lim\limits_{h \to 0} \dfrac{F(a+h) - F(a)}{h}$.

Ainsi, pour h proche de 0, on a l'approximation suivante : $F(a+h) \approx F(a) + h \times f(a)$.

❷ On connaît un premier point de la courbe représentative de F : $A_0(x_0\,;y_0)$, qui correspond à la condition $F(x_0) = y_0$. On construit un deuxième point $A_1(x_1\,;y_1)$ en utilisant la méthode d'approximation précédente $A_1(x_0 + h\,;F(x_0 + h))$, ce qui donne $A_1(x_0 + h\,;F(x_0) + h \times f(x_0))$. On renouvelle l'opération pour obtenir une suite de points $A_n(x_n\,;y_n)$, qu'on relie ensuite par des segments, ce qui fournit une approximation de la courbe représentative de F.

APPLICATION

On considère la fonction f définie sur $[0\,;4]$ par $f(x) = \dfrac{1}{1+x}$. On cherche la représentation graphique de la primitive F de f vérifiant la condition $F(0) = 0$.

On ne connaît pas de primitive usuelle de f en classe de Première. On utilise donc la méthode d'Euler en construisant une suite de points, dont les abscisses seront régulièrement espacées de $h = 0{,}5$.

❶ Premier point de la courbe représentative de F : $A_0(x_0\,;y_0)$, soit $A_0(x_0\,;F(x_0))$, soit $A_0(0\,;0)$.

❷ Deuxième point : $A_1(x_1\,;y_1)$. On pose $x_1 = x_0 + h = 0 + 0{,}5 = 0{,}5$

et $y_1 \approx F(x_0) + h \times f(x_0) \approx y_0 + 0{,}5 \times f(x_0) \approx 0 + 0{,}5 \times \dfrac{1}{1+0} \approx 0{,}5$.

Donc le 2e point a pour coordonnées $A_1(0{,}5\,;0{,}5)$.

❸ Troisième point : $A_2(x_2\,;y_2)$. On pose $x_2 = x_1 + h = 0{,}5 + 0{,}5 = 1$

et $y_2 \approx F(x_1) + h \times f(x_1) \approx y_1 + 0{,}5 \times f(x_1) \approx 0{,}5 + 0{,}5 \times \dfrac{1}{1+0{,}5} \approx 0{,}83$.

Avec une feuille de calcul, on obtient les résultats et le tracé suivant (la courbe bleue) :

	A	B	C	D	E	F	G	H	I	J
1	xi	0	0,5	1	1,5	2	2,5	3	3,5	4
2	f(xi)	1	0,66666667	0,5	0,4	0,33333333	0,28571429	0,25	0,22222222	0,2
3	yi	0	0,5	0,83333333	1,08333333	1,28333333	1,45	1,59285714	1,71785714	1,82896825

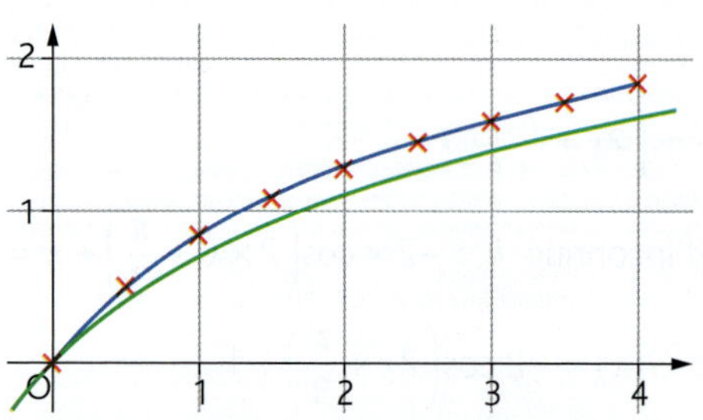

On a représenté en vert la courbe représentative de $ln(1+x)$, qui est la primitive de $\dfrac{1}{1+x}$ s'annulant en 0 (*cette fonction sera étudiée en classe de Terminale*). On voit donc bien que notre courbe bleue est une approximation de la courbe verte.

EXO 5 Utilisation d'un tableur pour la méthode d'Euler Tableur

Soit la fonction f définie sur $[0\,;4]$ par $f(x)=\dfrac{1}{1+x^2}$. On souhaite construire la représentation graphique de la primitive F de f s'annulant en 0.

On donne une feuille de calcul pour obtenir les coordonnées des différents points nécessaires à cette représentation.

	A	B	C	D	E	F	G	H	I	J
1	xi	0	0,5	1	1,5	2	2,5	3	3,5	4
2	f(xi)									
3	yi									

- Quelle valeur faut-il saisir dans la cellule B3 ?
- Quelle formule, que l'on pourra recopier vers la droite, doit-on entrer dans la cellule B2 ? Et dans la cellule C3 ?

Méthode

1. On détermine les coordonnées du premier point $(x_0\,;y_0)$ avec la condition $F(0)=0$.
2. On détermine le pas h entre les abscisses de 2 points consécutifs.
3. On utilise la relation $y_{n+1}=y_n+h\times f(x_n)$ pour déterminer de proche en proche les ordonnées des points concernés.

Réponses

1. En B3, on écrit l'ordonnée du premier point, y_0, ici donné par l'énoncé : 0.
2. Le pas n'est pas donné par l'énoncé mais, en regardant les valeurs de la ligne 1, on remarque que les valeurs des abscisses sont espacées de 0,5. Donc $h=0,5$.
3. En B2, on applique la formule de la fonction f puisqu'on cherche $f(x_0)$, soit B2=1/(1+B1^2) et en C3, on applique la formule de la méthode d'Euler pour trouver $F(x_1)$, soit C3=B3+0,5*B2.

Avec un tableur ou une calculatrice, on trouve :

	A	B	C	D	E	F	G	H	I	J
1	xi	0	0,5	1	1,5	2	2,5	3	3,5	4
2	f(xi)	1	0,8	0,5	0,30769231	0,2	0,13793103	0,1	0,0754717	0,05882353
3	yi	0	0,5	0,9	1,15	1,30384615	1,40384615	1,47281167	1,52281167	1,56054752

Exercice 103 p. 319

EXO 6 Utiliser une fonction Python pour la méthode d'Euler Python

Soit la fonction f définie sur $[1\,;2]$ par $f(x)=\dfrac{1}{x}$.

On veut calculer les coordonnées de 10 points nécessaires à la représentation graphique de la primitive F de f s'annulant en 1. On prendra un pas h de 0,1. Compléter la fonction Euler suivante :

```
def Euler():
    x=.....
    y=......
    Liste_abscisses_Euler=[..]
    Liste_ordonnees_Euler=[....]
    for i in range(.....):
        x=x+.....
        y=y+.......
        Liste_abscisses_Euler.append(....)
        Liste_ordonnees_Euler.append(.....)
    return Liste_abscisses_Euler,Liste_ordonnees_Euler
```

Méthode

1. On recherche la condition initiale.
2. On utilise les relations $x_{n+1}=x_n+0,1$ et $y_{n+1}=y_n+h\times f(x_n)$ pour déterminer, de proche en proche, les ordonnées des points concernés.

Exercices 102 et 104 p. 319

Réponse

```
def Euler():
    x=1 #condition initiale
    y=0
    Liste_abscisses_Euler=[1]  # initialisation liste abscisses
    Liste_ordonnees_Euler=[0]#initialisation liste ordonnees
    for i in range(10):#pour avoir 10 points
        x=x+0.1#utilisation du pas égal à 0,1
        y=y+0.1*1/x #utilisation relation recurrence
        Liste_abscisses_Euler.append(x)#on complete liste abscisses
        Liste_ordonnees_Euler.append(y)#on complete liste ordonnees
    return Liste_abscisses_Euler,Liste_ordonnees_Euler
```

L'essentiel

Je retiens

1. Nombre dérivé et tangente

F — a pour dérivée → f

F ← a pour primitive — f

- Soit f une fonction définie sur un intervalle I. Si F et G sont deux primitives de f sur I, alors il existe un réel k tel que, pour tout réel x de I, $G(x)=F(x)+k$.
- Si une fonction f possède une primitive F sur un intervalle I, alors f admet une unique primitive prenant la valeur y_0 pour un réel x_0 de I (c'est-à-dire telle que $F(x_0)=y_0$).

2. Primitives des fonctions de référence

Primitives des fonctions puissances

$f(x)$	Primitives de f	I
a	$ax+k$	$\mathbb{R}$
x	$\frac{1}{2}x^2+k$	$\mathbb{R}$
x^2	$\frac{1}{3}x^3+k$	$\mathbb{R}$
x^n	$\frac{1}{n+1}x^{n+1}+k$	$\mathbb{R}$

Primitives des fonctions trigonométriques

$f(t)$	Primitives de f	I
$\cos(t)$	$\sin(t)+k$	$\mathbb{R}$
$\sin(t)$	$-\cos(t)+k$	$\mathbb{R}$
$A\cos(\omega t+\varphi)$	$\frac{A}{\omega}\sin(\omega t+\varphi)$	$\mathbb{R}$
$A\sin(\omega t+\varphi)$	$\frac{-A}{\omega}\cos(\omega t+\varphi)$	$\mathbb{R}$

Primitives d'une fonction polynôme

$f(x)=a_nx^n+a_{n-1}x^{n-1}+\ldots+a_2x^2+a_1x+a_0$ a pour primitive

$$F(x)=\frac{a_n}{n+1}x^{n+1}+\frac{a_{n-1}}{n}x^n+\ldots+\frac{a_2}{3}x^3+\frac{a_1}{2}x^2+a_0x+k.$$

3. Méthode d'Euler

On cherche une représentation graphique de la primitive F de la fonction f vérifiant la condition $F(x_0)=y_0$. On choisit un réel h proche de 0.
On construit une suite de points $A_0, A_1, A_2, \ldots, A_n$ dont les coordonnées $(x_i\,;y_i)$ sont définies par les relations de récurrence : $x_{i+1}=x_i+h$ et $y_{i+1}=y_i+h\times f(x_i)$.

Je me teste

QCM interactif et auto-corrigé

hachette-clic.fr/25mfls041

Je me prépare à une évaluation

Je sais calculer des primitives

CHALLENGE EN CLASSE OU À LA MAISON

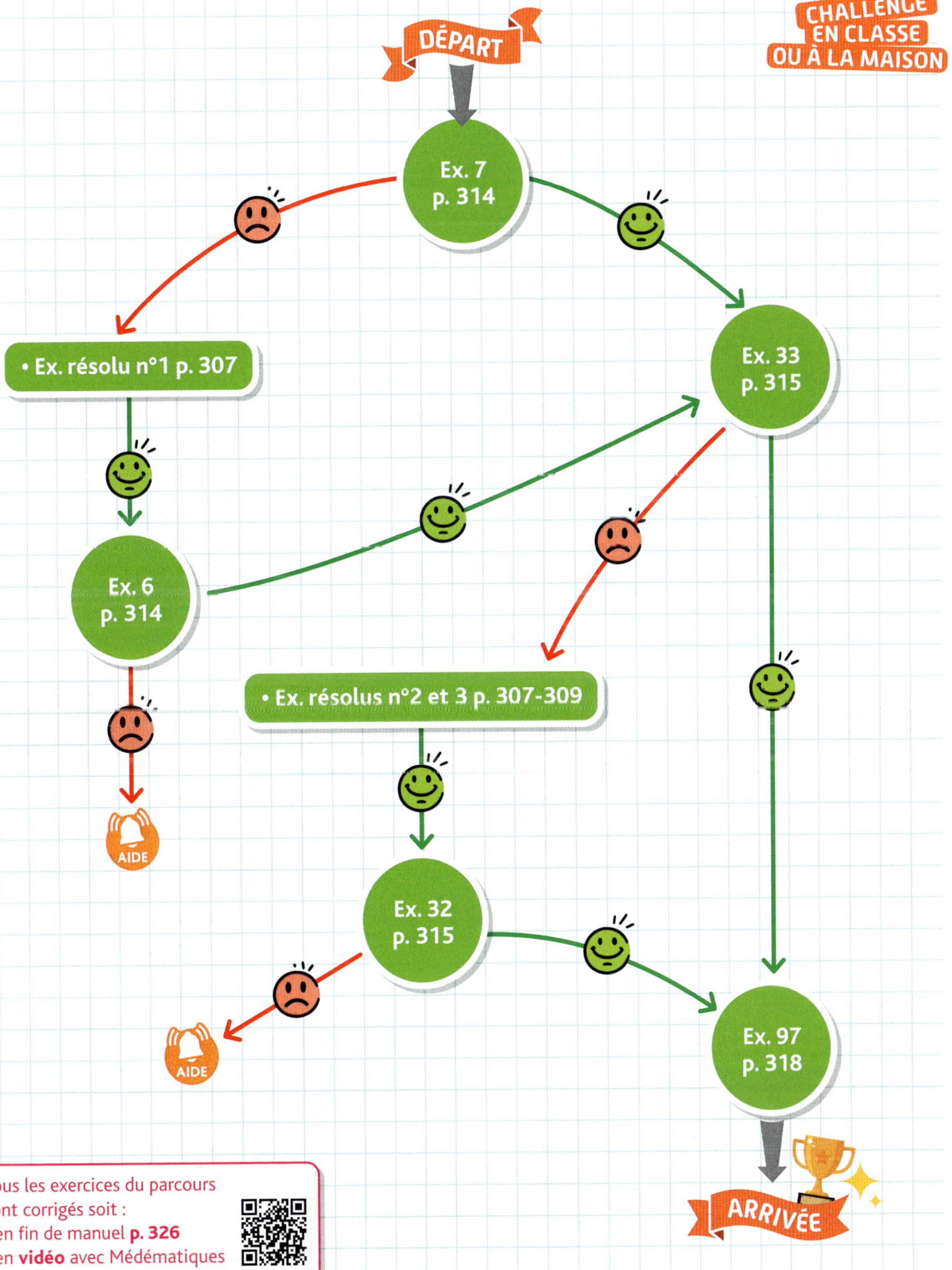

Tous les exercices du parcours sont corrigés soit :
- en fin de manuel **p. 326**
- en **vidéo** avec Médématiques

hachette-clic.fr/25mfls042

Exercices

Les exercices roses sont corrigés :
• en fin de manuel **p. 326** ou • en **vidéo** avec Médématiques **hachette-clic.fr/25mfls042**

1 Notion de primitive

Questions flash

Pour 1 à 5, F est-elle une primitive sur $\mathbb{R}$ de f ?

1 $f(x)=3$; $F(x)=3x$

2 $f(x)=5$; $F(x)=2x+3$

3 $f(x)=2x$; $F(x)=x^2+1$

4 $f(x)=7x$; $F(x)=3x^2+x$

5 $f(x)=x^3$; $F(x)=3x^2$

Une fonction F est une **primitive** de f si $F'=f$.

Pour 6 et 7,
1. Dériver F.
2. Comparer F' et f.
3. F est-elle une primitive sur $\mathbb{R}$ de f ?

6 Corrigé
a. $f(x)=7$ et $F(x)=7x+4$.
b. $f(x)=-2x$ et $F(x)=-2x^2$

7 Corrigé
a. $f(x)=3x^2+1$ et $F(x)=x^3+1$
b. $f(x)=x^3-2x$ et $F(x)=\dfrac{x^4}{4}-x^2-3$

Pour 8 et 9, F est-elle une primitive sur I de f ?

8 a. $f(t)=t^2-\dfrac{1}{t^2}$; $F(t)=\dfrac{1}{3}t^3+\dfrac{1}{t}$ et $\mathrm{I}=]0\,;\infty[$.
b. $f(x)=-\dfrac{x}{1+x^2}$; $F(x)=\dfrac{1}{1+x^2}$ et $\mathrm{I}=]0\,;+\infty[$.

9 a. $f(x)=\dfrac{3}{(x+2)^2}$; $F(x)=\dfrac{x-1}{x+2}$ et $\mathrm{I}=]0\,;+\infty[$.
b. $f(t)=\dfrac{5t^4}{1+t^5}$; $F(t)=\dfrac{1}{1+t^5}$ et $\mathrm{I}=]0\,;+\infty[$.

Pour 10 à 17, montrer que F une primitive de f sur l'intervalle I.

10 $f(x)=4$; $F(x)=4x-7$ et $\mathrm{I}=\mathbb{R}$.

11 $f(x)=2x+3$; $F(x)=x^2+3x$ et $\mathrm{I}=\mathbb{R}$.

12 $f(x)=-3x+2$; $F(x)=-\dfrac{3}{2}x^2+2x+1$ et $\mathrm{I}=\mathbb{R}$.

13 $f(x)=9x^2$; $F(x)=3x^3$ et $\mathrm{I}=\mathbb{R}$.

14 $f(x)=x^2$; $F(x)=\dfrac{1}{3}x^3+2$ et $\mathrm{I}=\mathbb{R}$.

15 $f(x)=8x^3-6x^2$; $F(x)=2x^4-2x^3$ et $\mathrm{I}=\mathbb{R}$.

16 $f(x)=-\dfrac{3}{x^2}$; $F(x)=\dfrac{3}{x}-7$ et $\mathrm{I}=]0\,;+\infty[$

17 $f(x)=\sin(x)$; $F(x)=-\cos(x)+1$ et $\mathrm{I}=\mathbb{R}$.

18 Justifier que la fonction F est une primitive sur $]0\,;+\infty[$ de la fonction f.
a. $f(x)=-6\sin\left(3x+\dfrac{\pi}{3}\right)$ et $F(x)=2\cos\left(3x+\dfrac{\pi}{3}\right)$.
b. $f(x)=\cos\left(\dfrac{x}{2}-\dfrac{\pi}{8}\right)$ et $F(x)=2\sin\left(\dfrac{x}{2}-\dfrac{\pi}{8}\right)$.

19 Associer chaque expression de fonction de la colonne de gauche à une primitive définie dans la colonne de droite.

a. $f(x)=180x^2$	1. $F(x)=3x^5+4x^2+1$
b. $f(x)=2\cos\left(2x+\dfrac{\pi}{4}\right)$	2. $F(x)=\sin\left(2x+\dfrac{\pi}{4}\right)$
c. $f(x)=15x^4+8x$	3. $F(x)=2\sin\left(2x+\dfrac{\pi}{4}\right)$
d. $f(x)=4\cos\left(2x+\dfrac{\pi}{4}\right)$	4. $F(x)=60x^3+8$

20 À l'aide d'un logiciel de calcul, Basile a obtenu l'expression $F(x)$ d'une primitive sur $\mathbb{R}$ de la fonction définie par $f(x)=\dfrac{3x}{(x^2+2)^2}$:

$$F(x)=\frac{1{,}5}{x^2+2}$$

Vérifier la primitive obtenue à l'aide d'un calcul.

21 Pendant un match de rugby, un joueur tape une chandelle : le ballon décolle verticalement de son pied à l'instant $t=0$. Lors des deux premières secondes, la vitesse du ballon (en m.s^{-1}) à l'instant t (en s) est donnée par la formule $v(t)=-9{,}8t+21$ et la hauteur du ballon (en m) à l'instant t par $h(t)=-4{,}9t^2+21t+0{,}5$.

a. Vérifier que h est une primitive de v.
b. À quelle hauteur se trouve le ballon deux secondes après avoir été tapé ?

Une fonction f ayant pour primitive F admet une **infinité de primitives**, qui s'écrivent sous la forme $F+k$, où k est un nombre réel quelconque.

22 Soit la fonction f définie pour tout réel x différent de 0 par $f(x)=2x-\dfrac{1}{x^2}$.
a. Montrer que $F(x)=x^2+\dfrac{1}{x}$ est une primitive de f.
b. En déduire toutes les primitives de f.

Pour 23 à 31,

1. Vérifier que F est une primitive de f sur I.

2. En déduire toutes les primitives sur I des fonctions f.

23 $f(x)=7$; $F(x)=7x$ et $I=\mathbb{R}$.

24 $f(x)=x-8$; $F(x)=\frac{1}{2}x^2-8x$ et $I=\mathbb{R}$.

25 $f(x)=-3x+2$; $F(x)=-\frac{3}{2}x^2+2x$ et $I=\mathbb{R}$.

26 $f(x)=2\cos(x)$; $F(x)=2\sin(x)$ et $I=\mathbb{R}$.

27 $f(x)=-3\sin(x)$; $F(x)=3\cos(x)$ et $I=\mathbb{R}$.

28 $f(x)=-5\cos(x)$; $F(x)=-5\sin(x)$ et $I=\mathbb{R}$.

29 $f(x)=8\sin(x)$; $F(x)=-8\cos(x)$ et $I=\mathbb{R}$.

30 $f(x)=\frac{7}{x^2}$; $F(x)=-\frac{7}{x}$ et $I=]0\,;+\infty[$.

31 $f(x)=3-\frac{9}{x^2}$; $F(x)=3x+\frac{9}{x}$ et $I=]0\,;+\infty[$.

> Si une fonction f possède une primitive F sur un intervalle I, alors f admet **une unique primitive** prenant la valeur y_0 pour un réel x_0 de I (c'est-à-dire telle que $F(x_0)=y_0$).

Pour 32 à 40, vérifier que F est une primitive de f sur I et déterminer la primitive de f qui prend la valeur y_0 en x_0.

32 Corrigé $f(x)=3$; $F(x)=3x$; $I=\mathbb{R}$; $x_0=1$ et $y_0=2$.

33 Vidéo $f(x)=4x+2$; $F(x)=2x^2+2x$; $I=\mathbb{R}$; $x_0=1$ et $y_0=-2$.

34 $f(x)=x+3$; $F(x)=\frac{1}{2}x^2+3x$; $I=\mathbb{R}$; $x_0=-1$ et $y_0=1$.

35 $f(x)=6x^2$; $F(x)=2x^3$; $I=\mathbb{R}$; $x_0=1$ et $y_0=4$.

36 $f(x)=\frac{1}{2}x^2+3x+5$; $F(x)=\frac{1}{6}x^3+\frac{3}{2}x^2+5x$; $I=\mathbb{R}$; $x_0=0$ et $y_0=0$.

37 $f(x)=\frac{1}{3}x^2+5x-3$; $F(x)=\frac{1}{9}x^3+\frac{5}{2}x^2-3x$; $I=\mathbb{R}$; $x_0=1$ et $y_0=2$.

38 $f(x)=\frac{3}{x^2}$; $F(x)=-\frac{3}{x}$; $I=]0\,;+\infty[$; $x_0=2$ et $y_0=2$.

39 $f(x)=3\cos(x)$; $F(x)=3\sin(x)$; $I=\mathbb{R}$; $x_0=0$ et $y_0=1$.

40 $f(x)=-\sin(x)$; $F(x)=\cos(x)$; $I=\mathbb{R}$; $x_0=\pi$ et $y_0=2$.

41 Quatre primitives d'une même fonction f sont représentées ci-dessous.

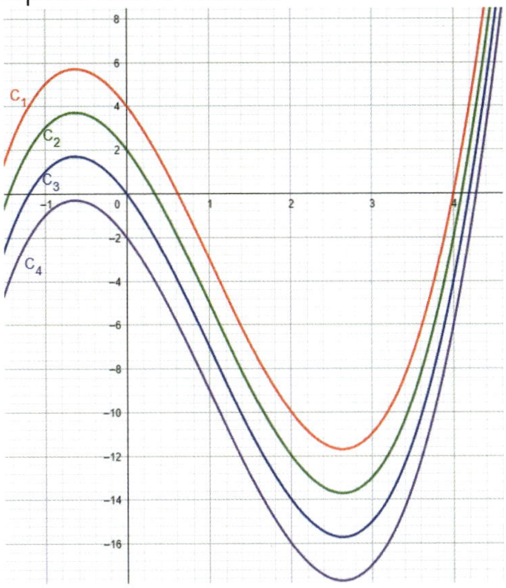

Quelle est la courbe qui représente la primitive de f qui prend la valeur 2 en 0 ?

42 Un logiciel donne l'expression $F(x)$ d'une primitive sur $\mathbb{R}$ de la fonction définie par $f(x)=x\cos(x)$: $F(x)=\cos(x)+x\sin(x)$.

Déterminer la primitive de f qui s'annule en $\frac{\pi}{2}$.

> Si une fonction f admet pour primitive F, $F'=f$: **le signe de f donne les variations de F.**
>
> Pour déterminer graphiquement une primitive, on étudie le signe de chacune des fonctions représentées, puis on fait le lien avec leurs variations.
>
> Exemple :
>
> f est positive (g est croissante) sur $[-2\,;\,1]$ et négative sinon (g est décroissante). Donc g est une primitive de f.

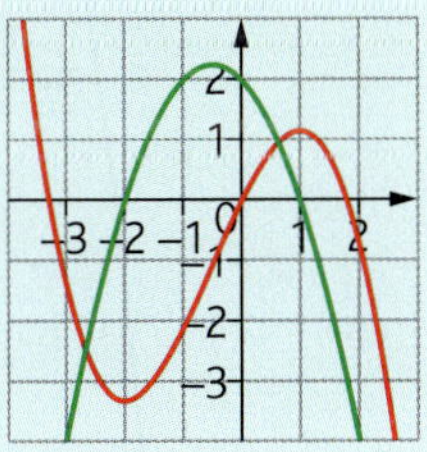

43 La courbe d'une fonction f définie sur $[-1\,;\,5]$ est donnée ci-dessous.

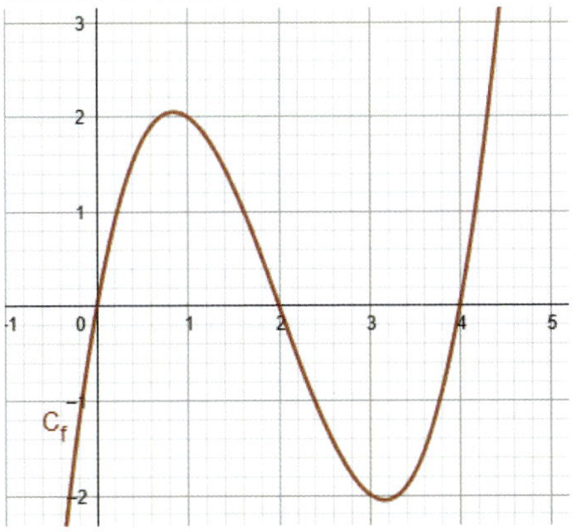

Exercices

Les exercices roses sont corrigés :
• en fin de manuel p. 326 ou • en **vidéo** avec Médématiques hachette-clic.fr/25mfls042

a. Dresser le tableau de signes de $f(x)$.

b. Donner le tableau de variation de chacune des fonctions g, h et i représentées ci-dessous :

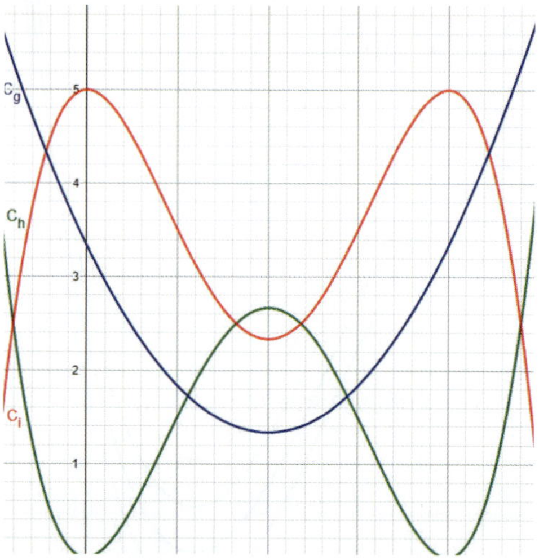

c. Parmi les 3 fonctions représentées, une seule est une primitive de f. Laquelle ?

44 Vidéo Dans chaque cas, une fonction f et sa primitive F sont représentées. Préciser, en justifiant, laquelle des deux courbes $\mathscr{C}_1$ ou $\mathscr{C}_2$ est celle de F.

a.

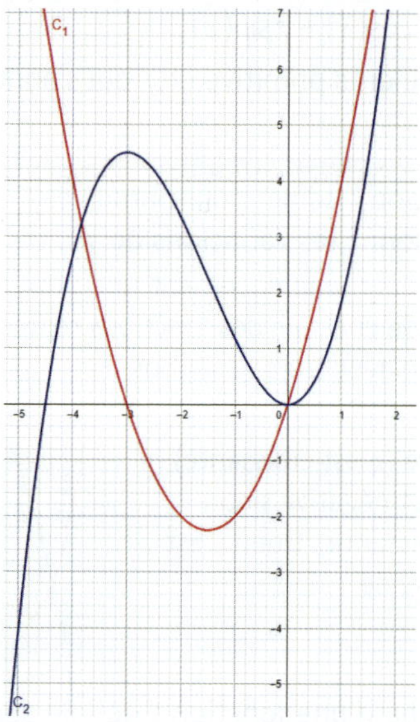

b.

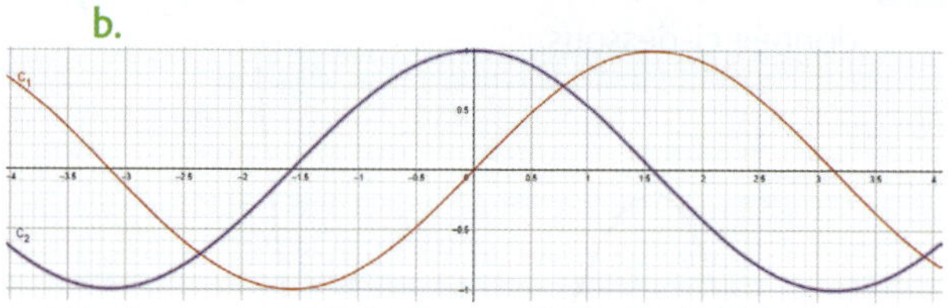

45 **QCM** Trouver la ou les bonnes réponses.
Soit f une fonction définie et positive sur $\mathbb{R}$. Alors sa primitive F est :

a. positive sur $\mathbb{R}$

b. croissante sur $\mathbb{R}$

c. positive et croissante sur $\mathbb{R}$

2 Primitives des fonctions de références

Questions flash

Pour 46 à 55, déterminer une primitive de f sur l'intervalle I.

46 $f(x) = -4$ et $I = \mathbb{R}$.

47 $f(x) = 5x - 4$ et $I = \mathbb{R}$.

48 $f(x) = 4x^2$ et $I = \mathbb{R}$.

49 $f(x) = 5x^3$ et $I = \mathbb{R}$.

50 $f(x) = \cos(x)$ et $I = \mathbb{R}$.

51 $f(x) = \sin(x)$ et $I = \mathbb{R}$.

52 $f(x) = 4\cos(x)$ et $I = \mathbb{R}$.

53 $f(x) = -4\sin(x)$ et $I = \mathbb{R}$.

54 $f(x) = \frac{1}{x^2}$ et $I = \mathbb{R}$.

55 $f(x) = -4 + \frac{2}{x^2}$ et $I = \mathbb{R}$.

56 Recopier et compléter le tableau ci-dessous, en suivant l'exemple de la deuxième colonne.

I	$\mathbb{R}$	$\mathbb{R}$	$\mathbb{R}$	$\mathbb{R}$	$]0\,;+\infty[$	$\mathbb{R}$	$\mathbb{R}$
$F(x)$	x^2			x^5			
$f(x)$	$2x$	$3x^2$			$-\frac{1}{x^2}$		1
$f'(x)$	2		4			$\cos(x)$	

57 Une fonction f, sa fonction dérivée f' et une primitive F de f sont représentées ci-dessous.

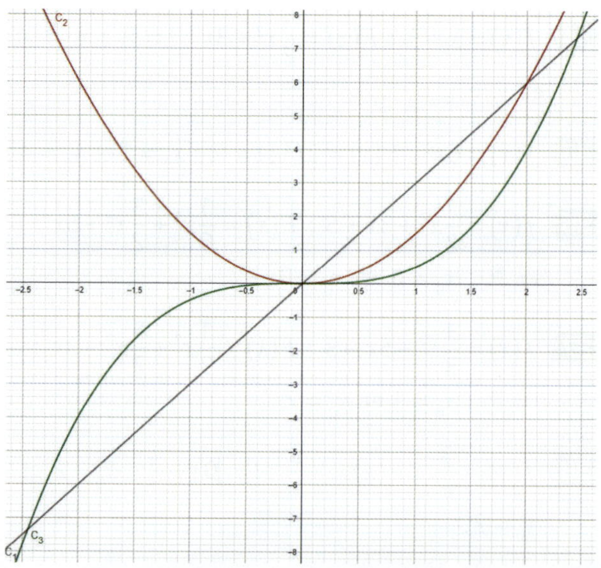

Associer, en justifiant, chaque courbe $\mathscr{C}_1$, $\mathscr{C}_2$ et $\mathscr{C}_3$ à la fonction f, f' ou F qu'elle représente.

58 Déterminer une primitive sur I des fonctions suivantes.

a. $f(x)=x^2+x+3$ et $\mathrm{I}=\mathbb{R}$.

b. $g(x)=4x^3-2x+1$ et $\mathrm{I}=\mathbb{R}$.

c. $h(t)=\dfrac{4}{t^2}+5t^4$ et $\mathrm{I}=\left]0\,;+\infty\right[$.

d. $i(t)=3\cos(t)$ et $\mathrm{I}=\mathbb{R}$.

59 Calculatrice Une poutre (en bois) de 2,5 m, posée sur deux appuis, est soumise à une charge répartie linéaire de 12 kN/m et se déforme.

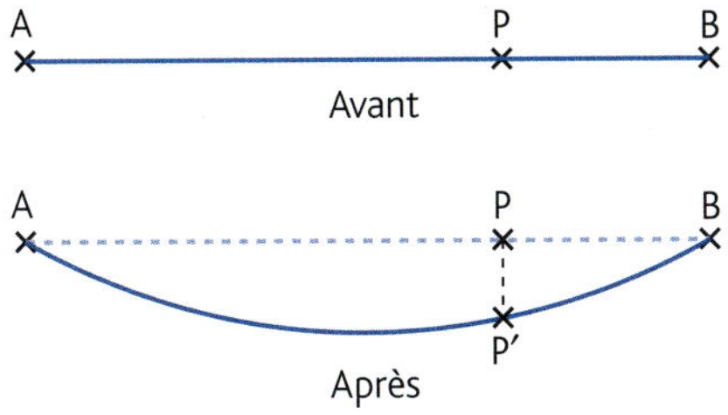

La « déformée » f (en mm) en fonction de x (en m) est la primitive de la fonction définie sur $[0\,;2{,}5]$ par $m(x)=-2x^3+7{,}5x^2-6{,}25x$.

a. Vérifier que $f(x)=-0{,}5x^4+2{,}5x^3-3{,}125x^2$.

b. À l'aide d'une calculatrice, déterminer la déformation maximale. Cette valeur est appelée la « flèche » (en m).

60 a. $f(t)=-5\cos(t)$ et $\mathrm{I}=\mathbb{R}$.

b. $g(x)=2x^3-5x+3$ et $\mathrm{I}=\mathbb{R}$.

c. $h(t)=-8\sin(2t)$ et $\mathrm{I}=\mathbb{R}$.

d. $i(t)=\dfrac{5}{t^2}$ et $\mathrm{I}=\left]-\infty\,;0\right[$.

61 a. $f(x)=\dfrac{x^6}{5}$ et $\mathrm{I}=\mathbb{R}$.

b. $g(x)=\cos(2x)$ et $\mathrm{I}=\mathbb{R}$.

c. $h(t)=\sin\left(3t+\dfrac{\pi}{2}\right)$ et $\mathrm{I}=\mathbb{R}$.

d. $i(t)=\dfrac{t^3+2t^2-1}{t^2}$ et $\mathrm{I}=\left]0\,;+\infty\right[$.

Si une fonction f admet pour primitive F, elle possède une **infinité de primitives**, qui s'écrivent sous la forme $\boldsymbol{F+k}$, où k est un nombre réel quelconque.

Pour 62 à 71, déterminer toutes les primitives sur I des fonctions *f*.

62 $f(x)=-7$ et $\mathrm{I}=\mathbb{R}$.

63 $f(x)=8x-1$ et $\mathrm{I}=\mathbb{R}$.

64 $f(x)=5x^2$ et $\mathrm{I}=\mathbb{R}$.

65 $f(x)=10x^3$ et $\mathrm{I}=\mathbb{R}$.

66 $f(x)=3\cos(x)$ et $\mathrm{I}=\mathbb{R}$.

67 $f(x)=-5\sin(x)$ et $\mathrm{I}=\mathbb{R}$.

68 $f(x)=-7\cos(x)$ et $\mathrm{I}=\mathbb{R}$.

69 $f(x)=6\sin(x)$ et $\mathrm{I}=\mathbb{R}$.

70 $f(x)=\dfrac{5}{x^2}$ et $\mathrm{I}=\left]0\,;+\infty\right[$.

71 $f(x)=-9+\dfrac{3}{x^2}$ et $\mathrm{I}=\left]0\,;+\infty\right[$.

Pour 72 à 75, déterminer deux primitives sur I des fonctions *f*.

72 $f(x)=4$ et $\mathrm{I}=\mathbb{R}$.

73 $f(x)=3x+9$ et $\mathrm{I}=\mathbb{R}$.

74 $f(x)=3{,}5x^2$ et $\mathrm{I}=\mathbb{R}$.

75 $f(x)=5x^3$ et $\mathrm{I}=\mathbb{R}$.

76 Les fonctions F et G sont elles deux primitives sur $\mathbb{R}$ d'une même fonction ?

$F(x)=x^2\sin(x)+5$ et $G(x)=x^2\sin(x)-2$

77 Justifier, de deux manières différentes, que les fonctions F et G sont deux primitives sur $\left[0\,;+\infty\right[$ d'une même fonction :

$$F(x)=\frac{x+1}{x}\quad\text{et}\quad G(x)=\frac{2x+1}{x}$$

78 Parmi les courbes ci-dessous, quelles sont celles qui représentent des primitives d'une même fonction ?

Les exercices roses sont corrigés :
• en fin de manuel **p. 326** ou • en **vidéo** avec Médématiques **hachette-clic.fr/25mfls042**

79 Déterminer les primitives sur I des fonctions définies par :

a. $f(x) = x^3$ et $I = \mathbb{R}$.

b. $g(x) = x^2 - 3x + 5$ et $I =]-\infty\,;0[$.

c. $h(t) = -4\cos(t)$ et $I = \mathbb{R}$.

d. $i(t) = 2\sin(t)$ et $I =]0\,;+\infty[$.

80 Déterminer les primitives sur I des fonctions définies par :

a. $f(x) = x^4$ et $I = \mathbb{R}$.

b. $g(t) = 6$ et $I = \mathbb{R}$.

c. $h(\theta) = \dfrac{1}{2}\sin(\theta)$ et $I = \mathbb{R}$.

d. $i(t) = \dfrac{7}{t^2}$ et $I =]-\infty\,;0[$.

81 Déterminer la primitive F de la fonction f définie sur $\mathbb{R}$ par $f(x) = 4x^4 + 5x^2 - 8x + 3$ telle que $F(0) = 0$.

82 Déterminer la primitive F de la fonction f définie sur $\mathbb{R}$ par $f(x) = 3x^4 - 3x^2 - 2x + 4$ et s'annulant en -1.

83 Déterminer la primitive F de la fonction f définie sur $\mathbb{R}$ par $f(x) = 2x^3 - 5x^2 - 1$ telle que $F(2) = 1$.

84 Déterminer la primitive F de la fonction f définie sur $\mathbb{R}$ par $f(x) = 2x^4 - 6x^3 - 5x - 1$ prenant la valeur 2 en 1.

Si une fonction f possède une primitive F sur un intervalle I, alors f admet **une unique primitive** prenant la valeur y_0 pour un réel x_0 de I (c'est-à-dire telle que $\boldsymbol{F(x_0) = y_0}$).

Pour 85 à 95, déterminer la primitive de f sur I qui prend la valeur y_0 en x_0.

85 $f(x) = 6x^5$; $I = \mathbb{R}$; $x_0 = 1$ et $y_0 = 4$.

86 $f(x) = \dfrac{1}{2}x^4 + 3x^3 + 5x$; $I = \mathbb{R}$; $x_0 = 0$ et $y_0 = 0$.

87 $f(x) = \dfrac{1}{3}x^5 + 5x - 3$; $I = \mathbb{R}$; $x_0 = 1$ et $y_0 = 2$.

88 $f(x) = \dfrac{3}{x^2}$; $I =]0\,;+\infty[$; $x_0 = 2$ et $y_0 = 2$.

89 $f(x) = 1 + \dfrac{1}{x^2}$; $I = \mathbb{R}$; $x_0 = 1$ et $y_0 = 2$.

90 $f(x) = 4x - \dfrac{2}{x^2}$; $I = \mathbb{R}$; $x_0 = 1$ et $y_0 = -2$.

91 $f(x) = x + \dfrac{5}{x^2}$; $I = \mathbb{R}$; $x_0 = -1$ et $y_0 = 1$.

92 $f(x) = 3\cos(x + 3\pi)$; $I = \mathbb{R}$; $x_0 = 0$ et $y_0 = 1$.

93 $f(x) = -\sin(4x)$; $I = \mathbb{R}$; $x_0 = \pi$ et $y_0 = 2$.

94 $f(x) = -2\cos(2x + \pi)$; $I = \mathbb{R}$; $x_0 = 0$ et $y_0 = 1$.

95 $f(x) = -3\sin(5x)$; $I = \mathbb{R}$; $x_0 = \pi$ et $y_0 = 2$.

96 Soit la fonction f définie pour tout réel x par $f(x) = 2\sin\left(4x + \dfrac{\pi}{2}\right)$. On a représenté ci-dessous une primitive de f. Retrouver son expression.

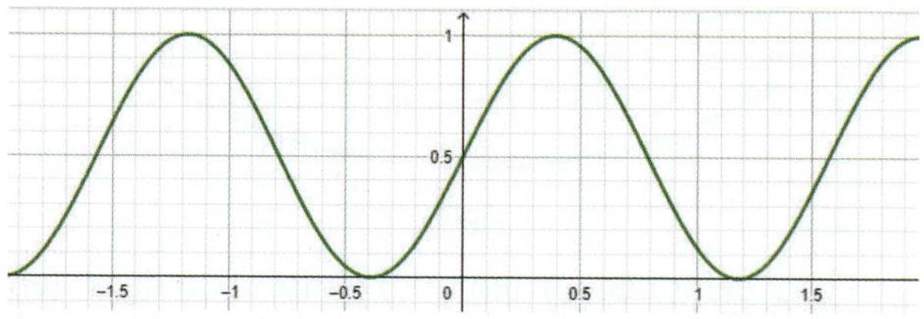

97 Corrigé Soit la fonction f définie pour tout réel x par $f(x) = 3\cos\left(2x + \dfrac{\pi}{6}\right)$. On a représenté ci-dessous une primitive de f. Retrouver son expression

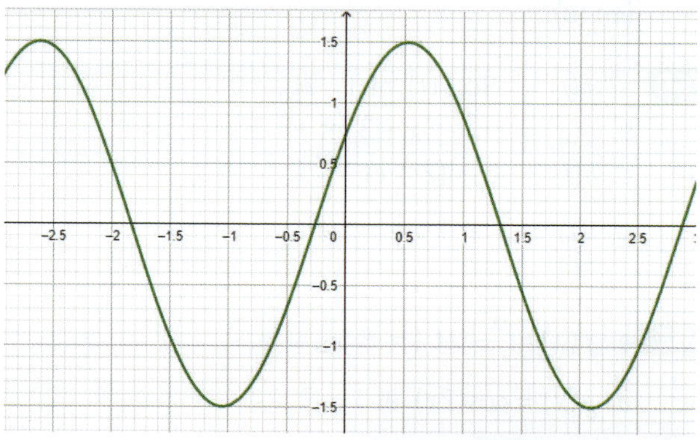

98 Une voiture électrique formule E de l'écurie Française DS PENSKE passe de 0 à 100 km/h en 2,5 s.

a. Convertir 100 km/h en m.s^{-1}.

b. Calculer l'accélération moyenne (a), exprimée en m.s^{-2} (arrondir au centième).

On suppose que le mouvement de ce véhicule est uniformément accéléré, c'est-à-dire que sa vitesse instantanée, exprimée en m.s^{-1}, est proportionnelle au temps t, exprimé en s, telle que $v(t) = at$.

c. Exprimer v en fonction de t, en considérant que $v(0) = 0$.

d. Sachant que la fonction distance d est une primitive de la fonction vitesse v, choisir, parmi les fonctions suivantes, quelle est celle qui est une primitive de la fonction vitesse (k étant une constante).

- $d_1(t) = 22{,}22t + k$
- $d_2(t) = 11{,}11t^2 + k$
- $d_3(t) = 5{,}555t^2 + k$

e. À l'instant initial, le véhicule est à l'arrêt, donc $d(0) = 0$. En déduire la valeur de k.

f. Calculer $d(2{,}5)$, arrondir au dixième. Interpréter le résultat dans le contexte de l'énoncé.

g. En déduire la distance parcourue par la voiture électrique pendant la phase d'accélération (passage de 0 à 100 km/h).

h. En gardant une accélération constante, au bout de combien de temps, la formule E a-t-elle parcouru 100 m ?

> **Point physique** : $a = \dfrac{dv}{dt}$ avec v en m/s, t en seconde pour a en m/s².

99 La chaussure d'une princesse est lâchée depuis le sommet O de la tour d'un château.

La position de l'objet à l'instant t est repérée par son abscisse $x(t)$ sur l'axe $(O ; \vec{i})$.

Sa vitesse v, en fonction du temps t, est donnée par $v(t) = 10t$.

a. Déterminer l'accélération a du mouvement.

La valeur obtenue est une valeur approchée de la constante gravitationnelle g.

b. Donner une expression possible de la fonction x (aide : la fonction position x est une primitive de la fonction vitesse v).

c. Y a-t-il d'autres expressions qui conviennent pour $x(t)$?

d. Peut-on choisir une expression qui correspond au fait que la chaussure est lâchée en O (c'est-à-dire vérifiant $x(0) = 0$) ?

100 Un TGV met 7 minutes pour passer de l'arrêt à sa vitesse de croisière qui est de 300 km/h, avec une accélération constante a.

a. Calculer l'accélération a.

b. En déduire l'expression de la vitesse $v(t)$ du TGV en fonction du temps t.

c. Quelle distance a parcouru le TGV pour atteindre sa vitesse de croisière ?

101 Un TGV lancé à 300 km/h doit freiner. Son accélération est alors proportionnelle au temps : $a(t) = kt$, $k < 0$.

Il s'arrête en 32 secondes. Sur quelle distance a-t-il freiné ?

3 Méthode d'Euler pour le calcul approché de primitives

102 La méthode d'Euler permet d'obtenir une approximation de la courbe représentative sur $[1 ; 10]$ de la fonction F définie par $F'(t) = \dfrac{1}{t}$ et $F(2) = 5$.

La courbe obtenue va s'approcher de la représentation graphique :

a. de la dérivée de $t \mapsto \dfrac{1}{t}$?

b. d'une primitive de $t \mapsto \dfrac{1}{t}$?

c. d'une courbe passant par le point de coordonnées $(5 ; 2)$?

103 Vidéo Soit la fonction f définie sur $[0 ; 4]$ par $f(x) = \dfrac{1}{2 + x}$.

On souhaite construire la représentation graphique de la primitive F de f qui vérifie $F(0) = 1$.

On donne une feuille de calcul pour obtenir les coordonnées des différents points nécessaires à cette représentation.

	A	B	C	D	E	F
1	xi	0	0,5	1	1,5	2
2	f(xi)					
3	yi					

a. Quelle valeur faut-il saisir dans la cellule B3 ?

b. Quelle formule, que l'on pourra recopier vers la droite, doit-on entrer dans la cellule B2 ? Et dans la cellule C3 ?

104 On souhaite construire par la méthode d'Euler une approximation de la courbe représentative sur $[1 ; 5]$ d'une fonction vérifiant $F'(t) = \sqrt{t}$ et $F(1) = 2$, avec un pas h de 0,5 et une précision d'au moins une décimale. La courbe obtenue passe par le point de coordonnées :

a. $(1 ; 2)$?

b. $(2{,}5 ; 1{,}5)$?

c. $(1{,}5 ; 2{,}5)$?

Problèmes

105 Cinétique chimique STL Calculatrice Tableur

» Modéliser • Communiquer

Lors d'une réaction chimique de dissociation $A \rightarrow B + C$ (par exemple, la dissociation du chlorure de sulfuryle en dioxyde de soufre et chlore : $SO_2Cl_2(g) \rightarrow SO_2(g) + Cl_2(g)$), la vitesse de réaction s'écrit : $v = k[A]^{\alpha}$ avec $v = -\dfrac{d[A]}{dt}$ où α est l'ordre de la réaction : 0, 1 ou 2, k est la constante de vitesse et $[A](t)$ la concentration, en fonction du temps t, en élément A. On note $[A]_0$ la concentration initiale du réactif A à $t = 0$.

Partie 1 : Étude de différents cas

1. Cas d'une réaction d'ordre 0 :

a. Exprimer la vitesse de réaction v en fonction de la constante de vitesse k.

b. En déduire l'expression de $[A](t)$ en fonction de t.

2. Cas d'une réaction d'ordre 2 :

a. Exprimer la vitesse de réaction v en fonction de la constante de vitesse k et de la concentration $[A]$, puis en déduire une expression de $\dfrac{d[A]}{dt}$ en fonction de $[A]$.

b. Vérifier que sous cette condition on a :

$$[A](t) = \frac{[A]_0}{1 + [A]_0 kt}.$$

N.B. : l'étude d'une réaction d'ordre 1 nécessite des connaissances mathématiques qui seront abordées en classe de Terminale.

Partie 2 : Étude d'un cas

En laboratoire, on étudie une réaction de dissociation, dont on ne connaît pas l'ordre. Les mesures sont faites à une température constante de 25 °C.

On obtient le relevé expérimental suivant :

t (min)	[A] (mol/L)	$10^4 v(t)$ (mol/L/min)
1	0,44	6,3
10	0,23	2,6
15	0,18	1,6
20	0,14	1,1
25	0,11	0,8
35	0,07	0,5
50	0,04	0,25

On souhaite déterminer l'ordre de la réaction.

a. Faire afficher, à l'aide d'un tableur ou de la calculatrice, le nuage de points constitué des points $([A], v)$.

b. En utilisant les résultats de la partie 1, la réaction semble-t-elle d'ordre 0 ou 2 ?

106 Distance dans un ascenseur STI2D

» Calculer • Représenter

Julien monte dans la cabine d'un ascenseur en bas de son immeuble et se place sur un pèse-personne.

L'accélération a, en $m.s^{-2}$, de la cabine est donnée par la formule $a = \dfrac{Mg}{m} - g$ où m désigne la masse de la personne en kg et M l'affichage de la balance en kg. On prendra $m = 70$ kg et $g = 10$ $m.s^{-2}$.

Le graphique ci-dessous représente la vitesse de la cabine (en $m.s^{-1}$) en fonction du temps en seconde :

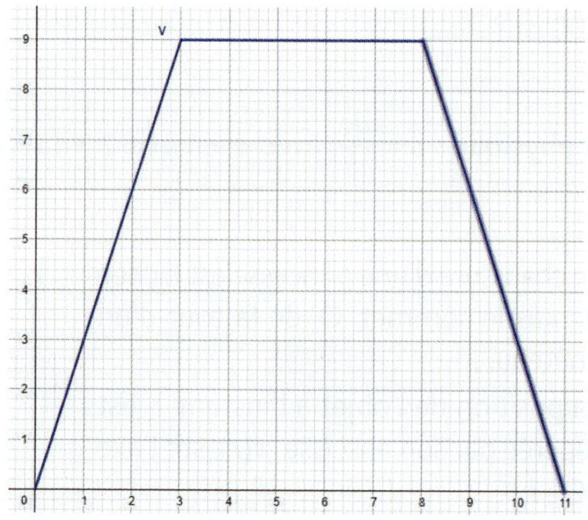

a. Justifier que, sur l'intervalle $[0 ; 3]$, la vitesse s'exprime par $v(t) = 3t$.

b. En déduire la valeur de l'accélération a, en $m.s^{-2}$, de la cabine sur l'intervalle $[0 ; 3]$.

c. Entre les instants $t = 0$ s et $t = 3$ s, Julien prétend que la balance lui affiche $M = 91$ kg. Vérifier la cohérence de son propos.

d. Déterminer l'expression de la primitive h de v sur $[0 ; 3]$ qui s'annule en 0, considérant que la hauteur h de la cabine est nulle au rez-de-chaussée de l'immeuble.

e. À quelle vitesse et à quelle hauteur se trouve la cabine au bout de 3 s ?

f. Entre les instants $t = 3$ s et $t = 8$ s, la vitesse est constante et égale à 9 $m.s^{-1}$. Justifier que la hauteur h au bout de 8 s est de 58,5 m.

g. Déterminer le coefficient directeur de la droite lorsque le mouvement a décéléré.

h. Quelle est la valeur, en kg, affichée par le pèse-personne au temps $t = 10$?

i. Montrer que l'expression de la vitesse v, pour tout $t \in [8 ; 11]$, est $v(t) = -3t + 33$.

j. Déterminer l'expression de la primitive h de v telle que $h(8) = 58,5$.

k. En déduire la distance parcourue, verticalement, au cours du trajet dans l'ascenseur.

107 Avec Euler, plutôt Python ou tableur ? Tableur Python

» Chercher • Communiquer

Rappel de cours : Une fonction F est connue par sa dérivée et une valeur donnée en un point : $F(x_0)=y_0$ (condition initiale). La méthode d'Euler permet de construire, point par point, une approximation de la courbe représentative de F. Le principe est de remplacer le taux de variation de F en x_0 par le nombre dérivé : $F'(x_0)\approx\dfrac{F(x_0+h)-F(x_0)}{h}$ où h est un réel proche de 0.
Ainsi, $F(x_0+h)\approx F(x_0)+F'(x_0)h$.
Soit F une fonction définie sur $[1\,;5]$ par $F'(x)=\dfrac{1}{x}$ et $F(1)=0$. On a $x_0=1$ et le premier point A_0 de coordonnées $(1\,;0)$ est donné. L'objectif de ce problème est d'obtenir une approximation de la courbe de F en effectuant les calculs induits par la méthode d'Euler à la main, puis en utilisant un ou plusieurs outils numériques.

Partie A : Première approche à la main

On prend $h=0{,}5$. La méthode d'Euler donne successivement : $F(1{,}5)\approx F(1)+F'(1)\times 0{,}5$; $F(2)\approx F(1{,}5)+F'(1{,}5)\times 0{,}5$... ainsi de suite et on obtient, de proche en proche, des valeurs approchées de $F(x)$, pour $x\in[1\,;5]$.

a. Vérifier, à l'aide d'un calcul, que $F(1{,}5)\approx 0{,}5$.

b. Le deuxième point obtenu de la courbe est $A_1(1{,}5\,;0{,}5)$. Calculer $F(2)$ et en déduire les coordonnées de A_2.

c. Calculer une valeur approchée de : $F(2{,}5)$, $F(3)$, $F(3{,}5)$, $F(4)$, $F(4{,}5)$ et $F(5)$.

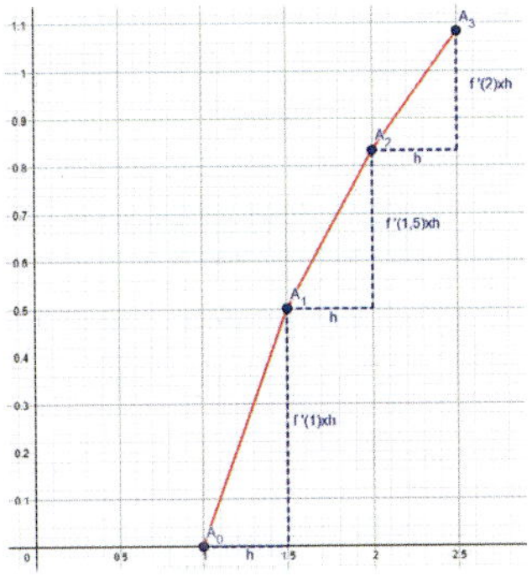

Les parties B et C peuvent être traitées de manières indépendantes

Partie B : Organisation des calculs à l'aide d'un Tableur

Afin d'obtenir une courbe plus précise, on prend $h=0{,}01$ et, pour automatiser les calculs précédents, on utilise un tableur.

STXT | =B2+1/A2*D$1

	A	B	C	D
1	x_n	F(x_n)	h	0,01
2	1	0		
3	1,01	=B2+1/A2*D$1		

1. Expliquer l'instruction saisie dans la cellule B3 afin qu'en tirant la cellule vers le bas, on puisse faire apparaître les valeurs de $F(1{,}01)$, $F(1{,}02)$...

2. a. Tirer la ligne 3 vers le bas afin de faire apparaître les coordonnées des points $A_n(x_n\,;F(x_n))$ jusqu'à ce que $x_n=5$.

b. Construire le nuage de points $A_n(x_n\,;F(x_n))$ en reliant les points.

Partie C : Utilisation de Python

Dans cette partie, le pas h est quelconque.

1. a. Implanter la fonction ci-dessous dans un éditeur Python.

b. Compléter les lignes de codes indiquées par #ligne à compléter (voir Exo résolu 6 p. 311)

2. Quel résultat donne l'exécution de euler(0.01) ? Interpréter la figure obtenue.

```
import matplotlib.pyplot as plt
def euler(h):
    x=1
    y=0
    liste_x=[1]
    liste_y=[0]
    while x<=5:
        x=x+(   )#Ligne à compléter
        y=y+(      )*h#Ligne à compléter
        liste_x.append(x)
        liste_y.append(y)
    plt.plot(liste_x,liste_y)
    plt.show()
```

COMMUN AUX PARTIES B ET C :

Remarque : *L'approximation de la courbe représentative de la fonction F définie par $F'(x)=\dfrac{1}{x}$ et $F(1)=0$ sur $[1\,;5]$ est appelée **fonction logarithme népérien** et sera étudiée en classe de Terminale.*

Prolongements à traiter différemment selon la méthode (Tableur ou Python) choisie :

1. Construire, à l'aide de la méthode d'Euler, la courbe représentative de la fonction définie sur $[0\,;5]$ par $F'(x)=\dfrac{1}{1+x^2}$ et $F(0)=0$.

2. a. Construire, à l'aide de la méthode d'Euler, la courbe représentative de la fonction définie sur $[0\,;5]$ par $F'(x)=\sqrt{x}$ et $F(0)=0$.

b. Comparer avec la courbe de la fonction G définie par $G(x)=\dfrac{2}{3}x\sqrt{x}$. Quelle conjecture pouvez-vous émettre ? Démontrer votre conjecture.

Méthode Python

A L'environnement EduPython

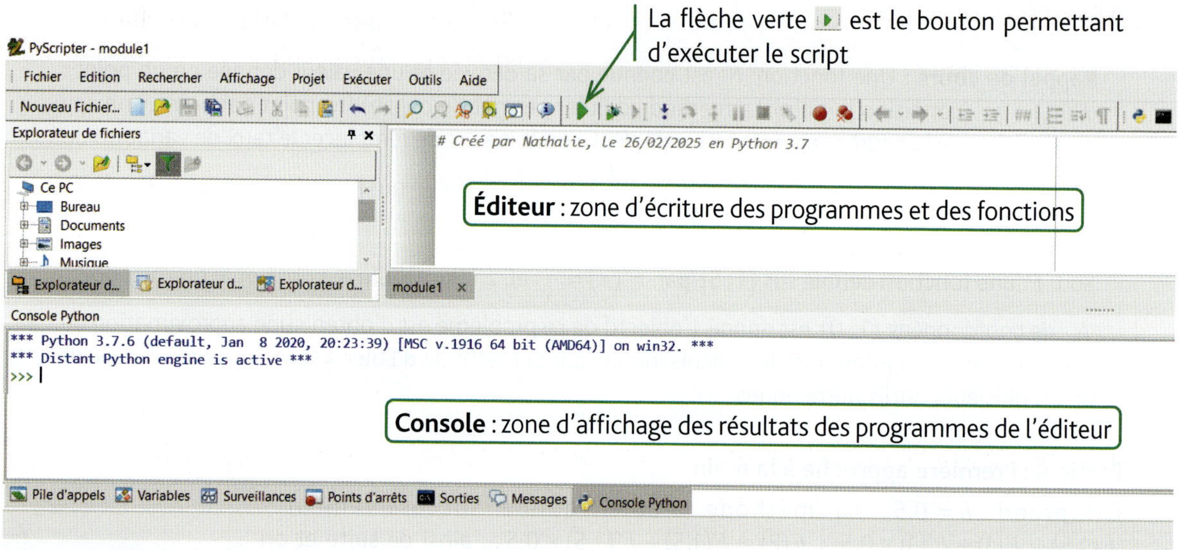

Remarque

Il est possible de saisir directement des **instructions** dans la **console**.

B Les principales opérations

Dans le langage Python, pour stocker une valeur dans une variable on utilise **l'affectation** à l'aide du symbole "=". Ainsi, dans le tableau ci-dessous, la variable a contient le nombre 11 et la variable b contient le nombre 3.

Affectation des variables	Addition	Produit	Quotient
`>>> a=11` `>>> b=3`	`>>> a+b` `14`	`>>> a*b` `33`	`>>> a/b` `3.6666666666666665`
Puissance	Soustraction	Reste dans la division euclidienne de a par b	Quotient dans la division euclidienne de a par b
`>>> a**2` `121`	`>>> a-b` `8`	`>>> a%b` `2`	`>>> a//b` `3`

Pour faire **afficher un résultat dans la console**, il est possible d'utiliser l'instruction `print()` dans l'éditeur.

Éditeur	Affichage dans la Console après

`a=11`
`b=3`
`print(a+b**2)`
	`*** Console de processus distant Réinitialisée ***`
	`20`
	`>>>`

C Les bibliothèques

Certaines fonctions spécifiques ne sont pas directement accessibles, elles sont rangées dans des **bibliothèques**. Il sera nécessaire d'**appeler ces bibliothèques** dans les programmes afin de pouvoir les utiliser.

Les principales bibliothèques utilisées sont ***math*** (principales fonctions mathématiques comme la racine carrée, `sqrt()`, ou le nombre π, `pi`) et la bibliothèque ***random*** (fonctions liées aux probabilités). Dans la bibliothèque ***random***, on utilisera la fonction `randint` qui permet de renvoyer un entier compris entre deux entiers choisis par l'utilisateur.

Importer la bibliothèque en entier	Importer certaines fonctions de la bibliothèque
`from math import *`	`from math import sqrt,pi`

D Les fonctions

Une **fonction** est un programme qui porte un nom et qui utilise aucune, une ou plusieurs **variables**.

Une fonction peut renvoyer **un résultat** qui pourra être **réutilisé** dans une autre fonction ou un autre programme.

```
def nom_de_la_fonction(variable1, variable2, ...):
    instructions(s)
    return résultat(s)
```

Fonction renvoyant l'image d'un réel par la fonction affine $f(x) = 3x + 5$	Fonction renvoyant le périmètre et l'aire d'un disque de rayon R

`def image_f(x):`
`    return 3*x+5`
	`from math import pi`
	`def peri_aire(R):`
	`    return 2*pi*R,pi*R**2`

Pour afficher les résultats d'une fonction il est nécessaire de l'appeler dans la console, après ▶.

Déterminer l'image de $\frac{2}{3}$ par la fonction affine f définie par $f(x) = 3x + 5$	Déterminer le périmètre et l'aire du disque de rayon 4
`>>> image_f(2/3)` `7.0`	`>>> peri_aire(4)` `(25.132741228718345, 50.26548245743669)`

E Instructions conditionnelles

Afin d'aiguiller dans différentes directions l'exécution d'un programme, on peut utiliser des **instructions conditionnelles**. Pour cela on utilise l'instruction if, qui peut être complétée par l'instruction else ou lorsque plus de deux possibilités sont disponibles, l'instruction elif peut être utilisée.

```
if condition(s):
    instruction(s)
```

```
if condition(s):
    instruction(s)
else :
    instruction(s)
```

```
if condition(s):
    instruction(s)
elif condition(s):
    instruction(s)
elif ....
else :
    ....
```

Afin de rentrer dans l'instruction conditionnelle, il est nécessaire de vérifier une **condition**.

Plusieurs tests sont disponibles :

Test d'égalité	Différent	Strictement supérieur	Strictement inférieur	Supérieur ou égal	Inférieur ou égal
`==`	`!=`	`>`	`<`	`>=`	`<=`

Fonction renvoyant la moitié d'un entier si celui-ci est pair	Fonction Syracuse, permettant de renvoyer la moitié d'un entier si celui-ci est pair et renvoie le triple plus un s'il est impair	Fonction renvoyant le tarif d'une place de cinéma. Le tarif moins de 16 ans est de 6,40 €, le tarif moins de 18 ans est de 7,80 € et le tarif normal est de 11,50 €.

`def demi(n):`
`    if n%2==0 :`
`        n=n//2`
`    return n`
	`def Syracuse(n):`
	`    if n%2==0 :`
	`        n=n//2`
	`    else :`
	`        n=3*n+1`
	`    return n`
		`def tarif(age):`
		`    if age<=16:`
		`        prix=6.4`
		`    elif age<=18:`
		`        prix=7.8`
		`    else:prix=11.5`
		`    return prix`

Méthode Python

F Boucle non bornée

Pour réaliser certains programmes il est parfois nécessaire de réaliser une ou plusieurs instructions tant qu'une condition est réalisée. Pour cela on utilise une **boucle non bornée** : while.

```
while condition(s):
    instruction(s)
```

Fonction permettant de renvoyer l'année à partir de laquelle une somme d'argent placé sur un livret rémunéré à 2,4 % aura doublé.	Fonction permettant de compter le nombre de fois où il est nécessaire de lancer un dé pour obtenir un 6.

`def somme(S):`
`    n=0`
`    Total=2*S`
`    while S<=Total:`
`        n=n+1`
`        S=S*1.024`
`    return n`
	`from random import randint`
	`def obtenir6():`
	`    lancer=1`
	`    de=randint(1,6)`
	`    while de!=6:`
	`        lancer=lancer+1`
	`        de=randint(1,6)`
	`    return lancer`

G Boucle bornée

Pour réaliser certains programmes il est parfois nécessaire de réaliser une ou plusieurs instructions un nombre défini de fois. Lorsque le nombre de répétitions est connu, on utilise une **boucle bornée**, la boucle for.

Afin d'**énumérer** le nombre de passage dans la boucle bornée for, on utilise l'instruction range.

`for i in range(5):`	`for n in range(5,10):`	`for k in range(5,20,2):`
La variable i prend les valeurs entières allant de 0 à 4. i prendra cinq valeurs.	La variable n prend les valeurs entières allant de 5 à 9.	La variable k prend les valeurs entières de 5 à 19 avec un pas de 2. C'est-à-dire 5, 7, 9, 11, 13, 15, 17 et 19.

```
for variable in range(...):
    instruction(s)
```

Fonction permettant d'ajouter tous les entiers de 1 à une valeur choisie par l'utilisateur	Fonction permettant d'ajouter tous les entiers compris entre deux entiers choisis par l'utilisateur	Fonction permettant d'ajouter tous les entiers impairs de 1 à une valeur choisie par l'utilisateur

`def somme_entiers(N):`
`    Somme=0`
`    for n in range(N+1):`
`        Somme=Somme+n`
`    return Somme`
	`def somme_entiers_bis(N):`
	`    Somme=0`
	`    for n in range(5,N+1):`
	`        Somme=Somme+n`
	`    return Somme`
		`def somme_entiers_impairs(N):`
		`    Somme=0`
		`    for n in range(1,N+1,2):`
		`        Somme=Somme+n`
		`    return Somme`

Parfois, la boucle bornée est exécutée un certain nombre de fois, sans que la variable du range ne soit utilisée dans le programme.

Fonction permettant de calculer la fréquence d'apparition du 6 au cours d'un nombre de lancers, décidé par l'utilisateur, d'un dé à 6 faces.	`from random import randint`
	`def freq6(N):`
	`    nbre6=0`
	`    for i in range(N):`
	`        if randint(1,6)==6:`
	`            nbre6=nbre6+1`
	`    return nbre6/N`

H Les chaînes de caractères

Une **chaîne de caractères** est une succession de **plusieurs caractères** (chiffres, lettres, symboles, ...) **rangés dans un ordre donné**. Une chaîne de caractères se note à l'aide de **guillemets simples** ou **doubles**.

```
>>> "J'aime les maths"
"J'aime les maths"
```

```
>>> '2,3 et 5 sont des nombres premiers'
'2,3 et 5 sont des nombres premiers'
```

Pour déterminer la **longueur d'une chaîne de caractères**, on utilise l'instruction `len()`.

L'espace est considéré comme un caractère à part entière.

`>>> len("J'aime les maths")` `16`	`>>> len('2,3 et 5 sont des nombres premiers')` `34`

Il est possible d'extraire les caractères d'une chaîne de caractères. Pour cela il faut noter le rang du ou des caractères à extraire entre crochets.

Chaîne de caractères	`>>> L="J'aime les maths"`															
	J	'	a	i	m	e		l	e	s		m	a	t	h	s
Rang	0	1	2	3	4	5	6	7	8	9	10	11	12	13	14	15
Caractère(s) à extraire	Le 5e caractère ou caractère de rang 4				Du 1er au 5e caractère (rang 0 à 4)				Du 5e au dernier (rang 4 à 15)				Du 5e au 8e (rang 4 à 7)			
Instruction et résultat	`>>> L[4]` `'m'`				`>>> L[0:5]` `"J'aim"` ou `>>> L[:5]` `"J'aim"`				`>>> L[4:16]` `'me les maths'` ou `>>> L[4:]` `'me les maths'`				`>>> L[4:8]` `'me l'`			

Un certain nombre d'opérations sont envisageables avec des chaînes de caractères.

Concaténation (enchaînement)	Répétition	Égalité	Différence	Comparaison (utilisation de l'ordre alphabétique)

`>>> A='Bon'`
`>>> B='jour'`
`>>> A+B`
`'Bonjour'`
	`>>> A='apt'`
	`>>> 4*A`
	`'aptaptaptapt'`
		`>>> A='maths'`
		`>>> A=='maths'`
		`True`
		`>>> A=='math'`
		`False`
			`>>> A='maths'`
			`>>> A!='maths'`
			`False`
			`>>> A!='math'`
			`True`
				`>>> A='Balon'`
				`>>> B='Balle'`
				`>>> A<B`
				`False`

Remarque

`True` et `False` sont des **booléens.** Ils s'affichent lorsque la proposition est **vraie**, respectivement **fausse**. Ils sont présents de manière implicite chaque fois qu'un test est utilisé.

Une **boucle bornée** `for` peut être utilisée avec une chaîne de caractères.

Fonction permettant de compter le nombre d'occurrences du caractère *e* dans une chaîne de caractères.

```
def compte_e(phrase):
    nbre_e=0
    for k in phrase:
        if k=='e':
            nbre_e=nbre_e+1
    return nbre_e
```

```
>>> compte_e('Les enfants sont sages')
3
```

1 Suites : généralités et variations

19 a. $1\,000 \times 0{,}95 + 500 = 1\,450$. Dans un an il y aura 1 450 poissons.

b. Soit u la suite telle que u_n représente le nombre de poissons dans n années.

$u_0 = 1\,000$ et $u_{n+1} = u_n \times 0{,}95 + 500$.

20 Soit u la suite telle que u_n représente la proportion de déchets recyclés dans n années. $u_{n+1} = 1{,}04 u_n$.

30 $u_2 = -0{,}25$

31 $u_1 = 1$ et $u_2 = \frac{5}{3}$

43 $u_0 = -1$; $u_1 = 5$; $u_2 = -13$; $u_3 = 41$; $u_4 = -121$

44 $u_0 = -10$; $u_1 = -17$; $u_2 = -31$; $u_3 = -59$; $u_4 = -115$

47 a. Chaque nuit il prélève 150 kg d'algues. Chaque jour la quantité d'algues augmente de 3 % donc il y a 3 % d'algues en plus entre le jour n et le jour n + 1; augmenter de 3 % revient à multiplier par 1,03. D'où :
$u_{n+1} = 1{,}03\, u_n - 150$

b. $u_0 = 2\,500$

c. $u_1 = 1{,}03 \times 2\,500 - 150 = 2\,425$

$u_2 = 1{,}03 \times 2\,425 = 2\,347{,}75$. Après 2 jours il y aura 2 347,75 kg d'algues.

d. $u_3 = 2\,268{,}183$. Après 3 jours il y aura 2 268,183 kg d'algues.

49 $u_0 = 1$; $u_1 = 1$; $u_2 = 2$; $u_3 = 4$; $u_4 = 7$

61 a. $a_0 = 182$

b. Chaque année 30% des abonnés disparaissent. Diminuer de 30% revient à multiplier par 0,7.

500 nouvelles personnes s'abonnent donc 5 centaines de personnes s'abonnent. D'où $a_{n+1} = 0{,}7 a_n + 5$

c. $2026 = 2024 + 2$

$a_1 = 0{,}7 a_0 + 5 = 132{,}4$ et $a_2 = 0{,}7 a_1 + 5 = 97{,}68$.

En 2026 il y aura 9 768 abonnés.

d.

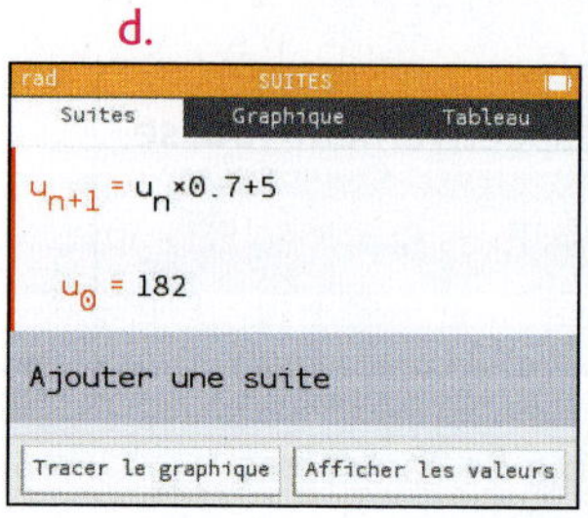

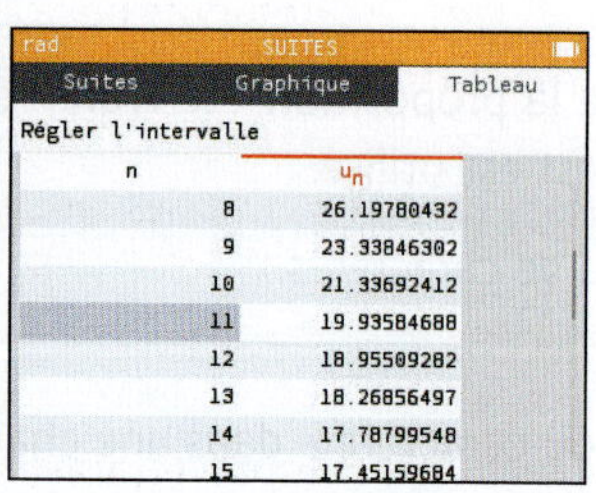

$u_{10} > 20$ et $u_{11} < 20$. La revue ne sera plus publiée à partir de $2024 + 11 = 2035$.

67

n	0	1	2	3	4	5	6	7	8
u_n	−3	−3	−1	3	9	17	27	39	53

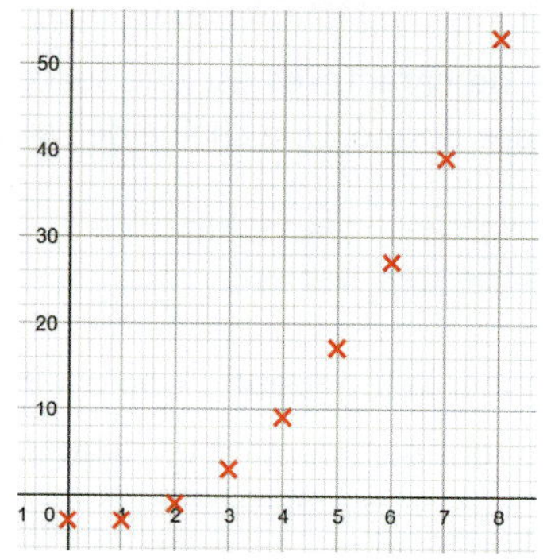

69 $u_0 = 2$; $u_1 = 3$; $u_4 = 18$

75 a. u semble être décroissante.

b. $u_0 = 4{,}6$ et $u_8 = 1{,}6$

c. $n = 4$

85

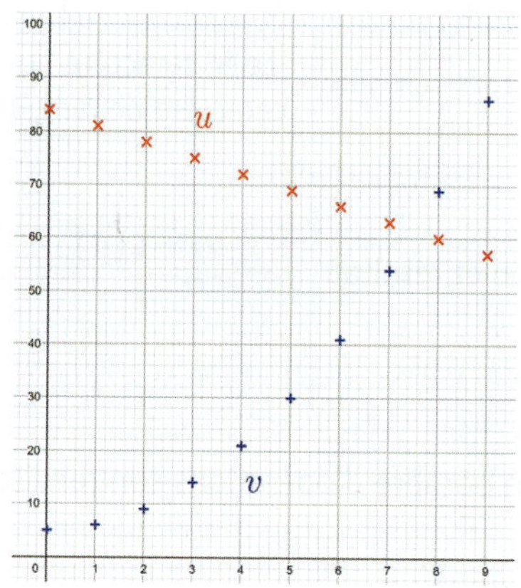

$n = 8$

88 a. $u_{n+1} = 0{,}95 \times 100 + 23 = 118$. 118 vélos ont été loués la 2e semaine.

b. La suite est croissante. A partir de la 8e semaine, le nombre de vélos sera insuffisant.

89 a. $u_{n+1} = 1{,}05 u_n - 120$

b. $v_{n+1} = 0{,}9 v_n + 50$

c. $u_0 = 2000$ et $v_0 = 2700$

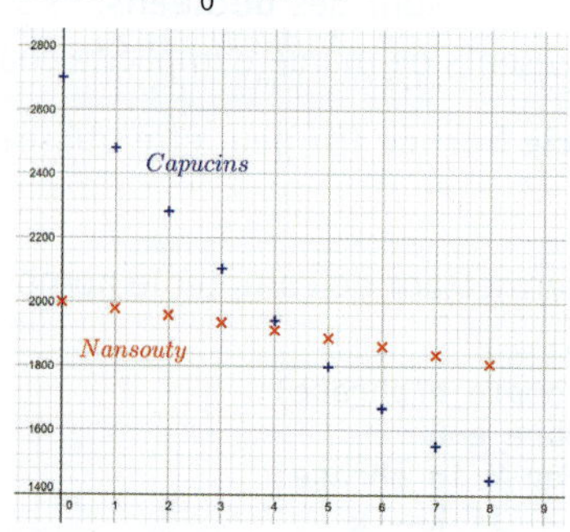

Dans 4 ans la population de Nansouty sera supérieure à celle des Capucins.

99
```
u=5
L=[]
for i in range(6) :
    L.append(u)
    u=u/2+3
print(L)
```

2 Suites arithmétiques et géométriques

22 a. On a $u_{n+1}=u_n-50$, ce qui justifie que u est bien arithmétique de raison $r=-50$.
b. $u_1=2000-50=1950$ et $u_2=1950-50=1900$. Lalie diposera de 1900 € fin mars 2025.

27 a.

n	0	1	2
u_n	3	1	–1

Tous les points sont alignés, ce qui permet de justifier que la suite est arithmétique.
c. $r=u_1-u_0=-2$
et $u_5=u_4-2=-5-2=-7$

31 a. u et v semblent croissantes.
b. $u_{n+1}-u_n=2$ est indépendant de n (raison 2)
$v_{n+1}-v_n=3$ est indépendant de n (raison 3)
c. $u_{n+1}=u_n+2$ et $v_{n+1}=v_n+3$
d. Dans les deux cas, la raison est strictement positive donc les deux suites sont croissantes.

32 a. Pour tout entier naturel n, $u_{n+1}-u_n=0{,}25$ donc cette suite est arithmétique.
b. $u_0=59{,}9$ et sa raison est 0,25.
c. u est croissante car $0{,}25>0$: l'espérance de vie des hommes augmente.

43 a. $C_1=20000\times1{,}04=20\,800$ € c'est le capital acquis à la fin de la première année.
b. $C_2=C_1\times1{,}04=21632$ puis
$C_3=C_2\times1{,}04=22497{,}28$.

63 a. $p_1=33000$, $p_2=36300$ et $p_3=39930$.
b. Pour tout entier n, $p_{n+1}=1{,}1p_n$. La suite p est donc géométrique de raison 1,1.
c. $p_{10}\approx 77812$. En 2035, la production sera d'environ 77812 véhicules.
d. $p_0+p_1+p_2+p_3+p_4$
$=30000+33000+36300+39930+43923$
$=183153$
e. De 2025 à 2029, la production totale sera de 183 153 véhicules.

68 a. $u_1\approx155$ et $u_2\approx161$. Arrondis à l'unité
b. $u_{n+1}=1{,}035\,u_n$
c. Suite géométrique croissante car $q>1$

70 a. u semble croissante tandis que v semble décroissante.
b. $\frac{u_{n+1}}{u_n}=2$ donc $q=2$; $u_0=6$; $u_1=12$.
$\frac{v_{n+1}}{v_n}=0{,}4$ donc $q=0{,}4$; $u_0=3$; $u_1=1{,}2$.
c. $u_{n+1}=2u_n$
d. u est une suite géométrique croissante car $q>1$ alors que v est une suite géométrique décroissante car $q<1$.

89 a. $u_1=1$
b. $u_{n+1}=2u_n$.
c. La suite u est géométrique de raison $q=2$
d. À l'aide de la calculatrice, on détermine u_{64} soit environ $1{,}8\times10^{19}$ grains de riz
e. Environ $7{,}4\times10^{11}$ tonnes !

91 a. Pour Netflox : $6{,}01\times12=72{,}12$ € ; Pour Desniy : $5{,}94\times12=71{,}28$ €
b. Soit u la suite telle que u_n désigne la somme annuelle payée par Mael pour avoir souscrit l'abonnement Netflox en $2024+n$. Pour tout entier naturel n, $u_{n+1}=u_n+0{,}24$: la suite u est arithmétique de raison $r=0{,}24$, de premier terme $u_0=71{,}88$.
Soit v la suite telle que v_n désigne la somme annuelle payée par Mael pour avoir souscrit l'abonnement Desniy en $2024+n$. Pour tout entier naturel n, $v_{n+1}=v_n+0{,}6$: la suite v est arithmétique de raison $r=0{,}6$, de premier terme $v_0=70{,}68$.
c. En 2028.
d. Pour tout entier naturel n, $w_{n+1}=w_n+0{,}84$: la suite w est arithmétique de raison $r=0{,}84$, de premier terme $w_0=142{,}56$.

3 Fonctions : généralités

18 a. $f(4)=4^2=16$
b. $f(-2)=(-2)^2=4$
c. $f(x)=9 \Leftrightarrow x^2=9 \Leftrightarrow x=3$ ou $x=-3$
d. $f(x)=-3 \Leftrightarrow x^2=-3$. Or le carré d'un nombre réel est toujours positif ou nul. Donc il n'y a aucun antécédent de -3 par f.

19 a. $C(0)=150$, les charges fixes sont de 150 euros.
b. $C(10)=520$, le coût de fabrication de 10 bracelets est de 520 euros.

36 a. La courbe verte est associée à la fonction C. La droite bleue est associée à la fonction R.
b. On cherche le moment où les deux représentations graphiques se coupent, soit en $x=1$ et $x=3$.
c. Pour que l'entreprise réalise un bénéfice, il faut vendre entre 10 et 30 coques.

55 **1.**

x	-2		$-1{,}5$		$0{,}3$		1
Variations de f	0	↗	1	↘	$-4{,}5$	↗	0

2. $S = \{-2 ; -0{,}5 ; 1\}$

3. a. $S =]-1 ; 1[$ b. $S = \{-2\} \cup \{1\}$

c. $S =]-0{,}5 ; 1[$ d. $S = \{-2\} \cup [-0{,}5 ; 1]$

4. a. Négatif b. Positif

4 Fonctions polynômes de degré 2 et 3

16 a. Par lecture graphique les racines sont -1 et 3 et le sommet S a pour coordonnées $S(1 ; -2)$.

b. On sait que $x_1 = -1$ et $x_2 = 3$.

On cherche le coefficient a de la forme factorisée $a(x - x_1)(x - x_2)$. Les coordonnées du sommet nous donnent $f(1) = -2$ donc : $a(1+1)(1-3) = -2$, ainsi $a = \frac{1}{2}$.

$f(x) = \frac{1}{2}(x+1)(x-3)$

23 a.

```
L=[]
n=-4
while n<=4:
    if 5*n*n+5*n-30 == 0:
        L.append(n)
        n=n+1
    else:
        n=n+1
print (L)
```

b. Les racines sont -3 et 2 et $a=5$ donc : $g(x) = 5(x+3)(x-2)$

26 a. $f(3) = 2 \times 3^2 - 8 \times 3 + 6 = 18 - 24 + 6 = 0$ donc 3 est une racine de la fonction f

b. D'après la forme développée, on sait que $a = 2$, d'où $f(x) = 2(x^2 - 4x + 3)$. 3 est une racine donc $f(x) = 2(x-3)(x-x_2)$.

En développant, on a :

$2(x-3)(x-x_2) = 2(x^2 - x \times x_2 - 3x + 3x_2)$.

$= 2(x^2 - (x_2 + 3)x + 3x_2)$

Par identification, on a alors : $x_2 + 3 = 4$ et $3x_2 = 3$. Ainsi, $x_2 = 1$. Donc $f(x) = 2(x-3)(x-1)$.

30 a. $f(1) = \frac{1}{7} \times 1^2 + 1 - \frac{8}{7} = \frac{1}{7} + \frac{7}{7} - \frac{8}{7} = 0$ donc 1 est une racine évidente de f.

b. $f(-8) = \frac{1}{7} \times (-8)^2 + (-8) - \frac{8}{7}$

$= \frac{64}{7} - \frac{56}{7} - \frac{8}{7} = 0$

c. $f(x) = \frac{1}{7}x^2 + x - \frac{8}{7} = \frac{1}{7}(x^2 + 7x - 8)$

$= \frac{1}{7}(x+8)(x-1)$

38 $f(x) = -3(x-7)(x+4)$

x	$-\infty$		-4		7		$+\infty$
Signe de $f(x)$		$-$	0	$+$	0	$-$	

51 a. Les deux équations sont $n \times p = 120$ (Haïzea a acheté n livres de poche pour 120 euros, sachant qu'ils étaient tous au même prix unitaire p) et $(n+2)(p-3) = 120$ (si chaque livre de poche avait coûté 3 euros de moins, elle aurait pu en acheter deux supplémentaires).

b. On sait que $n \times p = 120$ donc $n = \frac{120}{p}$ $(p \neq 0)$.

c. On remplace n par $\frac{120}{p}$ dans la deuxième équation et on obtient :

$\left(\frac{120}{p} + 2\right)(p-3) = 120$

$\Leftrightarrow (120 + 2p)(p-3) = 120p$

$\Leftrightarrow 120p - 360 + 2p^2 - 6p = 120p$

$\Leftrightarrow 2p^2 - 6p - 360 = 0$

$\Leftrightarrow p^2 - 3p - 180 = 0$

d. $(p+12)(p-15) = p^2 - 15p + 12p - 180$

$= p^2 - 3p - 180$

e. La seule racine positive est 12 donc chaque livre coûte 12 euros.

$n = \frac{120}{p} = \frac{120}{12} = 10$ donc Haïzea a acheté 10 livres.

52 a. $B(q) = 100q - (0{,}1q^2 + 50q + 4\,000)$

$= 0{,}1q^2 - 50q + 4\,000$

b. $B(400) = 0{,}1 \times 400^2 - 50 \times 400 + 4\,000 = 0$

$B(q) = 0{,}1(q - 400)(q - 100)$

c. Entre 100 et 400 hectolitres.

69 a. Racines : -2, -1 et 3.

b. L'image de 4 par la fonction est 3 donc : $f(x) = 0{,}1(x+2)(x+1)(x-3)$

70 D'après le tableau de valeurs, la fonction s'annule en -5, 3 et 4 donc les racines sont : -5, 3 et 4.

f est de la forme $f(x) = a(x+5)(x-3)(x-4)$

L'image de 0 est 120 donc $f(0) = 120$ et $f(0) = a(0+5)(0-3)(0-4) = 60a$

Ainsi, $a = 2$, $f(x) = 2(x+5)(x-3)(x-4)$

71 Une seule racine $\frac{3}{2}$ (car $n^2 + \frac{9}{4} \neq 0$)

76 Racines : -2 ; 1 et 4. L'image de 0 par la fonction est 24 donc $f(x) = 3(x+2)(x-1)(x-4)$.

79 a. $f(x) = (x-5)(x+3)$.

Les racines sont -3 et 5 et $a = 1$ donc $a > 0$. Ainsi, le tableau de signes de $f(x)$ est :

x	$-\infty$		-3		5		$+\infty$
Signe de $f(x)$		+	0	−	0	+	

b. $g(x) = (x-7)(x-5)(x+3)$

Le tableau de signes de $g(x)$ est donc :

x	$-\infty$		-3		5		7		$+\infty$
$f(x)$		+	0	−	0		+		
$x-7$		−		−		−	0	+	
Signe de $g(x)$		−	0	+	0	−	0	+	

82 $f(x) = x^3 - 13x^2 - 10x + 400$.

x	$-\infty$		-5		8		10		$+\infty$
Signe de $f(x)$		−	0	+	0	−	0	+	

90 a. $a(0) = 175$

b. $a(35) \approx 748$

c. $175 + 1250 = 1325$. A l'aide du logiciel de calcul formel, on trouve que $a(100) = 1\,325$.

Donc, le refuge est atteint au bout d'1h40.

d. 1 250 mètres gravis en 100 minutes donc la vitesse ascensionnelle moyenne est de 750 mètres par heure.

e. Il mettra 1h15 donc 35 minutes de moins.

91 a. $B(10) = -10^3 + 29 \times 10^2 - 70 \times 10 - 1\,200$
$= -1\,000 + 2\,900 - 700 - 1\,200 = 0$

$B(24) = -24^3 + 29 \times 24^2 - 70 \times 24 - 1\,200$
$= -13\,824 + 16\,704 - 1\,680 - 1\,200 = 0$

b. $B(x) = -(x-10)(x-24)(x+5)$, car $-1 \times (-10) \times (-24) \times 5 = -1\,200$

c. Le tableau de signes de $B(x)$ sur $[0\,;30]$ est :

x	0		10		24		30
Signe de $B(x)$		−	0	+	0	−	

d. L'entreprise est déficitaire lorsqu'elle vend de 0 à 10 000 articles et de 24 000 à 30 000 articles.

5 Dérivation

16 a. $f(-1) = -2$ et $f'(-1) = -4$

b. $f(1) = -2$ et $f'(1) = 4$

35 a. $f'(x) = 2x + 1 + x = 2x + 1$

b. $g'(x) = 2 \times 2x - 3 \times 1 = 4x - 3$

43 a. $f'(x) = 3 \times 2x - 0 = 6x$

b. $f(1) = 3 \times 1^2 - 2 = 1$ et $f'(1) = 6 \times 1 = 6$.

c. Equation de la tangente à la courbe de f au point d'abscisse 1 : $y = f'(1)(x-1) + f(1)$. Soit $y = 6(x-1) + 1 = 6x - 5$.

44 a. $f'(x) = 2x + 2$; $f'(3) = 8$; $f(3) = 15$

$y = f'(3)(x-3) + f(3)$, soit

$y = 8(x-3) + 15 = 8x - 9$.

b. $f'(x) = -3x^2 + 2x$; $f'(2) = -8$; $f(2) = -9$

$y = f'(2)(x-2) + f(2)$, soit

$y = -8(x-2) - 9 = -8x + 7$.

c. $f(x) = -4x^3 + 3x^2 - 10x + 1$ et $a = -1$.

$f'(x) = -12x^2 + 6x - 10$; $f'(-1) = -28$; $f(1) = 17$

$y = f'(-1)(x+1) + f(-1)$, soit

$y = -28(x+1) + 17 = -28x - 11$.

45 a. Par lecture graphique, l'équation de la tangente T est $y = 2x - 1$.

b. Par le calcul : $f'(x) = 3x^2 - 1$; $f'(1) = 2$; $f(1) = 1$

$y = f'(1)(x-1) + f(1)$, soit $y = 2(x-1) + 1 = 2x - 1$.

54 a. $f'(x) = 4x + 8$

b. Pour étudier le signe de $f'(x)$, on cherche la valeur pour laquelle la dérivée s'annule :

$4x + 8 = 0 \Leftrightarrow x = -\dfrac{8}{4} \Leftrightarrow x = -2$

x	-5		-2		5
Signe de $f'(x)$		−	0	+	
Variations de f	5	↘	-13	↗	85

57 a. $f'(x) = 2x^2 + 8x - 42$

b. $2(x-3)(x+7) = 2x^2 - 6x + 14x - 42$
$= 2x^2 + 8x - 42$

c. et d.

x	$-\infty$		-7		3		$+\infty$
Signe de $2(x-3)$		−		−	0	+	
Signe de $(x+7)$			0	+		+	
Signe de $f'(x)$		+	0	−	0	+	
Variations de f		↗	$\dfrac{787}{3}$	↘	-71	↗	

60 a. $f'(x) = 0{,}002x - 0{,}15$.

b. $0{,}002x - 0{,}15 = 0 \Leftrightarrow x = \dfrac{0{,}15}{0{,}002} = 75$

x	20		75		150
Signe de $f'(x)$		$-$	0	$+$	
Variations de f	7,9	↘	4,875	↗	10,5

c. L'émission de dioxyde de carbone sera minimale pour une vitesse de 75 km.h^{-1}.

d. Il y a symétrie de la courbe de f par rapport à la droite d'équation $x = 75$.

À 50 km.h^{-1}, on est plus proche du minimum donc on consomme moins et on émet moins de CO_2.

63 1. a. Par lecture graphique : $f'(0) = 22{,}5$

b. À $t = 0$, la maladie progresse de 22 500 cas par jour.

c. $y = 22{,}5x$

2. a. $f'(t) = -6t^2 + 21 \times 2t + \dfrac{45}{2} = -6t^2 + 42t + \dfrac{45}{2}$

b. $t + \dfrac{1}{2} = 0 \Leftrightarrow t = -\dfrac{1}{2}$ mais $-\dfrac{1}{2} \notin [0\,;11]$

$t - \dfrac{15}{2} = 0 \Leftrightarrow t = \dfrac{15}{2}$

x	0		$\dfrac{15}{2}$		11
Signe de -6		$-$		$-$	
Signe de $t+\dfrac{1}{2}$		$+$		$+$	
Signe de $t-\dfrac{15}{2}$		$-$	0	$+$	
Signe de $f'(t)$		$+$	0	$-$	

c.

x	0		$\dfrac{15}{2}$		11
Signe de $f'(t)$		$+$	0	$-$	
Variations de f	0	↗	$\dfrac{2025}{4}$	↘	$\dfrac{253}{2}$

d. Equation réduite de la tangente T par le calcul :

$y = f'(0)(t-0) + f(0)$ avec $f'(0) = \dfrac{45}{2}$ et $f(0) = 0$,

donc $y = \dfrac{45}{2}t = 22{,}5t$.

6 Tableaux croisés et probabilités conditionnelles

7 a. Les personnes positives et malades sont 141. La fréquence parmi l'ensemble de la population est :

$f = \dfrac{141}{300} = 0{,}47$. La fréquence des personnes positives et malades parmi l'ensemble de la population et 0,47.

b. Les personnes positives sont 144. La fréquence parmi l'ensemble de la population est : $f = \dfrac{144}{300} = 0{,}48$.

La fréquence des personnes positives parmi l'ensemble de la population est 0,48.

8

	Avec soutien	Sans soutien	Total
Réussite	0,25	0,45	0,7
Échec	0,1	0,2	0,3
Total	0,35	0,65	1

9 a.

	A	B	C	Total
S	0,275	0,15	0,175	0,6
I	0,1	0,125	0,175	0,4
Total	0,375	0,275	0,35	1

b. **0,275** : La fréquence des clients satisfaits âgés de 18 ans à 29 ans, parmi l'ensemble de la population est égale à 0,275.

0,4 : la fréquence des clients insatisfaits parmi l'ensemble de la population est égale à 0,4.

16 a.

	Jour	Nuit	Total
CDI	120	30	150
CDD	40	60	100
Total	160	90	250

b. $f(N) = \dfrac{90}{250} = 0{,}36$

$f(D) = \dfrac{100}{250} = 0{,}4$

$f(N \cap D) = \dfrac{60}{250} = 0{,}24$

$f_D(N) = \dfrac{60}{100} = 0{,}6$

$f_N(D) = \dfrac{60}{90} \approx 0{,}667$

18 a.

	Collégiens	Lycéens	Étudiants	Total
Pratiquent un sport au moins	352	400	400	1152
Ne pratiquent aucun sport	288	200	280	768
Total	640	600	680	1920

b. $\frac{600}{1\,920} \approx 0{,}313$. Il y a environ 31,3 % de lycéens dans cet établissement.

c. $\frac{288}{1\,920} = 0{,}15$. Il y a 15 % de collégiens ne pratiquant aucun sport dans cet établissement.

d. $\frac{400}{680} \approx 0{,}588$. Parmi les étudiants, 58,8 % environ ne pratiquent aucun sport.

e. $\frac{200}{768} \approx 0{,}260$. Parmi les élèves ne pratiquant aucun sport, 26 % environ sont des lycéens.

32 a. $P(N) = \frac{72}{108} = \frac{2}{3}$. La probabilité que le chocolat choisi soit un chocolat noir est égale à $\frac{2}{3}$.

b. $P(F \cap \overline{N}) = \frac{27}{108} = \frac{1}{4} = 0{,}25$. La probabilité que le chocolat choisi soit un chocolat au lait fourré au praliné est égale à 0,25.

c. $P_{\overline{N}}(F) = \frac{27}{36} = \frac{3}{4} = 0{,}75$. La probabilité que le chocolat soit fourré au praliné, sachant qu'on a choisi un chocolat au lait, est égale à 0,75.

39 a. Compléter le tableau ci-dessous.

	Avec l'option A	Sans l'option A	Total
Avec l'option B	42	175	217
Sans l'option B	63	70	133
Total	105	245	350

b. $P(A \cap B) = \frac{42}{350} = 0{,}12$. La probabilité que le client choisisse les deux options est égale à 0,12.

c. $P(\overline{A} \cap \overline{B}) = \frac{70}{350} = 0{,}2$. La probabilité que le client ne choisisse aucune option est égale à 0,2.

d. $P_B(A) = \frac{42}{217} \approx 0{,}194$. La probabilité que le client choisisse l'option A sachant qu'il a choisi l'option B est égale à 0,194 environ.

e. $P_{\overline{A}}(\overline{B}) = \frac{70}{245} \approx 0{,}286$. La probabilité qu'un client ne choisisse pas l'option B, sachant qu'il n'a pas choisi l'option A, est égale à 0,286 environ.

42 a.

	R	$\overline{R}$	Total
D	0,072	0,008	0,08
$\overline{D}$	0,046	0,874	0,92
Total	0,118	0,882	1

b. $\text{Card}(D \cap \overline{R}) = 0{,}008 \times 30000 = 240$. Parmi la production quotidienne, 240 pots sont défectueux et ne sont pourtant pas rejetés.

c. $P_R(\overline{D}) = \frac{0{,}046}{0{,}118} \approx 0{,}390$. La probabilité qu'un pot ne soit pas défectueux sachant qu'il a été rejeté par le test est égale à 0,390 environ.

d. $P_{\overline{R}}(\overline{D}) = \frac{0{,}874}{0{,}882} \approx 0{,}991$. La probabilité qu'un pot ne soit pas défectueux sachant qu'il n'a pas été rejeté par le test est égale à 0,991 environ.

7 Variables aléatoires

8 a.

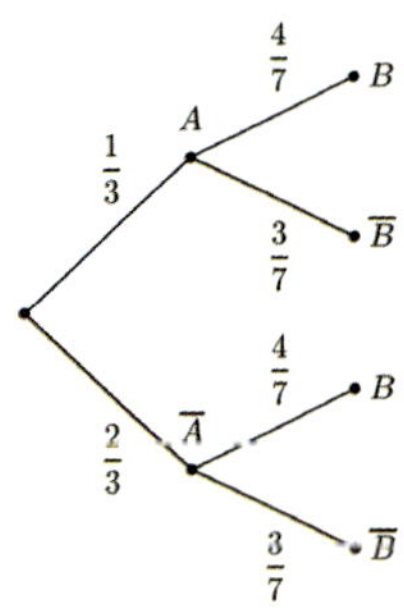

b. $P(\overline{A}) = \frac{2}{3}$

c. $P(\overline{A}, B) = \frac{2}{3} \times \frac{4}{7} = \frac{8}{21}$

d. $P(A, \overline{B}) = \frac{1}{3} \times \frac{3}{7} = \frac{1}{7}$

9 a.

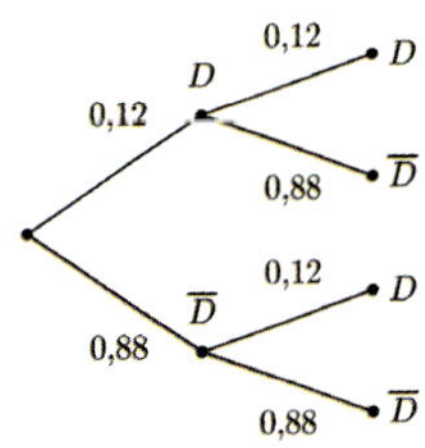

b. $p = 0{,}88 \times 0{,}88 = 0{,}7744$. La probabilité qu'aucun des deux vêtements n'ait de défaut est égale à 0,7744.

c. $p = 0{,}12 \times 0{,}88 = 0{,}1056$. La probabilité que seul le premier T-shirt présente un défaut est égale à 0,1056.

10 a.

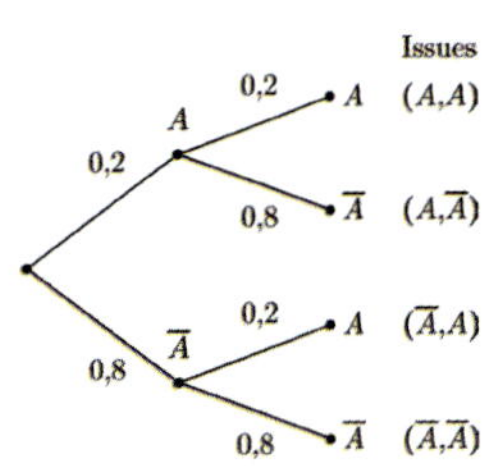

b. Les différentes issues possibles sont : (A,A) , $(A,\overline{A})$, $(\overline{A},A)$ et $(\overline{A},\overline{A})$.

c. $P(\overline{A},\overline{A}) = 0{,}8 \times 0{,}8 = 0{,}64$. La probabilité qu'aucun des deux livres ne soit une bande dessinée est égale à 0,64.

d. $p = 1 - 0{,}64 = 0{,}36$. La probabilité qu'au moins un des deux livres soit une bande dessinée est égale à 0,36.

12 a.

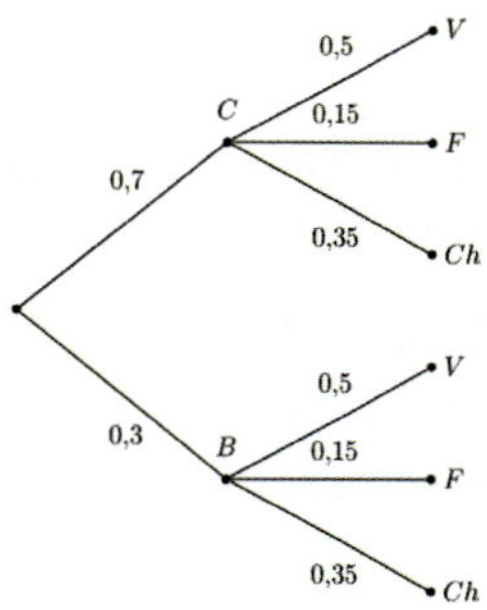

b. $0{,}3 \times 0{,}15 = 0{,}045$. La probabilité qu'un client choisisse un bol à la fraise est égale à 0,045.

c. $0{,}7 \times 0{,}35 = 0{,}245$. La probabilité qu'un client choisisse un cornet au chocolat est égale à 0,245.

13 a. $P(S) = \frac{4}{10} = 0{,}4$; $P(P) = \frac{3}{10} = 0{,}3$; $P(T) = \frac{3}{10} = 0{,}3$

b.

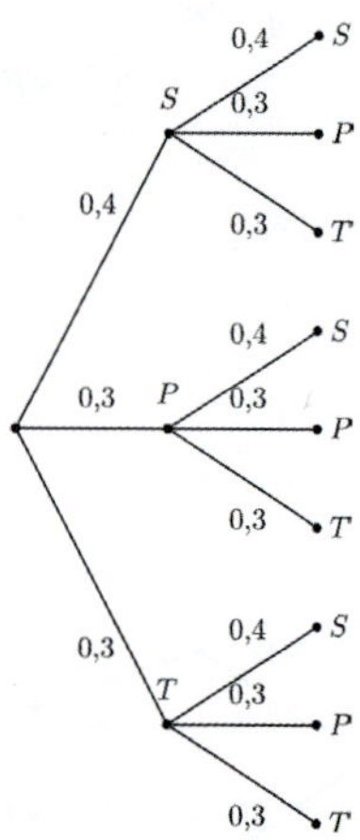

c. $P(T,S) = 0{,}3 \times 0{,}4 = 0{,}12$.

d. $P(T,P) = 0{,}3 \times 0{,}3 = 0{,}09$. La probabilité que le premier élève choisi soit en terminale et que le second soit en première est égale à 0,09.

e. $P(S,S) = 0{,}4 \times 0{,}4 = 0{,}16$. La probabilité que les deux élèves choisis soient en seconde est égale à 0,16.

f. $P(S,P) + P(S,T) + P(P,S) + P(T,S)$
$= 0{,}4 \times 0{,}3 + 0{,}4 \times 0{,}3 + 0{,}3 \times 0{,}4 + 0{,}3 \times 0{,}4$
$= 0{,}48$

La probabilité qu'exactement un seul des deux élèves choisis soit en seconde est égale à 0,48.

22 a. X peut prendre les valeurs entières comprises entre 0 et 4.

b. $\{X = 0\}$: L'adhérent n'a pris aucun livre.

$\{X \leqslant 2\}$: L'adhérent a pris au plus 2 livres.

c. $\overline{\{X = 0\}} = \{X \geqslant 1\}$. L'adhérent a pris au moins 1 livre.

23 a. $P(Y = 3) = 0{,}15$. La probabilité qu'un adhérent emprunte trois CD est égale à 0,15.

b. $P(Y \leqslant 2) = 0{,}3 + 0{,}2 + 0{,}2 = 0{,}7$. La probabilité qu'un adhérent emprunte au plus deux CD est égale à 0,7.

c. $P(Y \geqslant 4) = 0{,}1 + 0{,}15 = 0{,}25$. La probabilité qu'un adhérent emprunte au moins quatre CD est égale à 0,25.

28 $E(X) = 0 \times 0{,}2 + 5 \times 0{,}2 + 6 \times 0{,}3 + 9 \times 0{,}3$
$E(X) = 5{,}5$

29 $E(X) = -5 \times 0{,}1 - 1 \times 0{,}2 + 1 \times 0{,}3 + 5 \times 0{,}4$
$E(X) = 1{,}6$

35 a. $p = 0{,}55$.

b. $P(X \leqslant 1) = 0{,}76$. La probabilité de vendre au plus 1 moto dans la journée est égale à 0,76.

c. $P(X \geqslant 2) = 0{,}24$. La probabilité de vendre au moins 2 motos dans la journée est égale à 0,24.

d. $E(X) = 0{,}78$. Sur un très grand nombre de journées, son nombre moyen de ventes quotidiennes sera proche de 0,78.

52 a.

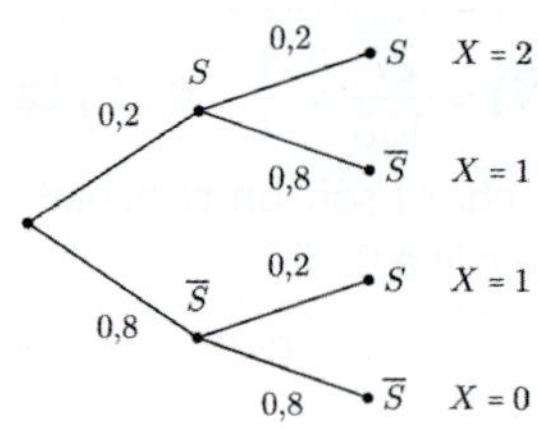

b. $P(X = 0) = 0{,}8 \times 0{,}8 = 0{,}64$

c. $P(X = 1) = 0{,}2 \times 0{,}8 + 0{,}8 \times 0{,}2 = 0{,}32$

54 a. $p = 0{,}08$.

b. C'est une expérience aléatoire qui ne possède que deux issues, S et $\overline{S}$.

Le succès est S donc le paramètre est $p = 0{,}08$.

c. Arbre de probabilités.

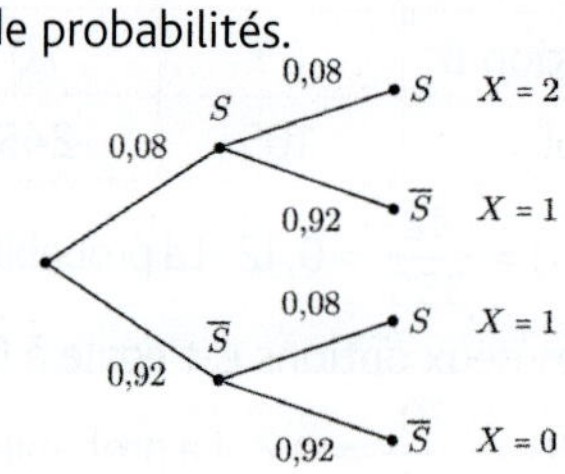

d. $P(X = 0) = 0{,}92 \times 0{,}92 = 0{,}8464$
$P(X = 1) = 0{,}08 \times 0{,}92 + 0{,}92 \times 0{,}08 = 0{,}1472$
$P(X = 2) = 0{,}08 \times 0{,}08 = 0{,}0068$

x_i	0	1	2
$P(X = x_i)$	0,8464	0,1472	0,0064

57 a. $P(R) = \frac{9}{15} = \frac{3}{5} = 0{,}6$ $P(V) = \frac{6}{15} = \frac{2}{5} = 0{,}4$

b. Arbre de probabilités.

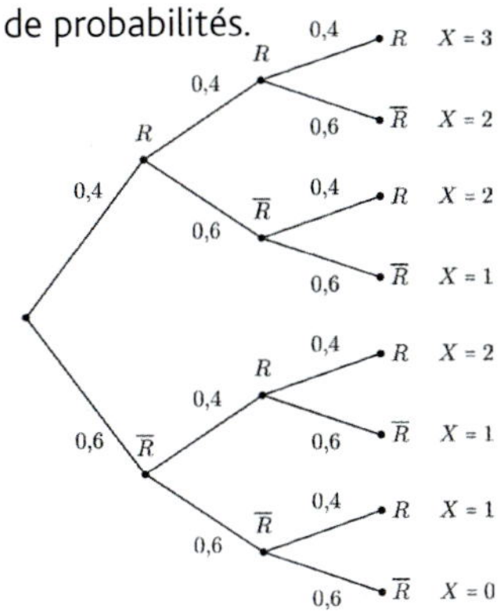

c. Loi de probabilité de la variable aléatoire X.

x_i	0	1	2	3
$P(X = x_i)$	0,064	0,288	0,432	0,216

d. $P(X \geqslant 2) = 0{,}432 + 0{,}216 = 0{,}648$. La probabilité d'obtenir au moins deux boules rouges est égale à 0,648.

e. $E(X) = 0 \times 0{,}064 + 1 \times 0{,}288 + 2 \times 0{,}432 + 3 \times 0{,}216 = 1{,}8$.

8 Trigonométrie

23

Mesure principale	$-\frac{\pi}{3}$	$\frac{\pi}{3}$	$\frac{2\pi}{3}$
Mesure donnée	$\frac{17\pi}{3}$ $\frac{29\pi}{3}$ $-\frac{31\pi}{3}$ $-\frac{19\pi}{3}$	$\frac{25\pi}{3}$ $-\frac{11\pi}{3}$	$-\frac{10\pi}{3}$ $-\frac{58\pi}{3}$ $\frac{38\pi}{3}$

- $\frac{25\pi}{3} = \frac{24\pi}{3} + \frac{\pi}{3} = 4 \times 2\pi + \frac{\pi}{3}$
- $\frac{17\pi}{3} = \frac{18\pi}{3} - \frac{\pi}{3} = 3 \times 2\pi - \frac{\pi}{3}$
- $-\frac{11\pi}{3} = -\frac{12\pi}{3} + \frac{\pi}{3} = -2 \times 2\pi + \frac{\pi}{3}$
- $\frac{29\pi}{3} = \frac{30\pi}{3} - \frac{\pi}{3} = 5 \times 2\pi - \frac{\pi}{3}$
- $-\frac{10\pi}{3} = -\frac{12\pi}{3} + \frac{2\pi}{3} = -2 \times 2\pi + \frac{2\pi}{3}$
- $-\frac{58\pi}{3} = -\frac{60\pi}{3} + \frac{2\pi}{3} = -10 \times 2\pi + \frac{2\pi}{3}$
- $\frac{38\pi}{3} = \frac{36\pi}{3} + \frac{2\pi}{3} = 6 \times 2\pi + \frac{2\pi}{3}$
- $-\frac{31\pi}{3} = -\frac{30\pi}{3} - \frac{\pi}{3} = -5 \times 2\pi - \frac{\pi}{3}$
- $-\frac{19\pi}{3} = -\frac{18\pi}{3} - \frac{\pi}{3} = -3 \times 2\pi - \frac{\pi}{3}$

27 a. $\left(\overrightarrow{BA} ; \overrightarrow{BC}\right) = -\frac{\pi}{3}$ b. $\left(\overrightarrow{CA} ; \overrightarrow{CB}\right) = \frac{\pi}{3}$

c. $\left(\overrightarrow{OA} ; \overrightarrow{OB}\right) = \frac{2\pi}{3}$ d. $\left(\overrightarrow{OA} ; \overrightarrow{OC}\right) = -\frac{2\pi}{3}$

e. $\left(\overrightarrow{BC} ; \overrightarrow{AB}\right) = -\frac{2\pi}{3}$ f. $\left(\overrightarrow{AB} ; \overrightarrow{CB}\right) = \frac{\pi}{3}$

37 $\cos(x) = \frac{\sqrt{2}}{2}$. Donc $\sin^2(x) + \frac{1}{2} = 1$, ainsi : $\sin^2(x) = \frac{1}{2}$

et $\sin(x) = \frac{1}{\sqrt{2}}$ ou $\sin(x) = -\frac{1}{\sqrt{2}}$.

Comme $x \in [0 ; \pi]$, $\sin(x) = \frac{1}{\sqrt{2}} = \frac{\sqrt{2}}{2}$

42 a. $\cos(x_1) = 0$ et $\sin(x_1) = -1$ donc $x_1 = -\frac{\pi}{2}$

b. $\cos(x_2) = \frac{\sqrt{2}}{2}$ et $\sin(x_2) = -\frac{\sqrt{2}}{2}$ donc $x_2 = -\frac{\pi}{4}$

55 a. $\sin(t) = 0{,}6$, alors $\cos^2(t) + \sin^2(t) = 1$.
Ainsi, $\cos^2(t) = 1 - 0{,}36 = 0{,}64$

$t \in \left]\frac{\pi}{2} ; \pi\right]$ donc $\cos(t) \leqslant 0$. $\cos(t) = -0{,}8$

b. $\cos(\pi - t) = 0{,}8$; $\sin\left(\frac{\pi}{2} + t\right) = -0{,}8$;

$\cos\left(\frac{\pi}{2} - x\right) = 0{,}6$.

63 a. Cette fonction est π périodique.

b. Cette fonction est $\frac{\pi}{2}$ périodique.

c. Cette fonction n'est pas périodique.

67 Sur $]-\pi ; \pi]$:

a. $\sin(x) = \sin\left(\frac{2\pi}{3}\right)$ donc $x = \frac{2\pi}{3}$ ou $x = \frac{\pi}{3}$

b. $\cos(x) = \cos\left(\frac{3\pi}{4}\right)$ donc $x = \frac{3\pi}{4}$ ou $x = -\frac{3\pi}{4}$

Sur $]0 ; 2\pi]$:

a. Même résultat car $\frac{2\pi}{3}$ et $\frac{\pi}{3}$ appartiennent à $]0 ; 2\pi]$.

b. $\frac{3\pi}{4} \in]0 ; 2\pi]$ mais $-\frac{3\pi}{4} \notin]0 ; 2\pi]$. On calcule donc $-\frac{3\pi}{4} + 2\pi = \frac{5\pi}{4}$. Donc $x = \frac{3\pi}{4}$ ou $x = \frac{5\pi}{4}$.

77 a. $\cos(x + \pi) = \frac{1}{2}$ donc $-\cos(x) = \frac{1}{2}$ et $\cos(x) = -\frac{1}{2}$;

Ainsi : $x = \frac{2\pi}{3} + 2k\pi$ ou $x = -\frac{2\pi}{3} + 2k\pi$, $k \in \mathbb{Z}$.

b. $\sin\left(x + \frac{\pi}{2}\right) = -\frac{\sqrt{2}}{2}$ donc $\cos(x) = -\frac{\sqrt{2}}{2}$.

Ainsi : $x = \frac{3\pi}{4} + 2k\pi$ ou $x = -\frac{3\pi}{4} + 2k\pi$, $k \in \mathbb{Z}$.

96 On remplace t dans l'expression de $f_1(t)$ ce qui donne :
$A\cos\left(2 \times \frac{3\pi}{10} + \frac{2\pi}{5}\right) = -7{,}5 \Leftrightarrow A\cos(\pi) = -7{,}5$. On sait que $\cos(\pi) = -1$. Donc on a : $A \times (-1) = -7{,}5$.
D'où $A = 7{,}5$.
Donc $f_1(t) = 7{,}5\cos\left(2t + \frac{2\pi}{5}\right)$.

Corrigés

97 $g(t)=\sqrt{3}\cos\left(4t-\frac{\pi}{6}\right)$

a. Amplitude : $\sqrt{3}$, période : $\frac{\pi}{2}$, la pulsation : 4, phase à l'origine : $-\frac{\pi}{6}$.

b. $g\left(\frac{\pi}{12}\right)=\sqrt{3}\cos\left(\frac{\pi}{3}-\frac{\pi}{6}\right)=\sqrt{3}\cos\left(\frac{\pi}{6}\right)=\sqrt{3}\times\frac{\sqrt{3}}{2}=\frac{3}{2}$

$g\left(\frac{\pi}{2}\right)=\sqrt{3}\cos\left(2\pi-\frac{\pi}{6}\right)=\sqrt{3}\cos\left(-\frac{\pi}{6}\right)=\frac{3}{2}$

$g\left(-\frac{\pi}{3}\right)=\sqrt{3}\cos\left(-\frac{4\pi}{3}-\frac{\pi}{6}\right)=\sqrt{3}\cos\left(-\frac{3\pi}{2}\right)=0$

98 a. Amplitude : 4,2, période : $\frac{\pi}{10}$, pulsation : 20, phase à l'origine : $\frac{5\pi}{4}$

b. $h\left(\frac{3\pi}{16}\right)=4{,}2\sin\left(\frac{15\pi}{4}+\frac{5\pi}{4}\right)=4{,}2\sin(5\pi)=0$

$h\left(\frac{\pi}{8}\right)=4{,}2\sin\left(\frac{5\pi}{2}+\frac{5\pi}{4}\right)$

$=4{,}2\sin\left(\frac{15\pi}{4}\right)=4{,}2\sin\left(-\frac{\pi}{4}\right)=-2{,}1\sqrt{2}$

$h\left(-\frac{5\pi}{4}\right)=4{,}2\sin\left(-25\pi+\frac{5\pi}{4}\right)=4{,}2\sin\left(\frac{\pi}{4}\right)=2{,}1\sqrt{2}$

100 a. $\theta(1)=15{,}7\sin\left(\frac{\pi}{6}(1-3)\right)+9$

$=15{,}7\sin\left(-\frac{\pi}{3}\right)+9=15{,}7\sin\left(-\frac{\pi}{3}\right)+9\approx-4{,}6$

Le 1er février la température est environ $-4{,}6°$.

$\theta(11)=15{,}7\sin\left(\frac{\pi}{6}(11-3)\right)+9$

$=15{,}7\sin\left(\frac{4\pi}{3}\right)+9\approx-4{,}6$

Le 1er décembre, la température est environ $-4{,}6°$.

b. La température maximale est $15{,}7°$, la température minimale est $-15{,}7°$.

Elles sont atteintes lorsque $\sin\left(\frac{\pi}{6}(t-3)\right)=1$ ou $\sin\left(\frac{\pi}{6}(t-3)\right)=-1$ donc lorsque $t=6$ ou $t=0$ c'est-à-dire en août pour le maximum et janvier pour le minimum.

c. La période est 12 ($T=\frac{2\pi}{\omega}$ avec $\omega=\frac{\pi}{6}$).

9 Produit scalaire

11 a. $\overrightarrow{EF}\cdot\overrightarrow{EB}=2\times4\times\cos\left(\frac{\pi}{3}\right)=2\times4\times\frac{1}{2}=4$

b. $\overrightarrow{AB}\cdot\overrightarrow{AF}=2\times2\times\cos\left(\frac{2\pi}{3}\right)=2\times2\times\left(-\frac{1}{2}\right)=-2$

c. $\overrightarrow{DC}\cdot\overrightarrow{BE}=-2\times4=-8$

d. $\overrightarrow{AB}\cdot\overrightarrow{EF}=2\times2\times\cos\left(\frac{2\pi}{3}\right)=2\times2\times\left(-\frac{1}{2}\right)=-2$

e. $\overrightarrow{OC}\cdot\overrightarrow{AF}=2\times2\times\cos\left(\frac{2\pi}{3}\right)=2\times2\times\left(-\frac{1}{2}\right)=-2$

21 a. $\vec{u}\cdot\vec{v}=1\times4=4$ b. $\vec{u}\cdot\vec{v}=2\times3=6$

c. $\vec{u}\cdot\vec{v}=-1\times1=-1$ d. $\vec{u}\cdot\vec{v}=0$

22 a. Figure

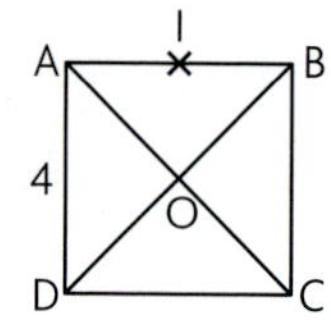

b. $\overrightarrow{AB}\cdot\overrightarrow{BC}=0$ (orthogonaux)

$\overrightarrow{AB}\cdot\overrightarrow{CD}=-AB\times CD=-16$ (colinéaires)

$\overrightarrow{AB}\cdot\overrightarrow{DO}=\overrightarrow{OB}\cdot\overrightarrow{DO}=(2\sqrt{2})^2=8$

ou, en appelant I le milieu de [AB], on a aussi :

$\overrightarrow{AB}\cdot\overrightarrow{DO}=\overrightarrow{AB}\cdot\overrightarrow{AI}=4\times2=8$.

$\overrightarrow{AB}\cdot\overrightarrow{AC}=\overrightarrow{AB}\cdot\overrightarrow{AB}=4\times4=16$

23 a. Figure

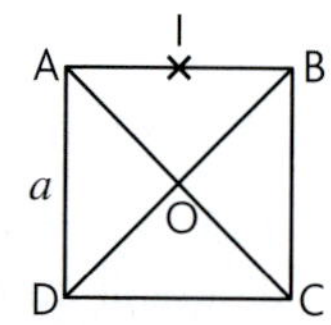

b. $\overrightarrow{BC}\cdot\overrightarrow{BD}=a\times a=a^2$

$\overrightarrow{AB}\cdot\overrightarrow{AO}=a\times\frac{a}{2}=\frac{a^2}{2}$

$\overrightarrow{BI}\cdot\overrightarrow{BO}=\frac{a}{2}\times\frac{a}{2}=\frac{a^2}{4}$

$\overrightarrow{IA}\cdot\overrightarrow{IB}=-\frac{a}{2}\times\frac{a}{2}=-\frac{a^2}{4}$

$\overrightarrow{OA}\cdot\overrightarrow{OB}=0$ $\overrightarrow{AD}\cdot\overrightarrow{BC}=a\times a=a^2$

46 a. Figure.

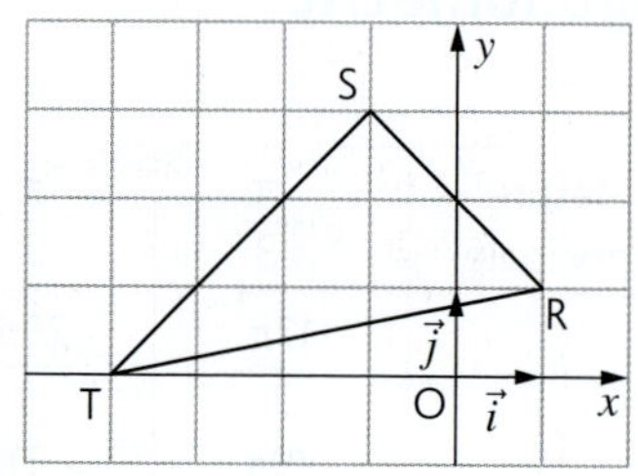

b. Le triangle RST semble être rectangle en S.

c. $x_{\overrightarrow{SR}}=x_R-x_S=1-(-1)=2$, $y_{\overrightarrow{SR}}=y_R-y_S=1-3=-2$ } $\overrightarrow{SR}\begin{pmatrix}2\\-2\end{pmatrix}$

$x_{\overrightarrow{ST}}=x_T-x_S=-4-(-1)=-3$, $y_{\overrightarrow{ST}}=y_T-y_S=0-3=-3$ } $\overrightarrow{ST}\begin{pmatrix}-3\\-3\end{pmatrix}$

d. $\overrightarrow{SR}\cdot\overrightarrow{ST}=2\times(-3)+(-2)\times(-3)=-6+6=0$

e. Les vecteurs $\overrightarrow{SR}$ et $\overrightarrow{ST}$ sont orthogonaux donc le triangle RST est rectangle en S.

60 D'après le théorème d'Al Kashi :

$BC^2=AB^2+AC^2-2\times AB\times AC\times\cos\left(\widehat{BAC}\right)=384$

$BC=\sqrt{384}=8\sqrt{6}$.

64 D'après le théorème d'Al Kashi :

$AB^2=AC^2+BC^2-2\times AC\times BC\times\cos\left(\widehat{ACB}\right)$

Ainsi : $\cos\left(\widehat{ACB}\right)=\frac{AC^2+BC^2-AB^2}{2\times AC\times BC}=$

Avec la calculatrice : $\widehat{ACB}=\cos^{-1}\left(\frac{111}{120}\right)\approx22{,}3°$

65 a. $\overrightarrow{AB}\begin{pmatrix}-3-2\\1-(-1)\end{pmatrix}=\begin{pmatrix}-5\\2\end{pmatrix}$ $\overrightarrow{AC}\begin{pmatrix}0-2\\5-(-1)\end{pmatrix}=\begin{pmatrix}-2\\6\end{pmatrix}$

b. $AB=\|\overrightarrow{AB}\|=\sqrt{(-5)^2+2^2}=\sqrt{29}\approx5{,}39$;

$AC=\sqrt{(-2)^2+6^2}=\sqrt{40}=2\sqrt{10}\approx6{,}32$

c. Le repère étant orthonormé :

$\overrightarrow{AB}\cdot\overrightarrow{AC} = -5\times(-2)+2\times 6 = 22$

$\widehat{BAC} = \cos^{-1}\left(\dfrac{\overrightarrow{AB}\cdot\overrightarrow{AC}}{AB\times AC}\right) = \cos^{-1}\left(\dfrac{22}{\sqrt{29}\times\sqrt{40}}\right) \approx 49,8°$

d. $\overrightarrow{AD}\begin{pmatrix} x-2 \\ 5 \end{pmatrix}$ et $\overrightarrow{BC}\begin{pmatrix} 3 \\ 4 \end{pmatrix}$:

$\overrightarrow{AC}\cdot\overrightarrow{BC} = 3(x-2)+5\times 4 = 3x+14$

$(AD)\perp(BC) \Leftrightarrow \overrightarrow{AC}\cdot\overrightarrow{BC} = 0$
$\Leftrightarrow 3x+14 = 0$
$\Leftrightarrow x = -\dfrac{14}{3}$

10 Nombres complexes : forme algébrique

30 a. $3(5-3i) = 15-9i$
b. L'opposé de $-(-5+4i) = 5-4i$
c. $-(2-3i)^2 = 5+12i$
d. $(5+2i)^2 = 21+2$ e. $(3+i)^2 = 8+6i$

64 a. $\dfrac{1}{2+3i} = \dfrac{2-3i}{(2+3i)(2-3i)} = \dfrac{2-3i}{13} = \dfrac{2}{13}-\dfrac{3}{13}i$
b. $\overline{5+3i} = 5-3i$
c. $\dfrac{2+i}{1-i} = \dfrac{(2+i)(1+i)}{(1-i)(1+i)} = \dfrac{1+3i}{2} = \dfrac{1}{2}+\dfrac{3}{2}i$
d. $\dfrac{1}{4+5i} = \dfrac{1}{4+5i} = \dfrac{4-5i}{(4+5i)(4-5i)} - \dfrac{4-5i}{41} - \dfrac{4}{41}-\dfrac{5}{41}i$
e. $4-3i$

66 $\dfrac{1}{Z} = -0,12-0,16j$ d'où $Z = -3+4j$

67 $\dfrac{1}{Z} = \dfrac{1}{2}+\dfrac{1}{j\times 2\pi\times 15000\times 0,0001} \approx 0,5-0,01j$
d'où $Z = 2+0,04j$

11 Nombres complexes : forme trigonométrique

12 $z_{\overrightarrow{AB}} = 5-2i$ et $z_{\overrightarrow{DC}} = 5-2i$
Les vecteurs $\overrightarrow{AB}$ et $\overrightarrow{DC}$ sont donc égaux. ABCD est un parallélogramme.

29 $|z_B-z_A| = |1+2i| = \sqrt{5}$, $|z_B-z_C| = |-6+3i| = 3\sqrt{5}$
et $|z_C-z_A| = |7-i| = 5\sqrt{2}$.
On remarque que $AC^2 = AB^2+BC^2$. Le théorème de Pythagore assure que le triangle ABC est rectangle en B.

41 $\arg(z_A) = \dfrac{\pi}{4}$; $\arg(z_B) = \dfrac{3\pi}{4}$; $\arg(z_F) = 0$; $\arg(z_G) = \dfrac{\pi}{3}$;
et $\arg(z_E) = \dfrac{-\pi}{4}$

55 $z_A = 2 = 2(\cos 0 + i\sin 0)$;
$z_B = \dfrac{1}{2}+i\dfrac{\sqrt{3}}{2} = 2\left(\cos\dfrac{\pi}{3}+i\sin\dfrac{\pi}{3}\right)$;
$z_C = \dfrac{-1}{2}+i\dfrac{\sqrt{3}}{2} = 2\left(\cos\dfrac{2\pi}{3}+i\sin\dfrac{2\pi}{3}\right)$;
$z_D = -2 = 2(\cos\pi + i\sin\pi)$;
$z_E = \dfrac{-1}{2}-i\dfrac{\sqrt{3}}{2} = 2\left(\cos\dfrac{-2\pi}{3}+i\sin\dfrac{-2\pi}{3}\right)$;
$z_F = \dfrac{1}{2}-i\dfrac{\sqrt{3}}{2} = 2\left(\cos\dfrac{-\pi}{3}+i\sin\dfrac{-\pi}{3}\right)$

59 $z = 3\left(\cos\dfrac{5\pi}{6}+i\sin\dfrac{5\pi}{6}\right) - \dfrac{-3\sqrt{3}}{2}+\dfrac{3}{2}i$

60 $z = 1\left(\cos\dfrac{-\pi}{3}+i\sin\dfrac{-\pi}{3}\right) = \dfrac{1}{2}-\dfrac{i\sqrt{3}}{2}$

12 Dérivées : compléments

27 a. Inverse d'une fonction de référence ; $f'(x) = \dfrac{-2x}{(x^2+2)^2}$
b. Produit de 2 fonctions de référence ;
$f'(t) = -\sin^2(t)+\cos^2(t)$
c. Quotient de 2 fonctions de référence ;
$f'(x) = \dfrac{-7}{(x-2)^2}$

31 a. Fonction affine : $x \rightarrow 4x-1$ et fonction $f(x) = x^3$.
Donc $g'(x) = 12(4x-1)^2$.
b. Fonction affine : $t \rightarrow 3t-\dfrac{\pi}{4}$ et fonction
$f(t) = \sin(t)$. Donc $g'(t) = 3\cos\left(3t-\dfrac{\pi}{4}\right)$.
c. Fonction affine : $t \rightarrow -4t+\dfrac{\pi}{3}$ et fonction
$f(t) = \cos(t)$. Donc $g'(t) = 4\sin\left(-4t+\dfrac{\pi}{3}\right)$
d. Fonction affine : $x \rightarrow 2-5x$ et fonction $f(x) = x^5$.
Donc $g'(x) = -25(2-5x)^4$.

32 Fonction affine : $x \rightarrow -2x+1$ et fonction $f(x) = \dfrac{1}{x}$;
$g'(x) = \dfrac{2}{(-2x+1)^2}$

40 a. $f'(x) = \dfrac{-4x}{(2x^2+5)^2}$
b. et c. $(2x^2+5)^2 > 0$ pour tout x réel

x	$-\infty$		0		$+\infty$
Signe de $f'(x)$		+	0	−	
Variations de f		↗	$\dfrac{1}{5}$	↘	

13 Primitives

6 a. $F'(x) = 7 = f(x)$ donc F est bien une primitive de f.

b. $F'(x) = -4x \neq f(x)$ donc F n'est pas une primitive de f.

7 a. $F'(x) = 3x^2 \neq f(x)$ donc F est n'est pas une primitive de f.

b. $F'(x) = \frac{4x^3}{4} - 2x - 0 = x^3 - 2x = f(x)$ donc F est bien une primitive de f.

32 $F'(x) = 3 = f(x)$ donc F est bien une primitive de f.

L'ensemble des primitives s'écrivent $F(x) = 3x + k$, où k est un nombre réel quelconque.

$F(1) = 2$ donc $k = -1$.

97 $A = 3$; $\omega = 2$ et $\varphi = \frac{\pi}{6}$

L'ensemble des primitives de f s'écrit sous la forme $F(x) = \frac{A}{\omega}\sin(\omega x + \varphi) = \frac{3}{2}$.

Avec la relation $F(0) = 0$, on obtient une équation d'inconnue k : $\frac{3}{2} \times \sin\left(2 \times 0 + \frac{\pi}{6}\right) + k = 0$ qui équivaut à $k = -\frac{3}{4}$. La primitive cherchée est donc

$F(x) = \frac{3}{2}\sin\left(2x + \frac{\pi}{6}\right) - \frac{3}{4}$

Crédits photographiques
Images des pages 24 à 321 : utilisées sous licence de Shutterstock.com
Illustrations des pages 222 et 240 : Johann Misset
Image de la page 304 : RTE France
p.244 : Gerolamo Cardano (1501-1576), Public domain, via Wikimedia Commons
Image de couverture : New Africa / Shutterstock.com

Edition : Sophie Blumel
Maquette intérieure et couverture : ADN
Composition et schémas : Grafatom
Iconographie : Elise Pailloncy
Fabrication : Sandrine Delplace

www.hachette-education.com

58 rue Jean Bleuzen, 92178 Vanves Cedex

ISBN : 978-2-01-731704-3

Achevé d'imprimer en juin 2025 en Espagne par Macrolibros
Dépôt légal : juin 2025
Édition 01 - 4011718